एक इंच मुस्कान

राजेन्द्र यादव
मन्नू भण्डारी

राजपाल

रचना को

एक इंच मुस्कान

राजेन्द्र यादव और मन्नू भंडारी का
सहयोगी रूप में लिखित उपन्यास
जिसका पहला परिच्छेद राजेन्द्र यादव का
है तो दूसरा मन्नू भंडारी का
....और इसी प्रकार यह उपन्यास अपनी
परिणति पर पहुंचता है। उपन्यास-विधा
में एक सफल सशक्त प्रयोग। अंत में
दोनों के अपने-अपने वक्तव्य भी...

स्थापित 1912
100 वर्षों की श्रेष्ठ प्रकाशन परम्परा
राजपाल

₹ 399

ISBN : 9789350641620

EK INCH MUSKAN (Novel)
by Rajendra Yadav, Mannu Bhandari
मुद्रक : जी.एस. ऑफसेट दिल्ली

राजपाल एण्ड सन्ज़
1590, मदरसा रोड, कश्मीरी गेट, दिल्ली–110006
फोन : 011–23869812, 23865483, 23867791
e-mail : sales@rajpalpublishing.com
www.rajpalpublishing.com
www.facebook.com/rajpalandsons

एक

सब कहीं अन्धकार और बीच में कटा आयताकार प्रकाश का चौखटा....

लौटते हुए, दूर से होटल की खिड़की का उद्भासित चौखटा देखकर एक बड़ी अजीब-सी बात अमर के मन में आई थी—मानो यह आयताकार चौखटा एक ऐसा चोर-दरवाजा है जिसकी राह वह प्रकाश के लोक में उतर जाएगा...

और अब भीतर खुली कलम लेकर खिड़की से बाहर अंधेरे की ओर देखते हुए भी एक वैसी ही बड़ी विचित्र अनुभूति की सिहरन उसे छू गई—लगा, जैसे सागर अपने रेतीले तट, आड़ी लेटी सड़क और नहाने वाले टैंक के मकानों को डुबाता हुआ ठीक खिड़की के नीचे तक चला आया है और लगातार दीवार से पछाड़ें खा-खाकर उसे बुला रहा है...अगर वह चाहे तो चौखटा लांघकर नीचे लहरों पर उतर जाए....और यह सागर पानी का नहीं तरल अंधकार का है ....और यह तरल अन्धकार बाहर नहीं, भीतर ही कहीं दूर-दूर के क्षितिज बहाता चला आया है।

तो यह है अपनी धरती का अन्त.....अब इसके पार ?

वह खड़ा-खड़ा मुग्ध विस्मय के भाव से देखता रहा था—दाईं ओर मटमैला-सा अरब का समुद्र है, बाईं ओर शस्य-श्यामला हरियालियों से रंगा बंगाल का सागर....और इन दोनों को स्वीकारता-सा विशाल हिन्द महासागर, हल्का नीला और आसमानी। उसने फिर दुहराया....दोनों को स्वीकारती-समोती-सी विशाल तरल नीलिमा....दोनों को आत्मसात् करती-सी उद्वेलित व्यथाकुल नीलिमा....और लहरों से उठकर आता हुआ एक अनिवार्य, अप्रतिरोध्य आमंत्रण....''तीर पर कैसे रुकूं मैं, आज लहरों में निमंत्रण....''

शायद ये पंक्तियां किसी ने उसे सुनाई थीं....

दोनों ओर के तट, और कन्याकुमारी के अन्तरीप का सिरा....खिंचे धनुष की तनी बांहों के बीच चढ़े तीर की नोक पर खड़ा-खड़ा अछोर, अथाह नीलिमा को गुहारता-सा अमर....लहरों के निमंत्रण को सारी चेतना से समर्पित होता-सा अमर....और दोनों किनारों से फिर-फिर उठती लहरें....

''जाने क्यों, मैं जब-जब सागर की लहरें देखता हूं, मुझे लगता है कोई बांहें

हिला-हिलाकर बुला रहा हो....'' उसने मन्त्रमुग्ध की तरह अपने-आपसे कहा था। जुहू की सांझ सांवली हो आई थी और सूरज रबर की लाल गेंद-सा लहरों की उंगलियों पर नाच रहा था।

''इनमें निमंत्रण कहां है....?'' रंजना उसके सिगरेट के डिब्बे की चमकीली पन्नी नाखून पर लपेटकर बोली थी, ''ये तो .....बड़ी सरल सौम्य-सी लहरें हैं ...नैवेद्य की तरह सागर के तट पर आकर समर्पित हो जाती हैं और फिर आंचल संभालकर लौट जाती हैं....संयत....शिष्ट। निमंत्रण....एक अप्रतिरोध्य निमंत्रण देखना हो तो पुरी जाइए। सुनते हैं....।''

और पुरी की रेत में टखनों तक पांव गड़ाए तनी, अमला का भरा-भरा शरीर फहराती साड़ी में यों खड़ा था जैसे आसमान से उतरकर गंगा की धारा आ खड़ी हुई हो। जैसे हमेशा से वह यहीं खड़ी है....ज्योति-स्तम्भ बनी....लाइट हाउस की तरह दिशा दाता....।

पास बैठा अमर ठंडी-ठंडी रेत के गोले बनाते हुए बोला था, ''ये लहरें....ये दुर्दान्त वेग से झपटती और किनारों पर टूट-टूटकर बिखर पड़ती लहरें, मुझे आतंकित भी करती हैं और मुग्ध भी...सुनते हैं, आतंक का भी अपना एक जादू होता है और आदमी उसके आगे बेबस हो जाता है।''

बात काटकर अमला ने पूछा था, ''सिर्फ आतंक ही है अमर....?''

''नहीं, आतंक सही शब्द नहीं है। सशक्त सौन्दर्य की....गतिशील रौद्र सौन्दर्य की भी एक सम्मोहिनी होती है....तब बस, यही मन होता है कि किसी ऊंची चट्टान पर जाकर अपने को इन लहरों की गोद में डाल दें, और मन की सारी ऐंठन को इस दुर्द्धर्ष आलोड़न में एकाकार हो जाने दें....''आंखों पर फुहारों का कुहासा छा गया था।

छाती पर हाथ बांधे अमला वैसी ही खड़ी रही, ''शायद यही सच्चे सौन्दर्य की सार्थकता है। सागर के सौन्दर्य की शक्ति और सम्मोहन तो यही है।'' फिर मुंह बिचकाकर बोली थी, ''वरना वह भी कोई सागर हुआ जैसा तुम्हारे जुहू में है....मरियल, निर्जीव...डरता-डरता धरती को छुएगा और रेतीले किनारे में खो जाएगा....''

तब उसे रंजना की बात याद हो आई थी....

और आज, नहानेवाले टैंक के पास काली-काली ऊंची चट्टानों पर खड़े हुए, तीनों सागरों को यों सामने देखते हुए, उसे दोनों की बातें याद हो आईं। न पुरी है न जुहू....। मन्दिर के बाहर 'मातृतीर्थ' की अन्तिम सीढ़ी पर खड़े-खड़े भी उसे पल-भर को लगा था कि उसी चिरपरिचित मुस्कान की रेखा इस किनारे से उस किनारे तक कौंधकर खो गई। लगा, सामने की दोनों चट्टानें, हां सागर के व्याकुल उद्वेग में भीगती दोनों जुड़वां चट्टानें, उसने पहले भी कभी देखी हैं....जैसे चट्टानें उसकी जाने कब की परिचिता हैं।

एक साथ ही दो असंभव ख्याल उसके मन में उभरे। मानो रंजना आज

भी उसके साथ है और उसे वह समझाता जा रहा है, 'देखो, यहां विवेकानन्द ने समाधि लगाई थी'; और दूसरा यह है कि मान लो, अचानक इस क्षण कहीं रंजना दीख जाए तो ? वह देखे कि कैमरा लटकाए हुए एक व्यक्ति से सट-सटकर चलती हुई रंजना डगमगाती चाल से किनारे पर खड़ी हो गई। तब क्या वह उसे जाकर याद दिलाएगा, 'अमर, मैं तुमसे बोलूं, चाहे न बोलूं, लेकिन लगता है जैसे सोते-जागते हमेशा तुमसे बातें करती रहती हूं....'

और अचानक होटल के कमरे में लेटे-लेटे उसे किवाड़ों की हल्की खट्-खट् के साथ सुनाई दिया था, "क्या है अमर, तुम यहां आकर भी यों लेटे हो भीतर? बाहर आओ न, देखो चांदनी में सागर कैसा उमड़ आया है ! कैसे लेखक हो तुम !" तो वह चौंककर सहसा सचमुच ही उठ बैठा था। नहीं, गलत नहीं है, यह अमला की आवाज है। फिर ध्यान आया कि यह तो शायद कोई ऊपर किसी से कह रहा है। सामने की दीवार की फोटो की तीनों बिल्लियां व्यंग्य से मुस्करा पड़ीं। लेकिन वह बाहर निकल आया।

नहीं, यहां का सागर खींचता नहीं है....मुक्त भी नहीं करता....वह तो बस अभिभूत कर देता है और अनछुई गहराइयों में उछाल देता है, और निराकार वायु में घुला देता है और गन्ध की तरह वापस भेज देता है....भीतर की ओर लौटा देता है और तब अमर पाता है कि बीती हुई राहों और पगडण्डियों के चक्रव्यूह फिर कहीं अंधेरे में आतिशबाजी की जलती चक्रकार रेखाओं से नाच उठते हैं।

तपस्या-लीन, अनन्त स्थिर-प्रतीक्षारता कन्याकुमारी....कुमारी आजीवन कन्या रही....शिव को वरण करने के लिए तपस्या करती रही—और उसे उसका सत्य नहीं मिला और तब से आज तक शायद हर जिज्ञासा कुमारी रही है—हर प्रतीक्षा अनब्याही रही है....अजन्मे वर का सत्य पाने के लिए....किसने पाया है सत्य? कौन दावा कर सकता है ? विवेकानन्द ने ? जो इन अनधुली चट्टानों पर दौड़कर चढ़ गए थे और समाधि में लीन हो गए थे ? तब अनादि समाधिस्था कन्याकुमारी हंस पड़ी होगी....और तब एक बार उसने विवेकानन्द को भी अपनी तपस्या के आदि इतिहास की ओर लौटा दिया होगा।

तपस्या....साधना....सत्य-दर्शन....बहुत बड़े शब्द हैं। अमर को उनसे डर लगता है....लेकिन यहां खड़े होकर अपनी ओर खींचता हुआ सागर कहीं बहुत पीछे लौटता तो है ही...

केप होटल। अमर को आए दूसरा दिन हुआ है। बादल छाए हैं, इसलिए न सूर्यास्त दिखा है न सूर्योदय। शायद कल दीखेगा। अब तो घुमड़ते बादल हैं और चेतना के स्तर-स्तर पर एकरस ध्वनित-प्रतिध्वनित होती लहरों की गरज है। पहली रात को तो ऐसा लगा था जैसे अभी भी वह कोट्टालन फॉल्स के नीचे वाली धर्मशाला के कमरे में सो रहा है और दिग्दिगन्त को गुंजाता हुआ झरना, सैकड़ों

फुट ऊंचे से लगातार गिरता चला जा रहा है या सुबह की तन्द्रिल खुमारी में कहीं से चक्की की 'घुर्र-घुं' घूम-घूमकर लहरा रही है और वह उम्मीद कर रहा है कि रंजना चाय के लिए उठाएगी।

यह सही है; स्मृति के अगले सिरे पर इन दिनों रंजना ही रही है, लेकिन जब-जब मुड़कर देखा है या उस स्मृति को समेटा है तो रंजना कभी अकेली नहीं आई। हमेशा पृष्ठभूमि में एक बड़ी-सी छायाकृति प्रक्षेपित रही--पर्दे के इस सिरे से उस सिरे तक छाई अमला की छाया....''इस सबमें अगर अमला नहीं होती तो शायद मैं बड़ी आसानी से इसे नाम दे देता। और नाम देकर, अर्थात् उसका एक रूप निश्चित करके निष्कर्ष रूप से लोभ या क्षमा में से एक को चुन लेता।'' उसने एक बार डायरी में लिखा था, 'लेकिन....अमला....'

फिर भी अकेला, रंजना का ख्याल उसे कहां नहीं आया ? मीनाक्षी की उन सजीव प्रतिमाओं के पास खड़े होकर....या चिदम्बरम् में नटराज की नृत्य-मुद्रा को देखते हुए उसे अचानक ही तो लगा था कि वह पास खड़ी रंजना के कन्धे पर हाथ रखकर कह उठे, ''देखो रंजना, हमारी कल्पना में नटराज की कितनी विराट मूर्ति बसी है, जबकि असली मूर्ति तो छोटे बच्चे के....'' लेकिन चौंककर उसका हाथ अपनी जगह आ रहता। कोई कहता था कि रंजना अब एक बच्चे की मां....

पंख साधकर उतरती चिड़िया की तरह जब त्रिवेन्द्रम् से, डबल-डेकर बस ऊँची-नीची, सुन्दर सड़क के फीते को लीलती-निगलती दौड़ चली तो चेतना की एक आँख से वह देखता कि पल-पल पर पुल आते हैं और दोनों ओर सुपारी, केले, कटहल के बगीचों वाले मकानों की कतार टूटने को ही नहीं आती, और जहां तक निगाह जाती है, झुकी-झुकी बदली के नीचे हरियाली का—धानों की हरियाली का खेतों के चारखानों में बँटा सागर लहरा रहा है। तब-तब चेतना का दूसरा टुकड़ा बोलता, ''देखो रंजना, यह विस्तार, यह फैलाव....सँकरी नदियां ही सागर में आकर विराटता नहीं पातीं। संकीर्ण और घुटे-घुटे हृदय भी यहां आकर खुल जाते हैं, उदार और विराट हो जाते हैं....'

लेकिन रंजना नहीं थी। पास की सीट पर घुंघराले बालों वाला सांवला-सा मलयाली नौजवान धूप के चश्मे को शीशे की तरह सामने पकड़े छोटे-से कंघे से बाल संवार रहा था।

तब भीतर एक तटस्थ-सी तल्खी उभर आई थी, ''झूठ है, प्यार एक सागर है और वह हृदय को उदार बनाता है, क्षमा देता है, प्यार खुली बांहों का निःसंकोच विनीत विस्तार है....। नहीं, नहीं, नहीं। सब रोमांटिक और आदर्शवादियों की हवाई बकवास है। प्यार संकीर्ण, स्वार्थी और निर्दय बना देता है....प्यार की सपनीली और मखमली नरमाहट के पीछे ईर्ष्या के नुकीले नाखून होते हैं....कोई दूसरा उस तरफ बढ़ता है कि शेर की गुर्राहट सुनाई देती है....नहीं, उधर मत

आना। यह मेरा शिकार है, और इसे मैं अकेला ही खाऊंगा....सड़ जाने दूंगा, पर तुम्हें नहीं खाने दूंगा....''

मगर नहीं, अब कड़वाहट नहीं। क्षमा भी नहीं। अमर अब क्षमा और क्षोभ से तटस्थ हो गया है। ऊपर उठने का अभिमान नहीं है....बस, दूर आ गया है। उसने अपने को नौकरी में ही फंसा लिया है कि अब उस सबको याद करने का अवकाश ही नहीं मिलता। और अगर कभी भूले-भटके ख्याल आया भी तो इस तरह, जैसे वह सब उसका नहीं, किसी दूसरे का अतीत है। दूसरे का तो है ही। निश्चय ही वह भोगने और जीनेवाला अमर दूसरा था। उसने सो इस अमर नाम के व्यक्ति को निहायत ही 'कान्फिडेंस' में लेकर बड़े मित्र भाव से अपने कुछ (सारे नहीं) अनुभव, गहन, आत्मीय अनुभूतियों के क्षण ज्यों के त्यों सौंप दिए हैं। तभी तो वह बस में बैठे-बैठे समान निर्लिप्त भाव से उस चिट और मित्र के पत्र की पंक्तियों को दुहराकर भी उनके प्रभाव से अछूता रह सकता है। चिट थी, ''तुम्हारी साधना और प्यार के हित में मैं जा रही हूँ। कुछ भी कटु कहा किया हो तो माफ करना। यही समझना कि हमने एक-दूसरे को गलत समझा....और वह पत्रांश था, ''हां, यहां बड़ी सनसनी है। अचानक ही तुम्हारी अमला जी की मृत्यु हो गई....सुनते हैं, रात को अच्छी-भली थीं और कोई ऐसी बात नहीं थी। जिस ढंग से वह सब हुआ उससे लगता है कि मामला अतिरिक्त सावधानी से दबा दिया गया।''

हां, चिट और पत्रांश दोनों के जवाब में वह अक्सर अपने मन में दो ही बातें उठती हुई पाता है—''रंजना अपने इस नये साथ पर सुखी है न...'', ''कभी मिलेगी तो दोनों किस तरह मिलेंगे ?'' तथा ''अमला की मृत्यु....हत्या.... आत्महत्या.... ?'' तभी आकाश से उतरी गंगा की तरह अमला की मूर्ति आ खड़ी होती है....वही अनेक रहस्य-गुंथी मुस्कान सहित....

निश्चेष्ट जड़ लेटा अमर....और उसकी छाती पर अधीर मुक्के मारती रंजना। तहों में लिपटी धधकती चिनगारी से उसके वे शब्द साकार हो आते हैं, ''मैं पोटाशियम साइनाइड खा लूंगी और कह दूंगी कि तुमने मुझे मार डाला....'' नहीं....नहीं....ये शब्द 'उस' रंजना के नहीं हो सकते। शायद इसलिए 'उस' अमर ने अपने को अपराधी महसूस नहीं किया था। अब 'इस अमर' को क्या अधिकार है कि वह अपराधी महसूस करे ? अगर कोई अपराध है तो सिर्फ इतना ही कि यह उस सबका मात्र दर्शक है, श्रोता है। पर यों मात्र दर्शक और श्रोता रह पाना क्या इतना आसान है ? अगर वहां कोई ऐसी विभीषिका नहीं है, तो क्यों उसे लगता रहा कि 'उस अमर का भूत' उसके पीछे-पीछे छाया की तरह लगा है.... जरा मुड़ा कि वह सिर पर सवार हो जाएगा ? लेकिन अब सामने कहां भागेगा ? धरती के इस छोर पर आकर तो सामने एक निराधार नीलिमा ही रह जाती है....निराकार....नेति....

"अरे, कैसे लेखक हो ? तुम भूत से डरते हो ?" और चेहरे से कपड़ा हटाकर अमला उसी संयत मुस्कराहट में खड़ी थी और वही महीन कपड़ा उसने अमर के मुंह पर डाल दिया था। कपड़े के पार अंधेरे-उजाले की झिलमिली में उसे अमला आधी यथार्थ लगी थी और आधी स्वप्न।

"तुम्हारी आंखों पर मोहिनी का पर्दा पड़ा है।" यह वाक्य सचमुच ही रंजना ने कहा था ?

आज दोपहर को सीपियों और शंखों की माला बेचनेवालियों से दो-एक बातें पूछ-ताछकर वह पश्चिम की ओर रेतीले टीलों की ओर चलता रहा और पीछे हवा उसके पैरों के निशानों पर धूल की तहें बिखेरती रही। सामने लाइट हाउस था, उसी तरह रेत में पांव गड़ाए हुए। लौटकर होटल की बाउण्ड्री पार करते ही उसकी निगाहें ऊपर की तरफ उठ गईं तो अटकी ही रह गईं। देर तक खड़ा-खड़ा देखता रहा....फिर खुद ही सहसा चौंककर इस तरह सकपका उठा मानो किसी को उघड़ा देख रहा हो। ऊपर बरामदा था। सिर्फ भीगे-भीगे लम्बे केशों को पूरी लम्बाई में ताने एक गोरा-गोरा हाथ था और दूसरे हाथ का कंघा उन्हें इस सिरे से उस सिरे तक सुलझाता चला जाता था....साथ ही एक लम्बी सिसकारी तैरती चली जाती, पता नहीं कंघे का स्वर था या सुलझने की खिंचावट का दर्द। केश हाथ की लम्बाई पार करके हथेली पर कई पतली-पतली लटों में फैले नीचे झूल आए थे। हर बार कंघा उठता और सांय करता हुआ लटों के सिर पर उतर आता। शेष शरीर और चेहरा खंभे की ओट में था। दृश्य में असाधारण कुछ भी नहीं था। लेकिन अमर ने पाया कि वह स्तब्ध रह गया है और बिजली की तरह पुरी के खुले सागर-तट पर अमला की फहराती केशराशि में उसकी उंगलियां कंघे की तरह तैरती चली गई हैं—"बिखरते अलक दल-बादल...."

तब इतनी देर से टुकड़ों-टुकड़ों में भटकती घुमड़न एक अर्थ पाने को मचलने लगी।

सांझ को देर तक सागर के किनारे-किनारे रेत में बैठा रहा, भटकता रहा....पांच साल हो गए....अमला और रंजना एक झटके से निकल गई हैं। आज उन सबको याद करके वह अपना दुख भुलाएगा ?—नहीं। तब फिर क्या किसी सत्य की उपलब्धि करेगा ? नहीं ? तो क्या उस 'अमर के भूत' से पीछा छुड़ाने के लिए प्रायश्चित्त करेगा ? नहीं....नहीं....नहीं। तो फिर क्यों उन सबको मुड़कर देखने को मन होता है ? क्या केवल इसलिए कि वह 'उनसे' दूर आ गया है और अब निर्वैयक्तिक भाव से देख सकता है ? उसे कोई उत्तर नहीं सूझा और वह यों ही लौट आया।

लौटा नहीं। कमरे में आया तो ऐसी बेचैनी होती रही जैसी किसी से कह

आया हो, 'जरा ठहरो, मैं कपड़े बदलकर अभी आता हूँ; और कपड़े बदलकर जब बदन तोड़ा तो फिर लगा कि कोई बाहर बुला रहा है, वहां जाना है। झुंझलाहट भी हुई—बाहर जाओ तो ऐसा लगता है जैसे कमरे में अकेला बैठा कोई उसकी राह देख रहा है, उसे जाना चाहिए; और यहां आओ तो ऐसा लगता है जैसे बाहर जाना है, बाहर जाना है। तस्वीर की तीनों बिल्लियां मुंह चिढ़ा कर हंस रही थीं और ऊपर खिलखिलाहटों के साथ कैरम का स्ट्राइकर गोटों को इधर-उधर भगा रहा था। शायद कुछ लोग वीक-एण्ड मनाने आए हैं....कौन है वह सुकेशिनी ? मन हुआ, इस समय बैठकर पुरी वाली डायरी पढ़े। तभी कोई बोला—पढ़ी तो थी रंजना ने, आखिर उसमें ऐसा क्या था ? आज पांच साल बाद उसे एक खत रंजना के नाम लिखना हो तो क्या लिखेगा ? ''रंजना, शायद तुम इस पत्र को पाकर चौंकोगी।''

पुकार अनसुनी करते नहीं बनी, और पत्र की इस आधी लिखी लाइन को काटकर यों ही पेन खुला छोड़कर वह बाहर निकल आया। रोशनी जलती रही, खिड़की खुली रही।

सागर की गरज और सांय-सांय चलती हवा....सड़क पर हवा में नाचती धूल के सांप लोट रहे होंगे। चादरा कसकर लपेट लिया।

आकर फिर उसी चट्टान पर बैठ गया। बीच में जब लहरें टकरातीं तो सफेद-सफेद झाग चमक उठते। शायद ज्वार आ रहा था—बाग-टूटे घोड़ों की सेना की तरह पानी का रेला किनारे पर पछाड़ें खाता और इस सिरे से उस सिरे तक छपाक् का स्वर फैल जाता—उसने गिनने की भी कोशिश की कि एक बार में कितनी लहरें पानी के बीच में और किनारों से एक साथ टकराती हैं। लेकिन जब कई ओर एक साथ कई टकराहटें सुनाई दीं और फिर सब मिलकर बादलों में लुढ़कती चली जाने वाली गरज के रूप में हो गई तो उसने यह प्रयत्न छोड़ दिया और चुपचाप बहुत दूर कहीं रह-रहकर हल्की-सी बत्ती को झिलमिलाते देखता रहा—मछुओं की कोई नाव है या जहाज़....भीतर से कोई गीत उसकी इस स्तब्ध मनःस्थिति को वाणी दे सकेगा ! एक साथ चेतनाहीन और सचेत, भरा-भरा और नियाहत खाली, बहुत भारी-भारी और एकदम हल्का—कुछ अजब-सी तन्द्रा में घुला वह बैठा रहा और फुहारे का खारापन होंठों को फड़फड़ाता रहा।

उड़ते हुए चादरे को संभाले जब डगमगाता-सा लौटा तो सागर के उस सुनसान में ऐसा लगा जैसे इस तट पर जाने किन युगों से यों ही अकेला भटक रहा है। न वहां कोई होटल है और न लाल-सफेद धारियों वाला मन्दिर है—बस एक सीमाहीन सागर और उसके रेतीले किनारे पर भुनगे-सा भटकता वह। और भटकने वाला 'वह' मानो उसके साथ-साथ छाया की तरह होटल की सीढ़ियां चढ़कर आया। 'उसकी' उपस्थिति एकाध बार तो इतनी निश्चित लगी कि सहसा वह सीढ़ी पर ठिठक गया—हो सकता है होटल में ठहरा उसी जैसा कोई कविनुमा

प्राणी हो और इस समय लौट रहा हो। लेकिन कोई न था। उसे किसकी उपस्थिति लगी थी अपने साथ ? अमर की ? रंजना की ? या अमला की ? या तीनों की एक साथ ?....तब मानो सहारे के लिए उसने सामने देखा। ऊपर बरामदे में एकदम अंधेरा था। बस, उसी के कमरे की खिड़की खुली थी और सारे अंधेरे वातावरण में उद्‌भासित चौखटा दीख रहा था। चौखटे के आसपास अंधेरा और भी गाढ़ा हो गया था।

अकारण ही एक झटके से उसे याद आया, अमला का पहला पत्र मिला था—"मेरे अनेक मित्र हैं अमर जी, किसी से ब्रिज के क्लब-स्पेड की बातें होती हैं, किसी से साड़ियों और सिनेमाओं की। आप आज्ञा दें तो आपसे समय-समय पर लिखने-पढ़ने की बातें कर लिया करूं ?....लेकिन शर्त रहेगी हमारी दोस्ती की। हममें से कोई भी जब ऊब जाएगा तो चुपचाप परिधि से निकल जाएगा और दूसरा उसका कारण नहीं पूछेगा....रेल के मुसाफिरों जैसी नियति मानकर ही हम लोग निकट आएंगे"....आज कहां है अमला....कि वह पूछना चाहे तब भी पूछ ले ? जवाब तो नहीं, लेकिन किसी ने ठीक इसकी उल्टी बात कही थी, "मैं बहुत-बहुत अकेली हूँ अमर, मेरा कोई नहीं है। जो भी समझो वह..... तु.....तुम ही हो..."

अच्छा मान लो, आज वह अमला, रंजना और 'उस अमर' को दूर खड़े व्यक्ति की तटस्थता से देखे तो ?....उन 'तीनों में से एक' नहीं, केवल दूर खड़ा हुआ एक व्यक्ति। जिस सम्पूर्णता की अनुभूति वह तब नहीं कर पाया था, क्या उसकी झलक आज पा सकेगा ? मान लो, आज वह फैसला देने के मोह को रोककर, समान निर्वैयक्तिक भाव से, समान निष्पक्षता से सिर्फ देखता रहे, और तीनों उसके सामने स्वयं अपना-अपना व्यक्तित्व उद्‌घाटित करें.... ? नहीं, नहीं, किसी और के लिए नहीं, केवल अपने लिए। 'आत्म-साक्षात्कार' भी नहीं, मात्र अपने सामने 'कन्फेशन....'

उसने कलम उठाकर निब जोर से कागज़ पर दबाया। स्याही सूख गई थी। नाखून पर चलाकर एकाध बार यों ही उलटी-सीधी लाइनें खींचीं, कहीं आगे से और कहीं पीछे से टूटी और छूटी हुई अनुभूतियों और मंडराती हुई पंक्तियों को पकड़ना चाहा। बीच-बीच में लहरें और चौखटे बनाए। ऐसा लगा जैसे इसी में उसने गहरी सार्थकता खोज ली है। लेकिन होश आया तो देखा कि कलम का स्याही से प्रवाह आ गया है और आंखों में झलमलाती छायाकृतियों के रूप खुद बखुद अधिक उजले और साफ हो आए हैं....

ठीक यही क्षण था जब उसे लगा था कि सागर का शेषनाग अपनी झलमल-झलमल गुंजलक खोलकर एकदम उसकी खिड़की के नीचे तक सरक आया है और दीवारों पर लहरों के फन पटक रहा है....

दो

'इसी मुस्कान से वह अमर का स्वागत करेगी।' अमला ने सोचा। वह जितना ही इस बात को भूलना चाह रही है कि आज अमर आ रहा है, उतनी ही यह उसकी चेतना के रेशे-रेशे पर छाए चली जा रही है। एकाएक ही अमला ने शरीर पर पड़े रेशमी लिहाफ को झटककर यों अलग कर दिया मानो लिहाफ के साथ ही यह बात भी दूर जा पड़ेगी। पलंग के चारों ओर बंधी हुई मकड़ी के बड़े-बड़े जालों वाले डिज़ाइन की मसहरी ने एक क्षण को जैसे उसकी नज़र को बांध लिया। फिर धीरे-धीरे उन जालों के पार बड़े-बड़े शीशों वाला दरवाजा और शीशों के पार कुहरे और भोर के हल्के प्रकाश की मिली-जुली धुन्ध में खड़े वृक्षों के अस्पष्ट-से चित्र काले-काले धब्बों की तरह उसकी आंखों के आगे उभरने लगे। बाहर का सभी कुछ बड़ा धुंधला-धुंधला, अस्पष्ट-सा था, फिर भी मसहरी के कटघरे में बन्द अमला को वहां की उन्मुक्तता ने जैसे खींचा। बड़ी लापरवाही से कन्धे पर पश्मीने का शॉल डाल, वह मसहरी से निकली, पर जैसे ही उसने दरवाजा खोला, सर्द हवा का एक झोंका उसे ऊपर से नीचे तक सिहरा गया। शॉल को उसने अच्छी तरह कन्धे पर लपेटा और बरामदा पार करके सीढ़ियां उतरती हुई वह लॉन पर आ खड़ी हुई। ओस में भीगी घास की ठण्डक को उसने जैसे चप्पलों के पार भी महसूस किया। पर तन को सिहराने वाली यह ठण्डक मन को जाने किस पुलक में डुबो रही थी कि वह आगे बढ़ गई। दोनों ओर क्यारियों में खिले हुए डालिया के बड़े-बड़े फूल इठला रहे थे। उसने बाईं ओर देखा, उधर के ब्लॉक में सन्नाटा छाया हुआ था। तो भैया-भाभी अभी सो रहे हैं। वही कौन रोज इतनी जल्दी उठती है, पर आज तो जैसे उसे नींद ही नहीं आई। लॉन के दूसरे सिरे पर माली को फूल तोड़ते देख उसने अनुमान लगाया कि पिताजी पूजा में बैठने ही वाले होंगे....और फिर यों ही दायें-बायें देखती धीरे-धीरे वह सारा लॉन पार कर गई और फिर एक पेड़ के नीचे जाकर घूम पड़ी तो तीन टुकड़ों में बंटी हुई पूरी की पूरी कोठी उसके सामने थी।

"बड़े शहरों में स्थान का इतना अभाव रहता था कि लोग निकटतम मेहमानों को भी बोझ की तरह लेते हैं, फिर मैं तो एक से निकट होते हुए भी अपरिचित

ही हूं। यह भी नहीं जानता, तुम्हारे घर में कौन-कौन हैं, और वे मुझे किस रूप में लेंगे, इसलिए तुम्हारे साथ ठहरते हुए बड़ी हिचक लग रही है। जो भी हो, कम से कम तुम मुझे निःसंकोच भाव से बता देना या स्टेशन ही मत आना, मैं कहीं भी ठहरकर तुमसे मिलने आ जाऊंगा।''

'स्थान का अभाव' और एक ही बार में उस विराट कोठी को अपनी नज़रों में समेटते हुए अमला मुस्करा पड़ी। 'निकट होते हुए भी अपरिचित।' सच ही तो है, एक साल के इस पत्र-व्यवहार से हम निकट से निकटतम और घनिष्ठ से घनिष्ठतम हुए हैं, फिर भी एक-दूसरे के व्यक्तिगत जीवन के बारे में कुछ नहीं जानते, कुछ भी तो नहीं जानते। क्या सोचता होगा अमर मेरे बारे में.... यही न कि एक मध्यम वर्ग की पढ़ी-लिखी लड़की है, जो साहित्य में रुचि रखती है और वह....वह क्या सोचती है ? उसने तो कभी कुछ नहीं सोचा। वह जानती है कि हिन्दी का एक लेखक जिस तरह का होता है उससे भिन्न अमर में कुछ नहीं होगा। हां वह लिखता अच्छा है, उसमें प्रतिभा है, उसके विचारों में आग है, भावों में गहराई और अनुभूतिजन्य टीस है। और पत्र—पत्र तो वह सचमुच ऐसे लिखता है कि मन बंध जाए, डूब जाए।

अमर के साल-भर के पत्रों की अनेक पंक्तियां उसकी आंखों के सामने घूम गईं और वह उन्हीं में खोई-सी मुस्कराती खड़ी रही।

तभी एकाएक उसे ख्याल आया—कैलाश को फोन करना है, नहीं तो वह घूमने निकल जायगा। वह जानती है कि साथ न जाने की बात सुनकर ही कैलाश नाराज होगा....और कारण जानकर तो बस भभक ही उठेगा। साधारण लोगों से मिलना-जुलना, उनके साथ बराबरी का व्यवहार करना कैलाश को कतई पसन्द नहीं और अमला है कि लाख प्रयत्न करके भी कैलाश की उस बात के आगे अपने को नहीं झुका पाई।

फोन पर कैलाश नहीं मिला तो उसने सन्देशा छोड़ दिया कि दिल्ली से एक मित्र आ रहे हैं, इसलिए वह कैलाश के साथ नहीं जा सकेगी। 'अच्छा हुआ, कैलाश नहीं मिला, वरना अभी जरूर कुछ कहा-सुनी होती और बेकार ही सवेरे-सवेरे मूड खराब हो जाता....' अमला फिर बरामदे में निकल आई।

ठीक दस बजे नहा-धोकर उड़ते हुए रूखे केशों का ऊंचा-सा जूड़ा बनाकर अमला ने श्वेत परिधान में लिपटे अपने निराभरण शरीर की प्रतिच्छाया को आदमकद शीशे में देखा।

''साल-भर से पत्र-व्यवहार करते हम इतने निकट आ गए कि मैं तो भूल ही गया कि हमारा साक्षात्कार नहीं हुआ है। तुम कौन हो; कैसी हो, यह सब मैं कुछ नहीं जानता, फिर भी कल्पना में मैंने तुम्हें अनेक बार अनेक रूपों में देखा है। पत्रों के माध्यम से कई बार तुम्हें अपने बहुत-बहुत निकट पाया है, तुम्हारे मानस की परत-परत को पढ़ा है, पहचाना है और मैं जानता हूं कि मेरी किस बात की प्रतिक्रिया तुम पर किस रूप से होगी। और मेरी कल्पना, मेरा

अनुमान मुझे धोखा नहीं दे सकता, आखिर लेखक की कल्पना है ! फिर भी देखना चाहता हूं कि मेरी कल्पना की अमला से तुम कितनी भिन्न हो !"

'कल्पना की अमला' और अमला ने कुछ इस अन्दाज़ से अपने प्रतिबिम्ब को देखा मानो तौल रही है कि कहीं वह उस कल्पना की अमला से बहुत हल्की तो नहीं उतरेगी ? पर सामने पड़ता प्रतिबिम्ब जैसे उसे यह बात मानने नहीं दे रहा था।

'लेखक की कल्पना ! हुं !' आज वह अमर के कितने भ्रमों को एक साथ तोड़ देगी और कदम-कदम पर जब उसे शॉक लगेगा तो पूछेगी—'कहिए अमर जी, कैसी रही ?' और उसके होंठ अनायास ही मुस्करा उठे। उसे याद आया, कैलाश ने एक बार रहा था, 'अमला, तुम्हारी इस मुस्कराहट में जाने ऐसा क्या जादू है कि बरबस ही मन बंध जाता है,' और तब से उसने सायास मुस्कराहट के इस ढंग को अपना लिया था। वह स्वयं जानती है कि बाईं ओर को अधिक और दाईं ओर को तनिक-से होंठ फैलाते ही उसके चहरे का लावण्य, चेहरे की मोहकता बढ़ जाती है। इसी मुस्कराहट से तो आज उसे अमर का स्वागत करना है।

कन्धे पर श्वेत फर का चेस्टर झुलाकर वह अपनी डिसोटो में जा बैठी। उस समय उसका मन गाड़ी से भी अधिक वेगवान हो रहा था।

सबकी प्रतीक्षा पर विराम-चिह्न लगाती-सी गाड़ी प्लेटफार्म पर आकर खड़ी हो गई। संयोग की बात, अमला ने देखा कि ठीक उसके सामने वाले कम्पार्टमेण्ट में ही दो उत्सुक आंखें चारों ओर देख रही हैं, और हाथ के अपने उपन्यास को सामने कर-करके इस प्रकार हिलाया जा रहा है, कि कोई चाहे तब भी नज़र नहीं चूक सकती है। ऊपर से नीचे तक अच्छी तरह देखकर अमला आगे बढ़ी—तो यह है अमर ! मन भाने लायक आकृति थी। एक बार सोचा, ठहर जाऊं, देखूं वह अपनी कल्पना की अमला के सहारे मुझे पहचानता है या नहीं, पर रुका नहीं गया। बिना किसी प्रकार का अभिवादन किए सामने जाकर अमला ने पूछा—"तो आ गए अमर साहब !" और मुस्कराती-सी उसकी ओर देखने लगी। "ओह अमला !" और अमला ने महसूस किया जैसे क्षण-भर में ही अमर की नज़रों ने उस समूची को तौल-परख लिया है। वह एक बार कुछ अस्त-व्यस्त-सी हो उठी, पर फिर बड़े ही स्वाभाविक ढंग से ड्राइवर को सामान रखवाने का आदेश देकर भीड़ से हटकर एक ओर जा खड़ी हुई। अमर जब सामान निकलवा कर उसके पास आया तो चलते-चलते पछा—"रास्ते में किसी तरह की तकलीफ तो नहीं हुई ?"

"और क्या तकलीफ होती, हां भीड़ काफी थी।" अमला ने महसूस किया कि वाक्य का अन्तिम हिस्सा आते-आते ही अमर के स्वर की सहजता जैसे जाती रही। शायद उस समय तक अमला का हाथ डिसोटो के फाटक तक पहुंच चुका था। "बैठो।" अमर बैठ गया। रास्ते में कोई खास बात नहीं हुई। अमला ही

इधर-उधर की छोटी-मोटी बातें पूछती रही, अमर सामने शीशे के पार सड़क पर नज़र जमाए संक्षिप्त-से उत्तर देता रहा। पर जैसे ही गाड़ी कोठी के फाटक में घुसकर लाल बजरी की सड़क पर तैरती हुई पोर्टिको में जाकर खड़ी हुई, अमला ने अमर के चेहरे के परिवर्तन को देखा। उसने एक तृप्तियुक्त प्रसन्नता का अनुभव किया। ड्राइवर ने गाड़ी का फाटक खोला तो पहले अमला उतरी और उसके पीछे अमर।

"आओ,"—अमला के स्वर में अपनत्व में लिपटा आदेश था। अमर खोया-खोया दिग्भ्रान्त-सा उसके पीछे चला।

रईसाने ढंग से सजे हुए आलीशान मेहमानों के कमरे में लाकर उसने अमर से कहा—"बैठकर जरा आराम करो, जितने तुम्हारे नहाने-खाने की व्यवस्था होती है," और फिर नौकरों को आवश्यक आदेश दे वह सामने आ बैठी। अपने होंठों पर वही मुस्कान ला, उसने पहली बार भरपूर नज़रों से अमर की ओर देखा। एक विचित्र-सी आक्रोशयुक्त खिन्नता उसके चेहरे पर छाई हुई थी। अमला उसके आक्रोश को भी समझ रही थी और उसकी खिन्नता को भी। अपनी कल्पना पर इतना बड़ा आघात लगते देख अमर शायद भन्ना रहा था, और खिन्नता—शायद इस अमला में उसकी कल्पना की अमला कहीं खो गई।

पत्रों को पढ़कर कई बार अमला को इस बात का एहसास हुआ था कि बिना मिले ही अमर के मन में उसके प्रति एक कोमल भाव घर कर गया है....क्या वह उससे प्रेम करने लगा था ? उसने क्या सोच लिया था कि अमला एक षोडशी कन्या होगी ?

"एतराज न हो तो एक सिगरेट पी लूं ?" बाईं ओर को झुककर दाहिनी जेब से सिगरेट निकालते हुए अमर ने पहली बार अपनी ओर से प्रश्न पूछा। पर नज़र इस समय भी उसकी अमला के चेहरे पर नहीं थी।

"शौक से पीजिए," स्वर को भरसक मृदुल बनाकर अमला ने कहा। वह चाह रही थी कि अमर उसकी ओर देखे तो सही। पर अमर ने जैसे जान-बूझकर अपने चेहरे को सिगरेट के धुएं में छिपा लिया तो अमला एकदम उठ खड़ी हुई।

"अच्छा तो अब नहा-खाकर ही मुलाकात होगी," और बिना उत्तर की अपेक्षा किए ही घूम पड़ी। उसकी सफेद रेशमी साड़ी का लम्बा-सा पल्लू ज़मीन पर घिसट रहा था और कदम एक दृढ़ आत्मविश्वास-युक्त लापरवाही से पड़ रहे थे। उसे अनायास ही मेजर कपूर की बात याद हो आई। हंसते हुए उसने कहा था, "अमला जी, अपनी इस चाल और जमीन पर घिसटते हुए आंचल की ताकत जानती हैं ! आदमी बेचारा बेबस-सा पीछे-पीछे घिसटने लगता है।" अमला अच्छी तरह जानती थी कि बात सिर्फ शिष्टता के नाते ही कही गई थी।—स्त्रियों की हर चीज की प्रशंसा करना तो आजकल शिष्टता की सबसे बड़ी निशानी है और फिर वह तो....फिर भी जाने क्यों उसे वह बात याद आ गई।

अपने कमरे में घुसते ही अमला को अन्ना ने सूचना दी, "कैलाश बाबू का

फोन आया था। जब तुम्हारी उनके साथ जाने की बात थी तो किसी और को भेज देतीं स्टेशन !"

"क्यों, कुछ कह रहे थे क्या ?" अमला के ललाट पर शिकन पड़ गए।

"कहेंगे क्या, पूछ रहे थे कि कौन आ रहा है ? हमें तो खुद नहीं मालूम कि कौन आ रहे हैं, सो क्या बताते ?"

"अच्छा ठीक है," और हाथ के चेस्टर को दूर काउच पर उछाल कर धम्म से बैठ गई। "अब टेलीफोन करके बात तो कर लो कैलाश बाबू से।" अन्ना को अमला की ये हरकतें हमेशा ही क्रोध दिलाती हैं। किसी और ने यों आदेश दिया होता तो अमला ने डांट दिया होता, पर अन्ना की किसी भी बात का वह बुरा नहीं मानती। मां की मृत्यु के बाद अन्ना ने ही उसे मां की तरह पाला-पोसा है। उठकर फोन किया तो मालूम हुआ कि कैलाश बाबू आफिस चले गए। एक बार सोचा वहां का नम्बर मिलाए, पर फिर रख दिया। "शाम को जाकर स्वयं मिल लूंगी।" इस समय तो अमर की उखड़ी-उखड़ी नज़रें जैसे उसे चुनौती दे रही थीं।

नौकर ने आकर सूचना दी कि अमर बाबू का खाना हो गया है तो अमला उसके कमरे की ओर चली।

"यदि सोने का इरादा न हो तो कुछ देर बैठकर बातें करूं ?" इजाजत लेते हुए अमला ने पूछा, पर इजाजत मिले उससे पहले ही काउच में धंस गई।

अपने को ठीक से व्यवस्थित करते हुए अमर ने कहा—"मुझे दिन में सोने की आदत नहीं, आप शौक से बैठिए। और यों भी आखिर मैं यहां आपसे मिलने, बातचीत करने ही तो आया हूं—फिर शाम की गाड़ी से तो चला ही जाऊंगा।"

'आप' लहजे का परायापन, अमला सब कुछ समझ रही है।

"आज ही चले जाएंगे ? क्यों ? आपने तो लिखा था कि दो-तीन दिन ठहरने का प्रोग्राम है ?" अमर की खीज का एक विचित्र-सा आनन्द लेते हुए अमला ने पूछा। "हां, लिखा तो था। पर अब सोचता हूं कि आज ही चला जाऊं।" यों ही बाहर देखते-देखते अमर ने कहा।

"क्यों, यहां बहुत कष्ट है ?" स्वर को और अधिक कोमल, और अधिक मृदुल बनाकर अमला ने पूछा।

बिना अपने को तनिक भी हिलाए-डुलाए अमर ने कहा, "ये अनावश्यक आराम की वस्तुएं, यह वैभव ही यदि किसी के कष्ट का कारण हो तो आप क्या कहेंगी ?" स्वर को स्वाभाविक रखने का बेहद प्रयत्न करने के बावजूद उसमें तिक्तता छलकी पड़ रही थी, और कुछ ऐसा भी था मानो अमर स्पष्ट रूप से बना देना चाहता हो कि वैभव के रोब में आने वाले व्यक्तियों में वह नहीं है, इस बात को अमला जान ले।

"तो कहूं कि वह आदमी बुरी तरह हीनभाव से ग्रस्त है। आराम देने वाली

वस्तुएं तो सभी को आराम देती हैं, कष्ट किसी को नहीं देतीं—यह तो उसका अपना ही हीनभाव है जो कष्ट दे रहा है, बेधे डाल रहा है।'' अमला का स्वर इस बार भी कोमल था, पर बड़ा सधा हुआ।

इस उत्तर से अमर शायद बुरी तरह कट गया, शायद स्वप्न में भी उसे ऐसे उत्तर की आशा नहीं थी। वह झटका खाकर घूम पड़ा। अमला ने अपने चेहरे पर जब अमर की तीक्ष्ण नज़रों को जमा हुआ पाया तो होंठों पर वही मुस्कान लपेट वह एकटक उसकी ओर देखती रही। वह उम्मीद कर रही थी कि शायद कोई और भी तीखी-सी कटु-सी बात अमर कहेगा, पर दो क्षण तक लगातार अमला को यों देखने के बाद जब अमर बोला तो उसका स्वर कोमल था और जैसे बड़ी ही विवशता से भरा हुआ था।

''तुमने यह सब क्यों किया अमला ? क्यों मुझे इतने दिनों तक धोखे में रखा ? क्यों नहीं मुझे अपना असली परिचय दिया ?''

अमर के स्वर की आर्द्रता और अपनी विजय का आह्लाद अमला के तन-मन को सहला गया। आखिर उसकी मुस्कराहट ने अमर की कठोरता को गला ही दिया, सवेरे से आई हुई दोनों के बीच की दूरी और जड़ता को मिटा ही दिया। स्वर को और भी कोमल बनाकर सहास्य बोली, ''धोखा कैसा ? मैंने तो कभी तुमसे कोई झूठ बात नहीं कही। तुमने मेरे विषय में कभी कुछ पूछा नहीं, और आगे होकर मैंने कभी कुछ बताया नहीं....पर इसमें धोखा कैसा ?''

अमला के चेहरे पर वैसे ही नज़र गड़ाए-गड़ाए, पर खोए-खोए स्वर में अमर बोला, ''हां, मैंने कभी कुछ नहीं पूछा—कभी उसकी आवश्यकता ही नहीं समझी। मुझे हमेशा ही लगता रहा जैसे मैं तुम्हें जानता हूं। तुमसे मिला हुआ हूं।''

सारे वातावरण को अपने उन्मुक्त हास्य से मुखरित करते हुए अमला ने पूछा, ''तो क्या तुम्हारी कल्पना की अमला से मैं बहुत भिन्न हूं ? बहुत ही असुन्दर ? देखो, तुम्हें पत्र लिखने वाली अमला और तुम्हारे सामने बैठी अमला एक ही है, और जब पत्र वाली अमला से इतनी आत्मीयता रखते आए हो, तो इस बेचारी ने ही तुम्हारा ऐसा क्या बिगाड़ा है जो अकारण ही इस पर इतना झल्ला रहे हो !''

अमर एकटक उसको देखता रहा। अमला को लगा जैसे उसके सारे शरीर पर घूमती हुई अमर की नज़र उसमें से अपनी अमला को ढूंढ निकालने का प्रयत्न कर रही है और शायद उसे कुछ-कुछ साम्य नज़र आने लगा है। पर तभी एक बड़ा ही विचित्र और असंगत-सा प्रश्न अमर की ओर से आया :

''तुम इतनी सादगी से क्यों रहती हो अमला ? ऊपर से नीचे तक के श्वेत वस्त्र, यह अनलंकृत रूप—जानती हो इस सारे वैभव के बीच बड़ा विचित्र-सा लगता है, कुछ अखरता भी है।''

अमला समझ नहीं पाई कि यह बात अमर ने सरलता से कही है या व्यंग्य में। फिर भी हंसते हुए उसने कहा, ''तो तुम अभी तक यही देख रहे थे ?''

फिर एक क्षण चुप रहकर बोली, ''तुम मेरे बारे में कुछ जानते नहीं हो, इसलिए यह सब पूछ रहे हो, वरना शायद नहीं पूछते !''

''तुम्हारे बारे में न जानने का इस प्रश्न से क्या सम्बन्ध है भला ?'' कुछ विस्मय से अमर ने पूछा।

''है अमर, है,'' और फिर मुस्कराते हुए बोली, ''बात यह है कि मैं परित्यक्ता हूं, पति द्वारा त्यागी हुई। विवाह के एक साल बाद ही मैं फिर यहां लौट आई। इतना तो शायद तुम भी जानते हो कि जिस स्त्री को पति ने छोड़ दिया हो, उसके लिए रंग-बिरंगे कपड़े पहनना, सजना-संवरना एक तरह से निषिद्ध होता है, इसलिए नहीं पहनती। आरम्भ में तो एक प्रकार से यह मेरी मजबूरी थी, पर अब तो मेरी रुचि ही बन गई है।'' अमला ने तो अपनी ओर से बात बड़े ही सहज और स्वाभाविक ढंग से कही थी, पर उसे लगा जैसे अपार विस्मय और आश्चर्य ने अमर के चेहरे की सारी स्वाभाविता को ही हर लिया है। वह एक क्षण चुप बैठी रही, शायद अमर कुछ बोले, पर फिर उसकी विमूढ़ता देखकर हंस पड़ी—''तुम्हें इतना आश्चर्य क्यों हो रहा है ! परित्यक्ता होना आखिर कोई ऐसी अनहोनी बात तो नहीं है। हमारे देश में तो जाने कितने लोग अपनी पत्नियों को छोड़ देते हैं।''

पता नहीं अमर ने यह बात सुनी भी या नहीं, क्योंकि उसके चेहरे पर किसी प्रकार का भाव-परिवर्तन नहीं हुआ। उसकी अवाक्-सी दृष्टि अमला के चेहरे पर इस प्रकार टिकी हुई थी, मानो पूछ रही हो—जो कुछ तुमने अभी कहा वह तुम्हारे अपने बारे में ही था ? तुम परित्यक्ता हो ? पति द्वारा तिरस्कृत, त्यागी हुई....पर विषाद की हल्की-सी छाया भी तुम पर नहीं !

अमर की इस स्थिति पर अमला खिलखिला कर हंस पड़ी। उसकी हंसी ने अमर को बुरी तरह चौंका दिया। हंसते-हंसते ही अमला ने कहा, ''शायद तुम सोच रहे हो अमर, यह कैसी विचित्र नारी है जो अपने चरम दुर्भाग्य पर ही हंस रही है। पर तुम्हीं बताओ, आज से दस साल पहले जो घटना घट गई, उसे लेकर क्या उम्र-भर ही रोती रहूं ? कोई कुछ भी कहे, मुझसे तो नहीं रोया जाता,''—फिर कुछ रुककर बोली, ''अगर गलत धारणा न बनाओ तो एक बात बताऊं ? कभी-कभी तो सोचती हूं कि जीवन का यह सबसे बड़ा दुर्भाग्य भी मेरे लिए सौभाग्य बनकर ही आया। जिस दिन वह घर छोड़कर हमेशा के लिए यहां आना पड़ा था, उस दिन सचमुच ही बहुत दुखी थी; पर आज जब पीछे मुड़कर देखती हूं और इन दस वर्षों में जो कुछ पाया, उसका लेखा-जोखा करती हूं तो लगता है मैंने खोया कम, पाया अधिक है; इसलिए कहती हूं, किस बात का दुख और कैसा दुर्भाग्य ! लोग समझें दुर्भाग्य, मैं तो नहीं समझती !''

अमर के चेहरे का विस्मय और घना होता जा रहा था। वह जैसे किसी तरह भी नहीं समझ रहा था कि सामने बैठी इस नारी के प्रति क्या धारणा बनाए ?

"ओ होऽ ! तुम तो मुझे यूँ घूर-घूर कर देख रहो हो मानो मैं संसार का कोई महान आश्चर्य होऊं। पति के अतिरिक्त भी संसार में बहुत कुछ ऐसा होता है जो नारी-जीवन को पूर्ण बना सकता है, यह बात क्या तुम जैसे प्रगतिशील लेखक के गले के भी नहीं उतर रही है ?"

'नहीं, यह बात नहीं। मैं सोच रहा था...." उससे कुछ बोला न गया।

"क्या सोच रहे थे ?" मुस्कराते हुए अमला ने पूछा।

"यही कि पत्रों में तुम जैसी लगती थीं, वास्तव में उससे कितनी भिन्न हो। सच, पत्रों वाली अमला तो तुममें बिलकुल खो ही गई।"

"बहुत अफसोस हो रहा है उसके खोने का ?" हास्य में व्यंग्य का पुट देकर अमला ने पूछा।

"नहीं, अफसोस कैसा ?"

एकाएक ही बात बदलते हुए अमला ने पूछा, "खैर, छोड़ो भी यह सब ! यह बताओ, शाम को तो तुम नहीं जा रहे हो न ?"

"नहीं।" और आने के बाद शायद अमला ने पहली बार अमर के चेहरे पर मुस्कराहट देखी, अपनत्व की मुस्कराहट।

"अच्छा, तो अब तुम भी आराम कर लो, सफर की थकान होगी, मैं भी जरा सो लूं। मुझे तो दिन में सोने की आदत है। अब चाय पर बुलाऊंगी।" और वह घूम पड़ी।

जब तक अमला अमर के कमरे के सामने रही, बराबर उसने महसूस किया कि उसकी पीठ पर अमर की नज़र रेंग रही है। विस्मित, चकित और पराजित सी नज़र ! उसे लगा, कैलाश और मेजर कपूर की बातें केवल शिष्टतावश ही नहीं की गई थीं, उनमें कुछ सच्चाई भी है। क्या उसने अपनी मुस्कराहट से, अपनी चाल से, अपने आंचल से अमर का मन नहीं बांध लिया ? फिर एकाएक ही ख्याल आया, "क्या होगा मन बांधकर ? वह क्या चाहती है आखिर ?...."

चार बजे के करीब अमला ने अमर को चाय के लिए बुलवाया। नौकर के पीछे-पीछे अमर आया। अमला लॉन में रंगीन कलियों की छतरी के नीचे सिंगापुरी केन की कुर्सी पर बैठी थी और उसकी मेज पर चाय के साथ अनेक व्यंजन बिखरे पड़े थे। उसके लम्बे काले घने केश इस समय ढीली-सी चोटी के रूप में पीठ पर पड़े थे। अमर जब सामने आया तो बोली, "अखिर सो गए न ?"

"जाने कैसे नींद आ गई ! पर ज्यादा तो नहीं सोया। तुम उधर आई थीं क्या ?"

"नहीं, तुम्हें ही बुलवा भेजा था," फिर प्याले में चाय डालते हुए पूछा, "चाय तुम लाइट पसन्द करते हो या स्ट्रांग ?"

"जैसी भी बना दो।"

"चीनी ?"

'जितनी भी डाल दो।''

हाथ को जहां का तहां रोककर अमला ने एकटक उसकी ओर देखते हुए पूछा, ''वाह रे ! यह भी कोई बात हुई भला ? जैसी भी बना दो, जितनी भी डाल दो ! आखिर खाने के प्रति ऐसी विरक्ति क्यों ?''

अमर मुस्कराया, ''खाने के प्रति क्या, यहां तो सभी चीज़ों के प्रति ऐसी ही विरक्ति है। सन्त आदमी हैं।''

'अऽ....हाऽ....'' खिलखिलाते हुए अमला बोली, ''क्या कहने आपके संतपने के ! वह तो आपकी रचनाएं पढ़कर ही मालूम पड़ जाता है कि कैसे वीतराग हैं आप ! सच, तुम लोगों से तो बचकर ही रहना चाहिए....'' और प्याला अमर के सामने करके उसने अनजाने ही नीचे सरक आए अपने साड़ी के पल्ले क़ो कसकर चारों ओर लपेट लिया। अमला ने देखा कि मन्द-मन्द मुस्कराकर अमर एकटक उसी की ओर देख रहा है तो वह और भी अधिक सतर्क हो उठी। उसका ध्यान अपनी ओर से हटाने के लिए बात बदलते हुए अमला ने पूछा ''अच्छा यह बताओ, ये जो इतनी प्रणय-कथाएं लिखी हैं, उन सबका अनुभव कहां प्राप्त किया ? उन सबकी प्रेरणा कौन है ?''

''सब काल्पनिक है—अपनी प्रेरणा तो अपनी कल्पना ही है।'' बड़ी लापरवाही से अमर ने जवाब दिया और आसपास की क्यारियों में खिले डालिया के फूलों को देखने लगा।

''अरेऽ जाओऽ.... भी ! किसी और को बनाना। यह सब कल्पना के आधार पर ही लिख लिया ? हम तो जैसे बुद्धू हैं, जो तुम चाहोगे वही मान लेंगे। बता भी दो....अखिर हम भी तुम्हारे मित्र ही हैं।'' मनुहार करते हुए अमला बोली। पर उसके कानों में अमर के शब्द गूंज रहे थे—'अपनी प्रेरणा तो अपनी कल्पना ही है' और फिर आंखों के आगे अस्पस्ष्ट-से शब्द तैर गए—'कल्पना की अमला'।

पर अमर की दृष्टि फूलों में ही खोई रही और मुस्कान अधिक फैल गई। अमला को लगा जैसे अमर किसी की याद में खो गया....'शायद अपनी प्रेरणा की याद में'। सहसा उसका ध्यान खींचने के लिए बिना प्रसंग के ही अमला ने पूछा, ''दिल्ली में तुम अकेले ही रहते हो या घर के सब लोग रहते हैं ?'

''अकेले ही रहता हूं।''

''घर के और लोग कहां रहते हैं ?''

''जयपुर में।'' चाय की एक लम्बी चुस्की लेकर प्याला खाली करते हुए अमर ने जवाब दिया।

प्याला अपनी ओर सरकाकर दूसरे प्याले के लिए पानी ढालते हुए अमला ने पूछा, ''कौन-कौन हैं घर में ?'' अमला चाह रही थी कि अमर एक साथ ही सारी बातें बता दे, पर अमर था कि जितना अमला पूछती, उतना ही जवाब देता।

''सभी कोई हैं। एक हिन्दुस्तानी परिवार में जितने लोग हो सकते हैं शायद सभी हैं।'' स्वर ऐसा था मानो न घर में कोई दिलचस्पी है, न घरवालों में।

एकाएक अमला का ध्यान गया कि अमर चाय ही पी रहा है, कुछ खा नहीं रहा है, तो मिठाई की प्लेट उधर सरकाती हुई बोली, ''लो, तुम तो कुछ खा ही नहीं रहे। अपने से खा लो भाई, मुझे मनुहार नहीं करनी आती।'

''मैं तो काफी कुछ खा रहा हूं, पर देखता हूं तुमने तो अभी तक कुछ भी नहीं खाया—सिर्फ खिलाना ही जानती हो, क्यों ?''

''मैं चाय के साथ कुछ नहीं खाती।''

''क्यों ?''

''आदत नहीं है, इसलिए, और क्यों ?''

''आज हमारे कहने से ही सही, लो,'' और उसने दोनों हाथों से दो प्लेटें उधर कर दीं। स्वर के अपनत्व और मनुहार ने अमला को भिगो दिया।

''मैं लूंगी तो तबीयत खराब हो जाएगी।''

''ओफ्फो ! अब ज्यादा नखरे न करो।''

''क्यों न करें जब कोई उठाने वाला हो ?'' और फिर एक अर्थभरी मुस्कराहट से उसने अमर की ओर देखा।

''कौन है उठाने वाला, ज़रा हम भी सुनें ?'' अमर के चेहरे पर फैलता कौतूहल अमला से छिपा न रह सका।

''कोई एक हो तो बताऊं। यहां तो अनेक हैं।'' फिर भी वह अकारण ही खिलखिला पड़ी। इतने में ही अन्ना शॉल लिए आई और अमला के कन्धे पर डालती हुई बोली, सर्दी का समय हो गया है, और बातें करनी हो तो अब अन्दर चलकर बैठो।'' बिना उसकी बात पर ध्यान दिए अमला बोली, ''एक तो यही है, जिसने लाड़ कर-करके हमें बिगाड़ रखा है। और यों तो समझ लो कि सारा घर ही नखरे उठाता है। विवाह के कुल एक वर्ष बाद सत्रह वर्ष की उम्र में बिना किसी दोष के ही पति द्वारा त्यागी जाकर मानो मैंने घर वालों पर ऐसा एहसान कर दिया कि अब वे ज़िन्दगी भर मेरे नाज़-नखरे ही उठाते रहेंगे।'' और अमला फिर हंस पड़ी, फिर इस बार अमर ने उसका साथ नहीं दिया। वह कुछ पैनी नज़रों से इस तरह अमला को देखने लगा मानो उसकी बात पर, पल-पल में फूटती उसकी हंसी पर, किसी पर भी वह विश्वास न कर पा रहा हो। एक क्षण यों ही देखने के बाद अमर ने पूछा, ''बुरा न मानो तो एक बात पूछूं ? है जरा व्यक्तिगत—ठीक समझो तो उत्तर देना, न समझो तो साफ मना कर देना, मैं जरा भी बुरा नहीं मानूंगा....बात यह....''

''अरे, अरे भूमिका तो काफी हुई, अब बात पूछो न !'' अमर की अविश्वास भरी नज़रें अमला को कहीं कचोट गई थीं और वह उसके अविश्वास को दूर कर देना चाहती थी।

झिझकते-झिझकते अमर ने फिर पूछा, ''अच्छा अमला, यह बताओ, किस

बात पर तुम अपने पति का घर छोड़कर यहां आ गई थीं ?''

''बस, इतनी-सी बात के लिए दस गज की भूमिका बांध रहे थे ? कहा न, आई नहीं, भेज दी गई थी, निकाल दी गई थी।'' पर स्वर में 'निकाल देने' के अपमान या तिरस्कार की लज्जा न थी, न कड़वाहट।

''यही समझ लिया, पर क्यों ?'' और अमर इस तरह देखने लगा मानो निकाल देने का कारण अमला के शरीर में ही कहीं छिपकर बैठा हो।

''यह मैं कैसे बता सकती हूं, यह तो जिसने निकाला वह जाने ?''

अमर समझ गया कि अमला बताना नहीं चाहती। कुछ ठहरकर बोला—''तुम्हारे जीवन में यह जो कुछ घट गया है, इसी को तुमने अपनी नियति मान लिया है या भविष्य के बारे में नये सिरे से भी कुछ सोचती हो ?''

अमला फिर खिलखिलाई, पर इस बार उसने स्वयं महसूस किया कि जैसे उसकी यह हंसी बड़ी बेमौके की है। एकाएक ही गम्भीर होते हुए बोली,''देखो, मुझे बताने में कोई आपत्ति नहीं, पर तुम्हारी बात का कोई जवाब ही नहीं मेरे पास ! भविष्य के बारे में कौन दावे के साथ कह सकता है भला ? मन की बनाई योजनाएं पूरी हों, न हों। इससे तो बेहतर है कुछ बनाओ ही नहीं। बस निरुद्देश्य जीते चलो और जो कुछ भी सामने आ जाए उसे स्वीकार करते चलो। ऐसा करने से मन के बहुत-से कलेश, बहुत-सी निराशाओं और असफलताओं का बोझ तो यों ही हट जाता है।'' अपनी लम्बी चोटी के निचले हिस्से को अमला यों ही उंगली पर खोल-लपेट रही थी। चेहरा इस समय उसका निर्विकार था। जैसे वह हर घड़ी सजग थी कि अमर की सतेज, जिज्ञासु और उसके मन की हरेक बात जान लेने को आतुर दो आंखें एकटक उसके चेहरे पर गड़ी हुई हैं।

''तो तुम्हारा मतलब है कि अपने को भाग्य के भरोसे छोड़ दो। एक ओर ऐसी बुद्धिमानी और दूसरी ओर ऐसी भाग्यवादिनी !!'' कुछ आश्चर्य और अविश्वास से अमर ने पूछा।

कुर्सी की पीठ पर अपने शरीर को ढीला छोड़ते हुए अमला ने कहा, ''जो अपने भाग्य को हाथ में ले लेते हैं वे ही क्या तीर मार लेते हैं ? सच पूछो तो मैं इन चीजों में सिर नहीं खपाती। यों भी जीवन इतना व्यस्त हो चला है कि यह सब सोचने का समय ही नहीं मिलता।'' और फिर चेहरे पर वही मुस्कान लपेटे वह अमर की ओर देखने लगी।

अमर उसे यों देख रहा था मानो वह उसकी मुस्कराहट के, इस कथ्य और सहजता के आवरण को चीर कर उसके मन में झांकने को अकुला रहा हो। पूछा, ''एक बात और बताओ—सवेरे तुमने कहा था कि इन दस वर्षों में तुमने जो कुछ पाया है उसमें रहा-सहा विषाद भी धुल-पुंछ गया है। क्या मैं जान सकता हूं कि पति को खोकर एक नारी आखिर ऐसा क्या पा सकती है जो अपने जीवन में पति के अभाव को पूरा कर दे ?''

अमला अब तक काफी संभल चुकी थी। बहुत ही सरल-स्वाभाविक स्वर

में हंसते हुए बोली, ''तो पति की कमी क्या दुनिया में कोई पूरी कर ही नहीं सकता ? इस घटना के बाद ही मैंने पढ़ाई की, संगीत सीखा, चित्रकारी का भी थोड़ा शौक फर्माया, घूमना-फिरना सीखा, स्वतन्त्र रूप से कुछ सोचना सीखा, लोगों से मिलना-जुलना सीखा, यों समझ लो नई ज़िन्दगी पाई।''

अमला के अन्तिम वाक्य की कुछ ऐसी प्रतिक्रिया हुई कि अमर बिना सोचे ही पूछ बैठा, ''विवाहित जीवन का तुम्हारा एक वर्ष बहुत ही कष्ट में बीता था ? क्या तुम भी उस विवाह से सन्तुष्ट-सुखी नहीं थीं ?'' पूछकर ही अमर को लगा, कहीं कुछ अनुचित तो नहीं हो गया ? पर अमला के उत्तर ने उसके मन की आशंका को दूर कर दिया।

''एक साल में कोई क्या समझेगा कि कोई सुखी था या नहीं—फिर न वह उम्र ही यह सब समझने लायक थी, न वैसी बुद्धि ही थी। याद तो पड़ता है कि उस समय शायद मैं सुखी ही थी। अब तो खुद मुझे भी विश्वास नहीं होता, पर सच मानना, उस समय बढ़िया कपड़े और हीरे-मोती का जेवर पहनकर पति के साथ सिनेमा देख आना ही मेरे लिए शायद चरम सुख था और मेरे पास कपड़ों और जेवर का अभाव नहीं था। वे मुझे कभी-कभी सिनेमा भी ले ही जाया करते थे....हां, ये सब सुख शायद मुझे प्राप्त ही थे....'' रुक-रुककर, याद करते-करते अमला इस प्रकार बोल रही थी मानो अपनी बात नहीं, कभी की कोई पढ़ी हुई बात दुहरा रही हो, फिर बोली, ''सुख की कैसी सीधी, सरल परिभाषा है, न ?'' और खोई-खोई-सी देखने लगी। पर सारी बात के प्रति उसकी यह उदासीनता, निर्लिप्तता अमर को कितना व्याकुल बना रही थी, और उसकी आंखों में कैसा अविश्वास झलक पड़ रहा था, यह अमला से भी छिपा नहीं था। इस दुराव-छिपाव में, वह एक प्रकार का आनन्द लेने लगी थी। अपने बारे में धीरे-धीरे एक-एक रहस्य का उद्घाटन करके अमर की उत्सुकता को पहले चरम तक ले जाना और फिर एक झटका देकर अलग कर देने का खेल शायद वह सवेरे से ही खेल रही थी। बहुत ही साधारण ढंग से अपने को हर बात में असाधारण बनाकर वह अमर के लिए इतने-से समय में ही आकर्षण का कितना बड़ा केन्द्र बन गई है, किस प्रकार उसकी चेतना पर निरन्तर छाए चली जा रही है, यह सब वह स्वयं महसूस कर रही थी। उसे अमर के गम को मिटाना था—कल्पना की अमला के खो जाने के गम को। पर अमर को यों लगातार अपनी ओर घूरते देख वह कुछ क्षण को सारे प्रयत्न के बावजूद कुछ अस्त-व्यस्त-सी हो उठी। अपने को अपनी चोटी में अत्यधिक व्यस्त-सा बनाते हुए उसने पूछा, ''तुम क्या विवाह को जीवन के लिए आवश्यक मानते हो ?'' इस समय उसने जैसे प्रश्न के हथियार को ही कवच बना लिया।

''हां, जीवन की स्वाभाविकता को बनाए रखने के लिए आवश्यक ही समझता हूं। शुरू में चाहे न लगे, पर बाद में फिर बड़ी कुण्ठाएं और विकृतियां आ जाती हैं। यों फिर अपवाद तो सभी नियमों के होते हैं।''

''यदि सचमुच ही तुम ऐसा मानते हो तो तुमने अब तक विवाह क्यों नहीं किया ? विवाह की उम्र तो तुम भी शायद कभी की पार कर चुके हो!'' अमला पूछने को पूछ तो गई, लेकिन ख्याल आया कि अमर का ध्यान फिर कहीं जाकर न उलझ जाए। उसे अभी कुछ समय पहले पूछी गई 'प्रेरणा' वाली बात याद आ गई। वह बड़ी सावधानी से अमर के चेहरे के भाव-परिवर्तन को देखने लगी। पर अमर ने उसी प्रकार उत्तर दिया :

''मैंने विवाह किया नहीं, यह सच है, पर विवाह की बात तो सोचता भी नहीं, ऐसा नहीं कहता। हां, इतना अवश्य है कि साथी मन लायक होना चाहिए। घरवालों की ओर से तय किए हुए विवाह में मेरा विश्वास नहीं।''

''मिलाऽऽ कोई मनलायक साथी ?'' 'मिला' पर कुछ विशेष जोर देते हुए अमला ने सहसा पूछा।

''अभी तक अविवाहित हूं, इसका मतलब ही है कि नहीं मिला।''

''सच, सच कह रहे हो ? कहीं कोई हो....'' पूरी तरह आश्वस्त होने के लिए अमला ने पूछा—पर अमर ने कोई जवाब नहीं दिया, केवल मुस्कराता रहा।

''मन का पूरा-पूरा अता-पता दो तो मैं काफी मदद कर सकती हूं। तुम्हारी दुआ से परिचितों का क्षेत्र काफी बड़ा है। बोलो, करूं कोशिश ?''

''धन्यवाद ! तुम्हारी परिचित लड़कियां भी तुम्हारी जैसी ही होंगी....मुझे तो कोई बहुत ही साधारण-सी लड़की चाहिए।''

''क्यों, मैं क्या इतनी बुरी हूं कि मुझ जैसी लड़की से विवाह कर ही नहीं सकते ?'' उलाहने के स्वर में अमला ने जरा मचलते हुए पूछा। स्वर में विजय का आह्लाद स्पष्ट था। अमर ने इसे न समझा हो सो बात नहीं, पर अमला के कहने का ढंग कुछ ऐसा मोहक था कि उसे यों हारना भी अच्छा लगा।

तभी अन्ना ने आकर कहा, ''कैलाश बाबू का फोन आया है।'' अमला जल्दी से उठकर गई और थोड़ी देर में लौटी तो उम्मीद कर रही थी कि आते ही अमर कैलाश के बारे में पूछेगा, पर जब उसने कुछ नहीं पूछा तो स्वयं ही बोली, ''एक ये हमारे मित्र साहब हैं, जो सवेरे से ही मुंह फुलाए फिर रहे हैं।'' और उसने अपनी बात की प्रतिक्रिया देखने के लिए अमर की ओर देखा। पर अमर बैठकर चुपचाप एकटक डालिया के फूलों को देख रहा था, सो देखता ही रहा, मानो उसने अमला की बात सुनी ही नहीं। अमला को आश्चर्य हो रहा था कि जो अमर अभी कुछ देर पहले अमला की हर बात जान लाने को इतना अकुला रहा था, मित्र की बात सुनकर भी एकाएक यों उपेक्षा भाव धारण करके कैसे बैठ गया ? अमर के इस मौन से अमला के अभिमान को कहीं आघात लगा। तभी अमर ने कहा, ''अमला, तुम्हारे ये डालिया बड़े सुन्दर हैं; इतने सुन्दर चटकीले और बड़े-बड़े डालिया शायद मैं जीवन में पहली बार देख रहा हूं।''

'यह भी मेरी प्रिय हॉबी है। कल तुम्हें पीछे का बगीचा दिखाऊंगी, न मुग्ध कर दिया तो....!'' बड़े ही गर्वीले स्वर में अमला बोली।

"हम तो तुम्हारी हर बात पर ही मुग्ध हैं।" अमर ने कहा और फिर जैसे झेंप मिटाने के लिए हंस पड़ा।

अमला ने उस का साथ देते हुए कहा, "अच्छाऽऽ !" और फिर बोली, "चलो, अब जरा घूम आएं; तुम भी तैयार हो जाओ और मैं भी तैयार हो आती हूं।"

कोट पहने और हाथ में सिगरेट का डिब्बा लिए अमर जब आया तो अमला अपने कमरे में ही थी। अमर को आया जान उसने उसे अन्दर बुला लिया, "यह हमारा निजी कमरा है।" फिर हंसते हुए बोली, "जानते हो, इस कमरे में घुसने का सौभाग्य बहुत कम लोग ही पाते हैं।" दो बड़े-बड़े बुकशेल्फ में बड़ी ही चुनी हुई पुस्तकें रखी हुई थीं। अमर ने बात का जवाब नहीं दिया, पुस्तकों को ही उलट-पुलटकर देखने लगा और फिर मुस्कराते हुए पूछा, "सब पढ़ रखी हैं या अमीरों की तरह केवल शान दिखाने और रौब जमाने के लिए सजा रखी हैं ?"

"जी हां, सिर्फ शान दिखाने के लिए रख रखी है," अमला ने चिढ़ते हुए कहा, "जैसे पढ़ने-लिखने का ठेका तो आपके वर्ग ने ले रखा है !"

"चिढ़ती क्यों हो; मैं तो सच बात कह रहा हूं।" अमर किताबें ही देख रहा था और अमला अपनी तैयारी पर आखिरी टचेज़ दे रही थी। वहीं से बोली, "इस विषय में फिर किसी समय बात करूंगी, इसे लेकर भी काफी भूसा साफ करना है तुम्हारे दिमाग का।"

"बहुत हिमायत ले रही हो अपने वर्ग की ? पत्रों में तो बड़ी नफरत उगला करती थीं। और यही कारण था कि मैंने कभी कल्पना ही नहीं की थी कि आप स्वयं भी इसी वर्ग की हैं।" और हाथ की पुस्तक को जहां की तहां लगाकर अमर घूमा। उसके सामने अमला तैयार खड़ी थी। वही श्वेत वस्त्र और लम्बा पल्ला पर नये सिरे से तैयार होने से चेहरे पर ताजगी आ गई थी और लावण्य निखर उठा था। घड़ी के पट्टे का हुक लगाती हुई बोली, "मैं न किसी की हिमायती हूं, न किसी से नफरत करती हूं। सबके गुण-दोषों को उनके सही रूप में देखने का प्रयत्न करती हूं। तुम्हारी तरह पूर्वाग्रह लेकर नहीं चलती।"

फिर ड्रेसिंग टेबिल के फूलदान में से एक बड़ा सा सफेद गुलाब निकालकर जूड़े में खोंस लिया। शीशे में उसने देखा, अमर एकटक उसके पलंग के चारों ओर मसहरी को ही देखे जा रहा है।

"तुम्हारी यह मसहरी बड़ी विचित्र है।" अमर ने कुछ आश्चर्य से पूछा।

शीशे में पड़ते प्रतिबिम्ब से ही नज़र मिलाकर हंसते हुए अमला ने कहा, "अब तुम्हें मसहरी में भी विचित्रता नज़र आने लगी है—कमाल है। इसमें क्या विचित्रता है भला ?"

"ऐसा डिज़ाइन कभी देखा नहीं—ये मकड़ी के बड़े-बड़े जाले अजीब-से नहीं लगते कुछ ?" वह उन जालों को ही देखे जा रहा था।

"हमारे साहब ने इसे पेरिस से मंगवाया था। साहब ने तो छोड़ दिया, पर यह मसहरी यहां रह गई; और देखो, ग्यारह साल से मैं इसे काम में ले रही हूं,

पर कुछ भी तो नहीं बिगड़ा इसका।'' उसने चैस्टर कंधे पर डाला और चलने को हुई।

''उनकी दी हुई किसी चीज का उपयोग करते हुए तुम्हारा मन विरोध नहीं करता ?'' अमर ने पूछा।

''तुमने भी मुसीबत कर दी! कैसा विरोध, किसका विरोध ? सच पूछो तो मैं तो वह सब कभी का भूल भी गई। अच्छा लो, चलो अब।''

पर अमर वहीं खड़ा-खड़ा बोला, ''मैं सोच रहा हूं, इसमें सोती हुई कैसी लगती होगी तुम ?'

''सोकर दिखाऊं क्या ?'' और अमला खिलखिलाती कमरे से बाहर निकली तो अमर भी हंसता-हंसता उसके पीछे हो लिया।

पोर्टिको में गाड़ी तैयार खड़ी थी। आगे-आगे अमला थी और पीछे अमर। दो कदम चलकर ही अमर ने पूछा, ''कहां चलेंगे ?''

''कैलाश के यहां।''

''ये साहब कौन हैं ?'

''लो चाय पीते समय अभी जिनका फोन आया था। सवेरे से ही हमसे नाराज़ हैं। बात यों हुई कि सवेरे इनके साथ कहीं जाने का प्रोग्राम था, सो कैंसिल करके हम तुम्हें लेने स्टेशन आ गए। अब वे मुंह फुलाकर बैठे हैं। चलो, जरा मना आएं।'' और फिर उसने घूमकर अमर की ओर देखा। अमर समझ ही न पाया कि वह इस सारी बात को किस रूप में ले। उसने धीरे से इतना ही कहा, ''तो तुम अकेली ही हो आतीं—वहां मैं क्या करूंगा भला ?'' अमला को लगा जैसे स्वर में थोड़ी-सी खिन्नता आ ही गई थी।

''अरे वाह ! वहां से घूमने चलेंगे, उन्हें भी साथ लेंगे। इण्टरेस्टिंग आदमी हैं।'' और फिर अर्थपूर्ण नज़रों से अमर की ओर देखते हुए वह गाड़ी में घुस गई। अमर उसकी बात के जवाब में बिना कुछ कहे ही जब चुपचाप गाड़ी में बैठ गया तो उसकी उत्सुकता और अकुलाहट को जैसे चरम तक पहुंचाने के लिए आखिरी झटका देती हुई बोली, ''यों समझ लो, केवल हमारे मित्र ही नहीं ....मन-लायक मित्र हैं; तुम भी तो मिल लो जरा।''

कार स्टार्ट हो गई और फाटक के बाहर की कच्ची सड़क पर आते ही धूल का अन्धड़ आगे-पीछे छा गया। अमला ने कनखियों से ऊपर की ओर देखा और उसे लगा, सड़क से भी अधिक वेगवान एक अन्धड़ इस समय अमर के दिमाग में भी उड़ रहा है—कौतूहल का अन्धड़, जिज्ञासा का अन्धड़, असंख्य प्रश्नों का अन्धड़....

तीन

बड़ी अजब है यह मुस्कराहट भी....

अभी-अभी अमला गई है; लेकिन लगता है जैसे अपनी इस अजब, सुगंधित मुस्कराहट को यहीं छोड़ गई है—मंडराते हुए....भरमाते हुए। मन में इतना कुछ भर गया है कि चाहूं तो आज की डायरी को पूरी पुस्तक बना डालूं....जोश आ रहा है, किस इण्टरव्यू के चक्कर में पड़ूंगा....घर जाऊं और बैठकर खूब लिखूं—खूब लिखूं। आज कितनी बातें कही हैं अमला से ! लेकिन नहीं, न वे बातें सच थीं, न वह भावस्थिति। सच था सिर्फ वह स्वर....वह होंठों का मुस्कराहट के आकार में मुखर स्पन्दन....वह जो कुछ उसने अपने अन्तर से संजोकर मुझे सौंपा था....लगा था, हम तो केवल चुप हैं और स्तब्ध उस वार्तालाप को सुन रहे हैं....सच है सिर्फ यह तथ्य कि हर समझौता कला को पथभ्रष्ट कर देता है....

और अमला ?....यह लम्बी-चौड़ी कोठी....यह नौकरों की फौज, यह शान-शौकत ....ये बाग-बगीचे....ये आधा दर्जन गाड़ियां—और सबके ऊपर यह अमला.... अमला का व्यवहार, यह मायाविनी मुस्कराहट....। इस सबकी कल्पना मैंने कहां की थी ? सारे रास्ते जिस धड़कन ने सोने नहीं दिया था, वह क्या इसी अमला के लिए थी ? मैं तो सोचता था, अमला होगी किसी की बहन....किसी-की बेटी। जरा मुंह-लगी और स्वतन्त्र। कॉलेज में पढ़ने जाती होगी—मध्यवर्गीय परिवार की लड़की। ड्राइंगरूम में बैठाएगी। हारे-थके ऑफिस से लौटे प्रौढ़ से कहेगी : 'पापा, ये हमारे दोस्त हैं अमर जी। यहां किसी काम से आए हैं।' एक ममी होगी....और अनेक जिज्ञासु आंखों के बीच हम लोग उखड़ी-उखड़ी, टूटी-टूटी बातें करेंगे....कौन जाने अलग से बैठकर बातें करने का अवसर आएगा भी या नहीं। वह अपने ब्रिज के दोस्तों से मिलाएगी। मैं बाहर निकलूंगा तो ममी उसे सुनाकर पापा को उलाहना देंगी, 'लो, ये एक और दोस्त बने अमला के....!' आखिर इतने आत्मीय पत्र लिखने वाली कैसी होगी ?

लेकिन यहां....स्टेशन से कार में बैठते ही मुझे लगा जैसे मैं निहायत गलत

जगह आ गया हूं....अमला मुझे पूछती आई—रास्ते में तकलीफ तो नहीं हुई। मैं जाने क्या-क्या जवाब देता आया। पर मन में कहीं यह था—नहीं, यह वह अमला नहीं है जो मुझे पत्र लिखती रही है। शायद यही कारण था कि कोठी की लम्बी-चौड़ी बाउंड्री और भव्यता—किसी ने मुझे चकित नहीं किया और नई चीज को देखकर उस धारणा पर एक और पर्त चढ़ती गई कि यह गलत है ! ....लम्बे-चौड़े गेस्टहाउस में नौकरों को सौंपकर जब अमला चली गई तो मन में हुआ कि सामान बिना खोले ही चल दूं। आसपास के खाली कमरे और एक में सिर्फ मैं....। साबुन-तौलिया निकालकर बैठे-बैठे राह देख रहे हैं कि नौकर आएगा तो पूछेंगे, बाथरूम किधर है ?—फिर नहाकर कुर्ते के बटन लगाए ही थे, मेज पर खाना आ गया—दो नौकर, एक थाली। "आप खाना खाकर आराम कर लें....।" पूछा, "अमला जी नहीं आएंगी ?'—"बीबीजी बड़े बाबू के साथ खा चुकीं।" भूख मर गई। खाने बैठा—लम्बी मेज और अकेली थाली—मन में आया, झटके से थाली एक तरफ सरका दूं—नहीं, मुझे नहीं खाना। और सीधे जाकर किसी ढाबे में जा बैठूं !—ये कटोरियों की कतार—ये सफेद नैपकिन और यह नौकर का खाना परोसना.....

उस समय तो नहीं उठा, लेकिन तय कर लिया, यहां रहना नहीं है। मैं क्यों चला आया ? सोचा, 'ठीक है; किसी ने बांध तो रखा नहीं है, शाम को ही कहीं और चला जाऊंगा।' और अब ? पास में बड़े भारी सूरजमुखी के फूल जैसा रूम-हीटर जल रहा है, नौकर अभी पानी का फ्लास्क और गिलास रखकर गया है और मैं सोच रहा हूं, 'कल रहूंगा....। आज अमला को देख ही कहां पाया—सारे समय अपने में ही खोया रहा....'

बात यों हुई कि जैसे ही कैलाश के यहां को निकले, मैं बेहद सुस्त हो गया; लगा मैं निहायत फालतू चीज की तरह अमला के साथ हूं—उसे इस समय किसी की नहीं, सिर्फ एकान्त की आवश्यकता है।

गाड़ी पोर्टिको में खड़ी हुई तो अमला के दरबान ने पूछा, "मुन्ना बाबू हैं?" तब तक ड्राइवर ने घूमकर फाटक खोल दिया था।

बिना जवाब सुने अमला, "तुम एक मिनट ठहरो अमर...." कहकर सीढ़ियां चढ़ती ऊपर चली गई—उसके भारी जूड़े को पीठ पर उठते-गिरते देखकर मैं यही सोच रहा था कि 'मन लायक' मित्र के पास जाते समय किस तरह आदमी के पंख निकल आते हैं....मेरे यहां आते हुए शायद रंजना भी यों ही दौड़ते हुए सीढ़ियां चढ़ती होगी....अमला रंजना से कद-काठी में ही बड़ी नहीं....उम्र में भी बड़ी है।

मुझे अच्छी तरह याद है; अमला के उस मित्र से न मुझे रंचमात्र ईर्ष्या हुई, न उसे देखने की उत्सुकता। हां, बैठा-बैठा मैं मकान के सामने वाले हिस्से और नौकरों के आने-जाने से 'कैलाश' की स्थिति का अन्दाजा लगाता रहा। सीढ़ी के नीचे पर्देदार खुले दरवाजे के पास चौकोर शीशेवाला हैट-स्टेण्ड रखा था और उसकी खूंटियों पर परों की झाड़ू आड़ी टिकी थी। अमला अपने चैस्टर को सीट

की पीठ पर यों ही पड़ा छोड़कर चली गई तो मुझे एक बात लगी—मेरी हैसियत अमला के साथ सिर्फ एक दर्शक जैसी है। मैं इस सबमें हिस्सा लेने वाला नहीं—तटस्थ बैठा चुपचाप देखता दर्शक-भर हूं।

सुबह से रंजना का ख्याल कई बार आया था, लेकिन अब बहुत साफ-साफ आया। मैं अपने दिन-भर के 'देखे हुए' को बैठकर संध्या को उसे लिखूंगा तो वह जरूर हंसेगी—'वहां पहुंचे क्यों थे ?—लो, और जाओ।'

बड़ी देर कर दी—ध्यान आया तो ऊबकर फिर चारों ओर जैसे सहारे के लिए देखा—अमला के भूरे चैस्टर का गले वाला हिस्सा सीट की पीठ के पीछे मेरी ओर झूल रहा था। सिगरेट जलाकर माचिस फेंकने के लिए राखदानी को खट् से बाहर खींच लिया, साथ ही कॉलर के नीचे लगी पट्टी पर ध्यान गया, उंगलियों से सीधा करके पढ़ा—"डब्लू. ए. क्लिफ्टन, लन्दन, डब्ल्यू. सी. टू।" पढ़ते ही ध्यान आया, ड्राइवर नहीं था; वह पोर्टिको से बाहर धूप में खड़ा-खड़ा दरबान से बातें कर रहा था।

अपने को इस प्रकार अकेले छोड़े जाने पर कुछ सोचूं-सोचूं कि सीढ़ी पर बातें करने की आवाज सुनाई दी—और ऊपर वाली सीढ़ी से सफेद साड़ी से ढकी काली पट्टियों वाली चप्पल उतरी—साथ उतरा काला डर्बी और गहरे सलेटी पैण्ट का नीचे का हिस्सा—तो कैलाश साहब आ रहे हैं ! पहले तो समझ में नहीं आया कि सिगरेट लिए रहूं या फेंक दूं—फिर सिगरेट लिए ही मैं ध्यानमग्न होकर दूसरी ओर देखने लगा। कैलाश और अमला को एक साथ ही देखकर—उस दृश्य के अप्रत्याशित आश्चर्य को पाने की कोशिश करूंगा।

"अमर !" अमला के स्वर से चौंककर घूरा। झुककर गाड़ी से बाहर निकलते हुए कैलाश पर निगाह पड़ी—सामने अमला थी, उसके पीछे बरामदे की सीढ़ी पर गहरे सलेटी सूट में निहायत पतला-लम्बा-सा युवक ! अमला के सिर के ऊपर उसकी टाईदार गर्दन ही दीख रही थी। बाहर निकलकर सीधा हुआ तो देखा—खूब गोरा रंग, इतना गोरा कि कनपटियों के पास बालों की तांबई झलक दीखती थी—तीखी नाक, बहुत पतले होंठ और लम्बा मुंह—सब मिलाकर प्रिय-दर्शन्र। लेकिन तभी आश्चर्य से मेरा मुंह खुलते-खुलते रह गया। कैलाश वास्तव में सीढ़ी पर नहीं, यों ही अमला के पीछे खड़ा था और अमला उसके कन्धे से भी नीचे तक आती थी। साढ़े छः फुट का तो होगा ही।

अपने चेहरे पर इस प्रकार के विस्मय का कोई भाव आने दिए बिना ही मैंने हाथ जोड़े, तब अमला बता रही थी।—"कैलाश, ये अमर हैं।"

कैलाश ने जरा आगे बढ़कर अतिरिक्त शिष्टता से झुककर हाथ बढ़ाया, "कहिए, अच्छे तो हैं ?"

"जी हां, धन्यवाद ?" मुंह से मैंने कहा, लेकिन मन ही मन मैं सुस्त हो रहा था। इस प्रकार के कैलाश की तस्वीर मेरे मन में नहीं थी। अमला ने जब से कैलाश के नाराज़ होने की बात की थी, तभी से जाने क्यों मुझे लग रहा

था कि वह मुझे ऐसे आदमी से मिलाने जा रही है, जिसे शायद मैं पसन्द न कर पाऊं....। अब लगा—इसमें तो नापसन्द करने लायक कुछ भी नहीं है—बल्कि....। और नये सिरे से देखने लगा कि चेहरे-मुहरे से लेकर कपड़ों में, ऐसी क्या चीज है, जिसे मैं नापसन्द कर सकता हूं।

"कलकत्ता कैसा लग रहा है ?" सीधे खड़े होकर कैलाश ने कहा।

"अभी तो मैं केवल 'अमलायन' को ही देख पाया हूं।" मैंने पास खड़ी सुस्त अमला को बात में खींचने के लिए मुस्कराकर कहा।

"घूमने आने वालों के लिए शहर बुरा नहीं है, लेकिन कुछ गन्दा शायद ज्यादा है।" कैलाश ने अपने हाथों के दोनों अंगूठे कोट की जेबों के सिरे पर ही अटका रखे थे। बात कहकर उसने धीरे से इस तरह अमला को देखा मानो इस गन्दगी और अमला का कोई सम्बन्ध या संकेत हो।

"लेकिन मैं तो घूमने नहीं आया। एक स्कॉलरशिप के लिए कोशिश कर रहा हूं, उसका पहला इण्टरव्यू यहां है...."

मेरी बात पर अमला चौंकी। शायद उसे मैंने अभी बताया नहीं था। उसने झटके से मेरी ओर देखा।

"पहला इण्टरव्यू ?" कैलाश ने विस्मत विनोद से कहा, "यानी कई इण्टरव्यू होंगे !"

"कम से कम तीन तो होंगे। एक बातचीत, बोलचाल का होता है। एक जनरल नॉलेज का लिखित होता है, फिर एक अपने विषय का....।" मुझे इतने लम्बे आदमी से सिर उठाकर बोलना कष्टकर लग रहा था; इसलिए जेब से फिर सिगरेट निकालने लगा। "यहां से सीधे बम्बई जाना है। आखिरी इण्टरव्यू दिल्ली होगा। फिर पासपोर्ट की भाग-दौड़ शुरू होगी।"

"ओः ! कोई बाहर की स्कॉलरशिप होगी। वही तो मैंने कहा, कि यहां किस चीज के लिए तीन-तीन इण्टरव्यू होते हैं।" कैलाश सन्तुष्ट हो गया।

अमला शायद अपने को उपेक्षित महसूस कर रही थी—वह झटके से घूमी और दरवाज़ा खोलकर पीछे बैठ गई। ड्राइवर स्टीयरिंग पर आ बैठा था।

कैलाश ने संकेत समझा। गाड़ी की ओर बढ़ते हुए बोला, "अच्छा अमरजी, बड़ी खुशी हुई आपसे मुलाकात करके। अमला जी की बदौलत थोड़ा साहित्य-संगीत समझ लेते हैं—वर्ना यहां तो।"—कैलाश ने दोनों हाथ फैला दिये। "जरूर चलता आपके साथ। कुछ लोगों को बुलाया है, वे आते ही होंगे। अभी तो रुकेंगे न ? खुद हाजिर हूंगा।"

मैंने सिगरेट ऑफर की। कैलाश एक बार झिझका—फिर गाड़ी में बैठी अमला की ओर देखकर सिगरेट ले ली, "आप दे रहे हैं तो लाइए...."

मैंने कैलाश की सिगरेट जलाई तो उसे झुककर लगभग दुहरा हो जाना पड़ा। लोगों के बीच में फुट-भर ऊंचा सिर निकाले वह कैसे आश्चर्य का विषय रहता होगा—मैं इसी की कल्पना करके मुस्कराया। मन में कहा, 'लम्बू के सामने अमला

बच्ची लगती है।' ध्यान आया—ये 'मुन्ना बाबू' हैं।

"अमर, चलो भाई...." हल्की झुंझलाई आत्मीयता से अमला भीतर से बोली, तो सिगरेट मुंह में लगाकर मैंने हाथ बढ़ा दिया, "अच्छा कैलाश बाबू...."

"कैलाश ने दोनों हाथों में मेरा हाथ लेकर बड़ी ऊष्मा से हिलाया और फिर पलट पड़ा। पहले अमला ड्राइवर के पास बैठी थी, वहीं उसका चैस्टर फैला हुआ था। अब खुद पीछे थी। मैं असमंजस में पड़ गया। इसलिए और भी कि आते समय मुझे पीछे बैठाकर अमला खुद ही आगे जा बैठी थी। उसने पिछले दरवाजे को हाथ से जरा-सा खुला रखते हुए कहा, "आइए"।

बैठकर खिड़की का शीशा, कुहनी रखने लायक नीचा करते हुए मैंने कहा—इतनी लम्बाई के अनुपात में कैलाश का सिर काफी छोटा लगता था।

सड़क पर आते ही मैंने कहा, "तुम्हारे मुन्ना बाबू तो भले आदमी लगते हैं।"

"हां, पहली मुलाकात में तो भले ही लगते हैं।" बात अमला ने कुछ ऐसे ढंग से कही कि मैंने इस बार मुड़कर उधर देखा। अब ध्यान आया शायद अमला कैलाश से लड़कर आई है।

कैलाश के पास खड़ी हुई अमला को देखकर एक बात लगी थी : अपनी स्थिति के लिहाज से मुझे दूर से ही दिखता है, लेकिन साथ ही अमला और कैलाश में भी कहीं मूलभूत दूरी है। रंजना का ख्याल आया और मन हुआ उससे कहूं—अमला को लेकर तुम्हारे भ्रम कितने निराधार थे। अमला चुप थी। पीछे सिर टिकाकर आंखें मूंदे थी। मुझे लगा : उसकी यह चुप्पी सिर्फ एक विशेष मनःस्थिति की चुप्पी नहीं है—यह बड़ी अर्थवान चुप्पी है। यह दूरी है जिसे अमला बनाए रखना चाहती है। कौन जाने इस समय वह पछता ही रही हो कि क्यों व्यर्थ मुझ जैसे आदमी को बीच में लाकर कैलाश से लड़ पड़ी ? कैलाश उसके 'वर्ग' का आदमी है—नगर का आदमी है।

जाने क्यों, मैंने अचानक पूछ डाला, "कैलाश जी क्या मेरे कारण नाराज़ हैं ?"

अपने और अमला के बीच की खाली सीट की दूरी सायास कायम रखे हुए मैं गौर से अमला को देख रहा था। मेरी बात से उसकी आंखों के पास ऐसी सिकुड़नें उभरीं कि लगा, उसे इस समय बातें करने की कतई इच्छा नहीं है। कोई और होता तो डांट देती। लेकिन अचानक ही वे सिकुड़नें उसी अजीब मुस्कराहट में बदल गईं। आंखें खोलकर सिर वहीं रखे हुए अमला ने धीरे से कहा, "बड़े खूबसूरत मुगालते हैं....।

मैं आश्वस्त हुआ। परिहास की दरगुजर करके कहा, "तब तबीयत खराब है, या नाराज हो ?"

"नाराज़ !" अमला सीधी हो गई। पर्स में कुछ खोजती हुई बोली, "मुझे क्यों नहीं बताया कि तुम इण्टरव्यू के लिए आए हो ?"

"तुमने पूछा कहां ?" अनचाहे ही मैं भीतर खिल उठा। लगा--यह सामने बैठी अमला नहीं, पत्रों वाली अमला बोल रही है। सहज भाव से कहा, "दिल्ली से सिर्फ मिलने के लिए कलकत्ता आने लायक हैसियत...."

लेकिन एक छोटी-सी शीशी से दो सफेद गोलियां निकालकर मुंह में रखते हुए अमला ने मेरी बात काट दी, "कैलाश बाबू नाराज़ हैं। तुम इसे कुछ कह लो अमर, लेकिन किसी का दम्भ मुझसे बर्दाश्त नहीं होता।"

मैं समझ गया, अमला ने बात बदल दी है। ख्याल आया, शायद ड्राइवर के सामने वह नहीं चाहती कि मेरी 'हैसियत' प्रकट हो। उससे उम्मीद की जाती है कि उसके मित्रों को 'हैसियत' का रोना नहीं होगा।

इसके बाद लेक पर हम लोग थोड़ी देर रहे और लौट आए। आते समय मेरा मूड फिर बहुत खराब हो गया था।

दिन छिपने लगा था—लेकिन बत्तियां जलने में देर थी। मैंने देखा, मुश्किल से पांच बजे होंगे। वातावरण में धुएं और कुहरे का धुंधलका था। गाड़ी दोनों ओर लेक से सटा सड़क पर चलने लगी तो मैंने कहा था, "बड़ी सुन्दर जगह है....!"

"हां, यह यहां का ब्यूटी-स्पाट माना जाता है।" अपनी ओर वाली खिड़की से अमला चुपचाप बाहर देख रही थी—शायद कुछ सोच रही थी। काफी देर से हम लोग चुपचाप बैठे थे और मन का वह बोझ गहरा होता चला जा रहा था कि इन लोगों की आपस की लड़ाई का कारण मैं हूं....शायद मैं खुद भी नहीं—मेरी स्थिति है। हर पल लगता था कि अगर अभी कोई बातचीत नहीं शुरू हो गई तो मैं शायद चलती गाड़ी का दरवाजा खोलकर कूद पड़ूंगा (नहीं, कूदूंगा नहीं, सिर्फ दरवाजा खोलूंगा और कूदने का भाव दिखाऊंगा।) कि तभी एक जरा खुली-सी जगह पर लोहे की इकहरी रेलिंग के सामने गाड़ी धीरे से रुक गई। जैसे पहले से सोच रखा हो, इस तरह गाड़ी के रुकते ही अमला ने कहा, "ड्राइवर, तुम जाकर चार-छः पान लगवा लाओ।" मैंने अपनी ओर का दरवाजा खोला, तो पूछा, "क्यों बाहर घूमोगे क्या ?"

"इतनी सुन्दर जगह है—यहां आकर भी भीतर ही बैठी रहोगी ?" बन्द होते दरवाजे को हाथ बढ़ाकर बाहर ही रोके हुए मैंने कहा।

कुछ देर सोचा और 'अच्छा' कहकर बाहर निकल आई। जोर से दरवाज़ा बन्द होता छोड़ पूरी गाड़ी का चक्कर लगाकर मेरे सामने वाली सीट से अपना चैस्टर खींचा और बिना बांहों में हाथ डाले 'केप' की तरह कन्धों पर लेकर बोली, "भाई, बात यह है कि यहां हमारे मिलने-जुलने वालों का बहुत चक्कर रहता है....रात को ही फोन आएगा, 'कहिए, अमला जी आजकल लेक को बड़ा आबाद किया जा रहा है'....बाकी लोगों के लिए इतना काफी है कि मैं लेक पर किसी के साथ देखी गई...."

'हां, यह बात तो है," कहकर मैं चुप हो गया। निर्विकार भाव से जोड़ा,

"और वह भी ऐसे आदमी के साथ जो अपनी 'स्थिति' का नहीं है....।"

"नहीं, यह तो नहीं है।" अनमने भाव से कहकर वह कहीं खो गई।

फिर अमला देर तक अतिरिक्त उत्साह से मुझे लेक का रोमांटिक महत्त्व या यहां के किस्से सुनाती रही। हम लोग गए कहीं नहीं—बस जरा हटकर रेलिंग से टिककर खड़े हो गए। मुझे बात बुरी लगी है, यह शायद उसने जान लिया और वह उसी तनाव को दूर करना चाहती थी। ड्राइवर पान ले आया। पान अमला ने लिए और खुद ही दो बीड़े मुंह में रखकर बाकी मेरी ओर बढ़ा दिए। मन में बात उभरी : इन लोगों में सामान्य शिष्टाचार भी नहीं होता ! मुझे नहीं मालूम, पानों का स्वाद कैसा था।

जब ड्राइवर फिर जाकर गाड़ी में बैठ गया तो अचानक मैंने कहा, "अमला जी, आप हंसी में मत उड़ाइए। मुझे मुगालता नहीं है। लेकिन लगता है मैंने यहां आकर बहुत-सी अवांछनीय स्थितियां पैदा कर दी हैं। बात यह है कि कल मुझे इण्टरव्यू के लिए भी जाना होगा। अभी तो उस जगह का भी पता लगाना है। क्या यह अच्छा नहीं होगा कि मैं आज शिफ्ट कर जाऊं.... ?"

"तुम्हें बहुत तकलीफ हो रही है क्या अमर ?" इस बार फिर अमला ने जिस कोमल स्वर में यह सवाल किया उसने मुझे चौंका दिया।

फिर भी दृढ़ता से मैंने कहा, "तकलीफ की बात नहीं है। मुझे लगता है मेरी उपस्थिति ने तुम्हारे लिए अनेक समस्याएं पैदा कर दी हैं। किस-किससे लड़ोगी और किस-किसके सामने सफाई दोगी ? पान देते हुए ड्राइवर का चेहरा देखतीं, तो शायद उससे भी लड़ना चाहतीं...."

इस बार अमला ने झुककर पान की सारी सुपारियां थूक दीं और चैस्टर की जेब से रूमाल निकालकर कसकर होंठ पोंछते हुए कहा, "देखिए अमर जी, मेरे ड्राइवर को मेरी इस तरह की सनक देखने और सहने की आदत है। उससे मुझे लड़ने की जरूरत भी नहीं होगी; ऐसी कोई बात आने पर वह अपना हिसाब लेकर जा सकेगा....हां, औरों की बात जरूर....।" अचानक उत्तेजना से अमला की आवाजें फंस गईं।

"औरों की बात क्या ?" मैंने कुछ देर राह देखकर पूछा।

अमला ने कोई जवाब नहीं दिया और यों ही दोनों कुहनियां रेलिंग पर टेके सामने देखती रही। बत्तियां जल गई थीं और दूर मकानों की लाइन के सामने सड़क पर बसों-कारों की रोशनियां ही चलती दीखती थीं—आवाज़ यहां तक नहीं आती थी। कुछ देर मैं प्रतीक्षा करता रहा, फिर पानी में कांपती बत्तियों को देखता रहा। पीछे दरवाजों के बन्द होने से जाना कि कोई कार और आकर खड़ी हुई। न जाने क्यों लगा—अभी अपनी पूरी लम्बाई में तना कैलाश आकर अमला के पास खड़ा हो जाएगा।

"जानते हो, कैलाश ने क्या कहा ?" अमला ने अचानक पूछा—फिर खुद ही बोली, "आप फरमाते हैं, 'कहिए, आपके लेखक साहब ने क्या फरमाइश

रखी ?' मैंने रुखाई से पूछा, 'कैसी फरमाइश ?' तो मुंह टेढ़ा करके कहा, 'कोई फरमाइश नहीं रखी ? कुछ पैसों की मांग....कोई मैगजीन निकालने या प्रकाशन-संस्था खोलने की स्कीम....कुछ भी नई मांग नहीं रखी.... ?' बात सुनकर मुझे झुंझलाहट हो आई—मैंने कहा—'होश में तो हो कैलाश ?' तो घूमकर कहा, 'झूठ कहता हूं ? पहले कितनी बार नहीं हुआ ? ये संस्कृति और आध्यात्म के सारे धर्मध्वजी यहां और आते किसलिए हैं ?' तब मैंने कहा, 'अमर को यहां मैंने ही बुलाया है। उसे तो शायद यह पता भी नहीं था कि मैं कौन हूं....' तो बोला, 'खैर, अब तो पता चल गया न....' और उसकी इस बात पर मैं भड़क उठी—'यह तुम नहीं तुम्हारी ईर्ष्या बोल रही है कैलाश....जिस तरह मेजर कपूर से मैं तुम्हारे मैनर्स पर कोई रिमार्क नहीं सुन सकती, इसी तरह तुमसे भी उम्मीद करती हूं कि तुम मेरे मित्रों का, कम से कम मेरी खातिर ही सम्मान करोगे'....।''

और जितनी देर अमला यह सब बोलती रही, मेरे सिर में मक्खियों का छत्ता भिन्नाता रहा—और दोनों कान झनझना आए। मन ही मन मैंने गला फाड़कर चीखते हुए कहा, 'टु हैल विद् यू एण्ड योर सोसाइटी....योर क्लास एण्ड क्लान ....मैं तुम्हारे इस स्वर्ग को आज ही छोड़ दूंगा—संभालो।' लेकिन तीव्र उत्तेजना के उस विस्फोटक क्षण में भी यह बात मन में आए बिना न रही कि अमला मुझे भविष्य के लिए आगाह कर रही है।

''अच्छा क्यों अमर,'' अमला कह रही थी, ''चूंकि मैं एक पैसे वाले घर में पैदा हुई इसलिए जिससे चाहूं उससे मिल भी नहीं सकती ? आप होटलों में बैठे हुए बीस-बीस दोस्तों के साथ एक-एक रात में हजार-हजार की ह्विस्की पी सकते हैं—लापरवाही से सौ-सौ के नोट दिखाकर नंगी नाचती स्ट्रिप्ट्रीज (कैबरे-आर्टिस) को अपने पास बुलाकर उसे मजबूर करते हैं कि वह आपको जितनी बार 'किस' करे उतने नोट ले जाए....और मैं.... !''

इस बार मैंने निहायत ही ठंडे और दृढ़ स्वर में बात काटकर कहा, ''अमला जी, ये आप सारी किताबी बातें बोल रही हैं। सच नहीं हैं—मैं नहीं कहता;—लेकिन इनका कोई अर्थ नहीं है। अच्छा हो हम लोग कोई और बातें करें....''

''जी नहीं, मुझे किताबी बातें बोलने का अभ्यास नहीं है।'' इस बार अंधेरे में भी मुझे लगा, उसका चेहरा तमतमा आया, ''मैं तो सिर्फ इतना कहती थी कि आपको अगर शौक रखने का अधिकार है तो दूसरे को भी है।''

उसके स्वर से ही मुझे लगा मानो उसे इस तरह का जवाब सुनने का अभ्यास नहीं है। उसी क्षण जब चारों ओर देखा तो खुद ही बोल पड़ा, ''कितना अच्छा वातावरण है, और हम लोग भी किन बातों पर लड़ रहे हैं।''

'अच्छा वातावरण' और 'हम लोगों' के द्वारा मैंने मानो दोनों को एक ही मानसिक स्थिति का साझीदार बनाने का निमंत्रण दिया और चाहा कि यह कटु प्रसंग समाप्त हो जाए। लेकिन कहने के साथ ही जैसे नये सिरे से वातावरण

की सुन्दरता और अपने दोनों के निकट होने की बात को जाना। ग्लानि भी हुई : मैं अमला से मिलने आया हूं....वह मेरी मित्र है—साल-भर से मित्र हैं, क्यों नहीं मैं 'मित्र' से मिलने के इन लक्षणों को मुक्त और निर्विकार भाव से ग्रहण कर पाता ? क्यों इतनी कुण्ठाओं और कवचों में बन्द हूं ? सही है, मैंने कल्पना नहीं की थी कि अमला यह होगी, लेकिन मान लीजिए है ही, तो ऐसी क्या मुसीबत हो गई ? कैलाश के साथ उसकी अपनी लड़ाई है और मैं उसमें कहीं नहीं आता....

इस बार मैंने अतिरिक्त आत्मीयता और खुलेपन से कहा, "अच्छा, छोड़ो अमला, मैं तुम्हें और कैलाश को विश्वास दिलाता हूं न किसी प्रकाशन की स्कीम रखूंगा, न मैगज़ीन निकालूंगा। लौटने के लिए भी मेरे पास पैसे हैं, और स्कॉलरशिप विदेशी सरकार दे रही है। तुम्हारे ट्रस्ट से भी लेता तो तुम्हारे नाम का उपयोग न करता.... ।"

अमला भी ढीली हो आई। सांस छोड़कर बोली, "नहीं अमर, साफ कहूं, पैसे का महत्त्व न मेरे लिए है, न कैलाश के लिए....मुझे जिस चीज से घृणा है वह है रवैया, ऐटीट्यूड.... ।"

"ठीक है, अब छोड़ो न !" अपने अनजाने ही मैंने बात ऐसे मधुर आग्रह और उलाहने से कही कि सारी दूरियां एक झटके से समाप्त हो गईं। कहीं मेरे स्वर को वह गलत न समझ ले—इसलिए एकदम ही पूछा—"और कहीं नया क्या पढ़ डाला.... ?"

गाड़ी की ओर लौटते हुए अमला ने कहा, "तुम कहो। देखो न कितनी अजब बात है, जबसे हम मिले हैं न पढ़ने की कोई बात की, न लिखने की....और जाने किन-किन बातों से माथा फोड़ रहे हैं।"

"तुमने मौका ही नहीं दिया। सच पूछो तो मैं लिखने-पढ़ने की ही बातें करने आया था—न मुझे तुम्हारे कैलाश जी से परिचय बढ़ाना था, न कोठी-बंगले से.... ।"

और साथ-साथ कदम-ब-कदम चलते हुए जाने कैसी एक आत्मीयता की अनुभूति कुहरे की तरह मन पर छा गई। शायद रंजना होती तो उसके कंधे पर हाथ रखकर चलता—अब बार-बार उंगलियों में फड़कन होने लगी थी कि उसका हाथ पकड़ लें। सामने ड्राइवर था—वह हम लोगों को यों साथ-साथ आते देखकर क्या सोच रहा होगा ? तब मैंने यों ही मुड़कर देखा, अमला और मेरे कंधों की ऊंचाई लगभग बराबर थी। अमला को आज इन 'बराबर के कंधों' को देखकर कुछ नया नहीं लग रहा होगा ? उसे तो सिर की ऊंचाई पर चलने वाले कन्धों का अभ्यास होगा न.... ।

ड्राइवर ने पीछे वाला दरवाज़ा खोल लिया। लेकिन अमला सीधी ड्राइवर के पास वाली सामने की सीट पर जा बैठी। मुझे बैठना पड़ा—ड्राइवर ने दरवाज़ा इतनी जोर से बन्द किया कि लगा उसे अपनी मेहनत व्यर्थ जाती लगी हो।

भीतर अंधेरा हो गया।

"अच्छा बताओ, तुमने नया क्या लिखा ?" अमला ने सीट पर चिंबुक टिकाकर पीछे देखते हुए पूछा।

"इस लिहाज से मुझ से तुम्हें नुकसान ही रहेगा अमला ! किसी कवि से दोस्ती करतीं तो शायद इस तरह के सवालों के जवाब में वह तुरन्त नई रची कविता सुना देता। मैं तो ज्यादा से ज्यादा शीर्षक बता सकता हूं—या थीम सुना सकता हूं। सो इधर ऐसा कुछ खास लिखा भी नहीं कि बताऊं।" मैं दोनों ओर सरकते पानी में झलकती बत्तियों को देखता रहा।

"वही तो मैं पूछ रही हूं, क्यों नहीं लिखा ?" बहुत अपनेपन और चिन्ता से अमला का सवाल आया।

"सच बताऊं ? अब तो मुझे लिखने की प्रेरणा ही नहीं होती ।" मैंने जवाब अमला की बात का शुरू किया था, लेकिन खुद ही मानो बोलते हुए सोचने लगा—"पहले ऐसा नहीं होता था—लेकिन अब सोचता हूं कि मैं आखिर लिखूं क्यों ? इतना लिखा गया है; रोज लिखा जा रहा है। उस सबमें एक आदमी अगर न भी लिखे तो क्या आता-जाता है ? और आखिर लिखकर होगा भी क्या ? लगता है जैसे कहीं कोई प्रेरणा ही नहीं मिलती....।"

"वही तो हम पूछते हैं लेखक साहब, आखिर आपकी प्रेरणा कहां खो गई है ? लाइए हम मदद कर दें...." इस बार विनोद से अमला बोली।

"तुम मजाक कर रही हो....मैं दूसरी बात कर रहा हूं...."

"देखो, मजाक नहीं अमर, मैं बहुत गंभीर भाव से पूछ रही हूं...." अत्यन्त अनुरोध और रहस्यमयी आत्मीयता के भाव से धीरे-धीरे उसने पूछा, "देखो, हम तुम्हारे मित्र हैं, हमें नहीं बताओगे ? तुमने पहले भी टाल दिया था।"

"क्याऽऽऽ ?" मैंने फिर टालना चाहा।

"कौन है तुम्हारी प्रेरणा ! देखो, यों बहकाओ मत। हर कलाकार का एक मॉडल होता है। तुम्हारी कहानियों, उपन्यासों की सारी नायिकाएं इतनी ज्यादा एक दूसरे से मिलती हैं कि लगता है, वे भीतर कहीं एक हैं...."

अंधेरे में, मैं अमला का चेहरा नहीं देख पाया; पर जैसे हथियार डालकर कहा, "अच्छा मिला देंगे। बस्स ?" मेरे सामने रंजना का चेहरा आ गया था।

"जब मिलाओगे तब मिलाओगे। अब कुछ परिचय तो दो। जाने किसके सामने ले जा के खड़ा कर दो। उस समय मैं क्या कहूंगी ?" सीट की ओट में अंगूठे से ड्राइवर की ओर इशारा कर रहा था। अमला ने हाथ बढ़ाकर अंगूठा एक ओर झपटते हुए कहा, "हां, हां बताओ !"

और उसकी इस उन्मुक्तता पर मेरा तन-मन सिहर उठा। कांपते गले से कहा, "तो सुनो, नाम है रंजना....दिल्ली रहती है। कॉलेज में पढ़ती है। इस समय लड़कियों को लेकर अजन्ता-एलोरा दिखाने गई है। शायद बम्बई भी जाए...." रटे हुए की तरह बोलकर मैं जान-बूझकर चुप हो गया।

“और ?”

“और क्या ? सब तो बता दिया।”

“कब से जानते हो ? कब शादी करोगे ? देखने-सुनने में कैसी है ? अब बताने बैठे हो, तो सब बताओ न !”

मैंने स्कूली बच्चे के ढंग से कहा—“जानता बहुत दिनों से हूं। शायद इन्हीं गर्मियों में हम लोग शादी कर लें। लड़की देखने-सुनने में साधारण है लेकिन समझदार है, और सबसे बड़ी बात है—शी लव्स मी....और बोलो क्या पूछना है ?”

अमला कुछ देर यों ही चुप रही। गाड़ी रोशनी के खम्बे के पास से गुजरी तो एक झलक में देखा मानो वही रहस्यमय मुस्कराहट अमला के होंठों पर पथरा गई है। कोठी के फाटक में मुड़ने के लिए गाड़ी ने हॉर्न दिया तो अमला सीधी होकर सामने देखती हुई बोली, “तो बाकायदा लव-अफेयर चल रहा है! तभी तो हम कहें, ये सारे ऐसे-ऐसे रोमांटिक प्रसंग कहां से खोज निकालते हो....”

गाड़ी के कोठी में प्रवेश करते ही अमला ऐसा संयत और तटस्थ रूखापन दिखाती हुई चुप हो गई थी मानो मैं निहायत अपरिचित अनजान हूं—वह मुझसे कभी किसी भी प्रकार घनिष्ठ नहीं रही—और तब मेरी समझ में अचानक आ गया कि लेक पर सामने की सीट पर बैठना अनजाने ही नहीं हुआ है। शायद वह अपने लोगों के सामने मेरे साथ एक सीट पर बैठे नहीं दीखना चाहती थी। और झटके से सारा जादू टूट गया। ‘मूड’ अचानक बहुत खराब हो गया।

हम लोग गेस्ट-हाउस के सामने खड़े थे और ड्राइवर गाड़ी ले जा चुका था। अमला बोली थी, “अमर, बात यह है कि मुझे एक पार्टी में जाना है। शाम को मैं खाती तो कुछ नहीं हूं, लेकिन वहां उपस्थिति जरूरी है। बस, शक्ल दिखाकर लौट आऊंगी। महाराज खाना खिला देगा। जल्दी तो नहीं सोते ? घण्टे भर में लौटूंगी—देर हो गई तो बुरा मत मानना, सुबह भेंट होगी।”

साथ ही बिना मेरे उत्तर की चिन्ता किए वह मुड़कर चली गई। अंधेरे में उसका पूरा चैस्टर और साड़ी की सफेदी धुंधली होकर खो गई। मैं सिगरेट पीता हुआ देर तक सीढ़ियों पर टहलता रहा। कोठी में ऐसा सन्नाटा था जैसे यहां कोई रहता ही न हो। बस दरवाजों और खिड़कियों के कांचों में रोशनी चमक रही थी। शायद बहुत भीतर कहीं सिनेमा की परिचित गीत-लहरी सुनाई दे रही थी।

अपने कमरे में लौटकर शीशे के सामने टाई खोलते हुए मैं सामने वाले को सम्बोधित करके बोला, “क्यों बेटा अमर, तुम्हें किस डॉक्टर ने बताया है कि यहां रहो और यह सब रईसी का बोझ भुगतो ? अरे, कहां आ फंसे गर्दभराम जी, बिस्तर बांधो और अपने घर जाओ। बस जरा प्यार से बोली तो सब उगल बैठे—नाम रंजना....पढ़ाती है....अजन्ता-एलोरा दिखाने ले गई है लड़कियों को।

तुम्हारा सिर ! तुममें कभी बैलेन्स नाम की चीज आएगी या नहीं ? एक वा हैं, उनके मन-लायक मित्र.... ।''

तभी पीछे किसी के कदमों की आहट से होश हुआ कि मैं कितनी ज़ोर-ज़ोर से बोल रहा हूं। क्या सोचेगा ? जब कुछ और नहीं सूझा तो मैं अचानक वहीं खड़ा-खड़ा गाने लगा....रोएंगे हम हज़ार बार, कोई हमें रुलाए क्यों' ....सोचा, दूर से आने वाले को बात तो क्या मुनाई देगी हां, स्वर सुनाई देगा सो पास आकर सुनेगा कि मैं शेर गुनगुना रहा हूं....

लम्बे तार का छल्ला और बड़ा-सा रूम-हीटर लिए नौकर ने प्रवेश किया। मैं व्यस्तभाव से कपड़े बदलता रहा।

सारे समय एक बात मुझे तंग करती रही—अमला के यहां और कौन-कौन है ? क्या वह मुझे अपने घर के शेष सदस्यों से मिलाएगी ? आज सन्ध्या मेरे साथ घूमती रही—किसी ने कुछ पूछा नहीं ? आखिर अमला है किस तरह की महिला ?....देखो हम तुम्हारे मित्र हैं....बड़ी आई मित्र ! क्या इसके यहां मेहमान के साथ खाना खाने का कायदा नहीं है ? हो सकता है घरवालों-नौकरों के सामने बहुत अधिक निकटता न जताना चाहती हो....

और करीब डेढ़ घण्टे बाद फिर अमला मेरे सामने थी—धम् से कुर्सी पर बैठती बोली, ''बड़ी मुश्किल से मैं जान छुड़ाकर आई हूं। अरे वे लोग तो पीछा ही नहीं छोड़ रहे थे—'अमला जी, ये आपकी अंगूठी बड़ी खूबसूरत है....अमलाजी, बंगलौर से एक साड़ी हमारे लिए कढ़वाकर मंगा दीजिए....उस दिन जो पिंक पॉपी आपके पास देखा था, एक उनमें से दिलवाइए न....। मार मुसीबत हो गई है....''

मैं सोफे पर आराम से लेटा-लेटा शायद ऊंघ आया था, अब धीरे-धीरे सचेत होने लगा था। कुहनियों से नीचे तक का सफेद कॉर्डीगन, कानों में पानी की बड़ी-बड़ी बूंदों जैसे दूधिया मोती और गले में सफेद मोटे दानों की इकहरी माला....। खुशबू से स्थान महक उठा था—कन्धे का शॉल सोफे के पीछे और दोनों बांहों पर फैला हुआ नीचे झूल आया था—और अमला खुश थी।

'क्यों भाग आईं ? बैठती न वहां !''मैंने शिष्टाचारवश कहा।....

तुम वैसे ही हमसे नाराज़ हो ? और नाराज़ हो जाओगे—इसी डर से भाग आई। जाकर रंजना जी से शिकायतें करोगे। कहीं किसी उपन्यास-कहानी में उल्टा-सीधा खींच दिया तो और मुसीबत।''

''नाराज़ तो नहीं हूं....।'' और मुझे लगा यह अमला वह कतई नहीं है जो सांझ को मेरे साथ थी। सुबह मिली थी। यह कोई और अमला है जो उससे ज्यादा बेतकल्लुफ है। यह तो एकदम बदल आई है और अब मानो खिली पड़ रही है।

''अरे अमर जी, लेखक न सही, देखते हम भी हैं लोगों को।'' फिर पता नहीं दोनों हाथ उठाकर जूड़े में कुछ ठीक करती हुई बोली—''अच्छा छोड़िए,

ये बताइए क्या-क्या सोच डाला ? जिस उपन्यास का आपने वादा किया था, उसे कब दे रहे हैं ?''

मैंने पलकें झपकीं, कहीं यह कुछ पी-पिला तो नहीं आई ? फिर भी कहा, ''दे देंगे, जरा इस स्कॉलरशिप के झंझट से मुक्त हों—फिर इस प्यार-प्रसंग को एक रूप दे लें, दिमाग में कुछ शान्ति आए।''

''बस ? पत्रों में तो बड़ी-बड़ी बातें लिखते थे कि एक साल में एक उपन्यास लिखूंगा, यों करूंगा, वो करूंगा।'' उसने हल्की गुलाबी झलक वाला एक बड़ा गुलाब जूड़े से निकालकर सामने गोद में रख लिया और लम्बे-से कांटे को वहीं खुंसाते हुए मानो चहककर कहा, ''अरे हम कहते हैं अमर, तुम्हारी कलम में जादू है, तुम किस स्कॉलरशिप के चक्कर में पड़ोगे ! ये दिन हैं, बैठकर लिखो। कहते हैं हर कलाकार के सृजन की भी कुछ निश्चित अवधि होती है—बाकी दिनों तो वह सिर्फ उसी अवधि को वसूलता है।''

इस अप्रत्याशित तारीफ पर मैं भीतर से अचानक उठा और पुलक से भर गया। फिर भी कहा, ''यह तुम्हें अचानक हो क्या गया ? कुछ पी लिया है क्या ?''

''क्यों, पीना बुरी बात है क्या ?'' अमला ने नूरजहां के अन्दाज़ में गुलाब के फूल पर नजरें गड़ाए, उसे उंगलियों में घुमाकर कहा, ''मेरी तरफ देखो, पिए हुए लग रही हूं। मैं एक सच्ची बात कह रही थी—तुम्हें बुरी लग रही हो तो न कहूं....'' वह गम्भीर हो गई।

अपने अनचाहे ही जाने कैसे मेरे मुंह से निकला, ''तुम चाहे पीकर आई हो या न आई हो—हां, अगर देर तक तुम्हें देखता रहा तो मुझे जरूर नशा चढ़ जाएगा....।'' बात के साथ ही दिल धड़क उठा—कहीं अमला बुरा न मान जाए!

''बड़े तेज हो !'' अमला स्पष्ट ही सन्तोष से चमक उठी, ''बात बनाने की कला न होती तो लेखक कैसे होते ?'' उसके होंठों पर वही संयत मुस्कराहट उभरी—देखो भाई, हमको तुम्हारी तरह लाक्षणिक ढंग से बात कहनी नहीं आती। हम तो सीधे-सीधे जो महसूस करते हैं, कह देते हैं। नये लेखकों में तुम्हीं हमें सबसे ज़्यादा पसन्द हो, इसलिए हमने तुम्हें लिखा था। वर्ना शायद तुम्हें पता नहीं है. इस गेस्ट हाउस में हरेक यों नहीं बैठ सकता।....और कैलाश बाबू नाराज हों या कोई—तुम्हारा लिखना हमें पसन्द है, इसलिए तुम हमारे मित्र हो....'' और उसी प्रवाह में हाथ का गुलाब उसने मेरी ओर बढ़ा दिया।

गुलाब तो 'धन्यवाद' कहकर मैंने ले लिया लेकिन मैं वास्तव में एक अजब संभ्रम में डूबने-उतराने लगा था। कमरे की बत्तियां धुंधली होकर दो-दो तीन-तीन दिखाई देने लगी थीं। साथ ही भीतर से जैसे सहमकर सिहर उठा—सचमुच इसने कुछ पी रखा है ? मैं फूल को इस तरह पकड़े रहा जैसे जलती हुई दियासलाई पकड़े हूं। मन ही मन गर्व भी हुआ। यह लगा कि अभी कोई आएगा और सामान उठाकर बाहर फेंक देगा।

''जानते हो, मैं अभी आते हुए क्या सोच रही थी ?'' अमला के सवाल से मैं चौंका। ''अच्छा, जो सोच रही थी वह पीछे बताऊंगी। पहले मेरे सवाल का जवाब दो ! थोड़ा व्यक्तिगत-सा सवाल है। लेकिन मित्र के नाते मुझे अधिकार है कि पूछूं। बोलो, साफ-साफ बताओगे न ?'' अमला मेरी ओर सीधे देखती जरा-सी आगे झुक गई।

''पूछो।''

''लिखने से तुम्हारा काम चल जाता है....?''

''हांऽऽऽ....।'' मैंने गहरी सांस के साथ कहा—''चल ही जाता है। जब नहीं चलता तो अनुवाद करने लगता हूं। उससे पैसा एक साथ मिलता है....''

वह बुजुर्गी से बोली, ''मेरा भी यह ख्याल था। लेकिन मैं एक पाठक के नाते पूछती हूं अमर, तुम यह क्यों करते हो ? तुम्हें अपनी प्रतिभा के दुरुपयोग का क्या हक है ? तुम्हारा लेखन साहित्य की एक उपलब्धि है। तुम्हारा तो एकमात्र उद्देश्य होना चाहिए—लिखो....लिखो....लिखो ! अभी मैं वॉन गॉग की जीवनी पर लिखा उपन्यास पढ़ रही थी। कितनी-कितनी मुसीबतों में उसने कला की साधना जारी रखी! उसे पढ़कर मुझे लगा, कलाकार का जीवन उसके पास धरोहर की तरह होता है—और कला के मार्ग में वह न गरीबी की बाधा सहता है न अकेलेपन की....। जानते हो, मैं यही सोच रही थी, कि अब तुम शादी कर लोगे....फिर तुम्हारा परिवार होगा....बच्चे होंगे....जिम्मेदारियां होंगी....सब होगा और कला से तुम दूर होते चले जाओगे, हटते जाओगे। शायद हर बाधा और मुसीबत के समय सोचोगे कि इसके समाप्त होते ही तुम अपनी कला-साधना में लगोगे....लेकिन जिम्मेदारियां और बाधाओं का जंजाल क्या इतनी आसानी से समाप्त होता है....नहीं अमर....नहीं, मुझे लगता है, कलाकार के लिए ये जिम्मेदारियां घातक हैं—वह मुक्त प्राणी है....।''

और अमला जाने क्या-क्या बोलती रही। मैं कुहासे और धुंधलके की जाने कितनी तहों में लिपटा हुआ मुग्ध उसके तेजोद्दीप्त चेहरे और सम्मोहिनी को देखता रहा....लगा....यह सोचने बैठी अमला नहीं बोल रही है....मेरी चेतना की सतह के भीतर से यह सब स्वर फूट रहे हैं....यह सब मैं सुन नहीं रहा, अपनी कला के उद्देश्य और भविष्य को लेकर चिन्तन कर रहा हूं....मुखर चिन्तन। और उस क्षण मुझे लगा....अमला ठीक ही तो कहती है। इतनी स्पष्ट बात मेरी समझ में क्यों नहीं आई ? यह कला ही तो है जिसके कारण आज मैं यहां बैठा यों एकान्त में उससे बातें कर रहा हूं....धन, हैसियत और संस्कारों की जाने कितनी दीवारें तोड़कर इसी कला के कारण तो उसके बराबर बैठा हूं और कह सकता हूं, मुझे यहां अच्छा नहीं लगता....।' मेरा धन न मेरी बैंक में है न मिलों में—वह मेरे मस्तिष्क में है, मेरी कलम में है....।

उसके बाद शायद अमला ने कहा था—''देखो, मैं व्यापारी की बेटी हूं—एक

सौदा करोगे ? कला का संरक्षण....संस्कृति का अभिभावकत्त्व—से सारे शब्द झूठे हैं—इनमें मुझे विश्वास नहीं है, मैं तो सीधा सौदा करती हूं....तुम्हें कितनी स्कॉलरशिप मिलेगी ? चलो, मैं देती हूं....लेकिन कम से कम दो साल में एक रचना देनी होगी....हां, हां, अपने मन से लिखना। कोई बन्धन नहीं रहेगा। जी नहीं, मैं क्रांति-युगीन फ्रांस कला-सरंक्षिका की नहीं, अपनी भाषा बोल रही हूं....'' फिर रुंधे गले से कहा था, ''अमर, मुझे सचमुच तुम्हारी प्रतिभा और लेखन पर बड़ी आस्था है....अगर तुम यों भटक गए तो मुझे कितना दुख होगा ....मैं ही जानती हूं....''

नहीं कह सकता, यह सब अमला ने कहा भी था या नहीं। और कौन जाने यह उस मुग्ध-तन्द्रिल स्थिति में एक 'विशफुल थिंकिंग' के रूप में ही मैंने सब सोच डाला हो—और अमला ने कुछ कहा ही न हो—या हो सकता है अमला ने इस रूप में न कहा हो....

बहरहाल जब होश आया तो अमला चलने के लिए उठ खड़ी हुई थी और अपनी मुस्कराहट के साथ कह रही थी—''तो वचन दे रहे हो न, कि अपनी कला के साथ कभी समझौता नहीं करोगे ?'' और उसने हाथ बढ़ा दिया था। मैंने हाथ मिलाया—थोड़ी देर हम दोनों ही खड़े रहे, मुझे लगा जैसे मैं उसे अपनी ओर खींच लूंगा, तभी खिंचाव उधर अधिक स्पष्ट हुआ और रात के सन्नाटे में गेस्ट-हाउस के पैसेज, फिर सीढ़ियों पर सेण्डिलों की खट्खट् गूंजती चली गई....

मेरी समझ में बहुत देर तक नहीं आया यह सब क्या हो गया ? हां, इतना जरूर लगा कि साबुन के थक्के की तरह सुबह से कुछ तह दर तह जमता चला आ रहा था और अब बिजली जैसी तेज छुरी से किसी ने उसे आर-पार चीर दिया....

इतना जरूर पता है कि अमला की एक बात सही है। मुझे कला के साथ कोई समझौता नहीं करना....लिखना है....बस, सब कुछ भूलकर लिखना है....

बहुत देर तक मुझे लगता रहा जैसे मेरे साथ कुछ चमत्कारिक घटित होकर चुका है....कुछ ऐसा हुआ है जिसके अर्थ और गाम्भीर्य को मैं अभी तक आत्मसात् नहीं कर पा रहा हूं....खुशबुओं का एक ज्वर था जो झपटता हुआ आया और मुझे बहा ले गया है....अप्रत्याशित रूप से लॉटरी खुल जाने वाले व्यक्ति को कैसा लगता है, मुझे नहीं मालूम....लेकिन मेरी समझ में नहीं आ रहा था कि जो कुछ आज मिला है उसको कहां संभालूं ?

शायद सो चुकने के बाद कुछ नार्मल हो जाऊं....अभी तो कानों में सैकड़ों शंख और करताल बजने जैसी ध्वनियां गूंज रही हैं....

रंजना को पत्र तो अब सुबह ही लिखूंगा....

चार

रंजना जब से जुहू पर आई है, बराबर महसूस कर रही है कि अमर कुछ उदास, कुछ खिन्न, कुछ उखड़ा-उखड़ा है। सामने क्षितिज तक फैले हुए विशाल समुद्र की नीलिमा है, आसपास में ढलते हुए सूरज की लालिमा है, पर इन सबको देखकर भी अमर शायद कुछ नहीं देख रहा । जुहू का सौन्दर्य, समुद्र की विशालता और सारे वातावरण की उन्मुक्तता, कोई भी तो उसके मन को बांध नहीं पा रहा है। लगता है, उसका मन इन सबसे दूर कहीं और ही बंधा हुआ है, और उसके मन में एक बार फिर अमर के कल वाले पत्र की पंक्ति कौंध गई—''अमला को लेकर हमने जितनी भी धारणाएं बनाई थीं, वे सब निराधार और भ्रमपूर्ण निकलीं। तुम सोच ही नहीं सकतीं यह कैसी है, कौन है। याद है, कितनी ही बार तुम इसको, इसके पत्रों को लेकर मुझसे लड़ी हो, रोई हो और इससे सम्बन्ध तोड़ लेने का तुमने कितना-कितना आग्रह किया है, पर हमारी कल्पना की अमला और यह, कहीं भी तो कोई साम्य नहीं ! फिर भी इसका व्यक्तित्व !—आदमी एक बार देख ले, एक बार मिल ले तो जिन्दगी भर भूल नहीं सकता। बड़ी ही विचित्र रही यह मुलाकात भी, मिलूंगा तभी बताऊंगा !''

पर मिलकर उसने जो कुछ बताया उसमें तो ऐसा कुछ भी नहीं था, जिससे उसकी उदासी का कारण जाना जा सके। क्या अमर को निराशा हो रही है कि उसने जैसा सोचा था, अमला वैसी नहीं निकली ?

''क्या बात है अमर, तुम आज कुछ बोल क्यों नहीं रहे ? देख रही हूं, आए हो तबसे बस सुस्त-सुस्त से ही बैठे हो। सफर ने क्या बहुत थका दिया ?'' और अपनी जिज्ञासु आंखें उसने अमर के चेहरे पर टिका दीं।

अमर के होंठों पर एक फीकी-सी मुस्कराहट फैल गई। धीरे से बोला—''नहीं तो....'' और फिर समुद्र की उठती-गिरती लहरों को देखते हुए यों कहने लगा मानो अपने से ही बोल रहा हो—''जाने क्यों, पहाड़ की चोटी पर खड़े होकर या समुद्र के किनारे बैठकर मुझे हमेशा अपनी तुच्छता का एहसास होता है। लगता है इस विराटता और विशालता के सामने, इस प्रचण्ड और अपराजेय शक्ति के सामने हम कितने क्षुद्र, तुच्छ और नगण्य हैं....और तब मन अनायास

ही खिन्न हो जाता है!''

रंजना खिलखिलाकर हंस पड़ी, ''लो, तुम तो यहां साहित्य रचने लगे।'' अमर उसकी उन्मुक्त हंसी से चौंका और खिलखिलाती रंजना को एकटक देखने लगा।

''यों क्या देख रहे हो ? देखो, यह सब कुछ यहां बैठकर मत सोचो। बैठकर अपनी डायरी में लिखना, वरना, हमारा तो जुहू आना ही बेकार हो जाएगा, यहां कल से इस चक्कर में नींद नहीं आ रही थी कि अमर आएगा, साथ जुहू का सूर्यास्त देखेंगे और आप साहब हैं कि दार्शनिक बनकर बैठ गए ! अमर के हाथ में सिगरेट थी और दूसरी हथेली उसने रेत पर टिका रखी थी। रंजना उस हथेली पर ही रेत जमाकर घरौंदा बनाती हुई बोली—''मैंने सोचा, तुम्हें अमला की याद आ रही है। कौन जाने बाबा, एक ओर उसका छा जाने वाला व्यक्तित्व और दूसरी ओर हर किसी लड़की को अपने पर छा जाने का निमन्त्रण देने को आतुर अमर का मन। क्यों ?'' और फिर वह हंसने लगी। अमर ने हाथ नहीं हटाया और रंजना उस पर रेत थोपती रही। फिर जरा तीक्ष्ण नज़रों से उसी ओर देखती हुई बोली, ''अच्छा यह बताओ, तुमने मेरे बारे में भी उसे कुछ बताया या नहीं ?'' और फिर अपने-आप ही हंसते हुए गर्दन हिला-हिलाकर बालकों जैसी सरलता में बोली, ''नहीं बताया न। अरे मैं तुम्हारी नस-नस पहचानती हूं ! मेरे बारे में बता देते तो वह उसी दिन गाड़ी में बिठाकर सीधे स्टेशन छोड़ आती! फिर कौन घूमता लेक पर और कौन देता गुलाब का फूल.... !''

इस बार अमर हंसा ही नहीं, इतनी देर से जिस स्थिति में बैठा था उसे भी बदला—''तुम ही प्रश्न पूछ लो, तुम्हीं जवाब देकर आरोप भी लगा लो और दुनिया-भर की कल्पना करके कुढ़ लो।'' और रेत के नीचे का दबा हुआ हाथ निकालकर उसने रंजना की पीठ पर हल्के-से एक धप जमाते हुए कहा—''ईर्ष्यालु कहीं की !''

रंजना पुलक पड़ी—''अच्छा, बताया मेरे बारे में भी, बताया ?''

''बताया क्या नहीं ? सब कुछ बताया....कहा, मेरी एक मित्र है। यों है तो काफी अच्छी, पर जरा शंकालु और ईर्ष्यालु है और तुमसे बहुत कुढ़ती है....''

''झूठे कहीं के,'' और टूटे हुए घरौंदे की रेत अमर पर उछालती हुई बोली, ''ऐसे कहा मेरे बारे में ?''

''कहूंगा नहीं ? तुम नहीं ईर्ष्या करती हो उससे ?'' धूल झाड़ते हुए विनोद-युक्त स्वर में अमर ने कहा।

और रंजना को वह दिन याद आया जब वह अचानक ही एक दिन अमर के कमरे में पहुंच गई थी और जबरदस्ती उसके हाथ से छीनकर अमला का पत्र पढ़ लिया था। पत्र के अन्त तक आते-आते वह रो पड़ी थी....अनजान, अपरिचित लड़की का ऐसा पत्र ? ऐसी आत्मीयता, निकटता और अपनत्व ?

और अमर के समझने पर भी वह उससे बहुत लड़ी थी। तब अमर ने आंसू पोंछकर उसके गालों को सहलाते हुए कहा था– "रंजना, तुम तो बेहद शंकालु और ईर्ष्यालु हो। यह देखकर तो लगता है कि शादी के बाद तो तुम मुझे एक कमरे में ही बन्द करके रखोगी; शायद इधर-उधर देखने भी नहीं दोगी, क्यों ?"

और शादी की बात सुनकर अमर के हाथों का स्नेहिल सपर्श पाकर ही रंजना गुस्सा भूलकर कह बैठी थी--"कमरे में ? इतना भरोसा तुम्हारा कहां है? तुम्हें तो मैं अपनी बांहों में ही बांधकर रखूंगी।" और कहते ही लाज से इतनी लाल पड़ गई थी कि नज़र उठाकर अमर पर अपनी बात की प्रतिक्रिया देखने का साहस तक नहीं हुआ था। पर अमर जब यह सुनकर ठहाका लगाकर हंसा था तो वह भी हंसी थी और फिर तो दोनों खूब ही हंसे थे।

बांधकर रख सकोगी इस अमर को ? और वह अमर को यों देखने लगी मानो इस प्रश्न का जवाब अमर के चेहरे पर कहीं लिखा हो। पर उसने देखा, अमर की दृष्टि तो फिर समुद्र की लहरों में ही उलझ गई और वैसी ही खिन्नता और सूनापन उसमें छा गया है।

"जानते हो, शीला क्या कह रही थी? कहती थी, इन साहित्यकारों का कोई भरोसा नहीं। इन्हें एक पत्नी, एक प्रेयसी, एक प्रेरणा, न जाने कितनी-कितनी लड़कियां चाहिए। क्यों ठीक है न ?"

अमर चुपचाप उधर ही देखता रहा, कुछ भी जवाब नहीं दिया। तभी एक छोटा-सा स्वस्थ-सुन्दर दौड़ता हुआ बालक ठीक रंजना के सामने गिर पड़ा। रंजना ने बड़ी तत्परता से उसे उठाया और गोदी में लेकर उसकी धूल झाड़ने लगी। नीचे का होंठ कुछ आगे को निकालकर बच्चा रोने ही वाला था कि रंजना ने चूमकर उसे प्यार कर लिया और बोली, "देखो, कैसा प्यारा बच्चा है !" पर तभी उस बच्चे की मां आई और धन्यवाद देकर उसे ले गई। अमर ज्यों का त्यों समुद्र की ओर ही देखता रहा।

"क्या बात है अमर, तुम फिर सुस्त हो गए ? इण्टरव्यू का अफसोस हो रहा है ?"

"नहीं तो।" उसी प्रकार उखड़े-उखड़े-से स्वर में अमर ने जवाब दिया।

"अरे, क्या रखा है; मारो भी गोली। और यह भी तो हो सकता है कि किसी ने झूठ ही उड़ा दिया हो कि मिनिस्टर के भांजे को चुन लिया गया है। इन मिनिस्टरों के पीछे भी तो आजकल के लोग हाथ धोकर ही पड़े रहते हैं। और चुन भी लिया हो तो हमारी बला से। मैं तो इसी में खुश हूं कि इसी बहाने दो दिन बम्बई में साथ घूम-फिर लेंगे। जुहू का सूर्यास्त देख लेंगे।" और फिर निस्तेज पड़ते हुए सूर्य की ओर देखते हुए बोली, "याद है, इस सूर्यास्त पर एक कविता सुनकर जब मैं बहुत मुग्ध हो गई थी तो तुमने कहा था, 'रंजना, शादी के बाद मैं तुम्हें सीधे बम्बई ले चलूंगा। और अपने साथ, अपनी आंखों से जुहू का सूर्यास्त दिखाऊंगा। तब देखना कितना सुन्दर दृश्य होता है उस समय का। इस कविता

में तो कुछ भी नहीं है।' और बोलते-बोलते रंजना ने स्वयं महसूस किया जैसे आसमान की लालिमा उसकी आंखों में भी उतर आई और सारा वातावरण एकाएक ही अबीर से रंग गया है। वैसे ही विभोर स्वर में भी धीरे-धीरे बोली, ''जानते हो, तब से ही तुम्हारे साथ जुहू आने का कितना मादक सपना मैंने पाल रखा था !'' और दृष्टि घुमाकर उसने अमर की ओर देखा—क्षितिज के पास कुछ देखने का प्रयत्न करती-सी उसकी दृष्टि और निर्विकार-सा उसका चेहरा। रंजना के सपनों की मादकता भी जब उसके चेहरे पर कोई परिवर्तन नहीं ला सकी तो रंजना का मन एक विचित्र-सी आशंका से भर गया। बड़े ही दुलार से उसके कन्धे पर हाथ रखकर मृदुल स्वर में बोली, ''अमर ! बोलो तो क्या बात है ? लगता है, कुछ है जो तुम्हें व्यथित किए हुए है। मुझे नहीं बताओगे, अपनी रंजना को नहीं बताओगे ?''

रंजना के स्पर्श से, उसके स्वर की कोमलता से अमर की तटस्थता छिन्न हुई, उसने रंजना की ओर देखा। रंजना को उसकी आंखों में एक बेबसी, एक मजबूरी की झलक दिखाई दी। चेहरे की उदासी और खिन्नता सांझ के बढ़ते हुए धुंधलके में और गहरी लगने लगी थी। रंजना ने महसूस किया कि अमला और इण्टरव्यू के परे कहीं कुछ है जो अमर को व्यथित किए हुए है, जिसे अमर शायद चाहकर भी कह नहीं पा रहा है। पर क्या हो सकता है....कौन-सा दुःख, कौन-सी व्यथा इसके मन में घुमड़ रही है ?

सूर्य की बड़ी-सी सिंदूरिया थाली समुद्र के जल को छूने लगी थी। ''देखो, सूर्यास्त हो रहा है !'' अमर ने धीरे से कहा।

अमर के सिगरेट के खाली डिब्बे की चमकीली पन्नी को उंगली पर लपेटती हुई रंजना उधर ही देखने लगी....सचमुच कितना मोहक दृश्य था ! सूर्य पहले चौथाई, फिर आधा और देखते ही देखते पूरा जल में समा गया। रह गया स्वर्णिम आभा लिए सिंदूरी आसामान। एकाएक ही चारों ओर की दिशाओं और आसपास के वातावरण का धुंधलका गहरा हो गया और एक अजीब-सा सांवलापन घिर आया। संध्या की हवा में गति आ गई थी, जिसके परिणामस्वरूप लहरों का वेग भी बढ़ गया था। रंजना ने उधर ही देखते-देखते धीरे से पूछा, ''इन लहरों को देखकर तुम्हें कैसा लगता है अमर ?''

अमर स्वयं लहरों का उठना, बढ़कर आगे आना और फिर तट पर बिखर जाना, यही सब देख रहा था।

''जाने क्यों, मैं जब-जब सागर की लहरें देखता हूं, मुझे लगता है, कोई बांहें हिला-हिलाकर बुला रहा है।

''तुम्हें इनमें निमन्त्रण का आभास होता है ? इनमें निमंन्त्रण कहां है ?'' मन्त्र-मुग्ध की तरह रंजना बोल रही थी, ''यह तो बड़ी सरल सौम्य-सी लहरें हैं। नैवेद्य की तरह सागर के तट पर आकर समर्पित हो जाती हैं। संयत....शिष्ट। सुनते हैं पुरी की लहरों में अवश्य वह वेग है जो निमन्त्रण, अप्रतिरोध्य निमन्त्रण

का आभास दे। इन लहरों में तो केवल समर्पण ही है,'' और उसे लगा कि उसकी आंखों में बड़े मादक-से सपने तैर चले हैं और कान सुर्ख हो गए हैं। एकाएक ही उसका मन हुआ तट पर समर्पित होती लहरों में अपने को विसर्जित कर दे और एक नन्हीं-सी लहर बनकर किसी के आगे समर्पित हो जाए ! अमर का हाथ पकड़कर खींचती हुई बोली, ''आओ अमर, पानी में चलेंगे।''

''सर्दी लग जाएगी रंजना !'' अपनी जगह पर बैठे-बैठे ही अमर बोला।

''लो, बम्बई में कहीं सर्दी भी है भला ?'' और उसने जबरदस्ती खींचकर अमर को खड़ा कर दिया। एक हाथ से साड़ी की पटली को घुटनों तक चढ़ाए और दूसरे से अमर का हाथ पकड़े वह रेत पार करके पानी में पहुंची और जैसे ही एक लहर ने उसके पैरों को भिगो दिया वह किलकारी मारकर पुलक पड़ी! रंजना को यह दृश्य, जल की शीतलता का स्पर्श और अमर का सामीप्य विभोर किए हुए था। वह थोड़ी देर के लिए भूल ही गई कि अमर खिन्न या उदास है। उसके मन में कुछ घुट रहा है, जिसे उसको जानना है, जिसे उसको हल्का करना है। एक हाथ सामने की ओर फैलाकर उंगली से संकेत करते हुए पूछा, ''सूरज वहीं तो डूबा था न ? मन करता है अभी जाकर निकाल लाएं। चलते हो ?'' बच्चों जैसी सरलता और निरीहता से पूछकर रंजना खींचकर अमर को थोड़ा और आगे ले गई।

''बस करो रंजना, अब लहरों का वेग बढ़ रहा है, सारी भीग जाओगी तो सर्दी लग जाएगी। तुम शॉल तक तो लाई नहीं हो।''

रंजना ने जैसे यह बात सुनी ही नहीं। खोई-खोई-सी बोली, ''जानते हो मेरा मन क्या करता है ? मन करता है, पानी में आगे बढ़ती ही जाऊं, बढ़ती ही जाऊं....और वहां पहुंच जाऊं, जहां समुद्र आसमान को छूता है, अपनी लहरों को बांहों में समेट लेता है....कैसा अद्भुत होता होगा उनका मिलना भी ! क्यों, होता है न ?'' और फिर अमर को यों देखने लगी मानो उसने सचमुच ही उनका मिलन देखा हो। अन्धकार और गाढ़ा होता जा रहा था और चेहरों की आकृतियां भी कुछ धुंधली हो चली थीं। फिर भी रंजना ने देखा कि अमर के चेहरे पर एक फीकी व्यंग्यात्मक-सी मुस्कराहट उभर आई। उसने इतना ही कहा, ''यह तुम्हारा भ्रम है रंजना, कि आसमान कभी समुद्र से मिलता है। समुद्र की ये तरंगाकुल बांहें जीवन भर यों ही ललकती रहती हैं, हुलस-हुलसकर मिलने का प्रयत्न करती रहती हैं....पर मिल नहीं पातीं, छू नहीं पातीं। शायद मिलन का सुख उनका प्रारब्ध नहीं है।''

स्वर के गीलेपन से रंजना सहम-सी गई। गौर से उसने अमर के चेहरे को देखने का प्रयत्न किया। स्वर तो अमर का भर्राया हुआ था ही, देखा तो चेहरे की उदासी भी और घनी हो आई थी। रंजना ने अपने हाथ की जकड़ को और अधिक कस दिया तो महसूस किया कि अमर का हाथ एकदम ठण्डा और निर्जीव सा है। उसे लगा जैसे अमर की सारे दिन की उदासी, खिन्नता, उखड़ापन और

दार्शनिक-सी ये हताश-निराश बातें सब किसी एक ही केन्द्र के विभिन्न सूत्र हैं। दिल्ली से चलते समय उसने जब अमर के साथ बम्बई में मिलने का प्रोग्राम बनाया था और साथ-साथ जुहू आने की योजना बनी थी, तब अमर स्वयं कितना प्रफुल्लित था....और आज....क्या हो गया है उसे आज ? और रंजना स्वयं बेहद खिन्न हो गई।

'आओ लौट चलें अमर !'' और दोनों धीरे-धीरे वापस तट की ओर लौट आए। संध्या की लालिमा रात्रि की कालिमा में घुल चली थी।

बैठकर रंजना ने साड़ी के निचले हिस्से को इकट्ठा करके निचोड़ा और फिर दोनों हाथों से उसे फैलाती हुई बोली—''देखो अमर, तुम चाहे बताओ न बताओ, पर यह निश्चित है कि तुम आज बहुत उदास हो। कहो न क्या बात है ? कहने से ही तो आदमी का मन हल्का होता है। यों मन-ही-मन में घुटते रहना अच्छा लगता है तुम्हें ?'' और बड़े दुलार से अमर का हाथ अपने हाथ में लेकर वह सहलाने लगी। अमर के चेहरे का भाव तो नहीं दिखाई दे रहा था, पर उसने अमर के हाथ में कंपन महसूस किया। उसे लगा उसकी बात ने, उसके दुलार ने अमर को स्पर्श तो किया। स्वर को अधिक मृदुल बनाकर बड़े ही मनुहार भरकर बोली, ''बोली न अमर, मुझसे भी छिपाओगे ? जानते हो, मैं तो जब तक राई-रत्ती बात तुमसे नहीं कर लेती, मुझे चैन नहीं मिलता। क्या इण्टरव्यू में न आने का अफसोस हो रहा है ?'' हालांकि वह स्वयं अच्छी तरह जानती थी कि इण्टरव्यू की बात उसे कभी इस तरह दुःखी नहीं बना सकती।

''इण्टरव्यू की बात से तो मैं प्रसन्न हूं। लगता है व्यर्थ ही विदेश जाने की सनक सवार हो गई थी। क्या करता पत्रकारिता का कोर्स करके ? यहां रहूंगा तो लिखूंगा-पढ़ूंगा। जानती हो, कितना समय बर्बाद कर डाला है इन सब चक्करों में ? पिछले डेढ़ साल से तो एक तरह से कुछ भी नहीं लिखा...मजबूर होकर अनुवाद का काम करना पड़ रहा है। इस तरह से तो मैं खतम हो जाऊंगा रंजना, बिल्कुल खतम हो जाऊंगा, और मैं खतम होना नहीं चाहता।

अमर के स्वर की बेबसी रंजना को बेध गई। उसे लगा जैसे अमर चाहता है कि रंजना उसे बचा ले। पर क्या सचमुच उसे रंजना की आवश्यकता है? वह अच्छी तरह जानती है कि जब-जब अमर लम्बे अर्से तक लिख नहीं पाता है तो उसका मन इसी तरह घुटता है और बढ़ते-बढ़ते यह घुटन एक दिन इस सीमा तक बढ़ जाती है कि वह सब कुछ छोड़-छाड़कर किसी अनजान जगह जाने का संकल्प करता है। तब उसे किसी की आवश्यकता महसूस नहीं होती, रंजना की भी नहीं। आज भी स्वर में क्या वैसा ही आभास नहीं है ? शब्दों में चाहे अमर ने न लिखने की बात कही हो, पर संकेत इसके दूर-दूर तक फैले हैं। लगा जैसे अमर कोई निर्णय लेना चाहता है—अपने भविष्य को लेकर, उनके आपसी सम्बन्धों को लेकर। और विचित्र-सी आशंकाओं से उसका मन कांप गया। स्वर को अत्यधिक कोमल बनाकर वह बोली, ''लिख लेना अमर, लिख

लेना। अब तो यह चक्कर समाप्त हो गया, सब ओर से मन हटाकर अब लिखने में ही जुट जाना। इतनी-सी बात को लेकर कहीं इस प्रकार मन खराब किया जाता है ?''

''तुम्हारे लिए यह इतनी-सी बात हो सकती है, मेरे लिए तो जीवन-मरण का प्रश्न है। यही रवैया रहा तो आगे भी कैसे लिखूंगा....रंजना.... !'' और फिर बात जैसे अमर के गले में ही अटक गई। रंजना उसके हाथ को सहलाती रही।

''मैं विवाह नहीं कर सकूंगा, रंजना....जीवन का वह सुख शायद मेरे लिए नहीं है।'' आवेश में आकर एक साथ अमर बोला गया और रंजना के हाथ से अपना हाथ खींचकर वह सामने देखने लगा।

रंजना ऊपर से नीचे तक सिहर उठी। उसके कानों में केवल शब्द-भर गूंजते रहे....उनका अर्थ लुप्त हो गया, वह समझ ही नहीं पाई—अमर क्या कह रहा है और उसे क्या कहना है....

''जानती हो रंजना, हर प्रकार का समझौता कला को पथभ्रष्ट करता है।'' रंजना को लगा जैसे अमर उससे बात नहीं कर रहा है, अपने से ही बोल रहा है—दृष्टि उसकी कहीं ओर थी और स्वर खोया-खोया था। ''समझौता ! पर मैं तो तुमसे किसी प्रकार का समझौता कराना नहीं चाहती अमर ! मैं तो, मैं तो....'' और रंजना का स्वर घुटकर रह गया।

''विवाह अपने-आप में एक समझौता है। सोचो, विवाह के लिए नौकरी करनी होगी, बंधी हुई निश्चित जिन्दगी बितानी होगी....और जैसे-जैसे उत्तरदायित्व बढ़ता जाएगा, सीमाएं और संकीर्ण होती जाएंगी...इतनी संकीर्ण ....इतनी संकीर्ण....नहीं, नहीं रंजना, यह सब करने का मतलब होगा अपनी हत्या करना, तुम्हारी हत्या करना—यह सब मैं नहीं कर सकूंगा !'' अमर का स्वर बुरी तरह भर्रा गया।

कुछ देर दोनों मौन बैठे रहे और फिर रंजना बोली तो स्वर उसका रुंधा हुआ था, ''अमर, तुम्हें एकाएक ही यह सब क्या हो गया ? तुम तो जानते हो मैं स्वयं कमाती हूं, समय आने पर और अधिक परिश्रम करने की क्षमता भी मुझमें है। मैं तुमसे कुछ नहीं चाहूंगी....मैं तो सिर्फ तुम्हें एक ऐसा घर, एक ऐसा वातावरण देना चाहती हूं जहां तुम सब ओर से निश्चिन्त होकर लिख सको। तुम्हें यों कहीं खाते, कहीं सोते देखती हूं तो यही मन करता है, तुम्हारी सारी चिन्ताएं, सारा बिखराव अपने ऊपर ले लूं....मुझे तो बदले में भी कुछ नहीं चाहिए, न धन न वैभव ! तुम लिखोगे, चारों ओर तुम्हारा यश फैलेगा, तुम प्रसन्न होओगे और इस सबमें ही मैं अपने परिश्रम की सार्थकता खोज लूंगी !'' आदि से अन्त तक रंजना ने जिस दृढ़ता से यह बात कही उससे शायद अमर भीतर तक हिल उठा। रंजना के हाथ को अपने हाथ में लेते हुए स्निग्ध स्वर में बोला—''मैं जानता हूं रंजना, मेरे लिए तुम अपना सर्वस्व भी दे सकती हो....पर कभी मेरी ओर से भी सोचा है सारी बात को ? तुम कमाओगी, काम करोगी और मैं बैठा-बैठा

खाऊंगा....इसे मेरा अहं कैसे स्वीकार करेगा ? और जितने मधुर सपने तुम आज अपने घर के, अपने भविष्य के देख रही हो....यथार्थ की आंच से दो दिन में ही वे मुरझा जाएंगे और तुम्हारी यह उन्मुक्त हंसी, यह अल्हड़ता, यह मस्ती सब कुछ सदा-सदा के लिए समाप्त हो जाएगी। उस दिन भी तुम चाहे मुझे एक बार क्षमा कर दो, पर मैं अपने को कभी....कभी क्षमा नहीं कर सकूंगा।''

अमर के वाक्य के अन्तिम शब्द रंजना ने शायद सुने भी नहीं, उसका मन कहीं और ही चला गया था। रंजना याद कर रही थी कि पिछले दो वर्षों से दिल्ली आकर उसने जब-जब विवाह की बात उठाई, तब-तब अमर ने एक न एक समस्या सामने रखकर बात को टाल दिया था, पर इस बार तो उसने अपनी ओर से ही निश्चय किया था कि गर्मी में वे लोग विवाह कर ही डालेंगे। विवाह करके ही यदि स्कॉलरशिप मिल गई तो अमर विदेश चला जाएगा और जैसे भी होगा बाद में रंजना को भी बुला लेगा। स्कॉलरशिप नहीं मिली तो कहीं अच्छी-सी नौकरी ढूंढ़ लेगा, पर गर्मियों के बाद से वे सम्मिलित जीवन बिताएंगे और तबसे रंजना ने सोते-जागते, उठते-बैठते इस सम्मिलित जीवन के सपने ही देखे हैं।

जिस दिन अमर के पास इण्टरव्यू की सूचना आई थी, वह कितना प्रसन्न था ! इस खुशी में दोनों ने साथ सिनेमा देखा था, साथ खाना खाया था, और जब रंजना ने बताया था कि उसी समय उसे भी कॉलेज की लड़कियों के साथ अजंता-एलोरा देखने जाना है तो हठी बच्ची की तरह पीछे पड़ गया था कि जैसे भी होगा वहां से वह बम्बई पहुंचेगी और दोनों साथ-साथ जाकर जुहू का सूर्यास्त देखेंगे।

ये सब पन्द्रह दिन पहले की ही तो बातें हैं....केवल पन्द्रह दिन पहले की! इन पन्द्रह दिनों में ही आखिर ऐसा क्या हो गया ? और अनायास ही रंजना की आंखों के आगे एक बार फिर वही पंक्ति झलक आई–'फिर भी ऐसा है उसका व्यक्तित्व कि आदमी एक बार देख ले तो जिन्दगी-भर भूल नहीं सकता।'

रंजना के मन की सारी स्निग्धता और कोमलता एकाएक ही कड़वाहट में बदल गई। उसने अमर के हाथ से अपना हाथ छुड़ाते हुए पूछा–''जो कुछ तुम कह रहे हो उसका अर्थ जानते हो अमर ? जानते हो यह सब तुम किससे कह रहे हो.... ?''

''मुझे गलत मत समझो रंजना ! भावुकता को परे रखकर ठंडे दिमाग से सारी बात पर सोचने की कोशिश करो तब शायद तुम स्वयं यही कहोगी कि मेरा निर्णय ही ठीक है। मेरा भी एक घर हो, जहां प्यार हो, स्नेह हो, रंजना हो; कैसे अस्वीकार कर दूं कि यह मेरा भी बहुत बड़ा सपना रहा है ? पर मेरे जीवन का उद्देश्य, जीवन का यथार्थ, इससे बहुत भिन्न है और इसीलिए इतने अरमान और उमंगों से बनाए अपने भविष्य के नक्शे को निर्ममता से मैं अपने हाथों मिटा रहा हूं।''

यह सब सुनकर भी रंजना के मन की कटुता कम नहीं हुई। अविश्वास-भरे स्वर में बोली, "दिल्ली छोड़ने से पहले तो तुम्हारी किसी बात में दूर-दूर तक कहीं कोई ऐसा आभास नहीं मिला था। इन पन्द्रह दिनों में ही एकाएक ऐसा क्या हो गया ?"

अमर ने रंजना की ओर देखा....उसके स्वर से अविश्वास को समझते हुए बोला—"तुम्हारा जिस ओर संकेत है वैसी कोई भी बात नहीं है रंजना ! जानता हूं, अमला को लेकर तुम शुरू से ही बहुत सशंकित रही हो, पर अब तो अमला के बारे में मैंने तुम्हें सभी कुछ बता दिया। तुम्हीं सोचो, मेरे इस निर्णय का अमला से क्या सम्बन्ध हो सकता है भला ?" फिर कुछ रुककर बोला, "पता नहीं तुम्हें विश्वास होगा या नहीं पर सच कहता हूं, विवाह का निर्णय लेते समय भी यह दुविधा थी....और उसके बाद हर दिन इस दुविधा ने मुझे मथा है, और मैं बराबर प्रयत्न करता रहा हूं कि जैसे भी हो इस बार मैं अपने निर्णय पर अटल रह सकूं....पर लगता है निर्णय लेने में ही मुझसे कहीं बहुत बड़ी भूल हो गई। मन की दुर्बलता से मैं गलत निर्णय ले बैठा....मुझे लौटना होगा...." अमर के स्वर की आर्द्रता ने रंजना को बुरी तरह मथ दिया। उसका मन हुआ अमर की गोदी में ही सिर रखकर फूट-फूटकर रो पड़े। पर वह निश्चल बैठी रही और उसकी आंखों की कोरों से आंसू टपक पड़े।

"यह क्या ? तुम रो रही हो रंजना ?" अपने हाथ पर टपकी हुई आंसू की बूँद से चौंककर व्यथित होकर अमर ने कहा, "रोओ मत रंजना, मैं यों ही बहुत दुखी हूं। मेरे दुख को और मत बढ़ाओ। जानती हो....इस बार सोचा है, अपने को पत्थर की तरह कड़ा बनाकर बस दिल्ली लौटते ही लिखने बैठ जाऊंगा....एक दिन भी बर्बाद नहीं करूंगा। पर तुम मेरी मदद नहीं करोगी तो यह सब कैसे कर पाऊंगा ? जीवन चाहे तुम्हारे साथ रहकर बिताऊं, चाहे अलग रहकर, पर तुम, तुम्हारी मित्रता, तुम्हारा स्नेह ही तो मेरे जीवन का सबसे बड़ा सम्बल है, मेरी प्रेरणा है। उसके बिना तो मैं अपने को नितान्त असहाय, एकांकी महसूस करता हूं...."

घुटनों में सिर डालकर रंजना फूट पड़ी। आंसुओं के बीच डूबे हुए केवल इतने ही शब्द अमर को सुनाई दिए, "मैं यह सब नहीं सह सकूंगी अमर....यह सब मुझसे नहीं सहा जाएगा...."

बहुत ही प्यार से रंजना के सिर पर हाथ फेरते हुए अमर ने कहा, "सब कुछ सहा जाएगा रंजना, सब कुछ सहा जाएगा; जरा हिम्मत से काम लो !" फिर स्वर को और अधिक कोमल बनाकर बोला, "तुम किसी सुपात्र से विवाह कर लो....अब मैं कभी बीच में बाधा बनकर नहीं आऊंगा। नया घर, नया जीवन, धीरे-धीरे सब कुछ भुला देगा।"

रंजना रोती रही, अमर की स्नेहिल उंगलियां उसके सिर को सहलाती रहीं और चारों ओर अंधेरा घना होता रहा।

“अब उठो रंजना, घर पहुंचते-पहुंचते काफी देर हो जाएगी ! और देखो, ज्यादा दुखी मत होओ। आज तक हर जगह, हर समय जिस तरह मुझे सहारा देती आई हो इस बार भी दो, जिससे कि मैं इन दुर्बलताओं से ऊपर उठकर कुछ लिख सकूं।”

रंजना कुछ नहीं बोली, पर अमर ने महसूस किया कि उसकी आंखों से अब भी आंसू बह रहे हैं। उसने उठने की कोई चेष्टा नहीं की तो जबर्दस्ती उठाता हुआ बोला, “लो, अब उठो।” रंजना चुप खड़ी हो गई। उसने एक बार समुद्र की ओर देखा। अन्धकार में डूबी काली-काली लहरें उसे बड़ी भयंकर लगीं। इन्हीं लहरों ने सूर्य को निगल लिया था। जुहू का सूर्यास्त ! क्यों व्यर्थ ही उसने इतने समय में इस दृश्य के साथ-साथ इतनी रोमानी कल्पनाएं जोड़ ली थीं ? किसी का अस्त भी कभी सुखकर हुआ ?

“चलो, उधर चलकर पहले मुंह धो लो, कुछ खा लो। शीला जी के यहां भी तो मना करके आई हो।” अमर का हाथ रंजना की पीठ पर था। रंजना कुछ नहीं बोली; बस, अमर के साथ-साथ चलती रही। अमर ने दुकान के पास ले जाकर मुंह धुलवाया। धो तो लिया, पर जब खाने के लिए कहा तो इन्कार कर दिया।

“कुछ तो खा लो !”

“नहीं, इच्छा नहीं है !”

बाहर आकर अमर ने एक टैक्सी का फाटक खोला तो रंजना चुपचाप आकर बैठ गई। आरम्भ में अमर के व्यवहार की उदासीनता और इधर की अतिशय कोमलता दोनों ही रंजना को मथ रही थीं। जो कुछ उसने अभी सुन लिया था या अभी जो कुछ घट गया उसको वह किसी तरह ग्रहण नहीं कर पा रही थी, उसे जैसे किसी तरह भी इस सब पर विश्वास नहीं हो पा रहा था। लगता था जैसे अभी पीठ पर एक धौल जमाते हुए अमर कह उठेगा, “अच्छा बाबा, यों रोओ मत, कर लेंगे शादी....तुम भी बस, मोम की बनी हो, कुछा कहा नहीं कि आंसू बहाने लगीं !” पर साथ ही उसे यह भी लग रहा था कि आज ऐसा कुछ भी नहीं होगा। अमर के स्वर की कोमलता में भी आज उसे एक विचित्र प्रकार की दृढ़ता का आभास मिला है। अमर का वाक्य, पूरे विश्वास और दृढ़ आस्था के साथ कहा गया एक ही वाक्य—उसके दिमाग में गूंजता रहा—‘हर प्रकार का समझौता कला को पथभ्रष्ट कर देता है।’ तो अमर अब कोई समझौता नहीं करेगा, कोई समर्पण स्वीकार नहीं करेगा ? उसका हृदय फिर गहरी वेदना और तीखी कड़वाहट से भर गया।

‘यह कलाकार है ? अपने को संवेदनशील और भावुक समझने वाला कलाकार। किसी की भावनाओं का, किसी के भविष्य का, किसी के जीवन का, कुछ भी मूल्य नहीं है इसकी दृष्टि में ?’

और एक साथ ही अपनी मित्रता के छः वर्ष रंजना की आंखों के आगे घूम

गए। पागलों की तरह उसने अमर को प्यार किया है, अमर की छोटी से छोटी इच्छा को उसने आदेश के रूप में माना है। अमर ने जैसा चाहा, रंजना ने अपने को उसी के अनुरूप ढाला। सारे घरवालों के आक्रोश की पात्री बनकर भी वह केवल दिल्ली में नौकरी करने इसलिए तो आ पहुंची कि अमर ने लिखा था कि बिना रंजना के उसका मन नहीं लगता है और वह बहुत ही चाहता है कि रंजना भी दिल्ली आ जाए। जब तक वह पढ़ती रही तब तक और यहां आकर नौकरी करने के बाद पिताजी ने विवाह के जितने प्रस्ताव भेजे उन पर बिना एक क्षण के लिए सोचे, उन्हें इसीलिए तो अस्वीकार करती रही कि उन दोनों में एक समझौता था। और जब पिताजी ने बहुत क्रुद्ध होकर स्पष्ट शब्दों में पूछा था कि आखिर वह चाहती क्या है, तो उसने भी उतने ही स्पष्ट शब्दों में लिख दिया था कि वह चाहती है कि उसके विवाह के मामले में घरवाले हस्तक्षेप करना छोड़ दें। वह विवाह अपनी इच्छा से करेगी और जब करेगी तो घरवालों को सूचना दे देगी। उसने चाहे लिखा नहीं, पर फिर भी सब कुछ समझ गए थे कि वह अमर से ही विवाह करेगी और घर में सभी इस बात से दुखी थे। पर रंजना ने अमर के सामने न कभी घरवालों की भावनाओं की चिन्ता की, न उनके दुख की, न उनकी नाराजगी की ! अब वही रंजना उन लोगों से जाकर कहे कि अमर ने तो विवाह करने से इन्कार कर दिया, लो मेरा विवाह कर दो ....क्या यह सब अमर नहीं जानता ? फिर....यह सब कहते समय क्या उसे एक बार भी ख्याल नहीं आया कि रंजना का क्या होगा ? जो एक व्यक्ति के प्रति ईमानदार नहीं हो सका, वह कला के प्रति क्या ईमानदार होगा ? दुनिया में साहित्यकार क्या विवाह करते ही नहीं....या करते हैं तो क्या उनकी कला पथभ्रष्ट ही हो जाती है ? तब ? उसका मन हुआ पास बैठे अमर के दोनों कन्धे झकझोर-झकझोरकर ये सारे प्रश्न पूछ डाले। चिल्ला-चिल्लाकर कहे कि तुम कौन होते हो यह निर्णय लेने वाले....तुम्हारा यह निर्णय केवल तुमसे ही नहीं, मुझसे भी सम्बन्धित है, तब क्या अधिकार है तुम्हें अकेले निर्णय लेने का ?

पर उसका आवेश आंसुओं में ही बहता रहा, शब्द तो उसके मुंह से एक भी न निकला।

निवास-स्थान करीब आया जानकर अमर ने कहा, "कल शाम की गाड़ी से तो तुम चली ही जाओगी....दिन में मैं आऊं ? कोई प्रोग्राम तो नहीं है ?"

"नहीं....पर अब क्या होगा आकर ?" बहुत ही उदासीन स्वर में रंजना ने कहा।

"रंजना !" और अमर केवल उसकी पीठ सहलाता रहा। चाहकर भी रंजना उसका हाथ नहीं हटा सकी।

घर के सामने टैक्सी रोककर दोनों उतरे तो रंजना ने कहा, "ऊपर तो मैं अकेले भी जा सकती हूं।" और वह घूम पड़ी। पर फिर भी अमर उसके साथ-साथ

चला। जैसे ही लिफ्ट पास पहुंची पलटकर रंजना ने दोनों हाथ जोड़ दिए ''अधिक कष्ट करने की आवश्यकता नहीं है अमर, मैं चली जाऊंगी।'' उसने देखा अमर संज्ञाशून्य-सा रंजना को देख रहा है....शायद वह इस प्रकार के व्यवहार की अपेक्षा नहीं कर रहा था। रंजना लिफ्ट में घुस गई तो अमर भी लौट चला। अमर लौट रहा था और रंजना ऊपर चढ़ रही थी....सच ही तो है, आज से उनकी राहें अनिश्चित भले ही न हों, पर अलग तो हैं ही। 'अमर को उसकी आवश्यकता नहीं तो उसे भी अनचाहे व्यक्ति की तरह किसी के जीवन में प्रवेश करने का शौक नहीं मेरा भी अपना आत्मसम्मान है, अपना अहं है।'

घर में घुसते ही मालूम पड़ा, शीला और मनोज सिनेमा गए हैं....बड़ी राहत मिली। बिना कपड़े बदले ही जैसी की तैसी बिस्तर पर जा पड़ी। मुलायम तकिए का सहारा मिलते ही एक बार फिर आंसुओं का बांध टूट गया और फूट-फूट कर रोने लगी। कॉलेज में बिताए दिन....लम्बी-लम्बी बहसें, साथ घूमना, हंसी-मजाक, फिर अमर का दिल्ली आना और पत्रों की प्रतीक्षा....दुर्दमनीय प्रतीक्षा....प्यार दुलार, और फिर दिल्ली में बिताए दो वर्षों के अनेक-अनेक चित्र उभर-उभर कर उसके मन को सालते रहे और जब मन की व्यथा असह्य हो गई तो दोनों हाथों की उंगलियों को बिखरे बालों में बुरी तरह फंसाकर पागलों की तरह सिर को तकिए पर पटककर रंजना बोली, ''नहीं-नहीं ! मेरा कोई आत्म-सम्मान नहीं, कोई अहं नहीं, मेरा तो अमर है....केवल अमर है....।''

पांच

'खट्-खट्!'

झटके से अमर उठा; इस बार तो रंजना ही है। चटखनी खोलने से पहले फिर एक बार मेज तक लौटा; अमला का खत कागजों के नीचे सरकाया और तब जाकर धड़कते दिल से चटखनी खोली। सूखे चेहरे और बिखरे बालों वाली रंजना की तस्वीर आंखों में कौंध गई। दरवाले का पल्ला जरा-सा अलग किया।

"अंकल जी, टिकट...." मकान मालिक के दोनों बच्चे—जगत और रीना—सीधे स्कूल से लौटे थे और अपनी-अपनी अटैचियां लिए खड़े थे। उसे बोलने का अवसर दिए बिना ही रीना उससे लिपट गई, "नहीं अंकल जी, इसे नहीं। पहले आपने इसे दिए थे—आज हम लेंगे...."

दोनों अपना दरवाजा खटखटाने की बजाय, सीधे उसी के दरवाजे पर आ गए थे। टिकट-संग्रह का दोनों को शौक है और जैसे ही अमर की डाक आती है—दोनों आपस में लड़ते हुए उससे लिपट जाते हैं। अभी तक तो ठीक था, लेकिन अमला के खूबसूरत रंग-बिरंगे लिफाफों से खिंचकर दोनों बच्चे जब-जब उसे देखते तभी टिकट मांगते हैं। एक-दूसरे को काटकर अलग से उससे खूबसूरत लिफाफा ले लेना चाहते हैं—और अमर चाहता है अमला का एक-एक खत लिफाफे सहित सुरक्षित रहे....। अजब पैंतरेबाजी चल रही है उसके और बच्चों के बीच।

बच्चों को देखकर वह झुंझलाहट से भर गया। मन हुआ झटके से किवाड़ बन्द कर ले। पर प्यार से उसने रीना की पीठ पर हाथ फेरकर कहा, "आज कोई डाक नहीं आई रीना....कल देंगे....।"

जगत संभ्रम में सामने खड़ा था—उसने आश्वस्त भाव से अपनी ओर के किवाड़ खटखटाकर अंगूठा हिलाते हुए चिढ़ाया, "ले, और ले....भागी-भागी आई.... !"

रीना सचमुच खिसिया गई। बड़ी आशा से सिर उठाकर अमर के चेहरे की ओर निहारा कि शायद जगत की इस चुनौती से ही अभी किसी पुराने लिफाफे का टिकट लाकर दे दे। ऐसा कोई भाव उसने जब नहीं देखा तो उसकी बड़ी-बड़ी

आंखों की दूधिया सफेदी पानी से बोझिल हो आई। "रोज-रोज बहका देते हैं—कल देंगे....कल देंगे....झूठे कहीं के.... !" और अपने को छुड़ाकर वह चली गई। तब तक नौकर ने उनके किवाड़ खोल दिए थे।

इन्हीं लोगों का सामने वाला कमरा अमर के पास है।

कोई कारण नहीं था—लेकिन रीना की आंखों की सफेदी का पानी से बोझिल हो आना और 'रोज-रोज बहका देते हैं कल देंगे....कल देंगे....' कहना, एक झटके से उसे संझाते जुहू के किनारे ले गया....। उसी दिन अंधेरे में उसे रंजना का चेहरा नहीं दीखा था—और दुकानों या मकान की रोशनी में उधर देखने को उसकी हिम्मत नहीं पड़ी थी—लेकिन इस पराजय-भरे अंसुआए उलाहने में कहीं कोई साम्य जरूर था....भक् से जल उठने वाली रोशनी की तरह उसके मन में टकराया—'कल देंगे....' का बहकाना.... ?

आज भी अगर नहीं आई तो वह जरूर सांझ को उसकी तरफ जाएगा....

लिखने का सिलसिला टूट गया था। किवाड़ हल्के से भिड़ाकर वह चुपचाप कुर्सी पर धम से आ बैठा, और कब सिगरेट जलाकर पीने लगा उसे खुद ध्यान नहीं।

आए हुए चौथा दिन है—स्टेशन से ही उसे लग रहा था कि कोई अप्रत्याशित अघटनीय उसकी प्रतीक्षा कर रहा है। जल्दी से जल्दी उसे जानकर तनाव समाप्त कर देने की बेचैनी में खुदबुदाता वह कमरे पर आया तो और चिटि्ठयों के साथ अमला का पत्र था—वह अघटनीय-अप्रत्याशित नहीं था। तब उसने मन को समझा लिया कि शायद वह बेचैनी अमला के पत्र की प्रतीक्षा ही थी। तीन दिन अमला के पत्र के नशे में बेहोश रहते हुए भी उसे मानो दृढ़ विश्वास था कि रंजना आएगी। लेकिन सुबह से तो मानो यह बेचैनी कातर व्याकुलता में बदल गई....। क्या हो गया ? वह आशंका से भीतर कांप-कांप उठा। लम्बी मेज के नीचे रखे अखबार को उसने फिर गौर से खोलकर देखा....तो भोपाल स्टेशन पर अखबार खोलना याद हो आया।

गाड़ी इटारसी से चली, कि फिर आउटर सिगनल के पास रुक गई। किसी ने जंजीर खींची थी। वह बगल की सीट पर बैठा था—लम्बी सीट पर फैले पंजाबी प्रौढ़ ने जोर से करवट बदलकर भारी-सी गाली दी, "ये गड्डी है ? पिंजाब मेल दा नांव डुबाओंदे एं.... !" नीचे लोग उतर-उतरकर खड़े हो गए थे। चाय लेकर लपकते बैरे से उसने पूछा, "क्या हुआ ?" "कोई जानवर कट गया है।" अपने डिब्बे की ओर लौटते हुए किसी ने कहा। तब सहसा पहली बार उसे लगा—कहीं ....कहीं रंजना ऐसा कुछ....। और इस विचार के साथ अखबार देखने की बेचैनी बुरी तरह मचलने लगी....ब्रुश मुंह में लिए-लिए ही वह सारे डिब्बे का चक्कर

लगा आया। किसी के पास अखबार नहीं था। भोपाल तक राह देखनी होगी। सोचा, भोपाल तक तो जरूर अखबार बम्बई से ही आता होगा। अर्थात बम्बई की स्थानीय खबरें मिल जाएंगी–अगर ऐसा कुछ हुआ तो.... ?

रेल में बैठने के क्षण से ही उसे जाने क्यों, लगने लगा था कि अब कभी रंजना से उसकी भेंट नहीं होगी....और यह उसी अनुभूति की दुहराती अनुगूंज थी जो उसने जुहू से लौटकर रंजना को शीला के यहां छोड़ते हुए अपने भीतर पाई थी। बिना अमर की चिन्ता किए जब रंजना ने लिफ्ट का दरवाजा बन्द कर लिया–और उसे लिए-लिए लिफ्ट ऊपर चली गई तो अमर को यह सब बड़ा प्रतीकात्मक लगा–यह लिफ्ट नहीं, लोहे की उंगलियों वाला पंजा है और रंजना को मुठ्ठी में बन्द करके इस पंजे ने उसके जीवन से खींच लिया है....। इस विचार को जबर्दस्ती हटाकर वह स्तब्ध खड़ा-खड़ा मन को समझाने की कोशिश करता रहा कि रंजना ने उसका अपमान किया है....यों चले जाना कहां का शिष्टाचार रहा है ? लेकिन जैसे ही लिफ्ट उठने लगी थी, अनजाने ही उसे विश्वास हो गया, कहीं कोई बहुत बड़ी गलती हो गई है....उसके भीतर कोई बार-बार ठोकर मारकर कह रहा था, 'रोको, इसे रोको....बहुत भयानक और गलत हो रहा है, इसे अब भी रोक लो.... !' भीतर की आवाज सुनता हुआ वह केवल खड़ा रहा....धीरे-धीरे लिफ्ट का नीचे का तला भी ऊपर चला गया। सहसा जाने किस आवेश में वह दौड़कर सीढ़ियों पर भी चढ़ा। फिर मोड़ पर अचानक रुका। कुछ देर सोचता रहा और तब लौट आया। चलती हुई टैक्सी में उसे ऐसा महसूस होता रहा जैसे टैक्सी उसे कितनी दूर, बहुत दूर अनजान देश में लिए जा रही है....

दूसरे दिन शीला ने बताया कि रंजना लौट गई है; उसके भीतर मानो किसी ने संतोष की सांस ली–अगर इस समय रंजना मिल जाती तो कैसे उसे मुंह दिखा पाता....? "अच्छा ! उसके लौटने की तो कोई बात नहीं थी...." औपचारिक रूप से उसने कहा। बैठने और चाय पीने के शीला के आग्रह को मना करके वह लौट आया। अकारण ही ख्याल आया–हो सकता है रंजना दिल्ली न जाकर जयपुर चली गई हो। विक्टोरिया पर वह प्रतीक्षा करता रहा, मानो रंजना आएगी....आएगी। दादर पर भी वह खिड़की से बाहर इस तरह झांक रहा था मानो उसने आने को कह दिया हो। सोच लिया, अगर वह दादर पर दीख गई तो कहेगा–'अरे रंजना, तुम तो जरा-सी बात का बुरा मान गई–मैं तो मज़ाक कर रहा था....।'

सारे रास्ते वह इस तरह प्रतीक्षातुर प्रत्याशा महसूस करता रहा मानो रंजना अचानक किसी स्टेशन पर प्रकट होकर चौंका देगी; हो सकता है वह भी इसी गाड़ी से चल रही हो। इसी भ्रम के कारण उसने गाड़ी को शुरू से आखिर तक कई बार अच्छी तरह देखा था....

भोपाल पर अखबार लिया। बम्बई में किसी भी लड़की के आत्महत्या करने

का समाचार नहीं था। जहां इससे सान्त्वना मिली, वहीं एक नई आशंका आ जुड़ी; मान लो, कहीं ऐसा हो गया तो ? वह अपने को कैसे माफ करेगा....?

और अब रंजना से मिलने की व्याकुलता जितनी ही उसे मथ रही थी उतना ही उसे अपने ऊपर आश्चर्य हो रहा था; उसे आए हुए तीन दिन हो गए और वह अभी तक नहीं मिला ?

'खट् ! खट् !

फिर दरवाजा खट्का तो वह वहीं से बैठे-बैठे बोला, ''कौन है भाई ? खुला ही है।' जरूर फिर बच्चे आ गए होंगे।

लेकिन इस बार टण्डन था। बड़े इत्मीनान से सीटी बजाते हुए भीतर आया, ''कहिए लेखक साहब, उपन्यास पूरा हो गया ?'' फिर अखबार अमर के हाथ में देकर बोला, ''सिनेमा चलना है ?''

टण्डन हमेशा इसी तरह का कोई न कोई प्रोग्राम लेकर आता है। ''आओ, बस तुम्हारी ही कसर रह गई थी....।'' अखबार एक तरफ समेटकर अमर तनकर बैठ गया। पासवाली कुर्सी को अपनी ओर सीधा करके बोला, ''बैठो....''

टण्डन कुर्सी पर बैठकर सिगरेट जलाता बोला, ''यहां से चलना है पहले 'ऐल्प्स'; फिर देखेंगे कहां चल सकते हैं। पांच बजे मंदा को वहीं बुलाया है, नहीं पहुंचे तो गदर आ जाएगा....।''

टण्डन उसके कमरे में आकर ऐसी लापरवाही और आत्म-व्यस्त होकर उठता-बैठता, व्यवहार करता है मानो अमर उपस्थित ही न हो। बातें उससे करेगा। लेकिन पंखे, बल्ब, खिड़की या मेज़ की बिखरी चीजों की पड़ताल करता रहेगा। तब अमर को ऐसी झुंझलाहट आती है कि उसे जोर से झंझोड़कर कहे कि तू मुझसे बात कर—ये चारों ओर देख पीछे लेना। उठा वह कपड़े बदलने के इरादे से लेकिन भीतर की मचलन को उसने उसके दोनों कन्धे झकझोरने में ही निकालते हुए कहा, ''देख टण्डन, तेरी तरह मेरी पंचकुइयां रोड पर फर्नीचर की दुकान नहीं है कि जब लिया और उठा चले आए....''

टण्डन गोद में रक्खी पत्रिका में कुछ पढ़ रहा था। बिना ऊपर सिर उठाए अपने कन्धों से उसका हाथ हटाता बोला, ''तुझे दुकान की जरूरत क्या है ? तुझे तो अमला ने पेंशन बांध दी है न....अच्छी-खासी स्कॉलरशिप मिल रही थी, फिर नहीं हम तो लेखक बनेंगे ! बनो पुत्तर, लेखक ही बनो। फिर रोते क्यों हो ?''

कपड़ों की अलमारी की ओर बढ़ता अमर लौट आया, ''देख टण्डन, इस बारे में तूने कुछ भी कहा तो लड़ाई हो जाएगी। ज़िन्दगी में कुछ चीजें तो होती हैं जिन्हें गम्भीरता से लेना चाहिए....।''

''जरूर लेना चाहिए।'' उसी लापरवाही से टण्डन ने पत्रिका मेज पर फेंकी और झटके से उठ खड़ा हुआ, ''और सबसे गम्भीरता से यह लेना चाहिए कि

नीचे स्कूटर वाला खड़ा-खड़ा गालियां दे रहा होगा।''

अमर लौट गया। थोड़ी देर चुपचाप कपड़े पहनता रहा, फिर बोला, ''किसी एक से पेंशन लेनी होती है तो अमला का ही अहसान लेता ? वह संस्था ही क्या बुरी थी जिसका काम ही स्कॉलरशिप देना है.... ?''

वह खिड़की से बाहर गर्दन निकाल-निकालकर झांकने लगा। ''अहसान की इसमें क्या बात है ? दोस्ती में मैं जरूरत पड़ने पर तुझसे नहीं लेता या तू नहीं लेता ?''

''लेकिन वहां मैं यह भी नहीं रखना चाहता।''

टण्डन आसमान को देखता रहा। फिर बोला, ''यार, कहां आज मंदा को बुला लिया। वहीं बैठकर बियर पीते।''

इस बात बदलने को अमर ने समझा। कहा, ''आज नहीं; जिस दिन उपन्यास खत्म होगा, हमारी तरफ से बियर-पार्टी।''

दौड़ते स्कूटर की तेज हवा से उड़ते बालों पर हाथ रखे अचानक टण्डन ने कहा, ''यार बहुत नाराज़ है....।''

अमर अमला की बात को सोच रहा था। उपन्यास खत्म होने की शायद सबसे अधिक खुशी उसे ही होगी, बुरी तरह चौंक गया, ''कौन ?''

''मंदा।''

''किस बात पर ? बियर पीने पर ?''

टण्डन थोड़ी देर झिझका, ''तुझ पर। कहती है, तूने उस बेचारी लड़की को धोखा दिया है....।''

''रंजना तेरे वहां आई थी ?'' अचानक उसने सवाल किया।

''नहीं। उससे ही बातें हुई थीं।'' बालों के उड़ने की चिन्ता छोड़कर वह रूमाल से चश्मा पोंछने लगा।

अमर जानता है, टण्डन जब आंखें नहीं मिलाना चाहता तो चश्मा उतारकर पोंछने लगता है। वह निश्चय ही झूठ बोल रहा है। उसने जोर से कहा, ''सरदार जी, स्कूटर रोक दो।''

खट से चश्मा नाक पर जा चढ़ा। ''क्यों ?''

''मुझे नहीं जाना।'' उठने-उठने को होकर अमर ने कहा। टण्डन ने उसकी दोनों बांहें पकड़ लीं, ''यह क्या बचपना है ? चलो सरदार जी, आप चलो न।''

''नहीं।'' अमर दहाड़ उठा, ''मैं कहता हूं सरदार जी, रोकिए न।'' फिर जबरदस्ती अपने को झटके से छुड़ाकर बोला, ''तू, तुझे जबरदस्ती पकड़कर ले जाएगा ?''

टण्डन ने उसे छोड़ दिया ओर एकदम ठण्डा पड़कर बोला, ''मैंने उससे मना कर दिया है। वह तुझसे इस बार में बातें नहीं करेगी—जब तक तेरा उपन्यास पूरा न....''

स्कूटर धीमा होकर खड़ा हो गया। अथाह भर्त्सना से भर कर सरदारजी

ने दोनों को देखा–यह क्या खिलवाड़ है ! बोले, ''आप दूसरा स्कूटर ले लो जी....''

अमर ठण्डा हो गया था। समझता हुआ लेकिन गुस्से को कायम रखे बोला, ''मैंने बीस बार कहा, मुझे यों हमेशा कचहरी के कटघरे में खड़े होकर जवाब देने को मजबूर मत करो। जो लोग साथ पढ़े हैं, साथ खेले हैं–वो जब बात को नहीं समझ सकते, मुझे ही अपराधी मानते हैं, तो बेचारी मंदाकिनी भाभी....''

टण्डन नाराज़ हो गया था, कुछ नहीं बोला। खड़ा हुआ स्कूटर और सरदार जी तथा टण्डन की चुप्पी मानो उसे धक्का देकर कह रही थी कि 'निकलो न।'–अगर टण्डन उसका हाथ इस बार पकड़कर रोक ले, तो वह चुपचाप चल चलेगा–एक बड़ी अशोभन घटना होते-होते रुक जाएगी। न टण्डन ने हाथ पकड़ा और न उससे कहना बना कि 'अच्छा चलाओ सरदार जी, स्कूटर चलाओ।' तब अपनी मान-रक्षा के लिए वह उतर आया। ''चलो।'' टण्डन की भारी आवाज़ सुनाई दी और सरदार जी ने दो-तीन एड़ों में स्कूटर स्टार्ट कर लिया।

बिना रुके अमर ठीक पीछे की ओर चल दिया था। एक बार मुड़कर देखा, शायद टण्डन पीछे मुड़कर देख रहा हो, बुला ही ले। लेकिन होंठ कसे वह सामने ही देख रहा था। पीछे पर्दा उड़ती 'खिड़की' से उसका सिर दीखता रहा।

स्कूटर रीडिंग रोड के मोड़ पर ओझल हो गया। अमर ने चाल धीमी कर दी। पीछे से 'घों-घों करती डी. टी. सी. की दो-तीन बसें एक साथ गुजर गईं। उस क्षण अमर को लगा, जैसे सारी दुनिया ने उसका साथ छोड़ दिया है–वह अकेला और अनसमझा, असहाय और निरीह इस जनाकीर्ण रेगिस्तान में यों ही किसी दिन भूखा-प्यासा मर जाएगा–ये प्रिय, ये दोस्त कोई उसकी खबर तक लेने नहीं आएंगे। वह रुककर खड़ा हो गया–अब कमरे में जाकर क्या करेगा? पहले सवारी लेकर टण्डन के साथ ही 'ऐल्प्स' जा पहुंचने की बात मन में आई; लेकिन सचमुच वह मंदाकिनी भाभी के इन सवालों का जवाब नहीं दे पाएगा। वह पैदल-पैदल ही गोल मार्केट की ओर चल दिया।

जब सहसा फिर जुहू की वह सांझ, हवा में लटकी 'सिलुएट' तस्वीर की तरह उसके सामने साकार हो आई और देर तक लटकी रही–उसने अपने आपको रंजना से बातें करते देखा....।

जरूर रंजना मंदा भाभी के यहां गई है। रोई होगी....जब वह नहीं चाहता तो क्यों वह लड़की उसके पीछे पड़ी है ? नहीं, उसने कोई धोखा-वोखा नहीं दिया। वह कतई अपराधी नहीं है....और अमर देर तक अपने को विश्वास दिलाता रहा कि अगर उसने रंजना को कष्ट दिया भी है तो क्या वह स्वयं कम कष्ट उठा रहा है ? वह सड़कों पर पागलों की तरह दुखी और उदास नहीं भटक रहा ? वह क्या उसी की खातिर अपने सबसे जिगरी दोस्त से नहीं लड़ पड़ा है–उसे क्या कम मानसिक द्वन्द्व है ?

लेकिन मन की भीतरी सतहों पर उसे दो सन्तोष एक साथ हुए। एक तो रंजना ठीक-ठाक है, तभी तो मंदाकिनी भाभी से जाकर मिल सकी; दूसरे टण्डन को तो वह जब चाहे जाकर मना लेगा। यह उपन्यास समाप्त हो जाए बस, फिर तो सभी कुछ ठीक कर सकेगा। ये सारी 'बाधाएं' उसके लेखन को रोक नहीं पाएंगी। वह अपने को समझाना चाहता था कि यह सब जो भी कुछ उसने किया है वह अपने लिए नहीं किया, कला के लिए किया है, लेखन के महान उद्देश्य के लिए किया है....

फिर भी उसे इतनी जल्दी गुस्सा क्यों आ गया ? क्या वह भी उसे 'धोखा' ही समझता है और दूसरों से न उसे आरोप के रूप में सुन सकता है, न अपने सामने स्वीकार कर सकता है.... ?

स्टैण्डर्ड के एक धुंधले-से कोने में कॉफी सामने रक्खे वह अकेला बैठा था—और ज्यू बॉक्स के बदलते इन्द्रधनुषी रंगों से गाना उभर रहा था :

उम्रे दराज मांग के, लाए थे चार दिन
दो आरज़ू में कट गए, दो इन्तज़ार में

सोज-भरे गले की पंक्तियां—"लगता नहीं है जी मेरा....उजड़े दियार में।" उसके भीतर और भीतर उतरती चली गई।

उसकी आंखों में आंसू आ गए—सचमुच, उसने बेचारी रंजना के साथ धोखा ही तो किया है "....कह दो इन हसरतों से कहीं और जा बसें—इतनी जगह कहां है दिले-दागदार में.... !" उस बेचारी ने अमर के लिए क्या नहीं किया ? उसी के लिए, उसी के कहने पर तो बेचारी दिल्ली आई थी। "है कितना बदनसीब जफर, दफ़्न के लिए....दो गज़ जमीं भी मिल न सकी कूए यार में...." असहाय....अकेला....अनसमझा।

टण्डन नहीं आएगा, लेकिन किसी भी दिन मंदाकिनी भाभी या रंजना आ सकती हैं—हो सकता है दोनों ही आ जाएं—यह विश्वास जरूर था; विश्वास ही क्या, वह मानो हर क्षण प्रतीक्षा करता था और सीढ़ियों पर किसी के भी चढ़ने की आहट उसकी धड़कन तेज कर देती थी। फिर वहीं कचहरी लगेगी, वह अभियुक्त के कटघरे में खड़ा होगा और भाभी रंजना की वकालत करेंगी। वह किसी भी तरह अपने को गुस्सा दिलाए रखना चाहता था; माना कि उसने 'अपराध' कर ही डाला है....लेकिन ये सब लोग मिलकर निश्चय ही उसके साथ ज्यादती कर रहे हैं....क्या ये लोग समझ नहीं सकते कि वह निहायत ही महत्त्वपूर्ण काम कर रहा है ?....उपन्यास लिख रहा है.... ?

खिड़की से बाहर सिगरेट फेंकने के लिए उठा तो नीचे पीली साड़ी का जरा-सा पल्ला झलका, कोई सीढ़ियों में आया है। जरूर मंदा भाभी हैं। वह तो साड़ी

का जरा-सा कोना देखकर बता सकता है—कौन है। आखिर लेखक की निगाहें हैं.... ! वह दो-दो सेकिण्ड रुककर गिनने लगा—एक....दो....तीन....इस समय चौथी सीढ़ी चढ़ रही है। कुर्सी पर कमीज पड़ी थी और उसी पर वह बैठ गया था। जल्दी से उठकर गले में डाली। तभी दरवाजे की काठ पर किसी ने ठक्-ठक् की। निहायत संजीदा मुंह बनाकर उसने दरवाजा खोला—मिसेज सेठी—मकान मालकिन थी। प्लास्टिक की जालीदार टोकरी में साबुन, नील, पेस्ट इत्यादि लिए बोली, "अमर, अमर जी, ये आपका पत्र...."

"धन्यवाद...." कहकर उसने आसमानी लिफाफा ले लिया। नीचे से कोई भी आता है तो उसकी डाक लेता आता है। सब कुछ भूलकर अचानक उसका हृदय एक दूसरी प्रकार की उत्तेजना से भर उठा—अमला का पत्र था। यों वह जानता था कि मिसेज सेठी का होंठ बन्द करने का ढंग ही ऐसा है कि लगता है कि वे मुस्करा रही हों....लेकिन उसे लगा, इस बार मुस्कराहट में कहीं व्यंग्य भी है। ये रंग-बिरंगे पत्र कहां से आने लगे ? व्यस्त चेहरा बनाए वह लिफाफे पर निगाहें टिकाए लौट आया। दरवाजा भिड़ा दिया। आते-जाते मकान-मालिक के बच्चे या मंदा भाभी की बात वह भूल गया।

उसने जवाब नहीं दिया और अमला का यह दूसरा पत्र है। पुलक-भरे वह लिफाफे को देखता रहा। लिफाफा कीमती था। जान-बूझकर अपनी उत्सुकता और उत्तेजना को बढ़ाने के लिए पत्र खोलने में देर कर रहा था—क्या लिखा होगा अमला ने....

"तुमने मेरे पहले पत्र का जवाब नहीं दिया न," अमला ने लिखा था—"हां भाई....लेखक आदमी हो। व्यस्त होगे, हम जैसे फालतू लोगों के खतों के जवाब देने की फुरसत कहां है आपको ?"

तब पहले पत्र की कुछ पंक्तियां उसे याद हो आईं, "सबसे पहले तो बधाई लो कि तुमने लिखने का निर्णय किया है और स्कॉलरशिप का मोह छोड़ दिया है....अब हमें उपन्यास जल्द ही मिलेगा न ?....अमर, तुम्हें यहां की कुछ बातें शायद अच्छी नहीं लगी हैं....शायद, कुछ से तुम्हारे सिद्धान्तों को धक्का लगा होगा....कुछ से तुम्हारी भावनाओं को। सिद्धान्तों का सवाल जहां तक है, मैं छिपाऊंगी नहीं (और अब छिपा भी नहीं है) कि मैं उस वर्ग की लड़की हूं जिसे तुम घृणा से 'पूंजीपति' या 'शोषक' वर्ग कहते रहे हो। अपने इस वर्ग पर गर्व हो या न हो, मुझे अफसोस कतई नहीं है कि क्यों इसका अंग हूं। लेकिन तुम तो जाति-पाँति नहीं मानते न, फिर मैं नहीं समझती कि यह 'जाति' हमारी दोस्ती के बीच आएगी। तुम्हारा पता नहीं, लेकिन अपनी ओर से आश्वासन देती हूं। अच्छा एक कड़ी बात कहूं तो माफ करोगे.... ? तुम्हारे वर्ग के लोग जिन हीनताओं और कुण्ठाओं के शिकार हैं—मुझे डर है कहीं वे हमारे बीच में न आ जाएं। यों तुम पर मुझे बहुत-बहुत विश्वास है....। दूसरी बात भावनाओं को कष्ट पहुंचाने की है; सो इसके बारे में सिर्फ एक बात कहूंगी : मैंने भरसक

कोशिश की है कि ऐसा कुछ न हो; मगर फिर भी कहीं हुआ है तो एक बार इतना सोचना कि मैं लड़की हूं—एक विशेष 'तरह' की लड़की—और सभी कुछ अपने मन से नहीं करती....। ....याद रखना, तुमने वायदा किया है, कि जाते ही लिखने में लगोगे....''

इस नए पत्र की पंक्तियां थीं, ''लेकिन यह मुझे विश्वास है कि इन दिनों तुम जरूर लिख रहे होगे।....कब तक आ जाएगी किताब ? खरीदनी होगी, या भेंट करोगे ?....चलो कम से कम कभी-कभी हम यही सन्तोष कर लिया करेंगे कि इस उपन्यास को लिखने की कीमत पर तुमने यह उपन्यास लिखा है.... लेकिन सजा हमने कम भुगती है ?....हमारे कैलाश बाबू आजकल कितने तने रहते हैं—कहते हैं मेरा दिमाग खराब हो गया है। मन-लायक मित्र के तने रहने का अर्थ क्या होता है, इसे बेचारी रंजना से पूछो।'' फिर अन्त में लिखा था, ''बम्बई से घसीटा गया तुम्हारा पत्र मिला था। कुछ उससे और कुछ तुमसे सुनकर रंजना और तुम्हारे परिचय की सारी कहानी जानी। रंजना की दृष्टि से सोचती हूं तो तुम्हारा धोखा लगता है और तुम्हारे कोण से सोचती हूं तो लगता है तुम कोई गलती नहीं कर रहे—रंजना और अमला जिन्दगी में बहुत आएंगी, लेकिन न अमर की प्रतिभा आएगी, न प्रतिभा के स्फुरण के क्षण आएंगे.... ! एक बात कहूं, बुरा तो नहीं मानोगे ! तुम्हारे विवरणों से लगता है, तुम्हारी ये रंजना जी बहुत 'पजेसिव' हैं....वे आखिर क्यों तुम्हें संदूक में बन्द करके रखना चाहती हैं....वे इस सीधी-सी बात को भूल जाती हैं कि कलाकार बंधकर नहीं रहता। वह तो एक उन्मुक्त धार है—जो खेतों, जंगलों और पहाड़ों में समान निष्ठा से बहती है—वहां की धरती को अपनाती है....एक 'धरती' उसे बांध लेगी तो वह 'धार' कहां रह जाएगी ? पोखर और तालाब हो जाएगी और पानी वहीं सड़ेगा....'' फिर 'पुनश्च' करके हाशिए पर लिखा था, ''अभी-अभी लिखते-लिखते एक ख्याल आया—कहीं तुम्हारी रंजना जी को भी तो भ्रम नहीं हो गया मेरी-तुम्हारी मित्रता को लेकर ? अगर जरा भी कहीं ऐसा हो तो लिखना। मैं तत्क्षण पर्दे से हट जाऊंगी....शायद इस प्रकार का कोई भी आरोप या भ्रम मुझे बर्दाश्त नहीं होगा ....यह रंजना जी को बहुत स्पष्ट शब्दों में बता देना कि मैं अमर के लेखन की प्रशंसिका और मित्र हूं—व्यक्तिगत अमर की नहीं....''

सारे पत्र की एक मधुर आत्मीयता के बाद नीचे की ये लाइनें अमर के मन में चुभीं। उसे लगा। अमला रंजना को नहीं, स्वयं उसे आगाह कर रही है। मन-ही-मन उसने कहा, 'बड़ा भ्रम है अपने को लेकर।' ध्यान आया अमला का वाक्य, ''बड़े खूबसूरत मुगालते हैं।'' और वह खुद-ब-खुद मुस्करा उठा। ''कम्बख्त बात करना जानती है....।'' प्रशंसा के भाव से उसने कहा। उसे अमला की जिस चीज ने सबसे अधिक प्रभावित किया था, वह था उसका संतुलन—बातचीत में, लिखने में और व्यवहार में कभी-कभी इस मशीनी संतुलन को देखकर उसे यह भी लगता कि अमला का सारा व्यवहार दिखावटी है और ये सारी बातें बिना

किसी गहरे उद्देश्य या अर्थ के यों ही कह देती है....लेकिन कितनी चिन्ता है अमला को उसके लेखक को लेकर, उसकी प्रतिभा को लेकर। उसके एक हाथ में लिफाफा था, एक में पत्र। दोनों को अनजाने ही वह नाक के पास लाया--नहीं, पत्र में कोई खुशबू नहीं थी; मगर सारे पत्र में एक और तरह की खुशबू थी ....आत्मीयता की खुशबू, मधुर निकटता की खुशबू....

इसी तरह तो एक दिन पत्र हाथ में लिए पढ़ रहा था। बिना दरवाजा खट-खटाए, कब रंजना आकर पीछे खड़ी हो गई....उसे पता ही नहीं चला। शायद देर तक खड़ी रही। आखिर दुष्टता से ख्रांसकर बोली, 'हां, अब अगला पन्ना पलटो....।' तब वह बुरी तरह सकपका उठा था। उसी पत्र को तो बाद में पढ़कर वह रो पड़ी थी और वह देर तक समझाता रहा था, "नहीं रंजना, ऐसी बात कोई नहीं है। यह तो केवल पत्र-मित्र है। मैंने इस बेचारी को अभी देखा भी नहीं है।" और रंजना कहती रही थी, "पत्र क्या और लड़कियां नहीं लिखतीं? खुद तुमने ही मुझे दिखाए हैं, लेकिन वे तो ये सारी बातें नहीं लिखतीं; और तो किसी को ऐसा नहीं लगता कि रचनाएं और पत्र पढ़कर वह तुम्हें बहुत निकट से, युगों से जानती हो....। किसी और के अकेले मन में तो तुम्हारी बातें चन्दन की गन्ध बनकर नहीं तैरतीं....।' उसने तब कमर के गिर्द बांहें लपेटकर पास खींच लिया था और देर तक दिलासा देता रहा था।

कितनी अच्छी तरह अमला ने उसके कलाकार की परिभाषा की है : कलाकार तो धारा है....सब कहीं बहता है, जब तक गति है तब तक कला है....फिर न गति रहेगी न कला....धारा तालाब हो जाएगी। प्यार के नाम पर रंजना उसे बांध लेना चाहती है, क्षुद्र उद्देश्य के लिए, गृहस्थी के सुख के लिए, "....अमला और रंजना जिन्दगी में बहुत आएंगी। लेकिन न अमर की प्रतिभा आएगी; न प्रतिभा के स्फुरण के ये क्षण आएंगे...."

'खट् ! खट् !

"क्या है ?" अमर ने चौंककर पाया कि वह जाने कब से यों ही बैठा है।

दोनों हाथों में खाने की थाली लिए लड़के ने कन्धे से किवाड़ों में धक्का दिया और तिरछा होकर भीतर आ गया। नीची आयताकार मेज पर खाना रखकर वह कोने में रखी सुराही से पानी का गिलास भरने चला। अमर ने गहरी सांस ली और झटके से उठ खड़ा हुआ। गरम खाने की खुशबू से उसकी भूख तेज हो आई थी। थाली देखकर बोला, "क्यों रे चन्दन के बच्चे, तुझसे कितनी बार कहा है, ये थाली खुली मत लाया कर ? सारे खाने की नुमायश लगाता चला आता है। चील-कौवा रोटियां ले जाएं तो ! कल से हम वहीं खाएंगे।"

थाली के पास गिलास रखकर कन्धे के मैले तौलिया को दोनों हाथों में फैलाकर चन्दन का बच्चा कुछ देखता रहा। फिर बोला, "बाबूजी, वो लाला जी ने पैसों के लिए पूछा है...."

हाथ उठाता हुआ ठिठका, फिर झट से कौर मुंह में रखकर बोला, "हां, हां यार, दे देंगे।" फिर खुद ही मुस्कराया, "यहां जीवन और जगत् की शाश्वत समस्याओं की बातें हो रही हैं, प्रतिभा और युग की बातें हो रही हैं, साहित्य और कला के विकास में प्यार की स्थिति खोजी जा रही है, और तुझे अपने पैसों की पड़ी है....।" फिर खाते-खाते ही हँस पड़ा, "बीस साल बाद तेरा लाला ही शेखी बघारा करेगा कि 'हां-हां, अमर जी यहां खाना खाया करते थे'....।" फिर लड़के के मैल से चीकट, लेकिन सुन्दर, गोरे नाक-नक्श को देखकर सोचा, कौन जाने यह लड़का भी आगे जाकर कुछ बन जाए, तब कहा करेगा, 'मैं सरगोधा ईटिंग-हाउस में थालियां उठाया करता था।' और उस 'भावी बड़े आदमी' के कन्धे पर प्यार से हाथ रखकर बोला, "अच्छा, तेरे लाला से मिलेंगे कल....। दरवाजा बन्द कर जाना...."

वह चला गया तो हल्की ग्लनि हुई, उसके मन में इस 'वर्तमान नौकर लड़के' के लिए सद्भावना नहीं, 'भावी बड़े आदमी' के लिए आदर है। समझाया : शायद दो सौ साल की गुलामी के संस्कार हैं, यही तो लोग कहते हैं।

उसने अमला को लिखा, "शायद दो सौ साल की गुलामी के संस्कार ही हैं, कि हमारा समाज अनेक कुण्ठाओं और विकृतियों का शिकार है, वर्ना मैं तो इसमें कतई जाति-पांति या ऊंच-नीच नहीं देखता। तुम्हारे पास पारखी की निगाह है और मेरे पास कलम; हमारे बीच कोई जाति नहीं आएगी....। जब मैं तुम्हें नहीं जानता था, और तुम्हारे पत्रों से तुम्हें किसी कॉलेज में पढ़ने वाली लड़की समझता था—तब भी शायद तुम्हारी बातों को इतनी ही गंभीरता से लेता था। किसी को 'बड़ा आदमी' पाकर उसके प्रति 'विशेष' भाव रखना उसी गुलामी के लक्षण हैं। जब तुम 'सामान्य' लड़की थीं तब भी मेरे लिए उतनी ही विशेष थीं....।

आगे लिखा, "उपन्यास चल रहा है, लेकिन कल एक बड़ी अजीब-सी अनुभूति हुई और बस तभी से मूड खराब है। नाायिका को छोड़कर नायक जा रहा है। नौकरी करके बुला लेगा। वह बहुत मना करता है; लेकिन लड़की सोने की चूड़ियां दे देती है। बाहर पता नहीं कैसा समय देखना हो, क्या करना हो! इस दृश्य की कुछ बातें लिखते हुए मेरी आंखें भर आईं—और इसके बाद से ही कुछ नहीं लिखा गया। बार-बार मन में धिक्कार उठता रहा, कागज़ पर चलने वाले इन नकली नायक-नायिकाओं की झूठी परिस्थितियों के लिए मेरी आंखों में आंसू आ सकते हैं, मैं रो सकता हूं, और उस लड़की के लिए मेरे मन में कोई भावना नहीं है जिसने अपनी सारी जिन्दगी मेरे लिए दांव पर लगा दी.... ? उसे जिसे उसके नगर और घर से एक आश्वासन पर मैं निकाल लाया हूं। और अब मंझधार में छोड़कर इन हवाई पात्रों की सृष्टि कर रहा हूं। उस लड़की का, रंजना का, अपराध यह तो है कि उसने मुझे प्यार किया, उसने सम्पूर्ण व्यक्तित्व और अस्तित्व से प्यार किया है।—और उसी के लिए मैं उसे इतनी बड़ी सजा दे रहा हूं.... ?

"तुमसे सच कहता हूं अमला, इस उपन्यास में मेरा मन नहीं रम रहा। बार-बार मन में उठता है, रंजना को अनकिए अपराध की सजा देकर कैसे मैं यों बैठकर लिख पा रहा हूं ? क्या है, जो मुझे इन कागज़ों को फाड़कर नहीं फेंकने देता ? यों उपन्यास चल रहा है और यह भी विश्वास है कि जब गति पकड़ लेगा तो शायद खाना-पीना, रात-दिन सब कुछ भूलकर मैं उसके पीछे लग जाऊंगा; लेकिन विश्वास मानो अमला, बहुत ही व्यर्थता का अहसास होता है। यह सब क्यों लिख रहा हूं मैं ! क्या है जो इसे न लिखने से अधूरा रह जायगा? नायक बोला, और नायिका ने कहा, लिख-लिखकर पन्ने भरते चले जाना आखिर किसलिए ? जिन्दगी जैसी है उसे जीने की अपेक्षा, यों बैठकर लिखना किस तरह महान काम है ? मैं यों अपने कमरे में गढ़े हुए पत्रों की परिस्थितियां बयान कर रहा हूं, ठीक इसी क्षण संसार की हज़ारों भाषाओं में लाखों लेखक बैठे-बैठे इसी सब बकवास से टनों कागज़ बरबाद कर रहे होंगे ! आखिर क्यों ? इससे फायदा ? यों हम कब तक अपने को धोखा देते रहेंगे कि यह शेख चिल्लीपना ही महान कला और संस्कृति है ? मेरे उपन्यास को तुम पढ़कर 'अच्छा है' कह दोगी, बस इसी 'अच्छा है' के लिए मैं इतनी तकलीफ पाऊं, भूखा-प्यासा बैठकर रात-रात भर आंखें फोड़ूं ? अपनी आत्मा तथा आत्मा के जो अंश हैं उन्हें धोखा देता रहूं, और दोस्तों से लड़ता रहूं ? जिन्दगी के अच्छे से अच्छे अवसर छोड़ दूं, झूठे भुलावे और छल की मरीचिका के पीछे एक के बाद दूसरा दिन गुजारता रहूं ? मुझे तो लगता है, किसी और उपयोगी काम के लायक (या काम का अवसर) मैं नहीं पाता, इसलिए लिखता हूं। लिखना....या सारी कलाएं—न प्रतिभा का परिणाम है, न गहरी संवेदना का; वह सिर्फ असामर्थ्य और मजबूरी की उपज है; और उन्हें हम लोग ही महान कह लेते हैं—या जो लोग हमसे ज्यादा महत्त्वपूर्ण कामों में व्यस्त हैं, उनसे अपने निकम्मेपन को महान कहलाने की चिन्ता में व्यस्त रहते हैं....।

"बहुत बोर बातें हो गई हैं ! माफ करना, अब नहीं लिखूंगा; इन सबको सिर्फ अपने तक रखूंगा। कहीं इस सबसे तुम यह तो नहीं समझ रहीं कि मैं लिखना-पढ़ना बन्द कर दूंगा.... ? नहीं ऐसा नहीं है। एक उपन्यास तो तुम्हें हर हालत में देना ही है। तुमसे वायदा किया है न ? लेकिन अमला, लेखन के एकान्त, तन्मय और अपने को घोलकर कलम में डाल देने के तल्लीन क्षणों में अक्सर रंजना कभी पास आकर खड़ी हो जाती है, कभी कागज़ पर आ बैठती है; 'तुमने मेरे साथ धोखा किया....तुमने मुझे मार डाला'....। एक पैण्डुलम है जो मेरे दिमाग की दीवारों से बस यही कहता टकराता रहता है। हमेशा दरवाजे पर पड़ती दस्तक की तरह खट्-खट् करता रहता है...."

और फिर एक 'मोमेण्टम' आ गया तो अमर के सामने बस एक ही चीज रह गई—अपना उपन्यास। वह एक भूत था, बुखार था जो उसे उतारना ही था और

जिसे अन्त तक लाकर समाप्त ही करना था। उसे रात को नींद नहीं आती थी, वह चाहे लिखे कितनी ही देर—लेकिन खाते-सोते, बातें करते मन के भीतर पृष्ठ पर पृष्ठ लिखे जाते थे। उस तनाव-भरी स्थिति में न खाना अच्छा लगता था, न सोना। जिस दिन उसने अन्तिम पृष्ठ पर अन्तिम पंक्ति लिखी तो समझ में ही नहीं आया कि कलम चलाता जाए या रोक दे। उसे विश्वास ही नहीं हुआ कि उपन्यास के अन्तिम शब्द का अन्तिम सिरा है। उसने उपन्यास खत्म कर लिया.... ! उसे तो ऐसा लगता था, जैसे यह कभी भी खत्म नहीं होगा—और वह यों ही लिखता चला जाएगा। वह, जो ऐसा निर्णय-दुर्बल, पापी (?), अपराधी और धोखेबाज है, उपन्यास को अन्त तक ले आया ? उंगलियों पर टिकी कलम की नोक, आधा खाली कागज़ और अन्तिम अक्षर का सिरा.... मन में आया, कलम को ज़ोर से मुट्ठी में पकड़े और निब को अक्षर के सिरे पर इतने ज़ोर से दबा दे कि पैड को भेदकर निब टूट जाए—सुनते हैं फांसी का हुक्म लिखकर जज निब को वहीं तोड़ देता है। यह भी तो फांसी का हुक्म ही है....उसकी समझ में ही नहीं आया कि अगले दिन से अब वह क्या करेगा.... ? एक बहुत ही गहरी और शान्ति की अनुभूति के साथ-साथ बेहद उदासी और खालीपन उसे बाहर-भीतर से भर गए—अभी तक जो कुछ केवल उसका अपना था, मन में खजाने की तरह छिपा था, बाहर आ गया—कागज़ पर, सबका हो गया है, वह 'दिवालिया' हो गया। कल के दिन उसके पास कुछ नहीं होगा—न बैठकर लिखने को, न मन में सोचने को। अब वह अपने नायक-नायिका का सलाहकार, निर्माता, नियामक कुछ भी नहीं रहेगा....अब फिर 'चन्दन का बच्चा' होगा, 'सरगोधा ईटिंग हाउस' का सोने के दांतवाला लाला होगा, लापरवाही से चारों ओर देखता टण्डन होगा और हमेशा उसे कटघरे में खड़ा करके गुनाहगार सिद्ध करती मंदा भाभी की शुभ चिन्तना होगी....और सब मिलकर अर्थहीनता का आर-पार चिर जाता बोध होगा....

मेज़ पर सब कुछ यों ही बिखरा और पड़ा छोड़कर जब वह लेटा तो दिमाग में 'फुल स्पीड' पर चलते पंखे की तरह कुछ घूम रहा था। अपने लिखने के उस सारे समय को उसने मन ही मन दुहराने की कोशिश की और यह पाकर निहायत आश्चर्य हुआ कि जाने कब-कब की सुनी बातें....जाने कब-कब के देखे हुए चित्र, पूरे विवरणों और विस्तार के साथ उसके मन में कौंधते रहे हैं....अकारण और बिना किसी प्रसंग के ही कभी हक्सले की कोई लाइन याद हो आती और कभी जुहू के समुद्र का पानी, उसमें रंजना का हाथ खींचते हुए ले चलना, लहरों का पारदर्शी सांवला सुनहरापन, किनारे के ताड़-खजूरों की घनी कमानदार भौंहों जैसी कतारें....गीले तट पर पांवों की छाप, फिर सूखी रेत के ज़र्रे—सब एक-एक करके स्पष्ट हो आते....

जागने और सोने के बीच की स्थिति में अचानक रेस्त्रां के केबिन का दृश्य सामने उभर आया....सफेद संगमरमर की मेज़ की तरह, दोनों ओर पड़े लम्बे-लम्बे

सोफे, मगर वह और रंजना साथ ही बैठे थे। ऑरेंज का आधा गिलास और उसमें से निकली हुई तीली....रंजना बहुत सुस्त थी और सामने देखते हुए गले की ज़ंजीर को उंगलियों में लेकर कभी होंठों पर रख लेती, कभी छोड़ देती।

अपनी चाय का घूंट पीकर अमर ने पूछा, ''फिर ?''

''फिर क्या ? लड़ाई हो गई । मैंने कह दिया, आप चिन्ता मत कीजिए, जब शादी करनी होगी—मैं खुद बता दूंगी। आपको तकलीफ नहीं दूंगी।'' उस अपमान या लड़ाई की बात से फिर रंजना की आंखों में आंसू उभर आए।

अमर पंजे आपस में उलझाकर उंगलियां चटकाता रहा।''हुम्....।''

रंजना कहने लगी, ''अम्मां गुसलखाने में कपड़े निचोड़ती सुन रही थीं, ताना मारकर वहीं से बोलीं, 'तुम्हें बताने की जरूरत नहीं पड़ेगी, बिटिया, हमें खुद मालूम है....। मैंने भी सुना दिया, 'मालूम है तो बहुत अच्छा है। फिर क्यों मेरी जान के पीछे लगी हो ?''

''कह दिया तुमने ?'' अमर ने पूछा।

''क्या करती तुम्हीं बताओ ?'' याद आने पर रंजना फिर ऑरेंज सिप करने लगी।

दोनों चुपचाप बैठे रहे। आखिर रंजना ने ही मानो अपने-आपसे कहा, ''एक बात तो मैं भी सोचती हूं अमर, ये इतने प्रोफेसरों, डाक्टरों, या औरों के ऑफर मैं ठुकराती चली जा रही हूं, वो किसलिए ?....एक आश्वासन होता है....एक निश्चय होता है, और उसके आधार पर बड़े से बड़ा कदम उठाया जा सकता है....लेकिन तुम्हारा भी तो कुछ ठीक नहीं है....''

अमर ने रंजना के कंधे पर हाथ रख दिया, ''कैसी बातें करती हो रंजना ?.... वह आश्वासन और वह निश्चय क्या हर बार नये सिरे से दुहराना होगा ?'' ....आहत भाव से बोला। कहा, ''एक फॉर्मेलिटी या दिखावा ही तो बाकी है....वरना मैंने तुम्हें हमेशा अपने सुख-दुख की साथिन के रूप में पाया है—वह फार्मेलिटी यहां कर भी लें, तब भी हमें यहां नहीं रहना। न तुम्हारे लिए यहां कोई स्कोप है, न मेरे लिए। यहां से एक भारी जिम्मेदारी लेकर जाएं और नये सिरे से कहीं जमने की कोशिश करें....इससे ज्यादा अच्छा क्या यह नहीं होगा कि कहीं नौकरी मिलते ही तुम भी आ जाओ। कम से कम दोनों में से एक की आय तो स्थायी हो। तब कभी भी, किसी भी दिन फॉर्मेलिटी को पूरा किया जा सकता है....।''

आंसू की बूंद कोरों से ढुलककर नथुनों पर आ गिरी, ''तुम जैसा चाहो कर लो, लेकिन सच अमर, यहां रहना तो असंभव होता चला जा रहा है। जानती हूं अम्मा-बाबूजी दिल्ली नहीं जाने देंगे....कहीं भी बाहर नहीं जाने देंगे। लेकिन किसी न किसी रूप में, कभी न कभी तो यह होना ही है। यही ज्यादा अच्छा तरीका है....।''

अमर ने ज़ोर से बांह में भींच लिया, ''अरे नहीं, ऐसी टूटी-टूटी बातें नहीं

करते हैं यार....''

और तब वह छोटे-से रेस्त्रां का पर्देदार केबिन नई दिल्ली के 'वोल्गा'की बाल्कनी बन गया....अमर कलकत्ते आ रहा था। दोनों ने खाना खाया था और अब उसी चिन्ता और संजीदगी से बैठे-बैठे बातें कर रहे थे कि अगर यह स्कॉलरशिप मिल गई तो क्या होगा ? अब तो उन्हें अपनी मित्रता को एक रूप दे ही देना चाहिए....साथ ही रीना की टिकट मांगती आंखें उभर आईं, 'कल देंगे....कल देंगे....बहका देते हैं.... ।'

फिर सब कुछ घुलकर एक नीले-नीले गढ़े में खो गया....'खट्-खट्' जाने कब सुनकर उसने बंद दरवाजे की ओर देखा, बोला कुछ भी नहीं। किसी ने किवाड़ों के नीचे से अखबार भीतर सरका दिया....वह करवट बदलकर सो गया ....खट्-खट्। शायद उसने कहा, खोल लो' और बेहोशी की-सी हालत में ऐसा लगता रहा जैसे सेठी साहब का नौकर आकर देर तक कमरे की झाड़ू-बुहारी करता रहा; शायद खुद ही कुछ बोलता रहा, आज बाबूजी रात को बड़ी देर तक पढ़े....हम सुबह तीन बजे उठे, तब भी रोशनी जल रही थी....कल एक बीबी जी आई थीं और पता नहीं क्या-क्या कहता रहा। फिर बसों और मोटर साइकिलों तथा स्कूटरों, रिक्शाओं, साइकिलों की घूंऽऽ-घूंऽऽ गूंजती रही....ममी टा-टा.... डैडी टा-टा करके बाहर बच्चे स्कूल चले गए....फिर खट्-खट् हुई। कोई आकर दो-एक पत्र और पत्रिका रख गया....फिर शायद चंदन खाना लाया, अमर ने कहा भी कि ढककर रख दे....खिड़की के कांचों पर धूप तिरछी होकर हट गई....

'खट्-खट् !' अमर इस बार ऐसे ज़ोर से चौंककर उठा, मानो यह खट्-खट् बहुत अप्रत्याशित है....यह उसके दिमाग के बहुत भीतर कहीं हो रही है। बड़ी कमज़ोर कराहती आवाज़ में उसने कहा भी,''खोलो।'' रोशनी की फांक चौड़ी हुई तो देर तक अमर की समझ में ही नहीं आया, वहां कौन खड़ा है—शायद एक महिला है या दो हैं....वह एक छाया या कई छायाएं पास आईं, उसकी पलकें लाख कोशिशों के बावजूद नहीं खुल रही थीं। उसके माथे पर एक कोमल हाथ आया,''हाय, ये तो बुखार में तप रहे हैं.... ।''

तब अमर ने मंदा भाभी का स्वर पहचाना।

छह

आंखें बन्द किए-किए ही जब अमला को लगा कि उसके मन की घुटन बाहरी वातावरण की घुटन से कहीं अधिक बढ़ गई है तो एक लम्बी निःश्वास छोड़कर उसने आंखें खोल दीं। एक क्षण को उसे अंधेरे के सिवाय कुछ भी दिखाई नहीं दिया, फिर धीरे-धीरे कमरे की प्रत्येक वस्तु की धुंधली-धुंधली आकृति उसके सामने उभरने लगी। खिड़कियों और दरवाज़ों पर लटके, मोटे वेलवेट के पर्दों के मैरून रंग को भी उसने पहचाना, जिसके कारण दिन में भी कमरे में रात जैसा अंधेरा छाया हुआ था! अमला को अंधेरे में सोना बहुत पसन्द है, प्रकाश की एक किरण भी कहीं से आ जाए तो वह सो नहीं सकती। उसे याद आया, एक बार कैलाश ने उसके इस कमरे को देखकर कहा था, ''मन में ही तुम्हारे क्या कम अंधकर है जो कमरे को ऐसा बनाकर रखती हो ?''

'लो, तुम्हें मेरे मन का क्या अंधेरा ही दिखाई देता है ? मैं तो सोचती हूं कि मन में इतना अधिक प्रकाश भरा है कि उसे सन्तुलित करने के लिए ही कमरे में अंधेरा करके रखना पड़ता है; नहीं तो तुम जैसे लोगों की आंखें न चौंधिया जाएं।''—और अमला हंस पड़ी थी।

परदों को सरका-सरकाकर खिड़कियां खोलते हुए कैलाश ने जो कहा था उसका शब्द-शब्द आज भी अमला के कानों में ज्यों का त्यों गूंज उठा :

''सोचने को तुम कुछ भी सोचो अमला, पर सच तो जो मैंने कहा वही है। एक तो औरतों के मन की थाह पाना यों ही सरल नहीं, फिर तुमने तो अपने मन के खिड़की-दरवाज़ों पर ऐसे भारी-भारी पर्दे लगा रखे हैं कि कोई झांक तो ले भला! पर याद रखना अमला, एक दिन मैं उसमें झांककर ही रहूंगा! तुम्हारी इन बातों, इन आदतों और इस मुस्कान के आवरण में ढकी मन की अतल गहराइयों को टटोलकर ही छोड़ूंगा। शायद वह दिन अब बहुत दूर नहीं जब तुम्हारे इतने निकट आने का अवसर मिलेगा....या कौन जाने एक दिन ऐसा ही आए जब तुम स्वयं ये सब आवरण उतारकर मेरे पास आओ।''....और कैलाश ने अपनी दोनों आंखें अमला के चेहरे पर जमा दी थीं।—निरावरण रूप में निकट आने का आमन्त्रण देती दो आंखें....

उस दिन इन्हीं आंखों के जादू में बंधी-बंधी अमला कैलाश के साथ कितनी लम्बी ड्राइव पर गई थी ! कैलाश कहता, "अब गाड़ी मोड़ दूं," अमला नशीले स्वर में कहतीं, "नहीं, और दूर....और दूर...." वह सब अमला की आंखों के सामने उभरा और चला, बस रह गईं दो आंखें ! आमन्त्रण का वही भाव लिए दो आंखें! पर जहां उस दिन इन आंखों ने उसे पुलकित किया था, बाद में भी जब-तब उसके मन को सहलाया था, उन्हीं आंखों ने आज उसके हृदय को कचोटकर बुरी तरह मथ दिया ?

उस दिन भी घर आकर सारी पुलक और मादकता के बीच अमला ने बहुत देर तक सोचा था, 'ऐसी कौन-सी बात है जो वह छिपाना चाहती है, ऐसा कौन-सा रहस्य है उसके मन में जिसे वह प्रकट नहीं होने देना चाहती, ऐसा कौन-सा पाप है जिस पर वह आवरण डालकर रखना चाहती है ? कोई भी तो नहीं। तब ? तब क्यों सब लोग उसके लिए ऐसी धारणा बनाते हैं ? मेजर कपूर भी तो कहा करते थे—अमर भी क्या कुछ ऐसी ही धारणा बनाकर नहीं गया ?'

और आज जो कुछ हो गया उसने क्या कैलाश की इस धारणा को और पुष्ट नहीं किया होगा? अब तो जैसे वह स्वयं महसूस करने लगी कि उसके मन में कुछ ऐसा है जिसे शायद वह स्वयं नहीं जानती....

उस दिन कैलाश ने कहा था, वह उसके मन में झांककर ही रहेगा—उसके मन की अतल गहराइयों को टटोलकर ही रहेगा....अब ? अब भी कभी वह झांकने का प्रयत्न करेगा ? अब तो शायद वह उसके पास भी नहीं आएगा....कभी नहीं आएगा, शायद कभी भी नहीं। और एकाएक ही उसे लगा जैसे किसी ने उसे गहरे पानी में डुबो दिया है और उसका दम घुट रहा है, बुरी तरह घुट रहा है। वह उठी और एक झटके में उसने खिड़की के भारी पर्दों को बीच में से चीरकर दोनों ओर सरका दिया। पीतल की कड़ियां किर्ऽऽ की आवाज़ के साथ एक ओर को सरक गईं और उनके साथ-साथ सारी खिड़की पर फैला पर्दा अनेक सलवटों में विभक्त होकर सिकुड़ गया। खिड़की खोलते ही दूर तक फैले आकाश की नीलिमा पर बुढ़िया के बाल जैसे रेशमी श्वेत बादलों के तैरते टुकड़ों ने उसकी नज़र को बांध लिया....बालकों जैसी बड़ी मासूम-सी इच्छा उसके मन में उठी—इन बादलों के घोड़ों पर सवार होकर वह भी कहीं चली जाए—एक ऐसी यात्रा पर जिसका न कोई आदि हो न अन्त ! जहां न किसी प्रकार की सीमाएं हों, न बन्धन ! न किसी के आदेश हों न अनुचित आग्रह !

मन उसका फिर कड़वाहट से भरने लगा। वह धीरे-धीरे बाहर निकल आई। सूरज शायद अभी-अभी ही ढला था और सारे वातावरण में स्वर्णिम लालिमा-सी फैली थी। पर बाहर की उन्मुक्ता भी अमला के मन के तनाव को ढीला नहीं कर सकी! "बिटिया, चाय बाहर ही ले आऊं ?" अन्ना ने आकर स्नेह-सिक्त स्वर में पूछा तो अमला उसकी ओर यों देखती रही मानो उसकी बात ही नहीं समझी हो।

अन्ना ने उसके सिर पर हाथ फेरते हुए पूछा, "क्या बात है बिटिया, तबीयत ठीक नहीं है क्या ? आज तो सवेरे से कुछ खाया भी नहीं, दिन-भर कमरा बन्द करके पड़ी रही...." फीकी मुस्कराहट चेहरे पर लाकर अमला ने कहा, "कुछ नहीं, ठीक तो हूं—तुझे तो मैं हमेशा बीमार ही दिखाई देती हूं। तेरा बस चले तो शायद मुझे कभी अच्छा रहने ही न दे !"

अन्ना चाय लेने चली गई।

आज सभी कुछ कितने अप्रत्याशित रूप से घट गया! सवेरे से लेकर अब तक आंखें मूंदकर उस सबको दोहराते रहने पर भी तो वह नहीं समझ पाई कि आज जो कुछ हो गया वह अच्छा हुआ या बुरा। याद कर-करके क्रोध में वह जली भी है और दुःख से रोई भी है; पर यह न जान पाई कि हर बार की तरह यह झगड़ा भी मान-मनौवल के बाद समाप्त हो जाएगा या उसके जीवन का कोई निर्णायक झगड़ा सिद्ध होगा, जो उसे किसी नई दिशा की ओर मुड़ने को बाध्य करेगा।

नई दिशा ! अब और कितनी नई दिशाएं उसे छाननी हैं ? कितनी अनजानी अनदेखी डगरों में उसे भटकना है....निरुद्देश्य, निर्लक्ष्य; पर यह दिशा ही क्या उसकी मनचाही दिशा थी....उसे उसके गन्तव्य तक ले जाने वाली थी ? पर उसका गन्तव्य ही क्या है ? फिर....फिर.... ?

कल जब एकाएक ही कैलाश का फोन आया कि वह ठीक आठ बजे तैयार रहे, कैलाश उसे लेने आएगा, क्योंकि उसे अमला से कुछ बातें करनी हैं, तो अमला बेहद प्रसन्न हुई थी। अमला खुद उससे बात करना चाहती थी—अमर के जाने के बाद से ही दोनों के सम्बन्धों में जो रुखाई और तनाव आ गया था उसने अमला के मन में खीझ भी उत्पन्न की और खिन्नता भी ! और शायद इसीलिए वह इस आमन्त्रण पर बड़ी प्रसन्न हुई थी। उसने तरह-तरह से सोचा था कि वह इस तनाव को समाप्त कर देगी।

बड़ी तत्परता से वह तैयार हुई, और जब कैलाश ने मुंह में चुरुट दबाए उसके कमरे में प्रवेश किया तो होंठों पर मुस्कान लपेटकर उसने बड़े अपनत्व से उसका स्वागत किया। कैलाश के हाथ में 'फिल्म फेयर' देखकर कितने आत्मीय और अधिकार-भरे स्वर में उसने कहा, "क्या कैलाश, तुम भी बस जब देखो 'स्क्रीन' और 'फिल्म फेयर' ही पढ़ते रहते हो !" पर जब वह उसके हाथ से 'फिल्म फेयर' छीनने लगी तो हाथ उठाते हुए कैलाश ने कहा, "क्या करें, एक तो हमारा टेस्ट ही नीचे स्तर का है, फिर दुर्भाग्य से कोई बौद्धिक किस्म का साहित्यिक मित्र भी तो नहीं मिला जो थोड़ा सुधार ही कर देता !" अमला का हाथ जहां का तहां रह गया। ताने ने बुरी तरह बेध दिया, मन का सारा रस और माधुर्य ही जाता रहा। गर्दन ज़रा-सी ऊपर करके उसने कैलाश के चेहरे की ओर देखा, वह दूसरी ओर देख रहा था। एक बार तो अमला की इच्छा

हुई कि वह जाने से इन्कार कर दे, पर किसी तरह उसने अपने को संयत किया और गाड़ी में जा बैठी।

गाड़ी सारी बस्ती को पार करके निर्जन सड़क पर गई, तब तक दोनों में से कोई कुछ नहीं बोला। अमला ने कल से लेकर आज तक न जाने कितनी-कितनी बातें सोची थीं कैलाश से करने के लिए, पर कैलाश के इस वाक्य ने उन सबको जाने कहां बहा दिया! उसका आहत अहं उसके गुस्से को बढ़ा रहा था। सामने शीशे के पार वह बल खाती सड़क को देख रही थी और उसके मन में भी वैसा ही कुछ बल खा रहा था !

गाड़ी की चाल धीमी करके कैलाश बोला, "देखो अमला, आज तुमसे कुछ बातें बहुत स्पष्ट रूप से करने के इरादे से आया हूं।" अमला ने भरपूर नज़रों से कैलाश को देखा, मानो बिना कुछ बताए चेहरे से ही वह जान लेना चाहती हो कि कैलाश क्या कहने जा रहा है।

"तुम भी जानती हो, पिछले कई दिनों से हमारे आपसी सम्बन्धों में एक तनाव आ गया है और हर छोटी-बड़ी घटना और बात ने उस तनाव को और अधिक बढ़ाया ही है। क्या अच्छा न होगा कि आज हम सारी स्थिति पर बहुत ही स्पष्ट रूप से बात कर लें और रोज़-रोज़ के बढ़ते और परेशान करते इस मानसिक तनाव से मुक्ति पाएं ?"

अमला इस पर चुप रही। सम्भवतः वह होने वाली बात के लिए अपने को साध रही थी। कैलाश भी थोड़ी देर चुप रहा। बस, गाड़ी चलती रही। वह शायद सोच रहा था, बात कहां से आरम्भ करे और कैसे आरम्भ करे! उसने गाड़ी की चाल को और धीमा कर दिया—फिर बहुत ही शान्त-संयत स्वर में बोला, "अमला, 'मैं किसी भी खास व्यक्ति को लेकर बात नहीं कर रहा हूं, बात कर रहा हूं विचारों की। तुम साहित्य में रुचि रखती हो, पढ़ती-लिखती हो, घूमती-फिरती हो—इसमें मुझे कोई आपत्ति नहीं; पर हर किसी के साथ आवश्यकता से अधिक घनिष्ठ हो जाओ, सबसे बराबरी का व्यवहार करो, साधारण-से आदमी को अपना आत्मीय बना लो, यह सब तुम्हें शोभा नहीं देता, और मैं देख रहा हूं कि तुम्हारा रवैया दिनोंदिन बढ़ता ही जा रहा है। तुम्हें कम से कम अपनी पोजीशन, अपनी स्थिति का तो ज्ञान होना चाहिए !"

अमला ने शायद अपने को बेहद अपमानित महसूस किया। फिर भी मन के भावों पर भरसक नियन्त्रण रखते हुए बोली, "तुम्हारा संकेत अमर की ओर ही है न ?"

'मैं कह चुका हूं कि मेरा संकेत किसी व्यक्ति-विशेष की ओर नहीं है, यों तुम चाहो तो उसे भी ले सकती हो।" उसकी बात को बीच में ही तोड़कर कैलाश बोला, "मैं सोचता था, पुस्तक पढ़कर तुमने पत्र लिखा होगा और यों ही औपचारिक पत्र-व्यवहार तुम लोगों का चलता होगा। पर उसे बुलाकर ठहराना, ऐसी आत्मीयता बरतना....यहां तक कि तुमने मेरे साथ जाने तक से इन्कार कर

दिया और मालूम पड़ा....। खैर, जो भी हो—पर तुम उसे लेकर मेरे यहां आईं, और मुझे मजबूर कर रही थीं कि मैं भी उसके साथ घूमने चलूं, नहीं चला तो तुम्हें बुरा लगा....तुम्हारा यह सारा व्यवहार मुझे ज़रा भी अच्छा नहीं लगा। उसके बाद उसे लेकर तुम अकेली लेक्स गईं।....आज बताता हूं, उस दिन मैं भी वहां आया था...और तुम्हारा वहां घुल-घुलकर बातें करना, पान खाना....सोचो शोभा देता है तुम्हें यह सब ? क्या यह हम लोगों के बीच का है ?''

अमला कुछ कहने जा रही थी कि कैलाश फिर बोल पड़ा। उसने शायद इस दौरान में एक बार भी अपनी बात की प्रतिक्रिया देखने के लिए अमला की ओर नहीं देखा था, देखता तो सम्भव था कि आगे की बात उसके गले में ही अटककर रह जाती !

''तुम इतनी पार्टियों में जाती हो, क्लबों में जाती हो, पुरुषों से मिलती-जुलती हो, मुझे कभी बुरा नहीं लगता, बल्कि मैं चाहता हूं कि तुम और अधिक आओ-जाओ, बराबरी के लोगों से मिलो। बात करने का सलीका तुममें ऐसा है कि अच्छे-अच्छे तुम्हारा लोहा मानते हैं....ऐसी सोसाइटी में मूव करने के सारे ढंग तुम बखूबी जानती हो। पर उधर से तुम्हारी रुचि दिनोंदिन घटती जा रही है....वहां चलने के नाम से तुम बहाने बनाती हो, और ऐसे फटीचर लोगों के बीच तुम्हारा मन ज़्यादा रमता है....पर यह जान लो कि यह सब मुझे ज़रा-ज़रा भी पसन्द नहीं !''

बात कैलाश ने काफी शान्त स्वर में आरम्भ की थी, पर अन्त तक आते-आते उसका गुस्सा बढ़ गया था, जिसका कुछ अंश तो उसने 'ज़रा-ज़रा' को बेहद ज़ोर और दृढ़ता के साथ बोलकर ही निकाला। अमला, जो बात के आरम्भ में गुस्से से जल उठी थी, इस समय तक एकदम शांत हो गई ! वह अच्छी तरह जानती है कि शान्त और संयत स्वर में कही हुई उसकी बातें सामने वाले व्यक्ति को तिलमिला देने की जितनी शक्ति रखती हैं, क्रोध या आवेश में कही हुई बातें नहीं रखतीं। इतना सब कह लेने के बाद कैलाश ने जब अमला की ओर पहली बार नजर डाली तो उसके जड़, निश्चल निर्विकार चेहरे को देखकर वह एक क्षण को तो समझ ही नहीं पाया कि अमला ने उसकी बातें सुनी भी या नहीं। पर इस बार अमला ने भी उसकी नजरों में नजरें डालकर कहा, ''मैं नहीं समझ पा रही हूं कैलाश कि एकाएक ही तुमने यह धारणा कैसे बना ली कि तुम्हारी पसन्द-नापसन्द के अनुसार चलने के लिए मैं बाध्य ही हूं।''

कैलाश ने ज़रूरत से ज्यादा जोर देकर ब्रेक दबाया तो गाड़ी बिना एक इंच भी आगे बढ़े चर्रऽऽ की आवाज के साथ उछलकर जहां की तहां खड़ी हो गई। अपने को तिरछा करके उसने जरा झुककर अमला के चेहरे की ओर देखा जिससे आंखें बिल्कुल एक-दूसरे के आमने-सामने ही रहें। उसकी आंखों में ही नहीं, सारे चेहरे पर क्रोध और एक विचित्र प्रकार की तिक्तता उभर आई ! ''धारणा!'' दांतों को भींचता-सा वह बोला, ''इसका जवाब तुम मेरे बजाय अपने ही दिल

से पूछो तो शायद ज्यादा अच्छा होगा, समझीं ! यह धारणा मैंने एकाएक ही तो नहीं बना ली। इसके पीछे हमारी वर्षों की मित्रता है, मित्रता भी शायद एक अण्डरस्टैंडिग के साथ !''

''अण्डरस्टैंडिंग ? यह अण्डरस्टैंडिंग तो मैंने कभी नहीं दी कि मैं भी तुम्हारे बताए मार्ग पर चलूंगी....बोलो, कहा है कभी ?'' न स्वर में किसी प्रकार का विकार था, न चेहरे पर।

कैलाश एक क्षण तो वैसी ही जलती हुई आंखों से अमला को देखता रहा, फिर उसने अपने बुझे हुए चुरुट को सुलगाया और नजर वहां से हटा ली—सुनसान रास्ते पर गाड़ी खड़ी थी और दोनों मौन बैठे थे। धीरे-धीरे अपने को किसी तरह शान्त करके कैलाश बोला, ''ठीक है, तो मैं भी आज साफ-साफ ही जान लूं कि क्या भविष्य में इस मित्रता को स्थायी रूप देने की कोई बात तुम्हारे मन में नहीं है? और स्पष्ट में कहूं कि क्या तुम मुझसे विवाह करने की बात नहीं सोचती हो ?''

''मुझे तो तुम्हारे दोनों प्रश्नों में ही कोई संगति या सम्बन्ध नजर नहीं आता! मेरे उदाहरण को सामने देखकर भी यदि तुम सोचो कि विवाह से मित्रता स्थायी हो सकती है तो क्या कहूं ?'' अमला एक क्षण को रुकी, फिर बोली, ''देखते नहीं, विवाह करके भी पिछले दस वर्षों से मैंने उस व्यक्ति की सूरत तक नहीं देखी, और तुमसे बिना विवाह किए भी पिछले इतने वर्षों से घनिष्ठ मित्रता का सम्बन्ध निभाती आ रही हूं—चाहो तो जीवन-भर भी निभा सकती हूं। और कहो तो आज ही, इसी क्षण सब कुछ तोड़-ताड़कर अलग भी हट सकती हूं। पर इस सब में विवाह का प्रश्न आता ही कहां है ? मित्रता के अस्थायित्व-स्थायित्व के लिए विवाह कितना कमज़ोर, निर्बल और निरर्थक आधार है, इस बात की सच्चाई को मुझसे अधिक और कौन जानता होगा भला ?'' एकाएक ही अमला का स्वर कुछ शिथिल हो गया....कुछ आर्द्र भी।

कैलाश बड़ी सतर्कता से उसके चेहरे के चढ़ते-उतरते भावों को पढ़ने का प्रयत्न कर रहा था। वह चुप ही रहा।

अमला फिर बोली, ''मैं मानती हूं कि एक अच्छे मित्र की तरह तुमने मुझे बहुत कुछ दिया, और केवल दिया ही क्यों, शायद मुझसे पाया भी है ! मुझे तुम्हारा साथ, तुम्हारा साहचर्य, संगति सभी कुछ बहुत अच्छा लगता है; और इसमें सन्देह नहीं कि तुम्हारे साथ बिताए अनेक आत्मीय क्षणों की मधुर स्मृति भी मेरे पास है, जिसे मैं जीवन-भर एक अमूल्य निधि की तरह संजोए रखूंगी; पर इस सबके बावजूद मैंने कभी विवाह की बात नहीं सोची....इन बाहरी बातों के अतिरिक्त हम दोनों के बीच ऐसा कुछ भी तो नहीं है जो हम विवाह की बात सोचें। मैं नहीं जानती, यह भ्रम तुम्हें कैसे हो गया....जहां तक याद पड़ता है, मैंने कभी ऐसा अस्पष्ट या स्पष्ट संकेत तुम्हें दिया भी नहीं !'' और अमला इस प्रकार एकाएक चुप हो गई मानो यह सब कहने में उसे बेहद परिश्रम करना

पड़ा हो और अब वह बुरी तरह थक गई हो। यह सब कहते समय शायद अमला स्वयं नहीं जान रही थी कि वह क्या कह रही है। ये शब्द न उसके दिल से निकल रहे थे, न दिमाग से....बस, केवल उसके मुख से निकल रहे थे, और इसीलिए वह शायद अपनी ही बात को न महसूस कर पा रही थी, न समझ ही पा रही थी। सिर्फ बोल-भर रही थी, और जाने क्यों, उसे स्वयं बराबर लग रहा था कि उसके चेहरे का रंग उड़ता जा रहा है, वह सफेद पड़ती जा रही है।

स्वर की आर्द्रता और कोमलता में छिपी हुई बात की कठोरता ने कैलाश के मन और अभिमान को जैसे बुरी तरह मसल दिया। वह विवाह का प्रस्ताव रख रहा है और सामने बैठी यह नारी यों स्पष्ट शब्दों में मना कर रही ! वह अविवाहित है और यह परित्यक्ता; वह सुन्दर है और यह दीखने में अत्यन्त साधारण; फिर भी इतना गरूर ! वह बुरी तरह भभक उठा, "मुझे तो यह देखकर आश्चर्य हो रहा है कि किस प्रकार कोई अपने सारे व्यवहार को, सारी बातों को और सारे इरादे को, बिना चेहरे पर एक भी शिकन लाए यों आसानी से झुठला सकता है....और बार-बार कहने की बात क्यों उठाती हो ? सब कुछ क्या कहा ही जाता है—व्यवहार से क्या कुछ भी नहीं समझा जा सकता ?" फिर एक क्षण रुककर बोला, "यह सब तुम क्यों झुठला रही हो सो भी समझता हूं, नजर आजकल कहीं और ही जमी हुई जो है।"

इतनी हल्की और इस ढंग से कही हुई बात ने उसे बुरी तरह तिलमिला दिया। उतने ही कटु स्वर में बोली, "व्यवहार से ही आदमी को समझने की बुद्धि तुममें होती तो शायद इतने वर्षों में तुमने कभी का जान लिया होता कि वर्ग और पैसे की कसौटी पर कसकर मैंने आदमी की इज्जत करना नहीं सीखा है। मुझे तो इसी बात पर आश्चर्य होता है कि इतने साल विदेश में रहकर भी तुम आदमी की तरह आदमी की इज्जत करना नहीं सीखे, और फिर अपने इस दोष पर आवरण डालने के लिए दूसरे पर दोषारोपण करते तुम्हें संकोच तक नहीं होता...."

"अमला !" स्वर को सप्तक पर चढ़ाकर कैलाश चिल्ला उठा।

"चिल्लाते क्यों हो ? चिल्लाने-मात्र से ही तो तुम अपनी बात की सत्यता को सिद्ध नहीं कर सकोगे।"

"मैं जानता हूं, बाबूजी के अतिरिक्त लाड़ और आज़ादी ने तुम्हें काफी ढीठ बना दिया है। अच्छा हुआ कि कोई क़दम उठाने से पहले ही सारी बात साफ हो गई, नहीं तो तुम्हारी ये अशोभनीय हरकतें मुझे एक दिन क्या, एक क्षण भी बर्दाश्त नहीं होतीं।" और कैलाश ने उसी आवेश में कार स्टार्ट कर दी।

अमला ने भी जैसे चुनौती देते हुए कहा, "अपने व्यवहार और अपनी हरकतों की आलोचना करने का अधिकार मैंने कभी किसी को नहीं दिया....तुम्हें भी नहीं; इसे मत भूलो !" कैलाश ने जवाब नहीं दिया, बस, गाड़ी घुमा दी।

इसके बाद सारे रास्ते दोनों में से कोई कुछ नहीं बोला। गाड़ी हल्की-सी

आवाज़ के साथ रास्ता पार करती रही। ऊपर से दोनों ही शान्त थे, पर मन में शायद दोनों के ही भूचाल आया हुआ था। कार से उतरकर अमला ने एक बार मुड़कर कैलाश की ओर देखा तक नहीं। सीधी धड़कती हुई पोर्टिको की सीढ़ियां चढ़ी और अपने कमरे में चली गई। न कपड़े बदले, न खाना खाया, बस कमरे के सारे खिड़की-दरवाजे बन्द करके, पर्दे खींचकर वह निर्जीव-सी अपने पलंग पर जा पड़ी।

कितनी विचित्र रही आज की यह ड्राइव भी ! जाने क्या सोचकर वह गई थी और यों सब कुछ समाप्त करके आ गई ! घर से, बस्ती से, दूर चले गए, गाड़ी खड़ी करके झगड़ा किया और लौट आए। और इसके साथ ही उसे लगा जैसे शहर से दूर जाकर दोनों 'कुछ' दफना आए....और मौन भाव से शायद उसी का शोक मनाते लौट आए।

पड़े-पड़े अपने ही गत जीवन के अनेक-अनेक चित्र उसके सामने उभरते रहे....उलटी-सीधी आकृतियां दिखती रहीं। बन्द आंखों से जैसे वह अपनी ही फिल्म देखती रही—देखती रही और संध्या हो गई।

पर....अब....अब.... ?

"अरे, यह क्या ? चाय प्याले में ज्यों की त्यों रखी है ?" अन्ना चाय के बरतन उठाने आई तो भरा प्याला देखकर खीझ उठी, "तुम्हें हो क्या गया है अमला बिटिया ? कल बाबूजी आएंगे तो हम तो साफ-साफ कह देंगे कि अब हम तुम्हारा जिम्मा नहीं ले सकते। एक बात तुम हमारी सुनती नहीं हो। न खाती हो, न पीती हो, ऐसे भला कैसे शरीर चलेगा ? न बाबा, अब हमसे नहीं होने का...." और वह यों ही भुनभनाती हुई चाय का नया पानी लेने चली गई।

'जिम्मा नहीं ले सकते ! अमला चाहती ही कहां है कि कोई उसका जिम्मा ले। क्यों सब इतने आतुर-उत्सुक रहते हैं उसका जिम्मा लेने के लिए ? वह तो यों ही अकेले चलना चाहती है, बिल्कुल अकेले....'

"आपकी चिट्ठी है साहब !" नौकर ने बड़े ही अदब से अमला के सामने एक लिफाफा पेश किया।

अमर का पत्र ! वह लिफाफे को एकटक देखती रही, कितने दिनों बाद आया है इस बार अमर का पत्र ! पहले पत्र का तो जवाब ही गोल कर गया था, हारकर उसने दूसरा पत्र लिखा था। शायद लिखने में व्यस्त हो गया था। उसने बड़े धीरज से पत्र खोला और पढ़ने बैठी।

"लो, अब यह चिट्ठी खोलकर बैठ गई....अब घण्टे-भर यह चिट्ठा ही चलेगा। चाय फिर चाहे पानी हो जाए !" अन्ना पत्र पर गुस्सा उतारती हुई बोली। अमला के चेहरे पर फीकी-सी-मुस्कराहट फैल गई। बिना पढ़े ही पत्र को वापस लिफाफे में रखती हुई बोली, "ले बाबा, नहीं पढ़ती।" और वह चाय पीने लगी। पत्र बड़ा है, अमला ने देख लिया था। कई दिनों से तो वह अमर के पत्र की प्रतीक्षा भी कर रही थी....पर आज आया तो उसे पढ़ने का उत्साह

तक मरा हुआ था! अन्ना ने सामने खड़े रहकर उसे चाय पिलाई, कुछ खिलाया और जब वह बरतन लेकर ओझल हो गई तो अमला ने फिर पत्र निकाला। सांझ का धुंधलका काफी गाढ़ा हो चला था और अमला को पढ़ने में जैसे कष्ट-सा हो रहा था। पर तभी दोनों ओर की बत्तियां जल उठीं और लॉन का वह हिस्सा आलोकित हो गया।

पत्र को देखकर यद्यपि विशेष उत्साह अमला के मन में नहीं जगा था, फिर भी जाने क्यों, उसे लगा था कि अवश्य ही उस पत्र में ऐसा कुछ होगा जो उसके आहत, संतृप्त मन को थोड़ी राहत देगा। इस पत्र को पढ़कर उसे लगा जैसे उसके मन की खिन्नता और भी बढ़ गई।

अमर ने रंजना से विवाह के लिए एक तरह से इन्कार ही कर दिया, पर वह उसे भूल नहीं पा रहा है। वह उपन्यास लिख रहा है, पर उसका मन उसमें रम नहीं हो रहा है। रंजना....रंजना....जैसे वह अमर पर छाई हुई है।

उसने तो कैलाश से विवाह के लिए इन्कार कर दिया....पर क्या वह भी अमर की तरह उसे भूल नहीं पायेगी....? क्या कैलाश भी उस पर सदा छाया रहेगा ? 'नहीं' उसके मन ने जैसे विरोध किया।

आगे अमर ने लिखा था कि इस सबके बावजूद वह लिख रहा है....क्योंकि ऐसा अमला का आदेश है। अमला को उसे एक उपन्यास देना है, उसने वायदा किया है! पत्र समाप्त करके उसने लिफाफे में बन्द कर दिया। अनचाहे ही उसके मन में एक प्रश्न उठा....वह अमर से क्या चाहती है, अमर को लेकर ही तो क्या उसने कैलाश से झगड़ा नहीं कर लिया ? क्या उसने ही अपरोक्ष रूप से अमर को रंजना से सम्बन्ध तोड़ लेने के लिए नहीं उकसाया ? पर आखिर क्यों? अमर अच्छा लिखता है, और वह चाहती है कि अमर एक से एक सुन्दर कृतियों का सृजन करे; अमर बड़े आत्मीय और स्नेह-भरे पत्र लिखता है और वह चाहती है कि अमर उसे लम्बे-लम्बे पत्र लिखे....आत्मीयता के रंग में रंगे हुए पत्र ! जबसे अमर को देखा है, यह भी इच्छा होती है कि अमर के साथ कुछ समय काटे, उसके साथ घूमे-फिरे, घंटों बातें करे। उसके साथ बात करने से अमला की मानसिक भूख तृप्त होती है और अमर की आंखों में अपने प्रति प्रशंसा का भाव देखकर उसका अहं तुष्ट होता है। पर इन छोटी-मोटी बातों के लिए स्वयं इतना बड़ा कदम उठाकर और अमर से भी उठवाकर क्या उसने गलती नहीं की ? अमर की मित्रता, अपनी सारी घनिष्ठता, आत्मीयता और एकनिष्ठता के बावजूद उसके जीवन में कितना महत्त्व रख सकती है भला ? वह अच्छी तरह जानती है, अमर उसकी जीवन-यात्रा का सम्बल कदापि नहीं बन सकता है !

पर क्या कैलाश बन सकता था.... ? क्या वह उसके साथ सुखी जीवन बिता सकती थी ? नहीं....नहीं....। उसे अपने जीवन के लिए किसी सम्बल की आवश्यकता नहीं है, कोई सहारा नहीं चाहिए....कोई नहीं....

उसने फिर एक बार पत्र पढ़ा....और इस बार समाप्त करने के साथ ही

उसे लगा जैसे रंजना अमर के सामने खड़ी होकर पूछ रही है, 'बोलो, मैंने तुम्हारा क्या बिगाड़ा था....तुमने मेरी हत्या कर डाली, मुझे मार डाला....आखिर क्यों ....क्यों ?'

फाटक से कार घुसने का शब्द सुनाई दिया तो अमला की विचारधारा टूटी। उसने चौंककर उधर देखा। एक क्षण को विचार कौंधा, 'कहीं कैलाश तो नहीं आ गया ?' पर तभी भाभी की कार दिखाई दी। अमला को बैठी देखकर भाभी ने कार रुकवाई और अतर पड़ी।

"अरे अमला बीबी, आपका चेहरा इतना उतरा हुआ क्यों हे ? तबीगत तो ठीक है न ?"

"ठीक है।" उत्तर संक्षिप्त था और उपेक्षा से दिया गया था।

"आज तो शायद सवेरे कैलाश बाबू आए थे, आप शायद उनके साथ घूमने भी गई थीं ?" कुछ जानने को आतुर-सी भाभी ने पूछा।

"हां।" उसे बिल्कुल पसन्द नहीं कि भाभी उसकी व्यक्तिगत बातों में किसी प्रकार का हस्तक्षेप करें....हालांकि वह भी अच्छी तरह जानती है कि भाभी को इन सब बातों से कितना रस मिलता है।

"वैसे उन्होंने आजकल आना-जाना एकदम ही कम कर दिया है....शायद काम ज्यादा बढ़ गया है उनका !" एक बार जैसे उन्होंने फिर प्रयत्न किया।

"हो सकता है।" अमला भी यों हाथ आने वाली नहीं थी।

"कल तो पिताजी आ रहे हैं ! आप स्टेशन जाएंगी न ? इस बार तो वे भी बड़े दिनों में लौट रहे हैं।"

"हां जाऊंगी।" इतनी बात करने पर भी जब अमला ने एक बार उन्हें बैठने तक के लिए नहीं कहा तो खिसियायी-सी वे चल दीं। अमला चुपचाप उनका जाना देखती रही। उसे भाभी कतई पसन्द नहीं.... !

रात को सोने से पहले अमला ने अपनी डायरी लिखी। सारे दिन जो कुछ घट गया, उसे लिखने के बाद उसने लिखा :

नहीं जानती आज जो कुछ हुआ है उसे लेकर क्या लिखूं, किन शब्दों में लिखूं ? यह भी नहीं जानती कि जो कुछ हुआ वह मेरे लिए अच्छा हुआ या बुरा। बस, इतना जानती हूं कि आज का दिन साधारण दिनों से बहुत भिन्न गुजरा और आज का झगड़ा साधारण झगड़ों की तरह समाप्त नहीं होगा। मन बार-बार कहता है कि आज से मेरी और कैलाश की मित्रता का अध्याय सदा के लिए समाप्त हो गया। मन लाख कहे, पर फिर भी एकाएक विश्वास नहीं होता कि इतने वर्षों की मैत्री, घनिष्ठ मैत्री यों आधे घंटे की बात में समाप्त हो जाएगी....सदा-सदा के लिए समाप्त हो जाएगी। पर क्या सचमुच ही यह जो अघट घट गया, यह केवल आधे घंटे की बात का परिणाम है ? वह आधा घंटा, उस समय की बातें तो मात्र निमित्त-भर थीं, पृष्ठभूमि तो कभी

से तैयार हो रही थी !

मेरा मन मुझसे ही बार-बार पूछ रहा है कि क्या सचमुच ही मैंने अपनी बात, अपने व्यवहार को कैलाश के सामने झुठलाया ? क्या कभी भी मेरे मन में उससे विवाह करने की बात नहीं उठी ?

उठी ! पर जब-जब उठी, शायद मैं कभी अपने को इस बात के लिए सहमत नहीं कर सकी कि कैलाश के साथ मैं सुखी रह सकूंगी या कैलाश ही मेरे साथ सुखी रह सकेगा।

हमारी रुचि, हमारा जीवन, हमारे विचारों में कहीं भी तो कोई साम्य नहीं; साम्य तो दूर, दिनोंदिन अन्तर बढ़ता ही जा रहा है, उस स्थिति में विवाह करके क्या हम सुखी रहते ?

पैसे और वर्ग का अहं उसकी नस-नस में भरा है। मैं खुद मानती हूं कि इन्हीं सुख-सुविधाओं के बीच रहना मेरी आदत ही नहीं मेरा संस्कार-सा बन गया है। फिर भी हम दोनों में अन्तर है।

सिनेमा, पार्टी, नाच, कैबरे, पीना-पिलाना उसके व्यक्तित्व का एक बहुत बड़ा भाग बन चुके हैं, और मुझे उन सबमें अरुचि होते-होते अब नफरत हो चली है। जब कैबरे आर्टिस्ट पुरुषों की हज़ारों लोलुप, भूखी, लपलपाती आंखों के बीच नग्नप्राय खड़ी होती है तो पता नहीं क्यों, मुझे लगता है जैसे किसी ने मुझे ही नंगा करके खड़ा कर दिया। पाप-पुण्य मैं नहीं मानती, मर्यादाओं और सीमाओं को भी मैंने कभी महत्त्व नहीं होता। पर किसी की मजबूरी का यों फायदा उठाया जाए, यह मुझसे सहन नहीं होता। अपनी इच्छा से, आत्मा की प्रेरणा से कोई कैसी ही बेहयायी करे, मैं कभी निन्दा या आलोचना नहीं करूंगी.... पर....

कैलाश कहता है कि मैं दकियानूस हूं। मैं सोचती हूं, कैलाश अपने मानसिक खोखलेपन और दिवालियेपन पर आवरण डालने के लिए इन सबमें रुचि लेता है। काम के बाद समय बिताने का कोई भी तो साधन उसके पास नहीं है, किसी में भी तो उसकी रुचि नहीं है।

अपनी बात भी छोड़ दूं तो यही प्रश्न उठता है, कैलाश आखिर मुझसे क्यों विवाह करना चाहता है ?

मैं परित्यक्ता हूं और कौमार्य हर पुरुष की बहुत बड़ी कमज़ोरी होती है। कैलाश भी उसका अपवाद नहीं है।

मैं सुन्दर नहीं हूं। कैलाश सुन्दर है और स्त्रियों की सुन्दरता हमेशा ही उसके लिए आकर्षण की वस्तु रही है। एक साल पहले ही जब डाक्टर गुप्ता की साली बम्बई से आई थी तो कैलाश उचित-अनुचित का विवेक खोकर उसके पीछे घूमा था। मैंने स्वयं महसूस किया था, कि वही कैलाश के लिए उपयुक्त पत्नी बन सकती है—लम्बी, सुन्दर, सजी-धजी, पीने-पिलाने और नाचने में माहिर। बाद में मालूम भी हुआ था कि मिसेज गुप्ता ने इसी उद्देश्य से अपनी बहिन को यहां

बुलाया भी था, और कैलाश के साथ उसे पूरी छूट भी दी थी....पर कैलाश ने उससे शादी नहीं की।

इसमें सन्देह नहीं कि कैलाश की अस्वीकृति मन के किसी कोने को सन्तोष और तृप्ति से भर गई थी, पर साथ ही यह प्रश्न और अधिक स्पष्ट होकर, और अधिक उभरकर सामने आया था कि कैलाश आखिर मुझसे ही विवाह करना चाहता है ?

क्या वह मुझसे प्रेम करता है ?

शायद नहीं ! तब ?

पिताजी ने उसे एक साधारण स्थिति के आदमी से इस स्थिति तक ला पहुंचाया, क्या उस अहसान का बदला वह इस रूप में चुकाना चाहता है ?

शायद यह भी नहीं !

क्या वह मेरी अपार सम्पत्ति को पाना चाहता है ?

कौन जाने, कैसी विवशता है कि इस सन्देह से मैं अपने को किसी तरह भी मुक्त नहीं कर पाती हूं। पैसे का महत्त्व उसकी आंखों में सबसे ज्यादा है....हालांकि उसकी किसी भी बात या व्यवहार से ऐसी कोई बात प्रकट नहीं हुई; प्रकट होना तो दूर, कभी संकेत तक नहीं मिला; फिर भी जैसे बार-बार लगता है यही है....यही है....और मेरा मन अपनी सारी शक्ति लगाकर विद्रोह कर उठता है....अमला वह साधन नहीं बनना चाहती है जिससे कोई अपना अहसान चुकाए....अमला वह साधन नहीं बनना चाहती है जिससे कोई अपने पैसे की लिप्सा तृप्त करे....अमला कोई भी साधन नहीं बनना चाहती है, वह साध्य बनना चाहती है। कोई मुझे प्यार करे....मेरे व्यक्तित्व को, मेरे अस्तित्व को, मेरी हर बुरी-अच्छी चीज को....

पर फिर भी आज की सारी घटना पर, कैलाश से मैत्री टूटने की बात पर मन भर-भर आता है। इन दो महीनों की संध्याएं कितनी नीरस और वीरान हो गई थीं! कैलाश के साथ घूमने को मन अकुलाया है और हमेशा जैसे मैं उस क्षण की प्रतीक्षा कर रही थी जब सारा खिंचाव और तनाव दूर करके हम फिर पहले की तरह मित्र हो जाएंगे। वह क्षण जब आया तो खिंचाव और तनाव की जगह, हम ही दूर हो गए।

सोचती हूं, जब यह सब एक न दिन होना ही था तो अच्छा ही हुआ कि हो गया !

यह बात भी मैं अच्छी तरह जानती हूं कि मेरे जीवन को कोई नई दिशा देने में कैलाश कहीं नहीं आता था। फिर भी जाने क्यों लगता है, जैसे जीवन पर एक बार फिर नये सिरे से विचार करना होगा।

विचार....विचार....विचार ! आज तक मैंने अपने जीवन पर विचार और उसका विश्लेषण करने के अतिरिक्त किया ही क्या है ? ये विचार ही मुझे भटकाते रहे हैं, जीवन-पर्यन्त भटकाएंगे; भटकना मुझे स्वीकार है, पर किसी का

बन्धन, किसी का दुराग्रह स्वीकार नहीं। अमला जीवन में सीमाओं, मर्यादाओं और बन्धनों को नहीं मानती, मानेगी भी नहीं....

कितने दिनों बाद आज अमर का पत्र भी आया। वह उपन्यास लिखने में लगा हुआ है, "क्योंकि उसने मुझसे वायदा किया है....पर उसका मन रमता नहीं, रंजना के प्रति वह अपने को बराबर दोषी समझता है।

मैं क्या लिखूं अमर को ? पत्र के अन्त में कितने मनुहार-भरे स्वर में उसने लिखा है, "तुम्हीं बताओ अमला, मैं क्या करूं ? जाने क्यों, लगता है, तुम्हारे बताए मार्ग पर चलकर ही मैं इस मानसिक तनाव से मुक्ति पा सकूंगा। कभी-कभी लगता है, मैं भटक गया हूं, तुम मुझे सही मार्ग पर चलने की प्रेरणा दो....मेरा पथ-प्रदर्शन करो।"

मुझे लेकर अमर क्या सोचता है ? संध्या से लेकर अभी तक अनेक बार उसका याचना-भरा चेहरा मेरी आंखों के आगे उभरा है, पर फिर भी नहीं समझ पाती कि उसे क्या लिखूं ! बहुत सोचकर उसे जवाब दूंगी।

कल पिताजी आ रहे हैं। पूरे एक महीने बाद! यह समय भी कैसा विचित्र बीता—

पिताजी बाहर !

कैलाश नाराज !

अमर मौन !

दूसरे दिन अमला पिता को लेकर गाड़ी में बैठी, तो बहुत ही स्नेह से पिता जी ने उसे उसका हाथ अपने हाथ में लेकर पूछा, "अच्छी तो रही बेटी ? कहीं भी रहता हूं, मुझे हमेशा ही तेरी चिन्ता सताया करती है। फिर इस बार तो दिन भी बहुत लग गए।"

अमला ने महसूस किया, पिताजी का स्वर कुछ भर्राया हुआ है, और उनके हाथ की पकड़ कसती जा रही है। स्नेह का आवेग जैसे कहीं से फटा पड़ रहा था। उनके मन को हल्का करने के लिए अमला ने हंसते हुए कहा, "मैं क्या बच्ची हूं जो आप मेरी चिन्ता करते हैं ? मैं तो अच्छी तरह रही; अन्ना ने खिला-खिलाकर मोटा भी कर दिया।"

"बच्ची तो है ही, बच्ची ही तो है।" और पूर्ववत् उसका हाथ सहलाते रहे। पिता का ममत्व, वात्सल्य और स्नेह अमला की नस-नस में समाता चला जा रहा था। अमला ने ध्यान से पिताजी के चेहरे को देखा तो लगा जैसे इस बार वे कहीं से बहुत बदल गए हैं, बहुत बदल गए हैं....कुछ अजीब-से भाव उनके चेहरे पर आ-जा रहे थे।

कोठी पर पहुंचे तो भाभी बच्चों को लिए पिताजी वाले हिस्से के पोर्टिको में खड़ी थी। सबसे मिल-मिलाकर वे अमला के साथ ही अपने कमरे तक गए। अमला को बराबर लग रहा था जैसे पिताजी कुछ कहना चाह रहे हैं, वे शायद

कुछ कहेंगे; पर जब उन्होंने केवल अपने नहाने-खाने की व्यवस्था करवाने की बात ही कही, तो उचित प्रबन्ध करके वह अपने कमरे में लौट आई।

पिताजी का यह आवेगपूर्ण मौन अवश्य ही किसी बात की भूमिका है, यह वह अच्छी तरह जान गई। क्या हो सकती है वह बात, इसका अनुमान अमला किसी तरह भी नहीं लगा सकी। क्या कोई बड़ी आर्थिक हानि का सामना उन्हें करना पड़ा ? पर पैसे को तो उन्होंने जीवन में कभी इतना अधिक महत्त्व नहीं दिया ! तब क्या हो सकता है ?

उसे एक पुरानी घटना याद आई। जाने कहां से सुन-सुनाकर उसे धुन यह सवार हुई कि वह हॉस्टल में रहकर पढ़ेगी। हालांकि वह स्वयं पूरी तरह आश्वस्त नहीं थी कि हॉस्टल का जीवन बिता भी सकेगी या नहीं, पर फिर भी उसने अपनी इच्छा पिताजी तक पहुंचा ही दी। संध्या को पिताजी ने उसे अपने पास बुलवाया था और ठीक इसी तरह उस दिन भी वे पहले बड़ी देर तक बैठे-बैठे उसका हाथ सहलाते रहे थे। उस दिन भी आज की तरह उनकी आंखों में नमी थी और चेहरे पर अजीब-अजीब भाव आ-जा रहे थे। फिर धीरे-धीरे बड़े आर्द्र स्वर में उन्होंने कहा था, मैंने सुना है, तू हॉस्टल में जाकर रहना चाहती है; कॉलेज की पढ़ाई घर में रहकर नहीं, कॉलेज में जाकर करना चाहती है। आगे पढ़ ....खूब पढ़। पढ़ने को मैं मना नहीं करता; पर कॉलेज और खास करके हॉस्टल की बात मन से निकाल दे बेटी ! मैं तेरी किसी भी इच्छा में बाधा बनकर नहीं आना चाहता। पर क्या करूं, मेरी अपनी भी सीमाएं हैं। तुझे लेकर मैं अपनी सीमाओं में लड़ा हूं, मौका आएगा और तेरा हित देखूंगा तो और भी लड़ूंगा, पर वहां जाने से तेरा कौन-सा हित है, मैं नहीं समझ पाता ! सच मान, वहां की तकलीफें तुमसे दो दिन भी नहीं सही जाएगी।''

अमला समझ ही नहीं पाई थी कि क्या जवाब दे। हॉस्टल की बात को लेकर पिताजी इतने दुखी भी हो सकते हैं, यह बात जैसे उसकी समझ के बाहर की थी। उसे चुप देखकर पिताजी फिर बोले, ''देख बेटी, इस बात को मन से निकाल दे। तकदीर ने यों ही तुझे बहुत बड़ा दण्ड दिया है, मैं उसे किसी भी हालत में बढ़ाना नहीं चाहता। फिर भी क्या करूं, अपनी मर्यादाओं से बंधा हूं। ....बराबर कोशिश तो यही करता हूं कि तुझे अपनी सीमाओं और मर्यादाओं से मुक्त ही रखूं, पर फिर भी....फिर भी....'' और जैसे दुख और बेबसी में उनका गला भिंच गया और आंखों की कोरों से आंसू की बूँदे चू पड़ीं।

अमला उनकी हथेलियों को ही अपनी आंखों पर रखकर उस दिन बहुत-बहुत रोई थी।

इस बात को आज कई साल बीत गए। उसके बाद अमला ही जानती है कि किस प्रकार उसकी हर उचित-अनुचित इच्छा इस घर में पूरी हुई है। भाई-भाभी और परिचितों के कटु व्यंग्य-बाणों के बावजूद पिताजी ने उसे अपनी, परिवार की और समाज की सीमाओं से मुक्त ही रखा है। यहां तक कि उसे

मानसिक क्लेश से दूर रखने के लिए कोठी के दाहिनी ओर एक अलग ब्लॉक भी बनवा दिया। जैसा जीवन वह पिछले सालों से बिता रही है, उसकी स्थिति की कितनी स्त्रियां इस तरह का जीवन बिताती हैं ? पुरुषों के साथ घूमना-फिरना, सब मर्यादाओं को तोड़कर कैलाश के साथ मैत्री बढ़ाना....क्लब-पार्टियों में जाना, हर गर्मी पहाड़ पर जाकर बिताना....किसे मिली हुई है इतनी आज़ादी ! जो पिताजी उसे मात्र हॉस्टल भेजने की बात से दुखी थे, उन्होंने उसकी कौन-सी हरकत नहीं सही ? अमला ने बराबर ही महसूस किया है कि त्यागा उसे पति ने है, पर जैसी पिताजी इस सबके लिए अपने को ही सबसे बड़ा गुनहगार मानते हैं और शायद इसीलिए वे चाहते हैं कि उन्हें चाहे कुछ भी सहना पड़े, बस, वह किसी तरह सुखी रहे।

पर आज क्या बात हो सकती है ? कैलाश की बात तो वे जान ही कैसे सकते हैं ?....तब ? शायद सफर की थकान हो। पर अमला का मन किसी तरह भी नहीं मान रहा था कि वह मात्र सफर की थकान है।

रात्रि को अमला बैठी हुई पढ़ रही थी कि अन्ना ने आकर सूचना दी कि पिताजी बुला रहे हैं। उसका मन फिर विचित्र-विचित्र आशंकाओं से भरने लगा। यों ही विचारों में डूबती-उतरती वह लॉन पार करके पिताजी के पास पहुंची तो देखा, एक बड़े-से पलंग पर अधलेटी अवस्था में वे बैठे थे। अमला घुसी तो झुर्रियों के कटोरों में धंसी निस्तेज-सी आंखों से उन्होंने उसे देखा। सारे चेहरे की सलवटों में जाने कैसा विषाद सिमटा था ! अमला पास पड़े कोच पर बैठने लगी तो धीरे से बोले, ''उधर नहीं, इधर आकर बैठ, मेरे पास।''

अमला उठकर उन्हीं के पास बैठ गई। उन्होंने फिर उसका हाथ अपने हाथ में ले लिया। देखते ही देखते उनकी आंखों में तराइयां आ गईं। इस बार अमला बेहद व्यस्त हो उठी, ''क्या बात है पिताजी ? आप जब से आए हैं, बेहद चिन्तित और परेशान-से दिखाई दे रहे हैं। लग रहा है जैसे कुछ है....कुछ है जो....'' इसके बाद वह समझ ही नहीं पाई कि क्या कहे—बस, एकटक पिताजी को देखती-भर रही। पिताजी उसका हाथ सहलाते रहे।

''अमला !'' बेहद भर्राए और उखड़े-उखड़े स्वर में पिताजी ने बात आरम्भ की, 'इस बार जब बम्बई और मद्रास गया तो वहां की दोनों नई सेट की हुई मिलों के सारे के सारे शेयर्स तेरे नाम कर दिए ! कुछ साल बाद ही ये मिलें सोना उगलेंगी। यों भी तेरे नाम जो कुछ है, उससे तू ऐसे-ऐसे पांच जीवन बिता सकती है। पर सोचता हूं, क्या मात्र पैसे का आसरा लेकर तू सारा जीवन काट सकेगी....? अपने को सुखी बना सकेगी ? मैं हूं तब तक की सोचता हूं, कोई आसरा तो है, हालांकि जानता हूं कि बाप कभी बेटी का सही आसरा नहीं बन सकता, पर मेरे बाद क्या होगा ? भाई-भाभी का हाल तू मुझसे ज्यादा अच्छी तरह जानती है। इसे भी दुर्भाग्य के सिवाय क्या कहूं कि भाभी के स्नेह की जगह तुझे—खैर....खैर....।'' बड़े उखड़े-उखड़े स्वर में रुक-रुककर वे बोल रहे

थे, ''जीवन में पैसे के अलावा भी बहुत कुछ चाहिए। चाहता हूं, मेरे जीते जी वह भी हो जाए तो शान्ति से आंख मूंद सकूंगा, मन पर किसी तरह का बोझ तो न रहेगा....'' और उनकी आंखों से टपाटप आंसू टपकने लगे।

अमला ने उनके आंसू पोंछते हुए कहा, ''आप ऐसी बातें क्यों सोचते हैं पिताजी ? मैं तो बहुत ही सुखी हूं, सच बहुत ही....''

पर शायद वे उसकी बात सुन भी नहीं रहे थे।

''अमला ! तू तो बहुत समझदार है। पढ़-लिख भी तूने बहुत लिया है। पूछता हूं, आदमी यदि एक बार भूल कर दे, तो क्या जीवन-भर उसे उसकी सजा ही भुगतनी चाहिए ? क्या फिर उसे किसी प्रकार भी क्षमा नहीं किया जा सकता ?''

पिताजी की बात से अधिक उनके स्वर की आर्द्रता ने अमला को बुरी तरह व्यथित कर दिया। वह आज तक कभी भी नहीं समझ पाई कि इस सारी बात में पिताजी व्यर्थ ही अपने को क्यों दोषी समझते हैं ? न वह यही समझ पा रही थी कि जो घटना इस घर में भुलाई जा चुकी है, उसे इस समय दुहराने की आवश्यकता ही क्या है ? उन्हें एक प्रकार से रोकती-सी वह बोली, ''किसी ने कोई अपराध नहीं किया पिताजी ! आप क्यों व्यर्थ की बातें सोच-सोचकर दुखी होते हैं ? कम से कम मुझे लेकर आप चिन्ता करना छोड़ दीजिए। पैसे के अलावा भी आपने मुझे वह सभी कुछ दिया है, जिसे लेकर मैं अपना सारा जीवन इसी तरह हंसी-खुशी काट दूंगी।''

''तूने बात का जवाब नहीं दिया।....आदमी को एक बार की गलती के लिए क्षमा मिलनी चाहिए या नहीं ? गलती चाहे कितनी ही बड़ी हो, कैसी ही हो, पर यदि वह स्वयं उसके लिए पश्चात्ताप कर रहा हो, तो वह क्षमा का अधिकारी है या नहीं ?''

बिना कुछ सोचे-विचारे अमला बोली, ''हां है, ज़रूर है। पर आप इन सब बातों को मन से निकाल दीजिए।''

''इस बार अचानक किशोरी बाबू से मुलाकात हो गई।'' खोए-खोए-से स्वर में पिताजी बोले।

एक क्षण को तो पहले अमला समझी ही नहीं कि किस किशोरी बाबू की बात पिताजी कर रहे हैं....पर जैसे ही समझी, उसे लगा, एक साथ ही कमरे की सारी चीज़ें जैसे घूमने लगी हैं....किशोरी बाबू, उसके पति....एक बार का अपराध....क्षमा....जीवन का सहारा....टुकड़ों-टुकड़ों में घूमते-टकराते ये शब्द और वाक्यांश एक तारतम्य में बंध गए और वह जड़-निश्चल, चेतनाशून्य-सी पिताजी की ओर देखने लगी। धीरे-धीरे बात का अर्थ और स्पष्ट हुआ तो उसका मन एक भयंकर नस-नस को फाड़ देने वाली तीखी कड़वाहट से भर गया।

''मैंने तो मिलने से भी इन्कार कर दिया था....साफ कह दिया, कि जिसने मेरी प्राणों से भी प्यारी बेटी के साथ ऐसा क्रूर खिलवाड़ किया, मैं इस ज़िन्दगी

में उसकी सूरत तक नहीं देख सकता। पर फिर भी वे आए....।

"मिला तो पाया कि यह आदमी वह आदमी नहीं है जिससे झगड़ा करके दस साल पहले मैं तुम्हें लौटा लाया था। पश्चात्ताप और दुख की अग्नि में जलकर उस आदमी ने अपने को कुन्दन बना लिया है।" वे फिर रुके....कमरे का क्षणिक सन्नाटा अमला को बड़ा ही भयंकर प्रतीत हुआ। पिताजी को आखिर हो क्या गया....मिल भी लिए तो उसे आखिर यह सब बताने की क्या ज़रूरत थी.... वह कुछ नहीं जानती, कौन किशोरी है और कौन उसका पति है ? जिन चीज़ों का अब उसके जीवन में कोई अस्तित्व नहीं, कोई महत्त्व नहीं, होने की कोई सम्भावना नहीं, उन्हें उठाने से क्या फायदा ?

"विश्वास कर, मैं फिर भी उस आदमी के साथ सद्भावना से नहीं मिल सका। पर उसने अपने व्यवहार से मुझे जीत ही लिया। बहुत-बहुत बातें हुईं....और तीसरे दिन तो उसने स्पष्ट शब्दों में ही कह दिया कि वह निश्चय कर चुका है कि जैसे भी होगा वह तुम्हें वापस ले जाएगा। जो भी सजा तुम उसे दोगी, उसे वह भोग लेगा, माफी मांग लेगा और वह मेरे सामने ही रो पड़ा। उसे अपने किए पर कितना पश्चात्ताप है, यह उससे मिलकर ही जाना जा सकता है। बिना आन्तरिक दुख के पुरुष औरत के लिए आंसू बहाएगा, ऐसा सम्मान आज भी हमारे समाज में औरत को नहीं मिला है, यह तू भी जानती है...."

अमला का सारा चेहरा स्याह पड़ गया और फिर धीरे-धीरे कागज़ की तरह सफेद होकर निर्जीव-सा हो गया। पर पिताजी उधर देख ही नहीं रहे थे। शायद वे स्वयं डर रहे थे कि बात के बीच में ही अमला की ओर देखेंगे तो अपनी बात भी नहीं कह पाएंगे।

"क्या किसी तरह भी तू अपने जीवन के इन दस वर्षों की कटु स्मृतियों को नहीं भूल सकती ? जो कुछ हो गया, उसे अनहुआ नहीं कर सकती.... ?"

अमला को लग रहा था जैसे दस वर्षों में जो छूट, जो आज़ादी और अधिकार पिताजी ने दिए, आज सब कुछ ब्याज सहित वसूलना चाहते हैं। ऐसा घृणित प्रस्ताव रखने की बात ही उनके मन में कैसे आई ? एक बार तो उसकी इच्छा हुई कि बिना किसी प्रकार का जवाब दिए ही उठकर चली जाए....उसका जाना ही जवाब हो जाएगा....पर फिर, वह गई नहीं। बोली तो उसके स्वर में न आवेश था न क्रोध....पर स्वर बहुत ही निर्जीव और सर्द था :

"पिछले दस वर्ष ही शायद मेरे जीवन के सबसे महत्त्वपूर्ण वर्ष हैं....मेरे जीवन की सबसे अमूल्य निधि हैं पिताजी ! इनको अनहुआ करना अपने को अनहुआ करना है और मैं जीवित रहना चाहती हूं।"

पिताजी ने चौंककर अमला की ओर देखा तो उसके सफेद, जड़ चेहरे को देखकर हतप्रभ हो गए। वे सोच रहे थे कि एक बार आघात लगने पर भी शायद अमला पर इस सारी बात की अनुकूल प्रतिक्रिया ही होगी, या कम से कम वह शान्ति से इस सारी बात पर सोचना तो चाहेगी ही....पर उसका चेहरा देखा

तो समझ ही नहीं पाए कि यह सब कहकर उन्होंने अच्छा किया या बुरा—

अमला की आंखों से टप्टप् आंसू बहते देखकर तो वे बुरी तरह विचलित हो गए। पिताजी ने उसे दुख सहते देखा था पर रोते बहुत ही कम देखा था। वे जानते थे कि अमला का अपनी भावनाओं पर कितना वश है! दुख हो चाहे क्रोध, न वह आवेश में आती है, न रोती-गिड़गिड़ाती है। चेहरे पर उसके हमेशा ही शान्ति रहती और स्वर संयत। उसी शांत, संयत अमला के निर्जीव चेहरे को देखकर, उसके आंसुओं को देखकर वे स्वयं समझ नहीं पाए कि क्या करें। अधलेटी स्थिति से बैठकर उसका हाथ जोर से दबाकर बहुत ही कोमल और वात्सल्य-भरे स्वर में बोले, "रो मत बेटी, रो मत ! लगता है मुझसे कहीं कोई गलती हो गई है। शायद मैंने तेरे किसी सूखे घाव को निर्ममता से कुरेद दिया है। पर बेटी, तू ही बता, घाव को कुरेदे बिना इलाज भी तो नहीं होता। मैं तुझसे आज जवाब नहीं मांगता....तू सोच ले, खूब अच्छी तरह सोच ले। सोचने-समझने की बुद्धि तुझमें मुझसे भी ज्यादा है। बात मैंने रख दी, निर्णय तो तू ही लेगी। तेरी इच्छा के विरुद्ध इस घर में एक तिनका भी नहीं हिलता, यह तो तू भी जानती है, फिर इतनी दुखी क्यों होती है ? रो मत बेटी ! तेरे आंसू मैं देख नहीं सकता।" और वे पूर्ववत् उसका हाथ सहलाते रहे। रुंधे हुए गले से अमला ने कहा, "जीवन में आपने मुझे बहुत कुछ दिया है। उस सबका बदला शायद मैं कभी नहीं चुका सकूंगी। यों भी आप मेरे पिता हैं और पिता के सारे अधिकार आपके पास हैं, फिर भी यह न भूलिए कि मैं भी व्यस्क हूं, और अपने को यों अपमानित करने का अधिकार शायद मैं आपको भी नहीं दे सकूंगी।" यद्यपि स्वर भर्राया हुआ था, पर उसमें भी जाने कहां की दृढ़ता थी।

और फिर कमरे में देर तक सन्नाटा रहा। मौत का-सा भयंकर सन्नाटा ! अमला समझ नहीं पा रही थी कि दो-तीन दिन की ये घटनाएं उसके जीवन को कहां ले जाकर छोड़ेंगी ! उसे लग रहा था जैसा कोई अप्रत्याशित, अदृश्य शक्ति है जो उसके जीवन को बरबस ही उसके हाथ से खींचे लिए जा रही है।

"तू शायद कैलाश से विवाह करना चाहती है ?" बिना किसी भूमिका के दूसरा प्रश्न हथौड़े की चोट की तरह घन्ना उठा, "मुझे उसमें भी कोई आपत्ति नहीं होगी बेटी ! तू किसी से विवाह कर....पर कर ले, और जल्दी ही कर ले !"

"नहीं !" अमला ने दृढ़ स्वर में जवाब दिया, "मैं किसी से विवाह करना नहीं चाहती, किसी से भी नहीं ! मैं इतनी निर्बल और निरीह नहीं हूं कि जीवन बिताने के लिए कोई सहारा चाहिए।"

और इस बार वह उठकर चल दी। न उसने किसी प्रकार के उत्तर की अपेक्षा की, न उत्तर देने का अवसर ही दिया। उसने इस बात की भी चिन्ता नहीं की कि उसकी इस बात की या इस प्रकार उठ आने की प्रतिक्रया पिताजी पर क्या होगी या उन्हें कैसा आघात लगेगा !

लौटी तो उसके कदम लड़खड़ा रहे थे। किसी तरह वह अपने कमरे पर

पहुची। एक ही बात उसके मन को मथ रही थी—इतना अपमान भरा प्रस्ताव! कैलाश की 'नज़र जमने' वाली बात से भी उसने शायद अपने को इतना अपमानित महसूस नहीं किया था। पर किशोरी के घर जाने की बात ! क्रोध और घृणा से उसका रोम-रोम जलने लगा। पिताजी ने यह सब उससे क्यों कहा.... ? सुन भी आए थे तो उससे कहने की क्या आवश्यकता थी.... ? क्यों कहा उससे यह सब.... ? उन्हें क्या पता नहीं कि अमला दस वर्षों में कहां से कहां पहुंच गई है ? न भी पहुंचती, उसी स्थिति में होती, तब भी जो कुछ हो गया उसके बाद वह किशोरी की सूरत तक न देखती ! पिता होकर भी क्या वे अमला को नहीं जान पाए ?

बत्ती बुझाकर वह अपने पलंग पर जा पड़ी और आंखें मूंद लीं ! पिछले तीन दिनों में क्या कुछ नहीं घट गया....अनहोना अप्रत्याशित.... ! पिछले दस वर्षों से स्वच्छन्द-निर्बन्ध गति से बहती उसकी जीवन-धारा क्या अब सीमाओं में बंधेगी....बन्धनों में बंधेगी ? नहीं-नहीं, उसका मन चीत्कार कर उठा। अनायास ही कुछ पंक्तियां उसे याद आईं....शायद उसने कहीं पढ़ी थीं, नहीं उसने लिखी थीं....याद आया, अमर को ही लिखी थीं !

क्या उस अपने ही जीवन का मनचाहा काल्पनिक चित्र अमर के सामने नहीं रख दिया था ? अपने लिए भी तो उसने ऐसे ही जीवन की आकांक्षा की है कि उसका जीवन जल की एक उन्मुक्त धारा हो....खेतों, जंगलों और पहाड़ों पर समान निष्ठा से बहती जल की धारा चाहे कैलाश हो, चाहे अमर हो, चाहे कोई और हो—उसके लिए सब समान हैं....वह सबके लिए समान है। समान बनकर ही रहना चाहती है, किसी एक की होकर नहीं रहना चाहती, रह भी नहीं सकती। जिस दिन वह बंधी, उस दिन वह 'वह' नहीं रहेगी, उसका जीवन स्वच्छ जल की उन्मुक्त धारा नहीं रहेगा, किनारों में बंधा हुआ पोखर या तालाब हो जाएगा, जिसका पानी सड़ेगा, सड़ता ही रहेगा और एक दिन यूं ही सूख जाएगा।

वह सड़ना नहीं चाहती, सूखना नहीं चाहती; बहना चाहती है, निरन्तर बहना चाहती है, अनजानी, अनदेखी दिशाओं में बहना चाहती है, दूर....दूर.... निरुद्देश्य-सी, लक्ष्यहीन-सी....पर निर्बन्ध और उन्मुक्त....

पदचाप सुनकर उसने धीरे से आंखें खोलीं। देखा, शायद उसे सोया जानकर अन्ना धीरे से मसहरी लगाने लगी। वह न हिली-डुली, न बोली। देखते ही देखते उसके चारों ओर मसहरी तन गई और मकड़ी के बड़े-बड़े जालों का ताना-बाना सा बुन गया...

टण्डन के लाख मना करने पर भी जब मन्दा नहीं मानी और जल्दी-जल्दी तैयार होने लगी तो टण्डन को लगा कि किसी तरह वह भी मन्दा के साथ हो जाए, नहीं तो आज यह मन्दा अवश्य ही अमर से लड़-झगड़कर और उसका मूड खराब करके आएगी। वह मन्दा को भी अच्छी तरह जानता है और अमर को भी।

दोनों में कितना स्नेह और कितनी घनिष्ठता है, यह भी उससे छिपा हुआ नहीं है, फिर भी अभी अमर अपने उपन्यास की समाप्ति पर है और इस समय उसे छेड़ना उसके साथ अन्याय करना है। होगा कुछ नहीं, उसकी इतने दिनों की मेहनत पर पानी फिर जाएगा। उसने एक बार फिर सामने खड़ी, खींच-खींच कर बाल झाड़ती मंदा को मना किया तो मन्दा भभक पड़ी।

''मैं अभी जाऊंगी, इसी समय जाऊंगी। मुझसे जो ज्यादा तीन-पांच की अमर ने, तो उसके सामने ही उसके उपन्यास के सारे पन्ने फाड़ फेंकूंगी, चाहे वे फिर ज़िन्दगी-भर ही मन्दा भाभी की सूरत न देखें। बड़े आए हैं लेखक कहीं के ! जो आदमी किसी की भावनाओं का मूल्य नहीं आंक सकता, जो किसी की ज़िन्दगी के साथ खिलवाड़ कर सकता है, वह लेखक क्या लाट साहब भी हो तो मैं माफ नहीं कर सकती।'' जूड़े में जोर-जोर से बेहरमी के साथ कांटे खोंसती हुई मन्दा बोली।

अमर पर टण्डन को खुद कम गुस्सा नहीं आ रहा था, पर मन्दा की यह बेमौके की जिद उसे सरासर ज्यादती लग रही थी। झल्लाकर बोला :

''ओहोऽ, अब जहां इतने दिन सब्र किया वहां चार दिन और रुक जाओगी तो क्या हो जाएगा ? जानती हो खाना-पीना और सोना छोड़कर उसने यह उपन्यास लिखा है और तुम हो कि उसे मटियामेट करने पर तुली हो। याद रखो, तुम बात बनाने जा रही हो, पर सारी बात बिगड़ जाएगी और हमेशा के लिए बिगड़ जाएगी; और....''

बात काटकर मन्दा बोली, ''चार दिन ! अब तो मैं चार घण्टे भी नहीं रुक सकती। सच पूछो तो तुमने ही पक्ष खींच-खींचकर अमर को बिगाड़ा है, वरना मैंने तो....''

''भाभी ! भैया ठीक ही कहते हैं।'' रंजना ने बीच में ही कमरे से निकलकर अनुरोध-भरे स्वर में कहा, ''इस समय तुम जाओगी तो सचमुच ही उनके इतने दिनों के परिश्रम पर पानी फिर जाएगा....'' मन्दा एक क्षण को रंजना का उतरा हुआ सफेद चेहरा और गीली पलकों के नीचे डबडबाई आंखों को देखती रही, फिर आवेशपूर्ण स्वर में बोली, ''तू चलकर अन्दर बैठ। तुझसे किसी ने राय मांगी है जो बीच में आ गई ? बड़ी आई परिश्रम वाली !'' और पर्स को कलाई में डालकर मन्दा चल दी। जाते-जाते टण्डन को कहती गई, ''दुकान जाओ तो जल्दी ही लौट आना, मुझे लौटने में शायद दो-एक घण्टे लग ही जाएंगे।''

टण्डन और रंजना उसे नहीं रोक सके !

स्कूटर पर बैठी तो गुस्से से उसका रोम-रोम जल रहा था। सबसे ज्यादा गुस्सा तो उसे अपने ऊपर ही आ रहा था कि क्यों टण्डन के कहने से वह इतने दिनों तक चुपचाप बैठी रही ? क्यों नहीं उसने जिस दिन रंजना से सब कुछ सुना, उसी दिन अमर की खबर ले डाली ? सारी बात का फैसला तभी कर आती। अमर ने क्या तमाशा ही समझ रखा है कि जब मरजी आई कह दिया

शादी करेंगे और जब मरजी आई कह दिया नहीं करेंगे !

रंजना पर भी उसे कम क्रोध नहीं था। ऐसी एकनिष्ठता और भावुकता को वह निरा पागलपन ही समझती थी....पर पता नहीं क्या था कि बहुत ज़ोर से उसका विरोध भी नहीं कर पाती थी ! उसे उस दिन की बात याद आई जब उसने बहुत गम्भीरतापूर्वक रंजना को समझाते हुए कहा था :

"देख रंजना तू भी अब पागलपन छोड़। बहुतों के जीवन में ऐसी घटनाएं घट जाती हैं, क्या ज़िन्दगी-भर उसी दुःख में यों घुलती रहती हैं ? मैं तेरा विवाह करवाती हूं और इसी गर्मी में करवाती हूं। अच्छे-से अच्छे लड़का तुझे पत्नी के रूप में पाकर अपने को खुशकिस्मत ही समझेगा।"

पर यह सब सुनकर रंजना के निर्जीव-से चेहरे पर कुछ ऐसा भाव फैल गया मानो जो कुछ मन्दा ने कहा उसे वह समझ ही नहीं पाई या उसे जैसे विश्वास ही नहीं हो रहा हो कि मन्दा भी कभी ऐसी बातें कर सकती है। मन्दा ने फिर कहा, "धीरज धर रंजना ! देख, मैं तुझे अमर के पीछे ही जानती हूं, पर तू आज अमर से भी कहीं अधिक मेरे निकट आ गई है। तू जानती है कि अमर कितना हमारा अपना है, फिर भी कहूंगी कि अच्छा पति वह कदापि नहीं हो सकता! जिसके जीवन का हर पल अनिश्चित और अस्थिर हो, जो केवल मूड्स पर पले, जिसके जीवन और यथार्थ से कल्पना अधिक महत्त्वपूर्ण हो, उसके साथ जीवन बिताने की कल्पना भले मधुर हो सकती है, जीवन बिताना कदापि मधुर नहीं हो सकता !"

रंजना चुप !

"इतने दिन हो गए, तू रो-रोकर आधी रह गई। उस आदमी से इतना तक नहीं हुआ कि एक बार जाकर तेरी खबर तक ले ले। इतने आश्वासन देकर और वायदे करके तुझसे घर छुड़वाया और अब ऐसी नीचता पर उतर...."

"भाभी !" और अपना सिर रंजना ने दोनों हथेलियों में छिपा लिया। मन्दा धीरे-धीरे उसके सिर पर हाथ फेरती रही।

थोड़ी देर बाद सिर उठाकर डबडबाई आंखों से और भर्राए गले से रंजना ने जो कुछ कहा वह मन्दा को आज भी याद है :

"जब से अमर से मित्रता हुई है भाभी, मैंने अपने जीवन का हर पल अमर के साथ ही जिया है। यह सब कहकर तुम मुझे केवल आत्महत्या के लिए ही प्रेरित कर सकोगी और किसी के लिए नहीं।" और फिर मन्दा किसी तरह भी नहीं समझ पाई कि कलियुग की इस मीरा को क्या कहकर समझाए !

उसके बाद इस विषय पर जैसे सबने बात करना ही बन्द कर दिया था; सब प्रतीक्षा कर रहे थे कि अमर का उपन्यास पूरा हो तो नये सिरे से बात उठाई जाए ! और आज !

लाल बत्ती जलते ही झटके से स्कूटर उछला और खड़ा हो गया। मन्दा ने साड़ी छोड़कर लोहे का सींखचा पकड़ा। यह सवारी उसे कतई पसन्द नहीं। एक

तो शरीर की बोटी-बोटी झकझोर जाती है, दूसरे चलते समय आदमी कपड़ों को संभाले या झटकों को—यही समस्या बनी रहती है।

यों वह आज अपने में ही इतनी व्यस्त है कि झटके इतना असर नहीं कर रहे....और फिर स्कूटर चल पड़ा।

क्या कहेगी वह अमर को, उसने फिर दोहराना शुरू कर दिया। ऐसी-ऐसी सुनाएगी कि अमर भी याद रखेगा....पर मान लो उस पर भी अमर नहीं माना तो ? वह अच्छी तरह जानती है, अमर कभी सवाल-जवाब नहीं करता, बस चुप बैठा रहेगा और उसकी यह चुप्पी मन्दा के गुस्से को और बढ़ाती है। जहां सबका मौन स्वीकृति का सूचक होता है, वहां अमर का मौन उसकी अस्वीकृति का सूचक होता है।

सब कुछ कह-सुन लेने के बाद भी अमर यदि चुप रहा, तो क्या जवाब दिलवाएगी वह रंजना के पिताजी को ? सच, कैसी स्थिति में डाल दिया है इस अमर ने रंजना को ! अमर यदि नहीं माना तो वह रंजना को जैसे भी होगा बाध्य करेगी कि अमर की बात दिल से निकाल दे और इसी गर्मी में किसी से विवाह कर ले। वह करवा देगी उसका विवाह ! पर पिताजी को क्या लिखना होगा ? और उसके सामने रंजना के पिताजी के पत्र का शब्द-शब्द उभरने लगा....

''प्रिय बेटी रंजना,

एक लम्बे अर्से के बाद तुम्हें पत्र का उत्तर दे रहा हूं। जानता हूं, तुमने उम्मीद भी छोड़ दी होगी और सोच लिया होगा कि कि मैंने तुमसे सम्बन्ध तोड़ लिया है। सोचता हूं, खून के इन सम्बन्धों को तोड़ना इतना आसान होता तो कितना अच्छा होता, पर क्या करूं तोड़ा नहीं जाता....। लगता है, जैसे आदमी टूट जाता है, सम्बन्ध फिर भी बना ही रह जाता है....

अमर से विवाह करने की तुम्हारी जिद को क्या कहें ! तुम्हारा पत्र आया है, उसके बाद सारा समय किस दुविधा और मानसिक संघर्ष में बीता है तुम कल्पना भी नहीं कर सकोगी। मेरे 'व्यक्ति' और 'पिता' में निरन्तर ही द्वन्द्व चलता रहा और अन्त में 'पिता' जीत गया रंजना! बच्ची की इच्छा के आगे 'व्यक्ति' को झुकना पड़ा....

लिखना, विवाह कब करने जा रही हो ? पत्र से तो लगा कि शायद गर्मियों में ही तुम लोगों का इरादा है। पक्की सूचना देना, जिससे हमें भी तैयारी करने का समय मिले। जो भी हो, विवाह तो हम ही करेंगे और यहीं से करेंगे....''

आज मन्दा के हाथ में पत्र पकड़ाकर ही रंजना कितना रोई थी, ''भाभी, अब मैं क्या जवाब दूंगी, क्या लिखूंगी ?'' एक बार मन्दा को भी रोना आ गया था, पर उसने तभी एकाएक निश्चय कर लिया कि वह बिना जरा भी देरी किये सीधी अमर के पास जाएगी....यह पत्र उसे पढ़ाएगी और जवाब तलब करेगी। यही पूछेगी कि बोलो, दो महीने के बाद की तारीख दे दें ? देखें तो अमर क्या

कहता है ?

रंजना को जिस निर्लज्जता और ढिठाई से मना कर दिया, मन्दा को कर सकेगा ? किया तो वह भी खबर लेने में कसर नहीं रखेगी।

और यह रंजना ! एकाएक मन्दा का गुस्सा अमर से रंजना पर उत्तर आया। जाने ऐसा क्या अनोखा चिपका हुआ है अमर में कि उसके पीछे प्राण देने पर उतारू हो रही है ? एक से एक अच्छे लड़के हैं, पर नहीं, शादी करेंगे तो अमर से ही, वरना यों ही घुल-घुलकर मरेंगे। रंजना को उसने क्या कम समझा ? चाहे यह शादी हो भी जाए, पर रंजना इस जीवन में कभी सुखी नहीं हो सकती है....अमर के इस बार के व्यवहार ने मन्दा के मन में यह धारणा और भी दृढ़ कर दी।

''अरे, अरे सरदार जी, रोकिए रोकिए....लीजिए आगे निकल गए।'' अमर का कमरा निकल गया और मन्दा स्कूटर रुकवाना ही भूल गई। ''तो आपको बोलना चाहिए न !'' मोड़ते हुए सरदार जी बोले।

सरदार जी को पैसे देकर मन्दा एक क्षण को रुकी। यों ही जरा साड़ी ठीक की....जूड़ा ठीक किया, फिर धीरे-धीरे सीढ़ियां चढ़ने लगी। ''कमरे पर तो वह मिल ही जाएगा। लिख रहा होगा; घुसते ही क्या कहेगी ?''

सीढ़ियां समाप्त करते ही अमर के कमरे का दरवाज़ा दिखाई दिया.... 'अन्दर से शायद बन्द था। है तो कमरे में ही।'

वह कुछ भी नहीं कहेगी, बस पिताजी वाला पत्र पटक देगी और जब वह पढ़ चुकेगा तो सीधे शब्दों में पूछेगी, ''मुझे इसका जवाब चाहिए !' देखें क्या जवाब देता है !

और यही सोचकर उसने हलके हाथ से दरवाज़ा खटखटाया। कोई उत्तर नहीं, अन्दर से कोई शब्द भी नहीं आ रहा था। उसने जरा दरवाज़ा धकेला तो दरवाज़ा खुल गया।

सामने जो देखा तो मन्दा के पैर एक क्षण को वहीं अटक गए ! बढ़ी हुई दाढ़ी, बिखरे-रूखे केश और पीला जर्द चेहरा लिए अमर लेटा था और जैसे किसी तरह आंखें खोलकर उसे देखने का प्रयत्न कर रहा था। पर शायद वह देख भी नहीं पा रहा था। पास जाकर उसने उसके ललाट पर हाथ रखा तो एकदम ही चौंक गई, ''अरे, ये तो बुखार में जल रहे हैं !''

सरसरी-सी नज़र कमरे के चारों ओर डाली। मेज पर उपन्यास की पाण्डुलिपि सिली-सिलाई पड़ी थी....पानी का खाली गिलास मेज के पास जमीन पर लुढ़का पड़ा था और सुराही खुली पड़ी थी। 'पता नहीं कब से बुखार है !' मन्दा का सारा गुस्सा जाने कहां को हवा हो गया ! रूखे-उलझे बालों में उंगलियां फंसाकर बहुत स्नेह-भरे स्वर में बोली, ''अमर, कब से बीमार हो ? खबर तक न की ?''

पर अमर ने जवाब नहीं दिया। चेहरे पर हल्की सी हरकत अवश्य हुई, पर

शायद वह बोल नहीं सका, न आंख ही खोल सका।

"दवाई तो क्या दी होगी, पता नहीं किसी ने पानी को भी पूछा या नहीं! यह तो आज वह आ गई, नहीं तो...." और आगे की बात से ही सिहर उठी।

अब वह क्या करे ? यह तो आधी बेहोशी की हालत में है, घर भी कैसे ले जाए ? सच, किन पागलों के बीच में वह रहती है ! एक पागल वह रंजना है जो रो-रोकर मर रही है....एक पागल यह हैं जो लिख-लिखकर मर रहे हैं....। और उसे इन सबको संभालना है। सब ही तो उस पर ऐसे निर्भर करते हैं जैसे उस पर सबका अधिकार हो, और वह भी तो संभालती आ रही है....संभालना तो अभी भी होगा ही।

"देखूं, वे दुकान पहुंचे हों तो फोन करके उन्हें बुलाऊं। किसी तरह घर तो ले जाना ही होगा, "और मन्दा दरवाज़ा बन्द करके नीचे उतरी। फोन किया तो पता चला कि टण्डन दुकान नहीं पहुंचा है। "वे खिजलाए-खिजलाए अलग कहीं घूम रहे होंगे। इनके अमर को कुछ कह दो, या अमर को लेकर ही कुछ कह दो तो बस सारे दिन मूड बिगड़ा रहेगा....दोस्त न हुआ मुसीबत हो गई।"

अब अकेली कैसे ले जाए इस हालत में अमर को....छोड़ तो सकती नहीं। क्या-क्या सोचकर आई थी, क्या हो गया ?

सामने से टैक्सी आते देख उसने हाथ का इशारा करके उसे रोका और सरदार जी को सारी स्थिति समझाकर अनुरोध किया कि जरा कष्ट करके वे ऊपर चले चलें। बूढ़े सरदार जी परोपकार और परसेवा का माहात्म्य बखानते हुए बड़ी प्रसन्नता से मन्दा के पीछे हो लिए।

दरवाजा खोला तो मन्दा ने देखा, बुखार से जलती हुई सुर्ख आंखें खोले अमर इधर ही देख रहा था। मन्दा को देखकर उसने पहचाना, होंठों पर थोड़ी-सी मुस्कराहट भी आई शायद।

"अमर, नीचे टैक्सी खड़ी है, उठ सकोगे ?" और हाथ का सहारा देकर उसे उठाने लगी।

अमर कुछ कहता, उसके पहले ही सरदार जी ने कहा, "आप हटिए, मांजी, मैं अकेला ही उठाकर रख दूंगा।

"कहां ले जाओगी भाभी ? मैं यहीं ठीक हूं। बुखार...." टूटा-सा स्वर !

"हां, ये तुम्हारे उपन्यास के पात्र तुम्हारी सेवा कर देंगे न ! पानी तक का तो पता नहीं है कमरे में, और यहीं ठीक है !" फिर एक ओर हटकर बोली, "उठाइये सरदार जी !" और स्वयं उसकी अलमारी में से कपड़े बटोरने लगी। सरदार जी का सहारा पाकर अमर जैसे-तैसे उठा, नीचे उतरा। टैक्सी में अपनी गोदी में सिर रखकर मन्दा ने उसे आराम से लिटा दिया, अच्छी तरह ढक भी दिया और सब शीशे चढ़ा दिए। बुखार शायद बहुत ही तेज था।

अमर का चेहरा देखकर पता नहीं क्यों, बराबर वह यही महसूस करती रही कि इस अर्से में दुःख केवल रंजना ने ही नहीं अमर ने भी उठाया है, उतना ही

दुःख उठाया है। लिखता वह पहले भी था, पर ऐसी हालत ? यह लिखने का परिणाम नहीं....किसी घोर मानसिक यंत्रणा का परिणाम है, जिसने इसे तिल-तिल करके जलाया है। मन्दा को जैसे सन्तोष हुआ।

घर पर टैक्सी रुकी तो धीरे से अमर का सिर नीचे टिकाकर वह घर के अन्दर दौड़ी—नौकर और रंजना को ही बुला लाए....पर घुसते ही देखा, टण्डन को जैसा छोड़ गई थी वैसा ही बैठा है। दोनों हाथों में उसने सिर थाम रखा है। मन्दा को देखते ही हकबकाकर खड़ा हो गया—'क्या हुआ ?''

''होगा क्या....बाहर चलो। अमर बुखार में बेहोश पड़ा था....जैसे-तैसे उठाकर लाई हूं....'' और फिर दोनों उसे सहारा देकर उठाकर लाए। अमर स्वयं चल रहा था, पर पैर उसके लड़खड़ा रहे थे। मन्दा की आवाज़ सुनकर रंजना भी बाहर निकली तो देखा, टण्डन और मन्दा का सहारा लेकर अमर लड़खड़ाता आ रहा है। पीला जर्द चेहरा, बिखरे बाल, बढ़ी हुई दाढ़ी....वह जड़वत् जहां की तहां खड़ी रह गई।

''रंजना, जरा बिस्तर ठीक कर दो....'' मन्दा की आवाज़ सुनकर यंत्रवत् उसने बिस्तरा ठीक कर दिया। पता नहीं अमर ने उसे देखा भी या नहीं।

अमर को लिटाकर टण्डन को आदेश दिया, ''तुम इसी टैक्सी से जाकर डॉक्टर को बुला लाओ, और रंजना, तू यहां बैठ, मैं जरा यू-डीकोलीन की पट्टी भिगोकर लाती हूं।

अमर के सिरहाने बैठकर पहली बार रंजना को जैसे सारी स्थिति का ज्ञान हुआ। उसका कांपता-सा हाथ अमर के ललाट पर घूमकर बालों में जा उलझा। बुखार की तेज़ी से वह एक बार जैसे सिहर उठी। जाने किस आवेश में आकर उसने अपने खारे आंसुओं में भीगे अधर क्षणांश को अमर के तप्त ललाट पर टिका दिए। पता नहीं, अमर ने उस स्पर्श को महसूस भी किया या नहीं....उसके तप्त शरीर और तप्त मन को उससे कुछ राहत भी मिली या नहीं, पर उसने अपनी भावहीन आंखें रंजना के चेहरे पर टिका दीं। फिर भी उन आंखों में न जाने ऐसा क्या था कि रंजना का मन मसोसकर रह गया। मन ही मन उसने कहा—

'मन्दा भाभी कहती हैं, तू मूर्ख है जो अमर के पीछे पड़ी है। सारी दुनिया तेरे सामने पड़ी है, सारी दुनिया के एक से एक अच्छे लड़के तेरे सामने हैं और तू है कि अमर को लेकर बैठी है....'

कैसे वह मंदा भाभी को समझाए कि उसे न सारी दुनिया चाहिए, न दुनिया के अच्छे-अच्छे लड़के....उसकी तो दुनिया अमर ही है। वह केवल अमर की है, अमर की ही रहेगी....अमर अपनाएगा तब भी....नहीं अपनाएगा तब भी....

रंजना के मन का यह स्नेह, यह एकनिष्ठ आत्मसमर्पण उसकी उंगलियों से होता हुआ अमर तक पहुंच भी रहा था या नहीं....कौन जाने ?

सात

उपन्यास का समर्पण लिखते समय ही अमर को लगा था कि उसने एक बहुत बड़ा निर्णय ले लिया है....

सारी पाण्डुलिपि टाइप की हुई है तो रही आए, समर्पण हाथ से ही लिखना ठीक रहेगा....इसमें एक निकटता रहती है। परसों से मन ही मन जाने क्या-क्या लिखा था और काटा था। सफेद दूधिया कागज़ पर लिखने से पहले एक और कागज़ पर भी लिखकर देखा था....जो बात सोची है, वह कागज़ पर लिखे जाने में कैसा प्रभाव देती है ?

"अमला को—जिसके परिचय ने यह उपन्यास लिखा लिया—।"

अमर ने पैकेट बांधा; उस पर पता लिखा, फिर डाकखाने आकर लम्बी लाइन से आध घण्टे होकर उसे रजिस्ट्री से भेजा—इस सारे समय टण्डन ने कुछ नहीं कहा और वह तटस्थ की तरह चुपचाप सिगरेटें पीता रहा। डाकखाने में भी उसने इस बीच सारे पोस्टर पढ़ डाले, बाहर जाकर पान ले आया और देर तक नोटिस-बोर्ड के निर्देश देखता रहा। जब रजिस्ट्री की सफेद रसीद हाथ में लिए अमर और सिगरेट मुंह में दबाए टण्डन निकले तो ढाई का समय था। टण्डन ने पूछा : "अब ?"

"अब क्या ? काम खत्म हो गया।" अमर ने उसकी झुंझलाहट पर ध्यान न देकर कहा।

"नहीं कुछ और बचा हो वो भी कर डालो....।"

"नहीं यार, यह काम बहुत ज़रूरी था, कल फिर शनिवार हो जाता। दो दिन की बात टल जाती—" अमर ने हाथ की रसीद को गौर से देखते हुए कहा। पेंसिल से घसीट में केवल 'अमला' और शिमला' लिखा था; मन में बोला : 'कैसी सटीक तुक मिली है ! पार्सल पाकर अमला पर क्या प्रतिक्रिया होगी—अमर इसी की कल्पना करने लगा। उसके सामने अमला की मुस्कराहट कौंध उठी ....पतले-पतले होंठों का इस विशेष ढंग से मुड़ना सायास होता है या यह अमला के मुस्कराने का स्वाभाविक ढंग ही है। क्यों जी, मुस्कराने का भी तरीका सीखा

जाता है ? 'मिलियन-डॉलर्स स्माइल' कैसी होती होगी....

"अच्छा, खैर, अब तो आपको कुछ नहीं करना न ?" टण्डन ने हाथ के रूमाल से कॉलर के नीचे कसकर गरदन पोंछी, "नहीं, मैंने सोचा कहीं आपको कुछ लिखने का मूड न आ रहा हो.... ? आपकी क्या है, कह दें कि मैं तो इस वक्त जाकर लिखूंगा। एक ही तो ट्रम्प चाल है आपके पास...."

अमर ने गौर से टण्डन के चेहरे की ओर देखा, कोई बात होंठों तक आकर फड़की, फिर दब गई। गम्भीर बनकर कहा, "कहिए कहां चलना है ?"

"हां, ये हुई अब कुछ बात !" टण्डन सन्तोष से बोला और दोनों बसस्टैण्ड पर आकर खड़े हो गए, "तूने इतना थका दिया है कि अब कहीं ठण्डी जगह चलकर कॉफी पीनी होगी....।" और फिर तटस्थ होकर कोई गीत गुनगुनाने लगा। छोटे-से ठेले में लेटे अपाहिज कोढ़ी को खींचती हुई एक औरत मांगती हुई सामने से गुज़री; पास खड़े सज्जन पांव बदलकर ज्योतिषी के विज्ञापन वाले पर्चे को दुबारा पढ़ने लगे।

बस में, दो सीटों पर एक-एक व्यक्ति बैठा था, इसलिए इन दोनों को अगली-पिछली सीटों पर बैठना पड़ा। अमर जब सीट पर बैठा था तो टैरिलीन की बुश्शर्ट को सामने से खोले, अखबार से हवा करते युवक ने कितनी अनिच्छा और किंचित् झुंझलाहट से ज़रा-सा एक ओर सरककर उसे बैठने की जगह दी थी। इसे देखकर उसे भीतर ही भीतर एक क्रूर सन्तोष हुआ। दिल्ली के बस यात्रियों की इस झुंझलाहट को अमर ने स्वयं भी अपने भीतर पाया है.... आधी खाली सीट पर जब कभी कोई पुरुष आकर बैठ जाता है, तो ऐसा क्रोध आता है मानो किसी सुन्दर लड़की के बदले वह आ बैठा हो। बस में कोई लड़की चढ़ी और आधी सीट घेरे सज्जन निहायत आध्यात्मिक तटस्थता की मुद्रा में रोम-रोम से उसकी प्रतीक्षा कर रहे हैं। अधिक से अधिक खिसककर उसके लिए जगह छोड़े हैं, लड़की दो सीट पीछे ही है कि खट् से एक खड़े हुए साहब खाली जगह आ विराजते हैं....मन होता है, धक्का देकर इन्हें नीचे सरका दें—बदतमीज़, लेडीज़ को बैठने दे या तू आ बैठा....अमर को उन प्रतीक्षा करते सज्जन की झुंझलाहट और 'सुच्याग्र' भूमि न छोड़ने की जिद्द तक खाली जगह पर अप्रत्याशित रूप में आ बैठने वाले के मन के क्रूर आनन्द—दोनों का परिचय है और दिल्ली की बस यात्रा के अनुभव पर एक बेलाग कहानी लिखने की बात वह जाने कब से सोचे है। पड़ोसी व्यक्ति की कुहनी और कन्धों की सख्ती से उसने समझ लिया कि वह रस-भंजक होकर आया है....वह खुलकर मुस्कराया।

टण्डन सामने की सीट पर बैठा-बैठा पीछे घूम गया था और टेक पर ठोड़ी टेके अमर के पास कुछ लोगों को देख रहा था, सीट की पीठ पर दिखता सिर ऐसा लगता था, जैसे किसी ने काटकर वहां लगा दिया हो। अमर इस बात पर भी मुस्कराया कि उसके मन में कैसी-कैसी बेतुकी बातें आती हैं....

"क्यों, इतनी हंसी किस बात पर आ रही है ?" टण्डन ने पूछा।

"कुछ नहीं, यों ही।" वह बोला, फिर खयाल आया, कुछ न कुछ कारण तो देना ही चाहिए। बिना सोचे कहा, हंस इसलिए रहा था कि शायद हम लोग ज़िन्दगी-भर इस बात पर लड़ेंगे....।"

"किस पर ?" अनजान बनकर टण्डन ने पूछा।

"इसी पर कि मेरा काम भी कोई सीरियस काम है ! तुझे मैं शायद कभी भी नहीं समझा पाऊंगा कि अगर मैं छः घंटे कुर्सी पर बैठूं तो लिखना मुश्किल से एक घंटे हो पाता है, बाकी या तो उसके लिए तैयारी होती है या सोचना।" बात अमर ने यों ही शुरू कर दी थी, लेकिन लगा कि सचमुच यह ज़रूरी बात है और टण्डन से स्पष्ट कर लेनी चाहिए।

टण्डन ने हस्बमामूल हाथ झटककर कहा, "अरे तो हम कोई मना करते हैं कि आप छः घण्टे मत लगाइए, लेकिन किसी की नौकरी तो नहीं है–तो छः घण्टे सुबह न सही शाम को सही–रात को सही।"

"जी हां, रात को सही.... !" अब अमर को झल्लाहट होने लगी, "हम तो मशीन हैं न, सो दिन में बैठ लें। रात में बैठ लें। यानी, जब दोस्तों का मनोरंजन हो चुके तो उन्हें ले जाकर उनकी बीवियों को सुरक्षित सौंप दें, और तब अपने छः घण्टे का कार्यक्रम शुरू करें....।"

"तब फिर सीधा-सा रास्ता है कि दोस्तों को छोड़ दो।" टण्डन बुरा मान गया। उसका चेहरा गम्भीर हो आया।

"यानी दोस्तों का सम्बन्ध तोड़ लेना मंजूर है, लेकिन जरा-सा कन्सीडरेशन मंजूर नहीं है ! और कुछ न सही, तो भाई यही समझ लो कि मेरी भी कुछ आधारभूत ज़रूरतें हैं, और उन्हें पूरा करने के लिए मैं कहीं नौकरी करता हूं। चूंकि दस से पांच तक किसी को दफ्तर जाना होता है, इंसलिए उसके दोस्त दोस्ती ही तोड़ बैठें–यह तो कोई तर्क नहीं हुआ....।"

टण्डन ने ऊबकर जंभाई ली, "तो बाबा, दस से पांच तक अपना भी टाइम घोषित कर दे और हमारी जान छोड़।"

अमर ने ज़ोर देकर कहा, "हर काम की अपनी नेचर होती है। जैसे तेरा काम है, कहीं का आर्डर है, कहीं टेण्डर मंजूर कराना है, आप रात-दिन काम में लगे हैं। दूसरी तरह का काम, काम करने वाले के मूड पर होता है....मन न हो तो सारे दिन न करें–हफ्तों न करें और मूड हो तो खाना-सोना भूलकर उसी में जुटे रहें...."

टण्डन ने पूरा मुंह फाड़कर फिर जंभाई ली और खुले मुंह के सामने दो बार चुटकियां बजाकर कहा, "तू जो चाहता है, सो साफ-साफ बता दे भाई....।"

अमर को इस बार-बार की जंभाई और बातचीत के इस लापरवाह लहज़े से फिर झुंझलाहट होने लगी। गुस्से से कहा, "मैं कुछ नहीं चाहता, बस इतनी प्रार्थना करता हूं कि अपने या किसी भी दूसरे के काम की तरह आप मेरे काम को भी गंभीरता से लें और मौके-बेमौके इस बारे में मुझसे कोई मज़ाक न

करें....।" और मुंह से कोई अनुचित बात न निकल जाए, इस विचार से वह सहसा चुप हो गया।

"जो आदेश....।" टण्डन मुड़कर सीधा हो गया और कण्डक्टर को पैसे देने लगा। जैसे किसी से भी न बोल रहा हो इस तरह धीरे से कहा, "काम-वाम करना तो यह सब हम जैसे मजदूरों का काम है, तुम्हें काम की क्या चिन्ता ? हज़ार-दो-हज़ार रुपये तो तुम्हारे लिए कोई चीज़ ही नहीं हैं....।"

अमर ने सुना और भीतर ही भीतर भुनभुना उठा। उसे अभी तक यही आश्चर्य हो रहा था कि अमला के हज़ार रुपये के चेकों पर टण्डन ने कोई बात क्यों नहीं कही ? अब सन्तोष भी हुआ और विरक्ति भी....। उसे टण्डन परिवार से यही शिकायत थी....सारी आत्मीयता और सारे अपनेपन के बावजूद इस परिवार ने कभी उसकी मानसिक आवश्यकताओं को न समझा और न ही कभी महत्त्व दिया। उल्टे हमेशा उसका मज़ाक बनाया। उसने अनेक बार निश्चय किया कि क्या यह ज़रूरी है कि वह इस परिवार के इतने निकट होकर ही रहे ? वह बहुत औपचारिक सम्बन्ध भी तो रख सकता है। लेकिन दो-एक दिनों से ज्यादा यह निश्चय टिक ही नहीं पाता। और कष्ट उसे सबसे अधिक उस समय होता है वह टैक्सी में व्यर्थ ही कनॉट प्लेस, इण्डिया गेट के चक्कर लगवाकर टण्डन लापरवाही से यह कहता हुआ आगे बढ़ जाता है, "अमर मीटर देखकर पैसे दे देना ज़रा।" या "मैं साहब सिंह से कुछ दवाएं ले लूं—तू जब तक चारेक बोतल बियर बंधवा ले मैट्रो से। फिर सीधे घर चलते हैं। मन्दा खाना लिए बैठी होगी।" शायद पैसे के प्रति अमर की लापरवाही का ही यह नतीजा है कि टण्डन-परिवार का खयाल है, अमर की आमदनी के कुछ रहस्यमय तरीके हैं कि उसे वस्तुतः आर्थिक कष्ट जैसी कोई चीज़ नहीं है। चूंकि ऐसा कहते रहना एक फैशन है, इसलिए वह आर्थिक कष्ट जताता रहता है—वरना यों स्कॉलरशिप छोड़ना, हज़ार-हज़ार के चैक लौटा देना क्या आसान है ?

बुखार टूट चुका था और रंजना एक दिन पहले हॉस्टल लौट गई थी। सिर्फ कमज़ोरी थी। दोपहर को दुकान का नौकर खाना लेने आया तो उसके कमरे से डाक भी लेता आया। सबसे पहले उसने अमला का खत खोला और ज़रा आराम से अधलेटा होकर पढ़ने लगा....अचानक वह शिमला जा पहुंची थी, "अधिक रुकना संभव नहीं था, दिल्ली से बाई कार आना था, समय भी नहीं था, फिर भी पालम से सीधे तुम्हारे कमरे पर गई थी....पता चला, आप बीमार हो गए हैं, और आपको कोई दोस्त उठा ले गए हैं। क्या करती, लौट आई ....तुमने अपनी बीमारी की खबर देना भी ठीक नहीं समझा ! पर एक बात है, तुम्हारी पड़ोसिन बेचारी बड़ी शिष्ट महिला हैं...."

"एंऽऽ, अमला उसके कमरे पर गई ?" और वह एकदम उत्तेजना से उठ बैठा। पता नहीं सेठी-परिवार के लोगों ने उसके साथ किस तरह का व्यवहार

किया हो....वैसे वे लोग हैं तो बड़े शिष्ट....और उसका मन हुआ, इसी क्षण कमरे पर दौड़ जाए, पूछे क्या अमला सचमुच आई थी ? कैसे कपड़े पहने थी ? कैसी साड़ी में आई थी ? अकेली थी या....कैलाश भी ?....

''अरे हीरा, ये मेज़ ज़रा इधर सरकाओ। तभी मन्दा भाभी का स्वर सुना तो वह सकपका उठा। मन्दा दोनों हाथों में सूप और दलिया-भरी प्लेटें लिए उसके पलंग के पास खड़ी थी। हीरा ने मेज़ अमर के पलंग के पास खिसका दी। उस पर प्लेटें रखने की व्यवस्था में दुष्ट मुस्कराहट से मन्दा ने कहा, ''बड़े चेक आ गए हैं....।''

''चेक ?'' अमर चौंका। उसने फौरन खत उलटा तो दो हरे-हरे चैक पत्र के पीछे लगे थे।

''लगता है, प्रकाशक लोग रॉयल्टी का हिसाब भी सुन्दर लिफाफे में भेजते हैं....।'' मन्दा ने हाथ के नैप्किन से चम्मचें पोंछते हुए कहा।

अमर सचमुच धक् रह गया था—एक इसी महीने का था और दूसरा दो महीने बाद का—एक-एक हज़ार के दो चैक ! उसे विश्वास ही नहीं हो पा रहा था—सचमुच ये चैक ही हैं....चैकों पर बैंक का नाम, नंबर सब सही था। अमला की लिखावट थी....नीचे दस्तखत थे। ....जल्दी-जल्दी पत्र के तीनों पन्ने पलटे ....इन चैकों की तो कहीं कोई बात ही नहीं लिखी। उसने तो इन्हें भी पत्र के पन्ने ही समझ रखा था। फिर देखा और एक रुद्ध आवेग भीतर से गले की ओर उमड़ने लगा....बहुत भीतर। वह निःशब्द बोला—अमला....अमला—इतना मत करो अमला ! मैं बहुत कमज़ोर हूं।

वह सुस्त होने का समय चाहता था, वह चाहता था मन्दा इस समय मज़ाक न करे। बहुत ही निरुद्विग्न भाव से धीरे से कहा, ''अरे, ये तो चैक ही हैं, इन्हें तो मैंने देखा ही नहीं। यह क्या भेज दिया कम्बख्त ने.... !''

''किस कम्बख्त ने भेजा है ?'' उत्सुकता मन्दा को भी थी। वह धीरे से पाटी पर बैठ गई। ''अच्छा, ये खाते जाओ साथ-साथ।''

''उसी अमला ने....।'' अमर सचमुच बहुत अव्यवस्थित हो उठा था। चिट्ठी को ज्यों का त्यों सिरहाने रखकर सीधा बैठ गया और नकली झुंझलाहट से बोला, ''आज तो मुझे भले आदमियों का खाना दे देतीं ! यह सूप और दलिया खाते-खाते तो मैं बोर हो गया।''

''खा लो चुपचाप....देखो अमर, यह सारा बचपना अब छोड़ दो। पछताओगे....।'' मन्दा ने ज़ोर देकर कहा, ''देखो मैं फिर कहती हूं, तुम पछताओगे।''

''कौन-सा बचपना.... ?'' अमर ने जान-बूझकर चम्मच से सूप हिलाना शुरू कर दिया।

''कौन है यह अमला ?'' जिरह के स्वर में मन्दा ने पूछा !

''दोस्त है.... !'' अमर ने सोचा, फिर वही कटघरा !

"दोस्त है.... !" मुंह बिराकर मन्दा बोलीं, "मैं कहती हूं, एक के प्रति ईमानदार रहना सीखो....मुझे रंजना ने सब बता दिया है....हमारा तो कोई दोस्त हमें हज़ार-हज़ार के चैक नहीं भेजता...."

अमर से मज़ाक दबाते न बना, "क्या कहने हैं भाभी ! बड़ी लालसा है ! एक दोस्त तो हम ही हैं।"

"शर्म नहीं आती...." मन्दा झेंप गई। यह उसका तकियाककलाम था। इस मज़ाक में बात की गम्भीरता न उड़ जाए, इसलिए जल्दी से बोली, "अरे लाख रुपये की लड़की है। अपनी शादी करो, घर बसाकर भले आदमियों की तरह रहो–सो तो होगा नहीं, और ये सब करेंगे....।"

"क्या सब करेंगे ?" अमर को भी गुस्सा आ गया, "पता नहीं, उस बेचारी के बारे में तुम लोगों ने अपने मन में क्या-क्या फितूर बना रखा है ! तुम समझती हो, मैं उसके ये रुपये रख लूंगा ? या वह लड़की घर से फालतू पड़ी है.... ?"

"तो लौटा दोगे ?" आश्चर्य से मन्दा ने पूछा।

"बिलकुल....कोई यों पैसे भेज दे और मैं रख लूं ! तब तो हो गया....।" अमर के माथे पर सलवटें उभर आईं।

"बड़ी अकलमन्दी करोगे ! किसी ने अपना समझकर भेजे हैं और आप लौटाएंगे तो बुरा नहीं लगेगा ? यों तो दो-दो रुपये के लिए झगड़ोगे और अब ऐसे वो बन रहे हो...." फिर नीचे पड़े एक बेकार कागज़ को बाहर फेंकने के लिए उठाकर हाथों में मसलते हुए बोली, "उसके लिए इन रुपयों से क्या फर्क पड़ता है ?"

इस बार सचमुच ईमानदारी से अपनी बात, एक बार और समझाने के लिए अमर ने सीधे मन्दा के चेहरे पर आंखें टिकाकर कहा, "भाभी, तुम लोग शायद कभी भी मुझे नहीं समझोगे। मैं दो-दो रुपये के लिए ज़रूर झगड़ता हूं और जहां अपना अधिकार समझता हूं वहां प्रकाशकों से, पत्रिकाओं से, पांच-पांच रुपयों के लिए अपने सम्बन्ध बिगाड़ लेता हूं। अगर ज़्यादा व्यावहारिक बनूं तो शायद इन पांच के बदले सौ का काम निकाल सकता हूं; लेकिन मैं चाहता हूं, लेखन भी एक सम्मानजनक पेशा हो, उसके परिश्रम के बदले भी उसी तरह कीमत मिले जैसी हाथी दांत पर नक्काशी करने वाले को मिलती है–किसी भी कलाकृति के परिश्रम पर मिलती है; दान नहीं, पारिश्रमिक मिले। रुपये से मुझे कोई दुश्मनी नहीं है, लेकिन आज अमला दो हज़ार के चेक दान के रूप में भेज सकती है, और उसी से अगर किसी परिश्रम के एवज में मैं पांच रुपये मांगता तो शायद न निकलते। बस, इसी मनोवृत्ति से घृणा होती है। हमसे पहले वालों ने शायद इन्हें दान की महिमा कुछ इस ढंग से समझा दी है कि अब परिश्रम की महिमा बताते-बताते दो-एक पीढ़ी तो निश्चय ही लगेगी। हमसे पहले लोग दान लेकर सिद्ध और सन्त बन सकते हैं, लेकिन हम क्या करें कि जो न सिद्ध हैं न संत ....केवल लेखक बनकर आत्मसम्मान की ज़िन्दगी जीना चाहते हैं....।"

शायद बात कहते-कहते अमर भूल गया कि वह मन्दा से यह सब कह रहा है। उसे लगा जैसे वह अमला को पत्र में लिख रहा....साथ ही मानो उसे यह भी खयाल है कि चैक लौटाते हुए ये सारी बातें ऐसे ढंग से कहनी हैं कि अमला को बुरा भी न लगे। शायद मन्दा ने उसकी आधी बातें समझीं भी नहीं। तभी टिफन को तौलिये से पोंछते-पोंछते हीरा ने आकर सारी बात समाप्त कर दी, "बहन जी, कुछ और भेजना है दुकान ?"

"कुछ नहीं, कहना जल्दी आएंगे।" फिर उठते हुए बोली, "बता देना, ये अमर बाबूजी अपने घर जाने की ज़िद कर रहे हैं।" कहते हैं, यहां जंगल में कब तक पड़े रहेंगे ?"

खाते-खाते अमर मुस्कराया।

दूसरे कमरे में मेज़ पर झुककर मशीन चलाती और डोरे को लम्बा खींचकर दांतों से काटती मन्दा खुले किवाड़ों से देखती रही—अमर चारपाई पर ही औंधा बैठकर पत्र लिखता रहा, फिर सीधा लेटकर देर तक दोनों चैकों को घूरता रहा, फिर पत्र के साथ मोड़कर लिफाफे में रख दिया और जीभ पर गोंद गीला कर लिफाफा चिपकाने लगा।

रुपये लेने की तो बात ही अमर के मन में नहीं आई—हां, यह ज़रूर आया कि वह चैक रख ले, लेकिन उन्हें बैंक न भेजे....कभी दोस्तों में सप्रमाण गर्व से कहे कि जब मेरे पास 'सरगोधा ईटिंग हाउस' के लाला को देने के लिए पैसे नहीं थे, जब दो महीने का किराया चढ़ा था, तब भी मैं इन दो हज़ार रुपयों का मोह छोड़ सका था....

मन्दा ने दूसरे कमरे में बैठे-बैठे सोचा, "ये ठीक कहते हैं, अमर का दिमाग खराब है....अब अमर मुझसे रुपये मांगे आकर; कह दूंगी, अब मुझसे क्यों मांगते हो ? बोलो, घर आई लक्ष्मी लौटा दे रहे हैं। कैसे निभेगा बेचारी रंजना का इस आदमी के साथ.... ?"

अमर के कन्धे को किसी ने छुआ तो वह चौंक पड़ा। "उतरो महाराज", कहता हुआ टण्डन आगे बढ़ गया था। अमर ने झांककर देखा, सिन्धिया हाउस आ गया था। नीचे उतरकर उसने पूछा, "आखिर चलना कहां है ?" उसे फिर उस दिन वाली लड़ाई का ध्यान आ गया। कहीं फिर वैसी ही कोई बात न हो जाए, इसलिए वह चुपचाप पीछे-पीछे चलने लगा। कनॉट प्लेस की खुली और बन्द दुकानों वाले, चौड़े-चौड़े बरामदों में घूमते हुए दोनों जब प्लाज़ा के सामने आए तो टण्डन बोला, "चल यार, इसे देख डालें....।"

"खेल क्या है ?" अमर ने पूछा।

"होगा कोई...." कहकर वह सीधा काउण्टर पर जा पहुंचा और अमर कुढ़ता हुआ काठ के तख्ते पर नारी आकार में काटे गए पोस्टर की इबारत पढ़ने लगा,

अपने शरीर के उभारों को पागल उत्तेजना में मरोड़, बाल बिखेरे बी. बी. (ब्रिजिटी-बार्दोत्) के शरीर पर अंग्रेज़ी में लिखा था, 'ए पिक्चर ऑफ कर्व्स एण्ड नर्व्स....' सब कुछ भूलकर अमर इस भाषा पर मुग्ध होकर देर तक देखता रहा और सोचता रहा, 'हिन्दी में इस बात को इतने ही चुस्त और प्रभावशाली ढंग से कैसे कहेंगे ?' तभी शीशे का दरवाज़ा खोलकर पीछे से प्रवेश करने वाले किसी आगन्तुक ने पढ़ा, 'एण्ड गॉड क्रियेटेड वुमन.... अब उसका ध्यान गया कि यह तो खासी सनसनीखेज़ तस्वीर है....और एक बार जब खुद नाम पढ़ा तो मज़ाक सूझा।

टिकट लेकर टण्डन पास आ गया, 'चल भीतर ठण्डक में बैठेंगे ज़रा देर....''

''पहले इस पिक्चर का नाम तो पढ़ ले....'' उसने टण्डन के कन्धे पर आत्मीयता से हाथ रखकर कहा।

''बहुत मशहूर पिक्चर है....'' टण्डन पढ़ने लगा, ''एण्ड गॉड क्रियेटेड वुमन....''

''आगे....'' अमर बोला।

''नीचे ब्रैकेट में है, फॉर एडल्ट्स ऑनली.... ।'' पढ़ने के बाद जब बात समझ में आई तो टण्डन केवल मुस्कराया, लेकिन अमर ठहाका लगाकर हंस पड़ा। सेंसरबोर्ड का सर्टिफिकेट नाम के साथ ऐसा चुस्त बैठा था कि पूरा वाक्य बन गया था....

अमर को उम्मीद थी, टण्डन गला फाड़कर हंसेगा; जब नहीं हंसा तो उसने गौर से उसके चेहरे को देखा। भीतर टण्डन चश्मा एक हाथ में लिए, दूसरे के अंगूठे और उंगलियों से जब पलकें दबाकर चुपचाप बैठ गया तो अमर को लगा कोई गम्भीर बात है।

''क्या बात है, कुछ लड़ाई-वड़ाई तो नहीं हो गई ?'' अमर ने पूछा। यों आज वह बहुत खुश था भीतर से। पार्सल जब अमला के पास पहुंचेगा तो कैसी खिल उठेगी ! चैकों का सारा गुस्सा धुल जाएगा। अच्छा, क्या लिखेगी अमला उसे अगले पत्र में ?

अचानक उसे ख्याल आया कि टण्डन ने उसकी बात का जवाब नहीं दिया है....शायद अमला के खयाल से पता नहीं किस कारण एक अजीब-सी कोमलता उनके भीतर भर गई थी। यों उसने खुद ध्यान दिया था कि उसके स्वभाव में पहली जैसी झुंझलाहट नहीं रह गई है। भीतर से जैसे कुछ भरा-भरा-सा महसूस करता है। उसके हाथ पर अपना हाथ रखकर प्यार से दबाया। बोला, ''बता न यार, क्या हो गया....?

और उसे रंजना के साथ सिनेमा देखने के अनेक ऐसे अवसर याद हो आए, जब हाथ में हाथ लेकर बैठना ही एक मधुर रोमांच-क्षण होता था....शरीर का कोई भाग एक-दूसरे से छूता रहता था और ऐसा लगता था मानो बिजली की

एक धार है जो दोनों शरीरों में चक्कर काटकर अपना सरकिट पूरा कर रही है।

"कुछ नहीं यार.... ।" टण्डन ने हाथ खींच लिया।

आज ज़रूर कोई बात हुई है, वरना सच पूछो तो यह तो टण्डन की दुकान का वक्त है....उसे इस समय घर होना चाहिए....वह यों अकेला घूमे ?

बाहर निकलकर भी टण्डन ने कुछ नहीं बताया। दोनों यों ही निठल्लों की तरह या तो सिनेमा पर बात करते, भटकते रहे या बैठे-बैठे कॉफी पीते, सिगरेटें फूंकते रहे....लेकिन अमर को जब कोई शक नहीं रह गया कि कोई बादल है जो टण्डन के भीतर घुमड़ रहा है, और आज ही वह क्षण आएगा जब यह बादल बरसेगा....वस्तुतः यह समय बिताना नहीं था, बल्कि उस बरसने के क्षण को स्थापित किया जाना था....अमर प्रतीक्षा कर रहा था और टण्डन टाल रहा था....

और तब वह क्षण आ गया।

तस्वीर से निकलकर दोनों इधर-उधर घूमते रहे....खड़े-खड़े एकाध परिचित से देर तक बहस की, कॉफी पी, और फिर टण्डन ने सुझाया, "आ ज़रा खुले में बैठेंगे कहीं.... ।"

"क्यों, घर नहीं लौटना ?" अमर को बड़ा आश्चर्य हो रहा था। टण्डन सांझ से ही या तो घर जाने की जल्दी मचाने लगता था या मन्दा को वहीं बुला लेता था। आज दोपहर से ही भटक रहा है, घर या मन्दा की बात ही नहीं कर रहा !

"घर में है कौन ?" आखिर झुंझलाकर टण्डन बोला, "उनकी कोई बहनजी आ गई हैं, सो दोनों कहीं रिश्तेदारी में गई हैं। मैंने कह दिया, मुझे मत घसीटो, सो इसी बात पर मुंह फूल गया।"

रीगल के सामने, लॉन पर ज़रा धुंधली और एकान्त-सी जगह की ओर बढ़ते हुए टण्डन कहता रहा, "कोई ज़रूरी है कि मैं आपके साथ दुनिया-भर की रिश्तेदारी निभाता फिरूं ? मेरा इरादा था कहीं तेरे साथ बैठकर सिनेमा देखते—मैंने भी कहा, तुम जाओ न जाओ, मैं सिनेमा ज़रूर देखूंगा।"

हरी घास पर रूमाल बिछाकर बैठते हुए बोला, "मैं तो प्यारे, एक ही नतीजे पर पहुंचा हूं कि इन औरतों की जितनी-जितनी चिन्ता करो, उतना सिर चढ़ती हैं...."

"क्या बात है ! आज तो एकदम ज्ञानी हो गया है।" अमर ने हंसकर पूछा।

"ज्ञानी की बात नहीं है; तुझे फैक्ट बता रहा हूं।" टण्डन आलथी-पालथी मारकर बैठा था और एक कंकड़ को हाथ से बार-बार उछालता-लपकता हुआ कर रहा था, "तुझे तो पता ही है, इन्हीं मेम साहिबा के लिए मैं भैया से लड़कर आया हूं.... । भाभी से इनकी एक मिनट नहीं पटती....और अब हालत यह है कि इनके घर पर से कोई आ जाए, तो बस फिर कहां के टण्डन साहब और

कहां का कोई लाट साहब। तब उलटे हमको भी उपदेश मिलते हैं कि सभी से लड़ लोगे तो फिर काम कैसे चलेगा ?''

''अबे, क्या बके जा रहा है ? पागल तो नहीं हो गया ?'' अमर को सचमुच भीतर बड़ी गुदगुदी महसूस हुई, टण्डन कैसी गंभीरता से ये सारी बातें कहता जा रहा है।

''ठीक है....।'' गहरी सांस लेकर बोला, ''हम तो पागल हैं....तू और रह गया था सो तू भी कह ले....।''

उसके स्वर से अमर चुप हो गया। उसे विश्वास ही नहीं हो सकता कि टण्डन गंभीरता से मन्दा से नाराज़ हो जाता है....दोनों के बीच में उसने जितना प्यार और जैसी घनिष्ठता पाई है, वह उसके लिए हमेशा से स्पृहा की चीज़ रही है....जब भी कभी उसने गृहस्थ-जीवन की कल्पना की, उसके सामने मन्दा और टण्डन की तस्वीर आ गई है। दोनों को एक-दूसरे का जितना खयाल है, जितना दोनों एक-दूसरे के लिए करने को तत्पर रहते हैं, और साथ होने पर जिस पुलक से दोनों गद्‌गद हो आते हैं, वह सब कभी-कभी बहुत अस्वाभाविक भी लगता है। उसे लगता है यह सब भीतर की गहरी घुटन और व्यापक फ्रस्ट्रेशन है। जिस ढंग से टण्डन सांझ को मन्दा के साथ के लिए बेचैन हो उठता और फिर दोनों जिस संतुष्ट-आत्ममुग्ध भाव से एक-दूसरे में लीन हो कर बैठते या कॉफी पीते हैं, तब अनायास उसे कॉलेज का उद्धत टण्डन याद हो आता है। कॉलेज यूनियन का प्रेज़ीडेण्ट....जिसने आज़ाद हिन्द फौज के अफसरों की रिहाई के समय नगर-आंदोलन का नेतृत्व किया था और जो देश का बहुत बड़ा नेता होने की बात सोचा करता था—किसी पार्क में कोने में उस टण्डन को मन्दा के साथ एकान्त में बैठकर बड़े भैया और भाभी की घरेलू राजनीति पर बहस करते देखकर कई बार अमर के मन में बात आई—यह प्यार नहीं, सिर्फ पलायन है। बहुत बड़े-बड़े सपने टण्डन ने संजोए थे, बहुत तकलीफें घर-बाहर सही थीं—सब कुछ खत्म हो गया तो वह सोचता है, जो कुछ बचा है उसे ही सम्पूर्णता में ले ले—उसे क्यों छोड़े ? एक बहुत बड़े जहाज़ के टूटने का दृश्य उसके सामने आता है—जिसके सारे यात्री डूब और बह गए हैं—डूबते हुए एक हताश व्यक्ति के हाथों आ लगता है एक तख्ते का टुकड़ा—और जी-जान से वह उस पर लिपट जाता है। कुछ ऐसा ही मन्दा के प्रति टण्डन के प्यार को देखकर अमर को लगता है—तब वह अपने को सुधारता है, प्यार नहीं, 'आसक्ति'—दुर्घटना में पति खो देने वाली निराधार बुढ़िया मां जैसे अपने अभद्र-बिगड़े बच्चे से चिपकी रहती है....।

इस समय भी उसे लगा टण्डन का आज का सारा दुःख इस बात पर है कि मन्दा ने उसकी उपेक्षा क्यों की। उसने कहा, ''एक दिन अगर भाभी किसी रिश्तेदार के साथ चली गईं, तो तुझे सारी ज़िन्दगी व्यर्थ दिखाई देने लगी ?''

''मन को चाहे जितना समझा लूं अमर....ज़िन्दगी तो अब फर्नीचर के टेण्डर

भरते बीतनी है....।'' फिर गहरी सांस।

''और रखा क्या है ?'' अमर ने समझाया, ''चार-पांच साल में घर का मकान होगा, बैंक में रुपया होगा, शानदार गाड़ी होगी....और क्या चाहिए ? अपनी तरह तो नहीं कि जितनी ज़मींदारी पांच साल पहले घर छोड़ते समय साथ थी, उतनी ही आज है, उतनी ही दस साल बाद होगी—वही एक बक्स कपड़े-बिस्तर दो बक्स कागज़-किताब....।''

कभी-कभी मेरा भी मन होता है यार—यों ही तेरी तरह निश्चिन्त ज़िन्दगी होती—जहां मन होता जाते। पर हो कहां पाती है....?'' फिर धीरे से लेट गया।

अमर चुप हो गया। सब कुछ अचानक बड़ा उदास और सूना-सूना हो आया था। टण्डन की बात को उसने कतई गम्भीरता से नहीं लिया। कभी-कभी आदमी का मन होता है कि वह घोर निराशा-भरी बातें करे....वैराग्य और खानाबदोशी की बातें करे, तब सभी कुछ बड़ी निराशा और उदासी से भरा-भरा लगने लगता है। लेकिन स्वयं उसको अपने भीतर यह उदासी और व्यर्थता एक स्थायी और चिरन्तन तत्त्व जैसी लगती है....यही हर समय बनी रहने वाली मनःस्थिति है ....बाकी जो कुछ आता है....वह तो केवल धुएं के बादलों की तरह।

चारों ओर बत्तियां थीं....वह बिल्डिंगों से चिपके नियॉन-साइन थे और बसों, स्कूटरों, कारों की मिली-जुली गुर्राहट थी....जैसे ये लोग किसी द्वीप में बैठे हों और चारों तरफ सागर गरज रहा हो....लहरों की बाढ़ एक पर एक गुज़रती चली जाती हो। अमर ने पीछे हथेलियां टिकाकर पांव फैला लिए। सामने ही बड़े-बड़े अक्षरों में रीगल, गेलॉर्ड और स्टैण्डर्ड के नाम चमक रहे थे। रीगल की 'ई' आज नहीं जल रही थी। ....अनेक बार वह रंजना के साथ यहां आकर बैठा है। इन विज्ञापनों को कभी सम्पूर्ण ही नहीं पाया....कुछ न कुछ टूटा ही रहता है। और कुछ नहीं तो 'खादी ग्रामोद्योग' का 'ग्रा' ही शीर्षासन करने लगता है। इस समय रंजना होती तब भी क्या ऐसे ही अवसाद की अनुभूति उसे होती रहती....? तब तो शायद यों दूर-दूर थोड़े ही बैठे होते, जैसे टण्डन अलग लेटा है....? निश्चित रूप से दोनों सटकर एक धुंधलके के झागदार आवरणों में खोए रहते। वह शायद उसकी उंगलियों या वेणी से खेलता रहता....और बीच की पगडण्डी से गुज़रने वाले अंधेरे में नज़र गाड़-गाड़कर उन्हें देखते जा रहे होते—और उस सारे सम्मोहन और स्वप्न के वातावरण से सहसा टूटकर गहरी सांस लेकर रंजना कहती, ''अच्छा, अब चलें, हमें देर हो जाएगी....''

वह बिना किसी प्रसंग के ही कह उठता, ''जानती हो, मेरे मन में कैसे घर में रहने का स्वप्न जागता है ? ....समुद्र के किनारे काली-काली बड़ी-सी चट्टान हो, उस पर एक छोटा-सा घर हो और उसकी सारी खिड़कियां-दरवाज़े समुद्र की ओर खुलते हों....मेरा एक छोटा-सा कुत्ता हो और मैं रोज़ सुबह-शाम लहरों को छूता हुआ उसके साथ किनारे-किनारे दूर तक घूमने जाया करूं....।'' वह 'दूर' को खींचकर कहता।

शायद यह सब उसने कभी भी नहीं कहा, शायद उन दिनों तो यह कभी भी सोचा नहीं। जुहू पर बैठकर साथ-साथ सांझ देखने की बात से ही यह सपना उभरा था। वह भी अब लगता है कि शायद तब ऐसा ही कुछ कहने को, ऐसा ही एक सपना पालने को मन होता था।

"चलो न।" रंजना उठकर कहती तो उसे खयाल आता कि यह सब तो वह सिर्फ सोच रहा है—ऊपर से चुपचाप बैठा हुआ।

"चलो....।" अमर कहता, "भाई, मेरा तो मन उठने को नहीं होता....कमरे पर जाकर भी क्या करूंगा !"

खड़े-खड़े साड़ी की सामने वाली पटलियां ठीक करना छोड़कर व्यथित-सी रंजना उसे देखकर कहती, "ऐसा क्यों कहते हो अमर....?" उसमें कुछ ऐसा भाव छिपा रहता : तुम अभी कहो, और देखो, सब कुछ छोड़-छाड़कर तुम्हारे साथ न चल दूं....

अमर उसके कन्धे पर हाथ रखकर हंस पड़ता, "ऐसी कोई बात नहीं रंजना ....इस समय लिखने-पढ़ने की इच्छा तो होती नहीं....वहां अकेले कमरे में जाकर आखिर करना भी क्या है ? तुम्हें बस में बिठाकर कहीं और भटकूंगा...."

सचमुच सांझ की इस चहल-पहल से थककर अकेले और सूने कमरे की ओर लौटना कैसे खालीपन से भर देता है—मानो हंसी-खुशी में जीता अपने भीतर कोई अमर था और उसे फूंककर श्मशान से घर लौट रहा हो।

और आज भी क्या उसने उस अमर और उस रंजना को नहीं फूंक दिया? वह तो कोई दूसरा ही अमर था—वह अमर और वह रंजना बस साथ-साथ जुहू गए थे—वहां से नहीं लौटे। "कुछ मरण अपने पीछे लाश नहीं छोड़ते"—अमला को लिखेगा।

"अच्छा एक बात बताएगा, एकदम साफ-साफ।" इतनी देर की चुप्पी के बाद अचानक ही टण्डन ने छाती पर रखे चश्मे को कानों पर चढ़ाकर कहा और अमर की ओर करवट ली।

"हूं...." चौंका अमर—इस विचार से भी कि इतनी देर बैठे-बैठे सोचता रहा और अमला का खयाल एक बार भी नहीं आया ?

"तेरी ज़िन्दगी की निश्चिन्तता वाली बात सोचते-सोचते एक बात मन में आई है....मजाक और नाराजी की बात नहीं, यों ही ईमानदारी से जानना चाहता हूं...." टण्डन हिचका—"अमला से तू क्या एक्सपेक्ट करता है ?"

अमर कुछ देर चुप रहा, फिर जैसे बोल-बोलकर सोचने लगा, "देख टण्डन, हमारी ज़िन्दगी में कुछ क्षण ऐसे भी आते हैं, जब हम सिर्फ अपने को खोलते हैं....कहूं तो, दूसरे को सामने बैठाकर अपने अन्तर को नक्शे की तरह फैला लेते हैं और स्वयं उसमें अपनी स्थिति को समझते हैं....जैसे अंधेरे कमरे में फिल्म डैवलप करने के बाद रोशनी में देखी जाती है....शायद वैसा ही एक क्षण यह भी है....मैंने कई बार खुद सोचा है कि आखिर मैं उससे क्या एक्सपेक्ट करता

हूं ? पैसा.... ? अनेक बार मैंने पूछा : आखिर मैंने उसके चेक क्यों लौटा दिए? —यों यह लेन-देन भले ही दो व्यक्तियों के बीच में रहे; लेकिन वस्तुतः मैं तो उसे लेकर बदले में समाज को ही कुछ देता। कल वह जाकर उन रुपयों की एक अंगूठी उठा लाएगी और वह साधन, जिससे कोई बड़ा काम हो सकता था, उसकी उंगली की शोभा बनकर उसके अहं को संतुष्ट करता रहेगा....लेकिन यह सारी बात तर्क में ही ठीक लगती है, व्यावहारिक रूप में लगता है कि कहीं अमला यह न सोचे कि ये सारी भावनात्मकता....यह सारी आत्मीयता केवल इन चेकों तक पहुंचने का सेतु थीं....''

''वही तो मैं भी पूछता हूं कि आखिर तुम उससे एक्सपेक्ट क्या करते हो?'' टण्डन बात काटकर दुहराता।

''मुझे उससे प्यार हो गया—ऐसा भी मुझे कतई कहीं दूर-दूर तक भ्रम नहीं है....क्योंकि शायद हम दोनों ही अपने को, अपनी हैसियत को कभी एक क्षण को नहीं भूल पाते....मैं जानता हूं तुम्हें विश्वास नहीं होगा, लेकिन मेरे लिए यह सिर्फ एक मैत्री है....एक मधुर मैत्री। यों हम दोनों शायद कहीं भी एक-दूसरे की ज़िन्दगी को काटते नहीं हैं....उसका अपना जीवन है....अपनी समस्याएं, सम्पर्क और सम्बन्ध हैं....मेरी अपनी ज़िन्दगी की धार है, अपने दुःख-सुख हैं—आपस में हम दोनों कहीं एक-दूसरे का रास्ता नहीं काटते—सिर्फ समानान्तर चलती दो रेखाएं हैं....मैं जानता हूं, तुम्हें और रंजना को अमला के बारे में कुछ भ्रम है; लेकिन अगर मेरा विश्वास कर सको तो कहूं, ऐसी कहीं कोई बात नहीं है....'' अमर के मन में कलकत्ता के वे दो दिन, अमला का व्यवहार और सारे पत्र टुकड़ों-टुकड़ों में आते रहे।

''तब फिर तुम्हारे और अमला के बीच कॉमन क्या है....सिर्फ यही कि वह तुम्हारी पाठिका है....?'' टण्डन मुंह में सिगरेट लगाकर एक हाथ से ही माचिस जलाने की कोशिश करने लगा। उसने माचिस घास पर खड़ी कर दी और उस पर तीली इस तरह मारने लगा कि वह जल जाए।

''कॉमन.... ?'' अमर सोचने लगा। फिर मानो विचारों को समेटकर बोला, ''शायद इतनी ही बात कॉमन नहीं है टण्डन—उसके सारे व्यक्तित्व में ज़रूर कुछ ऐसा प्रेरक है, जिसकी मेरे आंतरिक व्यक्ति को इस समय खोज है....या शायद यह भी नहीं....'' वह फिर रुका—''हां, यही कॉमन हो सकता है कि हम दोनों अपनी-अपनी परम्पराओं और परिधियों से ऊपर उठने की बेचैनी को महसूस करते हैं—शायद यह बेचैनी ही कॉमन हो....''

''मैं तेरी बात समझ गया।'' टण्डन ने कहा, ''अपने-अपने वर्ग और वातावरण से उठने या असन्तुष्ट होने की भावना ही तुम्हारी आन्तरिक समानता का सेतु बनती है....यही न ?''

''हां....तुमने बात को अधिक स्पष्ट शब्द दे दिए....'' अमर बोला और सोचता रहा कि क्या वास्तव में कहीं अनजाने उनके बीच में यही बात तो कॉमन

नहीं है। तभी टण्डन का प्रश्न उसे बीच से काटता चला गया।

''यह बात तुम्हें रंजना में नहीं मिलती ?''

शायद इस जगह रंजना के संदर्भ की न तो अमर को आशा थीं, न वह इसके लिए प्रस्तुत था। वह सहसा भीतर से अव्यवस्थित हो उठा....उसे लगा, टण्डन की बात का कोई जवाब उसके पास नहीं है।

टण्डन ने अपनी बात का प्रभाव तोला, ज़रा देर प्रतीक्षा की और फिर सधे लहजे में बोला, ''रंजना भी तो अपने वातावरण और वर्ग से उठने को व्याकुल है....। उसने भी तो अपनी परम्पराओं और परिधियों को तोड़ा है। तुझे उसमें कुछ भी प्रेरक नहीं लगता.... ?''

धीरे से, ताकि वातावरण का जादू न टूटे, टण्डन एक कुहनी के बल बैठ गया। अमर चुप था। उन दोनों के बीच इस समय क्षणों की धार कुछ इस तरह बहती चली जा रही थी जैसे सस्पेंस की तनाव-भरी खिंचावट में पर्दे पर प्रोजेक्टर के चलते रहने की खड़खड़ाहट सरकती रहती है।

''उसमें प्रेरक कभी रहा ही नहीं, ऐसा तो नहीं है....।'' आखिर अपने से ऊपर आकर अमर बोला। मगर भीतर उसे लगता रहा, जैसे इस बात का कोई जवाब नहीं है—न वह 'हां' कह सकता है.... न 'ना'। उसने धीरे से कहा, ''इस बात का जवाब एकदम नहीं दिया जा सकता....''

''तेरी जब इच्छा हो तब जवाब देना, लेकिन अब बात आ ही गई तो एक बात कहूंगा।'' फिर दो-तीन क्षण सोचा—शायद अमर के चेहरे को देखा कि वह बात सुनने को तैयार है या नहीं। सिगरेट का धुआं लीलकर बोला, ''तुझे अमला और उसके परिवेश ने छा लिया है। मुझे तो लगता है कि अभी तू जान ही नहीं सकता कि अमला और तेरे बीच कॉमन क्या है ? तूने आज ही अपना उपन्यास उसे समर्पित करके पोस्ट किया है, इसलिए कुछ भी टिप्पणी नहीं करूंगा—लेकिन सचमुच इस नये प्रभाव में तू इतनी बड़ी बात क्यों नहीं देख पा रहा, यह मेरी समझ में नहीं आता....''

''क्या ?'' अमर ने डरते-डरते पूछा।

''कि यह लड़की तुझे कितनी गहराई से प्यार करती है, तेरे लिए क्या करने को तैयार है....वरना जो कुछ बम्बई में हुआ, उसके बाद कोई भी भली लड़की तेरी सूरत देखती ? इन दो दिनों की बीमारी में उसने तेरी जैसे सेवा की है, जिस ढंग से तेरे दुःख-दर्द को अपने पर ले लिया है—उन सबने तो मुझे सचमुच हिला दिया....''

टण्डन के चेहरे की व्यथा और लहरों की तरह आते-जाते भावों को देखकर अमर को लगा जैसे उसके भीतर कुछ पिघलने लगा है। फिर भी उसने तर्क रखा, ''यह भी हो सकता है, मैं कहीं अपने भीतर, इस मध्यकालीन भारतीय नारी की पूजा से ही डरता होऊं....हो सकता है, बांध डालने वाला यह प्यार मुझे अपने से भारी लगता हो....''

"अमर.... !" इस बार टण्डन ने दृढ़ स्वर में कहा, "तू मेरा मित्र है....सचमुच कहूं ? उस लड़की से मुझे तेरे माध्यम से ही स्नेह है। और मैं यह भी जानता हूं, कल तू अगर रंजना को मारकर भी आएगा तो मैं तेरा ही साथ दूंगा....तू उससे शादी करे न करे....मुझे कोई दुःख नहीं होगा। ठीक है, ज़िन्दगी में बहुत साथ होते हैं; बहुत लड़कियां आती हैं और किन्हीं कमज़ोर क्षणों में हम कुछ वायदे भी कर लेते हैं। ....लेकिन ज़रूरी नहीं है कि हरेक से शादी ही की जाए....। मगर एक बात मैं कहूंगा अमर कि शादी करने की बात कहीं भी ज़रा मन में हो, तो यही लड़की है जिससे तुझे अपने हित में....अपने लेखन के हित में—शादी कर लेनी चाहिए—क्योंकि यही लड़की है जो तुझे सिर्फ तेरे बेटर-सेल्फ अर्थात् लेखन को नहीं बल्कि खुद तुझे रारी कमज़ोरियों और कमियों के साथ प्यार करती है.... ।" टण्डन यहां फिर ठहरा, शायद इतनी बात को अमर को आत्मसात कर लेने देना चाहता था। जैसे सूखी मिट्टी पर पानी भरा लोटा डालकर राह देख रहा हो कि सूख जाय तो और डाल....। फिर धीरे से कहा, "और तू उसे मारने पर तुला है.... !"

अभी तक बहुत-से तर्क, बहुत-सी दलीलें, बहुत-से जवाब अमर के मन में आ रहे थे—लगा, सब एकदम जाने कहां चले गए हैं। उसके मन में कुछ नहीं है—वह सचमुच अपराधी है। बीमारी के दौरान में उसने चुपचाप रंजना की सेवाओं को ग्रहण किया है, न तब सोचा, न बाद में। जैसे वह उसकी बात सोचने से डरता था और बलपूर्वक उसे दिमाग से बाहर निकाले रखता था....अब उसे न सामने के नियॉन-साईन दिखाई दे रहे थे, न ट्रैफिक का शोर कानों में आता था। टण्डन की बात भी वह नहीं सुन रहा था—उसे तो ऐसा लग रहा था जैसे यह सब टण्डन नहीं, खुद उसके भीतर कोई बोल रहा है....। और जब सहसा टण्डन चुप हो गया तो उसे ऐसा लगा जैसे यह चुप्पी एक गहरा गड्ढा है—जिसकी घुटन वह सह नहीं सकेगा....यह चुप्पी उसे तोड़ देगी....मानो टण्डन का यह बोलना उसे अंधियारी ऊबड़-खाबड़ घाटियों के पार निकाले ला रहा था। उसे सब स्वीकार है उसे....सब मान्य है....लेकिन....उसने....व्यथित भाव से कहा, "टण्डन एक सुखी गृहस्थ जीवन के सुख का सपना मेरे मन में न कौंधता हो—यह मैं नहीं कहूंगा। आखिर मैं भी आदमी हूं....। रंजना के प्यार और समर्पण को मैं नहीं जानता ऐसा भी नहीं है....मैं मुंह से बोलूं या न बोलूं, लेकिन उसे मुझसे ज़्यादा अच्छी तरह कौन जानता है.... ?" फिर उसने उद्वेग लीला, "मगर तू बता, आखिर कैसे यह जिम्मेदारी ले लूं.... ? आज मन्दा भाभी नहीं है और तुझे घर जाना अच्छा नहीं लग रहा। मुझे इस तरह उस सुनसान कमरे में लौटना रोज़ अच्छा नहीं लगता—वहां कहीं तौलिया पड़ा होगा, कहीं पैंट; मेज पर पाज़ामा फैला हो तो कुर्सी पर गिलास....। यह सब मैं खुद सह सकता हूं—लेकिन उस बेचारी लड़की को लाकर क्यों मारूं ? मेरे तो न खाने का ठीक है न रहने का। कभी दोनों वक्त का एक वक्त खा लिया, कभी चाय-नाश्ते पर ही काट

दिया—यहां बैठे हों तो ग्यारह बजे तक यहीं बैठे हैं। आज बस को पैसे नहीं हैं, तो मन्दा भाभी से मांग लिए। इस सबमें उस बेचारी को क्यों घसीटूं.... ?'' फिर उसका गला रुंध आया, ''रंजना को मैंने मारा हो या न मारा हो, लेकिन यह सब निश्चय लेते समय अपने को मैंने कितना मारा है मैं ही जानता हूं.... ।'' उससे बात पूरी नहीं हो पाई।

टण्डन की तनी पीठ ढीली हो गई; धीरे स्वर में पूछा, ''अच्छा, यह सब रंजना नहीं जानती ? तेरी हालत, तेरा स्वभाव, तेरी आर्थिक स्थिति या अनिश्चित दिनचर्या की जानकारी रंजना को नहीं है ?—यही मैं कहता हूं अमर, तू नहीं जानता कितनी गलती कर रहा है। रंजना यहां नहीं सुन रही, इसलिए मैं कह भी रहा हूं। तू मुझे बता, रंजना में क्या कमी है ? पढ़ी-लिखी, सुन्दर, समझदार अपने पैरों पर खड़ी है। उसे एक से एक अच्छे लड़के मिल जाएंगे। दूसरी तरफ आप अपने को देखिए, बदले में उसे क्या देंगे ? आप बहुत धनी हों....बहुत सुन्दर हों....सो भी नहीं—कल चाहे तीसमारखां बन जाएं, आज एक साधारण से लेखक ही तो हैं ! मैं भी तो सुनूं, आपके घर आकर वह बेचारी कौन-से पालने झूलेगी ? और इतने सब पर भी वह जिद कर रही है तो इसलिए न, कि कोई चीज़ है जो उससे भी बड़ी है....''

अमर ने घुटने पर कुहनी रखकर हथेली में माथा ले लिया....एक ज्वार था जो उसके ऊपर से गुजरता चला आ रहा था ! कितना बड़ा सच था जो टण्डन ने कह दिया था ! आखिर उसे हो क्या गया है कि वह इस लड़की के गहन और एकनिष्ठ प्यार को नहीं पहचान पाता ? सभी कुछ तो ताश के पत्तों की तरह साफ है—उसका अपना जीवन, उसकी अपनी परिस्थिति....रंजना का प्यार रंजना का त्याग। उसकी आंखों पर कौन-से पर्दे पड़े हुए हैं जो इतना जलता सत्य उसे नहीं दिखाई देता ? और उस पल उसे लगा, नहीं, उसे सब दिखाई देता है—वह सब कुछ समझता है, सब कुछ जानता है। सिर्फ अपने सामने उसे स्वीकारने से डरता रहा है....शायद कोई बद्धमूलहीनता-भाव है कि वह यों प्राप्य से आंखें मूंदकर अप्राप्य-अज्ञेय के पीछे भागता रहा है....

डूबे-डूबे उसने सुना, टण्डन खुद ही बोले जा रहा था रुक-रुककर—''सच पूछो तो मैं इसमें तुझे दोष भी नहीं देता ! कुछ मिथ्स—मिथ्या धारणाएं—हमें परम्परा से मिलती हैं और हम उन्हें बिना जांचे ज़िन्दगी भर पालते जाते हैं। उन्हीं में एक मिथ यह भी है कि कलाकार को घर नहीं बसाना चाहिए....ये ज़िम्मेदारी उसे खा जाती है—या यह कि उसे दुखी और निर्धन ही होना चाहिए ....न उसे अच्छा खाने का हक है, न पहनने का....मैं कहता हूं, यह सब बकवास है....'' और भी पता नहीं क्या-क्या बोलता रहा।

पता नहीं, कितना समय यों ही बीत गया। कम से कम अमर को लगा घंटों बीत गए। फिर उसने गहरी सांस ली और अपने भीतर की जाने किन तहों से टण्डन के कन्धे पर हाथ रखकर कांपते स्वर में बोला, ''टण्डन तू मेरा दोस्त

है....एक काम करेगा.... ?''

टण्डन के कन्धे पर रखे अमर के हाथ ने महसूस किया कि टण्डन के भीतर कुछ सिहर उठा। मुंह से कुछ नहीं कहा, बस प्रश्न-दृष्टि से देखा।

''देख टण्डन, मेरी समझ में कुछ नहीं आता....'' अमर ने गीली आंखें उसके चश्मे पर टिका दीं, ''मेरा दिमाग खराब हो गया है। मुझे अपना भला-बुरा कुछ भी नहीं सूझता....तू विश्वास कर, इस क्षण जो भी निर्णय तू मेरे लिए देगा, मैं उसे ज्यों का त्यों मान लूंगा, एक भी बार ना-नुच करूं तो जो तेरा मन हो सो कर देना। तू बता मैं क्या करूं.... ?''

''होश में बोल रहा है ?'' टण्डन ने पूछा।

''तू बोल तो सही....मैं एकदम होश में हूं।

टण्डन ने गौर से अमर के चेहरे को देखा और तब उसे लगा जैसे सहसा उसका शरीर ढीला पड़ गया। धीरे-से उसने चश्मा उतारा और फिर अपने में डूबकर अपनी मोटी भौंहों और माथे की सलवटों को मसलने लगा....सिर्फ उसकी उंगली की अंगूठी कभी-कभी बाहर की रोशनी में चमकती रही। अमर ने अपना हाथ हटा लिया....कुछ देर प्रतीक्षा की और फिर अचानक ही भूल गया कि टण्डन के उत्तर की राह देख रहा है। उसे लगा, छाती पर रखा बोझ था जो उसने टण्डन को सौंप दिया और स्वयं हल्का हो गया—मन के बहुत ही भीतर आया : काश, यह निर्णय यह अमला से कराता.... !

आखिर जैसे कुछ हुआ ही न हो, इस तरह चश्मा नाक पर रखकर सहसा टण्डन उठ खड़ा हुआ, ''अच्छा अब चलें बहुत देर हो गई....।''

अमर ने समझ लिया....वह सोचने को समय चाहता है। वह भी उठा, रूमाल उठाकर झाड़ा और चहलकदमी की तरह दोनों बाहर की दिशा में बढ़े। अमर ने देखा—होटलों को छोड़कर बाहर की दुकानें बन्द हो गई हैं। कलाई उठाई—ग्यारह को सात मिनट।

टण्डन नीचे देखता एक-एक कदम चलने लगा। छोटी-सी हंसी हंसकर बोला, ''यार, तूने बड़ा मुश्किल काम दे दिया है....''

अमर कुछ नहीं बोला—सिर्फ निरुद्विग्न प्रतीक्षा करता रहा। छोटी-सी खुली जगह से जब दोनों एक-एक करके लॉन से निकलने लगे, तो टण्डन सहसा ठिठका। फिर मानो साहस करके बोला, ''तो सुन, कर डाल....।''

''डन !'' अमर ने ऐसी तत्परता से कहा मानो वह इस उत्तर को तैयार रखे, जानता था टण्डन यही निर्णय लेगा, झट वह यही जवाब देगा।

लेकिन टण्डन को मानो झटका लगा। उसे विरोध की आशा थी। अपने ही निर्णय को काटना चाहता हो, इस तरह वह ठिठका—उसके होंठ फड़के। फिर कुछ सोचकर चुप हो गया।

दोनों ने सड़क पार की और एक मूक समझौते की तरह अपनी-अपनी सवारियों की खोज में निगाहें दौड़ाने लगे। बहुत स्वाभाविक लहजे में अमर ने

कहा, ''लेकिन एक बात है टण्डन, जो भी होगा—वह इसी हफ्ते में सात दिनों में हो जाएगा। मैं कमज़ोर आदमी हूं यार, पता नहीं फिर दिमाग में क्या तूफान आ जाए....।''

टण्डन वही पुराना आदमी हो गया था, कन्धे पर हाथ मारकर बोला, ''अबे शादी तेरी हो रही है या मेरी.... ? कहां तो साले ऐसे भड़क रहे थे कि नहीं, हम शादी करेंगे ही नहीं; और कहां अब यों उतावले हो उठे कि सात दिन में ही करा दो....''

जब अमर ने उसकी बात में कोई सहयोग नहीं किया, तो उसे खुद अपना मज़ाक निहायत बेमौजूं लगा। अमर बहुत गम्भीर हो गया था। अपनी ओर वाले मोटर-साइकिल-रिक्शे में बैठते समय उसने सुना—अपने मज़ाक पर क्षमा मांगने के लहजे में टण्डन उससे अनुरोध कर रहा था, ''चल, आज उधर ही चल न....''। फिर शायद उसे याद आ गया कि मन्दा पता नहीं, अभी तक आई होगी या नहीं।

''नहीं....मुझे भी तो सोचने दे।'' फिर खुद ही मज़ाक सूझा, ''कल भाभी से लड़ना है। आप चली जाती हैं तो इस नेता को दुनिया सुधारने की सूझती है।'' फिर याद करके कहा, ''अच्छा, अब तू भी चल, बहुत देर हो गई....और हां, अपने पास फूटी कौड़ी नहीं है। पैसे-वैसे का इन्तज़ाम कर लेना....।''

टण्डन हीरो की अदा से बिना मुड़े सिर के ऊपर एक हाथ हिलाकर चला गया। अमर उसे देखता रहा—सचमुच, इस टण्डन को लेकर वह ऐसी उलटी-सीधी बातें कैसे सोच पाता है ? अगर कोई भावना इनके प्रति उसके मन में होनी चाहिए तो वह होनी चाहिए कृतज्ञता की। यह उसकी अपनी ही कुंठा है कि वह मन्दा और टण्डन के प्यार को सहज-स्वाभाविक ढंग से नहीं ले पाता। उसमें भी अपना लेखकीय मनोविज्ञान छौंकता है। सचमुच कभी-कभी वह उसके साथ बदतमीज़ हो आता है। तब उसका मन टण्डन के प्रति एक उच्छ्वसित आभार से अभिभूत हो आया....।

सूनी सड़कों पर मोटर-रिक्शा भागा चला जा रहा था—न उसे अपना खयाल था, न अपने आसपास की सवारियों का। जेब की डायरी रिक्शे के झटकों में उछलकर गिर न जाए, इसलिए एक हाथ छाती पर रखे था....न उसे दुःख था, न सुख। मन में खालीपन भी नहीं था, बस एक निश्चित स्थिरता थी। गहरा और व्यापक सन्तोष था.... ! हल्का विस्मय था....। कभी-कभी आदमी आत्मीयता और अनुभूति के किन अनजाने स्तरों पर उतरकर अपने को पाने लगता है ? तब उसे लगा—भगवान को साक्षी बनाकर किया गया कन्फेशन; अपने विकार की स्वीकृति आदमी को ऐसे ही पावन हल्केपन से भर जाती होगी ....यों ही आदमी अपने को धोकर निर्मल कर लेता होगा। टण्डन को जब पादरी का चोगा पहनाकर उसने खड़ा किया, तो बरबस मुस्कराहट फूट पड़ी। तभी

भीतर एक कटुता जागी—मेरे लिए वे क्षण चाहे जितने पवित्र, आत्मलीन तन्मयता के हों....और इस समय टण्डन ने चाहे जितनी गम्भीरता से उन्हें लिया हो, कल ही मन्दा के सामने या कि किन्हीं भी जाने-अनजाने लोगों के सामने वह अमर से कही हुई बातों को निहायत हल्के और फूहड़ मज़ाक में दुहराएगा.... "सुना मन्दा, इन अमला जी का प्रभाव इन लेखक साहब पर बड़ा प्रेरक पड़ता है !" फिर आहत खड़े अमर की ओर देखकर कहेगा, "स्साले !" ऐसे क्षण में अमर को लगता है जैसे उसके भीतर के किसी नाजुक और कोमल की गर्दन मरोड़ दी गई हो। वह तब स्वयं अपने प्रति अपराधी महसूस करता है। गलती उसी की है; क्योंकि टण्डन को तो शायद वह इस ज़िन्दगी में समझा ही नहीं पाएगा कि अनुभूतियों के कुछ धरातल ऐसे पावन होते हैं जब आत्मीयता के लीन क्षणों में मनुष्य उन्हें घोल ज़रूर देता है; लेकिन बाद में, कभी भी, किसी भी लहजे में उस सबका स्वयं अपने द्वारा दुहराया जाना तक बर्दाश्त नहीं कर पाता....। तिलमिलाहट के उस ज्वार में निहायत अपरिचित की तरह देखता हुआ वह सोचता है कि क्या इस टण्डन में कहीं भी मानवीय संवेदना नहीं बची है ? इसके लिए अपना या दूसरों का कुछ भी प्रिय और पवित्र नहीं है ?

आज उसने क्या-क्या कहा है जिसे टण्डन बाद में इस तरह दुहरा सकता है ....याद करने की कोशिश करते-करते सड़क के मुड़ते ही उसके अभ्यस्त ज्ञान ने बताया कि सामने दूर के मकान पर उसकी खिड़की दिखाई देने लगी है ....क्षणांश को लगा, वहां रंजना खड़ी-खड़ी उसकी प्रतीक्षा कर रही है....कौन जाने रंजना के साथ ही वह अपने व्यक्तित्व का सर्वश्रेष्ठ दे। ज़िन्दगी के जो पक्ष आज उसके लिए केवल कल्पनीय हैं, वे ही उनके अनुभवों और बोध को धार दे दें....

सिर्फ सात दिन....फिर थके-थके हाथों से ताला टटोलकर नहीं खोलना होगा; प्रवेश करते ही पांव तब सुराही से नहीं टकराएंगे....उसका कोट उतारने को आतुर (मानो बारहों महीने वह कोट ही तो पहनेगा !) दो हाथ, पलकें बिछाए उसकी राह देख रहे होंगे....

और तब साश्चर्य उसने पाया कि इन सारे दिनों चाहे वह कुछ कहता रहा हो, कुछ करता रहा हो, ऊपर से सब कुछ असंगत और विशृंखल हो, लेकिन भीतर ही भीतर वह तो अवचेतना में रंजना के साथ गृहस्थ जीवन के चित्र ही बनाता-बिगाड़ता रहा है....

आठ

कन्धे पर शॉल डालकर अमला बाहर निकल आई और रेलिंग के सहारे खड़ी होकर शून्य नज़रों से आसमान की ओर देखने लगी। काले-कजरारे बादल घिर-घिर आए थे और लगता था शायद इस बार वर्षा हो ही जाएगी !

हर साल इस दिन, इसी समय अमला तैयार होना शुरू करती थी। आज उसे न तैयार होना है, न कहीं जाना है।

बिन बरसे ही धीरे-धीरे बादल चले गए। अमला का मन अनायास ही बेहद खिन्न हो गया। यों तो इस बार वह जबसे शिमला से आई है, एक दिन भी उसका मन प्रसन्न नहीं रहा—शिमला की शीतल हवा एक दिन के लिए भी उसके संतप्त मन को नहीं सहला सकी, पर आज उदासी बेहद घनी हो गई थी।

सुबह उठी तो उसे तनिक भी ध्यान न था कि आज उसका जन्मदिवस है। टेलीफोन की घंटी घनघनाई और पिताजी ने जब उसे आशीर्वाद दिया, तो उसे इस बात का खयाल आया और तब से पिछले वर्षों की पार्टियों के चित्र टुकड़ों-टुकड़ों में उसकी आंखों के सामने तैर-तैर गए।

दोपहर में खाना खाने बैठी, तब तक उसे लगता रहा कि अभी-अभी कुछ अप्रत्याशित घटेगा—कुछ ऐसा होगा कि इतने दिनों की उसकी उदासी धुल-पुंछ जाएगी; मन पर लदा यह बोझ अपने-आप ही हट जाएगा और हल्की-फुल्की होकर वह आज ही शिमला से चल देगी। बार-बार उसने अपने मन से ही पूछा—आखिर ऐसा क्या हो सकता है ? और मन की अतल गहराइयों से एक दबा-छिपा अस्पष्ट-सा उत्तर भी उसने सुना है—शायद कैलाश का पत्र ही आ जाए, कोई उपहार ही आ जाए और यह दिन उनकी टूटी मैत्री में सेतु बन जाए। पर सुनकर भी वह अनसुना करती रही, अनजान बनी रहने का प्रयत्न करती रही। मानो इस बात की स्पष्ट रूप से कल्पना करने से ही इसे नज़र लग जाएगी और जिसके होने की सम्भावना है वह अनहुआ ही रह जाएगा। धीरे-धीरे समय बीतता गया तो अमला को अपने-आप ही लगने लगा कि ऐसा कुछ भी नहीं होगा। हर दिन की तरह यह दिन भी बहुत उदास, बहुत ही मनहूस-सा बीत जाएगा। आसमान से श्वेत पक्षियों का एक झुंड उड़ता हुआ गुज़र गया।

कैलाश ने बड़े आग्रह और बड़ी उमंग से उसके जन्मदिवस पर एक पार्टी का आयोजन किया था। इसके पहले किसी ने कभी अमला का जन्मदिवस नहीं मनाया था। उसके जीवन का भी कोई दिन उतना महत्त्वपूर्ण हो सकता है कि उसे धूमधाम से मनाया जाए, यह बात परिवार वालों के साथ-साथ उसकी कल्पना से परे थी और कैलाश था कि ज़िद किए चला जा रहा था। यह सब उसे बड़ा अजीब-अजीब सा लग रहा था। फिर भी वह प्रसन्न थी—बहुत प्रसन्न थी। सारी अलमारी में भूचाल-सा मचाकर उसने वस्त्र चुने थे। आज भी उसे माली की परेशानी की बात याद है। कैसी विचित्र सनक सवार हुई थी उसे उस दिन कि वह जूड़े के चारों गुलाब के फूल नहीं सफेद गुलाब की कलियां ही लगाएगी ! आदमकद शीशे में पड़ता प्रतिबिम्ब एक बार ज्यों का त्यों उसकी आंखों के सामने उभर आया। यह कितने साल पहले की बात थी ! एकाएक उसका मन हुआ, अभी जाकर वह शीशा देखे।

वह अच्छी तरह जानती है कि इन चन्द वर्षों में वह बहुत-बहुत बदल गई है। चन्द वर्षों में क्या—चन्द महीनों में जाने कैसा परिवर्तन आ गया है कि मन हमेशा एक अनजाने अवसाद से भरा रहता और सदा प्रसन्नता से चमकने वाली आंखें जब-तब चुपचाप आंसू बहाया करती हैं।

साड़ी का पल्ला ज़मीन से घसीटते हुए और सफेद मोर के पंखों का बड़ा-सा पर्स हाथ में लिए सीढ़ियां उतरी, तो मासी ने ऐसी चुभती बात कह दी थी कि पार्टी में जाने का उसका सारा उत्साह ही जाता रहा। एक क्षण वह अवाक्-सी मासी का मुंह देखती रही थी, पर उससे जवाब देते न बना था। बाद में तो उसने ऐसी बातों की न कभी परवाह की और न कहनेवालों को जवाब देने से ही चूकी। रुकी वह उस दिन भी नहीं थी, पर गाड़ी में बैठे-बैठे बराबर मासी के शब्दों को दोहराती रही और कुढ़ती रही थी।

पार्टी में पहुंची तो कैलाश के स्वागत और लोगों के अनेकानेक रिमार्क्स ने उसके मन के आक्रोश को धो दिया था।

"अमला जी, यों यह नाम भी आपकी वेश-भूषा के साथ खूब फबता है, पर मन होता है कि आज आपका नये सिरे से नामकरण कर दूं—श्वेताम्बरा।" मेजर कपूर ने कहा तो हर बात में अंगरेज़ियत बघारने वाले मि. धवन झिड़कते हुए बोले—"डैम योर श्वेताम्बरा ! नाम ही रखना है तो स्नोव्हाइट रखो।" और अनायास ही अमला की नज़रें कैलाश की ओर घूम गईं, शायद वह भी कुछ कहे, पर वह मन्द-मन्द मुस्कराता-सा एकटक अमला को निहारे जा रहा था।

वही तो दिन था जब पहली बार उसके मन की शंका निश्चय में बदल गई थी।

खेल चल रहा था। कैलाश अपनी चिट पढ़कर बड़े असमंजस में पड़ा हुआ था और चारों ओर से प्रश्नों की बौछार लगी हुई थी—क्या लिखा है—क्या लिखा

है ? एक क्षण रुककर कैलाश ने पढ़ा, "डांस विद द परसन, हूम यू लव।" तालियों की गड़गड़ाहट के बीच में 'चलो करो—चलो करो' सुनाई दे रहा था और अमला ने कैलाश की नज़रों को अपने चेहरे पर गड़ा पाया था। उस दिन उन नज़रों ने उसे बेहद सकुचा दिया था और बार-बार मन धड़क उठता था—कहीं कैलाश उसके पास न आ धमके। तभी कैलाश ने हाथ की चिट को एक ओर फेंककर किस कुशलता से सारी बात को ढक दिया था—'लेट माई लव-एफेयर बी एक सीक्रेट ?' पर बात शायद ढक नहीं पाई थी। अमला के साथ-साथ जैसे सभी ने इस बात को महसूस किया था कि अमला और कैलाश की मैत्री बहुत जल्दी ही किसी मधुर सम्बन्ध में परिवर्तित हो जाएगी।

तभी से तो मेजर कपूर का सारा व्यवहार ही बदल गया था और धीरे-धीरे उनकी प्रशंसा, उनका अपनत्व एक खीझ-भरी विरक्ति में बदल गया। हालांकि बाद में उसे स्वयं यह सारा खेल, ये सारी बातें निहायत बचकानी और बहुत ही हल्के स्तर की लगी थीं, पर उस दिन तो घर लौटकर वह बहुत देर तक कैलाश की उन नज़रों में ही खोई रही थी।

उसके बाद अमला के लाख मना करने पर भी कैलाश ने हर साल उसके जन्मदिवस पर पार्टी दी—उसे उपहार दिया। अमला केवल कैलाश का मन रखने के लिए पार्टी में चली जाती थी, पर उसे धीरे-धीरे यह बहुत ही निरर्थक लगने लगा था।

आज न कैलाश का आग्रह है और न किसी पार्टी का आयोजन। और अमला का मन है कि बार-बार कहीं जाने को ललक रहा है—सुन्दर वस्त्रों में सजने के लिए मचल रहा है।

आसमान के एक कोने से फिर काले-काले मेघ उमड़ आए। हर बार की तरह इस बार भी अमला को लगा कि बड़ी ज़ोर से वर्षा होगी और सारी पृथ्वी जल से भीग उठेगी। हर बात की तरह उसने फिर सोचा कि यदि वर्षा हुई तो वह उसमें नहाएगी। अपने मन की जलन को शीतल करेगी। पर इस सर्दी में ठंडे जल में नहाने की कल्पना ने उसे भीतर तक बुरी तरह कंपा दिया और उसने शॉल को कसकर चारों ओर लपेट लिया। वह जानती है, बारिश हो भी गई तो वह नहा नहीं सकेगी। नहाना तो दूर, शायद उससे बाहर भी नहीं खड़ा रहा जाएगा। वह कमरे में खिड़की-दरवाज़े बन्द करके बैठ जाएगी।

एकाएक उसे अमर के पत्र का खयाल आया। उसे जवाब देना है। पत्र के साथ भेजा हुआ अपना चेक देखकर अमला को दुःख के साथ-साथ अमर पर क्रोध भी आया था। उसे लगा था मानो अमर ने चेक को अस्वीकार करके उसके सम्बन्ध को ही अस्वीकार कर दिया है। पर दूसरे ही क्षण दुःख और क्रोध की यह भावना जाती रही थी और एक बहुत ही मधुर भावना ने जन्म लिया था। अमर का वह अहं उसे भीतर ही भीतर सहलाता रहा....अमर को

उसके बहुत निकट खींच लाया। आज तक सब उसे पैसे की वजह से ही तो मान-सम्मान और प्यार देते रहे हैं—मेजर कपूर, कैलाश और किशोरी भी क्या उसे इसलिए अपनाना नहीं चाहता कि आज वह अनेक मिलों की डाइरेक्टर है ? पर अमर उसके पैसे की परवाह नहीं करता।

तो क्या अमर उसे प्यार करता है ?

और तभी अमला के सामने अमर की अन्तिम पंक्तियां उभर आईं, "उपन्यास समाप्त हो गया है और अब बहुत ही खाली-खाली महसूस कर रहा हूं। बीमारी के दौरान रंजना दो दिन तक मेरे पास रही। उसके हाथ से रखी हुई यूडीकोलोन की पट्टियों ने मेरे शरीर से अधिक, मेरे मन को राहत पहुंचाई थी, और एक बात मैं अच्छी तरह समझ गया था—रंजना मेरे जीवन की पूरक है। उसके बिना मैं अधूरा हूं, अपूर्ण हूं। वह मेरी आत्मा का अंश है। और इस सत्य को मैं शायद अब अधिक दिन तक नहीं झुठला सकूंगा। कितनी विचित्र बात थी कि दो दिन साथ रहकर भी हम एक शब्द न बोले ! पर मौन रहकर भी जिन भावों का आदान-प्रदान हो गया, उन्हें हज़ार-हज़ार शब्द भी अपने में नहीं समेट सकेंगे ....उपन्यास लिखने के दौरान में हर क्षण मैंने एक अजीब-सी बेचैनी महसूस की, एक विचित्र-सा दर्द मुझे पल-पल टीसता रहा और मैं समझता रहा कि यह दर्द-बेचैनी, सृजन-प्रक्रिया का परिणाम है। किन्तु जब आधी बेहोशी की स्थिति में मन्दा भाभी मुझे अपने कमरे के पलंग पर लिटाकर चली गईं और क्षणांश के लिए मैंने अपने माथे पर रंजना के अधरों का स्पर्श महसूस किया, तो लगा जैसे उसने मेरी सारी बेचैनी, सारे दर्द को ही पी लिया। दो दिन रहकर वह चली गई, पर लगता है, बहुत जल्दी ही मुझे उसे फिर से लाना होगा—अपने जीवन में, अपने घर में। मुझे तुम्हारी बात याद है कि हर प्रकार का समझौता कला को पथभ्रष्ट कर देता है। विवाह, ज़िम्मेदारियां कलाकारों के लिए घातक हैं; वे उसे मार देती हैं। मैं इस बात की सच्चाई को झुठला दूं इतना साहस भी नहीं, फिर भी इतना तो तुम स्वीकारोगी ही कि कला के सृजन के लिए कलाकार का जीवित रहना आवश्यक है और मैं शायद रंजना के बिना जीवित ही नहीं रह सकूंगा। एक ओर यह सब महसूस करता हूं और दूसरी ओर कहीं बहुत भीतर से मुझे कोई बराबर चेतावनी देता रहता है कि विवाह करके मैं अपने लेखन की हत्या कर दूंगा। सच मानना अमला, दुविधा और असमंजस की इस स्थिति में अब एक पल भी गुज़ारना भारी पड़ रहा है। एक ओर रंजना और अमर के व्यक्ति को जीवित रखने का प्रश्न है तो दूसरी ओर अमर के लेखक को। बड़ा ही निर्णय-दुर्बल व्यक्ति हूं। पल-पल मन की स्थिति बदलती है और साथ निर्णय भी बदल जाते हैं। तुम बताओ और खूब सोचकर बताओ मैं क्या करूं ?"

बादल फिर धीरे-धीरे बिखर गए और पानी की बूंद भी न गिरी। वातावरण में सांझ का धुंधलका कुछ गहरा हो चला था। अमला की इच्छा हो रही थी वह एक बार जैसे भी हो कुछ देर के लिए बाहर घूम आए।

अमर के पत्र का जवाब तो अब कल देगी।

क्या लिखेगी अमर को ? लिख दे कि रंजना से विवाह कर लो !

नहीं, जाने क्यों मन बार-बार कहता है, ऐसा मत लिखना—ऐसा मत लिखना। पर क्यों ? क्या अमर से कुछ आशा रखती है ? नहीं। फिर भी वह नहीं चाहती कि अमर रंजना का हो, किसी एक का हो। जैसे वह सबकी होकर किसी की भी नहीं है, वैसे ही अमर भी सबका रहे, केवल रंजना का ही न हो। उसे लगा, वह कहीं नहीं जाएगी, अभी बैठकर अमर को पत्र लिखेगी :

"हो सकता है रंजना तुम्हारे जीवन की पूरक हो, तुम्हें उससे प्यार हो, फिर भी मैं यही कहूंगी, उससे विवाह मत करना। विवाह को तुम जैसा व्यक्ति भी आवश्यक समझे, इतना महत्त्व दे, यह बात गले नहीं उतरती। मैं सोचती हूं, विवाह केवल एक बन्धन है, एक फन्दा है, जो प्यार का गला घोंट देता है। विवाह कर लोगे तो मर जाओगे, वह मर जाएगी, तुम लोगों का प्यार मर जाएगा। तुम्हारे जीवन में रह जाएगा एक मानसिक तनाव और उसके जीवन में रह जाएगी अविरल अश्रुधारा। तुम रंजना से पूछो, यह सब मंजूर है ?"

"बहुत संभव है अमर, इस सबसे सहमत न होओ। हो सकता है, तुम्हें कुछ दुःख भी हो, तुम मुझे कुछ गलत भी समझो; पर मैं जो महसूस करती हूं, वही लिख रही हूं। जाने क्यों, कभी इस बात से सहमत नहीं हो पाई कि व्यक्ति अपने में अपूर्ण होता है, उसे किसी पूरक की आवश्यकता होती है। फिर यदि तुम जैसे व्यक्ति को भी—जिसकी ऐसी सशक्त लेखनी है और प्रखर कल्पना—अपूर्णता महसूस हो, तो जान लो तुम्हारे जीवन की पूरक तुम्हारी कलाकृतियां ही होंगी, रंजना नहीं।"

और भी अनेक बातें, अनेक तर्क अमला के दिमाग में आए; पर बराबर उसे लगता रहा कि अमर इन सब बातों को स्वीकार भले ही कर ले, मान्यता नहीं देगा। वह रंजना से विवाह कर लेगा।

सामने के दृश्य और अधिक धुंधले हो चले तो अमला एकाएक घूम पड़ी। नहीं, वह अमर को कुछ नहीं लिखेगी, कम से कम अभी तो नहीं ही लिखेगी, अपने जन्मदिवस की सांझ चाहे कितनी ही सूनी और वीरान क्यों न हो, उसे वह बाहर जाकर ही बिताएगी। रोज़ की तरह कहीं पहाड़ियों में भटक-भटकाकर आ जाएगी।

एकाएक खयाल आया, क्यों न नीचे वाले चावला साहब को साथ ले ले? दो बार पहले भी वे साथ-साथ घूम चुके हैं। चावला साहब बोलते बहुत हैं, पर बोर नहीं हैं, साथ रहने पर कुछ समय अच्छा ही कट जाता है। यह तो अमला ने ही अधिक बढ़ावा नहीं दिया, वरना वे तो रोज़ साथ चलने को भी तैयार थे। पर आज अमला खुद किसी का साथ चाहती है। जिस शान्ति और एकान्त के लिए शिमला चली आई थी, यह एकाएक ही असह्य हो उठा।

नीचे उतरी तो देखा, चावला साहब पहले ही कहीं जा चुके थे। वह अकेली ही चल पड़ी।

लौटी तो काफी अंधेरा हो चुका था। बंगले में घुसते ही चैस्टर पहने हुए चावला साहब दिखाई दिए। वे चुरुट पी रहे थे और शायद किसी विचार में डूबे हुए थे। अनायास ही अमला के पैर उधर ही बढ़ गए। कुर्सी से उठकर बड़े तपाक से चावला साहब ने उसका स्वागत किया, तो सारे दिन में पहली बार अमला के होंठों पर तनिक-सी मुस्कराहट खेल गई।

"आज किधर घूम आईं अमला जी ?"

"यों ही भटकने निकल गई थी।"

"फिर भी आखिर किधर ?"

अमला फिर मुस्कराई, "मैं निश्चय करके कभी नहीं निकलती; मुझे तो बस अदेखे-अजाने रास्तों में भटकना अच्छा लगता है। सोचती हूं, राह निश्चित हो, मंज़िल मालूम हो तो चलने का आनन्द ही क्या भला ?"

कमरे में बहुत हल्के रंग की नीली रोशनी फैली हुई थी। चावला साहब को लगा मानो अमला उनसे नहीं अपने-आपसे बोल रही है। कुछ अजीब-सा खोया-खोयापन था उसके चेहरे पर।

"मैं कभी सूचना देकर किसी से नहीं मिलती। हां कभी-कभी मनचाहे व्यक्ति से न मिल पाने के कारण निराश अवश्य होना पड़ता है।"

और तभी अमला को खयाल आया अमर का। दिल्ली आते समय उसने अचानक प्रकट होकर अमर को चौंका देने की कितनी-कितनी कल्पनाएं की थीं, उसके साथ पूरा दिन गुज़ारने के कितने प्रोग्राम बनाए थे, पर जब अमर के कमरे में पहुंचकर मालूम हुआ कि बीमार होकर वह अपने किसी मित्र के यहां चला गया है, तो उसे एक बार अपनी इस आदत पर बड़ी खीझ आई थी। पहले से ही सूचना दे देती तो कम से कम अमर से मुलाकात हो ही जाती। कौन जाने, अमर उसके साथ शिमला आने को तैयार ही हो जाता और शिमला में बिताए ये दिन इतने नीरस और मनहूस न होते !

"अजानी-अदेखी राहों में भटकने का एक आकर्षण अवश्य होता है, पर आखिर कब तक ? मनुष्य को लौटना तो अपनी मंजिल पर ही होता है, जो उसके लिए पहले से ही निश्चित है।"

चावला साहब की बात ने अमला को कुछ चौंका दिया। सचमुच, बात उसने चावला साहब से कही भी नहीं थी अपने से ही कही थी। और इसीलिए वह किसी उत्तर की अपेक्षा नहीं कर रही थी। चावला साहब ने उठकर कमरे की तीनों बत्तियां जला दीं और सारा कमरा आलोक से भर गया। कुर्सी पर बैठते हुए वे बोले, "इस भटकन के चक्कर में ही मैंने सारा हिन्दुस्तान देख डाला है अमला जी ! पत्नी की मृत्यु को बारह वर्ष हुए और तब से लेकर आज तक

मैं इसी तरह भटक रहा हूं। पर कहीं भी मन को शान्ति नहीं मिलती और लौट-लौटकर फिर उसी घर में जाना पड़ता है। सोचता हूं, यह भटकन मन की बेचैनी को और अधिक बढ़ताी ही है।''

अमला को एकाएक सन्देह हुआ, क्या चावला साहब उसके बारे में सब कुछ जानते हैं ? पर कैसे ? उसने तो कभी कुछ बताया नहीं ? अमला ने बात बदली, ''आज आप किधर घूमने गए थे चावला साहब ? मैं तो यह सोचकर नीचे उतरी थी कि आज आपको अपने साथ ले चलूंगी। आज अकेले जाने की जरा भी इच्छा नहीं थी।''

''क्यों, आज खास बात है क्या ?''

''हां, आज मेरा जन्मदिन है। घर से बहुत दूर यहां अकेली हूं, इसलिए मन कर रहा था कि कोई तो मिले, जिसके साथ घण्टे-दो घण्टे घूम ही लूं।''

''आज आपका जन्मदिन है ?'' चावला ने कुछ इस ढंग से बात कही मानो अमला के साथ न घूम सकने का उन्हें बड़ा दुःख हो। फिर एकाएक तपाक से उठते हुए बोले, ''इस समय और कुछ नहीं तो कम से कम एक-एक प्याला कॉफी तो साथ बैठकर पी ही जा सकती है।''

उन्होंने नौकर को आदेश दिया और फिर वहीं बैठ गए।

''आप सवेरे ही कहवला देतीं तो कहीं बाहर ही खाना खाते, सैर करते और आपके जन्मदिन का जश्न मनाते।''

अमला कुछ नहीं बोली, केवल मुस्कराती रही। उसके रूखे केशों और अस्त-व्यस्त कपड़ों को लक्ष्य करते हुए चावला ने कहा, ''क्या बात है, आज आप कुछ अधिक उदास और सुस्त दिखाई दे रही हैं ? आज के दिन तो आपको अधिक प्रसन्न होना चाहिए।''

अमला के होंठ कुछ और अधिक फैल गए। फिर भी उसने जवाब नहीं दिया।

नौकर कॉफी ले आया। अमला कॉफी बनाने को उठी तो चावला साहब ने ट्रे को अपनी ओर सरकाते हुए कहा, ''यों यह काम आप लोगों का ही है; लेकिन आज इसे मैं करूंगा।''

करीब घण्टे-भर तक अमला चावला साहब के कमरे में बैठी रही और चावला साहब लगातार बातें करते रहे—पत्नी की मृत्यु के बाद जीवन कितना नीरस और बोझिल हो गया है—यह अनेक बातों से, अनेक तरह से उन्होंने बताया। आखिर अमला ऊबकर उठ गई। जब चलने लगी तो चावला साहब ने कार्निस पर रखे बड़े-से फूलदान में से गुलाब का एक फूल निकालकर अमला की ओर बढ़ाया और मुस्कराते हुए कहा, ''इस समय तो मेरी ओर से इसे ही स्वीकार कीजिए।'' अमला ने फूल ले लिया, पर चावला के चेहरे के भाव पढ़कर उसे लगा कि इतनी देर से जीवन की नीरसता और उदासीनता की जो बातें करते आ रहे थे—उन सबके पीछे मानो एक अर्थ था, एक संकेत था। इस उपहार से जैसे उन्होंने इस संकेत को और अधिक स्पष्ट करने का प्रयत्न ही किया है।

अमला ऊपर आई, साइड-टेबल पर रखे फूलदान के फूलों को फेंककर वह अकेला फूल वहां लगा दिया—और उसे ही देखती हुई वह पलंग पर लेट गई। ऐसा ही गुलाब का फूल उसे कैलाश ने भी दिया था—पर दिया कहां था ? ज़िद करके अपने हाथ से उसके जूड़े में खोंस दिया था। उस दिन गुलाब की सुगन्ध के साये में ही उसने रात बिताई थी, आज भी गुलाब उसके सामने है, पर क्या आज की रात भी वैसी ही मादक हो सकेगी ?

जब अमर उसके यहां आया था और वह पार्टी से लौटकर उसके कमरे में गई थी, तो उसने भी अपने जूड़े का गुलाब निकालकर उसकी गोद में उछाल दिया था। कहने को अमर ने एक छोटा-सा 'धन्यवाद' दिया था, पर वह अच्छी तरह जानती है कि उस दिन सारी खीझ और आक्रोश को दूर करके अमर उसके सामने परास्त हो गया था। चावला साहब के इस गुलाब को देखकर उसके मन में न मधुरता जाग रही है न मादकता, फिर भी वह है कि उसे देखे ही चली जा रही है और उसका मन चाह रहा है कि इसमें भी वह स्नेह की, आत्मीयता की खुशबू पा सके।

दो मिनट तक अमला पैकेट को उलट-पुलटकर देखती रही। वह जानती है कि इसमें अमर के उपन्यास की पाण्डुलिपि है, उस उपन्यास की जिसको पूरा करवाने के लिए अमला ने उसे अनेक उपदेश दिए थे, लम्बी-चौड़ी बातें समझाई थीं; फिर भी जाने क्यों उसे खोलकर पढ़ने का उत्साह वह अपने मन में नहीं पाती। पिछले कुछ दिनों से उसे बराबर ही महसूस हो रहा है कि अमर उसकी बातों का विरोध भले ही न करे, लेकिन मानेगा नहीं। अमला का अपना मन ही उससे पूछ बैठता है—आखिर अपनी बात मनवाने का इतना आग्रह क्यों ? और न माने तो इतनी निराशा क्यों ? क्या सचमुच उसके मन में केवल अमर के लेखक को, अमर की कला को ही जीवित रखने की लालसा है ? और कुछ नहीं ?

अमला ने कसकर आंखें मूंद लीं।

क्या होता जा रहा है उसे आजकल ! वह अधिक नहीं सोचेगी। अपने मन की अधिक छानबीन भी नहीं करेगी, नहीं तो वह सचमुच ही किसी दिन पागल हो जाएगी, जीवन ज्यों-ज्यों निष्क्रिय होता जा रहा है, मन और कल्पना उतने ही क्रियाशील होते जा रहे हैं। पर कितना घातक है यह सब—इस बात को वह दो-तीन महीने में ही समझ गई थी।

सोचना !....सोचना !....सोचना !....सचमुच वह बहुत ऊब गई है रात-दिन के इस सोचने से और चाहती थी कुछ ऐसा काम उस पर आ पड़े कि रात-दिन के लिए वह जुट जाए। शारीरिक परिश्रम उसने कभी किया नहीं था, और कर भी नहीं सकती थी; पढ़ने से उसे आजकल बेहद अरुचि हो गई थी, तब फिर वह क्या करे ?

अमला ने बड़े ही निरुत्साहित हाथों से पैकेट खोला और जैसे ही पन्ना पलटा,

देखा :

''अमला को—जिसके परिचय ने यह उपन्यास लिखा लिया।''

अमला अवाक्-सी इस सपर्मण को देखती रही और एक विचित्र-सी पुलक उसके तन-मन को सिहरा गई। कैलाश के दिए हुए अनेकानेक उपहारों की चमक एकाएक ही धुंधली पड़ गई और आज तक के सारे आदान-प्रदान इस समर्पण के सामने बहुत ही तुच्छ लगने लगे। सच, उसने कभी भी कल्पना नहीं की थी कि अमर अपनी रचना को उसे ही समर्पित कर देगा। बार-बार वह उस समर्पण को ही पढ़ रही थी और लग रहा था, जैसे अमर ने अमला के आगे अपने को ही समर्पित कर दिया है। इस उपहार में न वैभव का प्रदर्शन था, न अमला को प्रसन्न करने का प्रयत्न; किन्तु इसमें अमर की आत्मा का निचोड़ था, जिसे उसने कलम के माध्यम से बूंद-बूंद करके उस नीरस, शुष्क कागज़ के पन्नों पर उंडेल दिया था। अमला की आंखें भीग आईं।

तभी कागज़ की एक छोटी-सी स्लिप सरककर नीचे गिर गई। अमला ने झुककर उठाया तो अमर का पत्र था :

''अमला, तुम्हारी प्रेरणा जिस रूप में साकार हुई है, उसके समर्पण की एकमात्र अधिकारिणी तुम ही हो। चाहता था, समर्पण की पंक्तियों में कुछ मन की बातें लिख सकूं, पर भय है तुम्हारे आसपास के लोग, तुम्हारे वर्ग के लोग, तुम्हारे 'निकटतम मित्र' उसे सहज भाव से नहीं ले सकेंगे और तुम्हारे लिए अजीब-सी उलझन पैदा हो जाएगी, इसीलिए बहुत ही औपचारिक ढंग से एक पंक्ति लिख दी है।''

''पढ़कर बताना कैसा लगा ! कहां तक सफल हो सका हूं ! तुम्हारी राय ही मेरे लिए सबसे महत्त्वपूर्ण होगी, क्योंकि वह कम से कम व्यक्तिगत रागद्वेषों से तो दूर होगी।''

''एक बात और—एक उपन्यास की तुमने प्रेरणा दी, अब चाहता हूं एक उपन्यास की सामग्री भी दो ! पहले ही कह दूं, इस मामले में भयंकर स्वार्थी आदमी हूं, और क्रूर भी। तुम्हारे व्यक्तित्व ने, जीवन ने मुझे बहुत आकृष्ट किया है, पर उसके बारे में विशेष कुछ नहीं जानता ! जान पाऊं तो सोचता हूं तुम्हारे जीवन और अपनी कल्पना के संयोग से एक ऐसे चरित्र का निर्माण कर सकूंगा कि अमर सचमुच ही अमर हो जाए !

''पर तुम्हारा सहयोग अपेक्षित है....बोलो मिलेगा ?''

'मन की बात....उसका चरित्र—व्यक्तित्व, जीवन'....ये ही शब्द आड़े-तिरछे अमला की आंखों के आगे तैरने लगे।

क्या थी अमर के मन की बात.... ? कागज़ पर लिख भेजता, वह जान तो लेती ! यों न जानने का भी एक आनन्द है....जो चाहे कल्पना करो....

उसने अभी तक अमर को पहले वाले पत्र का उत्तर भी नहीं दिया ! आज ही पाण्डुलिपि पढ़कर बड़ा-सा पत्र लिखेगी। अमर से उसे लिखवाना है—वह प्रेरणा

देगी; सामग्री भी देगी, जो कुछ अमर चाहेगा, सब कुछ देगी, पर अमर को बाध्य करेगी कि वह सब प्रकार की चिन्ताओं से तटस्थ होकर, और सब प्रकार की जिम्मेदारियों से मुक्त होकर लिखे। दिल्ली रहकर यदि यह सब सम्भव नज़र न आता हो तो दिल्ली छोड़ दे।

वह अमर की प्रेरणा है, एक सशक्त लेखक की प्रेरणा है। वह उसे प्रेरित करेगी—चाहे अमर उसे गलत समझे या सही !

सोचा था, संध्या को सबसे पहले उपन्यास ही समाप्त करेगी, पर जब खोलकर बैठी तो मन फिर समर्पण और पत्र की पंक्तियों में ही बंधकर रह गया। थोड़ी देर तक जाने किन विचारों में खोई रही और फिर बाहर निकल गई।

मान लो, उसे अपने बारे में ही लिखना पड़े तो वह क्या लिखे ? वह अच्छी तरह जानती है कि मन की जिन अतल गहराइयों में झांकना चाहकर भी कैलाश नहीं झांक सका; जिसको उसने हमेशा बड़े यत्न से सबकी नज़रों से बचाकर, छिपाकर रखा था, वह सब जैसे आज उसकी अपनी पकड़ से भी बाहर हो गया है। आज तो जैसे उसमें भी इतना साहस नहीं है कि मन की परत-परत को उधेड़कर देखे। सच पूछा जाए तो इन दिनों में वह सबसे अधिक भय शायद अपने से ही खाती रही है।

पर नहीं, वह देखेगी....बहुत भीतर तक देखेगी और निःसंकोच भाव से, बहुत ही ईमानदारी से सब कुछ अमर के सामने उंडेल देगी। अमर उससे सृजन करेगा....

अमला के मन की अतृप्त नारी-सृजन-भावना इस कल्पना से ही पुलकित हो उठी।

याद आया, जन्मदिवस के दूसरे दिन ही तो उसने अपनी डायरी में लिखा था :

''कल मैंने जीवन के अट्ठाईस वर्ष पूरे किए....और अकेले घूमकर चुपचाप अपना जन्मदिवस मना लिया। न किसी का उपहार आया, न स्नेहसिक्त शुभकामनाएं। मन बहुत-बहुत उदास हुआ था और चावला साहब का दिया हुआ गुलाब का फूल रात बड़ी देर तक मन टीसता रहा था। पहाड़ियों में अकेले भटकते हुए मैंने बार-बार अपने मन से प्रश्न किया था कि स्नेह और अपनत्व का दावा करने वाले, उसकी हर बात की प्रशंसा करने वाले सब के सब व्यक्ति क्यों एक-एक करके छूटते चले गए.... ? क्योंकि अपने को किसी एक में बांध नहीं पायी। दोष उनका नहीं....शायद अपना ही है।

''पति के घर से आने के कुछ समय बाद से ही एक बात मेरे मन में धीरे-धीरे घर करती गई थी कि मुझे सब प्रकार की सीमाओं को तोड़ना है; सब प्रकार के बन्धनों से मुक्त होना है। पति और परिवार ही नारी का सबसे सशक्त बन्धन होता है। जब वही टूट गया तो और किसी बन्धन में मैं अपने को क्यों बंधने दूं ? मुझे सामान्य से ऊपर उठकर विशिष्ट बनना है।

"और विशिष्ट मैं बन गई....साधारण लोगों के बीच अपने वर्ग के कारण और अपने वर्ग के लोगों के बीच अपनी बौद्धिकता और अपने साहस के कारण!

"पर विशिष्ट बनने की भावना से प्रेरित होकर जहां मैं अनेकानेक बंधन तोड़ती चली गई, सीमाओं का अतिक्रमण करती चली गई, वहीं अनजाने ही उससे भी सशक्त बंधन अपने चारों ओर लपेटती चली गई—मिथ्याभिमान और झूठे अहं की दीवारें अपने चारों ओर खड़ी करती चली गई।

"सोचती थी, इन दीवारों को पार करके 'हर कोई' मेरे पास नहीं आ सकेगा। पर कितनी बड़ी ट्रेजेडी है यह मेरे जीवन की, कि आज चाहकर भी मैं 'किसी के' पास नहीं जा सकती ! ये दीवारें मेरा मार्ग रोककर खड़ी हो जाती हैं।

"सारी शक्ति इन दीवारों को बनाने में ही खर्च कर दी, इन्हें तोड़ने की शक्ति अब कहां से लाऊं ?

"यह एकाकी जीवन बहुत बोझिल और निरर्थक-सा लग रहा है।"

नहीं उसका जीवन निरर्थक नहीं....आज भी उसमें ऐसा कुछ है जिससे लोग प्रेरणा प्राप्त कर सकें।

वह पत्नी भी बनी है, प्रेयसी भी और मित्र भी....पर न वही किसी के जीवन को संवार सकी, न कोई उसके जीवन को संवार सका....और सारे सम्बन्ध एक असफल प्रयोग की तरह मन पर एक असह्य बोझ-सा छोड़कर टूटते चले गए।

अब वह अमर की प्रेरणा बनेगी....इस प्रयोग में चाहे सम्बन्ध टूट जाएं, चाहे वह स्वयं टूट जाए, पर यह टूटना सार्थक होगा क्योंकि यह सृजनात्मक होगा।

तेज़-तेज़ कदम रखती अमला लौट पड़ी....घूम-फिरकर वह घर की ओर जा रही थी।

अमर का उपन्यास आए चार दिन हो गए थे और अमला ने उसे अभी तक नहीं पढ़ा था। जाने क्या था कि पढ़ने से अधिक वह उसके पास कुछ भेजने के लिए उत्सुक थी....अपने बारे में सब कुछ लिखकर भेजने के लिए। वह दिन-भर घूमती थी....बाहर निकलकर अनेकानेक बातें उसके दिमाग में आती थीं....और रात में बैठकर वह उन सबको लिखती थी और फिर तृप्ति-युक्त शांति के साथ सो जाया करती थी।

वह बाहर निकल रही थी कि फाटक पर चावला साहब के नौकर ने एक लिफाफा पकड़ाते हुए कहा, "जी ! आपका पत्र है।"

अमर का पत्र था—अमला ने वहीं खड़े-खड़े उसे फाड़ डाला। ज़रूर उलाहना होगा, वह उसे कुछ लिख ही नहीं रही है। पर ऐसा कुछ भी नहीं था, केवल लिखा था :

"जिस दिन तुम्हारे पास उपन्यास की पाण्डुलिपि भेजी थी उसी दिन रात को एकाएक निर्णय ले डाला कि रंजना से विवाह करना है, और साथ ही यह

भी तय कर डाला कि एक ही सप्ताह में कर डालूंगा....तुम्हारे पत्र की, तुम्हारी राय की प्रतीक्षा थी....खैर, अब तो तीन दिन बाद विवाह ही है। निर्णय लेने के बाद से ही बहुत हल्का महसूस कर रहा हूं। लगता है, व्यर्थ ही इतने दिनों तक बोझ लादे रहा, निर्णय पहले ही ले लेना चाहिए था।

"विवाह की तरह विवाह नहीं हो रहा है, सो तुम्हें निमंत्रण भी क्यों दूं.... ? पर हां, अपनी शुभकामनाएं अवश्य भेजना। उपन्यास पर राय कब मिल रही है ? उत्सुक हूं...."

अमला ने पत्र वापस लिफाफे के अन्दर रख दिया और फाटक पर खड़े-खड़े सामने की ओर देखकर सोचने लगी—आज वह किधर जाए ?

रंजना स्वयं अपने में एक ऐसा मानसिक परिवर्तन महसूस कर रही है कि आसमान की ओर ताकती है तो सतरंग इन्द्रधनुष खिल उठते हैं और नीचे की ओर निहारती है तो क्यारियों में खिले रंग-बिरंगे फूल झूम-झूमकर मुस्करा उठते हैं। बहुत दिनों बाद फिर उसकी बाल-सुलभ चंचलता लौट आई है और मन है कि उड़ा-उड़ा फिरता है।

वह स्वयं जानती है कि यह सब अमर के साथ दो दिन रहने का परिणाम है....पर क्यों ? अमर उससे एक शब्द भी नहीं बोला और न उसने नये सिरे से उसे कोई आश्वासन ही दिया है....तब ?

मुख से चाहे अमर ने कुछ न कहा हो—पर आंखों से बहुत कुछ कहा है, कम से कम उसने तो बहुत कुछ समझा है। अमर की आंखों की भाषा से वह अपरिचित नहीं....और उन दिनों में चुपचाप उसकी ओर निहारती आंखों में उसने अमर के मन के पश्चात्ताप को, उसके दुःख को देखा है, समझा है।

कितनी बार मन में हुआ कि वह फिर अमर को देख आए....वहां से आए आज छः दिन हो गए; अमर की उसे कोई खबर नहीं मिली है। उसे यह भी नहीं मालूम कि वह मन्दा भाभी के यहां है या अपने कमरे को लौट गया—पर वह गई नहीं। फिर भी उसे न किसी प्रकार की चिन्ता थी, न उद्विग्नता। हां, हर सांझ को उसने मन्दा भाभी की प्रतीक्षा अवश्य की थी।

उस दिन वह कपड़े बदलकर बाहर निकलने को ही थी कि टण्डन भाई ने मन्दा भाभी के साथ प्रवेश किया। हमेशा की तरह भाभी दरवाज़े से ही कुछ न कुछ बोलती हुई घुसीं।

"अरे रंजना, चल मिठाई खिला तो एक खुशखबरी सुनाऊं।"

रंजना भाभी का मुंह देखते हुए सोच रही थी कि भाभी क्या अमर को अपने साथ लेकर आई हैं....? शायद बाहर खड़ा करके मिठाई मांग रही हैं....और तब एकाएक उसे खयाल आया कि जिस अमर के साथ वह रोज़ घूमती थी, घंटों बातें किया करती थी, उसका आज उसके कमरे पर आना-मात्र इतनी बड़ी बात हो गई है कि उससे मिठाई मांगी जाए.... ? क्या सचमुच अमर इतने-से दिनों

में उससे बहुत-बहुत दूर चला गया था ?

''अरे गुमसुम-सी क्या देख रही है, मिठाई खिला न ?'' और फिर टण्डन को देखती हुई बोली, ''हमेशा मनहूस-सा चेहरा लिए रहने वाली इसी रंजना को देखना अब कैसी चहकेगी !''

टण्डन सोच रहा था कि वह बड़ी गम्भीरता से यह सारी बात करेगा....घर वालों को कैसे सूचित करना होगा, कैसे सारा प्रबन्ध करना होगा....यह सारा उत्तरदायित्व उसी पर तो है जिसे बड़ी बुजुर्गियत से उसे निभाना है....और यह मन्दा है कि इसे मज़ाक सूझ रहा है। अब वह क्या खाक बात करे !

''तुझसे तो मिठाई खिलाई नहीं जाएगी, चल उठ, मैं तुझे मिठाई खिलाती हूं....चल जल्दी तैयार हो।''

और तब रंजना ने पहली बार पूछा, ''आखिर किस बात की मिठाई मांग रही हो भाभी ?''

मन्दा कुछ कहती उससे पहले ही टण्डन ने गम्भीर स्वर में कहा, ''रंजना, तुमसे कुछ ज़रूरी बातें करनी हैं....तुम ज़रा बाहर चलो।''

टण्डन की गम्भीरता पर मन्दा खिलखिला पड़ी, ''तुम तो ऐसे कह रहे हो जैसे उसे कहीं मातमपुरसी पर ले जाना चाहते हो।''

रंजना अवाक्-सी उन दोनों के मुख देख रही थी—मन्दा का खिला हुआ चेहरा और टण्डन की गम्भीर मुख-मुद्रा....दोनों की मुद्राएं किसी एक ही बात का परिणाम हो सकती हैं, यह उसे समझ ही नहीं आ रहा था। इतना वह जान गई थी कि अमर उन लोगों के साथ नहीं आया है।

''ऐ रंजना, तूने अमर की जो सेवा की न, उससे प्रसन्न होकर अमर साहब ने तुझे अभयदान दिया है, यही सन्देश....''

बात बीच में ही काटकर टण्डन बोला, ''रंजना ! देखो, बात यह है कि अमर ने अन्तिम निर्णय ले लिया है कि तुमसे ही विवाह करेगा और बहुत जल्दी ही विवाह करेगा।'' फिर एक क्षण रुककर बोला, ''सोचता हूं, नये सिरे से तुम्हारा मत जानने की तो कोई आवश्यकता नहीं है....अब तो सिर्फ साथ बैठकर यही सोचना है कि कैसे सारी व्यवस्था करनी होगी....इसी सप्ताह के अन्दर-अन्दर सब कुछ समाप्त कर डालना है ! उसने तो सब कुछ मुझ पर ही छोड़ दिया है।''

''और ये हैं कि बेचारे बोझ से दबे जा रहे हैं....इनकी तो हंसी ही जाती रही !''

टण्डन सोच रहा था कि उसकी बात की रंजना पर बड़ी ज़बर्दस्त प्रतिक्रिया होगी, पर रंजना के चेहरे का भाव ज्यों का त्यों ही बना हुआ था—उसे न आश्चर्य हो रहा था, न प्रसन्नता—मानो यह सब तो वह बहुत पहले से ही जानती थी ....जानती क्या थी, यह घटना घटेगी यह विश्वास मानो एक दिन के लिए भी उसने नहीं छोड़ा था। उसने स्वयं चाहे टूटा-टूटा महसूस किया हो....पर इस

विश्वास को कितने यत्न से सहेज कर रखा था।

चारों बैठे थे। टण्डन ने पिछली तारीख डलवाकर दोनों से फॉर्म भरवाए थे और यह तय हो चुका था कि रजिस्ट्रार घर पर ही आएगा—वे लोग कोर्ट नहीं जाएंगे ! निकटतम मित्रों को टण्डन ने स्वयं जाकर ही सूचना दे दी थी और जो कुछ करना है उसकी एक निश्चित रूपरेखा भी बना ही ली थी....और सब कुछ करके टण्डन बड़ा हल्का-हल्का महसूस कर रहा था। अमर और रंजना को यों चुपचाप बैठा देखकर टण्डन बोला, ''ये दोनों तो यों शरमा रहे हैं जैसे सचमुच के ही दुल्हा-दुल्हन हों !''

''और क्या, ये तो ऐसे कर रहे हैं जैसे कभी एक-दूसरे को देखा ही नहीं हो—या जानते ही नहीं हों !'' मन्दा ने अमर को परसों से इतना छेड़ा और बनाया है कि उसकी बोलती बन्द कर रखी है।

''जानते नहीं हैं !'' सिगरेट को एक ओर फेंककर टण्डन बोला, ''बेटा ! दुनिया-भर में तो मटरगश्ती करते-फिरते थे....अरे, इन लोगों का क्या ब्याह करवाना, बस कह दो—साथ रहना शुरू कर दें !'' रंजना और अमर दोनों ही मुस्करा दिए।

''माफ करो ! तुम्हारे इन अमर साहब का कोई भरोसा है ? लेखक आदमी ठहरे....आज मूड बना तो शादी कर ली, कल मूड बने तो छोड़ दें और कह दें, मैंने तो शादी ही नहीं की....सो प्रमाण तो रहना चाहिए....''

''ऐ मन्दा ! बन्द करो यह बकवास !'' टण्डन को बुरा लगा कि शादी के समय यह छोड़ने की बात क्यों कर रही है ? टण्डन शादी करवाने के साथ-साथ यह भी महसूस करने लगा कि इन दोनों के सुखी जीवन का उत्तरदायित्व भी जैसे उसी पर है। यह बन्धन अटूट हो....दोनों के व्यक्तित्व को निखारने-चमकने वाला होना ही चाहिए, नहीं तो अमर चाहे उसे क्षमा कर दे, वह स्वयं अपने को कभी क्षमा नहीं कर सकेगा।

तारकशी के काम की लाल शिफॉन की साड़ी में लिपटी रंजना को अमर के पास छोड़कर जब मन्दा उठी, तो उसका मन बार-बार यही आशीर्वाद दे रहा था—यह बन्धन अटूट हो, यह जोड़ी अमर रहे !

कमरे से निकलकर बड़ी दुष्टता से मुस्कराकर उसने दरवाज़ा धीरे-से बन्द कर दिया।

पहली बार ट्यूब-लाइट के दूधिया आलोक में क्षण-भर को रंजना और अमर की आंखें मिलीं....और अमर ने विभोर भाव में कसकर उसे अपनी बांहों में जकड़ लिया !

रंजना को लगा जैसे उसकी सारी भटकन ही समाप्त हो गई....उसने अपनी मनोवांछित मंज़िल पा ली....

नौ

अमर की डायरी

हनीमून

टण्डन ने सुझाव दिया, ''तुम लोग कहीं घूम आओ, कुछ दिनों को 'हनीमून' मनाओ....''

रंजना ने मना कर दिया, ''अभी संभव नहीं है छुट्टी मिलना। बीमारी के लिए, बम्बई वाले ट्रिप के लिए, मैंने पहले ही बहुत ले रखी है।''

मैंने कहा, ''इन दिनों कुछ ऐसा जोश आ गया है कि एक छोटा-सा उपन्यास और पूरा कर डालूं शादी के चक्कर में जो ऊपर से और कर्ज़ा कर लिया है, वह भी बराबर हो जाएगा।''

''हां, हां, और क्या !'' रंजना तपाक से बोली, ''बहुत ज़िन्दगी है अभी तो टण्डन भाई साहब, जब इच्छा होगी तभी हनीमून मना लेंगे....।''

''मैंने तो इसलिए कहा कि कम से कम तुम यह तो महसूस करो कि शादी हो गई है....'' टण्डन ने बात साफ की।

''अरे यहां तो 'दिन को होली, रात दीवाली रोज़ मनाती 'मधुशाला' है....'' मैं उत्साह से रंजना का कंधा भींचकर बोला।

लेकिन सच बात है, लगता ही नहीं जैसे मेरा विवाह हो गया है। जैसा रंजना के साथ व्यवहार तब था, वैसा ही अब है। उसमें कहीं कोई ऐसा विशिष्ट नहीं हुआ है कि जिसकी ओर ध्यान आकर्षित हो।

कनॉट प्लेस के दो-तीन होटलों में दोस्तों के साथ हाहा-हूहू करने के बाद जब हस्बमामूल मद्रास होटल से आखिरी बस लेकर आया तो लगा, घर में बड़ा बोझ है। मेज़ पर खाना रखा था। मेरे आते ही नौकर औंधी प्लेटों को सीधा करने लगा। मैंने पूछा, ''रंजना सो गई क्या ?''

''भैनजी बहुत नाराज़ हैं....उन्होंने खाना नहीं खाया।'' नौकर ने बताया।

''नाराज़ ? अरे लो....ये भी कोई बात हुई ?'' मैं भीतर वाले कमरे में गया। वह पलंग पर करवट लेकर लेटी थी। जाकर ज़ोर से पीठ पर हाथ मारते हुए

अतिरिक्त उत्साह में कहा, "अरे उठो श्रीमती जी, यह पहले ही दिन नाराज़ी !" बत्ती नहीं जली थी। कोई जवाब भी नहीं।

कन्धा अपनी ओर खींचकर सीधा किया तो गर्दन एक तरफ मोड़ ली.... सूं-सूं के साथ सुबकियां तेज़ हो गईं। रंजना रो रही थी। सन्नाटे में आ गया।

"रंजना....रंजना। क्या बात है ?"

"कुछ नहीं।"

"तो भी...."

"आप अपने घूमो-फिरो....भटको....आपको क्या है !" और रंजना बच्चों की तरह रोने लगी।

मैं हंस पड़ा। दोनों हाथ खींचकर उसे उठाने लगा।

"आपको हंसी आ रही है, यहां भूखे-प्यारे मर गए....।" रंजना बोली।

"माफ करो यार, गलती हो गई....अब आगे से नहीं करेंगे।"

मैंने उसके हाथ छोड़कर अपने कान पकड़े, एक बार उठक-बैठक की तो रंजना हंस पड़ी, "अरे....अरे....नौकर क्या कहेगा ?...तब तो खयाल आया नहीं, अब ये सब कर रहे हैं।"

"मेरी समझ में नहीं आता कि आपको अकेले घूमना अच्छा कैसे लगता है ? आपको ये नहीं लगता कि कोई और भी है ? खाते समय उसने पूछा।

"भई, मैं तो चाहता हूं कि तुम भी चलो !" मैंने कहा।

"आपने तो कह दिया, चलो-घूमो ! दिन-भर थककर चूर-चूर आओ तो घूमने की सूझती है या मन होता है कि आध-पौन घण्टे आदमी आराम करे....?" रंजना ने कहा तो मुझे लगा कि वह आरोप कर रही है।

बात सच थी। मैं चुप हो गया। जब कोई बात ज़ोर देकर कहती है तो डिबेट के अन्दाज़ में एक हाथ को दूसरी हथेली पर रखकर झटकते हुए बोलती है।

खाने के बाद जब हम लोग पान खाने, घूमते हुए सिनेमा के पास गए तो गली में यहां-वहां चारपाइयां बिछाए लोग सो रहे थे। रंजना ने फिर कहा, "इस गली में यहां से वहां तक आप देख लीजिए, सब लोग छः-सात बजे तक घर लौट आते हैं। खाया-पिया और घूमने निकल गए।"

लौटते हुए उसने मेरे हाथ पकड़ लिये और हाथ झुलाते हुए हम लोग चहलकदमी करते चलने लगे, "मेरी समझ में नहीं आता, आपका मन कैसे लगता है ? आपको घर आने की इच्छा नहीं होती....? मुझे तो कहीं अच्छा नहीं लगता। हमेशा मन करता रहता है, आपके साथ रहूं....आपके पास रहूं....हम लोग साथ घूमें, सिनेमा जाएं....।

रास्ते-भर मैंने लिखने की बात सोची थी, अब हुआ....फिर कभी लिखेंगे। ज़िन्दगी में ये बातें ज़्यादा ज़रूरी हैं। हम लोग बहुत धीरे-धीरे आ रहे थे। रंजना

की बात समझकर मैंने सोचते हुए कहा, "हम लोगों के साथ यह समस्या सचमुच बड़ी विकट है। मैं सारे दिन बन्द होकर लिखना-पढ़ना करता हूं और तीन-चार बजे तक घूमने-भटकने निकल जाता हूं—यह मेरी वर्षों की आदत है। खैर, आदत बदली भी जा सकती है। लेकिन मैं सचमुच सारे दिन इतना ऊब जाता हूं कि घूमने-फिरने को मन तड़पने लगता है। तब तुम थकी-मांदी चूर-चूर आती हो। तुम्हें आराम चाहिए। यह न संभव है, न मुझसे इतना अत्याचार हो ही पाएगा कि दिन-भर खट-पिसकर तुम आओ, और तब मैं कहूं कि तुम मुझे कनॉट प्लेस में कहीं मिलो....।"

"हां, उस वक्त क्या इतनी हिम्मत रह जाती है....?"

"तो फिर क्या हो ? इस गली के सारे लोग दिन-भर नौकरी करने दस-दस मील दूर दफ्तरों में जाते हैं और उन्हें घर आने की जल्दी रहती है—मुझे सारे दिन घर में काम करना होता है और बाहर निकलने को तबीयत छटपटाती रहती है।"

रंजना भी सोच में पड़ गई और मैं गम्भीरता से विचार करने लगा कि सचमुच इस समस्या का हल क्या हो ? यही हो सकता है कि रंजना से नौकरी छुड़ा दी जाए; लेकिन यह न वह स्वयं चाहेगी....न इतनी बड़ी ज़िम्मेदारियों के साथ संभव होगा....?

दोस्त

कल एक घटना हो गई।

रविवार था और दोपहर की गर्मियों से बचने के लिए हम लोगों ने सुबह से ही कमरा बन्द करके पानी भर रखा था। फिर भी नींद नहीं आ रही थी। देर तक हम लोग विचार करते रहे कि दिल्ली में आजकल जो बहुत सस्ते कूलरों का विज्ञापन हो रहा है, उसमें से एक लगाया जाए या नहीं। ऐसे में तो न लिखा-पढ़ा जा सकता है, न सोया। टप्-टप् पसीना गिरता है, सिर तपता रहता है। दस कमरों के भीतर भी पंखा लू ही फेंकता है।

तीन बजे होंगे कि दरवाज़े पर खट-खट हुई। झल्लाते हुए उठकर देखा तो नाथ और शंकर थे। नाथ मेरा पुराना मित्र है—हम दोनों एक समय एक ही साप्ताहिक में सहायक थे। शंकर नया-नया दिल्ली आया था और अक्सर अपने नगर को 'हिन्दी साहित्य का गुटका' कहता था। उसकी गर्वोक्ति थी कि उस नगर का हर साक्षर साहित्यकार होता है। इसी कारण उन्हें अपने से बाहर जाने की ज़रूरत नहीं पड़ती। वे लोग अपने-आप ही आन्दोलन चला लेते हैं, और अपने-आप ही एक दिन उसे 'आउट-डेटेड' घोषित कर देते हैं। एक दूसरे के स्कैण्डलों पर कहानी-उपन्यास लिखते हैं—फिर किसी चेले को आलोचक बनाकर उस लेखन के लिए मूल्य और मानों का निर्माण करवा डालते हैं....अब वे राजधानी विजय करने आए थे। नाथ उन्हें पकड़ लाया। हम लोग घण्टों बैठे

साहित्य और व्यक्तियों की निन्दा-प्रशंसा करते रहे।

लेकिन इस 'असमय' में उन्हें देखते ही रंजना का माथा ठनका। मैंने रंजना को बुलाया भी। चाय हम लोगों ने एक बार साथ पी, एक बार अलग से। उन लोगों ने बधाइयों के साथ औपचारिक रूप से मेरी रचनाओं, घर-पत्नी की प्रशंसा की—लेकिन रंजना शायद एकाध बार ही मुस्कराई और फिर भीतर जाकर अपनी कॉपियां जांचने लगी। मैंने दो बार ऐश-ट्रे शंकर के हाथ के नीचे रखी, लेकिन वह बहस के दौरान में कभी सिगरेट इस हाथ में लेता था, कभी उसमें और चुटकी बजाकर राख झाड़ता था। बहरहाल, बातचीत बड़ी ज़ोरदार थी और योजनाएं बड़ी दिलचस्प !

"कैसे हैं आपके मित्र !" उनके जाते ही रंजना ने अपने कमरे की 'हालत' देखकर कहा, "लगता है जैसे बनमानुस आ गए हों....सारे कमरे में दियासलाई, सिगरेट की राख भरी है—किताबें सब उलट-पुलट दी हैं, सोफे के कढ़े हुए कवर सरकाकर दरार में घुसा दिये हैं....।"

"क्या करें, साहित्यिक ऐसे ही होते हैं।" मैंने बात टाल दी—लेकिन मन में झुंझलाहट आई। रंजना को यह शिष्टाचार सिखाना होगा कि अपने जिस मित्र को मैं जैसा व्यवहार दूं, वही वह दे।

लेकिन वह झल्लाहट ज़्यादा नहीं रही, और मैं सब कुछ भूलकर अपने उपन्यास की बात सोचने लगा। उसे अच्छी तरह सोचकर पूरा कर लूं तो शोर हो जाए—अमला को कैसी खुशी हो ! मैं बाल्कनी पर कुहनियां टेके खड़ा-खड़ा यही सोच रहा था कि पास में रंजना आकर खड़ी हो गई।

"आप मुझसे नाराज़ हैं.... ? जब से ठीक से बोल नहीं रहे....।" उसने रुंआसे स्वर में पूछा।

"नहीं रंजना !" मैंने प्यार से उसके कन्धे पर हाथ रख दिया, "उस वक्त ज़रा गुस्सा आया होगा, अब तो याद भी नहीं है.... !"

"कम से कम रविवार के दिन तो हम लोग साथ रहें, उसमें भी अगर ये आ जमने वाले आ जाएंगे तो...." और रंजना देर तक ज़िद करती रही कि मैं नाराज़ हूं और नाराज़ी को मन में रखकर घुटता हूं, और कहकर बात नहीं साफ कर लेता। रात को देर तक रोती रही। मैंने एकाध बार समझाया भी कि मुझे इन बातों को लेकर सोचने की फुरसत ही नहीं मिलती—मेरे दिमाग में अपनी ही बातें रहती हैं, तो वह शिकायत करने लगी कि शादी के बाद इतने शीघ्र ही हम एक-दूसरे को अपरिचित, अनसमझे रह जाएंगे, इसकी उसने कल्पना भी नहीं की थी।

सुबह एक-दूसरे की आंखें मिलीं तो रात की बेवकूफी पर खुद ही हंस पड़े। मैं लिखने बैठा तो बोली, "आज मैं देर से जाऊंगी। लाओ, तुम्हारा कोई काम हो तो हमें बता दो। कर डालेंगे।" उसने आग्रह किया मैं बोलूं और वह लिखे। मैंने उसे एक कहानी फेयर करने को दे दी। और उसे हाथ में लिए वह देर तक

अपने कॉलेज की बातें बताती रही कि कैसे सारी लेक्चरर्स में बड़ी उत्सुकता इस बात को लेकर है कि लेखक लोग कैसे रहते हैं, कैसे खाते हैं ? क्या हमेशा साहित्य ही बोलते हैं ?

तभी नौकर ने डाक लाकर दी। परिचित खतों में सादे-से सफेद लिफाफे में एक अपरिचित पत्र भी था। पत्र एक नर्स का था और उसमें लिखा था, "रात को ड्यूटी के समय सफेद चादरें ताने मरीजों के बीच में स्टूल पर बैठना ऐसा लगता है—जैसे कब्रिस्तान में बैठी हूं।....कल एक मरीज से आपका उपन्यास लेकर पढ़ा, तो लगा कि उसकी राका के रूप में आपने मेरा ही चित्रण कर डाला है,....लेकिन आपने तो मुझे देखा भी नहीं....फिर सोचा, क्यों न आपको पत्र लिखकर यह बात पूछ लूं....मेरा जीवन भी पूरा उपन्यास है....आज इस स्टूल पर एकान्त में बैठी-बैठी जब पिछले जीवन को देखती हूं, तो लगता है, एक उपन्यास ही पढ़ रही हूं....मन करता है, इस पढ़े हुए को सुनाऊं....आप उत्तर देंगे तो मैं ज़रूर अपनी बात आपको सुनाऊंगी....बहुत विकल्प के बाद यह पत्र लिख रही हूं। अपने व्यस्त समय में उत्तर की दो पंक्तियां देंगे तो मुझे बहुत बल मिलेगा...." इत्यादि....नीचे नाम था—इला, फिर—पता।

कुछ पंक्तियां शायद रंजना ने पढ़ ली थीं, "किसका है, किसका है ?" कहकर मेरे पास आ खड़ी हुई। मैंने पत्र दे दिया। शायद दो बार पढ़ा, उलट-पलटकर देखा। परिहास से खंखारकर बोली, "हुंह....तो ये ठाठ हैं लेखक साहब के.... !" मैंने पत्र मेज़ पर रख दिया, तो बोली, "क्या उत्तर दोगे ?"

"देखो, जो भी मन में आए...." मैंने टाल दिया।

"मुझे दिखाना.... ।" वह हंसती रही। फिर पूछा, "इन लड़कियों को कोई और काम नहीं रहता ?"

यह मुझे लग गया कि कहीं कुछ गलत हो गया है। कह दिया, "यह तो तुम अच्छी तरह जानती होगी.... ।"

अचानक उसके लहजे में एक अजीब अप्रसन्नता का भाव मुखर हो गया, "नर्सें चाहे जिसको चाहे जितने खत लिखें, कोई रोक-टोक नहीं है ?"

मैंने बहुत शान्त भाव से कहा, "देखो रंजना, शादी से पहले अमला के पत्र को लेकर भी इसी तरह की बात हुई थी। इतने पुरुष मुझे मिलते हैं, तुम कभी कुछ नहीं कहतीं। और तुम्हें तो खुश होना चाहिए कि मुझे लोग इस तरह अपना मानते हैं, इस तरह विश्वास करते हैं...."

"तो मैं कुछ कह थोड़े ही रही हूं ! मुझे क्या पता नहीं है कि तुम प्रसिद्ध आदमी हो ? सभी तरह के लोग तुम्हारे परिचित हैं....सभी तरह के लोग तुम्हें लिखते हैं.... ।" और अन्त की ओर उसका स्वर रुआंसा हो आया। मेरी कहानी गोल-मोल मरोड़ती वह अपने कमरे में चली गई। मैं चुपचाप अपनी गलती जानने की कोशिश करता रहा। तय कर लिया कि यह रंजना की अनधिकार चेष्टा है और उसे आगे से कोई खत न सुनाना है, न दिखाना....अब क्या मुझसे आज

कुछ लिखा जाएगा ?

दूसरे कमरे में अचानक रंजना ने नौकर को डांटना शुरू कर दिया, "चारों तरफ रेत ही रेत फैली है ! तुझे दिखाई नहीं देता ? क्या सफाई करके गया है....? ला झाड़ू, मुझे दे, मैं सफाई करती हूं।"

जाते हुए बोली. "बाबूजी से कह देना, मैं देर से लौटूंगी।"

मुझे पता है वह कटरानील जाएगी मन्दा भाभी से मिलले। आजकल वे वहीं हैं। यह इसे क्या हो रहा है ?....

तब क्या वह अमला के बारे में भी इसी तरह की कोई धारणा पाले है ?

मेहमान

पार्टियों का दौर समाप्त हो गया है....।

बहुत दिनों बाद....शायद ज़िन्दगी में पहली बार—यह अनुभव हुआ कि मेरा भी अपना घर है....। रंजना इस फ्लैट के एक-एक हिस्से को इस गर्व से दिखा रही थी, जैसे ताहमहल दिखा रही हो, "यह आपकी स्टडी रूम होगी....यहां बैठकर निश्चिन्त होकर लिखिए...." ऐसी व्यवस्था और ऐसी सुरुचि....मुझे विश्वास ही नहीं होता कि यह सब मेरा है....सुबह उठता हूं तो 'बेड-टी' आ जाती है, फिर ब्रेकफास्ट, फिर भोजन, फिर चाय, फिर खाना और रात में दूध ! सारे दिन को घड़ी के हिसाब से नहीं, भोजन नाश्ते के हिसाब से बांट दिया गया है.... मैं जो ऐसी व्यवस्था और नियमबद्धता का कभी अभ्यस्त नहीं रहा, बड़ा पराया-पराया सा महसूस करता हूं। यहां तो बेड-टी के साथ ही ब्रेक-फास्ट ले लेने की आदत है। वहीं होटल में बैठे-बैठे गप्पें लड़ाईं, अखबार पढ़ा तो लगा कि अब खाना-खाने कौन दुबारा आएगा—ब्रेक-फास्ट ही इतना कर लो कि भोजन का काम दे दे। खाकर गए तो जाकर ब्रुश किया, नहाना-धोना हुआ और फिर लिखने-पढ़ने की बात सोची....यहां सभी कुछ इतना तय है कि कौन काम कब करना है....एक खाने से निश्चिन्त नहीं हो पाता हूं कि दूसरे का समय आ जाता है....

"देखिए, टण्डन वगैरा का घर कैसा साफ-सुथरा, सुरुचिपूर्ण रहता है ! मैं चाहती हूं, हमारा घर वैसा ही साफ-सुथरा रहे। चाहे कभी कोई आ जाए, उसे ऐसा न लगे जैसे उसके लिए सब ठीक-ठाक कर दिया गया हो...." रंजना ने सोफे, कुर्सियों और मेरी राइटिंग-टेबल को मुग्ध भाव से देखते हुए कहा था। फिर अचानक होश में आकर बोली, "पर मुझे आपसे यही डर है। कभी अपनी किसी साथ की लड़की को लेकर आऊंगी तो देखूंगी कि कहीं तौलिया पड़ा है, कहीं किताब रखी है....कहीं सोफे की गद्दियां लुढ़क रही हैं...."

और मुझे लगता है, मैं यहां मेहमान बनकर रह रहा हूं....मैं तो केवल कुछ दिनों को यहां आया हूं, मेरा वास्तविक घर तो वही कमरा है, जिसकी चारपाई के सिरहाने सारे धोबी के धुले कपड़े तकिये का काम देते हैं....दरवाज़ों के पर्दे

और तौलिया में कोई भेद नहीं है। मन को समझाता हूं कि आखिर वह ज़िन्दगी तो बहुत चलती नहीं—जब भी, जहां भी, इस तरह की ज़िन्दगी की शुरूआत होती हो। फिर आदमी को यह तो मानकर ही चलना चाहिए कि अकेले रहने और किसी के साथ रहने में कहीं तो अन्तर है ही....। कभी-कभी अपने पर ही दया आती है, देखो व्यवस्था और सुख मेरे लिए कितने पराये हो गए हैं कि उनके बीच में मैं मेहमान अनुभव करने लगता हूं.... !

फिर भी पुलक और परितृप्ति को ऐसी अजनबी आंखों से क्यों देखता हूं, जो रंजना के अंग-अंग में छलकती है.... ? कैसे उत्साह और उल्लास से वह महीने का बजट बनाती रहती है....और तब बड़े संकोच से मैं कहता हूं, "रंजना वर्ष में एक या दो बार तुम जितना कहोगी, उतना पैसा मैं दे दूंगा....लेकिन नियमित रूप से महीने-महीने दे पाना बड़ा मुश्किल है।"

"अरे आप चिन्ता क्यों करते हैं ?" वह मुझे समझाती है, "यह सब हम लोगों का ही है—मेरा-तुम्हारा क्या है ? मेरे कॉलिज से जो मिलेगा, वह मेरा है और आपको जो मिलेगा वह आपका है—यह सोचना ही गलत है ! अभी तक आप भी रहते ही थे, और मैं भी रहती ही थी।"

मुझे लगा, जो बात मुझे कहनी चाहिए थी, वह रंजना ने कह दी है। मैं अपने को तौलता रहा कि यह कितनी व्यावहारिक और समझदार है और ऐसी बातें मेरे दिमाग में क्यों नहीं आतीं ? क्यों मुझे यह लगता रहता है कि....

और परसों जब रंजना ने महीने के सारे खर्चे चुकाए—मकान, दूध, लाला, नौकर, चूड़े (भंगी) के दिए, तो मेरे ऊपर अपने-आप ही एक अपराध का बोझ आ गया। 'अच्छा ही तो है, इन छोटे-छोटे सिर-दर्दों से रंजना ने मुक्त कर दिया ....अब मैं निश्चिंत भाव से मन लगाकर लिखूंगा....।' लेकिन मन किसी तरह नहीं माना और मैं बाहर घूमने निकल गया।

अपराधी

कॉफी हाउस में रंजना से मिलना था। वहीं टण्डन और मन्दा भाभी भी आने को थे। प्रोग्राम था कि कहीं बाहर ही खाना खाएंगे। छुट्टी थी, इसलिए रंजना आने को तैयार हो गई थी।

बार-बार गर्दन का पसीना पोंछता हुआ नौ नम्बर के स्टॉप पर खड़ा ही था कि देखा, गिलाफ में बन्द अपना लम्बा तानपूरा उठाए शकुन चली आ रही है ....हां, शकुन ही थी। हमारे....नगर में ऊपर वाली मंज़िल के द्विवेदी जी की लड़की। जब देखो तब निहायत बेसुरी आवाज में 'सारे गमा पाधा' रेंकती रहती थी। मैंने इसके हार्मोनियम का पर्दा चाकू से फाड़ दिया था। एक बार पता चला, इसे टी. बी. हो गई और यह भुवाली में है....। तब इसकी शादी हो चुकी थी। किसी ने बताया, पति ने मार-पीटकर निकाल दिया।

मैं देर तक देखता रहा। जब एकदम पास आ गई, तो मैंने धूप का चश्मा

उतार दिया। और बोला, "शकुन, तू !"

"अमर !" शकुन भी चौंकी।

एक क्षण को दोनों सकपका उठे, शायद विह्वल हो उठे—क्या बोलें ? शकुन मुझसे बड़ी थी, लेकिन लाख समझाने-पिटने पर भी मैंने उसे जीजी नहीं कहा।

"मैं तो आजकल यहीं हूं।" मैंने बताया....वह सोने की मटरमाला पहने थी। मैंने पूछा, "तू तो....सुना था...."

शकुन अब व्यवस्थित हो चुकी थी। बस स्टॉप की दीवार पर तानपूरा टिकाकर गहरी सांस ली, "आजकल तो दिल्ली में ही हूं....यहीं माथुर लेन में रहती हूं....इधर पास ही स्कूल है अपना संगीत का।"

"अच्छा !" मैंने प्रसन्न भाव से कहा, "बड़े रोब हैं !"

"तूने भी तो खासा नाम कर लिया है.... ।"

मैंने बीच में बात काट दी, "ये सब उठाकर कहां जा रही है ? इतना बड़ा जहाज़ लेकर बस में चढ़ेगी ?"

"कुछी ले लूंगी....अभी आई हूं।"

"अभी भी कुछी कहती है !" मैं हंस पड़ा।

वह भी मुस्कराई। वह हमेशा 'कुछ ही' को 'कुछी' और 'कुछ नहीं' को 'कुन्नईं' बोलती थी और मैं हमेशा चिढ़ाता था। बोली, "अब कहां जा रहा है?"

"कॉफी हाउस में बीवी आएगी।" मैंने नकली गम्भीरता से कहा।

"हूंऽऽ ! बीवी ?" उसने आश्चर्य का भाव लाकर पूछा।

"चल, तू भी चल न.... ।" मैंने अनुरोध से कहा, "चल तुझे बीवी से मिला दूं—मास्टरानी है, संगीत की नहीं, भाषा की ।"

"खबर तक तो दी नहीं—अब ले चलेगा !" शकुन ने ताना दिया। फिर उच्चता से बोली, "मैं मास्टरनी नहीं, अपने स्कूल की प्रिंसिपल हूं। और कौन-कौन आएगा ?"

"एक दोस्त और उसकी वाइफ ! चल न !"

"वैसे चाय पीने की इच्छा ज़रूर है, लेकिन वहां जाऊंगी तो देर हो जाएगी। फिर किसी दिन फुरसत से ले जाना। यहीं-कहीं आसपास एक कप चाय पिला दे। फिर रेडियो जाना है।

और हम लोग गोलचा के ऊपर जाकर देर तक चाय के साथ गप्पें लड़ाते रहे। एक-एक बात की याद करके मुझे हंसी आती और हम उसे दोहराकर आनन्द लेते। हर बार बीच-बीच में कहते, "मुझे तो सपने में भी खयाल नहीं था कि यों अचानक मुलाकात हो जाएगी।" उसे रेडियो में रेकार्डिंग कराने जाना था। आजकल वह अकेली है, साथ में एक भतीजी और उसका पति है—लेकिन एक तरह से अलग ही है। मैंने कहा, "अभी तेरी उमर ही क्या है ! अपने स्कूल में किसी संगीतज्ञ को बुला....और जांच-परखकर उसके साथ सैटिल हो जा.... ।"

"तेरे साथ हो सकती थी, सो तू पहले से ही शादी किए-कराए बैठा है। उसी उन्मुक्त दुष्ट हंसी से वह बोली।

मुझे अच्छा लगा कि ज़िन्दगी के इतने उतार-चढ़ाव देख लेने पर भी वह अपनी हंसी उसी तरह कायम रखे है, और शायद इसीलिए बची भी रही। मैं पहले तो झेंप गया, फिर बेशर्म बनकर बोला, "चल, अभी चली चल....। शरह से तो चार-चार रख सकता हूं।"

उसने मुंह बिचका दिया, "ऊपर की मंज़िल पर रहते थे, तब तो आकर हार्मोनियम के पर्दे को चीर गया था....साथ रही तो मेरा सितार, तानपूरा सब तोड़-फोड़ डालेगा; और उससे पहले बीवी ही झोंटा पकड़कर बाहर निकाल देगी....।" फिर अचानक बात छोड़कर वह चुप हो गई।

मुझे साफ लगा, झोंटा पकड़कर खींचने की बात से उसे शायद अपने पति का मार-पीटकर निकालना याद आ गया। उधर से ध्यान हटाने के लिए जान-बूझकर उसी लहजे में बोला, "बेहया !" और अकारण हंसता रहा, "तू अभी तक वैसी ही बेशर्म है !"

लेकिन शकुन सुस्त हो गई। धीरे से बोली, "वरना तू मुझे यों देखता.... ?"

एकदम दिमाग में कहीं कोई बटन दबा और लगा, इस पर तो एक अच्छी-खासी कहानी लिखी जा सकती हैं।

मुझे उसके शरीर, पहनने-ओढ़ने से कतई नहीं लगा कि इन दिनों उसे कोई दुःख है। बदन दुहरा हो गया है और ठोड़ी के नीचे एक सलवट आती है। गहरा हरा ब्लाउज और हैंडलूम की साड़ी। मैंने टालकर कहा, "अरे तू मजे में है। पैसा है तेरे पास। अभी नीचे चलकर वज़न ले लेना। तुझे चिन्ता-फिकर किस बात की !"

"हूं...ऐसा ही लगता है दूर से....। स्कूल चलाया है कभी ?" उसने अन्तिम वाक्य ज़रा तीखे स्वर में पूछा तो मुझे याद आ गया—उन दिनों यह कम्बख्त कभी-कभी हमें पकड़कर पीट देती थी....हम लोग पकड़ से दूर-दूर भागते, चिढ़ाते, "शकुन की बच्ची, दाल-रोटी कच्ची, आटा तेरा पतला...."

उससे स्कूल का फोन और उसका पता लिया—अपना दिया। फिर हम लोग नीचे आए तो अंधेरा हो गया था। "हाय राम ! आज प्रोड्यूसर मेरी जान को रो रहा होगा.... !"

"इस सूचना के लिए अभी से बधाई दे दूं ?" मेरे मुंह पर आया।

"चल बत्तमीज....सड़क का तो खयाल कर !" वह उसी वत्सल पुलक से बोली। मुझे स्कूटर में कॉफी हाउस के सामने छोड़कर रेडियो चली गई।

रास्ते-भर एक अनजान और अविश्लेष्य रोमांच तन-मन पर छाया रहा। बीमारी के बाद, कैसे उसने भतीजी की मदद से स्कूल चलाया। मां-बाप ने परित्यक्ता बेटी का मुंह देखने से इन्कार कर दिया। मेरे मन में अपने-आप ही

एक तुलना चलती रही—एक अमला है, बैठी है और घुटती है। एक यह है, कैसे आत्मविश्वास और साहस से ज़िन्दगी का सामना करती चली जा रही है! अमला के पास पैसा है, उसका परिवार उदार है, उसे बाप का अजस्र प्यार है। इसके पास क्या है ? निहायत ही पंडिताऊ किस्म का परिवार, गरीब घर का दुश्चरित्र पति।

बीच-बीच में कई बार खयाल आया, रंजना कॉफी हाउस में बैठी होगी। लेकिन फिर सोचा, टण्डन और मन्दा भाभी तो होंगे ही। अब स्कूटर से उतरकर कॉरीडोर की ओर चलते हुए इन लोगों की नाराजी सामने आ गई।

लेकिन भीतर कोई नहीं था। सारे केबिन देखकर लौट ही रहा था कि सामने गोरे-चिट्टे भारी-भरकम लखनौवा पत्रकार चिन्तामणि ने रास्ता रोक लिया। आदब-अर्ज वाले हाथ को ऊपर-नीचे हिलाकर मेरा मुआयना करते हुए बोले, "अमां, शादी क्या की....आप तो हुमा हो गए.... !"

मैं उनके कन्धे पर हाथ रखकर बगल से निकलते हुए बोला, "हां यार, ऐसा ही है जरा....।"

उन्होंने कमर में हाथ डालकर रोक लिया, "चले कहां हुजूर ? कम से कम शादी की कॉफी तो पिला जाओ।"

मैंने प्रार्थना से कहा, कॉफी क्या, आप जो कहेंगे सो पिला दूंगा; लेकिन इस वक्त जाने दें....बेहद जल्दी में हूं।" फिर बीच की मेज पर बैठे कुछ लोगों की ओर इशारा करके कहा, "दूसरे, आप साप्ताहिक, 'मातृभूमि' के प्रूफरीडरों के साथ हैं। मेरी समझ में नहीं आता, ऐसे बेईमान और झूठों के साथ आप कैसे.... ?"

"अच्छा ! अच्छा !" और बड़े सरपरस्त के अन्दाज में जल्दी-जल्दी बोलकर हंसते हुए उन्होंने मेरा कन्धा थपथपाया। लिहाज़ की खातिर कहा, "अच्छा याद रखिए....।" फिर अपने दल की ओर मुड़ गए।

"जरूर !" जान छूटी के भाव से मैंने कहा और बाहर का कांच का दरवाज़ा पीछे छोड़ दिया। मुंह निकला, "चे....गैन....दाल कहीं के....।"

रंजना बहुत नाराज होगी, जानते हुए भी मैं बहुत खुश था। शकुन से मिलकर मन ताजा हो आया था। बहुत दिनों बाद ईमानदारी से अपनी घुटन और फिक्रों से हटकर दूसरे के दुःख में पैठने की कोशिश की थी। मन में उठता, 'बेचारी!' लेकिन दूसरे ही क्षण मैं समझता, बेकार ही मैं उसके लिए दुःख प्रकट किए जा रहा हूं। हो सकता है वह परम सुखी हो और उसे कोई दुःख न हो ! देखने से तो बहुत संतुष्ट और सुखी लगती है।

घर आया तो टण्डन और मन्दा भाभी मेरे ही कमरे में बैठे थे। सीढ़ियां चढ़ते ही मुझे लगा कि एक बोझिल बादल की परतों में उतर आया हूं। मुझे देखते ही टण्डन ने कहा, "हमें कॉफी हाउस में बैठाकर....।"

मैं खुशामद से बोला, "मेरी बात तो सुन !"

"बात सुनें खाक...."

टण्डन की बात काटकर धीरे से रंजना ने कहा, "मैं वहां अकेली बैठी-बैठी बोर हो गई....।"

"ओरे भाई....!" मैंने दोनों हाथ उठाकर समझाना चाहा।

इस बार मन्दा ने कृपापूर्वक कहा, "अच्छा बताओ क्या हुआ ? कौन मिल गई थी....?"

"शकुन...."

मन्दा और उत्साह में बोली, "मैंने क्या कहा था ?"

भर्त्सना से टण्डन बोला, "इसको तो बस कोई लड़की दीखनी चाहिए, फिर कहां का एपॉण्टमेंट, कहां के दोस्त...." फिर सरकारी वकील के धमकी-भरे स्वर में पूछा, "हां साहब, अब यह शकुन कौन ? ये भी आपकी पाठिका है क्या?"

पाठिका वाली बात पर मैंने झटके से सिर मोड़कर रंजना की ओर देखा। यह तो परसों की ही बात है न ! रंजना की निगाहों में भी आरोप था।

"मैं पूछती हूं, तुमसे भले आदमी की तरह क्यों नहीं रहा जाता ?" मन्दा भाभी ने अपनी उसी जज की तेजी से पूछा, अब तुम्हारी शादी हो गई, घर हो गया....और अब भी तुम यह सब नहीं छोड़ते.... ? बीवी बेचारी कॉफी हाउस में राह देख रही है, और आप शकुन जी से मिल रहे हैं....।"

रंजना की आंखों में आंसू आ गए।

अब मुझे स्वयं लगने लगा था कि शकुन से यों मिलना और उस मिलन की प्रतिक्रिया को सुख समझना, अपराध ही है....।

"सचमुच कभी-कभी लगता है मैंने तुम्हारे हित में अच्छा नहीं किया।" रंजना ने रात को भावोच्छ्वसित स्वर में कहा था, "तुम हमेशा उदास-उदास, खोए-खोए रहते हो, हंसते-बोलते नहीं हो, और अक्सर बैठे-बैठे सोचते रहते हो—तो मुझे लगता है, मैंने जैसे तुम्हारे साथ बहुत बड़ा अन्याय किया है। और तब, मन में अपराध की भावना आती है, शायद अपने सुख के लिए मैंने तुम्हें कैद कर डाला....।"

"तुम्हारा सुख मेरा सुख नहीं है रंजना ?" मैंने उसकी बात से पिघलकर पूछा था।

"पहले कभी लगता था—अब नहीं लगता....।" रंजना रोने लगी तो मुझे खुद रोना आ गया—मेरे साथ अनेक कुंठाएं हैं....अनेक अवरोध हैं....इस बेचारी निश्छल लड़की को क्यों मार रहा हूं.... ?

चीरती हुई रेलगाड़ी

अमला का पत्र आया था, "तुम मेरे खत की राह देख रहे होगे....मैं जानती हूं और यह भी जानती हूं कि तुम्हें पता था : मैं नहीं लिखूंगी। मैं दुःखी हूं, दिग्भ्रान्त हूं और हताश हूं; या सुखी उल्लास में डूबी और मदविभोर—यह तुम्हारी समस्या

क्यों बने ? क्या इतना काफी नहीं है कि मैं तुम्हारे लिए लेखन में यदि कहीं सहायक बन सकूं तो बनूं....और तुम मुझे अपनी नई-नई रचनाएं दे सको, तो दो। वरना हम लोग, अपरिचय के उस पुराने लोक में लौट जाएं....परिचय, मित्रता और जिम्मेदारी....अपने बाह्य व्यक्तित्व के निर्माण में सहायक हों न हों, लेकिन मनुष्य के आन्तरिक और उच्चतर व्यक्तित्व के निर्माण में ज़रूर उत्प्रेरक हों। तुम्हारा उच्चतर व्यक्तित्व, कला के प्रति तुम्हारा प्रतिश्रुत—कमिटेड—व्यक्तित्व है। मेरा अनुमान या कहूं कामना है—विवाह का यह निर्णय तुम्हें अपने उच्चतर व्यक्तित्व के लिए उत्प्रेरक ही लगा होगा....बताओ, उस अधूरे उपन्यास का क्या हुआ ? तुम्हें याद है, तुम्हारे एक पत्र ने मुझे तटस्थ भाव से सोचने की सामग्री दी थी....और तब मुझे सोचकर लगा था कि मेरे जीवन में बहुत कुछ ऐसा है जो शायद किसी अच्छे हाथों में पकड़कर एक सुन्दर कृति का रूप ले ले....हो सकता है, उसमें बहुत कुछ ऐसा भी हो जो जिन्दगी में नये सिरे से, नये कोण से सोचने की भी सामग्री दे। और जब लिखने बैठी, तो लगा, नहीं मेरी जिन्दगी में ऐसा कुछ भी नहीं है, जो दूसरे के लिए उपयोगी हो। तुम जानते हो, मैंने अपने सारे अतीत पर 'प्रवेश निषेध' की तख्ती लगा दी है—और मैं स्वयं अपने को इतना पराया अनुभव करती हूं कि भीतर नहीं आने देती....। अच्छा सुनो, तुम क्यों नहीं कुछ दिनों रंजना के साथ यहां आ जाते ? नीचे तो बड़ी गर्मी होगी न ? शिमला बड़ी सुन्दर जगह है। शायद वातावरण का यह बदलाव तुम्हें प्रेरणाप्रद हो। जानते हो, जिस बंगले में ठहरी हूं, उसका नाम क्या है ? इसका नाम है 'त्रिस्त'। तुम्हारी हिन्दी में 'अभिसार-कुन्ज' ही तो होगा न ? तुम और रंजना आ जाओगे तो शायद यह नाम कुछ सार्थक हो जाए। मैंने इसे पूरे सीज़न के लिए ले लिया है। हो सकता है, तुम दोनों को 'अभिसार-कुन्ज' में छोड़कर और आगे बढ़ जाऊं। यहां तो तबीयत बहुत ऊब गई है....।"

अमला के पत्र में एक अजीब-सी वेदना है, जो उसकी अपनी वेदना है, लेकिन मुझे मथती है....और लगता है, मेरा भी एक अंश है जो पर्वत-पर्वत पर दिग्भ्रान्त, व्याकुल घूमता है....जो चिर यायावर है ! शायद उसी का कोई भाई-बन्द हो जिसे अमला ने उच्चतर व्यक्तित्व कहा है....लेकिन यह सच है, मन-क्षितिज पर जब उसे वीरान और अनजान घाटियों में घूमते देखता हूं तो बस मुग्ध होकर देखता-भर रहता हूं—निस्संग और निर्विकार....और तब न साथियों की क्षुद्रता याद रहती है, न अभावों की खिचखिच....न अमला का शुभ्र-स्निग्ध व्यक्तित्व याद आता है....न यह अपने में डूबी रंजना....

रंजना से एक बार मैंने शायद इसका जिक्र किया था, तो उसने सीधे-सीधे मास्टरी लहजे में सहज भाव से कह दिया, "यह सब कुछ नहीं, आपके भीतर छायावादी पलायनवृत्ति के ध्वंसावशेष बोलते हैं....।"

टण्डन की तो पुरानी शिकायत है कि मैं प्राप्त से आंखें मूंदकर अप्राप्य-अज्ञेय के पीछे भागता रहा हूं....।

अक्सर रंजना को जब परम तृप्ति के भाव से सोते देखता हूं तो लगता है, रंजना आत्मनिर्भर है, उसके पास एक घर है, उस घर को अच्छा से अच्छा सजाने के सपने हैं, कि लोग देखें और कहें कि घर रखना आता है, कि उसने बहुत ही अच्छा किया जो अपने मन से निर्णय लिया। रंजना के पास एक पति है, जो किसी भी पति जैसा अनुरक्त, शिष्ट, शालीन और प्रियदर्शन है—इनके साथ ही रंजना को गर्व है कि उसके पास कुछ ऊंचा और विशिष्ट है जो औरों के पास नहीं है।

लेकिन मेरे पास क्या है ?

और तभी पड़ोस की रेल सीटी देती हुई मुझे आर-पार चीरती चली जाती है....

कभी-कभी सोचता हूं, मुझे रंजना के सुख से ईर्ष्या तो नहीं होती ?

मैं अपने को समझाने की कोशिश करता हूं—मुझे क्या कमी है ? मेरे तो किसी भी सपने में न ऐसा सुव्यवस्थित घर था, न ऐसा नियमित जीवन; न ऐसा एकान्त प्यार था, न निश्चित वर्तमान—मैं क्यों नहीं रंजना की तरह अकुंठित और उन्मुक्त भाव से नये जीवन को ग्रहण कर पाता ?

क्यों मुझे लगता है कि मेरी जगह कोई भी होता तो रंजना उतनी ही सुखी और प्रसन्न होती ?

अनेक परतों वाला झूठ !

कहते हैं, शादी के पहले पुरुष अन्धा होता है; उसे सिवा प्रेयसी के दुनिया में कुछ नहीं दिखाई देता—और शादी के बाद औरत अन्धी हो जाती है....तब आदमी की आंखें खुलती हैं। मैं तो न पहले अन्धा था, न अब हूं....

अक्सर रंजना को देखता हूं तो सोचता हूं कि सुख क्या है, यह शायद इसे देखकर ही समझा जा सकता है। जाने किस नशे में डूबी रहती है !

परसों शाम को, हम लोग अपने पुराने मकान-मालिक सेठी-परिवार के यहां गए थे। उन लोगों ने खाने पर बुलाया था। मिस्टर और मिसेज़ सेठी दोनों हंस रहे थे कि मेरी पत्रों की बेचैनी देखकर वे लोग आपस में क्या-क्या बातें किया करते थे। मिसेज़ ने तो बहुत पहले ही कह दिया था कि देख लेना, ये दोनों शादी कर लेंगे। और हम लोग सब मिलकर देर तक अपनी ही बातों पर हंसते रहे। वे अफसोस प्रकट कर रहे थे कि मैं वहां से चला आया।

"आप जैसे शांत किरायेदार को हम कभी जाने ही नहीं देते...." मिसेज़ सेठी ने खाने की मेज़ पर कहा था।

"भई, आखिर ये लोग कैसे एक ही कमरे में रहते ? अमर जी अकेले थे, तब तो कोई बात नहीं थी। इन्हें नये घर की शुरुआत तो करनी ही थी....।" मिस्टर सेठी रिस्टवॉच के डायल पर सिगरेट ठोककर मुंह में लगाते हुए बोले।

"हां, सो तो है ही।" मिसेज़ सेठी सिर झुकाए पुलाव परोसती रही, "मैंने

तो यों ही एक बात कही। कुछ दिन तो हम दोनों को बेहद ही सूना लगा। बच्चों का तो मन ही नहीं लगता था। सचमुच आपके रहते इन्हें बड़ी निश्चिन्तता थी—अक्सर ही दौरे पर जाना पड़ता है। घ़र में कोई तो रहता है....''

''लेकिन इनका रहना.... ?'' सिर पर साड़ी का पल्ला लिए रंजना एकदम गुड़िया-सी बनी थी। ''इनका तो रहना न रहना बराबर है !'' उसने मुस्कराकर कहा, ''सारे दिन बन्द होकर लिखते रहे, फिर बस, चलो टण्डन के यहां, चलो घूमने....।''

''सो तो खैर, इनका यहां भी था।'' मिसेज़ सेठी ने बताया, ''बन्द करके कमरा बैठे हैं....संध्या को निकल गए तो पता ही नहीं कब लौटेंगे। मेरा खयाल है शायद सबसे कम मुलाकात हम लोगों से होती होगी।''

और वे गद्‌गद होकर मेरी सारी बातें बताती रहीं। मैं भी इस तरह मज़ा लेता रहा, मानो किसी तीसरे आदमी के बारे में बातें हो रही हों....ऊपर से इतने तटस्थ रहने वाले ये लोग मेरी सारी बातों पर कितनी निगाह रखते थे—अब मुझे आश्चर्य हो रहा था।

''अच्छा रंजना जी, खतों को छूने देते हैं या अब भी वही रवैया है ?'' मिस्टर सेठी ने पूछा, ''एक बार टिकट लेने के चक्कर से जगत या रीना में से किसी ने एक लिफाफा खोल लिया, तो अमर साहब क्या नाराज़ हुए हैं.... !''

मिसेज़ सेठी के चेहरे पर परिहास चमक उठा, बोलीं, ''लेकिन पहले जिसके खतों के लिए परेशान रहते थे, अब वो तो खुद ही....।''

मुझे डर लगा—कहीं वे अमला के लिए कुछ उल्टी-सीधी बात न कह दें। कानों के ऊपर से तना पल्ला, रूमाल के साथ मुट्ठी से लिए रंजना सचमुच नवेली की तरह लजा रही थी। इस बार बोली, ''नहीं मिसेज सेठी, क्या मजाल जो कोई इनके खत छू ले....वहां तो इनकी जान रखी रहती है....। जाने कौन-कौन पाठिकाएं, प्रशंसिकाएं....।''

अमर ने घूमकर मिस्टर सेठी की ओर देखा और बात काटकर बोला, ''अब यह तो समझती नहीं है सेठी साहब, जिस तरह का हम लोगों का काम है, उसमें न आफिस है न फील्ड-वर्क....। पत्र-पत्रिकाएं ही तो हैं, जिनसे बाहरी दुनिया से सम्पर्क बना रहता है....।''

और फिर मैंने सफाई दी, ''सेठी साहब, मैं छिपाता कुछ नहीं हूं; लेकिन जिस चीज में न आपको कोई दिलचस्पी न आपका सम्बन्ध, उसे अगर मैं अपने तक ही रखूं तो क्या बहुत बुरी बात है ?'' फिर रंजना की ओर धूमकर बोला, ''सेठी साहब से पूछो, इनके आफिस में जो चिट्ठी-पत्री आती हैं, वे सारी मिसेज़ को दिखाते हैं.... ?''

''यह बिलकुल ही अलग बात है।'' रंजना बोली, ''आपकी और उनकी बात एक कैसे हो जाएगी ? चलिए, इस बात को टण्डन भाई साहब से तय कराएंगे।''

"टण्डन भाई साहब खुदा हैं....!" मैं चुप हो गया। इसी बात से मुझे गुस्सा आ जाता है....हर बात में टण्डन भाई साहब ! मानो टण्डन भाई साहब न हो गए, ऐनसाइक्लोपीडिया हो गए—जहां हर आवश्यक सूचना संग्रहीत है।

"खैर जी, चलो अच्छा हुआ....हमें तो इस बात की खुशी है कि आप लोग बंध गए.... !" मिस्टर सेठी ने खाने की मेज पर बैठने से पहले बाहर जाकर सिगरेट फेंकी।

"बंध तो गए, लेकिन घर की जिम्मेदारियां इनसे निभेंगी ?" मिसेज सेठी ने मुझे इस तरह देखा मानो मेरी रग-रग से परिचित हों....।

"वह सब आदमी धीरे-धीरे सीख जाता है....लैट ए चीको कम....सब हो जाएगा....।" सेठी बाहर बरामदे के वाश-बेसिन में हाथ धोते रहे।

रंजना लाल हो गई, और व्यस्त बनकर मानो कमरे की एक-एक चीज देखने लगी।

मैं जानता हूं, आजकल उसके दिमाग में इसके सिवा कुछ आता ही नहीं कि—किसके यहां कौन-सी चीज है जो हमारे यहां भी होना चाहिए....। घर के लिए फर्नीचर का पूरा सेट टण्डन ने दिया था, पर्दे वह दुनिया-भर में घूमकर एक दिन मन्दा भाभी के साथ लाई थी। आजकल उसे धुन है कि 'ड्राइंगरूम' में एक कार्पेट और होना चाहिए, सो आजकल जिसके यहां जाती है उसी का कार्पेट देखती रहती है। किसी न किसी तरह कार्पेट की चर्चा लाती है और दाम, मिलने की जगह, किस्में पूछती है....उसके ऊपर घर सवार है। नौकर घर में कोयला कितना खर्च करता है, चीनी हफ्ते में कितनी आती है, फल-सब्जियां देखते-देखते कितने तेज हो गए हैं—जब वह और मिसेज सेठी इस बारे में एक-दूसरे का ज्ञान बढ़ा रही थीं—तब मैं मिस्टर से गजब की गर्मियों की चर्चा कर रहा था; मकानों की तंगी बखान कर रहा था।

बात किसी तरह नौकरों के न मिलने पर, घरेलू नौकर-यूनियन के कारण बढ़ती शहजोरी पर आ गई, और फिर चीजों की महंगाई गिनाई जाने लगी। मिसेज सेठी ने कहा, "नौकरों पर अगर सख्त निगाह न रखी जाए, तो वे आधा तो बिगाड़ते ही हैं। उन्हें क्या दर्द ?"

"लेकिन अकेला आदमी कहां तक सब कुछ करे ?" रंजना बोली, "दोनों अपनी-अपनी जिम्मेदारी थोड़ा महसूस करें तो...."

"खैर, ये लेखक आदमी हैं....जिम्मेदारी-विम्मेदारी इनसे निभनी नहीं है।" सेठी साहब ने अधिकारी स्वर में कहा, "हां, ये बात तो है....हमारा नौकर अगर भूल जाता था या नहीं होता था तो तीन-तीन दिन तो अमर जी सुराही का पानी नहीं बदलते थे, और कमरा तो हफ्ते में एक बार झड़ता था....धोबी ही गन्दे कपड़े ले जाता था, वही रख जाता था।"

मैं बड़े झेंपे ढंग से हंसता रहा, "आप भी मिसेज सेठी, इसकी तरफदारी ले रही हैं...."

''तरफदारी नहीं, पहले और बाद में थोड़ा तो फर्क होता है....'' और उसके बाद मुझे ऐसा लगता रहा जैसे मैं कटघरे में खड़ा हूं....रंजना की यह आदत चकित कर रही थी कि वह हमेशा मेरे खिलाफ मोर्चा बना लेती है....

बाहर निकलते समय अपने पुराने कमरे के सामने से जाते हुए मन और भी उदास हो गया। इस कमरे के साथ मेरी कितनी स्मृतियां गुंथी हैं....कितनी चीजें मैंने इसमें बैठकर लिखीं, कैसे अच्छे-बुरे दिन देखे ! यह कमरा अभी 'मेरा' था। आज इसके सामने से यों निकल रहा हूं जैसे कभी इससे कोई सरोकार ही नहीं रहा। अब यह जगत और रीना का कमरा है। मन होता रहा, उधर की खिड़की खोलकर देखूं—वह लड़की जिसे उसकी मां भीतर कहीं से 'ऊषीऽऽ' कहकर आवाजें लगाया करती थी—अब भी मुझे देखकर जीभ बिराती है या नहीं....खिड़की में खड़ी-खड़ी अब भी उसी तरह दो-दो घंटे फाउण्टेन पेन में स्याही भरती रहती है या नहीं....। अब वह खिड़की बन्द है और वहां रीना जगत की स्कूल की अटैचियां रखी हैं।

जाने क्यों, अचानक ऐसा लगा जैसे मैं कहीं रंजना के साथ नहीं रहता ....बल्कि वही पहले वाले दिन हैं और मैं सीढ़ियों तक या बहुत हुआ तो बस तक रंजना को विदा करने आया हूं।

सेठी-परिवार को अपने यहां आने का निमन्त्रण देकर जब हम लोग नीचे उतरे तो मैं बहुत सुस्त था और रंजना शायद अपने में व्यस्त। साढ़े आठ बजे थे। मैंने कहा, ''चलो, पैदल ही चले चलते हैं, रोहतक रोड है ही कितनी दूर ? इस सत्ताईस नम्बर बस का कुछ ठीक है ?''

''तो स्कूटर ले लें।'' रंजना ने सुझाया।

''नहीं....जरा अपने 'सरगोधा ईटिंग हाउस' के दर्शन भी करते चलेंगे।'' इधर दो महीने बाद आया था और पता नहीं फिर कब आना हो। पूछा, ''तुम्हारी तबीयत तो ठीक है ?''

''हम तो थक गए !'' बड़ी झिझक के साथ वह बोली।

''अरे चलो भी....'' मैंने कहा, ''तुम्हारी यह बात मेरी समझ में कभी नहीं आएगी। दोपहर-भर सोते रहे, शाम को उठे, बस में बैठकर यहां आ बैठे। थक किस चीज में गए ?''

मैं उसे 'सरगोधा ईटिंग हाउस' में ले गया। लाला दोनों हाथ जोड़कर बड़े प्रेम से बोला, ''कहिए मास्टर साहब, आपने तो बिलकुल ही भुला दिया।'' यह पता नहीं क्यों शुरू से मुझे मास्टर साहब कहता है। ''आइए, आज ऐसी फर्स्ट क्लास कोफ्ता-करी है कि....।'' वह अर्थ-भरी निगाहों से रंजना को देख रहा था। 'चन्दन का बच्चा' भीतर से एक प्लेट में तन्दूरी रोटी झुलाता निकला तो मुझे देखते ही बत्तीसी झलकाकर खिल उठा। मालिक की आवाज आई, ''मेज साफ करो, एकदम।''

पहले मेरा मन सिर्फ सामने से निकल जाने को था, लेकिन अब लगा, यहां

न बैठना अन्याय होगा। बड़े हुलसकर चन्दन ने मेज साफ कर दी। मैंने पीछे छूटी रंजना को कन्धे पर हाथ रखकर आगे बढ़ाया, "लालाजी, ये मेरी वाइफ़ हैं; और रंजना, तुमसे पहले ये हमारे अन्नदाता थे....।"

लाला गद्‌गद हो गया। सोने का दांत चमकाकर रंजना को हाथ जोड़े और मुझसे बोला, "मिठाई भी नहीं खिलाई मास्टर साहब ! अब आज हमारी तरफ से भोजन सही !" रंजना ने जरा से हाथ उठाए।

गन्दी मेज-कुर्सी और धुएं-भरा होटल देखकर रंजना का मूड खराब हो गया है, यह मैं जान गया। लेकिन उस समय अपने-आपसे और उस प्रेम से मजबूर हो गया था। बड़ी अनिच्छा से रंजना आकर बैठी। शिवजी की बड़ी-सी तस्वीर के नीचे, जहां मैं बैठा करता था, वहां खाकी कमीज पहने, तहमद बांधे, एक ड्राइवर जैसा सिख बैठा था; और एक टांग कुर्सी पर उठाए बड़े तन्मय भाव से चिकिन-रोस्ट के अंजर-पंजर खींचकर चिंचोड़ रहा था। फर्श पानी से चिपचिपा था।

"नहीं लालाजी, खाना खाकर आए हैं। खाएंगे कुछ नहीं....ऐसी क्या बात है, फिर आ जाएंगे....।" मैं रंजना के खयाल से उठ खड़ा हुआ।

"अजी, ऐसे कैसे हो सकता है मास्टर साहब ! लस्सी तो पीकर ही जाइए....।" और बिना मेरी बात सुने उसने सामने रखे कूंडे से दही काटकर झर्र-झर्रर लस्सी बनाई, ऊपर से मलाई, खुशबू डाली और हमारे 'ना-ना' करने पर भी चन्दन को दे दी। पसीने से भीगा, बिना बटनों की कमीज में पेट तक छाती चमकाता चन्दन निहायत ही गद्‌गद आत्मीयता के भाव से बर्फ की भाप जमे दोनों गिलास सामने रख गया। इस बीच में, शायद हमारे आने की खुशी में, लाला ने घूमकर रिकार्ड पर सुई रख दी, तो बीच में डिब्बे जैसा लटका एम्प्लीफायर घिसिर-घिसिर के बाद "मैं तो कब ते खड़ा इस पार....अंखियां थक गईं पंथ निहार....' के गीत में चिंचिया उठा। मैंने जैसे-तैसे लस्सी पी, लेकिन रंजना से तीसरी घूंट नहीं पी गई। लाला ने पैसे नहीं लिए, लेकिन मैं जबर्दस्ती चन्दन को चार आने दे आया।

बाहर आते ही रंजना बोली, "कहीं से अच्छा-सा पान खिला दीजिए, नहीं तो अभी कै हो जाएगी...."

पान खाकर कुछ तबीयत ठीक हुई तो रंजना ने कहा, "भगवान के वास्ते मुझसे ऐसी जगहों पर चलने की जिद मत किया कीजिए।"

गलती मुझे खुद महसूस हो रही थी, लेकिन अब गुस्सा आ गया। पान चुपचाप खाया।

"लेकिन रंजना", आगे बहुत करुण स्वर में मैंने समझाने की कोशिश की, "इसी जगह मैंने दो साल खाना खाया है। अब तुम्हीं बताओ, इन लोगों के इस व्यवहार के सामने मैं क्या करता ?"

"तो अकेले आया कीजिए न ?" रंजना ने झटके से कहा, "कैसे खाते

होंगे आप ? वहीं गन्दी प्लेटों का ढेर है, तौलिया से पानी चू रहा है। उसी कपड़े से मेज पोंछ रहा है, उसी से प्लेट पोंछ दी। तन्दूर वालों के शरीर पर तो परनाले टपकते रहते हैं....।'' घृणा से रंजना ने फुरहरी ली।

''आखिर हज़ारों लोग खाते ही हैं।'' मैंने हारे हुए जुआरी की तरह कहा, ''हर आदमी वोल्गा और ला-बोहीम में जाकर ही तो नहीं खाता।''

''खाते होंगे हज़ारों लोग:...'' रंजना भी नाराज हो गई, ''उस सिख को नहीं देखा ? सूरत से ही गुण्डा लगता था।''

और रंजना की इसी बात से मुझे चिढ़ है—उसे लोग सूरत से ही गुण्डे, घुटे हुए, चोर, जेबकट लग जाते हैं। मजा यह कि उसे सज्जन, भले आदमी सूरत से पता नहीं लगते। गुस्सा घूंटकर मैंने कहा, ''देखो रंजना, बंगालियों ने एक बहुत बड़ा काम किया है, उन्होंने कपड़ों की इज्जत से हटकर आदमी की इज्जत करने की कोशिश की है....बड़े से बड़ा जज, डायरेक्टर सफेद कुर्ता और धोती पहने ऊंचे से ऊंचे उत्सव में बिना किसी संकोच के जाता है। सूट के कपड़े और टाई की कीमत से आदमी का मूल्यांकन गलत है, इस दृष्टि का विकास सबसे अधिक बंगाल और दक्षिण भारत में हुआ है। उसी तरह पंजाबियों ने खाने के बारे में दुनिया-भर की मिथ्या धारणाओं को तोड़ा है। भूख हो तो ऊंचें से ऊंचे ओहदे वाला पंजाबी निस्संकोच भाव से किसी भी ढाबे में घुसकर प्रेम से भोजन करेगा और अपने काम में लग जाएगा। खाना उसके लिए ज़िन्दगी और मौत का सवाल नहीं है कि जिसके लिए दुनिया-भर के शीर्षासन किए जाएं। जिस हैसियत का आदमी दूसरी जगह दुकान पर खड़े होकर सिगरेट लेना अपना अपमान समझता है, उसी हैसियत का पंजाबी निर्द्वन्द्व भाव से हाथ में छोले-कुलचा लेकर खाता है....''

''अब ये भी कोई जबर्दस्ती है ?'' रंजना ने हठपूर्वक कहा, ''अपना-अपना मन है। इसी पर लेक्चर दिए जा रहे हैं....सीधी-सादी बात यह क्यों नहीं कहते कि पंजाबी खाऊ होते हैं, इसलिए जहां मिलता है, वहीं खाने लगते हैं....।''

और रंजना की यही बात मुझे पसन्द नहीं है हर बात में उसका रवैया कुछ ऐसा निर्णयात्मक होता है कि मानो दूसरा आदमी बेवकूफ हैं....खुद चाहे अपनी लड़कियों और टीचरों के साथ खड़े-खड़े दहीभल्ले के दोने चाटती रहें....।

मैं चुप हो गया। वह चप्पल घिसटा-घिसटाकर चल रही थी। अपने-आप ही बोली, ''इस कम्बख्त दिल्ली में आने-जाने का ही बड़ा रोना है !''

कभी-कभी ऐसा होता है कि गुस्सा आपको एक बात पर आ रहा होता है और झुंझलाहट पता नहीं किन-किन बातों पर होती है। हल्ली—हमारा नौकर—लिबर्टी सिनेमा के पास घूम रहा था। उसने हमें देख लिया तो दौड़ा-दौड़ा आया। शायद खाने के बाद पान-बीड़ी लेने या यों ही मन बहलाने भाग आया था, और उसने पाजामे के पांयचों को घुटनों के पास से उठाकर ऊपर उंडस लिया था। हल्ली हमेशा ही इस तरह उंडस लेता है और रंजना को यह पसन्द

नहीं है। वह हमेशा मुझसे कहती है कि, ''इसे डांटिए, मुझे पाजामा पहनने का यह ढंग पसन्द नहीं है।'' मैं नहीं डांटता तो मुझ पर बिगड़ती है। मैं बनियान पहनकर कुछ लिख-पढ़ रहा होता हूं तो नाराज होकर कहती है, ''जब घर के लोग ही इस तरह करेंगे तो नौकर को तो और भी शह मिलेगी....।''

''मुझे बहुत गर्मी लगती है रंजना....'' मैं कहता हूं; तो पूछती है, ''गर्मी हम लोगों को नहीं लगती ?'' क्या बोलूं ?

पर्स से चाबी निकाली और तेवर चढ़ाकर बोली, ''जाओ, एकदम बिस्तरे बाल्कनी में बिछा दो। बाल्कनी में पानी डाल दिया न !''

सिर हिलाकर हल्ली चला गया। रंजना हमेशा हल्ली से इस तरह बोलती है, जैसे वह कोई नुकसान करके आया हो।

''क्यों रे हल्ली, तेरा यह नाम कैसे पड़ा ?'' मैंने एक दिन पानी पीते-पीते पूछा।

हल्ली गद्गद हो गया। वह मथुरा की तरफ का है, सो ऐसे अवसरों पर ब्रजभाषा बोलता है। ''बाऊजी, जब हौं छोटौ रहौ, तो खूब हल्लो कत्तो, जाई सुन्दै मां-बापन ने हल्ली नांव धद्दौ....।''

मैं खिलखिलाकर हंस पड़ा। हंसी रोकते हुए तभी सख्त आवाज़ में रंजना ने कहा, ''जाओ गिलास ले जाओ, देखो, चौके में बैठकर बीड़ियां मत पिया करो।''

घुटनों-घुटनों फेंटदार धोती, मारकीन की कमीज, सींक निकालकर मशीन फिरे बाल, खूब मरोड़कर बंटी हुई चोटी और पांव में चमरौधा....इस वेश में हल्ली जब आया तो, हस्बमामूल रंजना को यह सूरत से ही 'उचक्का' लगा। फिर एक बार जब रंजना ने पानी मांगा और यह गुसलखाने से बाल्टी उठा लाया तो 'पक्का गधा' हो गया। मैं मानता हूं कि यह कुछ ज्यादा ही बेवकूफ है, लेकिन धीरे-धीरे सिखाया नहीं जा सकता क्या ? और धैर्य रंजना में किसी बात का नहीं है।

हम लोग घर आए तो रोज की तरह नीचेवालों की चारपाइयां आड़ी-टेढ़ी बाहर निकली थीं। कुछ अभी अन्दर से या बाहर से आए नहीं थे, कुछ सो रहे थे। भीतर जाने के लिए छोड़ी संकरी जगह से निकलते हुए रंजना भुनभुनाई, ''एक इन लोगों को सोने का कभी ढंग नहीं आएगा....। कोई आए, कोई जाए, पड़े रहते हैं, उल्टे-सीधे, आड़े-तिरछे....।''

मैंने एक बार मज़ाक में कहा था, ''तुम अपने को क्वीन एलिज़ाबेथ समझती हो कि सब लोग उठ-उठकर खड़े हो जाया करें.... ?'' तो नाराज़ हो गई, ''आपसे इतना भी तो नहीं होता कि जाकर भल्ला साहब से कहें—सीढ़ियों पर कोयले तो न रखवाएं कम से कम....।''

और रंजना की इस तर्क-प्रणाली पर मैं दंग रह गया। ऊपर अपने कमरे में टाई उतारते हुए मैंने हल्ली से पूछा, ''हल्ली कोई चिट्ठी ?''

''नहीं आई बाऊजी !'' बाहर बाल्कनी में चादर की सिवलटें निकालता हुआ वह बोला।

''कोई आया था मिलने ?''

''नहीं जी।''

तब तक दूसरे कमरे से साड़ी बदलकर रंजना आ गई। बाल्कनी की तरफ बढ़ती हुई परिहास से मुस्कराकर बोली, ''अच्छी तरह याद कर ले....।''

उसका संकेत मैं जानता हूं। चुप रह गया। वह बाल्कनी में जाकर इस तरह लेट गई जैसे मीलों का सफर करके आई हो। मैंने कपड़े हैंगरों पर लटकाए, तहमद लपेटा और पढ़ने की मेज़ पर टेबल-लैंप जलाकर बैठ गया। मानसिक तनाव के क्षणों में जाने क्यों, लिखने और पढ़ने के लिए बड़ा मन तड़पता रहता है। कुछ और छोटे-मोटे काम करके, बाहर दूध के गिलास रखकर हल्ली ने धीरे से कहा, ''बाऊजी, मैं ऊपर जाता हूं।'' मन में देर तक बोझ लगता रहा कि दरवाजा बन्दर करना है, दरवाजा बन्द करना है ! साथ ही डर लग रहा था कि उधर वाले कमरे में जाऊंगा तो पलंग पर मुझे रंजना के साड़ी-ब्लाउज उल्टे-सीधे पड़े दिखेंगे और तब मैं झुंझलाऊंगा कि ऐसी भी क्या थकान.... !

दरवाजा बन्द करके लौटा तो बाहर से रंजना ने पुकारा, ''सुनिए.... !''

''क्या ?'' मैं बीच कमरे में रुक गया।

''पढ़ रहे हैं क्या ?'' उसने यों ही लेटे-लेटे पूछा।

''क्यों, काम क्या है ?'' मेरे स्वर में जरा रुखाई थी।

''सुबह पढ़ लीजिए न, हमारा मन नहीं लग रहा....।'' उसने निहायत ही मुलायम क्षमा-याचना के लहजे में कहा।

मैं कुछ देर टेबल-लैंप के पास खड़ा रहा, फिर खट से बन्द करके चुपचाप बाहर आ लेटा। पास के सड़क वाले मूनलाइट बल्ब की रोशनी जालियों से छनकर हमारे ऊपर आती थी। सन्नाटे में स्कूटर, बस, तांगे या साइकिल की आवाज़ों के साथ सिनेमा के वार्तालाप भी सुनाई देते थे, या हो सकता है कहीं कोई भाषण दे रहा हो। सरायरुहेला की रेल जब खटर-खटर गुजरती है तो मकान थर-थर कांपते हैं।....ऊपर छत का निकला हुआ हिस्सा था।

''सुनिए....।'' खुशामद के स्वर में रंजना ने कहा और मेरी पीठ का सहारा लेकर ठोड़ी मेरी बांह पर रख दी, ''आप यों मत नाराज हुआ कीजिए....मुझे डांट दिया कीजिए।''

''लेकिन मैं नाराज हूं कहां.... ?'' मैंने कहा और मुझे लगा, सचमुच मैं नाराज़ नहीं हूं।

फिर अफसोस-भरे स्वर में बोली, ''मैं क्या करूं, मुझे बाहर कहीं अच्छा ही नहीं लगता....कहीं भी जाती हूं तो लगता है घर जाऊं....घर चलूं। मुझे तो मेरा घर ही स्वर्ग है। मिसेज सेठी ऐसे प्रेम से अपने बच्चे की बातें बता रही थीं और मुझे लग रहा था कि जब हम लोग कार्पेट बिछा लेंगे तो कमरा कैसा खिल

जाएगा.... !''

उसकी इस स्वप्नोच्छ्वसित स्वगतोक्तियों से मेरे मन का सारा धुआं छंट गया। करवट बदलकर कहा, ''तुम कभी-कभी ऐसी बातें करती हो कि मुझे गुस्सा आ जाता है।''

''तो तुम गुस्सा क्यों नहीं होते ?'' लाड़ में आकर रंजना बोली। फिर बच्चों की तरह मचलकर कहा, ''अच्छा, अपनी अमला जी को लिख दो, हम दोनों शिमला आएंगे....।''

''लेकिन अमला तो वहां से कश्मीर चली गई।'' मैंने बताया।

''कब ? पत्र आया था क्या ?''

''हुंमू....।''

''तुमने बताया क्यों नहीं ?''

''खयाल नहीं रहा....।''

''झुट्ठे !'' और मेरी बांहों में रंजना का शरीर एक क्षण को निर्जीव हो आया।

दूसरा कोण

सारी रात रंजना मुझसे सवाल-जवाब करती रही....

मैंने एक कहानी लिखी और उसमें वर्किंग-गर्ल्ज़ की समस्या को लिया कि इस नई परिस्थिति ने कैसे हमारे मानसिक ढांचे को डगमगा दिया है, लेकिन हम लोगों का दृष्टिकोण नहीं बदला है। उसे लगा जैसे यह कहानी मैंने उस पर ही लिखी है और उसे ही गलत ढंग से प्रस्तुत करने की कोशिश की है। मैं उसे समझाता रहा कि, ''हो सकता है, कहानी की लड़की में कहीं तुम्हारी छाया हो; लेकिन वह न तुम हो, न तुम्हारी समस्याएं। रहा छाया का सवाल, तो जैसे चित्रकार मॉडल लेता है, उसी तरह कहानीकार को भी कहीं न कहीं से कोई आधार लेना होता है....और अच्छी या बुरी आखिर किन्हीं लोगों की तो समस्याएं हैं ही।''

''नहीं, मैं इस कहानी की नहीं, एक जनरल बात कहती हूं।'' वह अपने उसी डिबेट के ढंग पर बोली, ''आप दोष हम लोगों पर लगाते हैं, यह है कि आपके भीतर वही पुराना सामन्तवादी पति जिन्दा है....आप चाहते हैं कि पत्नी नौकरी तो करे ही, साथ ही साथ घर की देखभाल करे, नौकर से सिर मारे, कपड़े संभाले, बटन लगाए, बच्चे खिलाए....फिर पति की पूरी-पूरी सेवा भी करे—उसका चौका-चूल्हा करे, हाथ-पांव दबाए—फिर भी पति को यही शिकायत कि न वह पति को देखती है न घर को। अच्छा इतना ही नहीं, पति को सारी छूटें हैं—वह दुनिया-भर की खुराफातें करे, मटरगस्ती करे, दोस्तों में घूमे और अपने पर चाहे जितना खर्च करे....।''

मुझे लगा, जैसे वह बहस नहीं कर रही, मुझे सुना रही है। इसी सिलसिले में उसने अपनी सहेली रतन चड्ढा का एक किस्सा सुनाया। पढ़ाती है। पतिदेव

कहीं नौकर थे, चारेक सौ मिलते होंगे। उन्होंने विज्ञापन दिया और रतन को छांटकर शादी कर ली। रतन नौकरी तो यों ही कर रही थी, उसकी इच्छा थी के अब नौकरी छोड़कर अपना घर संभाले, पति के साथ रहे। लेकिन पति उसे यह कह-कहकर रोकते रहे कि उनका ट्रांसफर होने वाला है, जब तय हो जाए तभी वह कोई निर्णय ले। बीच-बीच में मिस्टर चड्ढा आ जाते थे दो-एक दिनों को और चले जाते। शुरू-शुरू का मामला था—एक बार चड्ढा ने आकर बताया कि साथ रहने के लिहाज से वे लम्बी छुट्टी लेकर आ गए हैं। शायद ट्रांसफर भी यहीं हो जाए। बाद में पता चला कि नौकरी टेम्परेरी थी और अब खत्म हो गई है। सो पिछले दो साल से चड्ढा साहब तो टाई-सूट डांटे ठाठ से कनॉट प्लेस के कॉरीडोर्स में नौकरी तलाश करते हैं और रतन बेचारी रात-दिन कॉलेज और ट्यूशन में पिसी जाती है। कहानी सुनाकर रंजना ने पूछा, "वर्किंग गर्ल की इस समस्या को आप क्या कहेंगे ?"

मेरा चेहरा तमतमा आया। मुझे लगा, जैसे यह कहानी एक खास उद्देश्य से मुझे सुनाई गई है। बहुत ही निरुद्विग्न भाव से मैंने कहानी के कागज़ बीच से फाड़ डाले, "तब तो सचमुच मुझे इस समस्या को दूसरे कोण से भी देखना होगा....।" और चुप हो गया। रात-भर दिमाग पर बोझ रहा और नींद नहीं आई।

अगले दिन भी मन बोझिल रहा और न लिखना हो पाया, न पढ़ना। रंजना पढ़ाने चली गई तो मुझे लगा जैसे मैं घर की रखवाली करने को पीछे छूट गया हूं....समस्या को इस दृष्टि से तो मैंने कभी भी नहीं देखा था। मेरा काम घर पर बैठकर करने का है और रंजना का स्कूल में जाकर पढ़ाने का—बात इतनी ही नहीं है। इसकी जड़ें या परिणतियां और भी गहराई में हैं....मेरी हैसियत पति की है और कार्य पत्नी का....

मैंने तय किया : लिखना-लिखाना बाद में होगा, मुझे सबसे पहले या तो कोई नौकरी करनी चाहिए या कुछ दिनों को कहीं बाहर जाकर रहना चाहिए घर की हर चीज़ से मुझे विकट अरुचि और ऊब हो गई। मैं मेज पर सिर टिका कर यों ही निष्क्रिय बैठ गया। अचानक लगा, जैसे पीठ पर किसी ने हाथ रखा। चौंककर मुड़ा तो उछलकर खड़ा हो गा, "....एंऽ....ऽ अमला !"

दस

रंजना ने सिर-दर्द का बहाना बनाकर कॉलेज से छुट्टी ली और बाहर निकल आई। पर बाहर आकर उसे लगने लगा जैसे सचमुच ही उसके सिर में दर्द हो रहा है। सूरज सिर पर सीधा चमक रहा था और गर्मी के मारे उसका सारा शरीर बुरी तरह जल रहा था। उसने पर्स से धूप का चश्मा निकालकर आंखों पर चढ़ाया और चेहरों पर किताबों की ओट करती हुई आगे बढ़ गई—कोई स्कूटर मिल जाए तो उसी पर जाएगी। वह जल्दी से जल्दी अमर के पास पहुंचना चाहती है। कितना कुछ कहना है उसे अमर से ! सच, आज एक मिनट के लिए भी कॉलेज में उसका मन नहीं लगा।

रात की सारी बातचीत, अमर का तमतमाया हुआ चेहरा और फिर कहानी को फाड़ फेंकना—सब कुछ उसके मन में रह-रहकर घुमड़ता रहा। रात-भर वह सोई नहीं। अमर के दर्द ने उसे सोने नहीं दिया वह अच्छी तरह जानती है कि अपने लिखे एक-एक शब्द के प्रति अमर के मन में कितना मोह है! अपने हाथ का एक-एक पृष्ठ उसके लिए एक-एक अशर्फी के समान बहुमूल्य है ? पर उसनें कल रंजना की बात पर अपनी लिखी कहानी फाड़ फेंकी। शायद रंजना की बात ने कहीं बहुत भीतर तक चोट पहुंचा दी थी। कहते समय रंजना को एक क्षण के लिए भी ख्याल नहीं आया था कि उसकी बात की ऐसी प्रतिक्रिया और ऐसा परिणाम हो सकता है। उसने तो बहुत ही सरल भाव से रतन का उदाहरण देकर वर्किंग गर्ल्स की समस्या का दूसरा पहलू दिखाना चाहा था....पर जब अमर ने सारी बात को व्यक्तिगत स्तर पर लेकर कहानी ही फाड़ फेंकी, तब रंजना ने महसूस किया कि उसने क्या कह दिया।

'नहीं, जैसे भी होगा मैं अमर के मन का सारा मैल धो दूंगी। क्यों आजकल वह हर एक बात को व्यक्तिगत स्तर पर लेकर घुटता और दुःखी होता है ?'

किताबों वाले हाथ से ही उसने सामने से आते खाली स्कूटर को रोका और बैठ गई।

कैसे बात शुरू करोगी ? रात-भर भी तो पड़े-पड़े उसने यही सोचा था कि सवेरा होते ही चाय की मेज पर वह अमर को मना लेगी। पर जब चाय की

मेज पर आते ही अमर ने रंजना के अस्तित्व, उसकी उपस्थिति को एकदम भूलकर अपना चेहरा अखबार में गड़ा लिया, तो रंजना ने बड़ा अपमानित-सा महसूस किया और रात-भर का सब सोचा-सोचाया आहत अहं की अग्नि में ही झुलस गया। कहीं इस बार भी अमर ऐसा ही उपेक्षा-भाव धारण किए रहा, तब क्या वह कुछ बोल पाएगी ? अमर को लेकर जाने कैसी दुर्बलता उसके मन में है कि न उसकी उपेक्षा ही बर्दाश्त होती है, और न उसका दुःख ही।

लेकिन नहीं, इस बार वह किसी बात की परवाह नहीं करेगी। वह सीधी अमर के पास जाएगी और हाथ की किताबें मेज पर पटककर साफ कह देगी, 'देखो अमर, तुम इस तरह रहोगे तो मैं कुछ नहीं कर सकूंगी। मुझसे तुम्हारी नाराजगी, तुम्हारा दुःख, तुम्हारी उपेक्षा कुछ भी तो नहीं सहा जाता ! तुम कहो न, तुम मुझसे क्या चाहते हो ? तुम जैसा कहोगे मैं वैसा ही करूंगी, वैसे ही रहूंगी, पर तुम यों बात-बात पर दुःखी मत हुआ करो।' और एकाएक ही आवेग के कारण रंजना की आंखें छलछला आईं। मन के आवेग और आंख के आंसुओं का कारण उसकी अपनी सोची हुई बात नहीं थी, यह कटु सत्य था—कि अमर विवाह के बाद सुखी नहीं है। और लाख प्रयत्न करके भी वह नहीं जान पाई थी कि ऐसा क्यों है, और उसे सुखी करने के लिए वह क्या करे ?

दबे पैरों रंजना ऊपर चढ़ी। वे इस समय अवश्य ही लिख या पढ़ रहे होंगे। देखा, सीढ़ी का दरवाजा बाहर से बन्द था, शायद हल्ली कुछ लेने के लिए बाहर गया हो। उसने धीरे-से दरवाजा खोला ओर अन्दर घुसी।

रंजना जड़, अवाक् ! जो कुछ उसने देखा उससे !!

एक बार उसका मन हुआ कि उल्टे पैरों वापस लौट जाए, पर तभी श्वेत वस्त्रों में लिपटी एक नारी की हथेलियों में छिपा हुआ अमर का मुंह ऊपर उठा और सामने रंजना को देखकर विस्मय से भरा एक निर्जीव-सा स्वर उसके मुंह से निकला, "अरे रंजना, तुम !"

इस वाक्य के साथ ही उस नारी ने घूमकर पीछे की ओर देखा और रंजना ने अनिच्छापूर्वक अपने पैरों को भीतर की ओर धकेल दिया। रंजना उस नारी के विषय में कुछ अनुमान लगाने का प्रयत्न कर रही थी कि तभी उसने मुस्कराते हुए कहा, "ओह रंजना! मैं अमला हूं, रंजना ! नाम से तो जानती ही होओगी, क्यों ?"

अमला को ऊपर से नीचे तक देखते हुए रंजना ने बहुत धीमे से कहा, "बहुत अच्छी तरह जानती हूं।" स्वर धीमा होते हुए भी व्यंग्य और तिक्तता से पूर्ण था, जिसे स्वयं रंजना ने भी महसूस किया और उसे अमर की बात याद हो आई, 'तुम मेरे मित्रों को अपना मित्र समझा करो और उनसे अधिक अच्छी तरह पेश आया करो।' रंजना ने अमर की ओर देखा तो पहली बार उसका ध्यान गया कि उसका चेहरा बेहद बुझा हुआ था और पलकों में हल्की-सी नमी थी।

"तुम्हारे जाने के कुछ देर बाद ही अचानक अमला आ गई।" अपनी ओर

देखती रंजना की दृष्टि से बचने के लिए ही जैसे अमर ने कहा।

''आप तो कश्मीर गई थीं न ? इतनी जल्दी लौट आईं ? फिर खबर-सूचना कुछ भी नहीं ?'' रंजना ने कुछ इस ढंग से पूछा मानो अमर के 'अचानक' शब्द की सत्यता को अच्छी तरह जान लेना चाहती हो।

''मेरे प्रोग्राम तो मेरी सनक पर निर्भर करते हैं, और सनक हर क्षण बदलती रहती है।'' फिर सोफे पर बैठती बोली, ''खबर-सूचना तो मैं कभी देती नहीं—अचानक मिलकर सामने वाले को स्तम्भित कर देने का भी एक आनन्द होता है, रंजना !'' और अमला मुस्करा दी।

इस बार रंजना ने भरपूर नजरों से अमला की ओर देखा मानो वह इस नारी के भीतर तक पैठकर जान लेना चाहती हो कि आखिर वह है क्या ? पर उसकी नजर ही नहीं, उसका सारा ध्यान भी अमला के अधरों पर फैली विचित्र-सी मुस्कान में ही उलझकर रह गया और उसे लगा, कि सामने बैठी यह नारी कुछ रहस्यमयी है, कि लाख प्रयत्न करने पर भी वह उसके बारे में कुछ नहीं जान पाएगी; और तभी उसे अमर का लिखा एक वाक्य याद आया—'ऐसा है उसका व्यक्तित्व कि आदमी एक बार मिल ले तो जिन्दगी-भर भूल नहीं सकता।'

''रंजना, जरा कॉफी तो बनाओ।'' अमर के इस वाक्य में भी कुछ ऐसी ध्वनि थी मानो वह स्थिति से उबरना चाहता हो। तीनों ही कुछ न कुछ बोले अवश्य थे, पर फिर भी कमरे में एक असह्य-से तनाव की स्थिति का बोध सबको हो रहा था।

''तो क्या आपने अभी तक कॉफी भी नहीं पिलाई ?'' और रंजना के इस प्रश्न का उत्तर दिया अमला ने। हंसते हुए बोली, ''तुम क्या समझती हो कि अमर को तुमने इतना सद्‌गृहस्थ बना दिया जो वह आए-गए की खातिर-तवाजह कर ले ?''

''मैं ! मैं क्या बनाऊंगी, मैं तो कुछ भी नहीं बना सकती।'' रंजना का स्वर बहुत निर्जीव-सा था और पिछले शब्द तो जैसे भीग आए थे। वह उठी और भीतर जाकर उसने आंखों की कोरों में आ गए आंसुओं को पोंछ डाला। आंसू फिर भर आए और आंसुओं की पारदर्शक परत पर एक चित्र उभर आया—कुर्सी की पीठ पर हाथ टिकाए अमला और उसकी दोनों हथेलियों में गड़ा हुआ अमर का सिर। उसकी छाती में आवेग का गोला-सा उठने लगा और उसका मन हुआ कि दीवार से अपना सिर फोड़ ले। पर अपने आवेग को भरसक दबाए हुए वह फिर बाहर जाकर बैठ गई। फिर वही तनाव की स्थिति। तीनों एक-दूसरे को यों देख रहे थे....नहीं, देख नहीं रहे थे, एक-दूसरे से नजरें बचा रहे थे, मानो एक-दूसरे के प्रति अपराधी हों और अपराध किए हुए पकड़ लिए गए हों। फिर शायद तीनों को ही लगा, यों चुप रहना अपने अपराध को स्वीकार करना है।

हथेली से ही पंखा झलते हुए सबसे पहले अमला बोली, ''यहां तो अभी भी भयंकर गर्मी है !'' और उसने छत पर लगे छत्तीस इंच पंखे की ओर देखा

जो हवा कम देता था और आवाज ज्यादा करता था। कोई और समय होता तो रंजना अवश्य सेकण्ड-हैण्ड पंखा खरीदने की जिद पर अमर को आड़े हाथों लेती पर इस समय इस बात पर उसका ध्यान भी नहीं था। नीचे देखती हुई यों ही बोल दी, "आज तो सिर में ऐसा दर्द हुआ कि पढ़ाना ही असम्भव हो गया, मैं छुट्टी लेकर आ गई !" और उसे खयाल आया कि कॉलेज से निकली है, तब से बराबर उसका सिर दर्द कर ही रहा है।

कॉफी के साथ कुछ खाने को भी दोगी न ?" अमर ने बिना रंजना की ओर देखे ही उससे पूछा।

तीन टूटे-बिखरे वाक्य, जिनका न आपस में ही कोई सम्बन्ध था, न वे एक-दूसरे की बात का उत्तर ही थे ! रंजना फिर उठकर फिर भीतर चली गई। उसका मन बिल्कुल नहीं हो रहा था कि वह उन दोनों के बीच आकर बैठे। वह क्या जानती नहीं कि उसके आने से ही बाहर का वातावरण अस्वाभाविक और तनाव-भरा हो गया है। उसकी अनुपस्थिति में अवश्य ही दोनों ने घुल-मिलकर बातें की होगीं और....इसके बाद उससे कुछ सोचा नहीं गया। पर एक बात उसके दिमाग में धीरे-धीरे स्पष्ट होने लगी। विवाह के बाद से एक प्रश्न बराबर उसे मथता रहा था—अमर क्यों इतना खिन्न, उदास और टूटा-सा रहता है ? क्यों एक अनबूझ-सी खिलखिलाहट उसे हर समय बेधती रहती है? आज अचानक ही जैसे उसने अपने इन सब प्रश्नों का उत्तर पा लिया। और इस उत्तर के साथ ही उसे लगा, अमर के जीवन में वह कितनी व्यर्थ और बेमानी है। वह अमर को अपना 'सब कुछ' देकर प्रसन्न और सुखी करना चाहती है, पर अमर को उसका 'कुछ भी' नहीं चाहिए। उसे तो....

अमर की आवाज पर आंसू पोंछकर रंजना फिर बाहर आई।

"हल्ली लौट आया ?"

नहीं !" और तभी रंजना के मन में एक नई बात आई—अवश्य ही अमर ने जान-बूझकर हल्ली को बाहर भेजा होगा। वह अमला के साथ एकान्त चाहता होगा। उसे याद आया, कभी उसके यहां जाने पर भी अमर इसी तरह सेठी साहब के नौकर को बाहर भेज दिया करता था। पर क्या किया होगा एकान्त में.... ? और फिर वही चित्र उसकी आंखों के आगे तैर गया; मन को टीसती हुई एक ऐसी हूक उठी कि अपने को संयत रखना असंभव हो गया।

तभी हल्ली सिगरेट का पैकेट लेकर आया और रंजना कॉफी तैयार करने के बहाने उसके पीछे-पीछे ही चल दी।

कॉफी का अन्तिम घूँट समाप्त करके अमला ने कहा, "रंजना, तुम दिखती तो बड़ी सीधी और स्वीट-सी हो, पर लगता है, इस बेचारे को बहुत डांट-डपटकर रखती हो। मैं आई तो रो रहा था बैठा हुआ। इस पर तो कम से कम अपनी मास्टरी मत झाड़ा करो !" और फिर वह जोर से हंस पड़ी। अमर भी हल्के-से हंसा, पर रंजना से मुस्कराया तक न गया। अमला की बात, उसका हंसना, रंजना

को भीतर तक बेधता चला गया। मन हुआ कह दे, 'अच्छा हुआ जो आप आ गईं आंसू पोंछने के लिए, वरना न जाने कब तक रोते रहते !' पर वह चुप हीं रही।

चलते हुए अमला ने रंजना की पीठ पर बड़े दुलार से हाथ फेरते हुए कहा, "शाम को तुम दोनों मेरे साथ ही चाय पीओगे। ठीक पांच बजे मैं 'गेलार्ड' में मिलूंगी।"

"चार बजे हमारी स्टाफ-मीटिंग है। मैं नहीं आ सकूंगी अमला जी ! ये आ जाएंगे।" और उसने अपना नीचे वाला होंठ काटकर मन के उमड़ते आवेग को जैसे बांध लिया।

"नहीं, मैं कोई बहाना नहीं सुनूंगी। आना तुम दोनों को ही है।" और अमला धड़ाधड़ सीढ़ियां उतरने लगी तो रंजना की नजरें एक क्षण को उसकी साड़ी के लम्बे घिसटते हुए पल्ले से ही उलझकर रह गई। अमर उसके पीछे-पीछे उतर रहा था, और तब उसे खयाल आया कि नीचे तक तो उसे भी जाना ही चाहिए।

अमला की कार गई तो रह गए अमर और रंजना! दोनों साथ-साथ ऊपर चढ़ रहे थे, पर रंजना को लग रहा था जैसे अमर उससे बहुत दूर चला गया है।

वह कॉलेज से अमर को मनाने आई थी, और अब पड़कर रोते-रोते प्रतीक्षा कर रही थी....शायद अमर आए....उसे समझाने....मनाने....पर अमर नहीं आया।

शाम हो जाने से पहले एक बार उसने बहुत ही औपचारिक ढंग से पूछा, "तुम 'गेलार्ड' चलोगी ?"

"नहीं।"

"अमला बहुत बुरा मानेगी। तुम सोचती हो कि उसे तुम्हारी मीटिंग की बात पर विश्वास हो गया होगा ?"

"न हो मेरा इससे क्या जाता है ?"

इसके बाद अमर ने कुछ नहीं कहा और चला गया। रंजना तड़पकर रह गई।

अमर की छाती पर सिर पटक-पटककर रंजना कह रही थी, "मुझे मार डालो अमर, मुझे मार डालो! नहीं तो मैं खुद मर जाऊंगी। पोटेशियम साइनाइड खाकर मर जाऊंगी....इस तरह मुझसे नहीं जिया जाता।" अमर का चेहरा निर्विकार था और उसकी निर्जीव-सी उंगलियां रंजना के बालों की बिखरी हुई लटों से उलझी हुई थीं। वह एकटक रंजना की लाल सूजी हुई आंखों की ओर देख रहा था, जिनसे लगातार आंसू बहते जा रहे थे, पर उसके मुंह से प्यार या सान्त्वना का एक शब्द भी नहीं निकल रहा था।

"तुम साफ-साफ क्यों नहीं कह देते कि तुम अमला से प्यार करने लगे हो ? इसीलिए अब मैं तुम्हें अच्छी नहीं लगती....यह घर अच्छा नहीं लगता,

कुछ भी अच्छा नहीं लगता।'' उन्मादिनी की तरह रंजना बोले चले जा रही थी।

तभी अमर झटके से उठा और रंजना के दोनों कन्धों को पकड़कर उसने उसे सीधा बिठा दिया, फिर उसकी आंखों में आंखें डालकर बोला, ''पागल मत बनो रंजना, मैं तुम्हें सब कुछ साफ-साफ बता सकता हूं, पर जानता हूं, तुम्हें मेरी किसी बात पर विश्वास नहीं होगा। अमला को लेकर बहुत पहले से ही न जाने कितनी गलत धारणाएं, शंकाएं पाले हुए हो तुम....एक बार भी अपने पूर्वाग्रहों से मुक्त होकर तुमने जानने की कोशिश नहीं की कि वह कौन है, किन परिस्थितियां और मजबूरियों में रह रही है। जानती तो शायद हमारे सम्बन्धों को लेकर यों त्रस्त न होतीं। पर तुम्हारा प्यार इतना संकीर्ण है रंजना कि किसी और के दुःख-दर्द को देखना ही नहीं चाहता....तुम....'' और अमर बीच में ही चुप हो गया, मानो अपनी बात पूरी करने के लिए उसे शब्द नहीं मिल रहे थे।

रंजना आंसू-भरी आंखों से एकटक अमर की ओर देख रही थी। उसके कहे एक-एक शब्द को इतने ध्यान से सुन रही थी कि कहीं कोई बात, कोई शब्द अनसमझा न रह जाए। और जैसे ही अमर चुप हुआ, उसने अमर की छाती में मुंह छिपाकर सिसकते हुए कहा, ''मुझे बताओ अमर, कुछ ऐसा बताओ कि मेरे मन से संशय का दंश निकल जाए। पर देखो, मुझे छलना मत, मुझसे झूठ मत बोलता। मैं तुम्हारी हर बात पर विश्वास कर लूंगी, पर किसी दिन भी जाना कि तुम मुझसे झूठ बोले हो, तो उसी दिन चली जाऊंगी, सचमुच चली जाऊंगी!''

अमर ने बहुत धीरे से रंजना का सिर उठाया और पहली बार प्यार से उसका माथा चूम लिया। फिर बहुत ही कोमल स्वर में बोला, ''रंजना, अमला से तुम्हें ईर्ष्या नहीं, सहानुभूति होनी चाहिए। इतने ऐश्वर्य और वैभव के बीच भी कितनी निर्धन है वह, कितनी रिक्त है ! उसका दर्द मुझे छूता है। वह ऊपर से हंसती है, मस्त रहती है, पर मन के घाव—जो सच्चे स्नेह के अभाव में नासूर बन गए हैं—रात-दिन रिसते रहते हैं; और उस सारी पीड़ा को अपने में ही समेट वह जीती है। उसके पास तो तुम्हारी तरह एक अमर भी नहीं है जिसकी छाती पर सिर पटक-पटककर अपना दुःख, अपना दर्द ही उंडेल सके !'' और अमर के हाथ की जकड़ ढीली हो गई और स्वर भीग आया। रंजना इस तरह उसे देख रही थी मानो कुछ समझ ही नहीं रही हो। फिर धीरे से पूछा, ''क्यों, तुम तो कहते थे कि वह किसी से विवाह करने जा रही है ? क्या नाम था....शायद कैलाश!''

''हां, मैं भी यही सोचता था, पर वह भी उसके जीवन से निकल गया। दोष भी किसी को नहीं दिया जा सकता। किस्मत को मैं मानता नहीं वरना उसे ही दोष देता। अब तो यही कह सकता हूं कि यह उसके जीवन की विवशता है, ट्रेजेडी है कि जो कुछ उसे प्राप्त है उसे वह भोग नहीं पाती, अस्वीकार कर देती है, और एक ऐसे अदेखे, अनजाने सुख के पीछे भागती है जो शायद उसे कभी प्राप्त नहीं होगा।'' और तभी अमर को लगा, कुछ ऐसी ही-सी बात टण्डन ने एक बार उसके लिए कही थी। हां, सच ही तो है, यही बात यों उस पर

भी लागू होती है। जाने क्या है कि रंजना के इस उन्मुक्त समर्पण को, एकान्तिक प्यार को वह भोग नहीं पाता।

इतना सब सुनने के बाद भी रंजना को लग रहा था कि उसका प्रश्न तो जहां का तहां ही है। क्या अमला उससे प्यार करती है ? क्या अमर भी उससे प्यार करता है ?

"तो वह तुमसे क्या चाहती है ? क्योंकि तुम्हारे...." और रंजना फिर फफककर रो पड़ी।

"मुझसे क्या चाहेगी! सहानुभूति और अपनत्व के दो शब्दों के अतिरिक्त मेरे पास है ही क्या जो उसे दे सकूं ? पर तुमसे तो वह भी बर्दाश्त नहीं होता।" रंजना के रोने से अमर को फिर क्रोध आने लगा, "किसी संतप्त को सान्त्वना देना ऐसा कौन-सा पास है जो तुमने सवेरे से रो-रोकर तूफान मचा रखा है ?"

"वह तो तुमसे सहानुभूति चाहती है....पर तुम उससे क्या चाहते हो ? अपने कौन-से दुःख को उसकी हथेलियों में सिर गाड़कर तुम हलका कर रहे थे ? मैं क्या समझती नहीं अमर....तुम दोनों का दुःख एक ही है और वह शायद मैं हूं....दोनों के बीच की दीवार....बाधा। मुझे तोड़ क्यों नहीं फेंकते अमर ?...." और रंजना ने अपना मुंह तकिए में छिपा लिया। उमड़ता हुआ आवेग सिसकियों में फूटा पड़ रहा था और रह-रह करके उसका सारा शरीर कांप रहा था।

रात के सन्नाटे को चीरते हुए दूर कहीं घड़ी में टन-टन दो घण्टे बजे। अमर कुछ देर तक शून्य-सी नज़रों से रंजना को देखता रहा....इसके उठते-गिरते शरीर को देखता रहा, फिर धीरे से चित लेट गया और छत देखने लगा...घूमते हुए पंख को देखने लगा। पर शायद वह किसी को भी नहीं देख रहा था।

पास पड़ी रंजना रो रही थी—उसने अभी न जाने क्या-क्या कहा था। पर किसी ने अमर को स्पर्श नहीं किया—न उसके रोने ने, न उसके कहने ने। यों कहने को उसने रंजना से न जाने क्या-क्या कहा था, पर वे बातें भी उसके मन की गहराइयों से नहीं निकली थीं। अमर को स्वयं लग रहा था, जैसे किसी ने उसकी चेतना, उसकी संवेदनशीलता को हर लिया है। इस समय तो रंजना उसके सामने यदि पोटेशियम साइनाइड भी खा ले, तब भी शायद उसे कुछ नहीं होगा।

तभी रंजना ने तकिये से अपना सिर उठाया, पर वह बैठी नहीं। औंधे लेटे-लेटे ही उसने पूछा, "एक बात पूछूं अमर ? तुम्हारी पत्नी बनकर ही आखिर मैंने ऐसा कौन-सा अपराध कर दिया कि मेरे प्रति तुम्हारा सारा प्यार ही सूख गया? मानती हूं, साथ रहने की कठिनाइयां और समस्याएं तो हैं ही, पर मैं तो सोचती थी कि ये कठिनाइयां हमें और पास लाएंगी और निकट लाएंगी; हमें एक बना देंगी। यों अलगाव तो तुमसे मैंने कभी भी महसूस नहीं किया। विवाह के लिए इंकार करके एक महीने तक तुमने मेरी सूरत तक न देखी थी, तब भी मन में एक अटूट विश्वास था कि अमर मेरा है, आज नहीं तो कल वह अवश्य मुझे

मिलेगा। पर जब अमर मुझे मिल गया तो लगा कि वह पहले जैसा अमर नहीं है....कोई और चीज हमारे बीच आ गई है, और हम दिनों-दिन दूर होते जा रहे हैं।'' यह सारी बात उसने बहुत ही संयत स्वर में कही थी, पर बात के अन्त पर आते-आते जैसे फिर वह बेहद अधीर हो उठी। अमर के दोनों गालों को अपनी हथेलियों में पकड़कर रंजना ने झकझोरते हुए पूछा, ''देखते हो अमर, मैं तो वही रंजना हूं जिससे मिलने को तुम व्याकुल रहते थे....जिसे उसकी अच्छाइयों और बुराइयों के साथ तुम प्यार करते थे....और प्यार करके फिर उतने ही अतृप्त हो जाया करते थे—मैं तो वही हूं, पर अब तुम्हें क्या हो गया है अमर.... ?

''याद है, तुमने लिखा था कि रंजना तुम दिल्ली आ जाओ, मेरा मन नहीं लगता; और मैं मां-बाप, घर-बार छोड़कर चली आई ! तुम्हारी हर इच्छा को मैंने आदेश माना। आज भी मानती हूं। आज भी तुम्हारा सुख मेरे जीवन की चरम कामना है; इसलिए कहती हूं, जो कुछ भी हो, तुम मुझसे कहो। यदि अमला को लेकर तुम सुखी होना चाहते हो, तो मैं स्वयं तुम्हारे जीवन से हट जाऊंगी। तुम एक बार पहले मुंह से कह भर दो कि तुम क्या चाहते हो !''

बिना जरा भी हिले-डुले बहुत ही सधे हुए स्वर में अमर ने कहा, ''मैं तुमसे कुछ नहीं चाहता रंजना। सब कुछ तो तुमसे ले लिया, अब और क्या चाहूंगा? बस इतना ही चाहता हूं कि तुम मुझे इतना प्यार मत करो। जिस प्यार का मैं प्रतिदान नहीं दे सकता, वह मेरे लिए बोझ बन जाता है....एक असह्य बोझ। इसी बोझ के नीचे मैं रात-दिन घुट रहा हूं। तुम चाहे कुछ न कहो, पर मैं जानता हूं कि तुम्हें कुछ नहीं दे पाया....न घर, न धन, न सुख, न प्यार। तुम्हारे सामने जब अपने को देखता हूं तो पाता हूं कि मैं बहुत छोटा हूं, बहुत नीच हूं, बहुत स्वार्थी हूं....और यही भावना मुझे पल-पल सालती रहती है। तिल-तिल समर्पित होता तुम्हारा यह व्यक्तित्व, तुम्हारा यह एकान्तिक प्यार....मुझे मत दो रंजना....बस और मैं कुछ नहीं चाहता !''

रंजना अवाक्-सी उसकी ओर देख रही थी। और उसे लगा, आंखें मूंद कर, बिना रुके जो कुछ अमर कहे चला जा रहा है वह रंजना से नहीं कह रहा है—जैसे वह अपने किसी पात्र का डायलॉग बोल रहा है। क्योंकि बात में न कहीं विवशता थी, न अनुभूति, न वेदना। जैसा निर्विकार उसका चेहरा था, वैसा ही निर्विकार था स्वर !

रंजना कुछ नहीं बोली। अमर आंखें खोलता तो वह उनमें झांककर ही उसकी बात की सच्चाई को जान लेती। पर अमर ने आंखें खोली ही नहीं। और रंजना सोच रही थी—कैसा है यह पति, जो अपनी पत्नी से कह रहा है, मुझे प्यार मत करो, एकान्तिक प्यार न करो ! विवाह से पहले तो इसने कभी ऐसा नहीं कहा....तब ?

''रंजना, तुम जानना चाहती हो न कि मैं अमला से क्या चाहता हूं ! हमारा

सम्बन्ध क्या है ? तो सुनो।" और रंजना अमर के बदले हुए स्वर और लहजे से चौंक गई।

"तुम्हें छूकर कह रहा हूं, इसलिए सब कुछ सच-सच ही कहूंगा।" और उसने पास लेटी रंजना को एक हाथ से खींचकर अपने से सटा लिया।

"हम दोनों मित्र हैं, मात्र मित्र। बहुत खींचो तो हमारी मैत्री को मधुर मैत्री का नाम दे सकती हो, बस। उसका दर्द मुझे छूता है, छूता ही नहीं, व्यथित भी करता है और उसका व्यक्तित्व मुझे बांधता है। जिस तरह एक लोभी आदमी सोने-चांदी को देखकर विवेक खो बैठता है, उसी तरह मैं भी उसके सामने विवेक खो बैठता हूं। पर उसके नारीत्व के सामने नहीं, उसके शरीर के सामने नहीं, उसके जीवन के सामने। जैसे-जैसे उसके जीवन के पृष्ठ मेरे सामने खुलते जा रहे हैं, वैसे-वैसे उसका सब कुछ जान लेने की ललक मन में बढ़ती जा रही है, और यही ललक मेरे विवेक, मेरे सन्तुलन को, मेरे कर्तव्य-बोध को निगल जाती है। अक्सर लगता है, मेरी जो कृति सचमुच मुझे अमर बना देगी वह अमला को लेकर ही होगी—चाहे उसके जीवन को लेकर, चाहे उसकी प्रेरणा को लेकर। पर कभी-कभी मुझे स्वयं भी लगा कि इन सब बातों से कहीं मैं अपने को छल तो नहीं रहा—अपने को धोखा तो नहीं दे रहा ? लेकिन नहीं रंजना, सच कहता हूं, वास्तविकता यही है। तुम खुद ही सोचो, इसके अतिरिक्त हमारे सम्बन्ध हो ही क्या सकते हैं ?....मैं उससे क्या चाह सकता हूं.... ?" अमर रंजना की पीठ सहलाता जा रहा था और बुझे-बुझे स्वर में इस तरह बोले चला जा रहा था मानो 'कन्फेस' कर रहा हो।

रंजना सुन रही थी इन सारी बातों की पृष्ठभूमि में सवेरे वाले दृश्य को समझने का प्रयत्न कर रही थी....पर इन दोनों में उसे कोई मेल ही नजर नहीं आ रहा था। अनेक प्रश्न, अनेक जिज्ञासाएं अभी भी उसके मन में घुमड़ रही थीं। पर उसे लगा, अब कुछ भी पूछना व्यर्थ है। रंजना के सारे प्रश्न और अमर के सारे उत्तर जो सत्य हैं उसे नहीं बदल सकते। तब पूछने से क्या लाभ !

तभी अमर ने खींचकर रंजना के सिर को अपने सीने पर टिका लिया और उसके बालों में उंगलियां घुमाते हुए बोला, "पर नहीं रंजना, अब मैंने सोच लिया है कि तुम्हें सुखी करना ही मैं अपने जीवन का चरम लक्ष्य बना लूंगा। मैं सब कुछ छोड़ दूंगा—घूमना-फिरना, मित्रों का साथ, अमला से सम्बन्ध, यहां तक कि लिखना-पढ़ना भी। कहीं नौकरी करूंगा और एक सद्गृहस्थ और अच्छा पति बनकर रहूंगा। अब से मैं अमर होकर ही जिऊंगा, रंजना का पति होकर जिऊंगा, केवल रंजना का पति। तुमने मेरे लिए घर-बार, परिवार छोड़ा, मैं भी तुम्हारे लिए सब कुछ छोड़ दूंगा....फिर तो तुम खुश रहोगी न ?" और अमर की आंखों से अनायास आंसू ढुलक पड़े और स्वर बहुत करुण और तरल हो गया।

"यह सब कुछ कहने से पहले तुम मुझे मार ही क्यों नहीं डालते, अमर?

तुम सोचते हो, तुम्हें मारने के लिए मैंने विवाह किया है ? मैं क्या तुम्हारी शत्रु हूं ? तुम इतने क्रूर और निर्दयी भी हो सकते हो, यह तो मैंने कभी सोचा तक नहीं था।'' और फिर बहुत ही रुंधे हुए गले से बोली, ''मैंने तो हमेशा यही चाहा है, मेरा हर प्रयत्न इसी ओर रहा है कि तुम खूब लिखो, चारों ओर तुम्हारा यश फैले। तुम्हारे बनाने में मैं मिटती चली जाऊं, मिटती चली जाऊं....लेकिन.... लेकिन'' और शब्द फिर सिसकियों में डूब गए।

''रंजना, तुमने मुझसे पूछा था न कि मैं तुमसे क्या चाहता हूं ? यही प्रश्न मैं उलटकर तुमसे पूछना चाहता हूं कि तुम मुझसे क्या चाहती हो ? अपनी इन शहीदाना बातों से क्यों बार-बार मुझे जलील कर रही हो ? यह करूं तब भी नहीं, वह करूं तब भी नहीं। आखिर तुम्हीं बताओ मैं क्या करूं ?''

और दो क्षण को दोनों ही चुप हो चुप गए। फिर रंजना ने धीरे से अगर की छाती पर से सिर उठाया और एकटक अमर के चेहरे को देखने लगी। ज़ीरो पावर के हल्के-से प्रकाश में उसने अमर के चेहरे पर जो भाव देखा उससे वह भीतर तक भयभीत हो उठी। विवशता-भरे बड़े ही कातर स्वर में वह बोली, ''मैं तुमसे कुछ नहीं चाहती अमर, सचमुच कुछ नहीं चाहती। मैं तो केवल तुम्हारे भीतर के उस अमर को पाना चाहती हूं जो मुझे प्यार करता था, जिसे मैं प्यार करती थी, जिसके सामने उसका लेखन और रंजना दो विरोधी चीजें नहीं थीं, दोनों एक-दूसरे की पूरक थीं, एक-दूसरे की सहायक थीं। तुमसे भीख मांगती हूं अमर, मेरे उस अमर को लौटा दो....'' रंजना के स्वर की कातरता, उसकी व्यथा अमर को भीतर तक चीरती चली गई, पर उससे कुछ नहीं बोला गया। दो क्षण चुप रहकर बहुत ही टूटे-से स्वर में फिर रंजना ही बोली, ''पर जाने क्यों लगता है, अब वह अमर मुझे कभी नहीं मिलेगा। जुहू की वह भयावनी सांझ मुझे आज भी याद है। उस दिन समुद्र की उन लपलपाती विकराल लहरों ने केवल सूर्य को ही नहीं निगला था....तभी तो उसके बाद से मैंने अपने अमर को कभी नहीं पाया। शायद अब कभी पा भी नहीं सकूंगी....''

मुर्गे ने भोर का अहसास कराया तो अमर ने धीरे से रंजना का सिर अपनी छाती पर से सरकाकर अपनी बाहु पर टिकाते हुए कहा, ''अब सो जाओ रंजना, सारी रात यों ही बीत गई।'' और एक आज्ञाकारी बच्चे की तरह रंजना ने अपनी आंखें मूंद लीं।

अन्धकार को चीरकर कुहरा-भरा प्रकाश वातावरण में छाने लगा। सारी दुनिया की खोई चेतना धीरे-धीरे लौट रही थी और रंजना और अमर की चेतना खो रही थी—निबिड़ अभेद्य अन्धकार में।

अमर के हाथ का सहारा लेकर हांफती-हांफती अमला जब ऊपर पहुंची, तो उसे लग रहा था मानो उसकी सांस ही छूट जाएगी। धौंकनी जैसी उसकी सांस चल रही थी और चेहरा पसीने के मोतियों से जड़ गया था। अमर उसे देख रहा था,

वह शायद अपने प्रश्न के उत्तर की अपेक्षा कर रहा था। पसीने की बूंदें धीरे-धीरे एक-दूसरे से मिलकर धारा के रूप में कनपटियों से बह निकलीं। तभी एक पंजाबी दम्पति आया। पति बड़े चाव से पत्नी को गाइड की तरह कुतुब का इतिहास बता रहा था—किसने बनवाई, कब बनवाई, किस प्रकार लोगों ने कूद-कूदकर आत्महत्याएं कीं....

अमला एकटक नीचे की ओर देख रही थी और एक ही बात उसके मन में रह-रहकर घुमड़ रही थी—क्या सचमुच ही वह अमर और रंजना के बीच की बाधा है ? रंजना के मन की ईर्ष्या का बोध तो उसे कल मिलकर ही हो गया था....और सच पूछो तो उस समय इस ईर्ष्या पर भी उसे आनन्द का अनुभव हुआ था....विजय का आनन्द। पर अमर के मुंह से सारी बात सुनकर वह आनन्द जाता रहा। कहने को उसने कह दिया था, "मैं नहीं जानती थी अमर कि पढ़ी-लिखी होकर भी रंजना इतनी संकीर्ण है, और हमारे सम्बन्धों को लेकर उसके मन में इतनी शंकाएं हैं; नहीं तो तुम्हारे घर नहीं आती...." पर अमर को विदा करते समय अपनी ही कही हुई बात की उपेक्षा करके उसने कहा, "कल पांच बजे तुमको आना ही है; अभी तो मुझे बहुत-सी बातें करनी हैं। तुम मुझे लेकर उपन्यास लिखने वाले हो न....सो मेरे बारे में जान तो लो !"

और आज कुतुब की सीढ़ियों पर चढ़ते हुए अमर ने तीसरी बार अपना प्रश्न दोहराया, "बताओ अम्ला, कैलाश को छोड़कर क्या तुम बहुत दुःखी हो ?" तो तीनों ही बार वह बात टाल गई। उसे अपने बारे में कुछ नहीं बताना है अमर को। तब उसने बुलाया क्यों ? और वह स्वयं नहीं जान पाई कि क्या उत्तर दे अपने मन को ? अमला को यों चुपचाप एकटक नीचे की ओर देखते हुए देखकर अमर को बड़ी खीझ आ रही थी, "व्यर्थ ही तुमने यहां आने की ज़िद की। यहां दो मिनट तक को तो बात नहीं कर सकते।" आने-जाने वालों का तांता-सा लगा हुआ था, उसी को लक्ष्य करके अमर ने कहा।

"बड़ा मन कर रहा था अमर कि इतने ऊपर से देखूं कि कैसा लगता है।" यों ही एकटक नीचे की ओर देखते हुए अमला ने कहा।

उसकी बात को अनसुना-सा करते हुए अमर बोला, "तुमने मेरी बात का जवाब नहीं दिया अमला ? बोलो—कैलाश को छोड़कर तुम क्या सचमुच बहुत दुःखी नहीं हो ?"

"नहीं, दुःखी नहीं हूं।" नज़र इस समय भी उसकी नीची ही थी।

"मेरे जीवन में किशोरी आया, मेजर कपूर आया, कैलाश आया, और चन्द दिनों के परिचय के आधार पर ही प्रेमपत्र लिखकर विवाह का प्रस्ताव करने वाला चावला भी आया। जब ये आए थे तब मैं सुखी नहीं हुई थी—चले गए तो दुःखी नहीं हूं।"

अमर एकटक अमला को देख रहा था, पर अमला ने एक बार भी उसकी ओर नज़र नहीं घुमाई। दो क्षण ठहरकर बोली, "सोचती हूं, थोड़ा-सा कष्ट उठाकर

आदमी यदि अपने को ऊंचा उठा ले तो फिर संसार के सारे प्राणी, सारे व्यापार-सम्बन्धों का बनना-बिगड़ना क्या मात्र खिलौने जैसा नहीं लगने लगता ? फिर इन सब चीजों में सुख-दुख के लिए कोई स्थान ही नहीं रह जाता।" फिर उंगली से नीचे की ओर संकेत करती हुई बोली, "देखते हो, सड़क पर आदमी आ-जा रहे हैं। यहां से कोई कह सकता है कि ये आदमी हैं, इनके हृदय हैं, इनकी भावनाएं हैं, इनके साथ सुख-दुःख हैं ? लगता है, जैसे ये आदमी नहीं हैं....केवल चाबी-भरे खिलौने हैं....और इनके सारे कार्य-व्यापार एक खेल...."

"बड़ा दर्शन फूट रहा है ! पर जानती हो अमला, तुम्हारे मुंह से दर्शन की ये बातें शोभा नहीं देतीं। तुम इन सब व्यर्थ की बातों से एक बार मुझे झुठला सकती हो, पर अपने को नहीं झुठला सकोगी। मैं पूछता हूं, आखिर कब तक अपने को यों धोखा देती रहोगी ?...."

बात की सचाई ने अमला को चाहे भीतर ही भीतर कहीं बुरी तरह कचोट दिया, पर फिर भी अमर की खीझ, उसके विषय में सब कुछ जान लेने की उसकी आतुरता, उसे बड़ी भली लग रही थी। मन की व्यथा मन में ही दबाए वह मुस्कराती-सी बोली, "धरती से इतने ऊपर उठकर तो दर्शन ही फूटेगा अमर, इसके सिवाय और फूट ही क्या सकता है भला ?"

"तो आओ, फिर नीचे ही चलें!" और अमर उतरने के लिए मुड़ पड़ा।

"पर तुम्हें दर्शन से इतनी चिढ़ क्यों है आखिर ?" पहली सीढ़ी उतरते हुए अमला ने पूछा।

"क्योंकि तुम्हारा दर्शन तुम्हारे जीवन का सबसे बड़ा झूठ है, सबसे बड़ा भ्रम है।"

अमला फिर मुस्कराई, "कैसा अन्याय है तुम लोगों का कि जीवन में सुख देखना नहीं चाहते, और कोई दुःख में भी सुख का भ्रम बनाकर जीना चाहे तो उस भ्रम को तोड़े बिना भी चैन नहीं मिलता ? मैं पूछती हूं, यदि मैं तुम्हारे सामने स्वीकार कर लूं कि मैं बहुत दुःखी हूं, बहुत पीड़ित हूं, तो क्या उससे तुम्हें बहुत बड़ा सुख मिल जाएगा ?" अभी तक अमला के स्वर में एक प्रकार की विरक्ति थी, अब धीरे-धीरे विवशता-भरा आक्रोश आने लगा।

वे आधे से अधिक नीचे उतर आए थे।

"नहीं, मुझे तो सुख नहीं मिलेगा, पर तुम अवश्य कुछ देर को सुख का अनुभव करोगी। अपना मन हल्का करके भी आदमी को सुख होता है अमला! अपने इन मिथ्यावरणों के नीचे तुम कितनी दुःखी होओगी, मैं अच्छी तरह कल्पना कर सकता हूं। इसीलिए कहता हूं कि कम से कम कुछ समय के लिए तो अपने को इन सबसे मुक्त कर लो।"

"नहीं जानती अमर, सचमुच मुझे सुखी करने के उद्देश्य से ही तुम यह आग्रह कर रहे हो या मेरा दुःख जानकर सान्त्वना और सहानूभूति के दो शब्द कहकर अपने अहं को सन्तुष्ट करने के उद्देश्य से, पर एक बात मैं तुम्हारी ज़रूर मानूंगी

कि इन आवरणों के नीचे और भ्रम के बीच में रहकर सचमुच ही कभी-कभी मेरा भी दम घुटने लगता है। पर लगता है, जैसे दुःख मेरे जीवन का छोटा सत्य है और यह आवरण जीवन का बड़ा सत्य है। उतारे ये उतरते नहीं....और जब-जब मैंने इन्हें उतारने का प्रयत्न किया है, एक अजीब-सा भय मेरे मन में छा गया है....शायद नीचे जो कुछ है वह बड़ा भयावना है।"

और अमला ने अन्तिम सीढ़ी समाप्त करके धरती पर पैर रखा। अमर ने धीरे से कहा, "देखता हूं, धरती पर आते ही तुम सच बोलने लगीं।"

"शायद ! क्योंकि यह धरती ही हमारे जीवन का यथार्थ है, हमारे जीवन का सत्य है....वह चाहे कांटों-भरी हो या फूलों-भरी, हरी-भरी हो या पथरीली। कुछ देर के लिए भले ही उसे छोड़कर ऊपर चढ़ जाओ, पर अन्त में आना तो वहीं पड़ता है।"

चारों ओर नज़र दौड़ाते हुए अमर ने पूछा, "बोलो, अब कहां चलने का इरादा है ?" कुतुब के पीछे के खण्डहरों का सन्नाटा अमला को आकर्षक लगा तो बोली, "आओ, उधर चलकर बैठेंगे।" बिना इस बात की परवाह किए कि अमर की क्या राय है, वह उधर बढ़ गई। अमर भी उसके पीछे हो लिया। टूटी दीवार के एक पत्थर को अपनी रूमाल से साफ करते हुए अमर ने कहा, "बैठ सकोगी इन पत्थरों पर ? हमेशा मुलायम गद्देदार कोचों पर बैठने की आदत है तुम्हें तो !"

इस व्यंग्य-भरे परिहास का अमला ने वैसा ही उत्तर दिया, "हां, है तो ! पर क्या करें, तुम्हारे साथ तो वह सब नसीब नहीं होगा, सो पत्थरों पर ही बैठना पड़ेगा।" धुंधलका छाने लगा था। अमला ने अमर की ओर देखते हुए पूछा, "शाम को कब तक के लिए छुट्टी मिलती है तुम्हें ? अभी तो कल का गुस्सा ही बाकी होगा....आज भी देर कर दी तो बस !"

"अमला, कल जब तक हम साथ रहे, मैं अपने बारे में ही बताता रहा, आज भी मैं अपनी ही बात करता रहा....पर अब एक बात भी मैं अपने विषय में नहीं करूंगा....अब तुम बोलो, तुम अपने बारे में बताओ। सच, मैं जानना चाहता हूं। तुम कहती बार-बार हो....पर बताती कभी नहीं।"

अमला हंस पड़ी, "क्या है जो बताऊं ? तुमने विवाह किया, नई गृहस्थी बसाई, मैंने तो ऐसा नहीं किया। जैसी थी, वैसी ही हूं। बताने लायक कुछ भी तो नहीं है मेरे पास।" और अमला एकाएक ही गम्भीर हो गई....चेहरे पर बड़ी विवशता-भरी उदासी-सी छा गई।

अमर ने अमला का हाथ अपने हाथ में लिया; अमला शायद इसके लिए तैयार नहीं थी, फिर भी उसने आपत्ति नहीं की। बहुत ही कोमल स्वर में उसने पूछा, "अमला, सच-सच तो बताओ, क्या तुम अपने वर्तमान जीवन से संतुष्ट हो ? तुम्हारे पास धन, बुद्धि, आज़ादी, अधिकार सब कुछ है, फिर भी क्या तुम जीवन में कोई अभाव महसूस नहीं करतीं ?"

अपने को भरसक संयत रखने का प्रयत्न करने के बावजूद अमर के हाथ में दबा हुआ अमला का हाथ बुरी तरह कांप गया। वह समझ नहीं पाई कि क्या कहे।

''जानती हो अमला, जो बहुत खिलखिलाकर हंसते हैं, समझ लो, भीतर ही भीतर वे कहीं बहुत दुःखी होते हैं। तुम्हारी यह मुस्कराहट....बात-बात पर फूटती हंसी, मेरे सामने तुम्हारे भरे-पूरे जीवन का चित्र नहीं उभारती, तुम्हारे जीवन की शून्यता और दर्द को ही उभारती है।''

''ठीक कहते हो अमर....तुम शायद ठीक ही कहते हो!'' बहुत ही व्यथित स्वर में अमला बोली, ''सच मानना, इन मिथ्यावरणों को ओढ़कर बहुत दिनों तक मैं समझ नहीं पाई थी कि आखिर मेरा दुःख क्या है....हां 'कुछ है' इस बात का एहसास मुझे हर समय हुआ है। पर इस बार शिमला में बिलकुल अकेले रहकर मैंने अपने दुःख को पहचाना। लेकिन अपना दुःख भी मुझे इतना वीभत्स और कुरूप लगा कि मैं स्वयं ही भीतर तक सिहर उठी।'' अमला ने धीरे से अपना हाथ खींच लिया और दोनों हाथों से पर्स का बटन खोलने-बन्द करने लगी। फिर सामने की ओर देखते हुए बोली, ''मुझे न अपने परित्यक्ता होने का दुःख है, न कपूर और कैलाश के चले जाने का। शायद मेरा दुःख किसी व्यक्ति-विशेष के साथ बंधा हुआ नहीं है....कोई भी एक विशेष व्यक्ति मेरे दुःख का कारण नहीं है--पर आजकल अपने जीवन में पुरुष का अभाव मैं महसूस करती हूं....एक ऐसे पुरुष का जो वहशियों की तरह मुझे प्यार करे....सब चीज़ों से अलग करके मुझे प्यार करे....केवल मुझे, मेरे इस शरीर को, मन को, आत्मा को।'' और अमला के मन का संयम बिखरने लगा। स्वर में आवेश आ गया और वाणी में एक विचित्र-सी कटुता। ''जानते हो, आजकल क्या मन करता है ? मन करता है, कोई बांहों में कस ले, इतना कस ले कि मेरी सारी नसें झनझनाकर टूट जाएं और बिखरकर चूर-चूर हो जाऊं। किसी सोते पुरुष के होंठों को इतना चूमूँ, इतना चूमूँ कि वह चौंककर जाग जाए और मैं लाज में दुहरी होकर उसकी छाती में ही अपना सिर गाड़ दूँ।'' अमला को स्वयं लगने लगा कि जैसे उसे बहुत कुछ कहना है और यदि वह सब कुछ नहीं कह डालेगी तो उसके दिमाग की नसें चटख-कर टूट जाएंगी। उसी प्रवाह में बोली, ''जानते हो, इन श्वेत वस्त्रों से मुझे नफरत हो गई है। मन करता है, खूब सजूं, सवरूं और शील की सीमाओं को पार करके व्यवहार करूं। सोलह साल की उम्र का जो नशा और उन्माद होता है, वही मुझ पर छाया रहता है।'' फिर उसने अपनी नज़रें अमर के चेहरे पर गड़ा दीं। वह स्वयं अवाक्-सा उसकी ओर देख रहा था।

''तुम मेरे पास बैठे हो, मुझे बहुत अच्छा लग रहा है। जानते हो, इस समय मेरा मन क्या कर रहा है ? मन करता है....मन करता है....'' और उसने कसकर दांत भींच लिए। मन जो कर रहा था, वह कहा नहीं गया। फिर उसने एक गहरा

निःश्वास छोड़कर कहा, ''खैर, छोड़ो यह सब। डरना भी मत। तुम्हारे साथ मैं कुछ नहीं करूंगी। आवेग और उन्माद के क्षणों में भी अमला संयम और विवेक नहीं खोती। तुम सत्य जानना चाह रहे थे, न सो कह दिया सत्य।''

''तुम विवाह कर लो अमला! तुमने स्वयं अभी स्वीकार किया कि तुम्हारे दुःख का सबसे बड़ा कारण है—पुरुष का अभाव। तब तो इसका एकमात्र निवारण है विवाह। क्यों व्यर्थ ही इसे टालती आ रही हो ? कटु चाहे कितना ही हो, पर यह सत्य ही है कि सब कुछ पाकर भी पुरुष के अभाव में नारी अपूर्ण ही है।''

''तुम्हारा सत्य चाहे जो हो, पर मैं विवाह नहीं करूंगी !'' इस समय स्वर में न पहले वाला आक्रोश, न उन्माद, बस एक ठण्डी दृढ़ता थी।

''कोई भी पुरुष मेरे जीवन का पूरक हो, यह मेरे अहं को सह्य नहीं, और समझ लो, यह अहं अमला का पर्याय है। मैं विवाह करना नहीं चाहती, उस ऊंचाई को पाना चाहती हूं, जहां जाकर यह सब कुछ निरर्थक-सा लगने लगे।''

'फिर तुम बहुत बड़ी भूल कर रही हो अमला ! आज चाहे एक बार तुम हिम्मत करके अपने मन में ऊंचाई का भ्रम पैदा कर लो और सारे संसार को खिलौना समझकर उसकें कार्य-व्यापारों को तुच्छ और निरर्थक समझकर अपने अहं को सन्तुष्ट कर लो, पर एक दिन ऐसा आएगा जब पाओगी कि सारे संसार ने तुम्हें ही खिलौना समझकर छोड़ दिया है। सारा संसार उस दिन भी अपनी हंसी-खुशी में आगे बढ़ता रहेगा, और तुम एक चाबी टूटे खिलौने की तरह जहां की तहां पड़ी सिर धुनती रहोगी। उस समय पाओगी कि किसी के पास इतना अवकाश तक नहीं है कि घूमकर एक बार तुम्हारी ओर देख तक ले।''

अमला का मन हुआ, अमर की गोद में सिर डालकर ही फूट-फूटकर रो ले और चीख-चीखकर कहे कि यह सब मत कहो अमर, यह सब मत कहो, तुम्हारी बात की सच्चाई मैं क्या जानती नहीं ? क्यों कुरेद-कुरेदकर मुझे व्यथित कर रहे हो ? पर मन के सारे आवेग को जहां का तहां दबाकर अमला ने अपने को बचाने के लिए प्रश्न का हथियार अपने हाथ में ले लिया।

''एक बात पूछूं अमर ? तुम विवाह करके बहुत सुखी हो ! नारी के अभाव ने ही तुम्हें विवाह करने के लिए विवश किया, भाग्यवान थे कि तुम्हारा परिचय एक ऐसी नारी से था जो तुम्हें प्यार करती थी, तुम्हारी सारी अच्छाइयों और बुराइयों को प्यार करती थी, एकान्तिक और एकनिष्ठ प्यार। फिर भी पूछती हूं, क्या तुम सुखी हो ? जो किसी भी व्यक्ति के लिए जीवन का चरम सुख हो सकता है वही तुम्हें कष्ट दे रहा है....और यहीं आकर लगता है कि हम दोनों के जीवन में कहीं साम्य है और तभी तुम मुझे बहुत अपने-अपने-से लगते हो। शायद अपने-अपने व्यक्तित्व के एक सिरे पर हम दोनों ही बहुत ही साधारण हैं, बहुत ही साधारण....वही हविसें, वही इच्छाएं, वही कमजोरियां, पर व्यक्तित्व के दूसरे सिरे पर कुछ ऐसे विशिष्ट हैं कि साधारण बातों की प्रतिक्रिया और

परिणति भिन्न ही होती है।" और तब अमला को जैसे खयाल आया कि बहुत देर से वह कुछ न कुछ बोले ही चली जा रही है, तो एकदम चुप हो गई।

अमर मंत्रमुग्ध-सा उसकी बातों को सुन रहा था। टण्डन के एक प्रश्न का शायद उसे खयाल आया तो बोला, "अमला एक बार मेरे एक मित्र ने मुझसे पूछा था कि तेरे और अमला के बीच मैत्री का आधार क्या है....तुम दोनों के बीच क्या कॉमन है.....और मैं कुछ नहीं बता पाया था। तुमने सुन्दर ढंग से सारी बात रख दी ! मुझे आश्चर्य होता है कि कैसे इतनी तटस्थ होकर तुम अपना विश्लेषण स्वयं कर लेती हो ? मन के सारे आवेग को संयम के अंकुश से नियन्त्रित रखती हो ? अभी दो मिनट पहले मुझे लग रहा था जैसे तुम रो दोगी....और अभी ऐसे बात कर रही हो मानो किसी और के बारे में बता रही हो। एक मैं हूं, जरा-सी बात हुई कि दो-दो दिन तक मूड खराब रहता है। न लिख पाता हूं, न पढ़ पाता हूं....बात-बात में बस झल्लाहट छूटती रहती है।"

अमला खिलखिला कर हंस पड़ी। "गुरु-मंत्र लोगे मुझसे ? पर गुरु की हर आज्ञा माननी पड़ेगी, बोलो हो तैयार ?"

"अमला, क्या तुम्हारा कल जाना बहुत जरूरी है ? चाहता हूं, एक-दो दिन और तुम्हारे साथ काटूँ।"

"कब तक रंजना से झूठ बोल-बोलकर आते रहोगे ? उसे मालूम पड़ गया तो वह जान ले लेगी या दे दगी। हत्या तो मेरे सिर पड़ेगी न ?" अमला फिर हंसी; और अमर आश्चर्यचकित-सा उसे देख रहा था, शायद सोच रहा था, अभी भी यह उन्मुक्त भाव से हंस लेती है !'

"आओ अब चलेंगे।" और अमला एकदम उठ पड़ी। सामने वाले व्यक्ति की इच्छा-अनिच्छा का उसे कभी ख्याल ही नहीं रहता; बस, वह आदेश-भर देना जानती है। अमर उस बात को जान गया था, सो इच्छा न रहते हुए भी उठ पड़ा। चलते-चलते अमला ने कहा, "जानते हो, इस बार क्या निश्चय करके लौटी हूं ? या तो इस ऊंचाई पर पहुंचकर सबका आदर और श्रद्धा ही प्राप्त करूंगी, या अपने मन की सारी कमजोरियों का नंगा प्रदर्शन करके सबकी घृणा और भर्त्सना की पात्र बन जाऊंगी। बीच की यह स्थिति अब मेरे लिए असह्य हो उठी है।" फिर ठिठककर अपनी नज़रें अमर के चेहरे पर गड़ाते हुए बोली, "अब तो शायद तुमसे मिलना नहीं होगा, सो एक आश्वासन देते जाओ।" और अमर का हाथ अपने हाथ में लेकर धीरे से बोली, "तुम मुझसे कभी नफरत मत करना। मेरे बारे में कुछ भी सुनो या मुझे किसी भी रूप में देखो, मुझसे घृणा नहीं करोगे, यही विश्वास तुमसे चाहती हूं।"

स्वर का दर्द और भीगापन अमर पर छू गया। उसने अपना दूसरा हाथ अमला के हाथ के ऊपर रख दिया।

"आओ अब चलें।" अपना हाथ खींचते हुए अमला घूम पड़ी।

दोनों की दूर होती आकृतियां धीरे-धीरे अन्धकार में विलीन हो गईं।

जब रेल सारी रौनक, बस्ती और चहल-पहल को छोड़कर दूर-दूर तक फैले ऊबड़-खाबड़ मैदानों में से गुज़रने लगी, तो पहली बार रंजना को इस बात का एहसास हुआ कि वह क्या कर बैठी है....और वह भीतर तक कांप उठी। उसकी खोई चेतना धीरे-धीरे लौट रही थी और उसके साथ ही कल संध्या से लेकर अब तक के चित्र, अनेक बातें उसके मानस-पटल पर उभरने लगीं।

''सुनो, मन्दा भाभी का टेलीफोन आया था, उन्होंने आज हम दोनों को बुलाया है।'' कॉलेज से लौटते ही उसने कहा था।

''आज ? आज तो मैं नहीं जा सकूंगा।'

''क्यों, आज भी अमला के साथ कोई प्रोग्राम है क्या ?'' और पूछकर ही उसे लगा कि नाहक में ही उसने अमला का जिक्र किया; केवल 'क्यों' पूछकर ही छोड़ देती। कल की बात को वह एकदम समाप्त कर देना चाहती थी।

''नहीं ! अमला तो आज सवेरे चली भी गई होगी। मुझे कुलश्रेष्ठ के यहां जाना है अपने उपन्यास के सिलसिले में।

''अरे, यह क्या, तू अकेली ? अमर कहां रह गए ?'' मन्दा भाभी ने पूछा था ? और जवाब सुनकर भन्नाती हुई बोली थी, ''ऐसी की तैसी कुलश्रेष्ठ की ! उन्हीं के लिए तो खासतौर से मैंने आलू की कचौरियां और खीर बनाई हैं।''

''अब ?''

''एक काम करो, सारा खाना बांध लो। अमर को कुलश्रेष्ठ के यहां से पकड़ कर ले लेंगे और कहीं बाहर बैठकर खाएंगे।'' टण्डन का सुझाव था।

नौकर पर खाना, प्लेटें, गिलासें, पानी आदि लादते हुए मन्दा भाभी ने कहा था, ''देखते ही अमर फिर चिढ़ाएंगे, भाभी तो ऐसी तैयारी करके निकलती हैं मानो लाम पर जा रही हों।'' और हंसने लगी थीं।

पर जब कुलश्रेष्ठ के यहां से दूसरी बार भी जवाब सुनकर निकले कि अमर जी आए ही नहीं, तो मन्दा भाभी बुरी तरह से भन्ना रही थीं, ''ये तुम्हीं हो जो मरते हो अमर के पीछे, उसे तुम्हारी कौड़ी-भर परवाह नहीं। यहां बेवकूफ की तरह खाना लादे फिर रहे हैं और लाट साहब का पता नहीं।''

तीनों रीगल के सामने खड़े यह तय कर रहे थे कि कहां बैठकर खाया जाए, पर मूड तीनों के ही खराब हो गए थे। तभी टण्डन बोला, ''अरे अमर !'' और दोनों ने घूमकर देखा, कुछ दूर पर टैक्सी में अमर बैठा था, साथ ही थी एक महिला। ट्रैफिक की लाइट से टैक्सी कई कारों के पीछे खड़ी थी। रंजना ने झपटकर आगे बढ़ते हुए टण्डन हो रोक दिया, ''उन्हें मत बुलाइए भाई साहब !'' और टण्डन ने जैसे समझते हुए पूछा, ''कौन है यह ?''

"अमला।"

"तो तुमने पहले ही क्यों नहीं बता दिया ?"

"मुझे खुद नहीं मालूम था", और हरी लाइट होने पर टैक्सी सामने से निकल गई तो तीनों ने देखा कि अमर ही था और उस महिला के साथ बैठा था। उसने किसी को भी नहीं देखा था।

उसके बाद क्या हुआ, कुछ याद नहीं। खाना शायद उन लोगों ने नहीं खाया था....न चाहकर भी रोते-रोते रंजना ने सारी बात बता दी थी....मन्दा गुस्से में न जाने क्या-क्या बकी थी, और टण्डन मुट्ठियां भींच-भींचकर दांत किटकिटा रहा था, "मैं देख लूंगा साले को !" ....तमाशा समझ रखा है कम्बख्त ने ! मक्कार ....झूठा....

अर्धचेतन स्थिति में ही घर आकर उसने अमर के नाम पत्र लिखा था और उसकी मेज पर रख आई थी। अब तो याद भी....क्या लिखा था।

अमर लौटकर सीधा उसके पास आया था, "अरे, यह क्या, सो गई रंजना ? क्यों बुलाया था मन्दा भाभी ने ?"

आंखें बन्द किए-किए ही रंजना ने कह दिया, "यों ही !"

अमर अपने कमरे में चला गया, डाक देखने। और उसके बाद बड़ी देर तक रंजना उसकी प्रतीक्षा करती रही—धड़कते दिल से। पत्र पढ़कर वह क्या कहेगा....क्या कहेगा! पर अमर आया ही नहीं। रात दो बजे के करीब एक बार उसने दबे पैरों जाकर देखा था—टेबल लैम्प जलाए, अपनी कुर्सी पर बैठा अमर कुछ लिख रहा है—एकदम डूबा हुआ, शायद डायरी !

सवेरे नौ बजे भी जब अमर नहीं उठा तो उसने जाकर उसे बांह से हिलाकर उठाया, "चलकर चाय पी लीजिए।" चाय की मेज पर दोनों ऐसे शान्त बैठे थे, मानो कुछ हुआ ही नहीं हो। अमर ने उसका बंधा हुआ सामान देखकर भी कुछ नहीं पूछा था, न उसने ही कुछ बताया। सवेरे से वह एक बार भी नहीं रोई थी....वह रोती क्या, उसकी चेतना ही लुप्त हो गई थी। मशीन की तरह उसने सारा सामान ठीक किया था, पर मन में न कोई आवेश था, न उद्वेलन।

हल्ली ने टैक्सी आने की सूचना दी तो वह एक क्षण समझ ही नहीं पाई कि बाहर बैठे अमर से कुछ कहकर जाए या यों ही चली जाए; पर तभी देखा, कन्धे पर कोट डाले अमर खड़ा है, "तुम्हें स्टेशन तक छोड़ आता हूं।" दोनों चुपचाप उतर गए। और जब हल्ली ने हाथ जोड़कर कहा, "फिरकर जल्दी ही लौटिए," ....तो रंजना की सारी जड़ता एकाएक ही जलकर आंसुओं के रूप में बह निकली। उसने पर्स में से निकालकर एक रुपया उसके हाथ में रख दिया; पर उससे कुछ बोला नहीं गया।

टैक्सी स्टार्ट हुई तो आंसू-भरी आंखों से ही उसने पीछे छूटते अपने घर की ओर देखा—उस घर की ओर जिसे उसने बड़ी उमंग से सजाया था, जिसके फर्श की एक-एक टाइल को विम से रगड़-रगड़कर उसे अपने हाथों से चमकाया था,

जिसके ड्राइंगरूम में सुन्दर-सा कार्पेट बिछाने के लिए वह रुपये जमा कर रही थी....

और प्लेटफार्म पर खड़े-खड़े ट्रेन चलने तक का समय दोनों के लिए बेहद बोझिल हो आया था; लग रहा था जैसे हर क्षण खिंचकर इतना लम्बा होता चला जा रहा है कि काटे नहीं कटता। फिर एकाएक ही हलचल का बढ़ जाना—सीटी, हरी झण्डी, लोगों की भाग-दौड़....और फिर एक ज़ोर का धक्का! रंजना को लगा, वह धक्का रेल को नहीं लगा, उसके दिमाग पर लगा है; और अनायास ही उसने प्लेटफार्म पर निश्चेष्ट, जड़ से खड़े अमर के सामने अपने दोनों हाथ जोड़ दिए। कहा उससे कुछ नहीं गया। तभी अमर ने एक हाथ से उसके दोनों जुड़े हुए हाथ पकड़ लिया और दूसरे हाथ से अपनी नम पलकों को पोंछ डाला।

गाड़ी सरक गई तो हाथ अपने-आप छूट गए और दूरी बढ़ती ही गई.... बढ़ती ही गई। रंजना के मन में अजीब-सा कुहरा छाया हुआ था....वह स्वयं नहीं जान रही थी कि क्या हो गया....क्या हो रहा है ? प्लेटफार्म के बाहर आते ही सारा कम्पार्टमेण्ट धूप से भर गया और अनेक चित्र बनने-बिगड़ने लगे।

ट्रेन ने गति पकड़ ली थी। रंजना घुटनों में सिर छिपाए बैठी थी। उसकी चेतना के एक सिरे पर ये सब चित्र उभर रहे थे, दूसरे सिरे पर एक और ही चित्र उभर रहा था।

उसे वह दिन याद आ रहा था जब वह मां-बाप से लड़-झगड़कर दिल्ली के लिए रवाना हुई थी। अमर की तरह पिताजी भी उसे छोड़ने के लिए स्टेशन आए अवश्य थे पर एक शब्द तक नहीं बोले थे। ट्रेन चलते समय उनकी आंखों की कोरें भी नम हो गई थीं....

पर कितना अन्तर था उस दिन और आज के दिन में ! उस दिन उसकी आंखें चाहे रो रही थीं, पर मन प्रसन्न था....आज आंखें सूखी हैं, पर मन रो रहा है। उस दिन 'कुछ' बनने का उत्साह था, आज सब कुछ टूट जाने की पीड़ा....

ग्यारह

अब ?—सवाल मन की बहुत ऊपरी सतह से उभरा। प्लेटफार्म से झुककर उसने एक बार और सूनी पटरियों को देखा....शायद ट्रेन लौट आए या कोई ज़ंजीर खींचकर रोक दे। लेकिन सड़क के पुल और उस प्लेटफार्म के बीच बूंदा-बांदी में भीगती पटरियां थीं, बोरा ओढ़े कोयले बीनती दो-एक औरतें थीं और सिर पर रेलों का समय और प्लेटफार्म नम्बर बताती हिन्दी-अंग्रेज़ी में एनाउन्सर की आवाज़ थी।

'सारा मौसम कैसा अजब हो गया है ?'—उसने पुल की सीढ़ियां चढ़ते हुए सोचा। फिर पुल के बीच में, रेलिंग पर कुहनियां टेके, देर तक चुटकी से निचला होंठ नोचता रहा। बारिश का पानी नीचे पटरियों पर धारों में टपक रहा था। पीछे कुलियों के साथ भाग-भागकर चलने वालों का प्रवाह था, बच्चों को घसीटती औरतें और एयरबैग लटकाए बेफिक्र नौजवान....। वह जब भी आया, पुल पर ऐसी ही अन्धाधुन्ध भागती भीड़ मिली....लेकिन वह उस शोर और भीड़ के किनारे खड़ा-खड़ा सिर्फ सूनी आंखों से देखता रहा....वह न किसी चेहरे को पहचानता था, न आवाज....सब दूर थे, सब पराये थे। फिर भी एक अजिज्ञासु उत्सुकता के बाहर उलझा था, ताकि भीतर झांकने का अवकाश न मिले....साथ ही उसे अपना यों पुल पर खड़े होना बड़ा प्रतीकात्मक भी लगा....जैसे भीतर और बाहर के कोलाहल के बीच किसी बहुत ही पतले पुल के किनारे पर वह खड़ा है और पुल के किनारे एकरस घिरी वर्षा से भीग गए हैं।

अभ्यासवश स्टाल पर पत्रिकाएं टटोलते हुए जब निगाह 'रूपाकार' के नये अंक में छपी 'घटोत्कच' की कविता पर पड़ी तो सारी मनःस्थिति के बावजूद होंठ हल्के से मुस्कराए। कविता क्या थी, अच्छी-खांसी उलट-बांसी थी। इन्दुकान्त को चौंकाने वाली बातें कहने-लिखने का शौक है। उसे लोगों ने, और खुद उसने, अपने-आपको विश्वास दिला दिया है कि वह 'जीनियस' है और असामान्य व्यवहार ही जीनियस के लक्षण हैं। तब से वह बेचारा हठयोगी 'जीनियस' हो गया है। उलटबांसी लिखता है, और अलटबांसी बोलता है—नाम भी उसने 'ग़टोत्कच' रख लिया है। एक बार उसने घड़ी लगाकर चौबीस घण्टे एक सिगरेट

से दूसरी सुलगाई थी और पूरे एक साल तक स्नान न करने का रिकार्ड कायम किया था। साहित्यकारों को लड़कियों के नाम से चिट्ठियां लिखना उसकी हॉबी है। जब कोई उसे 'सिनिक' कहता है, तो आत्म-सन्तोष से उसका चेहरा खिल उठता है। एक बार उसने निहायत ही बेतकल्लुफी से अमर के मुंह में लगी सिगरेट खींचकर खुद गहरा कश लगाया और कै करने की तरह धुआं निकालकर बोला, "प्यार....? प्यार इज़ ए मिसअण्डरस्टैंडिंग बिटवीन टू फूल्स....।[1] फिर उसकी बायीं छाती पर धीरे से थपककर बड़े रहस्यमय अन्दाज़ से कहा, "इट्ज ए चाइल्ड ऑफ इल्यूज़न एण्ड पेरेण्ट ऑफ डिसइल्यूजन" तब अमर ने सिर्फ इतना कहा था, "बड़ा अच्छा वाक्य है; किसका है ?"

"आई. के. घैटोत्काच....।" जाते हुए अमेरिकन उच्चारण में जवाब मिला।

"भ्रांति का पुत्र और स्वप्न-भंग का पिता....।" घटोत्कच के नाम के साथ ही उसे यह वाक्य भी याद हो आया—तो होंठों की मुस्कराहट विषाद में घुल गई।....उसके और रंजना के बीच यही तो हुआ जिसे दोनों प्यार का नाम देते रहे।....मगर नहीं, इस समय रंजना की कोई बात नहीं सोचनी....सहसा उसे लगा—प्लेटफार्म का कोलाहल बहुत ज़ोर से उभर आया है....या उसने अपने-आपसे अपने को छुड़ाकर झटके के साथ कोलाहल में फेंक दिया है। नौ नम्बर प्लेटफार्म के शुरू वाले स्टाल पर एस्प्रैसो कॉफी पीने के साथ-साथ वह नई रुचि से हर चीज़ को देखने लगा। अरे, उसने पहले ध्यान ही नहीं दिया था कि यहां लगी लिफ्ट काम भी करती है !' जान-बूझकर इस 'जानकारी' से अपने को चकित करने की कोशिश के साथ सोचा।

जाने क्यों, बाहर जाने को मन नहीं कर रहा था....कितना बड़ा स्टेशन है, हज़ारों लोगों की चहल-पहल है, कैसे कौशल से ट्रेन प्लेटफार्म को छूती हुई चली आती है, जरा भी चूक नहीं होती....कई बार निकलने वाले गेट के पास से टहलकर लौट आया। इच्छा होती थी, एक बार वह सारे स्टेशन में भीतर ही भीतर घूम अ।ए। सभी लोग व्यस्त हैं, और जल्दी में हैं। शायद उसकी ओर किसी का ध्यान भी नहीं है....हालांकि हर क्षण आशंका है कि अभी कोई परिचित दीख जाएगा। टण्डन सर्वव्यापी है....कहीं भी प्रकट हो सकता है। हो सकता है, किसी गाड़ी से जाती अमला ही दीख जाए। और एक क्षण को अपना यह विचार उसे ऐसा सत्य लगा कि वह भीड़ और आते-जाते लोगों में सचमुच ही अमला को खोजने लगा, जैसे वह कल गई नहीं, आज जाने वाली है।

पालम हवाई अड्डे पर वह कल अमला को छोड़कर ही तो आया था। रिफ्रेशमेंट-रूम में अमला ने एक साथ दो तीलियों से पाइनएपिल-जूस लेते हुए पूछा था, "अच्छा अमर, एक बात बताओगे ?"

"हूं...." मानो कहना चाहता हो कि इतना विश्वास अर्जित करने के बाद

1. दो बेवकूफों के बीच की गलतफहमी का नाम प्यार है....।

भी क्या ऐसे सवाल की जरूरत है ?

"बिलकुल सच ?" इस बार उसकी हंसती-सी आंखों से लगा, मानो कोई मज़ाक कर रही हो।

"लगता है, अविश्वास तुम्हारी प्रकृति बन गई है।" कहकर अमर ने तुरन्त बात का प्रभाव धोया, "तुम्हें मालूम है, मैं तुमसे झूठ नहीं बोल सकता। कुछ जगहें होती हैं, जो पवित्र होती हैं, और बड़े से बड़ा नास्तिक भी वहां झूठ बोलते हिचकता है....।"

और कोई समय होता तो छूटते ही अमला कहती, 'मक्खन कम हो तो और मंगा दें ?' लेकिन इस बात पर सिर्फ अविश्वास से मुस्करा दी....वही बंधी-बंधी बिखरती-सी मुस्करहाट....। फिर संजीदगी से पूछा, "जीवन के इस नये रूप से तुम बहुत संतुष्ट हो ?"

"नहीं।" अमर कुछ देर उसकी ओर सीधे देखकर बोला।

"मैं भी कुछ-कुछ यही सोचती थी...." अमला तीलियों को यों ही गिलास के किनारों से टकराती रही, "जबसे मैं तुम्हारे यहां गई हूं, रंजना से मिली हूं, एक ही बात मेरे मन में लगातार आ रही है...."

"क्या ?"

अमला हिचकी—कहे या न कहे। "शायद हम लोग....हम जैसे लोग विवाह की जिम्मेदारियों के लायक नहीं हैं....जाने किस झोंक में आज मैंने तुमसे बहुत कहा था; लेकिन अब सोचती हूं कि वह सब क्षणिक उफान ही था। तुम्हीं बताओ, इस समय मैं तुमसे बातें कर रही हूं...सारे दिन तुम्हारे साथ घूमी...दूसरी स्थिति में यह सम्भव था ? मैं तुमसे यहां बैठकर बातें करती और मन में कोई चीज़ खटकती रहती—इस दोस्ती की सफाई पतिदेव से क्या कहकर देनी है ? कोई जान-पहचान का देख ले तो बात को कैसे पहुंचाए.... ? अब निश्चिन्त हैं। सुबह कलकत्ता पहुंच जाएंगे, और वहां फिर इतना सब कुछ है कि अपने बारे में सोचने की फुरसत ही नहीं मिलती।"

अमर चुपचाप सुनता रहा....तो अमला भी उस कमजोरी को पोंछ रही हैं। लेकिन बातें सही हैं; मैं यहां बैठा हूं और रंजना वहां कुढ़ रही होगी। पिछले दो-तीन दिनों से कैसा तनाव हर क्षण नसों में रेंग रहा है ! मन फिर नये सिरे से उदास हो आया।

"लेकिन मेरा दुःख समझ में आता है।" अमला कह रही थी, "मेरे ऊपर ये जिम्मेदारी मां-बाप ने, दूसरों ने डाली थी, और मैं उसे नहीं निभा पाई....तुम्हारे साथ ऐसा नहीं था....तुम तो रंजना को बहुत वर्षों से जानते थे, अच्छी तरह जानते थे।...."

"शायद इसीलिए किसी से कुछ भी नहीं कह सकता।" अमर जेबों से सिगरेट तलाश करता रहा, "परेशानी यही है कि दोषी इसमें मैं रंजना को भी नहीं मानता। मेरे प्रति उसकी भावनाओं में कहीं कोई कमी नहीं है। हां, संस्कार उसे चैन नहीं

लेने देते। उसने शुरू से ही अपने आसपास, इधर-उधर देखा है कि पति नौकरी करता है, सुबह दफ्तर जाता है, शाम को घर लौट आता है। इसके बाद दोनों या तो कहीं घूमने, सिनेमा चले जाते हैं, या किसी को बुला लेते हैं। अविवाहित जीवन के यही चित्र उनके संस्कार हैं। यह उसे पता ज़रूर था कि मैं नौकरी नहीं करता, लेकिन मेरी सारी दिनचर्या और जीवन के व्यावहारिक रूप से तो उसका परिचय नहीं था.....कुछ हवाई-सा अन्दाज़ा हो तो हो। अब उसे न मेरे मित्र पसन्द हैं, न मेरे व्यवहार; न मेरी दिनचर्या उसे अपने अनुरूप लगती है; न मनोरंजन। मेरे पुरुष-मित्र उसे पसन्द नहीं हैं, और महिला-मित्रों से वह ईर्ष्या करने को विवश है—क्योंकि आसपास किसी की ऐसी मित्र नहीं है। दूसरे पति के महिला मित्रों से ईर्ष्या करने की परम्परा है। वह तो साफ कहती है कि यह मित्र, क्या चीज़ है ? या तो पत्नी होती हैं या बहन-भाभी।''

''अमर, एक बात शायद मैंने कही भी थी, और फिर साफ बताना चाहूंगी।'' जाने क्या सोचती-सोचती अमला बात काटकर बोली, ''कहीं मुझे लेकर तो तुम दोनों के बीच कुछ....''

''बात तुम्हारी नहीं, एक सिद्धान्त की है....'' अमर ने दृढ़ता से कहा, ''तुम न रहोगी तो कोई दूसरा होगा। प्रश्न व्यक्ति विशेष का नहीं, एक पूरे रवैये का है। मुझे तुम्हीं एक बात बताओ। ऐक्टर हुए, नेता हुए, संगीतज्ञ या लेखक हुए—यहां तक कि प्रोफेसर भी—इन सबके व्यक्तित्व का सामाजिक पक्ष ही तो इन्हें विशिष्ट बनाता है न ? अब यह नियम कैसे बनाया जा सकता है कि इनके प्रशंसकों, विद्यार्थियों या अनुगामियों में केवल पुरुष ही होंगे—महिलाएं होंगी ही नहीं ? या अगर महिलाएं हुईं भी तो उनसे सिर्फ अछूतों जैसा व्यवहार करने की आज्ञा रहेगी—कहीं वे पास न आ जाएं ? परेशानी यही तो है कि उसके अनुसार आदर्श पति दफ्तर में काम करता है, और दफ्तर में लड़कियां होती नहीं—शाम को जितने फार्मल विज़िट्स का सम्बन्ध हैं, वहां बहन-भाभी के रूप में होती हैं—मगर आजकल तो दफ्तर में भी....''

अचानक अमला खिलखिलाकर हंस पड़ी, और देर तक हंसती रही। अमर पूरी गम्भीरता से अपनी बात कह रहा था। सहसा हतप्रभ हो उठा। वह इतनी महत्त्वपूर्ण बात बता रहा है, और अमला है कि हंस रही है। उसकी भवें तनकर सिकुड़ आईं।

''मैं तुम्हारी बात पर ही हंस रही हूं।'' अमला ने पास की कुर्सी पर रखा पर्स उठाकर गोद में रख लिया, ''तुम चाहे जितने बड़े हो जाओ, औरतों का मनोविज्ञान तुम्हारे बूते की चीज़ नहीं है। कागज़ की हीरोइन और सचमुच की हीरोइन में यही फर्क है....''

''क्यों ? '' अभी तक वह अपने को संभाल नहीं पाया था।

''जनाब, प्रेमिका से पत्नी बनने वाली औरत इसलिए ईर्ष्यालु नहीं होती। वह दूसरे कारणों से ईर्ष्यालु—या ज्यादा सही—शंकालु होती है। उसे हमेशा डर

रहता है कि जिस तरह आप उसे दिल दे बैठे थे, उसी तरह दूसरों को न दे बैठें। वह यह मानकर चलती है कि दिल दे बैठना आपकी कमजोरी है, तभी तो आपने खुद उसे दिल दिया था.....'' और जैसे अंतिम निर्णय करके वह झटके से खड़ी हो गई थी। इस बीच बैरा बिल ले गया था।

इस 'दिल देने' के मुहावरे पर अमर को बात में चाहे जितना सस्तापन लगा हो, लेकिन अमला ने एकदम सही जगह नब्ज पकड़ी है, यह उसने महसूस किया। बराबर आते हुए बोला, ''अच्छा तुम्हारी बात ही सही; लेकिन यह हमेशा डर, शंका और ईर्ष्या का वातावरण बड़ा सुखद है.... ?''

''तब तो तुम्हें ही शौक लग गया था....।'' अमला का सहज विनोद जाग आया।

तभी एनाउन्सर की आवाज गूंजी, ''पैसेन्जर्स, लीविंग फॉर कैलकटा आर रिक्वेस्टेड टू प्रोसीड....''

भर-भर आती आंखों से लोग विदा ले रहे थे। अमला अपने छोटे-से रूमाल से यों ही हथेलियां और उंगलियां पोंछ रही थी, ''अच्छा अमर, अब जो भी है, सो निभाओ। रंजना भोली लड़की है....''

अचानक अमर को लगा, जैसे वह अपने किसी बहुत-बहुत निकट-आत्मीय से हमेशा के लिए बिछुड़ रहा है। मान लो जहाज़ में कुछ दुर्घटना ही हो जाए, तो कल सिर्फ यही करने को रह जाएगा कि अन्तिम विदाई उसने ही दी थी। उसका गला भर आया। गोला सटककर संयत होने की कोशिश के साथ कहा, ''कुछ अगर....मेरी किसी बात का बुरा लगा हो तो....बुरा मत मानना....।''

अमला ने एक क्षण उसकी ओर सीधे देखा। अमर प्रत्याशित हो आया कि शायद अमला का हाथ उसके कन्धे पर आ जाएगा, लेकिन उसने जल्दी से सिर्फ इतना ही कहा, ''अरे नहीं अमर....अच्छा अब जाओ, हमारा ड्राइवर तुम्हें छोड़ देगा; और हां देखो, अब बहुत अधिक वक्त बरबाद मत करो, लिखो....।'' और जाते-जाते अमला फिर लौट आई। जल्दी से बोली, ''याद है, कलकत्ता में तुमने मुझे क्या-क्या लिखा था। जवाब तब नहीं दे पाई थी, बाद में सोचती रही। तुमने शायद कहा था, जो मूलतः मीडियॉकर होते हैं, वही कला और साहित्य में आते हैं, क्यों कि कोई और अच्छा काम वे कर नहीं सकते। लिखा था न?'' वह जाते हुए लोगों को जगह देने के लिए एक ओर सरक गई, ''मुझे बताओ, तुम्हारे पास क्या नहीं है ? अच्छी से अच्छी डिग्री है; स्वस्थ और प्रतिभाशाली आदमी हो; जो तुम्हें मीडियॉकर कहते हैं, उनसे अच्छे रूप में तुम ज़िन्दगी बिता सकते हो। अपनी इच्छा से ही तो तुमने वह सब छोड़ा है। और इसीलिए छोड़ा है कि कुछ तुम्हें इस सबसे बड़ा और महान लगा है....तुम इन सब बेवकूफियों में क्यों अपना समय बरबाद करते हो.... ? उसे क्यों नहीं पहचानते ?'' और जल्दी मचाकर चलती अमला बोली, ''अच्छा....अब चलूं....।''

''लिखना....।'' अमर के मुंह से निकला। फिर सुधारा, ''अच्छा मैं ही

लिखूंगा.... ।'' व्यर्थ ही अमला का पत्र रंजना के लिए एक बहाना हो जाएगा।

अमला के चेहरे पर वही मुस्कान आ गई, और जैसे वह सारे वातावरण से टूटकर जल्दी से भाग गई थी....तब अमर उच्छ्वासित हो आया था। एक अमला है....जो उसकी सारी थकान को कैसे दुलार से सहला देती है।

लौटते हुए गाड़ी में बैठे-बैठे एक वाक्य मच्छर की तरह भनभनाता रहा—हम लोग ज़िम्मेदारियों के लिए नहीं बने....हम जैसे लोग....हम लोग....हम लोग.... । यह मानना पड़ेगा कि अमला सोचती बहुत साफ है। तब सहसा झटके से एक चीज़ उसके सामने उद्भासित हो उठी। रंजना चाहे प्रसन्न रही हो या नाराज़....जब वह घर में चहकती रही है तब भी, और घर में जब एक तनाव रहा है तब भी—दोनों का परिणाम एक ही रहा है....न उस समय उसने लिखा है, न पढ़ा.... 'तुम इन सब बेवकूफियों में क्यों अपना समय बरबाद करते हो !' उसे लगा जैसे अमला ने जो कुछ कहा, उसे वह कहीं सुन चुका है....

कितना उत्साहित और उत्प्रेरित होकर वह लौटा था....और उसी सब नशे में उसने आकर रंजना का पत्र पढ़ा और एक ओर रख दिया। अच्छा है, रंजना भी कुछ दिनों को बाहर रह ले। अजीब बात है, उसके मन में न कोई कटुता थी, न खलिश। वह अपने से हटकर मानो सौ साल बाद अपने जीवन को देख रहा था....तब न कोई यह जानेगा कि रंजना से उसके सम्बन्ध कैसे थे, न यह सोचने की तकलीफ किसी को गवारा होगी कि अमला कौन थी....शायद इस बात की तो कोई कल्पना ही नहीं कर सकेगा कि उसका टण्डन नाम का भी एक मित्र था जो हर रूढ़िवादी नैतिकता की रक्षा के लिए उसका कोर्ट-मार्शल कर देता था। रह जाएंगी सिर्फ उसकी कृतियां....'विरोधी परिस्थितियों में आप लगातार साधना करते रहे...' लोग लिखेंगे। और उस क्षण एक अजब तटस्थ उदारता से उसका मन भर आया। उसे लगा, अपने-अपने हिसाब से सभी बेचारे ठीक ही तो कह रहे हैं....जो बात आज अमला ने उसके बारे में कही थी....ठीक वैसी ही कुछ बात रंजना के बारे में रीगल के सामने टण्डन ने कही थी और अपने मन में वह खूब जानता है कि टण्डन को वह दोष दे ही नहीं सकता....केवल सद्भावना और सिंसियरिटी ही तो उससे यह सब करा रही है। लेकिन वह क्यों इस सबको इतना महत्त्व दे....? जहां तक वह इतने 'व्यक्तित्व के सर्वश्रेष्ठ' के प्रति 'निष्ठावान' है, ये सारी बातें बहुत ही महत्त्वहीन हैं। ज्यादा से ज्यादा लोग यही याद किया करेंगे ....इनका पारिवारिक जीवन सुखी नहीं था। जो आज गालिब के बारे में कहते हैं....चेखव के बारे में कहते हैं....गेटे और सुकरात के बारे में कहते हैं....टॉल्स्टाय के बारे में कहते हैं।

और आज प्लेटफार्म पर निर्लक्ष्य भटकते हुए उसके मन में आया, कल अमला ने ही अपने जीवन को कुतुबमीनार की ऊंचाई से नहीं देखा था—उसने भी सौ

साल की मीनार से झांककर पाया था कि आज जो कुछ उसके साथ हो रहा है या वह कर रहा है, बहुत ही तुच्छ, महत्त्वहीन और छोटा है....चाबी-भरे खिलौनों जैसा.... ''गति के पागलपन से प्रेरित चलती रहती संसृति महान....।'' भगवतीचरण वर्मा की लाइन उसने गुनगुनाई। और अब एक तटस्थ संवेगहीन करुणा से उसका दिल पिघल आया। बेचारी रंजना का भी क्या दोष है ? उसकी दृष्टि से देखें तो वह भी गलत नहीं है....दोनों ही सही हैं।

अमर के मन में उभर आई यह करुणा ठीक वैसी ही थी जैसी उपन्यास पढ़ते हुए किसी नायिका के प्रति वह करुण हो आया हो....उतनी ही निर्वैयक्तिक ....उतनी निस्संग। और इस स्थिति के बाद मानो उपन्यास की नायिका पर अपनी राय दी....दो सही व्यक्ति एक गलत जगह आकर मिल गए हैं....। फिर देर तक अपने वाक्य की सुन्दरता पर मुग्ध होता रहा।....जाने कैसे उसके मन में हुआ कि विदा लेते समय, दोनों हाथों से उसके हाथ पकड़कर यह सुन्दर वाक्य अमला ने कहा था.. हालांकि वह जानता था, अमला सिर्फ सिर के ऊपर उंगलियां हिलाती टा-टा करके चली गई थी।

कल भी उसने विदा दी थी, आज भी दी है....लेकिन जाने क्यों उसे रह-रहकर लगता रहा, जैसे किसी डिब्बे के सामने सहसा अमला दीख जाएगी। साथ ही मन में कोई दुहराता रहा.... 'प्यार भ्रान्ति का पुत्र और स्वप्न-भंग का पिता है....' वह घर जाएगा तो रंजना उसे घर ही मिलेगी। उसकी राह देखती....वह रंजना के साथ अपना सारा व्यवहार बदल देगा और अधिक उदार हो जाएगा....उसे समझने-समझाने की कोशिश करेगा।

पब्लिक लाइब्रेरी के सामने फुटपाथ पर खड़े होकर तांगों, मोटर-साइकिलों से उछलती कीचड़ बचाते हुए उसने फिर सोचा—'अब ?' और खुद ही सहसा चौंककर ठिठक गया। इधर-इधर देखा। हां, उसका भ्रम ही था। उसे लगा जैसे यह 'अब ?' उसने नहीं सोचा, उसके पास खड़े किसी व्यक्ति ने उसे सम्बोधित करके कहा। फिर भी उसने अपने आसपास देखा। यहीं कहीं किसी के मुंह से उसने यह 'अब ?' शब्द सुना था,....और जब उसने सुना था, तब उसमें एक निश्चित अर्थ था, भविष्य था....। आज जैसी निर्लक्ष्य दिशाहीनता नहीं थी। हां, याद आया। यहां नहीं, स्टेशन-गेट के उस तरफ वाले फुटपाथ पर स्वर में प्रश्न भरकर कहा था किसी ने—'अब ?

कितने दिन हो गए होंगे ? रंजना को कहां टिकाया जाए, वह यही सोचता खड़ा था मानो उसकी उलझन को वाणी देती, वह पास खड़ी-खड़ी बोली थी—'अब ?'

वह 'अब ?' पूरे एक इतिहास का अन्त था, एक नये इतिहास का प्रारम्भ....आज की तरह अर्थहीन, भटका हुआ प्रश्नावाचक चिह्न-मात्र नहीं था।

अमर उन दिनों एक 'प्राइवेट टीचिंग शॉप' (मित्रों के बीच उसने उस कॉलेज

का यही नाम दिया था) मैं रत्नभूषण-प्रभाकर की क्लासें पढ़ाने लगा था। बहुत बार उसने रंजना को समझाया, देखो रंजना, अगर हमें साथ रहना है, तो इस शहर में वह सब होगा नहीं। यहां न मेरे लिए कुछ है, न तुम्हारे लिए। यह शहर तो हर हालत में छोड़ना ही है। क्यों नहीं एक काम करतीं ? मैं भी इसमें मदद कर सकता हूं। दिल्ली में आकर पढ़ाने लगो, वहीं फिर हम लोग सैटिल हो जाएं। इसमें बहुत-से बेकार के झंझटों से जान छूट जाएगी। कुछ दिन लोग नाराज रहेंगे, फिर खुद-ब-खुद खुश हो जाएंगे।' और ऐसे ही एक इंटरव्यू के लिए रंजना यह सोचकर चली आई थी कि अब वापस नहीं लौटेगी। यह उसने अमर को लिख दिया था। रेल से उतरने के बाद से वह सविस्तार बता रही थी कि कितनी मुश्किल से वह आ पाई है। बाहर जाकर अकेली जवान लड़की नौकरी करे ....इसके पक्ष में न घर वाले थे, न बाहर वाले....कैसी रोया-पीटी, कितनी बक-झक तीन दिनों से घर में हुई है कि दिमाग खराब हो गया। उसने लाख समझाया कि इंटरव्यू में बुलाने का मतलब नौकरी दे देना ही तो नहीं है। हो सकता है, न ही ली जाए....फिर नौकरी अगर ठीक न लगे तो छोड़ देने से कौन रोक सकता है ? उसे छोड़ने बाबूजी आए थे, मुंह से कुछ नहीं बोले थे....दृढ़ता से बन्द किए उनके होंठों, मगर कनपटियों के भीतर उठती-गिरती लहरों को देखकर वह कैसी विचलित हो उठी थी—मन हुआ कि अभी लौट जाए....या कम से कम उन्हें बता दे कि असली बात क्या है। मुंह तक आती बात बताने की हिम्मत ही नहीं पड़ी। सोचा, पत्र में लिख देगी।

'अब ?' रंजना ने पूछा था। अर्थ था, 'तुमने कहा तो मैंने घर छोड़ दिया। अब और बोलो, क्या करना है ?'

अमर के मन में खुद-ब-खुद कल वाले पत्र की पंक्तियां उभर आईं—"मैं लौट रही हूं, जिस घर से आई थी वहीं....मन्दा भाभी ने जाने कितने सपने संजोकर मुझे तुम्हारे हाथों सौंपा था....मेरा भाग्य, मेरा सुख, मेरा भविष्य....। तब क्या कभी सोचा था कि सुख का यह महल कितनी खोखली नींव पर खड़ा है ? ....आज तुमने मुझे बता दिया कि तुम्हारे जीवन में मैं कहां हूं, क्या हूं !....जानती हूं, वह सब जान लेने के बाद मेरे सामने दो ही रास्ते हैं....या तो चुपचाप सब सहती चली जाऊं....और एक दिन यों ही मर जाऊं, या उसी घर में लौटकर पिता से कहूं—बाबूजी, मुझे माफ कर दो। मैंने सचमुच बहुत बड़ी गलती की....अपनी इच्छा से विवाह करके मैंने बहुत सुख भोगा....अब मुझे माफ कर दो। इतने बड़े घर में मुझे कहीं भी शरण ले लेने दो.....मैं चुपचाप पड़ी रहूंगी।' तुम्हारे थके-हारे जीवन को थोड़ी-बहुत विश्रान्ति देने के लिए बड़ी साध से इस घर को सजाया था, उसे छोड़ते हुए मन बहुत-बहुत टूट रहा है....एक बार पूछने को मन होता है, मैंने तो जाने-अनजाने कभी तुम्हारा अहित या अशुभ नहीं चाहा, कोई ऐसा बड़ा अपराध भी नहीं किया....फिर मुझे यह कठोर सजा किस अपराध के लिए दे रहे हो.... ? सोच रही हूं, कि अन्तिम वेला में तुम्हारे लिए

भी तो कुछ लिखूं....पर क्या? इस रीते मन में कुछ भी तो नहीं है तुम्हारे लिए ....न प्यार....न घृणा....। झूठ न बोलूं तो रोम-रोम से दुराशीष ही निकल रही है। ईश्वर करे, तुम भी ज़िन्दगी-भर यों ही जलो....। जलो और जानो कि असफल प्यार का दर्द भी क्या होता है....किसी की आत्मा की कचोट कैसी होती है ....इस दुर्भावना के लिए मुझे माफ कर देना....तुम्हारे सामने उज्ज्वल भविष्य पड़ा है; यश, धन और प्यार सभी कुछ तो तुम्हारे मार्ग में बिखरे हैं....समझ लेना एक बाधा थी जो आज हट गई...."

सौ साल की ऊंचाई से कल अमर को सारा पत्र बड़ा किताबी लगा था, आज उसकी याद आती पंक्तियां, उस उन्मुक्त समर्पण के भाव से पूछने की निश्छलता, सभी कुछ मन में गाढ़ा-गाढ़ा धुआं भरता रहा।

सारे दिन घर जाने को मन नहीं हुआ और वह यहां से वहां भटकता रहा। जानबूझकर घर जाने को टालता रहा और परिचितों से कतराता रहा। बहुत बार मन में जोर से झुंझलाहट आई कि उसकी भी आखिर क्या ज़िन्दगी रह गई है! हमेशा घुटना, हमेशा भटकना, हमेशा मानसिक तनावों में जीना....क्यों नहीं वह एक झटके के साथ इन सारे झंझटों को उतार फेंकता ? क्यों नहीं कुछ दिनों को कहीं बाहर चला जाता ?—बम्बई ही चला जाए....किसी बहुत छोटी अनजानी जगह में चला जाए !

उनींदी आंखों को मुट्ठी से मलते हुए हल्ली ने दरवाज़ा खोलकर बताया, "टण्डन बाबूजी और बीबीजी आये थे....।"

"अब कहां हैं ?" उसने धीरे से पूछा।

"कल आपको ज़रूर-ज़रूर बुलाया है।"

"हुम्...." वह भीतर आ गया, "हम खाना नहीं खाएंगे....।"

मेज के सारे कागज़-पत्र तितर-बितर थे। सबसे पहली आशंका मन में यही आई—टण्डन ने कहीं रंजना का पत्र तो नहीं पढ़ लिया ? पत्र जिस तरह से अधखुला रखा था, उससे लगता था कि ज़रूर पढ़ा गया है। पहली बात मन में आई, अभी बिस्तर बांधे और रात की गाड़ी से कहीं भाग जाए। कल फिर वही कचहरी होगी....वह मुजरिम बना खड़ा होगा और सरकारी वकील के जोश से मन्दा भाभी उससे बहस कर रही होगी। भीतर कहीं हल्की-सी दृढ़ता जागी, उसे इस चुनौती को भी देखना है....भागेगा नहीं, कल बात साफ ही कर लेगा।

लेटा, तो पहली बार एहसास हुआ कि बिस्तर कितना चौड़ा है। वह तो एक सिरे पर ही रह जाता है, बाकी बिछौना खाली पड़ा रहता है। शादी से पहले उसे खयाल भी नहीं है—कभी ऐसी बात उसके मन में आई हो। शायद सोते हुए एकाध बार ऐसा भी लगा, जैसे कहीं कोई धीरे-धीरे सिसक-सिसककर रो रहा है। चौंककर देखा, कोई भी नहीं था, फिर सोने की कोशिश की। आखिर उठा और अलमारी से एक पतली-सी किताब निकाल लाया। हाउसमैन की कविताओं का संग्रह था—'ए श्रॉपशायर लैड।' लेटे-लेटे एक छोटी-सी कविता

को दो बार पढ़ा :

इफ इट चांस, योर आई ऑफेण्ड यू
प्लक इट आउट, लैड, एण्ड बी साउण्ड
ट्रिवल हर्ट, बट आर सॉल्व्स टु फ्रेण्ड यू
एण्ड मैनी ए बॉल्सम ग्रोज़ ऑन ग्राउण्ड

फिर अगला स्टेंजा कई बार पढ़ा :

एण्ड इफ योर हैंड ऑर फुल ऑफेण्ड यू
कट इट ऑफ लैड, एण्ड बी होल।
बट प्ले द मैन, स्टैण्ड एण्ड, एण्ड यू—
द्वेन योर सिक्नेस इज़ योर सोल !....

मन में सवाल उठा, क्या इसी स्थिति को 'सिक्नेस इज़ सोल' कहेंगे ? क्या सचमुच मोपासां और ज़्विग, येसिनिन और मायकोव्स्की, स्कॉट फिट्-जेराल्ड और ओसामु देज़ाई—सभी ने महसूस किया था कि उसका अस्तित्व और आत्मा, ऊब और अवसाद के सिवा कुछ भी नहीं हैं ? और क्या सचमुच बहादुर आदमियों की तरह निर्णय ले डाला, कि नहीं, "दिस वर्ल्ड इज़ नॉट वर्थ लिविंग...." इसमें आना चाहे हमारे वश में हो या न हो, छोड़ देना तो हमारे हाथ में है....और जो निर्णय ले सकता है वही तो बहादुर है। "और मैं निर्णय लेता हूं कि.... कि....।" अंधेरे में टटोलते आदमी की तरह वह 'कि—कि' करता हुआ उठ बैठा; फिर झटके से, ज़ोर से किताब एक तरफ फेंककर बड़बड़ाया, "कि इस समय इस किताब को नहीं पढ़ूंगा....।"

प्रकाशक ने उसे बड़ा-सा रजिस्टर खोलकर दिखा दिया था—"देखिए, पहले ही आपके नाम इतने रुपये निकलते हैं। आठ महीने पहले आपने जिस किताब के लिए एडवान्स लिया था, वह किताब अभी तक....हम भी तो कोई आखिर क़रोड़पति....और मान लीजिए करोड़पति हों भी, तो भी आप किसी चीज़ के बदले ही तो लेंगे.... ?"

बहुत हिम्मत के बाद बड़े हिचकते हुए उसने क़हा था। सुनकर लापरवाही से बोला, "खैर छोड़िए....।" लेकिन मन में फिर वही चिरंतन 'अब ?' उठ खड़ा हुआ था। प्रकाशक ने भी उठकर मेज के पास उसके दोनों हाथ अपने हाथों में लेकर अतिरिक्त मुलायम लहजे में कहा, "तो फिर कब पूरी कर रहे हैं आप किताब.... ? देखिए, हमारा सारा प्रोग्राम गड़बड़ा जाता है...."

"जल्दी ही करूंगा....मुझे खुद भी तो...." और वह बाहर आ गया। यहां तक आने-जाने का किराया भी बेकार गया। इस चालीस पैसे की तो वह चाय भी पी सकता था। लोग सच ही कहते हैं, हम लोगों में संतुलन नाम की चीज़ नहीं होती। जेब में पैसे हुए तो मन होता है, दुनिया-भर को बता दें, हर चीज़

खरीद डालें, सारे दोस्तों को कॉफी पिला दें। नहीं है, सबसे ज्यादा दुःखी हैं। हमारे लिए तो बस तब भी है। इसी दिल्ली में हज़ारों ऐसे होंगे जो सारे दिन में एक बार भी बस पर चढ़ न पाते होंगे। अच्छा मान लो, वही यहां से पैदल कनॉट प्लेस जाए तो घण्टा-भर लगेगा....यहीं रहता होता तो दिन में दो घण्टे लगते। महीने में साठ घण्टे....साल में करीब सात सौ पच्चीस घण्टे....यानी तीस दिन पांच घण्टे....घण्टे एक महीना पूरा आने-जाने में लगता.... । हम लोग कितना समय बेकार बरबाद करते हैं ! अच्छा मान लो, इस चालीस पैसों से यहां आकर वह चाय पीता, और तभी कोई दोस्त आ जाता तो उसे चाय ऑफर करनी ही पड़ती। यह चालीस वहां बेकार चले जाते न....अच्छा ही हुआ। वो वैसे टिकने तो थे नहीं। क्यों जी, ये विदेशों में सारे लेखक ऐश कैसे करते हैं ? सुनते हैं हेमिंग्वे के पास अपना हवाई जहाज़ है, मॉम का 'विला' राजा-महाराजाओं के महलों से ज्यादा शानदार है....फ्रेन्क्वा सागां तीन-तीन कार रखती है, उसे अच्छी से अच्छी गाड़ी पर चढ़ने का शौक है....अकेली किताब ने नाबोकोव को करोड़पति बना दिया....शॉ ने कितने लाख डॉलर छोड़े थे....टण्डन होता तो कहता....

सचमुच क्या बुरी आदत है मेरी भी ! हिसाब करने बैठे तो दुनिया की हर चीज़ का हिसाब ही करते चले जा रहे हैं। अमला को लिखे, कुछ पैसे भेज दो, लौटा दूंगा ! टण्डन साला देगा नहीं....कहेगा, अपनी भाभी से मांग ले। हालांकि एक पैसे का हिसाब नहीं निकलता, लेकिन दोनों मियां-बीवी ने कुछ ऐसा रवैया बना रखा है जैसे उसके अभिभावक हों....अपनी ज़िन्दगी के निर्णय लेने का अधिकार उसे खुद नहीं—उन्हें हो। और जो उसको निर्णय पसन्द नहीं आता, वह उन्हें अपना अपमान लगता है। फिर भी टण्डन अधिक समझदार है। वह चीज़ को उसकी दृष्टि से भी देखने की कोशिश करता है। मगर मन्दा भाभी ....तोब्बाः ! यह दुनिया दुःखी लोगों के कारण इतनी दुःखी नहीं है जितना इन सुखी लोगों ने उसे दुःखी कर रखा है।

उस दिन तो नहीं, बल्कि तीसरे दिन सुबह झटके-से उसका कम्बल किसी ने खींचकर उलट दिया तो वह हड़बड़ाकर उठ बैठा। टण्डन साहब पाटी पर निश्चिन्त आराम से बैठे सिगरेट धौंक रहे थे—मानो कम्बल किसी और ने उतारा हो। जागृति की स्थिति में आते हुए उसके दिमाग में आया, 'ला-मिजराब'[1] में ज्यां-वलृ-ज्यां के पीछे इन्सपेक्टर जैवर्त लगा, और हर मौके-बेमौके प्रकट हो जाता था—जैसे ज़िन्दगी में उसका काम सिर्फ ज्यां-वलृ-ज्यां का पीछा करना है। और उसने जरूरत से ज्यादा आलसियों की तरह बनावटी अंगड़ाई लेकर कहा, "कहिए इन्स्पेक्टर जैवर्त साहब....सुबह-सुबह.... !" उसने मुंह पर मुस्कराहट लाने की कोशिश की—हालांकि आंखें मिलाने की हिम्मत नहीं पड़ी।

और सिगरेट का कश खींचते हुए टण्डन ने उसे जिन ठंडी निगाहों से देखा,

1. विक्टर ह्यूगो का उपन्यास

उन्होंने उसके अणु-अणु को रोमांचित कर डाला....उस क्षण उसे लगा जैवर्त सामन्ती समाज की जड़ न्यायदृष्टि का प्रतीक है, जो हर कहीं है, और जहां ज्यां-वल्-ज्यां को देखता है, वहीं 'अपराधी ! अपराधी !' चिल्ला उठता है.... टण्डन उस नैतिक दृष्टि का साकार रूप है जो हर समय एक 'पापबोध' बनकर उसकी आत्मा को कुतरती है....आज उसे जवाब देना ही होगा।

"रंजना चली गई।" आखिर बेचैन होकर वह खुद ही बोला, "तुझे पता है.... ?"

"हूं.... ।" बहुत धीरे से कहकर टण्डन उसी तरह सिगरेट पीता रहा। अखबार शायद वह सीढ़ी से उठाता लाया था। उसे गोद में फैलाकर देखता रहा। फिर उसी संजीदगी से कहा, "जाओ, हल्ली से कहो, चाय बनाएगा.... ।"

अमर को कुछ देर उस सारी मुद्रा से बचने का बहाना मिला। वह झटके से उठा। लेकिन बचकर फायदा क्या ? बोला, "वह खुद ही बनाएगा। दूध लेकर आता ही होगा।"

फिर सहसा टण्डन ने कपड़े की तरह मोड़कर अखबार एक ओर रख दिया, "कहिए, बिना बीवी के कैसा लग रहा है लेखक साहब.... ?"

फिर चारों ओर देखकर बोला, "दो दिन में ही अच्छा-खासा जंगल बना दिया है।"

"जंगल...." अमर ने बनावटी गहरी सांस लेकर कहा, "कोई वीरानी-सी वीरानी है....दस्त[1] को देखके घर याद आया.... ।"

"आहा.... !" टण्डन ने आंखें बन्द कर लीं और नीचे लटकते हुए पांव झुलाता हुआ ऐसा विभोर मुंह बनाए रहा, जैसे डूब गया हो, होंठों के पास आकर सिगरेट की उंगलियां ठिठकी रहीं....और धुआं वहीं मंडराता रहा। सिर हिलाकर बोला, "गालिब तो साहब गालिब हैं ! एक-एक शब्द में कम्बख्त ने क्या भरा है....'फिर मुझे दीदए तर याद आया'.... ।"

अमर ने देखा तो एक भय उसे ऊपर से नीचे तक सिहरा गया—निश्चय ही टण्डन सुबह ही सुबह गालिब की शायरी में डूबने नहीं आया। वह उठकर यों ही मेज के पास गया, कुछ उलटा-पलटा, फिर कुर्सी खींच और उस पर आलथी-पालथी मारकर सामने बैठ गया। टण्डन ने अपनी आदत के मुताबिक चश्मा उतारकर दूसरे हाथ में ले लिया था और माथे की मोटी-मोटी सलवटें मसल रहा था। सिगरेट जलाते हुए फिर अमर ने गौर से देखा। एक सन्तोष तो था कि मन्दा भाभी नहीं आई है।—"तेरे पास कोई खत आया है क्या ?"

"किसका ?" निहायत कोई भोलेपन से टण्डन ने सवाल किया।

पहले मन हुआ, जवाब ही न दे। कैसा बन रहा है ? फिर शब्द धकेलकर बोला, "रंजना का.... !"

"हां, शायद मन्दा के पास आया है.... ।"

---

1. जंगल

‘‘क्या ?’’ अमर अचानक बेहद उत्सुक हो आया, ‘‘क्या लिखा है रंजना ने, कहां है ? कैसी है ? कब....कब आएगी.... ?’’

‘‘कुछ नहीं, यही राजी-खुशी लिखी होगी....।’’

एक झुंझलाहट का ज्वर अमर को अपने भीतर उमड़ता हुआ महसूस हुआ : कम्बख्त खिलवाड़ कर रहा है।

‘‘है कहां.... ? अपने फादर के....’’ उसकी इच्छा हुई टण्डन के हाथ का चश्मा छीनकर ज़ोर से जमीन पर दे मारे—अब बोल।

‘‘नहीं, शायद अपनी किसी सहेली के यहां हैं....।’’ फिर झटके से चश्मा नाक पर रखकर उठ खड़ा हुआ और बाहर बाल्कनी घूम आया, ‘‘तेरा हल्ली कहां दूध लेने जाता है ?’’

‘‘तू मेरी बात का जवाब दे....।’’ अमर ने खड़े हुए टण्डन का हाथ पकड़कर खींचते हुए पूछा, ‘‘किस सहेली के यहां है, कहां है ?....अजब सनकी लड़की है! अच्छा तू ही बता, इसमें मेरा क्या कसूर है ?’’

‘‘कसूर ? कुछ भी नहीं है !’’ लापरवाही से टण्डन ने दोनों हाथ झटकार दिए, ‘‘बेवकूफ है ! इन्टरव्यू के लिए बुलाकर जब तुमने उसे मेरे यहां टिकाया था, तभी मैं जान गया था कि लड़की बेवकूफ है। बोलो, उसे इतनी समझ नहीं कि तुम महान लेखक हो.... ! यू क्लेम टु लिव इन हिस्ट्री....तुम इतिहास की शोभा हो.... ! रंजना जैसी बीस तुम्हारी ज़िन्दगी में आएंगी....और उन एक-एक के लिए यों रुक-रुककर अपने रास्ते बदलते गए तो फिर हो गया.... ! क्या है ? अपने पागलपन में लड़की की ज़िन्दगी बिगड़ भी गई तो ऐसी कौन-सी दुनिया रुक जाएगी ? अरबों लोगों की भीड़ में वह एक बूंद भी तो नहीं है....’’

‘‘तुझे उसने क्या लिखा है ?....’’ जब असहनीय हो गया तो बात काटकर अमर ने पूछा। उसे एक बार का लिखा अमला का पत्र याद आ गया।

बहुत ही शान्त भाव से टण्डन बोलता रहा, ‘‘मैंने बताया न, मुझे कुछ भी नहीं लिखा। मन्दा को ही लिखा है, और वह बहुत नाराज है। लेकिन तू मज़ाक बिल्कुल न समझ, मैं सचमुच ईमानदारी से कह रहा हूं। मैं तो कल ही आता, लेकिन सुबह ही सुबह यही कहने आया हूं। उस दिन वाकई मैं बहुत बौखला रहा था, लेकिन अब ऐसी कोई बात नहीं है। तू हम लोगों की कतई चिन्ता मत कर....गलती मुझसे यही हो गई कि सद्भावना के आवेश में तुम लोगों को बांध दिया गया। वरना....उस वक्त भी रंजना ने मुझसे कहा था कि जब अमर ने स्पष्ट रूप से ‘ना’ कर दिया, तो मैं अब कभी स्वीकार नहीं करूंगी....तब भी मैंने यही समझाया था कि अमर की ज़िन्दगी और ज़िन्दगी की तुलना करके देखो—क्या है तुम्हारे पास.... ? किस चीज़ पर इतना अभिमान है ? जैसी दस हज़ार लड़कियां और हैं वैसी ही तुम हो....अमर का नाम है, प्रतिभा है, उसके आगे भविष्य है—तुम जैसी लड़की को तो कृतार्थ होना चाहिए....।’’

टण्डन की बात बीच में ही टूट गई थी....कुर्सी की पीठ पर माथा रखकर अमर फूट-फूटकर रो पड़ा था।

टण्डन स्तब्ध खड़ा रहा, फिर धीरे से उसकी पीठ पर हाथ रखकर बोला, "देख अमर, मैं असफल आदमी हूं; और असफल आदमी जब सफल आदमी के बारे में कुछ कहता है, तो उसकी ईर्ष्या बोलती है। लेकिन इतना ज़रूर कहूंगा कि तेरी सबसे बड़ी ट्रेजेडी यही है—तू अपने लिए नहीं, इतिहास के लिए जीता है....तेरी ज़िन्दगी अपनी नहीं है। वह अपने अनुसार नहीं, दूसरों के बनाए हुए पैटर्न्स पर चलती है....तेरे निर्णय तेरे अपने नहीं हैं....वे निर्णय किसी देशी-विदेशी लेखक ने पहले से लेकर रखे हुए हैं और उन्हें अपनी ज़िन्दगी में घटाकर—लागू करके—तू उन लोगों की महानता प्राप्त करने का सन्तोष पाता है....। किसी घटना की वास्तविक प्रतिक्रिया की बजाय—किसी लेखक की ज़िन्दगी, किसी उपन्यास-कहानी के पात्र की प्रतिक्रिया से अपनी तुलना तेरे मन में पहले आती है....काश, तू अपने निर्णय कामू और सार्त्र की किताबों से न लेकर, खुद ले सकता होता...."

अमर सिर्फ यही कहकर बार-बार माथा ठोकता रहा, "मैं कुछ भी नहीं कर सकता....मैं कुछ नहीं कर सकता....मेरा दिमाग खराब हो गया है....।"

प्रकाशक के यहां से बाहर निकलकर फिर विदेशी लेखकों से अपनी तुलना करते हुए उसे टण्डन की बात याद हो आई। तब सचमुच वह कितना मजबूर हो गया था। यही सब बातें तो उसने खुद कही थीं और अपने को माफ कर लिया था और यही बातें तो कहकर टण्डन ने उसके मानसिक सन्तुलन को गड़बड़ कर डाला—

लेकिन इस समय कहां जाए....

अब ?....

बारह

(रंजना का पत्र अमर के नाम)

26 अगस्त' 58

अमर,

नाम के आगे 'मेरे' लिखने का साहस भी नहीं हो रहा है, क्योंकि जानती हूं कि अब तुम मेरे नहीं रहे। सच मानो तो मुझे यह विश्वास भी नहीं हो रहा है कि आंसुओं के पार जिस लिफाफे की धुंधली-सी आकृति दिखाई दे रही है, वह तुम्हारी है....तुमने मुझे पत्र लिखा है ! मन को आश्वस्त करने के लिए अनेक बार मैंने इस पत्र को पढ़ा है और पढ़कर हर बार मुझे लगा है जैसे मेरी जड़ता, मेरी दृढ़ता गल रही है, पिघल रही है। पूछती हूं तुमने मुझे क्यों लिखा ? जिस असह्य बन्धन को तोड़ फेंकने के लिए तुम्हारा मन-शरीर सब कुछ बुरी तरह कसमसा रहे थे, जब वह टूट ही गया तो फिर से जोड़ने का प्रयत्न क्यों कर रहे हो ? सच मानना, तुम्हारा पत्र देखकर मैंने तुम्हें कोसा है....पढ़कर और कोसा है....बहुत-बहुत कोसा है; पर यह भी उतना ही सच है कि मन का एक अनजाना अतृप्त कोना जाने कैसे सुखद सन्तोष से भर उठा—लगा जैसे मेरी लाज रह गई। क्योंकि न चाहकर भी हर दिन, हर दिन क्यों, हर क्षण मैंने तुम्हारे पत्र की प्रतीक्षा की है। हर दिन की निराशा ने मुझे तोड़ा नहीं, दूसरे दिन की आशा के साथ गूंथ दिया और इसी प्रकार मैं दस दिन बिता गई। अपनी इस पागल स्वप्नाकांक्षा को क्या कहूं जो रात-दिन तुम्हारे पत्र के स्वप्न देखते-देखते इतनी बढ़ जाया करती थी कि तुम्हें ही देखने लगती थी और कल्पना के किसी छोर पर 'हाथ में अटैची लिए' अमर का एक चित्र उभर-उभर जाया करता था। पर फिर भी कहती हूं कि तुमने मुझे क्यों लिखा ? यह सब मेरी कमज़ोरी की बातें हैं, तुम्हें केवल इसलिए लिख रही हूं कि तुम्हें सब कुछ बता देने की आदत बहुत पुरानी है, छूटते-छूटते समय तो लगेगा न ? पर तुम इसका यह निष्कर्ष मत निकलना कि मैं फिर लौट आऊंगी। नहीं अमर, वह सब अब मेरे लिए सम्भव नहीं होगा, क्योंकि वह श्रेयकर भी नहीं है।

यह है, एक बार पहले भी इसी प्रकार तुमने सम्बन्ध तोड़कर अपनी ही इच्छा से फिर मुझे अपनाया था। पर आज जब पीछे मुड़कर देखती हूं तो लगता है, उसके बाद का जीवन, जीवन नहीं कटु स्मृतियों की एक कहानी-मात्र है, जिसमें तुम्हारी आहत आत्मा और मेरी अतृप्त आकांक्षाएं सिसक रही हैं। तभी तो एक दिन मैं अपना सारा साहस बटोटकर सब कुछ छोड़ आई। एक बार भी प्रतिवाद किए बिना जिस प्रकार तुम मुझे स्टेशन छोड़ आए, उससे यह भी स्पष्ट हो गया कि यह सब तुम्हारा मनचाहा ही हो रहा है। इसीलिए पूछती हूं—अब यह पत्र क्यों ? भूल क्यों नहीं जाते कि रंजना कोई थी, या कोई है। समझ लो, रंजना मर गई....कम से कम तुम्हारे लिए तो मर ही गई। मरे हुए का मोह मनुष्य को क्लेश देता है अमर! फिर मैंने तो जीवित रहकर भी तुम्हें क्लेश दिया है। अब इस मोह-बन्धन से मुक्त हुए हो तो क्यों नहीं अपनी सारी शक्ति, अपने बिखरे, अस्त-व्यस्त व्यक्तित्व को संभालने-संवारने में लगाते ? बस....

रंजना

(रंजना का पत्र अमर के नाम)

1 सितम्बर' 58

अमर,

फिर तुमने पत्र क्यों लिखा ? तुम्हारे पहले पत्र का उत्तर मैंने इसलिए तो नहीं दिया था कि तुम फिर पत्र लिखो। मैं तो सिर्फ तुम्हें अपना निर्णय बता देना चाहती थी। मैं नहीं चाहती कि यह टूटा सम्बन्ध पत्र-व्यवहार को सेतु बनाकर फिर जुड़े, और....फिर भी मैं तुम्हें पत्र लिख रही हूं। मन में एक दुर्दमनीय चाह है जो लिखने को मजबूर कर रही है। विवाह के बाद तुमने मुझे, मेरे व्यवहार को लेकर डायरी के न जाने कितने पन्ने रंग डाले। मैं तो डायरी लिखती नहीं, सो सब कुछ मन में ही उमड़ता-घुमड़ता रहता था, मन को ही सालता-कचोटता रहता था, और जब कसक बहुत बढ़ जाया करती थी तो सारा दर्द आंखों की राह बह जाया करता था। पर आज मन कर रहा है, तुम्हें लिखूं। तुम भी जान लो कि तुम्हारे हर व्यवहार की प्रतिक्रिया—तुम्हारी उपेक्षा, अवहेलना, तुम्हारे झूठ, छल और विश्वासघात की प्रतिक्रिया मेरे मन पर भी हुई है और बहुत गहरी हुई है। जब-जब तुमने मेरी भावनाओं पर प्रहार किया है, हर बार मेरा मन बुरी तरह घुटा है, तड़पा है, सिसका है। लगता है कि इस अध्याय को सदा के लिए समाप्त करने से पहले यदि मन की यह सारी घुटन तुम पर ही उंडेलकर मुक्त नहीं हुई, तो मुझसे जिया भी नहीं जाएगा। पर जैसे भीतर कोई बराबर कहे जा रहा है—'यह सब व्यर्थ है तुम्हारा दर्द अमर को कहीं भी नहीं छुएगा। बहुत अधिक हुआ तो वह इस पत्र की कुछ पंक्तियों का उपयोग अपनी किसी रचना में कर लेगा। आंसुओं में डूबे हुए ये शब्द उसके लिए रॉ-मेटीरियल से अधिक कुछ महत्त्व नहीं रखेंगे....'और तब मन होता है, कुछ न कहूं, कुछ न लिखूं।

जैसे आज तक अपना दर्द आप ही पीती आई हूं, आगे भी पी जाऊं। पर वह भी सम्भव नज़र नहीं आता। आज तो जो भी हो मैं लिखूंगी ही। अपना सब कुछ देकर भी तुम्हें कुछ नहीं दे पाई....यदि उन पंक्तियों का उपयोग अपनी किसी रचना में करोगे, तो इसे ही अपनी देन समझकर सन्तोष कर लूंगी।

सबसे पहले तुम्हारी बात का ही उत्तर दूं—मैं मीरा के पास क्यों ठहरी ? तुम्हीं बताओ, क्या मुंह लेकर मां के घर जाती ? बिना खबर-सूचना के यों अचानक पहुंच जाने की क्या सफाई पिताजी को देती ? मेरे विवाह और भविष्य को लेकर उनके कितने अरमान थे !....मैं उन्हें कुचलती चली गई। अच्छे-अच्छे प्रस्ताव वे लाए, मैं अस्वीकार करती चली गई और मेरी हर इच्छा के आगे उन्हें झुकना पड़ा। वे झुके भी। शायद मेरे सुख की बात सोचकर उनके सारे विरोध अपने आप ही बह गए....शायद मेरे सन्तोष में उन्होंने अपना सन्तोष ढूंढ़ लिया और अब मैं उन्हीं के पास जाऊं और यह कहूं कि गलती की! सद्कामनाओं से लिपटे तुम्हारे आदेशों की उपेक्षा करने का दण्ड मुझे मिल गया। नहीं अमर, यह साहस कम से कम आज मुझमें नहीं है। जानते हो, इस सारी ट्रेजेडी की एक और कचोट है, जो मुझे अपने दुःख से भी ज्यादा सालती है। इस प्रकार स्वेच्छा से विवाह करके मैं अपने परिवार और परिचितों के बीच एक आदर्श उपस्थित करना चाहती थी। अब तो लगता है, लोगों का इस पर से विश्वास ही उठ जाएगा। एक अच्छी चीज़ को हमने गलत सिद्ध कर दिया।

शायद तुम सोचो कि मैं भी क्या पागलों जैसा प्रलाप कर रही हूं, क्योंकि तुम्हारे दोनों पत्रों से ही ऐसा आभास मिलता है कि यह सब कुछ होकर भी हमारे सम्बन्ध वही हैं। हो सकता है तुम्हें मेरा इस प्रकार आना बहुत छोटी बात लगी हो....तुम सोचते होओ कि कुछ दिन रहकर मैं नॉर्मल हो जाऊंगी और लौट आऊंगी, और इसलिए शायद तुम्हें आश्चर्य हुआ, बुरा भी लगा कि वहां पहुंचकर भी मैं मां के घर न जाकर मीरा के घर क्यों आई ? पर बहुत-बहुत सोचकर मैं इस निर्णय पर पहुंची हूं कि तुमसे अलग हो जाऊंगी, तभी तुम सुखी हो सकोगे। तुम मुंह से चाहे कुछ न कहो, पर बहुत ईमानदारी से एक बार अपना मन टटोलकर तो देखो, क्या यही बात तुम्हारे मन में नहीं है, तब ?

यहां आकर न जाने कितनी बार स्मृति-पटल पर वह रात उभरी है, जब लाल साड़ी में लपेटकर मन्दा भाभी ने मुझे तुम्हारे हाथों में सौंप दरवाज़ा बन्द कर दिया था, और तुम्हारी बांहों में कसे-कसे मुझे लगा था जैसे मेरी उलझी राहें एकाएक ही सुलझ गई हैं। एकाकी जीवन की नीरसता सरसता में बदल गई थी और लम्बे अर्से से अपना बोझ ढोते-ढोते क्लांत हो आए इस शरीर की सारी क्लान्ति मिट गई थी। कमरे में फैले धीमे कोमल आलोक से भी अधिक धीमे कोमल शब्दों में तुमने कहा था—'पिछले दिनों में जो कुछ भी हो गया उसे भूल जाना रंजना और पहले की तरह मुझे प्यार करना, हमेशा-हमेशा !' मेरा कंठ अवरुद्ध हो गया था और आंखों में आंसू छलछला आए थे। मन हुआ था,

अपना सारा प्यार, स्नेह, कोमलता, स्निग्धता तुम पर बरसा दूं। फिर एक दिन ऐसा भी आया जब तुमने स्वयं कहा—'मुझे इतना प्यार मत करो रंजना, बस मैं और कुछ नहीं चाहता।' और फिर मेरी आंखों में आंसू छलछला आए। मन हुआ, अपना सारा प्यार अपने में ही समेटकर मैं कहीं चली जाऊं—तुमसे बहुत-बहुत दूर, जहां से मेरी छाया भी तुम पर न पड़े। दूर तो आ गई हूं पर चाहती हूं कि यह दूरी केवल शरीरों की ही नहीं रहे, मन की भी हो जाए।

विवाह के बाद के तुम्हारे व्यवहार को देखकर एक प्रश्न हमेशा ही मन में घुमड़ता रहता था कि आखिर तुम्हारी इस परिवर्तित मनोदशा का कारण क्या है ? मैं तो पहले जैसी ही थी। बदले तुम्हीं थे....और शादी के बाद नहीं बदले, बदल तुम उसी दिन गए थे जब अमला ने अपनी मुस्कान के जादू से बांधकर तुम्हें कलकत्ता से बम्बई भेजा था। तभी तो अपने कमिटमेण्ट से बिना मेरी भावनाओं और भविष्य की चिन्ता किए जिस निर्ममता से तुमने सारी बात को अस्वीकार कर दिया था और यह तक जानने की चिन्ता नहीं की कि रंजना जीती है या मर गई। मुझे तभी सारी स्थिति को समझ लेना चाहिए था। पर जाने किस मोह का पर्दा आंखों के सामने पड़ा हुआ था कि समझकर भी नासमझ ही बनी रही।

मन्दा भाभी विवाह की बात सुनाने आई तो मैं सब कुछ भूल गई। भूल गई कि जो व्यक्ति मैत्री को झुठला सकता है वह विवाह को भी झुठला सकता है। मुझे अपना चिर आकांक्षित मिल रहा था। उस दिन यह सब समझ ही कैसे सकती थी कि यह विवाह तुम अपनी इच्छा से नहीं, टण्डन भाई और मन्दा भाभी के आग्रह से कर रहे हो ? पर सत्य कब तक छिपता ? विवाह के बाद ही उभर-उभरकर आने लगा। मेरी आदतें, मेरा हर व्यवहार, यहां तक कि मेरी उपस्थिति भी तुम्हें कष्टकर लगने लगी। शायद तुम्हारा वही समय सबसे अच्छा कटता था, जब मैं कॉलेज रहा करती थी। मेरे आने से पहले ही तुम बाहर निकल जाया करते थे....रात में देर से लौटकर सीधे पढ़ने या लिखने बैठ जाते। बड़ी देर तक मैं प्रतीक्षा में करवटें बदलती रहती....शायद तुम आ जाओ, तुम आ जाओ, पर नहीं आते तो सो जाया करती। कभी-कभी ज़िद करके बुला लेती तो आते ज़रूर, पर तुम्हारा व्यवहार सर्द और रूखा रहता और हमेशा इस बात का बोध कराया करता मानो यों बुलाकर मैंने कोई अपराध कर दिया।

और मैं सोचा करती, कैसा हुआ है यह विवाह ? आरम्भ के दिनों में ही ऐसी उदासीनता! कोई उमंग नहीं, कोई उत्साह नहीं! अधिक से अधिक समय साथ बीते ऐसी कोई इच्छा नहीं। इससे तो पहले ही अच्छा था। याद है, कभी समय देकर देर कर दिया करती थी तो तुम कितना बिगड़ते थे, सब काम छोड़कर किस अधीरता से प्रतीक्षा किया करते थे ! इधर भी कई बार मैं जान-बूझकर देर से घर पहुंची, पर तुमने एक बार भी नहीं कहा कि मैं क्यों देर कर देती हूं ? तुम डांटते-फटकारते, नाराज़ होते या एक बार भी कहते—'रंजना, तुम ठीक

समय पर आया करो, मुझसे तुम्हारी राह नहीं देखी जाती....' तो कितनी प्रसन्न होती मैं ! पर तुमने कभी कुछ नहीं कहा। शाम को जब तुम घूमने जाते, तो मेरा कितना मन होता कि तुम आग्रह करो, जिद करो कि मुझे भी साथ चलना ही होगा। थकने की बात तुम नहीं मानोगे, तुम कुछ नहीं सुनोगे। सच कहती हूं, तुम्हारी इस स्नेह-भरी मनुहार से ही मेरी सारी थकान दूर हो जाती। अपना समझकर अधिकारपूर्ण स्वर में तुम कहते तो मैं मना कर सकती थी भला ? फिर ऐसा कौन-सा पहाड़ खोदकर आया करती थी जो इतना थक जाऊं कि घूम भी न सकूं ? पर शायद तुम चाहते ही नहीं थे कि मैं साथ चलूं।

अपनी बात क्या कहूं ? जितनी तुम उपेक्षा करते....मुझसे कतरा-कतराकर रहते, तुम्हारे साथ रहने की मेरी लालसा उतनी ही अधिक बढ़ती जाती। कई बार तो मन करता, कॉलेज भी न जाऊं, कुछ दिन ऐसे बिताऊं, जिसका हर क्षण तुम्हारे साथ बीते। जब से तुम्हें जानती हूं, देखा है कि तीन-चार महीने से अधिक तुम एक जगह नहीं रहते। कहीं न कहीं एक चक्कर लगा ही आते थे। याद है, तुम कहा भी करते थे कि शादी के बाद तुम मुझे खूब घुमाओगे, सारे पहाड़ी स्थान दिखाओगे, दक्षिण भारत की सैर कराओगे। तुम इस बात पर हंसा भी करते थे कि मैंने तीन-चार शहरों के अतिरिक्त कुछ देखा ही नहीं है और फिर तुम बातों ही बातों में मुझे शिमला, मसूरी, दार्जिलिंग, काश्मीर की सैर करवाया करते थे। काश्मीर में सेबों का वह बगीचा आज भी मेरी कल्पना में धुंधला नहीं हो पाया है, जहां कोहरे-भरी चांदनी में तुम मन्त्र-मुग्ध से सारी-सारी रात काट दिया करते थे। रात-दिन सोते-जागते, उठते-बैठते, यहां तक कि कभी-कभी तो पढ़ाते समय भी एक विचित्र-सा मादक चित्र मन में उभर-उभर जाया करता था।

कोहरे से भरी चांदनी और चीड़ के ऊंचे-ऊंचे वृक्षों से भरा अर्धवीरान-सा बगीचा, सेबों के पेड़ से छनकर आती हुई चांदनी की कारचोबी और किसी वृक्ष के नीचे प्रतीक्षातुर दो आंखें....उससे भी आतुर दो बांहें....उससे भी आतुर दो अधर....

पर कभी तुमने मुझसे नहीं कहा कि चलो, हम लोग कहीं घूम आएं। गर्मी में शादी की, और सारी गर्मी दिल्ली में ही काट दी। बाहर जाने की बात क्या कहूं अमर, दिल्ली में ही तुम कभी यह इच्छा प्रकट करते कि आओ रंजना, आज हम अकेले किसी निर्जन स्थान में चलकर बैठें, तो सच, मैं निहाल हो जाती। पर तुमने हमेशा मेरी उपेक्षा की। ले जाते थे तो मित्रों के यहां या कॉफी हाउस। और मैं तुम्हारे साथ अकेली घूमना चाहती थी। छः दिन तुम अपने मित्रों के साथ घूमते और मैं रविवार की प्रतीक्षा करती। अनजाने ही मेरे मन में यह भ्रम पल गया था कि रविवार के दिन पर तो मेरा अधिकार है, और मैं चाहती थी कि उस दिन को ही मैं इतनी पूर्णता से भोगूं कि मन आकंठ तृप्त हो जाए; और तीन दिन बिताए रविवार की मादकता में कट जाएं, तो तीन दिन आगामी

रविवार की प्रतीक्षा में। पर उस दिन भी तुम अनेक मित्रों को बुलाकर बैठा लेते और फिर तुम्हारी लम्बी-लम्बी बहसें चलतीं....और वे इतनी देर तक चलती थीं कि मेरा घूमने का सारा उत्साह ही ठंडा पड़ जाया करता था। एक दिन गुस्से में आकर मैं अन्दर ही बैठी रही और चाय-पानी का सारा काम हल्ली ही करता रहा, तो तुम आकर बिगड़े थे कि मुझे तुम्हारे मित्र बेकार के लोग लगते हैं और मैं उनकी पूरी आवभगत नहीं करती। इस आक्षेप पर मुझे रोना आ गया था। सोच रही थी, मित्रों के प्रति जो कर्त्तव्य है, उसका पूरा-पूरा बोध तुम्हें है, तो मैंने ही ऐसा क्या अपराध किया है? मुझे मेरा प्राप्य मिलता रहे फिर तुम जो कहो मैं कर सकती हूं, अन्यथा मुझे कोई अच्छा नहीं लगता। रात में मैंने तुमसे कहा भी तो तुमने साफ कह दिया, रंजना, रविवार को ही तो सब लोगों को फुर्सत मिलती है, उस दिन लोगों से न मिलें-जुलें तो कब मिलें ?' उस दिन मैंने कसम खा ली थी कि कभी अपनी कोई इच्छा तुम्हारे सामने व्यक्त न करूंगी। पर धीरे-धीरे अवसाद और उकताहट की एक धुन्ध मेरे मन में छाने लगी। बहुत ईमानदारी से कहती हूं, शादी के बाद दो क्षण भी ऐसे याद नहीं आते जिन्हें मधुर कहकर अपने स्मृति-कोष में सहेजकर रख लेती। निकटतम से निकटतम क्षणों में भी मैंने तुम्हारे शरीर का दबाव ही महसूस किया है, उस गर्मी का कभी एहसास ही नहीं हुआ जो प्यार से उत्पन्न होती है और जिसमें मन की जड़ता गल जाती है और अलगाव की सीमाएं डूब जाती हैं।

और एक प्रश्न तो रात-दिन, उठते-बैठते निरन्तर मेरे दिमाग पर हथौड़े की चोट की तरह घनघनाता रहता—यह सब क्या है....यह सब क्यों है, क्यों है ? और इस प्रश्न ने मुझे मजबूर कर दिया कि मैं छिपकर तुम्हारी डायरी पढ़ूं और वह सब जान लूं जो तुम मुझसे छिपाते हो, जो शायद इस सबका कारण है। आज तुम जान लो कि मैंने तुम्हारी सारी डायरी पढ़ी है, अमला के पत्र पढ़े हैं, और मैं सब कुछ जाने बैठी हूं, जिसे तुम छिपाते आए थे।

तुम शायद कल्पना भी नहीं कर सकोगे मेरे उस दिन के दुःख की, मेरी मानसिक व्यथा की, जिस दिन मैंने तुम्हारी डायरी में पढ़ा था—"मैं जानता हूं कि अमला को लेकर कुछ भी सोचना मेरे लिए न तो उचित है न श्रेयस्कर, फिर भी जाने क्यों, एक विचित्र-सी कमज़ोरी मन में घर करती जा रही है। जितना उसे भूलने की कोशिश करता हूं, उतनी ही वह मन पर छाई रहती है। मैं उससे दूर रहता हूं पर मन जैसे हमेशा उसी के साथ रहता है—लगता है, वह मेरे व्यक्तित्व का, मेरी आत्मा का अभिन्न अंश है। हालांकि मैं इस भावना से मुक्ति पाना चाहता हूं, पर मन यही करता है, कि कुछ दिनों तक उसके पास जाकर रहूं। शिमला में वह अकेली थी और उसने बुलाया भी था; मैं जानता हूं, मैंने कैसे अपने पर नियन्त्रण किया।"

इसका एक-एक शब्द मानो किसी ने लोहे की गर्म सलाख से मेरे हृदय पर दाग दिया। मन हुआ, चुपचाप घर से निकल जाऊं, पर निकली नहीं। रात तुम

लौटकर आए तो इच्छा हुई कि तुम्हारी छाती पर सिर पटक-पटककर पूछूँ कि यह विश्वासघात मेरे साथ क्यों कर रहे हो ? प्यार उससे करोगे, पर क्योंकि उसे पा नहीं सकते, इसलिए रहोगे मेरे साथ ? पर पूछ भी नहीं सकी, क्योंकि जानती थी कि तुम अपने इस गुरुतर अपराध की बात को भूलकर इसी पर नाराज़ होओगे कि मैंने तुम्हारी डायरी क्यों पढ़ी ? पर मन की घुटन बढ़ती गई, बढ़ती गई। फिर भी मन में जाने क्या था कि लगता रहता था कि एक दिन ऐसा आएगा कि यह सब ठीक हो जाएगा और मैं अपने अमर को पा लूंगी। अपने सुखी भविष्य के प्रति बड़ी आस्था थी मन में, और उससे भी अधिक आस्था तुम्हारे प्रति थी, क्योंकि दुःखी मैं चाहे कितनी भी हुई पर अपने मैत्री के मधुर दिनों की याद ने फिर भी मुझे टूटने नहीं दिया, पर जब भविष्य में दुःख ही लिखा हो तो आस्था को अपने-आप टूटना पड़ता है और मेरे विश्वास और मेरी आस्था को बिखराकर चूर-चूर कर देने वाली वह शाम आ पहुंची जब तुम मुझसे झूठ बोलकर अमला के पास गए और मैंने तुम्हें देख लिया। उस दिन लगा, जिस धरातल को अपना समझकर मैं खड़ी हूं, वह खोखला है।

तुम्हारा यह कहना ठीक है कि मैंने बहुत भावुकता और आवेश में ही वह पत्र लिखा था और घर छोड़ने का निर्णय लिया था; पर उस समय शायद मैं स्वयं नहीं जानती थी कि पत्र की लिखी हर बात मुझे यों सत्य करके ही दिखानी होगी। शायद मन में यही था कि तुम उस पत्र को पढ़ोगे, आओगे और फिर मेरे रोने और तुम्हारे मनाने-समझाने में ही सारी बात एक बार तो समाप्त हो ही जाएगी। पर पत्र पढ़कर तुम भीतर आए ही नहीं और तब धीरे-धीरे मुझे लगा कि अब इस घर में रहने से बढ़कर अपमान की बात मेरे लिए हो ही नहीं सकती। बराबर यही लगता रहा, जैसे तुम्हारे मन की बात ही मैंने लिख दी, और यह भावना निश्चय में बदल गई जब तुम सवेरे उठे और आगे होकर मुझे स्टेशन छोड़ आए। अपमान का यह दंश मुझे जीवन-भर सालता रहेगा। इतना मान तो हम शत्रु का भी रख लेते हैं, फिर आखिर मैं तो तुम्हारी 'कुछ' थी ही।

बस अमर, तुम जो चाहते थे वह हो गया। अब क्यों व्यर्थ मुझे समझा-बुझा रहे हो ? तुम कहते हो मैंने गलती की, तो मान लेती हूं। पर गलत कहो, सही कहो, जो होना था सो हो गया और मैं जानती हूं कि मैंने ठीक ही किया।

लिखने को तो न जाने कितनी-कितनी बातें और मन में घुमड़ रही हैं, पर अधिक कुछ नहीं लिखूँगी। यह सब लिख पाई, इसी पर आश्चर्य हो रहा है।

रंजना,

(रंजना का पत्र मन्दा के नाम)

3 सितम्बर' 58

प्रिय मन्दा भाभी,

उपदेशों और प्यार-भरी झिड़कियों से भरा आपका पत्र मिला, जिसके अन्त

में आपने आज्ञा दी है कि पत्र के पढ़ते ही मैं दिल्ली पहुंच जाऊं। अमर के पास न जाना चाहूं तो आपके पास पहुंच जाऊं। भाभी, आपका प्यार, उपदेश और आज्ञा सब सिर-आंखों पर, लेकिन मैं आ नहीं सकूंगी।

बस इतना जान लीजिए कि यह निर्णय मैंने केवल एक ही दिन की घटना पर नहीं लिया है। यह मैं भी जानती हूं कि ऐसी बात पर इतना बड़ा निर्णय नहीं लिया जाता; पर भाभी, बात केवल उस दिन की ही नहीं, बहुत-बहुत दिनों की है। मैंने कभी आपसे कुछ कहा नहीं, किसी से भी कुछ नहीं कहा। अपना दुःख आप ही पिया और प्रयत्न करती रही कि सब कुछ ठीक हो जाए। पर बात मेरे प्रयत्न और वश के बाहर की थी, सो ठीक नहीं हुई। किसी की भावनाओं को तो अपने अनुरूप नहीं बनाया जा सकता न ? मैं लड़-झगड़कर, रो-धोकर बाहरी व्यवहार को भले ही थोड़ा-बहुत बदल पाई होऊं, पर मन का अंकुश मैं कैसे बनती भला ! और बनूं भी क्यों ? प्यार की मैं भीख मांगूं, इतना मुझसे नहीं गिरा जाता। उनके मन में मेरे प्रति जो प्यार था, यदि वह मर गया तो ज़िन्दगी भर अपने प्यार की लाश पर बैठकर आंसू भले ही बहा लूं, उनके आगे अब हाथ नहीं पसारूंगी।

दस दिनों के बाद अमर का भी पत्र आया। लगता है आप लोगों ने उन्हें बहुत-कुछ कहा-सुना है। पर इस सबसे लाभ ? एक बार पहले भी तो आप लोगों ने बड़ी सद्‌भावनाओं और शुभेच्छाओं से प्रेरित हो आग्रह करके अमर को विवाह के लिए तैयार किया था। इसे अपने दुर्भाग्य के अतिरिक्त क्या कहूं कि उस जीवन का सुख मैं एक दिन भी नहीं भोग पाई, और अब तो सुख भोगने की इच्छा भी नहीं रही, इसलिए चली आई। यों अचानक चले आने के लिए आपसे क्षमा मांगती हूं। कभी मन का ज्वार शान्त हुआ तो शायद बैठकर सारी बात बता सकूं....तब तक के लिए दोषी समझकर मुझे दुराशीष मत देना। परिचय के पहले दिन से ही आप लोगों का स्नेह मिलता रहा है, आगे भी उससे वंचित मत करना भाभी, अभी तो शायद वही मेरे जीवन का सबसे बड़ा सम्बल है।

यों अमर को मैंने एक पत्र लिखा है। हो सके तो आप भी उसे पढ़ लें, तब शायद आपको मेरा अपराध उतना बड़ा न लगेगा। उसके बाद भी आप समझें कि मैंने गलती की है, तो लिखिए। तब आपके आदेश को शायद मैं नहीं टाल सकूंगी—पर मैं जानती हूं उसके बाद आदेश देने के लिए आपके पास कुछ रह ही नहीं जाएगा।

अन्त में एक बात अमर के लिए भी लिखना चाहती हूं। आपने अमला को नहीं देखा, मैंने देखा है उसके कुछ पत्र भी पढ़े हैं और अमर की डायरी भी। मैं बहुत अनुभवी नहीं हूं, किसी का मन समझने की बुद्धि भी मुझ में नहीं है, फिर भी अमला को देखकर लगा कि यह निश्चय ही एक दिन अमर का सर्वनाश करेगी। इसमें सन्देह नहीं कि इसका व्यक्तित्व, बात करने का लहजा, चाल-ढाल सभी कुछ बड़ा आकर्षक है, बड़ा मोहक है और बड़ी ही विचित्र है

इसकी मुस्कान जो इसके अधरों पर फैली इसके लावण्य को इतना अधिक बढ़ा देती है कि मन अनायास ही बंध जाए। साथ ही शायद वह यह भी जानती है कि किसी आदमी को कहां से मारना चाहिए। आप तो जानती ही हैं कि लेखन अमर की सबसे बड़ी कमजोरी है। इसने अमर को वहीं से पकड़ा है। न जाने कितने व्यक्तियों के जीवन से यह खेल चुकी है। अब अमर पर इसकी कृपा-दृष्टि है। पति ने इसे त्यागा और यह पुरुषों के साथ खिलवाड़ करके मानो इसका प्रतिकार ले रही है। अपनी इस मुस्कान के जादू से यह न जाने कितनों को बरबाद करेगी। सब कुछ बहुत स्वाभाविक भी है। जब मनुष्य स्वयं बरबाद होता है तो चाहता है कि सारी दुनिया को बरबाद कर डाले—फिर स्त्रियों में तो यह भावना और भी प्रबल होती है। सच पूछें तो मैं ही इसका अपवाद नहीं हूं। मन तो यही करता है, इस अमला के हाथों अमर की बरबादी हो....किसी निर्दोष का जीवन मिट्टी में मिलाने का पूरा-पूरा फल इन्हें मिले। भाभी, इस दुर्भावना के लिए क्षमा करना। पर क्या करूं, मैं कोई देवी नहीं, मानवी हूं।

हो सकता है, अमला के लिए जो कुछ मैंने लिखा है उनमें मेरी ईर्ष्या ही प्रमुख हो, फिर भी यह सच है कि इसके हाथों अमर का बहुत कुछ अनिष्ट होने वाला है। हमारे आपसी सम्बन्धों में इसी ने ज़हर घोला है; बार-बार अमर की कला और उसके कलाकार की दुहाई देकर इसी ने उकसाया है कि विवाह ऐसा बन्धन है जिसमें तुम्हारी कला का दम घुट जाएगा....खैर छोड़िए, अमला के विषय में मुझे कुछ नहीं लिखना। मैं तो अमर के लिए लिखना चाह रही थी। मन की सारी दुर्भावानाओं के बावजूद अनुरोध यही है कि आप जैसे भी हो, अमर को उसके प्रभाव से बचाइए। उसकी साधना और उसके सुख के लिए मैं छोड़ आई, पर अब चाहती हूं वह कुछ बने, कुछ लिखे। नहीं तो मेरे प्यार की तरह मेरा यह त्याग भी निरर्थक हो जाएगा।

आपने पूछा कि जिस घर को मैंने इतने उत्साह से, इतने उमंग से बसाया-सजाया था, उसे छोड़ कैसे आई ? जिसके लिए वह सजाया था, जब उसी को छोड़ दिया तो घर का क्या मोह करती ! अब तो किसी का मोह मन को नहीं बांधता।

टण्डन भैया को प्रणाम कहिए। पत्र दीजिए।

आपकी
रंजना

(मीरा का पत्र अमर के नाम)

6 सितम्बर' 58

प्रिय अमर जी,

परिचय तो हम लोगों का बहुत पुराना है, पर पत्र शायद पहली बार लिख रही हूं, और सो भी ऐसी विकट स्थिति में कि मेरी तो बुद्धि ही काम नहीं करती

कि क्या लिखूं। आपकी तरह लेखक मैं हूं नहीं, सो पता नहीं, जो लिखना चाहती हूं वह लिख भी पाऊंगी या नहीं, फिर भी मेरी बात आप समझ लेंगे, ऐसा विश्वास है।

रंजना को सामान के साथ अपने घर में खड़ी देखा तो आश्चर्य की सीमा नहीं रही, और जब सब कुछ जाना तो दुःख की सीमा नहीं रही। मैं तो विश्वास ही नहीं कर सकी कि आप लोगों के बीच भी कभी यह सब हो सकता है। आप लोगों की मैत्री, आप लोगों का प्यार हमारे मन में एक प्रकार की स्पृहा उत्पन्न करता था। आप दिल्ली गए तो किस प्रकार रंजना के लिए सारा जयपुर सूना हो गया था और आपने उसे बुलाया तो किस प्रकार सारे घरवालों को रोता-कलपता छोड़कर बिना आगा-पीछा सोचे वह दिल्ली चली गई थी....यह सब मुझसे ज्यादा अच्छी तरह शायद ही कोई जानता हो। जब आप लोगों के विवाह की खबर सुनी तो कितने प्रसन्न हुए थे हम दोनों। और विवाह के चार महीने बाद ही देखती हूं कि रंजना सामान लिए खड़ी है कि 'मैं घर छोड़ आई हूं, अब लौटकर कभी नहीं जाऊंगी। जब तक कोई और प्रबन्ध नहीं हो तब तक तेरे घर में रहूंगी।' कैसे विश्वास हो कि जो कुछ वह कह रही है, वह सच है ! मुझे तो आज भी किसी तरह यह विश्वास नहीं हो रहा है कि आप लोगों के बीच यह ट्रेजेडी घटी है। आप लोगों का प्यार यौवन के आवेग का परिणाम नहीं था, उसके पीछे लम्बे परिचय और मैत्री का सबल आधार था। रंजना तो शायद उसी समय से आपको प्यार करती आई है जब वह इस शब्द का पूरा-पूरा अर्थ भी नहीं समझती थी। तभी तो मुझे रंजना की बात पर विश्वास नहीं हो रहा था, पर आने के बाद दस दिन तक रंजना की जो हालत देखी तो लगा कि उसकी बात ही सच है और दुनिया में सब कुछ सम्भव है। तभी आपका पत्र आया, मैंने भी उसे पढ़ा और लगा कि आपने तो इस सारी बात को कोई महत्त्व ही नहीं दिया है। मानो रंजना का यों चले आना कोई बहुत ही साधारण-सी बात हो। तब मन में एक प्रश्न उठा कि वास्तव में बात बिल्कुल साधारण है और रंजना उसे बढ़ाकर देख रही है, या कि बात सचमुच में बहुत बड़ी है और आप उसे बहुत साधारण समझ रहे हैं। सब कुछ जानकर भी मैं निर्णय नहीं ले पा रही हूं—बस, मैं तो इसी में प्रसन्न हूं कि सम्बन्ध तोड़ने का यह निर्णय आप लोगों का आपसी समझौता नहीं है, सिर्फ एकतरफा है और आप रंजना को वापस बुला रहे हैं। यह जानकर ही आपको पत्र लिखने का साहस भी हुआ।

आपके दोनों पत्र ही मैंने पढ़े हैं, रंजना के उत्तर मैंने नहीं पढ़े। मुझे नहीं मालूम उसने क्या लिखा है....पर मेरा आपसे एक अनुरोध है कि ऐसी बातें पत्रों से नहीं सुलझा करतीं, सम्भव है और उलझ जाएं; इसीलिए आप मेरा यह पत्र पाते ही फौरन चले आइए और रंजना को ले जाइए। उसे आपके साथ भेजने का ज़िम्मा मैं लेती हूं। वह कितनी दुःखी है और इन थोड़े-से दिनों में ही उसने अपनी क्या हालत बना ली है, आप शायद कल्पना नहीं कर सकेंगे। रात-दिन

रोती रहती है, और पता नहीं क्या-क्या लिखती और फाड़ती रहती है। तबीयत उसकी बेहद खराब रहती है। सारे दिन चक्कर आते हैं, कै करती है और सिर दर्द के मारे फटा पड़ता है। पहले मैंने सोचा था कि शायद भूखे रहने के कारण ही यह सब हो रहा है। पर जैसे सारे लक्षण दिखाई दे रहे हैं उससे तो कुछ और ही सन्देह हो रहा है। मैं चाहती थी वह डॉक्टर को दिखा दे; पर न वह घर से बाहर ही निकलने को तैयार है, न डॉक्टर को दिखाने को। सम्भव है, यह मेरा सन्देह-मात्र ही हो। पर यदि सच हो तब तो उस हालत में यह और भी आवश्यक हो जाता है कि आप शीघ्रातिशीघ्र उसे ले जाएं, और केवल ले ही नहीं जाएं, उसे अधिक से अधिक प्रसन्न और सन्तुष्ट रखने का प्रयत्न करें।

बड़ी उत्सुकता से मैं आपके पत्र की नहीं, आपकी प्रतीक्षा कर रही हूं....।

शुभेच्छु
मीरा

(अमला का पत्र अमर के नाम)

2 सितम्बर '58

प्रिय अमर,

जब हमारा प्लेन कलकत्ता के ऊपर मंडरा रहा था, तो पूरब में पौ फट रही थी। इतने दिनों तक बाहर रहकर लौटना बड़ा अच्छा लग रहा था, और कुछ समय के लिए मन बेहद हल्का और प्रसन्न हो आया था। हवाई अड्डे पर देखा भाभी स्वागत के लिए खड़ी थीं। आश्चर्य हुआ, और कहूं कि मन की सारी खुशी एक अनसमझ खीझ में बदल गई, तो गलत न होगा। सच पूछो तो उनका आना न समझ आया, न भाया। गाड़ी में बैठते ही सबसे पहली बात उन्होंने कही, 'कैलाश जी ने डॉ. गुप्ता की साली से शादी कर ली है, वे कल ही बम्बई से लौट रहे हैं।' और फिर मेरा मुंह यों देखने लगीं, मानो बड़ा भारी शॉक मुझे इस बात से लगेगा। इस बात का शॉक तो नहीं लगा, पर यह बात ज़रूर मन को बेध गई कि ये भाभी हैं जो सिर्फ यह सुनाने के लिए दमदम तक चली आईं।

अपने जिस घर में लौट आने पर मैं प्रसन्नता का अनुभव कर रही थी, वहां पहुंची तो देखा कि इन चन्द महीनों में घर में बहुत कुछ बदल गया है। पिताजी वाली कोठी में दफ्तर खुल गया है और मेरी कोठी का आधा भाग पिताजी को दे दिया गया है। हम लोग अकेले-अकेले प्राणी हैं। पूरी कोठी हमारे लिए अनावश्यक समझी गई। चाहती तो लड़ सकती थी और अपना अधिकार वापस ले सकती थी, पर वैसा कुछ करने की न मेरी इच्छा हुई, न पिताजी की राय।

पिताजी को देखा तो दूसरा सदमा लगा। कुछ महीनों ने ही मानो उनकी उम्र के दस साल बढ़ा दिए। सारे समय वे पूजा-पाठ में लगे रहते हैं या थोड़ा-बहुत पढ़कर काट देते हैं। सारे कारोबार से उन्होंने हाथ खींच लिया है। लगता है,

उन्हें मजबूरन अपने को अकर्मण्य बनाना पड़ा है, विरोध करने वाली मैं तो थी ही नहीं, सो शायद सब-कुछ बड़ी आसानी से हो गया। मुझे न कोठी का मोह है न पैसे का, पर कोई यों मुझे मेरे अधिकार से वंचित करे, चाल चले, यह भी सह्य नहीं। फिर भी अभी तक इस ओर मैंने कुछ नहीं किया है। मेरे मौन को सब लोग मेरी स्वीकृति का सूचक समझ रहे हैं। पर अन्याय और अनीति के प्रति मौन रहना अमला ने सीखा नहीं। बस ज़रा मन से स्वस्थ हो लूं।

मेरे आने के दूसरे दिन कैलाश विवाह करके आ गया। भाभी ने जब यह सूचना दी थी, तब सचमुच मुझे कुछ भी नहीं लगा था, मानो इस बात का मुझसे कोई सम्बन्ध नहीं हो; पर जब कैलाश ने स्वयं टेलीफोन पर रिसेप्शन में आने का निमंत्रण दिया तो एकाएक ही हथेलियों में ठण्डा पसीना आ गया और भरसक प्रयास करने के बावजूद कांपते गले से 'ज़रूर आऊंगी' के अतिरिक्त मैं कुछ नहीं कह पाई। बाद में बड़ी देर तक अपने पर झल्लाती रही कि मैं उसे बधाई क्यों नहीं दे सकी।

यों पार्टी में जाने का जरा भी मन नहीं था, पर लगा कि न जाना अपनी पराजय की स्वीकृति है, इसलिए गई। केवल गई ही नहीं, बहुत सज-संवरकर और बढ़िया-सा उपहार लेकर गई, यह दिखाने के लिए कि मैं उसके विवाह से बहुत प्रसन्न हूं। उसने और उसकी पत्नी ने बहुत ही अपनत्व और स्नेह से स्वागत भी किया। सब हंस रहे थे, मैं भी हंस रही थी; पर एक विस्मृत-सी स्मृति थी, एक चित्र था जो अर्धचेतन मस्तिष्क में रह-रहकर कसमसा रहा था....श्वेत वस्त्रों में लिपटी अमला....बर्थ-डे केक काटती हुई अमला...चिट उठाने वाला खेल ....कैलाश का असमंजस....लेट माई लव-अफेयर बी ए सीक्रेट....और भीतर तक पुलकित करने वाली नज़रों का एहसास....

तभी बत्तियां मन्द हो गईं और ऑरकेस्ट्रा बज उठा। जाज़ मिश्रित किसी अत्यन्त तेज़ गति वाला संगीत, नृत्य के लिए आमंत्रित करने लगा और देखते ही देखते अनेक जोड़े फ्लोर पर उतर आए। बत्तियां और मन्द हो गईं, संगीत ने और गति पकड़ ली, ऑरकेस्ट्रा वाले झूमने लगे, और नृत्य अपने जोश पर आ गया; यहां तक कि आकृतियां पहचानना कठिन हो गया और फिरकनी की तरह फिरते हुए युगल एक प्रतीत होने लगे जिनकी गति, जिनके कदम संगीत से बंधे हुए थे और लग रहा था कि सामने नाचते ये जोड़े चाबी-भरे खिलौने हैं, जो नाचे चले जा रहे हैं....और मुझे तुम्हारे से वे शब्द याद आ गए....सारी दुनिया उस दिन भी हंसती-गाती चली जाएगी और तुम एक चाबी-टूटे खिलौने की भांति पड़ी सिर धुनती रहोगी....किसी के पास इतना अवकाश भी नहीं होगा कि घूमकर एक बार तुम्हारी ओर देख भर ले। मुझे लगा फ्लोर घूम रहा है ....छत पर लटकते असंख्य बल्ब घूम रहे हैं, सारा हॉल घूम रहा है....मेज-कुर्सी, सब कुछ जैसे घूम रहा है....मैंने आंखें मूंद लीं।

पर मन बेहद बोझिल हो आया। अमर, तुमने उस दिन मुझसे यह सब क्यों

कहा था ? ऐसी क्रूरता करके तुम्हें कौन-सा सन्तोष मिल गया ?

लगता है, अब बहुत दिन यहां नहीं रहा जाएगा। घर में सारी स्थिति इस तेजी से बदल रही है कि कुछ समझ नहीं आता क्या करूं। रोज़ ही पिताजी से न जाने कैसे-कैसे कागज़ों पर दस्तखत करवाए जाते हैं और वे हैं कि बिना किसी विरोध के चुपचाप करते जाते हैं। मैं चाहती हूं कि विरोध करूं, पर जाने कैसी जड़ता व्याप गई है कि कुछ किया नहीं जाता। न यह सब सहा जाता है, न कुछ किया जाता है; इसीलिए सोचती हूं, यहां से लौट जाऊं। यों यहां का मौसम सुहावना होने ही वाला है....मेरे बाग में तो अभी से फूल खिलने लगे हैं; पर पता ही नहीं चलता है कि कब फूल खिलते हैं और कब झर जाते हैं। उनकी गन्ध, उनके रंग, कोई भी तो मेरे मन को नहीं बांध पाते। जिस ऊंचाई पर पहुंचने की बात तुमसे कहकर आई थी, लगता है वह तो बात-भर ही रह गई।

सम्भव है, बहुत जल्दी कहीं पहुंच जाऊं। फिलहाल पत्र यहीं देना। रंजना को मेरा प्यार, चाहो तो तुम भी ले लेना। अब तो वह खुश है न ?

सस्नेह
अमला

(रंजना का पत्र मीरा के नाम)

25 सितम्बर '58

प्रिय मीरा,

तेरे पहले पत्र का उत्तर देने को सोच ही रही थी कि कल तेरा दूसरा पत्र आ गया।

हां मीरा, बीमारी की वजह से ही तुझे पत्र नहीं लिख सकी। कमज़ोर अभी भी काफी हूं, फिर भी आज लिखूंगी।

तेरा सन्देह सच ही था। जिस समय डॉक्टर के घर से निकली, मन बड़ा बोझिल हो आया था। अपना ही अभी कुछ ठौर-ठिकाना नहीं और यह नई ज़िम्मेदारी। अभी इस सबके लिए मैं कतई तैयार नहीं थी। अमर की प्रतिक्रिया जानना चाह रही थी, पर उन्होंने ऐसा मौन धारण कर लिया था मानो मैं साथ ही नहीं होऊं। लगा, अमर बहुत खिन्न और चिन्तित हो आए हैं। मुझे बुरा लगा। सच कहती हूं—मैं खुद इस बात से प्रसन्न नहीं थी, पर अमर अप्रसन्न हों यह बात मन को बेध गई। इसमें तो मेरा कोई दोष नहीं। दोनों चुपचाप घर आ गए। मैं उम्मीद कर रही थी कि अमर कुछ तो कहेंगे, पर बिना कुछ कहे ये प्रेस चले गए। मैं लेटी-लेटी इस स्थिति को सहज भाव से ग्रहण करने का प्रयत्न करने लगी। इनके एक मित्र की बात याद आई....'लेट एक चीको कम, एण्ड एवरीथिंग विल बी ऑलराइट', और पहली बार मन में एक हल्की-सी पुलक जागी। उस पुलक को, या मन में जागे उस भाव को देने के लिए मेरे

पास कोई नाम नहीं है। बड़ी विचित्र-सी अनुभूति थी बस; और मन एक नई ही कल्पना करने लगा। क्या सचमुच ही यह घटना हमारे टूटे सम्बन्धों को जोड़ सकती है, फटे मनों को मिला सकती है ? अनेक कहानियां, अनेक घटनाएं आंखों के आगे से गुज़र गईं, जहां बच्चा पति-पत्नी के बिगड़े सम्बन्धों में सेतु बन गया ! और तुझसे सच कहती हूं, कुछ देर पहले जो बोझ लग रहा था उसके प्रति एक अनजान-सा मोह हो आया।

रात में अमर आए। खाना खाकर वे मेरे पास बैठ गए। आजकल वे केवल काम से ही बाहर जाते हैं अन्यथा सारे समय मेरे ही पास बैठे रहते हैं। मैं जानती थी अब कुछ कहेंगे, कहा भी–

"रंजना, अब क्या होगा ?" उन्होंने मेरा हाथ अपने हाथ में ले लिया। मैं चुप रही।

"अभी तो किसी भी तरह इस सबके लिए अपने को तैयार नहीं पा रहा हूं–न मानसिक रूप से, न आर्थिक रूप से। तुम क्या सोचती हो ?" उनकी जिज्ञासु आंखें मुझ पर टिकी हुई थीं। लगा, वे मुझसे भी ऐसे ही कोई बात सुनने की आशा कर रहे थे।

"मैं क्या सोचूं ? मेरी तो कुछ भी समझ में नहीं आ रहा है।"

"नौकरी मैं अभी से ढूंढ़ना शुरू कर दूंगा, फिर भी लगता है, बहुत जल्दी यह सब हो गया।" उनका स्वर बेहद व्यथित था।

"हां", मैं समझ ही नहीं पाई, मैं क्या कहूं। वे भी चुप हो गए, पर लगा जैसे वे कुछ कहना चाह रहे हैं, पर कह नहीं पा रहे हैं।

"मैं सोचता हूं, डॉक्टर से ही कह दिया जाय कि अभी हम इस सबके लिए तैयार नहीं हैं, वह अपने आप कोई रास्ता सुझा देंगी। बस, कुछ खर्च की व्यवस्था करनी होगी, सो मैं कर लूंगा।" दूसरी ओर देखते-देखते ही वे सारी बात कह गए और जब मैं उनकी बात का अर्थ समझी तो सन्न रह आई। दो क्षण तो मुंह से कोई बात ही नहीं निकली, इतना ही कहा :

"यह सब पहले ही सोचना था; अब यह सब करना क्या उचित है ?"

"अनुचित ही क्या है ? यह ठीक है कि सोचना पहले ही थी, पर अब इस बात पर अफसोस करने से लाभ ? अब तो आगे का रास्ता निकालना है। मैं तुम्हारी राय जानना चाहता हूं।" न चाहते हुए भी मैंने कह दिया, "मैं क्या राय दूं जो तुम ठीक समझो वही करो।" अपनी स्वीकृति देकर मैं रात में कई बार रोई।

उन्होंने जो ठीक समझा वही किया और इसके तीसरे दिन मैं नर्सिंग होम पहुंच गई। डॉक्टर का अपना छोटा-सा नर्सिंग होम था और वह इस सबके लिए काफी मुश्किल से ही राजी हुई थी। उसकी नर्स हंस रही थी–'कोई आता है बच्चा नहीं होता, ऑपरेशन करिए; कोई आता है बच्चा नहीं मांगता, ऑपरेशन करिए। मेरी आंखों से चुपचाप दो बूंद आंसू ढुलक गए....उन आंसुओं के पास

बोलने की शक्ति होती तो वे यही कहते, 'कौन कहता है मैं बच्चा नहीं मांगती, मैं बच्चा नहीं चाहती ? मैं चाहती हूं, चाहती हूं, पर मैं मजबूर हूं, बहुत-बहुत मजबूर !

यों इंजेक्शन के नाम से ही मेरी जान निकलती है, पर उस दिन मन इतना भरा हुआ था कि सूई क्या, इस शरीर पर कोई तीर-तलवार चलता तो शायद कुछ नहीं होता। मैं संज्ञाहीन-सी पड़ी थी, किसी भी चीज़ का कोई बोध नहीं था। पर एकाएक ही सारी जड़ता को चीरकर एक अजीब-सी भावना मन में उठी, मानो कोई भीतर ही भीतर रो-रोकर चिल्ला रहा है—'मुझे मत मारो, मुझे मत मारो !' लगा, यह स्वर मुझे आरे की तरह ऊपर से नीचे तक चीर गया। मीरा, कल्पना कर सकोगी इस दर्द की? और दर्द तो इसके सामने लगा ही नहीं।

दूसरे दिन ही नर्सिंग होम से छुट्टी मिल गई और कम से कम पन्द्रह दिनों तक बिस्तर पर रहने का आदेश देकर डॉक्टर ने विदा कर दिया। इस पन्द्रह दिनों में अमर करीब-करीब बराबर ही मेरे पास रहे हैं। मेरी दवाई और खाना अपने हाथ से देते हैं, पढ़कर कुछ सुनाते हैं। पर मेरा मन किसी में नहीं रमता। लगता है, मन के भीतर कहीं कुछ बहुत ही कोमल था जिसे मैंने बड़ी निर्ममता से कुचल दिया है और कुचलन की पीड़ा मन को निरन्तर ही टीसती रहती है। कल तेरा पत्र आया। लिखा था कि 'यदि मेरा सन्देह सच हो तो अपनी हिफाज़त रखना—बहुत-बहुत प्रसन्न रहना और....हिदायतों की और खाने-पीने की चीज़ों की एक लम्बी सूची थी। टपाटप मेरी आंखों से आंसू टपक पड़े। मीरा, तेरी किसी भी हिदायत को मानने के लिए मैं बाध्य नहीं। मुझे अब कुछ नहीं खाना होगा, कोई हिफाजत नहीं रखनी होगी।

नर्सिंग होम छोड़ा तब से बस एक ही भावना है, जो हर क्षण मन पर छाई रहती है। वही दृश्य वही भावना....नर्सिंग होम की बेहद चौड़ी सीढ़ियां—एक किनारे से नर्स का सहारा लिए मैं उतर रही थी, दूसरे किनारे से अमर उतर रहे थे और मुझे लग रहा था, हम दो ऐसे किनारे हैं, जिन्हें अब कोई सेतु नहीं बांध सकेगा; हम कभी एक नहीं हो सकेंगे। साथ रहकर भी दूर....एक होकर भी अलग। सब कुछ ठीक कर देने वाला कोई 'चीको' नहीं होगा और हमारी ज़िन्दगी यों ही बीत जाएगी—नीरस, शुष्क, अवसादपूर्ण....

नहीं मीरा, अब और कुछ नहीं लिखूंगी। जिन भावनाओं को इतने दिनों तक संयम से बांधे बैठी थी, वे फूट पड़ना चाह रही हैं। वे फूटीं तो मैं बह जाऊंगी; और अभी मुझमें बहने की सामर्थ्य भी नहीं है। मैं बहुत कमज़ोर हूं, मुझे अभी पूरा आराम करना है, टॉनिक खाना है, इंजेक्शन लेने हैं....

सब कुछ करूंगी....पर जो सेतु टूट गया वह तो टूटा ही रहेगा हमेशा-हमेशा....

तेरी ही
रंजना

तेरह

"क्यों ? ये अचानक क्या हो गया ?" फोन पर टण्डन ने ज़रा नाराज़ लहजे में पूछा।

"कुछ नहीं। उसकी कुछ 'कुलीग्ज' आ गई हैं...." बहुत ठण्डे स्वर में अमर ने बताया, "फिर किसी दिन रख लेंगे यार....।"

"और हुजूर कहां हैं इस वक्त.... ?"

"जंगपुरा....।"

"जंगपुरा !" टण्डन ने दुहराया और भड़क उठा, "वहां क्या करने गए हो? जब पहले से प्रोग्राम था तो ये सब....तुम लोगों के साथ तो कुछ भी प्रोग्राम रखना गुनाह है।"

"लेकिन उसमें फर्क क्या पड़ता है ? तुम लोग जाओ न ?"

"हम जाएं या न जाएं—यह हमारे ऊपर छोड़ो। अच्छा, रंजना अब घर ही होगी न ?"

"नहीं। वे सबकी सब कहीं बाहर गई हैं। यह भी पता नहीं, कब तक लौटेंगी।"

"और तुम ?"

"मैं एक दोस्त के घर बैठा हूं....।"

"जाओ भाड़ में....।" और जोर से टेलीफोन पटके जाने की आवाज़ के साथ लाइन कट गई।

अमर जेब से पैसे निकालकर देने लगा। तभी देर से खड़े बैरे ने कहा, "सा'ब वो ऊपर आपको बुलाया है....।" उसने बाल्कनी की ओर इशारा किया।

"कौन ?" चौंककर अमर ने देखा। इतना बड़ा धुंधला हॉल पार करके ऊपर बाल्कनी में दीखता कुछ भी नहीं था। "अच्छा, अभी चलता हूं....।"

कॉफी हाउस का एकरस कोलाहल गूंज रहा था और उसमें गुज़रते हुए अमर को हल्का-सा सन्तोष हुआ। अचानक उसे जंगपुरा का नाम अच्छा सूझ गया, वरना हुक्म होता सीधे चले आओ....या अगर गुस्सा कम होता तो यह भी हो सकता था, टण्डन उसे रास्ते से ही ले लेता....ऐसे मूड में वह कहां जाएगा ?

उन लोगों के प्रोग्राम को क्यों बिगाड़े व्यर्थ ही.... ?

ऊपर गया तो अनायास ही खिल उठा। मुंह से निकला, "अरे कौन, शकुन?"

उसे देखकर शकुन, बैठने के लिए जगह छोड़ती एक तरफ सरक गई। बोली, "मैंने सोचा, इतने जोर-जोर से हॉल में कौन बोल रहा है नीचे ? झांका तो आप फोन से भिड़े थे....।"

अमर झेंप गया। सचमुच फोन से बातें करते हुए उसे खयाल ही नहीं रहता कि उसका स्वर कितना ऊंचा है। "इतना जोर से बोल रहा था क्या ? हट, झूठी !" अपने कन्धे से अमर के कन्धे को हल्के से धकेलकर शकुन बोली, "अरे तू तो सचमुच उदास हो गया। अच्छा बाबा, तू जोर-जोर से बोल नहीं रहा था। मैंने यहीं से देख लिया था। पहले हम लोग सिरे वाली कुर्सियों पर बैठे थे, सो नीचे का सारा हॉल दीखता था। इधर खाली हुआ तो इधर आए थे।" लम्बे सोफे पर शकुन खिड़की की तरफ हटी। अमर बैठा तो खयाल आया कि इस समय उसकी इच्छा एकदम अकेले रहने की थी। कॉफी हाउस के सामने से निकलते हुए अचानक टण्डन को फोन करने की बात उसे सूझ गई थी, इसलिए इधर आ गया। हर क्षण आशंका थी कि कोई न कोई मिल जाएगा और उसे जर्बदस्ती बैठना होगा। अकेले बैठने की इच्छा से आप कॉफी हाउस जाइए तो हमेशा यही होता है—कोई न कोई आकर्षण-मुस्कान आपकी और बढ़ी चली आती है तो कई बार अमर का मन हुआ, कह दे, क़ॉफी मेरी ही तरफ से रहेगी, लेकिन आप कृपया उस मेज़ पर बैठकर पी लीजिए—मैं इस समय शान्ति चाहता हूं....।

"इनसे मिलें, आप हैं मौनी'दा....यानी श्री चिन्तामणि घोष—आकाशवाणी के संगीत-विभाग में...." अचानक शकुन की आवाज से अमर का ध्यान टूटा। अभ्यासवश उसने हाथ जोड़े....सामने वाले सोफे पर सांवले दुबले-पतले-से सज्जन बैठे थे....अद्धी का झक-झक करता चुनी बांहों वाला कुर्ता, सोने के बटन.... चांदी की अंगूठी में जड़ा नये पैसे के बराबर अण्डाकार मूंगा, दूसरे हाथ की अंगुली में अंगूठी की तरह पहनी हुई मिज़राब। दोनों हाथों से ठण्डी कॉफी का गिलास पकड़े बड़े तन्मय भाव से तीला चूस रहे थे।

"और ये अमर द ग्रेट....यानी महान कहानीकार, उपन्यासकार और बीवी के फरमाबदार...."और अचानक उसे याद आ गया तो बात बीच में काटकर बोली, "अरे हां अमर, ये टण्डन-टण्डन कौन है ?"

तु....तु....तुम कैसे जानती हो ?" नये आदमी के सामने उसे तू कहे या तुम, इसी उलझन में उसने पूछा।

"अरे यों ही ! हमारे यहां एक टीचर है अरोरा, उसके बच्चे की बर्थ-डे पार्टी में मुलाकात हो गई। परिचय में जब संगीत-स्कूल की बात आई तो पूछा, 'एक बार अमर शायद किन्हीं शकुन जी का....' मैंने कहा, हां-हां....' बस, फिर तो तुझे लेकर इतनी बातें हुईं, इतनी बातें हुईं...."

बातचीत में मौनी'दा अकेले न रह जाएं, इसलिए अमर से उनकी ओर देखकर कहा, ''तुम लोगों ने कोई अच्छी बात मेरे बारे में की नहीं होगी....।''

''यही तो मैं अभी मौनी'दा को बता रही थी कि इस क्षण-भंगुर संसार में परनिन्दा से बढ़कर दूसरा कोई टॉनिक ही नहीं है।'' शकुन अपने स्वाभाविक लहजे में आ गई, ''उन्हीं से पता चला कि आपने लव-मैरिज की है, लड़की कहीं जयपुर की है....''

''यह सब तो उस दिन मैंने बता ही दिया था—गोलचा के ऊपर।'' अमर ने सिगरेट निकाल ली।

''कहां ? तूने यह सब कहां बताया था ? झूठा !'' शकुन की ठोड़ी के नीचे की सलावट कुछ इस तरह हिली कि अमर का मन हुआ उसे छूकर देखे। ''तूने तो सिर्फ इतना बताया था कि शादी कर ली है....लव-मैरिज है और वर्षों का परिचय था—यह सब तूने कहां बताया था ?'' शकुन ने बैरे को देखकर पूछा, ''अच्छा, क्या लेगा ?''

''कुछ ले लूंगा....।'' जान-बूझकर बोला और मुस्कराहट छिपाने के लिए झट सिगरेट होंठों में लगा ली—''कोल्ड क्रीम।''

''दुष्ट !'' शकुन ने प्यार से उसके कन्धे पर मुक्का जमा दिया और फिर उसे खयाल आ गया; मौनी'दा की ओर देखकर बोली, ''मौनी'दा ये हमारे बहुत पुराने बन्धु हैं....हम लोग एक साथ बाड़ी में रहते थे, तब यह हमको बहुत मारता था....।''

''तो उसका बदला ले रही है ?'' कहकर अमर अचानक फिर सुस्त हो आया....! शकुन बेचारी क्या बदला लेगी....बदला तो ले रही है, रंजना....! उसकी हर खुशी, हर उत्साह के ऊपर एक पीला, उदास, मुरझाया चेहरा उभर आता है। वह बात करता होता है और अचानक बात टूट जाती है, वह हंस रहा होता है और फिल्म की रील टूट जाने की तरह हंसी रुक जाती है, और वातावरण में कार्बोलिक की गंध, सफेद ऐप्रन, गीले फाहे-भरे बेसिन कौंध जाते हैं.... आजकल रंजना बोलती नहीं है। बहुत ही आवश्यक बात 'हां' और 'ना' में कहती है....बस, एक मनहूस चेहरा है जो यहां से वहां घूमता है। अजब बात है, अमर को रंजना का शेष शरीर नहीं, सिर्फ चेहरा दीखता है—मानो रंजना सिर्फ एक जर्द चेहरा हो, और अमर उस चेहरे से डरता है, घर जाते कतराता है।

''बदला तो लेना है मुझे....'' शकुन को कहते सुना, ''अच्छा, क्यों रे, तू मुझे अपनी बीवी से नहीं मिलाएगा.... ?''

''चल, चाहे जब चल। लेकिन आज तो उसकी कुछ कुलीग्ज़ आ गई थीं, सो उनके साथ कहीं चली गई है।'' अमर को अभी-अभी टण्डन की बात याद हो आई। मन हुआ शकुन से कह दे—नहीं, वे कहीं नहीं गई हैं....आसनपाटी लिए औंधे मुंह कमरा बन्द किए पड़ी हैं। खबरदार ! तू कभी मेरे यहां मत आना, नहीं तो मेरे साथ इस उन्मुक्त व्यवहार को देखकर वह आत्महत्या कर लेगी।

''नहीं, आज नहीं, फिर किसी दिन बुला। आज तो शरद-पूर्णिमा है न, सो मौनी'दा के साथ गोल मार्केट की तरफ जाना है। क्लाइव स्क्वायर में आज इन लोगों ने कोई प्रोग्राम रख लिया है....चल, तू हमारे साथ.... !''

''हां, हां, आप भी चलिए....'' इतनी देर बाद मौनी'दा बोले।

''नहीं....मुझे कुछ ज़रूरी काम है, नहीं तो मैं ज़रूर चलता।'' मन में बोला—नहीं मिस्टर अमर, तुम्हें कोई ज़रूरी काम नहीं है—यहां से उठकर तुम इधर से उधर भटकोगे....उस मनहूस चेहरे को सामने देखकर मन ही मन पागलों की तरह सवाल-जवाब करोगे.... और फिर चुपचाप चोर की तरह रात को ग्यारह बजे घर जाकर सो जाओगे। सफाई देते हुए शकुन की ओर मुड़कर कहा, ''उसी वजह से आज ऐसा अच्छा प्रोग्राम कैन्सिल कर डाला है कि अभी तक अफसोस है। टण्डन साहब ने किसी की गाड़ी मांग ली है। सोचा था, पांच-छः बजे यहां से निकलें....और दस-ग्यारह तक आगरा-ताज पहुंच जाएं। शरद-पूर्णिमा की रात ताज पर ही कटे, फिर दो-तीन बजे चलकर सुबह तक घर वापस....।'' बात बीच में फिर टूट गई। प्रोग्राम तय करके जब रंजना को बताया था तो उसने निहायत ही उत्साह-हीन दृढ़ स्वर में कहा, ''मैं नहीं जा पाऊंगी।''

''क्यों ? मैंने उन लोगों से तय कर लिया है।'' बहुत मुलायम स्वर में अमर ने कहा। उस 'घटना' के बाद अपने आप ही मुलायम स्वर में बातें करने लगा था।

''आप चले जाइए। मेरी तबीयत अच्छी नहीं है।''

''चलो, किसी डॉक्टर-वाक्टर को दिखाए देते हैं। उन लोगों ने ऐसे उत्साह से प्रोग्राम बनाया है....।''

''इसीलिए तो मैं कहती हूं....मुझमें किसी चीज़ के लिए उत्साह नहीं है। मैं चाहती भी नहीं हूं कि अपनी मनहूसी से आप लोगों की खुशी....।'' बात आधी रह गई थी और वह होंठ चबाती पलंग पर जा पड़ी। अमर थोड़ी देर खड़ा रहा, खड़ा रहा....फिर कन्धे झटककर बाहर सीढ़ियां उतर आया....। पीछे हल्ली ट्रे में चाय सजाए सीढ़ियों तक आकर बोला, ''बाबूजी, चाय तो पी लेते....'' उसने जवाब नहीं दिया।

''आज तो वहां बेहद भीड़ होगी।'' मौनी'दा कह रहे थे, ''जाना हो तो एक दिन पहले या एकाध दिन बाद जाइए।''

अमर चौंका—मौनी'दा शुद्ध उच्चारण में हिन्दी बोलते थे—कहीं-कहीं लग जाता कि बंगाली हैं। उनकी ओर सिगरेट बढ़ाकर उसने पूछा, ''आप क्या इधर के ही हैं ?''

''बनारस, लखनऊ—शुरू से ही यहां था।'' उन्होंने अमर का पैकेट लेकर सिगरेट निकाली और मेज़ पर ठोकते हुए कहा, ''यों बंगाल में एक रोमाण्टिक एसोसिएशन ज़रूरी है। उसी चक्कर में एक बार कलकत्ता जा पहुंचा....वहां जाकर एक भी दिन मेरा मन नहीं लगा....एकदम अजनबी....मुझे लगा जैसे आस्ट्रेलिया

आ गया हूं.... ।''

इस बार अमर ने उनका चेहरा देखा—लहरदार खिचड़ी बाल, मोटे कत्थई फ्रेम का चश्मा, तीखी नाक और पतले-पतले सांवले होंठ—लम्बा चेहरा। उसे आश्चर्य हुआ, अभी तक वह इनके चेहरे की ओर क्यों नहीं देख पाया था ? मन को समझाया—शायद उस उदास और अपराध आरोपते चेहरे से वह इतना डर गया है कि हर चेहरे से कतराता है। पूछा, ''आपकी फैमिली.... ?''

''मौनी'दा अकेले ही हैं.... ।'' धीरे से शकुन बोली।

''ओः !'' और अचानक शकुन का यों मौनी'दा के साथ ऊपर अकेले में बैठना, यों खिल-खिल पड़ना उसकी समझ में आ गया। बात जान लेने का संतोष हुआ। एक बार फिर कॉफी का गिलास होंठों तक लाने के बहाने देखा—आदमी तो बुरा नहीं है....उम्र होगी चालीस-पैंतालीस। गम्भीर लगता है। सहसा उसके मन में आया, शकुन को समझाए—किस झमेले में पड़ी है; रेडियो में दुनिया-भर की लड़कियां होती हैं। अब बेचारा शान्ति से कुछ काम कर रहा है; फिर तू एक-एक बात पर उसकी ज़िन्दगी हराम करेगी—कि उससे मत मिलो, उससे क्यों हंस रहे थे ? दुनिया-भर की पुरानी बातें खोदेगी और लड़ेगी। उसके सामने पाइन एपिल पीती अमला का चेहरा और बातें उभर आईं।

''क्या बात है, आज बहुत सुस्त है.... ?'' शकुन ने सहसा पूछा, और हंसकर बोली, ''चांदनी रात में ताजमहल न देखने का बहुत गम है क्या ? अरे, देख लेना फिर कभी—बहुत ज़िन्दगी पड़ी है। फिर अभी तो तुम लोगों के वो दिन होंगे कि जहां बैठ गए वहीं शरद-पूर्णिमा हो गई।''

''हां....हैं तो।'' अमर बुजुर्गी से मुस्कराया। स्वप्नभंग का पिता ! जर्द चेहरा ....क्लिनिक की गन्ध और लहर-भीगा सूरज।

''अच्छा अमर'', शकुन ने दोनों कुहनियां मेज़ पर टिकाईं और एक पर अमर की ओर झुककर पूछा, ''हमारे यहां कई दिनों से एक बहस हो रही है; मौनी'दा की अपनी राय है, लेकिन तू बता—क्या कलाकार को विवाह की जिम्मेदारी में पड़ना चाहिए ?'' अचानक अमर के सामने से शकुन गायब हो गई....धुंध से उभरती हुई, बड़ी आत्मीयता से कही गई बात रह गई, ''देखो अमर, हम लोग इस सब ज़िम्मेदारी के लिए....''

पहले मौनी'दा शकुन की गम्भीरता से कुछ सामने आ गए थे—अब हल्के मुस्कराते हुए शरीर ढीला छोड़कर पीछे टिक गए, ''वही शाश्वत समस्या.... ।''

''भई, मैं अभी कुछ भी कह सकने की स्थिति में नहीं हूं।'' अमर ने गम्भीरता से कहा, फिर सिगरेट का कश खींचा। मन में उभरा—नहीं, उसे कतई—भूलकर भी शादी नहीं करनी चाहिए। कहा, ''लेकिन व्यक्तिगत नहीं, तेरी बात को अगर सैद्धान्तिक स्तर पर ही लें तो सवाल उठता है किससे ?''

''किससे क्या मतलब ?'' शकुन जब भौंहें तान लेती थी तो उसके माथे पर चांद के शक्ल की सलवट उभर आती थी। अमर ने देखा तो ताज्जुब हुआ

....यह इतनी खास बात उसे पहले क्यों नहीं याद आई ? शकुन बोली, "किसी से भी।"

"आई थिंक ही शुडण्ट !" मौनी'दा जैसे नींद से जागकर एक झटके से सीधे हो गए।

अमर ने शकुन की बात का जवाब दिया, "मेरा मतलब था कि हमपेशा से या किसी से.... ?" उस दिन का अमला का वार्तालाप दिमाग में घुमड़ता चला आ रहा था और वह बलपूर्वक रोके था।

"नो, किसी से नहीं।" मौनी'दा न बात काटकर कहा, "हमपेशा से और भी नहीं। यह एक छलावा है कि विवाह में बंधे दो कलाकार एक-दूसरे के प्रेरक और पूरक होते हैं। रेडियो में आए दिन ये घटनाएं होती हैं—किसी ड्रामे में, किसी दो-गाने में, दो आर्टिस्ट साथ आते हैं, मिलते हैं, धीरे-धीरे घनिष्ठ होते हैं और इस छलना के शिकार होते हैं। एक बहुत बुजुर्ग आर्टिस्ट ने आपबीती बताकर कहा कि हमपेशा आर्टिस्ट कभी सफल गृहस्थ हो ही नहीं सकते। दोनों चूंकि कला-सृजन की जैसी रचना-प्रक्रिया से परिचित होते हैं, इसलिए उनमें, एक को दूसरे के प्रति न तो आस्था होती है, न श्रद्धा। रादर (उलटे), कला-सृजन की इनर-स्ट्रगल (अन्तर्संघर्ष) के प्रति दोनों ही इनकन्सीडरेट आर इण्डिफरेंट (लापरवाह और बेलिहाज) हो जाते हैं। एक को दूसरे की रचना-प्रक्रिया में न तो कुछ रहस्यमय लगता है न श्रमसाध्य....। कृति के प्रति सम्मान की भावना रखते हुए भी यह आधारभूत उदासीनता दोनों के बीच की खाई को...."

"प्लीज मौनी'दा...." शकुन उनकी बात पर उंगलियां चटखा रही थी—लगा, पहले भी ये तर्क सुन चुकी और अब बहुत बोर होती जा रही है। आखिर बात काटकर बोली, "आप टू-मच एकेडेमिक बातें करने लगे हैं। सुनी-सुनाई बातों पर कोई सिद्धान्त कैसे बनाया जा सकता है ? आपके अनुभव सेकिण्ड हैण्ड....।"

मजबूरी के भाव से कन्धे झटककर मौनी'दा सहसा चुप हो गए और माचिस से सींक निकालकर खिसियाए भाव से दांत कुरेदने लगे। वे शायद बहुत पान खाते थे।

लेकिन अमर भीतर चौंका। मौनी'दा पढ़े-लिखे आदमी हैं—केवल संगीतज्ञ ही नहीं हैं। उसे जाने कैसे विश्वास हो गया था कि बड़ी उम्र का पढ़ा-लिखा अविवाहित बंगाली युवाकाल में ज़रूर कहीं न कहीं क्रांतिकारियों से सम्बन्धित रहा होता है। उसके मन में मौनी'दा के प्रति हल्का सम्मान जागा। इस बार कुछ सावधानी से शब्दों का चयन करके बोला, "हमपेशा का मेरा कोई अनुभव नहीं है, इसलिए मैं माफी चाहूंगा। लेकिन दूसरा पक्ष भी अगर कला को न समझता हो, तो एक कठिनाई कुछ-कुछ जरूर आती है। दोनों के जीवन-मूल्य दो तरह के हो जाते हैं। दूसरे पक्ष की रचना, रचना-प्रक्रिया और रचनाकार तीनों ही किसी अजीब नक्षत्र के वासी लगने लगते हैं। खास तौर

से औरतों में यह आत्मविश्वास कुछ ज्यादा ही होता है। वे इसे सिर्फ सनक समझती हैं और सोचती हैं, ये सिरफिरे साहब उसके गले बांध दिए गए हैं। खैर, कोई बात नहीं—थोड़े दिन उछले-कूदेंगे....इसके बाद ढर्रे पर लगा लूंगी। सारी चौकड़ी भूल जाएंगे। धीरे-धीरे जब यह आत्मविश्वास झूठा पड़ने लगता है तो अपनी असफलता की कटुता का ज़हर....''

शकुन को दुष्टता से मुस्कराते देखकर अमर बीच में ही चुप हो गया। पहले उसने जरूर सावधानी बरती थी, मगर फिर तो जैसे वह स्वयं अपना ही विश्लेषण करने लगा।

अमर की झेंप को जान-बूझकर दरगुज़र करते हुए शकुन ने पूछा, ''तो इसके पीछे तुम प्यार और अण्डरस्टैंडिंग की कमी मानते हो ? इसे यों क्यों नहीं कहते कि औरत ज्यादा प्रैक्टीकल होती है और उसके इस सारे अनुशासन के पीछे गृहस्थी के सुख की ही मंशा होती है—व्यापक अर्थों में प्यार ही होता है !''

''लेकिन प्यार का वह कैसा आवेश है जिसमें दूसरे की सांस ही घुट जाए ?'' अमर को लगा, सहसा उसका स्वर कुछ कठोर हो गया है। उसने आवाज़ गिराकर कहा, ''मैंने प्यार और अण्डरस्टैडिंग पर कुछ नहीं कहा—हो सकता है, मंशा भी बहुत शुभ ही हो। मैंने तो सिर्फ इतना ही कहा था कि दूसरा साथी अगर आपके मिशन को नहीं समझता, तो दो जीवन-मूल्य इतने दूर पड़ जाते हैं कि परस्पर-विरोधी हो उठते हैं !'' अमर के सामने वही उदास चेहरा उभर आया। उभर आया रीगल के सामने का मैदान, गोधूलि का समय....उसने कहा था, ''हो सकता है, बांध डालने वाला यह प्यार मुझे अपने से भारी लगता हो....।'' वह सहसा चुप हो गया।

''भई, आफ्टर ऑल, परम्परागत विवाह के मुकाबले लव-मैरिज को इसीलिए तो तरजीह दी जाती है कि दोनों पक्ष एक-दूसरे की दृष्टियों और जीवन-मूल्यों को समझें....'' शकुन डिबेटर के अन्दाज़ में बोली, ''वरना फिर तो....''

''इतना सब सोच-समझकर लव-मैरिज कौन करता ?'' मौनी'दा ने एक हाथ की आड़ करके दूसरे की चुटकी से बारी-बारी से नथुनों में सुंघनी भरी और रूमाल से नाक-होंठ पोंछकर कहा, ''यहां तो पड़ोस में पहले दादा-दीदी हुआ, फिर सिनेमावाला जन्म-जन्मान्तर का प्रेम हुआ। दोनों भागकर बम्बई पहुंच गए—अब लवर साहब बिलवेड के गहने बेच रहे हैं और नौकरी खोज रहे हैं—इज़ इट लव ?''

''मौनी'दा....'' लाड़ से ठुनककर शकुन कहने लगी, ''आप क्या किसी चीज़ का उजाला पक्ष देख ही नहीं पाते ? अच्छा, आप गहना बेचने की ही बात लीजिए—मेरा हस्बैण्ड मुझे हफ्तों खाना नहीं देता था, कमरे में बंद करके टॉर्चर करता था कि मैं घर से रुपया क्यों नहीं मांगती। वह तो लव-मैरिज नहीं थी?''

बहुत चिन्तायुक्त स्वर में मौनी'दा बोले, ''नहीं मिस्टर अमर, मैं मज़ाक नहीं कर रहा। आप मेरी बात पर गौर करके देखिए। इधर प्रेम-विवाह जिस तेजी

से असफल होते जा रहे हैं, उससे लोगों के मन में डर पैदा होने लगा है। इन विवाहों में से अधिकांश की उम्र दो साल भी नहीं होती। दो-तीन साल जैसे-तैसे खिच-खिच, किच-किच में बिताए, फिर वही तलाक, लीगल सैपरेशन, कानूनी खींच-तान....मैं पूछता हूं, आखिर परम्परागत विवाह ही क्या बुरे थे ? हमारे आसपास जाने कितने उदाहरण हैं जहां मां-बापों की की हुई शादियां हैं और मियां-बीवी दसियों वर्षों से सुख से रह रहे हैं। शकुन जैसा एकाध अपवाद छोड़ दो....। अभी उसी दिन एक दोस्त का अमेरिका से लौटा हुआ लड़का कहता था कि अंकल, कोई भी छठे-सातवें तक पढ़ी सीधी-सादी लड़की, पापा से कहिए, तलाश कर दें....मुझे ये सब स्ट्रीम-लाइण्ड, पढ़ी-लिखी नहीं चाहिए....मैं तो दंग रह गया।'' फिर शकुन की ओर मुड़े, ''सचमुच शकुन, मैं तो दंग रह गया।''

अमर को टण्डन और मन्दा भाभी का खयाल हो आया। दोनों कितने सुखी हैं। उसे लगा मौनी'दा ने एकदम सही बात कही है—रंजना अगर छठी-सातवीं तक ही पढ़ी होती, शायद अपने दृष्टिकोण को अधिक आसानी से समझा लेता। लेकिन उसके सारे शिक्षा-संस्कार विरोध कर उठे। वह बोला, ''लेकिन मौनी'दा ये तो इतिहास के चक्र को पीछे लौटा ले जाने जैसी बात है....''

''अब नाम इसे आप जो भी दें; जो स्थिति है, वह मैंने बता दी।'' लगा जैसे सुंघनी से उनकी सोई तर्कशक्ति सहसा जाग गई है, और परम्परागत विवाहों के सफल होने का कारण भी साफ ही है। उनमें शिक्षा और उम्र दोनों ही कम होती हैं, तो दोनों लड़-भिड़कर आपस में एडजस्ट कर लेते हैं, एक-दूसरे के रंग में रंग जाते हैं। लव-मैरिज में एक तो उम्र बड़ी हो जाती है, सो उस समय तक हर चीज़ के प्रति दृष्टिकोण और आदतें दोनों ही पक्के हो चुकते हैं....तब एडजस्टमेण्ट उतना नहीं होता, जितना क्लेश होता है....।''

शकुन बार-बार आसन बदलकर कुछ कहना चाह रही थी। इस बात पर हल्के से ताली पीटकर हंस पड़ी, ''हियर ! हियर ! वाह मौनी'दा, यानी बाल-विवाह और अशिक्षा, आदर्श सुखी गृहस्थ-जीवन की असली कुंजियां हैं.... ?''

''हां मौनी'दा, यह तो आप दोनों पक्षों की विकासहीनता की मजबूरी को गृहस्थ-सुख का नाम दे रहे हैं।'' अमर ने नरमी से विरोध किया। उसे लगा, यह आदमी तो एकदम भीतर से रूढ़िवादी है—कहीं शकुन दुबारा गलती करने तो नहीं जा रही ? बात कहीं सख्त तो नहीं हो जाएगी—सोचकर उसने दृढ़ता से कहा, ''इस तरह के जिन सुखी गृहस्थों को आप आदर्श कहकर पेश करते हैं—मैं पूछता हूं, क्या वे सब के सब मीडियॉकर लोग नहीं हैं ? बीवी-बच्चे, मकान, जमीन-जायदाद इन सबको छोड़कर ज़िन्दगी में उनकी उपलब्धियां क्या हैं ? बंधी-बंधाई लीक पीटने के सिवा उन्होंने क्या किया है ? जो उन लीकों से हटे, उन्हें गालियां ज़रूर उन्होंने जोर-जोर से गला फाड़कर दीं, मगर सभ्यता, संस्कृति, कला, विज्ञान को उन्होंने कुछ दिया ?'' अमर को लगा, जैसे वह अमला की बात को अपने शब्द दे रहा है।

शायद मौनी'दा स्वयं अपने निकाले नतीजे पर सकपका गए थे। बात संभालकर बोले, "हां, अब आए आप मूल विषय पर। कलाकार को गृहस्थी की जिम्मेदारी उठानी चाहिए या नहीं—विषय यह था। आप लोग उसे परम्परागत विवाह और प्रेम-विवाह की तुलना पर ले आए—वहां मैं समझता हूं मेरी बात बहुत गलत नहीं थी।"

'नहीं, वहां भी मैं समझता हूं सारे नज़रिए में कोई आधारभूत गलती है।" अमर ने महसूस किया कि इतनी देर से वह सिर्फ चेतना की बड़ी ऊपरी सतह से बातें कर रहा था, उसका अधिकांश ध्यान तो रंजना के व्यवहार, अपने अवसाद और शकुन मौनी'दा को पढ़ने में ही लगा था, लेकिन अब सहसा मौनी'दा की इस बात ने उसके भीतर की किसी सोई हुई चीज़ को चुनौती दे दी है, एक ऐसी समस्या लाकर रख दी है जिसका सैद्धान्तिक पक्ष उसे अपने सामने साफ करना ही होगा, उसके अपने जीवनानुभव उसके पक्ष में हों या विपक्ष में, अपने लिए नहीं, बल्कि अपने से बाद वालों के लिए। और यह तो होता ही है, एक पीढ़ी किसी समस्या का वैचारिक और सैद्धान्तिक समाधान करती है, लेकिन व्यवहार में रूढ़ियों से ही चिपकी रहती है, तब सिद्धान्त और व्यवहार के इस अन्तर से झुंझलाकर प्रायः दूसरी पीढ़ी उसे व्यवहार में ले आती है। व्यवहार की अपनी मजबूरियां, कमजोरियां और लिहाज हैं। लेकिन बात दिमाग में साफ कर लेने में क्या बुराई है ! इसलिए एक तरह वह मुखर-चिन्तन करता-सा बोला, "मौनी'दा, पहले दोनों प्रकार के विवाहों का मूलभूत अन्तर समझ लें। मुझे लगता है, परम्परागत विवाह दो अलग परिवेशों का गठबन्धन है—माइनस वास्तविक उम्मीदवारों के। उधर 'प्रेम-विवाह' दो व्यक्तियों का सम्बन्ध है—माइनस परिवेशों के....। यानी परम्परागत विवाह में दोनों पक्ष एक-दूसरे के कुल, गोत्र, जाति, परिवार, स्तर, नगर, सभी कुछ जान लेते हैं, नहीं जानते तो लड़के और लड़की को व्यक्तिगत रूप से—गृहकार्यकुशल कन्या और कमाऊ पति, उम्मीदवारों के व्यक्तिगत गुण कम, स्थिति अधिक होते हैं। जबकि प्रेम-विवाह में दोनों एक-दूसरे को ही जानते हैं और परिवेश को भुला देते हैं—दोनों किसी भी परिवार और परिवेश के हों। वैज्ञानिक शब्द लूं तो कहूं कि उस जमाने में लोगों का विश्वास यह था कि व्यक्ति और व्यक्तित्व सिर्फ वातावरण की उपज होते हैं और कुछ नहीं; इसलिए वातावरण की संगति बैठा लो—सब ठीक हो जाएगा। जबकि बाद के लोगों का विश्वास यह हुआ कि नहीं, व्यक्ति वातावरण से विद्रोह करके भी अपना व्यक्तित्व बना सकता है। वह उस वातावरण को अपने अनुसार तत्काल ही न ढाल सके, तो उसे छोड़कर कम से कम दूसरा वातावरण अपना तो सकता है। इस प्रकार मैं समझता हूं, यह ज्यादा वैज्ञानिक तरीका है कि जिसका सम्बन्ध हो, वे व्यक्ति एक-दूसरे को जानें...."

अचानक अमर को लगा कि उसकी बात श्रोताओं को उबाने लगी है। मेज की काली सतह पर कुहनी टेक शकुन एक हाथ से अपनी मटर-माला को ठोड़ी

पर अटकाती है और फिर गिर जाने देती है; शंका से कभी-कभी मौनी'दा को देख लेती है कि इस प्राइमरी स्कूल वाले भाषण से कितने ऊब रहे हैं। लेकिन शायद मौनी'दा ध्यान से सुन रहे थे। उसके रुकते ही बोले, "फिर ? इससे क्या सिद्ध हुआ ? इसके विरोध में तो जाने कब से तर्क दिया जाता रहा है कि इस प्रकार परिवेशहीन विपरीत जाति (सेक्स) के लोग आपस में मिलते हैं तो अपना अच्छे से अच्छा रूप ही सामने रखते हैं—असलियत तो बाद में खुलती है....।" फिर उन्होंने दोनों जेबों में कुछ टटोला, घड़ी देखी और कहा, "इसलिए अधिकांश प्रेम-विवाह असफल हो जाते हैं।" फिर उठते हुए बड़ी नम्रता से बोले, "सात से ऊपर हो गया है अमर जी, अब हम चलेंगे। इस बहस को फिर किसी दिन के लिए रख लें....आप भी चलें....।"

"नहीं, मुझे सचमुच काम है, वरना चला चलता।" अमर बहुत कुछ कहना चाहता था; सहसा भूल गया। उस क्षण उसे यह भी याद नहीं आया कि बहस शुरू किस बात पर हुई थी, लेकिन सारी माथा-पच्ची का निष्कर्ष इस तोड़ पर हो, इससे बड़ी बेचैनी हो रही थी। इस सारे समय उसका मन होता रहा कि इस बहस में अमला भी रहती।

सीढ़ियों पर बैरा मिल गया तो जिद करके मौनी'दा ने ही बिल दिया। वह आगे-आगे बाहर निकलकर कॉरीडोर में पान लगवाने लगा। सिगरेट मुंह में लगा कर वह माचिस जलाने ही को था कि स्प्रिंगवाला दरवाज़ा खोलकर मौनी'दा और शकुन साथ बाहर आए; मौनी'दा शकुन के लिए दरवाज़ा रोके रहे। उसका हाथ वहीं ठिठक गया। एक क्षण को उसे लगा, जैसे ये दोनों यहां रोज़ आते हैं, और नियमपूर्वक तीनों यहां बैठते हैं, फिर इसी तरह पान खाते निकलते हैं। उसे जाने क्यों यह जोड़ा बड़ा मन जुड़ाने वाला लगा। तभी खयाल आया; शायद वह टण्डन-दम्पति से, शकुन-मौनी'दा को कन्फ्यूज कर रहा है। हल्की-सी मुस्कराहट आ गई।

"किस बात पर हंसी आ रही है ?" बहुत पास आकर धीरे से शकुन ने पूछा। शायद वह उसके मन की बात ताड़ गई थी।

पान वाले के बढ़े हुए हाथ से पान लेकर उसने मुस्कराहट और भी मुखर करके कहा, "मैं मौनी'दा की बात पर हंस रहा हूं। अभी वातावरण और परिवेश में से मौनी'दा वातावरण का पक्ष ले रहे थे—और यह भूल गए कि अभी बता चुके हैं कि बंगाल उन्हें आस्ट्रेलिया जैसा लगा और कुछ दिनों में ही भाग खड़े हुए। वहां भी उन्हें व्यक्ति को बचाने की ही चिन्ता ज्यादा पड़ी...."

"गुड !" चूना चाटते हुए मौनी'दा मुस्कराए। उनके चश्मे की दोनों कांचों में रोशनी का चौंधा झलक रहा था। चूने वाले हाथ को ऊपर-नीचे करके बोले, "वो सब संगीत का टान-पलटा था....। हां, लॉव-मरिज में एक बाट अच्छी है कि शाड़ी ज़िम्मेडाड़ी....।"

उनकी अगली बात टूट गई। नीचे खुले में, पॉलिशवालों के बाद, एक कार

से टिके लोग कुछ इतने ज़ोर-ज़ोर से हंसने लगे थे कि सबका ध्यान उधर खिंच गया था। दो युवतियां और दो नवयुवक पहले पास-पास खड़े बातें कर रहे थे, फिर खिल-खिलाकर हंसते हुए दो-दो कदम पीछे हट आए। शायद सरदार लड़के ने कोई चुटकुला सुनाया था। अमर को उन लोगों का यों दिनदहाड़े दिल खोलकर हंसना एक ऐसी अजब बात लगी कि मन हुआ, जाकर उन्हें टोक दें....ध्यान आया, उसे इस तरह हंसे हुए जाने कितने युग हो गए हैं। वरना उसके ठहाके दोस्तों में मशहूर थे और कॉफी हाउस में ही दोस्तों के बीच उसके यों हंसने पर बैरा बड़े क्षमा मांगने के लहजे में एक बार बोला था, ''सा'ब, मैनेजर साहब ने इतने ज़ोर से हंसने....'' ''यानी इतने ही ज़ोर से रोएं तो मैनेजर साहब को कोई शिकायत न होगी....?'' किसी ने जवाब में कहा और हंसी के कहकहे दुगुने ज़ोर से गूंज उठे....कलकत्ता में अमला के यहां जाने किस बात पर एक बार हंस पड़ा था, तो अमला बोली थी, ''इतने ज़ोर से नहीं हंसते हैं अमर....।'' शायद उसे डर था कि उसके परिवार के लोग तथा नौकर-चाकर कहेंगे कि कैसा असभ्य मित्र है अमला का.... ! इन चारों को हंसते देखकर पहली बार उसके मन में आई, इन लड़कियों को आपस में ईर्ष्या नहीं हो रही ? इन दिनों किसी को हंसते-मुस्कराते देखकर उसे बड़ा आश्चर्य होता था। पहला सवाल उठता—क्या इसके घर में ऐसी शांति है कि यों उन्मुक्त भाव से हंस लें ? लिपस्टिक लगाए, पॉलिश्ड दांतों की मुस्कराहट बिखेरती औरतों को वह गौर से देखता रह जाता कि घर की दहलीज़ पार करते ही यह खिला हुआ चेहरा किस तरह बदल जाता होगा। वह अपने पर अथाह आश्चर्य करता; देखो, कितनी गहरी बात पहले उसकी जानकारी से बाहर थी कि हर बात पर हंस-हंसकर दुहरा हो जाने वाला प्रत्येक जोड़ा, रात को बिस्तर के दो सिरों पर, एक-दूसरे की ओर से करवटें बदलकर सोता है। बड़े दुःख से अक्सर स्वयं से प्रश्न करता, क्या दुनिया का हर आदमी एक्टर है और उसे हर पल दो ज़िन्दगियां जीनी पड़ती हैं--एक वह अकेले में अपनी पत्नी के साथ जीता है, दूसरी समाज में आकर? बाहर से आकर आदमी कोट-पैण्ट ही उतारकर वार्डरोब में नहीं रहता, एक चेहरा भी उतारकर हैंगर पर लटका देता है—बाहर निकलेगा तो फिर पहन लेगा.... दुनिया के किसी आदमी की तस्वीर, किसी का भी चेहरा देखकर पहला प्रश्न मन में यही उठता—इसका 'वह' चेहरा कैसा होगा ? और अपनी इस मनोवृत्ति से वह इतना कतराता था कि उसने लोगों के चेहरे देखना छोड़ दिया। अब असली कारण समझ में आया कि क्यों उसने मौनी'दा का चेहरा नहीं देखा था....

''अच्छा अमर, अब चलें।'' शकुन की बात उसे फिर ऊपर खींच लाई। कुछ औपचारिक बातें हुईं और फिर दोनों को कॉरीडोर में जाते हुए देर तक अमर देखता रहा। शकुन ने आसामी लोक-कला वाला काला शॉल कन्धों पर डाल रखा था—कमर तक पीठ पर कसा शॉल, और वहीं साड़ी के पल्ले का सिरा, साथ में मौनी'दा की ढीली-ढीली बंगाली धोती का चुनकर कुर्ते की जेब में अटका

हुआ अभिजात फूल....अचानक एक प्रश्न मन में उभरा—क्या यही वह शकुन है जिसके साथ दिन छिपे चुपचाप खड़े होकर 'जय जगदीश हरे' की आरती गाया करते थे ? बीच में आंखें खोलकर सबको हाथ जोड़े आंखें बन्द किए देख लेते, और आरती समाप्त होते ही प्रसाद के लिए छीना-झपटी हो जाती ? सातवीं या आठवीं में अंग्रेज़ी सवाल गलत कर आया था, तो घर जाने के बजाय सारे दिन शकुन के यहां छिपा रहा। उसके स्कूल से आते ही उसकी गोदी में मुंह छिपाकर रोने लगा।

जाने क्यों मन में आया, शकुन को वापस बुला ले और उसके कन्धे पर माथा टेककर रोने लगे....शकुन, शकुन, मैं बहुत दुःखी हूं शकुन ! फिर से एक पेपर गलत कर आया हूं। लेकिन इस बार घर वालों से भागकर नहीं, अपने से भागकर किसी गोद में रो लेना चाहता हूं....चाहता हूं कोई मेरी आंखों, माथे पर बिखरे बालों को समेटकर फिर पूछे, 'क्या बात हुई अमर.... ? अमर....अच्छा देखो अमर, तुम हमें नहीं बताओगे ?' और मैं सिसकते-सिसकते बता दूं....फिर कोई प्यार से झिड़ककर सारा बोझ अपने पर ले ले, बस ? अरे लड़का होकर यों रोता है ? इम्तहानों में तो अच्छे-बुरे पेपर होते ही हैं। चल, मैं कहती हूं तेरे बाबूजी से....'

शायद मौनी'दा यही तो कह रहे थे कि इस प्रकार के विवाहों में सबसे बड़ी बात यही है कि सारी ज़िम्मेदारी खुद अपने ऊपर होती है....जो कुछ है खुद भोगना पड़ता है....और यही बात उसने कही थी पालम पर अमला से—'मैं किसी से कुछ भी नहीं कह सकता।' आगे इस क्षण जोड़ा—शायद यही मेरी नियति रहेगी कि यों ही एक पाप—नहीं, शायद अपराध का बोझ लिए घुटता रहूं। अपने-आपसे लड़ता और स्तर-स्तर करके बाढ़ के कगारे की तरह धसकता रहूं। और धुंधली रोशनी में डूबा एक कमरा उसकी स्मृति में कहीं उभरता रहा.... वह अमला के यहां गया था, उसके हाथों में गुलाब का फूल था और अमला कह रही थी....कुछ कह रही थी जो आज जैसा ही था....क्या दिन थे वे भी ....मानो किसी बहुत पिछले जन्म की बातें उसे याद आ रही हों....

जनपथ के फुटपाथ पर चलते हुए अमर ने हल्के से संतोष की सांस ली—चलो, कॉफी हाउस के आसपास भी किसी साहित्यिक जीव से मुठभेड़ नहीं हुई। नहीं तो छूटते ही पूछता—'कहिए, क्या लिख रहे हैं आजकल ?' और अन्दर की कचोट को बाहरी हंसी में बदलकर उसे कहना पड़ता, 'कुछ नहीं यार, अपना कुछ लिखने-लिखाने का प्रोग्राम नहीं है। तुम अपनी बात बताओ। क्या तीर मार रहे हो ?'....सच ही लगता है, वर्षों हो गए—न कुछ लिखा है और न लिखने का मन में इरादा है....बिलकुल लगता है, जैसे कोई बात ही इस लायक नहीं है कि उस पर लिखा जाए। और जो लगती भी है, वह दूसरे क्षण याद भी नहीं रहती। अजब याददाश्त हो गई है—हर चीज़ या तो दिमाग से फिसलती लगती है या

उसके फिसल जाने का डर बना रहता है....जैसे हर चीज़ से धीरे-धीरे उसका सम्बन्ध टूटता चला जा रहा है और ज़िन्दगी पकड़ से सरकती जा रही है। चीज़ें एक-दूसरे में गडमड हो गई हैं....

इस बात पर उसे ध्यान आया कि चीज़ों के गडमड होने का एक उदाहरण यह भी है कि जो बात वह शकुन के लिए सोच रहा था, वह वास्तव में अमला के लिए उसके मन में आ ़ थी, वरना विवाह और प्रेम पर सोलहवीं सदी के उस वार्तालाप को मुग्ध भाव से सुननेवाली शकुन के लिए इसके मन में ऐसे भाव कैसे आ सकते थे ? उसे अब अफसोस होने लगा कि मौनी'दा की उस दकियानूसी बात का उसने खुलकर विरोध क्यों नहीं किया, और क्यों उसे वे सारी बातें सच लगीं ? ज़िन्दगी की पकड़ से सरकने का एक उदाहरण यह भी है कि वह जब जो कुछ सुनता है, वही सच लगने लगता है। उसकी अपनी कोई दृष्टि ही नहीं रह गई है। उसने अपने को विश्वास दिलाना चाहा कि हज़ारों बार उसके मन में यह बात आई कि मानो वह कहीं किसी दिशाहीन जंगल में भटक गया हो; लेकिन जिसे सचमुच भटकना कहते हैं, वह यही स्थिति है। जिधर ज़रा भी रोशनी, जिधर ज़रा भी स्वर मिलता है, वह उसे ही मुक्ति-द्वार समझकर दौड़ पड़ता है....कभी रंजना....कभी अमला....कभी शकुन.... ! लेकिन वस्तुतः सबकी ज़िन्दगी अपने-अपने सौर-चक्र में कुछ इस तरह बंधी घूम रही है कि किसी को किसी भी बाहरी नक्षत्र को अपने पथ में ले लेने का हक नहीं है....गहराई से देखा जाए तो किसे फुरसत है अपनी ज़िन्दगी में उसे गम्भीरतापूर्वक लेने की--अमला को ? नहीं, यह भ्रम उसने कभी अपने भीतर नहीं आने दिया। शकुन को ? रंजना को ?....हां, रंजना को भी नहीं....

अपने फालतू होने की ऐसी तीव्र अनुभूति तो उसे कभी नहीं हुई, जैसी इन दिनों हमेशा होती रहती है—हल्ली जिस समय उसे सुबह चाय का प्याला देता है तो सुबह का अखबार और खाली प्याला मेज़ पर पहले ही रखा होता है, और रंजना गुसलखाने में होती है (एक बार उसने देखा कि अखबार में वाण्टेड वाले पृष्ठ पर 'लेडी लेक्चरार' की खाली जगह, पेंसिल से छोटा-सा टिकमार्क लगा है....। जगह कहीं गोहाटी में थी।) फिर वह साड़ी लपेटे बड़ी व्यस्त-सी आती है और कपड़े बदलते या बाल संवारते हुए आवाज़ लगाती है, "हल्ली, जो कुछ बना हो जल्दी दे दो। हमें देर हो रही है।"....फिर एक-दो ग्रास खाकर पूछती है, "आप अभी खाइएगा ?"—अमर का मन होता है, इस सबको चुपचाप घुटते हुए देखने की अपेक्षा वह सुबह-सुबह कहीं घूमने चला जाया करे। एकाध बार उसने सोचा भी कि सुबह पांच बजे उठकर घूमने जाया करेगा—सारे दिन ताजगी रहेगी। लेकिन आदत कुछ ऐसी बिगड़ी है कि आठ से पहले आंख ही नहीं खुलती। और फिर जब तक रंजना रहती है, एक तनाव-सा बना रहता है; कहीं कोने में अधलेटा वह किसी किताब-अखबार के पीछे मुंह छिपाए प्रतीक्षा करता रहता है....वह कहीं भी बैठा रहे; लेकिन उसकी एक चेतना है जो हमेशा रंजना के

साथ-साथ घूमती और आ-आकर अमर को सूचना देती रही है कि अब वह कलम में स्याही भर रही है, अब सैंडिल के फीते बांध रही है—अब छाते के भीतर अधबने चिड़िया के घोंसले को बाल्कनी में भुनभुनाती झाड़ रही है....अब सीढ़ियां उतर गई है। और जैसे ही वह चेतना उसे सूचना देती है कि रंजना चली गई है कि मुक्ति की सांस लेता है और सायास लादे उत्साह से हल्ली को पुकारता है, ''हल्ली यार, एकदम गरम चाय तो दो....'' और रंजना के आने से पहले ही वह निकल जाता है; लौटता है तो उसका खाना मेज़ पर रखा होता है ....रंजना चुपचाप बाल्कनी में खड़ी होती है या बिस्तर पर लेटी रहती है, मगर उसकी 'चेतना' उसे बता देती है कि सोई नहीं है....जब यह बाल्कनी में होती है, या कुछ पढ़ रही होती है तो अमर को बेहद बेचैनी महसूस होती रहती है। उसका मन होता है, मेज़ पर रखे सारे बर्तनों को पागलों की तरह इधर-उधर फेंक दे और खूब चीख-चीखकर कहे, 'मुझे यह खाना नहीं खाना....।' लेकिन चुपचाप खा लेता है। जैसे उसकी हिम्मत नहीं पड़ती कि पूछ ले—कोई आया था ? इस घर की व्यवस्था का सूर्य रंजना है, वह तो उस सौरमण्डल के गति-प्रवाह में घूमता हुआ 'डमी' नक्षत्र है....अपनी धुरी से टूटकर भटकता हुआ फालतू नक्षत्र....बुझने और गिरने की प्रक्रिया के आगे माथे टेके—निष्क्रिय....।

उसे हमेशा महसूस होता रहता है कि कुछ है, जो हो चुका है....कोई महत्त्वपूर्ण घटना अभी-अभी घट चुकी; और कुछ है जो होने वाला है....और इस 'घटित' और 'घटनीय' के बीच की तनाव-भरी स्थिति में वह सिर झुकाए फालतू की तरह खड़ा है....दिन पर दिन गुजरते जाते हैं और 'घटित' की बोझिल छाया (अपराध ?) ओर 'घटनीय' की आशंका-भरी प्रतीक्षा उसके मन के एक-एक पंख को नोचती जाती है....इस बिन्दु पर खड़े होकर कुछ भी लिखने की बात उसने सोचना ही बन्द कर दिया है—यानी घर से निकलने से पहले ही, दोनों तरफ का बस का किराया, कॉफी और दो-चार आने सिगरेट का हिसाब लगाना पड़ता है....। कहीं कोई आ न जाए, कहीं कोई मिल न जाए का डर उसे निरन्तर किसी वीरान दुनिया में बहाए लिए चला जा रहा है....क्या इसी स्थिति के लिए उसने विवाहित जीवन की कामना की थी.... ?

एकाध बार ऐसा भी हुआ है कि वह आया तो देखा, रंजना टेबल-लैंप से कुछ पढ़ रही है। उसे देखकर रोशनी के घेरे से मुंह निकालकर पूछती है, ''आप पढ़ेंगे क्या ?'' इच्छा रहते हुए भी अमर कह देता—''नहीं, तुम पढ़ो, मैं लेटूंगा....।'' और लेटकर वह चुपचाप देखता है—रोशनी के दायरे में एक पथराया हुआ चेहरा गुमसुम स्थिर है....सीधी नाक, कसे होंठ, पलकें और निगाह पृष्ठ की पंक्तियों पर न हिलें तो लगे, जैसे मूर्ति हो....दूर से अमर को लगता है कि नाक के पास और आंख के नीचे कालिमा की पट्टी इतनी फैली है, दिन में उसने देखा ही नहीं—देखते-देखते चेहरे की मांसपेशियां ढीली होकर झुर्रियों के रूप में बदल जाती हैं—और ईमानदारी से उसकी समझ में नहीं आता कि क्या

यही सौन्दर्य है ? नारी में सुन्दर आखिर है क्या ? क्या रंजना में भी कभी उसे कुछ सुन्दर लगता था ?

फिर देखते-देखते उसकी पुतलियां भीग उठती हैं—मैं इस लड़की को आखिर क्यों मार रहा हूं ? मैंने जुहू पर ही इसे मना किया था, पर उस समय तो इसे एक और नशा सवार था। प्यार नहीं, प्यार की ज़िद थी। यही लड़की थी जो मेरे बेटर-सेल्फ के लिए, बल्कि मुझे सारी कमज़ोरियों, कमियों के साथ प्यार करती थी....? वह हल्के से कहता, "सो जाओ न, सारे दिन बाहर रहती हो.... ।" रंजना सोचती-सी निगाहें उठाती, अंधेरे की ओर मुंह करती और क्षणांश के लिए एक हल्की-सी मुस्कराहट कहीं उसके होंठों पर तैर जाती—अमर को लगता, मानो कह रही हो—बड़ा खयाल है.... । और अमर का मन होता, दोनों मुक्कों से तकियों को कूट डाले....वह हल्के-से करवट बदलकर आसमान के छोटे-से टुकड़े को देखने लगता....टण्डन के यहां उसने रंजना का खत पढ़ा था, मन्दा के नाम। उसमें कहीं लिखा था अमला के लिए, "बड़ी ही विचित्र है इसकी मुस्कान, जो इसके अधरों पर फैलकर इसके लावण्य को इतना अधिक बढ़ा देती है कि मन अनायास ही बंध जाए.... ।" और वह शायद डायरी में लिखे, "रंजना बोलती कुछ नहीं है, लेकिन ज़हर-बुझी मस्कान किसे कहते हैं, यह देखना हो तो रंजना को मुस्कराते देखना होगा...." नहीं, नहीं डायरी में कुछ नहीं लिखना....डायरी और पत्र/तो रंजना की निगाह से बच नहीं सकते....दस तालों में वह डायरी और पत्र पढ़ती है....अमर के प्रति उसकी कोई ज़िम्मेदारी है या नहीं, वह क्या पढ़ता है, क्या लिखता है ? खाता-पीता है या नहीं—उसके कपड़े धुले हैं या बटन टूटे हैं, उसकी मानसिक स्थितियों का लेखन पर कोई प्रभाव पड़ता है या नहीं—उसकी आर्थिक व्यवस्था क्या है, उनकी चिन्ता-परेशानियां क्या हैं—यह सब जानने की उसे कतई कोई उत्सुकता नहीं है; हां, उसका 'व्यक्तिगत' क्या है—इसे जानने को वह बेहद व्याकुल है....

"अरे !" अमर अचानक चौंककर झटके से खड़ा हो गया, "शायद आज आया अमला का खत मेज़ पर ही छूट गया !" उसे याद आया तो उसने झटपट सारी जेबें तले तक खखोलीं। हां, नहीं है ! उफ ! आज खैर नहीं है। यह क्या गजब हो गया ? पत्र पढ़ते हुए खुद उसे यह आशंका हुई थी कि कहीं ये हिस्से रंजना न पढ़ ले, और अब ? पागलों की तरह उसने हथेली से कई बार माथा ठोका, "अब क्या हो ?" उसने जैसे मदद के लिए चारों ओर देखा। वह इस समय सेण्ट्रल-विस्टा एरिया में खड़ा था। सामने चौड़ी-सी नहर थी और अनेक नावें दूर-पास तैर रही थीं। अगर स्कूटर भी ले और जल्दी-से पहुंच भी जाए तो कोई फायदा नहीं—रंजना अब तक पढ़ चुकी होगी। अब तो देर से जाने में ही खैर है—

"तुम्हें पता है, दो दिन बाद शरद पूर्णिमा है...." अमला ने लिखा था, "ताज

पर तो प्रोग्राम कई बार बना है, इस बार एक अजब सनक सवार हुई है। सुनते हैं, जबलपुर के पास कोई भेड़ाघाट या धुंआधार नाम की जगह है....संगमरमर की चट्टानों के ऊपर नदी का पानी प्रपात से पहले एक प्राकृतिक झील के रूप में रुक गया है–इस बार मन होता है, शरद पूर्णिमा की रात वहीं अकेले एक छोटी-सी डोंगी में गुजार दी जाए....तुम भी होते तो सच, कैसा आनन्द रहता! फिर उस वर्णन को तुम्हारी किसी कहानी या उपन्यास में पढ़कर मैं कैसा महसूस करती....''

एक जगह बड़े चिन्तापूर्ण ढंग से लिखा था, ''अमर यहां मेरा मन कतई नहीं लगता। बड़ा उखड़ा और पराया महसूस करती हूं। किसी से बातें करते भी डर लगता है कि कहीं कुछ ऐसा न कह दूं जिसे बाद में मेरे ही खिलाफ इस्तेमाल किया जा सके। सब कुछ मन में ही घुटता है और ऊपर से मुस्कराहट ओढ़ लेते हैं। सच कहूं, इन अपनों से बड़ा डर लगने लगा है–शायद इस डर का सामना न करने के लिए ही हमेशा भागती रहती हूं। इधर कुछ बातें ऐसी हुई हैं कि बड़ी आशंका....अच्छा खैर, इस समय तुम्हें यह सब बताकर परेशान नहीं करेंगे। हां, एक बात मैं बहुत गम्भीरता से सोचने लगी हूं। तुम भी सलाह दो। यहां तो कोई भी इसके पक्ष में नहीं है। दिल्ली में ही एक छोटा-सा मकान लेकर एकदम अकेली रहना चाहती हूं....देसाई आई थीं–उन्होंने बहुत आश्वासन दिया है, बहुत आग्रह कर गई हैं कि सोशल वेलफेयर का कुछ काम करूं। गोल्फलिंक रोड या निजामुद्दीन में कोई छोटा-मोटा मकान मिलना बहुत मुश्किल तो नहीं होना चाहिए। भई, किसी के ज़िम्मे जाकर पड़ना अपने को गंवारा नहीं–रहेंगे तो अपना इन्तज़ाम करेंगे। हमें कहीं जाना है, तैयार होकर खड़े हैं और सारी गाड़ियां साहब की सेवा को गई हैं, यह सब अब बहुत हो चुका....। चलो, दिल्ली आ जाएंगे तो तुमसे भी गप-शप खूब रहा करेगी। तुम्हारी बीवीजान तो नहीं रोकेंगी न ? हम तो कुछ-कुछ डरने लगे हैं, उनसे। बड़ा तेज स्वभाव लगता है। कुछ लिख-पढ़ पाते हो या.... ? बहुत दिनों से कहीं कुछ भी नहीं देखा। अब तो शायद लम्बी-लम्बी चीज़ भी नहीं है हाथ में ? तब बड़े लम्बे-लम्बे वायदे किए थे। क्या कर रहे हो आजकल ? गृहस्थी चलाने में कुछ मदद करते हो या एकदम ही छोड़ दिया–?'' इस हिस्से पर अमर तिलमिला उठा था। आगे लिखा था, ''अच्छा छोड़ो यह सब। इस समय तो हमारे दिमाग में धुआंधार की संगमरमर की चट्टानें, उनके बीच छोटी-सी झील और अकेली डोंगी–शरद पूर्णिमा की रात की उंगलियों में थिरकता, सुनहरी शराब-भरा बिल्लौरी पैमाना ! फिराक का वो शेर सुना है :

दिल के आइने में इस तरह उतरती है निगाह
जैसे पानी में लचक जाए किरन; क्या कहना।

और जहां लचकती किरनों का जमघट हो, वहां के अलिफ-लैलाई वातावरण

को क्या कहोगे.... ?''

पत्र पढ़कर अमर सोचता रहा, इसमें कौन-सी बात सच है ? अलिफ-लैला का जुदाई वातावरण या दिल्ली आने की परेशानी.... ? या दोनों झूठ हैं ?

ज़रा एकान्त-सी जगह में रूमाल बिछाकर वह चुपचाप बैठ गया—आज उसकी परछाईं घास पर कितनी साफ थी ? कहीं रिकार्ड बज रहा था। कई परिवार इधर-उधर बिखरे थे। चांदनी तापहीन ठण्डी-ठण्डी धूप जैसी बिखरी थी। शकुन के साथ छत पर जाकर इस चांदनी में सूई पिरोने की प्रतियोगिता की हल्की-सी याद आई, चांदी के कटोरे में केसरिया खीर सारी रात छत पर रखकर सुबह खाने और आंखों की रोशनी बढ़ाने का विश्वास याद आया—हल्का-सा खयाल यह भी उभरा कि इस समय कहीं मथुरा के आसपास जा रहे होते....और इन सब खयालों के साथ-साथ उसकी चेतना उसे उड़-उड़कर बताती रही कि किस पंक्ति और किस शब्द का रंजना पर क्या प्रभाव पड़ रहा है....रंजना आखिर क्या चाहती है ? उसे किस अपराध की सज़ा दे रही है ?—असम्भव ! उसने झुंझलाकर कहा, ''अब उसके साथ रहना असम्भव है।'' और सहसा अपने स्वर से चौंककर उसने इधर-उधर देखा। कहीं उसे यों बोलते किसी ने सुन तो नहीं लिया ? फिर ओस भीगी घास की एक पत्ती तोड़कर दांत में कुतरता रहा। काश, वह आज घर जाए ही नहीं, और यों ही अलिफ-लैला के सिन्दबाद की तरह देश-देश भटकते हुए अपनी ज़िन्दगी काट दे....किसी खलिहान के किनारे दो रोटियां खा लिया करे और किसी अलाव के चारों ओर बैठे लोगों को भूतों और जिनों की कहानियां सुन-सुनाकर रात बिता दिया करे....कभी बरसते पानी में किसी अनजान द्वार को खटखटाकर शरण मांगे, और कभी किसी अजनबी का सामान लेकर उसके साथ-साथ चले....कभी किसी अपाहिज को उसके घर तक छोड़ दे, जहां उसकी बेटी उसकी राह देख रही हो....

और जैसे एक बिजली के झटके से अमर का सारा शरीर रोमांचित हो आया—उसके भीतर कोई चीज़ कौंधी और जुहू के किनारे से आज तक का सारा जीवन जैसे एकबारगी सर्चलाइट की रोशनी में उद्भासित हो उठा। एक सिहरन उसकी रीढ़ की हड्डी में तैरती चली गई....उसने जोर से कन्धे से झटककर इस झनझनाहट को दूर करना चाहा—उसका सारा अस्तित्व मानो मुंह पर हाथ रखकर बोलने लगा, 'यह मत कहो....ऐसा मत बोलो....' उसने अपनी गर्दन की पीठ पर चींटी जैसी किसी चीज़ को झाड़ा।

पहले तो उसकी समझ में नहीं आया कि ऐसा क्या हुआ; लेकिन कुछ मिनट बाद जब वह अपने भीतर आया तो लगा, मानो वह अमला को बैठा पत्र लिख रहा है, ''तुम्हें धुआंधार प्रवाह का अलिफ-लैलाई वातावरण याद आ रहा है ....यहां मैं किस अलिफ-लैला में रह रहा हूं, सुनोगी ? (कलाई की घड़ी देखकर)

रात को साढ़े नौ बजे यहां अनाथ निर्वासित बेघर बैठा हूं और सोच रहा हूं कि सिन्दबाद की तरह किसी अनजान कठिन सफर पर निकल पड़ूं....और फिर कभी ....कभी भी इस नगर में न आऊं....बहुत दिनों तुमसे छिपाया, अब साफ ही कहूंगा—ज़िन्दगी को रंजना की नाराज़ी से, दुख और खुशी से सफल मानने की चाह भोगते-भोगते आजिज आ गया हूं....

''अलिफ-लैला का ही एक किस्सा है। स्टीफेन ज्विग ने इसे एक और संदर्भ में इस्तेमाल किया है। लेकिन इससे क्या ? किस्सा अलिफ-लैला का है; वही एक दूसरे अर्थ में मुझे याद आ रहा है। सिन्दबाद के सातों सफरों में से किसी एक की बात है। तूफान आया और उसका जहाज़ टूट गया। एक तख्ते के सहारे वह एक द्वीप में आ पहुंचा, जहां कोई आदमी न आदमज़ाद.... । भटकते-भटकते उसने एक चश्मे के किनारे एक बहुत ही बूढ़े अपाहिज को पड़े देखा। सिन्दबाद को देखकर वह बूढ़ा बहुत खुशामद और प्रार्थना के स्वर में अनुनय करने लगा कि 'मुझे झरने के पार पहुंचा दो।' उसकी दयनीय हालत पर सिन्दबाद को तरस आ गया....उसने बूढ़े को कन्धे पर उठा लिया और झरने के पार ले आया, लेकिन जैसे ही उतारने लगा कि बूढ़े ने अपनी दोनों टांगों से कसकर उसका गला भींच लिया, और पेड़ की टहनी से इसकी धुनाई करते हुए कड़ककर बोला, 'उतरना कहां है.... ? चल मुझे घुमा.... ।' और सिन्दबाद का कहना है कि वह बूढ़ा, उसे हफ्तों कुत्ते की तरह दौड़ाता रहा; जहां यह जरा भी ढीला हो कि वह गर्दन की जकड़ कस दे और टहनियों के हंटर से मार-मारकर इसकी खाल उधेड़ ले—इसे न तो आराम करने की फुरसत है, न इधर-उधर देखने की। और टांगों के शिकंजे में गर्दन फंसाए मार खाता हुआ सिन्दबाद सोचे कि इस मरियल सूखे बूढ़े में आखिर इतनी जान कहां से आ गई....? और क्या यही वह निर्बल, निरीह बूढ़ा है जो अब ऐसा निर्दय और कटु हो गया है....फिर उसने किस तरह उससे जान छुड़ाई, यह एक लम्बा किस्सा है....

''आज चांदनी रात के एकान्त में बैठे-बैठे यह किस्सा मुझे क्यों याद आया, मैं नहीं जानता। तुम इसका जो भी अर्थ करो, लेकिन इतना मैं ज़रूर कहूंगा कि रंजना को मैं सचमुच प्यार करता था (अब तो शायद ही कोई विश्वास करे) और वही सद्भावना थी कि एक बार मना करने के बाद फिर से तुम्हारे संकेतों के बावजूद मैंने उससे विवाह किया....लेकिन आज मैं अपने-आपको सिन्दबाद की तरह हांफते और भागते पाता हूं....वह जर्द चेहरा हमेशा मेरी नसों पर तैरता है और हर बार मैं उसे उतारकर लाता हूं, लेकिन हर बार जिद्दी बैताल की तरह एक नये सवाल का बहाना लेकर पीपल पर जा लटकता है....और मुझे अब तो ऐसा लगता है जैसे मेरी सारी ज़िन्दगी इस बूढ़े बैताल की बातों का जवाब देने, इसकी इच्छाएं तृप्त करने में बीत जाएगी—वरना यह मेरी गर्दन जकड़ेगा और हंटर मारेगा....और मैं यों ही जंगल-जंगल भागता रहूंगा। वह मेरा सम्पूर्ण चाहता है, उसे कतई सह्य नहीं है कि अपना कोई अंश बचाकर किसी

और के लिए भी रख लूं....

''और अपने आसपास देखकर सोचता हूं कि औरों की तरह शायद मैं अपना सम्पूर्ण दे भी देता....लेकिन उससे बड़ा एक भूत और भी तो मेरे सिर सवार है न और वही तो है जिसके लिए मैंने हर सुविधा, हर सुख, हर सुअवसर से समझौता करने से इन्कार कर दिया है। सिन्दबाद की ही शब्दावली लूं तो बड़े-बड़े सागर लांघने का भूत, इस छोटे से 'पीरतस्मा-पा' (चमड़े के पट्टे जैसे पैरों वाले) बूढ़े से ज्यादा बड़ा है—इसकी टांगों के सिकंजे में गर्दन फंसा देने के लिए यह सारी 'वाण्डर-लस्ट' (भटकने का नशा) नहीं थी।

''रंजना ईर्ष्यालु पत्नी हो सकती है, लेकिन कला सबसे ज्यादा ईर्ष्यालु पत्नी है और जो एक बार इस पत्नी से गठबन्धन कर लेता है, उसके सामने सिर्फ एक ही विकल्प होता है—या तो इस पत्नी के साथ रहे या एकदम उसे छोड़ दे। यह आंशिक अधिकार किसी कीमत पर नहीं बरदाश्त करती....बल्कि जीवन का एक-एक अनुभव और एक-एक सांस मांगती है—प्रयत्न करूं तो शायद रंजना को सुखी कर सकता हूं, एक सुखी गृहस्थी का आदर्श उपस्थित कर सकता हूं; लेकिन क्या करूं, 'सुखी गृहस्थ' होने के यश की बात मन में ही नहीं आती ....क्योंकि यह विश्वास आज भी नहीं छूटता कि शायद कुछ बड़ा कर सकूंगा....

''रंजना या अपने वर्तमान जीवन के प्रति कुछ भी कहने का मेरा मुंह नहीं है; यह बात पालम पर तुमने भी कही थी और आज एक नवपरिचित मौनी'दा ने भी दूसरे ढंग से यही कहा था। सच पूछो तो मैं मानसिक रूप से तभी से बड़ा अव्यवस्थित हो उठा हूं। प्रेम-विवाह और परम्परागत विवाह की तुलना में एक मुख्य अन्तर यही आया था कि यहां नारी और पुरुष दोनों को जांच-परखकर एक साथ आते हैं....इसलिए अंतिम जवाबदेही भी उन्हीं की है....

''लेकिन मौनी'दा को जवाब नहीं दे पाया था। तब सूझा ही नहीं। मुझमें यही कमज़ोरी है; जवाब मुझे हमेशा बाद में सूझता है। डैडीकेटेड (समर्पित) व्यक्ति के लिए विवाह साधन बनकर आता है, साध्य बनकर नहीं। यह अपने मन का साथी इसीलिए तो चाहता है कि अपनी साधना को दुगुनी शक्ति और निष्ठा से चलाए रख सके....। उन्हें साथ लाने वाला तत्त्व, प्यार, परिचय, कमिटमेण्ट जैसी रोमाण्टिक बातें नहीं—साधना है। मैंने रंजना को इसीलिए तो चाहा था कि अपने लेखन को निखार सकूंगा....और आज पाता हूं कि वह लेखन ही सबसे नगण्य हो उठा है, बस रह गई है एक अदृश्य और उद्धत रस्साकशी कि कौन किसे अपनी ओर खींच ले....कौन किसे झुका दे....

''और आज मैं अपने को इस भावना से भी मुक्त नहीं कर पाता कि मैं फालतू हूं, मैं असफल हूं और मेरे कन्धों पर एक पीली मनहूस गर्दन कटी रखी है....और उसे काटने की ज़िम्मेदारी मेरी है....''

यह सब सोचते-सोचते अमर भूल गया कि वह अमला के पत्र में ही यह

सब लिखना चाहता था—उसे तो ऐसा लगा कि छोटी-सी नाव है और उसके सामने सिर्फ एक अशरीरी-निराकार-संयत मुस्कान है और उसे ही संबोधित करके वह यह बोल रहा है, और पानी के नीचे तथा चारों ओर संगमरमर की पारदर्शी चट्टानें बिल्लौर के फानूसों की तरह झलमला उठी हैं....

वह झटके से उठ खड़ा हुआ। दोनों हाथ एक-सी स्थिति में रहने से सो गए थे; सो हवाई जहाज़ के प्रौप्रेलर की तरह उन्हें एक साथ ज़ोर से घुमाया; लगा, जैसे सारी जड़ता छिटककर दूर जा पड़ी है....

चौदह

ढलती रात, आसमान पर छिटके तारे और सामने गरजता-फुफकारता अनन्त समुद्र ! आज समुद्र और दिनों की अपेक्षा अधिक अशान्त, अधिक उद्वेलित था। आसमान को छूने का दुस्साहस करने वाली बड़ी-बड़ी लहरें जब दूर क्षितिज पर उठतीं और दूसरी को ठेलती हुई बड़े वेग से आगे बढ़तीं, तो लगता कोई शक्ति इनके वेग को रोक नहीं सकेगी, आज ये सब कुछ अपने भीतर समो लेंगी; पर किनारे पर आते ही जाने क्या होता कि बड़े ही विवश-भाव से चीत्कार करती हुई वे बिखरकर चूर-चूर हो जातीं। दूर-दूर तक फैले रेतीले तट पर न कोई सीमा रेखा है, न कोई व्यवधान; पर शायद मन के बन्धन ही उनके पागल आवेश पर अंकुश लगा देते और वे आगे नहीं बढ़ पातीं—किनारे टकरा-टकराकर सिर धुनतीं और मन के उन्माद को मन में ही समेटे, फेन के आंसू बहाती मजबूर-सी चुपचाप लौट जातीं।

अमला यह सब देख रही थी। बहुत प्रयत्न करने पर भी जब उसे नींद नहीं आई तो वह बाहर आकर खड़ी हो गई। होटल के सारे कमरे बन्द थे—शायद सब सो रहे थे, बस वह अकेली खड़ी सूनी निगाहों, समुद्र पर भटक रही थी। एकाएक उसे खयाल आया—यदि चुपचाप कोई आकर उसे दबोच ले, तो ? अपरिचित होटल और न जाने कहां-कहां से आए हुए लोग ! एक अजीब-से भय से अमला सिहर उठी। एक बार तो उसे किसी के पदचाप भी सुनाई दिए। भय के मारे उससे पीछे मुड़कर देखा तक न गया। पर दो क्षण बाद ही अपनी इस भावना पर विजय पाती हुई वह हंसी। क्या बच्चों की तरह वह डर रही है ! उसने बड़ी निडरता से चारों ओर देखा; कहीं कोई नहीं था।

एक बड़ी-सी लहर बहुत आगे तक बढ़ आई और फेन उछालती हुई लौट गई; बस उसकी आवाज़ अमला के कानों में गूंजती रही।

अमर नहीं आया। तार के जवाब में उसने अपनी असमर्थता प्रकट करते हुए इन्कार लिख दिया और तभी से अमला को लग रहा है कि असमर्थता अमर की नहीं, उसकी है। आज वह इतनी असमर्थ हो गई है कि आदेश देकर अमर को बुला तक नहीं सकती। रंजना आज उसकी अपेक्षा अधिक समर्थ है। वह

अमर की पत्नी है। उसे रोक दिया होगा—अमर नहीं आया ! सचमुच वह है ही कौन ?

तभी दूसरे विंग की बाल्कनी में दो छायाकृतियां दिखाई दीं। दूसरे क्षण ही अमला पहचान गई—आज शाम को ही ये लोग होटल में आए हैं। जब ये रिक्शा से उतरे थे, तभी अमला को यह स्त्री बड़ी परिचित-सी लगी थी, पर लाख कोशिश करके भी वह याद नहीं कर पाई। दोनों रेलिंग से सटकर खड़े हो गए....स्त्री के बाल खुले हुए थे। अमला कुछ पीछे हट आई। खुले अस्त-व्यस्त केशों को समेटता हुआ पुरुष का हाथ उसकी पीठ पर से होता हुआ कन्धे पर आकर टिक गया। धीरे-धीरे दोनों के बीच की दूरी कम होती गई—स्त्री झुकती चली गई और फिर प्रगाढ़ आलिंगन में बंध गए।

अमला चुपचाप अपने कमरे में लौट आई।

'पुरी होटल' का कमरा, अंधेरी रात, अकेली अमला, गरजता-फुफकारता समुद्र और नशे में डूबी, आलिंगन में बंधी दो छायाकृतियां....

अमला ने करवट बदली। वह चाहने लगी, जल्दी ही सुबह हो जाए। चारों ओर लोगों का शोर-शराबा फैल जाए। कोने वाले दो कमरों में ठहरे हुए बंगालियों का दल रवीन्द्र-संगीत से सारे होटल को गुंजा दे; पुराने यात्रियों के जाने और नयों के आने का क्रम जारी हो जाए, और वह सबको पीछे छोड़कर किनारे-किनारे चलती हुई बहुत-बहुत दूर चली जाए और डुबकियां लगाती रहे, तब तक नहाती रहे जब तक कि आज के इस रतजगे की सारी थकान दूर न हो जाए ! और फिर लहरों के थपेड़ों से चूर-चूर देह को लेकर गहरी नींद सो जाए।

अचानक कमरे की बत्ती जल उठी। अमला ने बिना करवट बदले ही पूछा, "कौन, अन्ना ?"

"तुम सोई नहीं अमला बीबी !" बाथरूम की ओर जाती अन्ना लौटकर अमला के पलंग के पास आ गई और मसहरी हटाकर गौर से अमला का चेहरा देखने लगी। अंधेरे में कुछ दिखाई नहीं दिया, धीरे से अमला के माथे पर हाथ रखकर बोली, "क्या बात है बिटिया, तबीयत खराब है ?"

"नहीं तो।" पर स्नेह के इस स्पर्श से अमला का गला भर आया। अन्ना ने पूरी मसहरी हटा दी। अमला के निकट ही फर्श पर बैठते हुए पूछा, "अमर बाबू नहीं आ रहे हैं बिटिया ?"

"नहीं, उन्हें कुछ ज़रूरी काम है, वे नहीं आ सकेंगे।" यों ही छत की ओर नज़र गड़ाए अमला बोली।

"आ जाते तो अच्छा था, कुछ दिन तुम्हारा मन बहल जाता, वरना सारे दिन अकेले जाने क्या-क्या सोचती रहती हो और घुलती रही हो !" अन्ना ने धीरे-धीरे अमला का सिर सहलाना शुरू कर दिया। अमला ने अपने आर्द्र नेत्र मूंद लिए।

इस बार अमला जितने दिन भी कलकत्ता रही, बेहद परेशान रही। कैलाश

का अपनी सजी-धजी पत्नी के साथ आना, भैया-भाभी का रवैया, पिताजी की दिनोंदिन गिरती स्थिति, प्रत्यक्ष-परोक्ष सुनाए गए ताने—उन सबसे वह बुरी तरह ऊब गई थी और किसी शान्त-एकान्त स्थान में आकर रहना चाहती थी। वह अच्छी तरह जानती थी कि उसकी अनुपस्थिति में उसके बचे-खुचे अधिकार भी छिन जाएंगे, पर यह सब जानकर भी वहां रहना उसके लिए असंभव हो उठा था। पहले उस घर में उसका कितना सम्मान था—और आज ? भाभी पहले भी उसके आचरण की टीका-टिप्पणी किया करती थीं, पर कितने-कितने दबे ढंग से ! लेकिन इस बार चावला के दो-तीन पत्रों को फाड़ करके उन्होंने उसके शिमला-प्रवास की जो गाथा गढ़ी थी, उसने उसे क्रुद्ध कम और दुःखी अधिक किया था।

चावला ! चलो, उसे भी उसके नाम के साथ जुड़ना था !

और एक दिन बस सबसे ऊबकर वह पुरी आ गई। पर यहां की शान्ति ने दो दिन में ही उसे अशान्त बना दिया। जब वह कलकत्ता थी, उसे लगता था, उसे शान्ति चाहिए ! एकान्त चाहिए ! और यहां एकान्त में आई तो लगा जैसे इस शान्ति के बीच वह और अधिक दुःखी हो उठी ! वह स्वयं नहीं जानती—उसे क्या चाहिए ? पर यह अकेलापन अब उससे सहा नहीं जाता। कोई हो जो उसके साथ घूमे, रेत पर बैठकर घरौंदे बनाए, हाथ पकड़कर समुद्र में नहाए, घंटों बातें करे, और....और....

पास वाले विंग की बाल्कनी में अंधेरे में आलिंगनबद्ध जोड़ा उसके सामने उभर आया।

किसी बड़ी-सी लहर के किनारे से टकराकर चूर-चूर होने की गर्जना चारों ओर फैल गई।

"कॉफी बना लाऊं ?" अन्ना ने पूछा।

"बना ला।" आंखें बन्द किए-किए ही अमला ने कहा।

घड़ी ने पांच बजा दिए। अमला ने अनुमान लगाया—ज़रूर समुद्र पर लोग आ गए होंगे। इस भावना ने ही उसे बड़ी राहत दी, मानो समुद्र में नहाने वाले वे लोग उसके उस अकेलेपन को तोड़ देंगे जिसमें उसका दम घुट रहा है।

घुटनों-घुटनों तक पानी में खड़ी अमला समुद्र की ओर देख रही थी। लहरें आतीं और उसे कमर या कभी-कभी कमर से भी ऊपर तक भिगो जातीं। सारी भीड़ और कोलाहल को पीछे छोड़कर वह बहुत-बहुत दूर निकल आई थी। अन्ना दूर बैठी उसके सूखे वस्त्रों की रखवाली कर रही थी। समुद्र की छाती पर डूबती-उतराती छोटी डोंगियों को देखकर उसका बड़ा मन होता कि वह भी एक डोंगी पर बैठकर अपने को लहरों के हवाले कर दे और जहां ले जाए, चली जाए ! अपने आपको किसी के हाथों सौंप देने की ललक जब-तब अमला को बेचैन बना देती है, पर इन डोंगियों को देखकर एकाएक यह भावना बहुत ही प्रबल हो उठी। बहुत दिनों तक अपने को संभाल-संभालकर रख लिया ! अब

मन करता है, आंख मींचकर अपने को लहरों के ही हवाले कर दे।

"थैंक्यू !"

अमला एकदम चौंक पड़ी। घूमी तो गले में कैमरा लटकाए एक लम्बे-चौड़े आदमी को मुस्कराते हुए अपनी ओर आते देखा। अमला अवाक्। किसी ने उसकी तस्वीर खींच ली और उसे पता भी नहीं चला।

"आशा है आप मेरी गुस्ताखी माफ करेंगी और मेरी इस हरकत का बुरा नहीं मानेंगी। बात यह थी कि इस एंगिल में आपका पोज़ इतना सुन्दर लग रहा था कि मैं अपने को रोक नहीं सका।"

शरीर से चिपके गीले वस्त्र, अस्त-व्यस्त बिखरे बाल ! अमला बेहद संकुचित हो उठी थी। उसने देखा, अन्ना काफी दूर बैठी है, यों भी इस अपरिचित के सामने वह कपड़े बदलेगी कैसे ?

"बुरा न मानें और अनुमति दें तो कुछ स्नेप्स और भी ले लूं। बड़ा फोटोजेनिक फेस है आपका ?" और अमला कुछ कहे उसके पहले ही वह कैमरा भी ठीक करने लगा; फिर जाने क्या सोचकर लैन्स से आंखें हटाकर उसने भरपूर नज़रों से अमला को देखा जो संकुचित अवाक्-सी ज्यों की त्यों खड़ी थी। अमला का संकोच देखकर उसे कुछ खयाल आया और वह मुस्कुराता हुआ बोला, "सोचता हूं, पहले आपको अपना परिचय दे दूं वरना आप भी क्या सोचेंगी !" और वह हो-हो करके हंस पड़ा। अमला असमंजस में ज्यों की त्यों खड़ी थी, पर उस व्यक्ति का ध्यान अमला के चेहरे के भाव की ओर कम और बनावट की ओर ज्यादा था।

"मुझे मेहरा कहते हैं। यहां 'पुरी होटल' में ठहरा हूं। आया कल शाम को ही हूं। फोटोग्राफी कभी मेरी हॉबी थी, अब तो जीवन का यही एकमात्र आधार रह गया है। घूमता-फिरता हूं और चाहता हूं कि जहां—जो कुछ सुन्दर हो आकर्षक हो उसे उतारकर अपने पास रख लूं। मेरा कलेक्शन देखेंगी तो दंग रह जाएंगी—खाली समय में मैं उसे ही देखा करता हूं। कल्पना कर सकती हैं आप उस आनन्द की जो एक ही जगह बैठे-बैठे अनेकानेक सुन्दर वस्तुओं को देखने से होता है—इट ईज़ रियली सुपर्ब !"

छोटी-छोटी लहरें दोनों को भिगो-भिगोकर लौट जाती थीं। अमला चुपचाप सुन रही थी—वह समझ ही नहीं पा रही थी कि बिना किसी परिचय के इस निर्जन में एक अपरिचित महिला से यों लगातार बात करने वाले व्यक्ति से वह किस तरह का व्यवहार करे ?

दूर पड़े एक लकड़ी के लट्ठे की ओर इशारा करके मेहरा ने कहा, "चलिए, उस पर चलकर बैठ जाइए, आइए ?"

पर अमला जहां की तहां जड़वत् खड़ी रही।

"आप व्यर्थ का संकोच कर रही हैं—मेरी तो यह हॉबी है—सिर्फ हॉबी।"

पता नहीं उसकी बात का क्या प्रभाव पड़ा कि अमला उसके साथ उधर ही चल दी। दो काले-कलूटे मछवाहे उन दोनों को देखते हुए गुज़र गए। उनके हाथ में जाल था और सिर पर लम्बी टोपी तथा कमर पर एक-एक कपड़ा बंधा हुआ था।

''हां, तो अब आप उस लट्ठे पर बैठ जाइए।''

''जी....मैं ?'' और अमला ने अपने गीले कपड़ों की ओर देखा।

हो-हो करके मेहरा हंस पड़ा—''नहीं, नहीं, वह सब नहीं, मैं तो ऐसे ही चाहता हूं—नेचुरल, एकदम नेचुरल !'' और उसने खट-से बटन दबा दिया; ''लवली एक्सप्रेशन !—इस तस्वीर में आप अपने चेहरे का एक्सप्रेशन देखिएगा।'' फिर लट्ठे पर खड़े होकर मेहरा ने इधर देखा, उधर घूमा और दो तस्वीरें खींचीं। इसके बाद उतरकर उसने अमला की और दो-तीन तस्वीरें खींचीं। अमला कठपुतली की तरह उसके कहे अनुसार किए चली जा रही थी। अपनी अन्तिम तस्वीर खींचकर मेहरा ने रील निकालते हुए अमला से पूछा, ''आप अपनी तस्वीरें देखना तो पसन्द करेंगी शायद ? बोलिए, इन्हें दिखाने के लिए कहां आऊं ? ....या आप पुरी होटल आइए।'' और वह अमला की बगल में बैठ गया। अमला ज़रा-सा सरक गई।

''जी, मैं भी पुरी होटल में ठहरी हूं।'' धीरे से अमला ने कहा।

''क्या ? आप पुरी होटल में ठहरी हैं ? ओ, यह भी क्या कोइन्सिडेंस है ! पर मैंने आपको देखा नहीं ! रूम-नम्बर ?''

''तेरह।''

''जी।''

''शायद फर्स्ट फ्लोर पर है ?''

''जी।''

''आपके साथ.... ?''

''जी, मैं अकेली हूं।'' बहुत ही दबे-से स्वर में अमला ने कहा। दो क्षण दोनों चुप रहे। अमला चाह रही थी कि उठकर चल दे, पर उससे उठा नहीं जा रहा था। उसने एक उड़ती-सी नज़र मेहरा के चेहरे पर डाली। उसके अकेले आने की बात सुनकर मेहरा के चेहरे पर कुछ अनबूझ-सा कौतूहल उभर आया था।

इधर-उधर देखकर मेहरा बोला, ''धूप बढ़ रही है। सोचता हूं, लौट चला जाए।'' और बढ़ती धूप का एहसास होते ही उसने जेब से रंगीन चश्मा निकाल कर चढ़ा लिया।

होटल पहुंचकर जब अमला ऊपर चढ़ने लगी, तो मेहरा ने कहा, ''आपको धन्यवाद तो दे ही दूं। तैयार होते ही आपको तस्वीरें दिखाने आऊंगा।''

पहली बार अमला हल्के-से मुस्कराई। एक बार उसका मन हुआ कि मेहरा को चाय के लिए निमंत्रण दे दे, पर कहा नहीं गया और वह ऊपर चढ़ आई।

अमला सामने फैली तस्वीरों को मुग्ध-भाव से देख रही थी। खुले-गीले केश, टखनों तक पानी, चिपके वस्त्र, चेहरे पर पानी की बूंदें मोती की तरह चमक रही थीं। मेहरा साहब फोटोग्राफी की दृष्टि से तस्वीर की खूबियां समझा रहे थे, पर अमला सोच रही थी....इतनी घुटन और सहने के बाद भी उसमें इतना लावण्य शेष रह गया है ! और तभी उसे अपनी उस मुस्कराहट का खयाल आया। उसने सरसरी नज़र से पांचों तस्वीरों को देखा, एक में भी वह मुस्कराहट नहीं थी। उसे खुद बड़ा आश्चर्य हुआ कि एक बार भी वह मुस्कराई क्यों नहीं ? उसे लगा, जैसे वह उस तरह मुस्कराना ही भूल गई है। एकाएक उसका मन हुआ कि ड्रेसिंग-टेबल के सामने जाकर एक बार वह उसी तरह मुस्कराकर देखे।

नीचे दो-तीन रिक्शे आकर खड़े हो गए। अमला ने ज़रा-सा झुककर नीचे की ओर झांका। यह रेल का समय है। इस समय सदा ही रिक्शे आते हैं, यात्री आते हैं। यों नये आदमियों को देखने का उसे विशेष कौतूहल रहता था, पर आज वह अपनी तस्वीरों में ही उलझी रही, "कल सवेरे चाय आप मेरे साथ ही पीजिए, तब मैं आपको अपनी कुछ एल्बम्स दिखाऊंगा।" मेहरा ने कहा। जवाब देने के लिए अमला ने तस्वीर पर से मुंह उठाकर जैसे ही ऊपर देखा—एक उड़िया कुली पर सामान रखे अमर को खड़े पाया। अपार विस्मय से अमला उसका मुंह देखती रह गई। मेहरा अमला के विस्मय का कारण जानना ही चाह रहे थे कि अमला बोली, "अरे अमर, तुम कैसे ?" और वह कुर्सी से उठकर आगे बढ़ गई।

"तुमने ही तो बुलाया था।" मुस्कराते हुए अमर ने कहा।

"आप एक मिनट ठहरिए मेहरा साहब, मैं इनका सामान रखवा आऊं।" अन्ना से चाबी लेकर अमला ने खुद अपने कमरे के बगल वाला कमरा खोला। उसने आने के पहले ही अपने लिए दो कमरे रिजर्व करवाए थे। अमर की इन्कारी का तार पाकर भी उसने कमरा लौटाया नहीं, वह ज्यों का त्यों बन्द पड़ा था। खोलते समय उसे खयाल आया कि इन्कारी का तार पाकर भी क्या उसे विश्वास नहीं था कि अमर आएगा ?

"एकाएक तार देकर क्यों बुलाया तुमने मुझे ?" कुली को पैसे देकर विदा करते हुए अमर ने पूछा।

"पर तुमने इन्कार ही लिख दिया था !" प्रसन्नता में कुछ रोष का पुट देते हुए अमला ने कहा। उसकी इन्कारी ने उसे जितना क्रुद्ध किया था, उसके आगमन ने उतना ही प्रसन्न कर दिया। उसका मन रह गया। आज भी अमर में इतनी सामर्थ्य नहीं कि उसकी बात टाल दे।....आज भी वह 'कुछ' है ! पर जब अमर ने बेहद खिजलाए-से स्वर में कहा, "मना नहीं करता तो क्या करता? मेरा अपना भी तो कोई ज़रूरी काम हो सकता है !" तो अमला भीतर ही भीतर कहीं आहत हो गई।

''अच्छा तो अमलाजी, इस समय आप आज्ञा दें, आपके फ्रेण्ड आए हैं।'' हाथ में तस्वीरों का बड़ा-सा लिफाफा दबाए हुए मेहरा साहब ने बिना किसी संकोच के कमरे में घुसते हुए कहा।

''नहीं, नहीं, मेहरा साहब, जाएंगे क्यों ?'' और फिर उसने दोनों का परिचय करवाया....पर अमर के लिए केवल इतना कहकर छोड़ दिया, कि एक अच्छे साहित्यकार हैं। जान-बूझकर उसने 'मित्र' शब्द का प्रयोग नहीं कियां।

बाहर निकलकर अमला ने अन्ना को एक कुर्सी और लाने का आदेश दिया। अमर के चेहरे से वह अच्छी तरह समझ गई कि मेहरा का यों आग्रह करके रोका जाना उसे अच्छा नहीं लगा। अमला को सन्तोष हुआ।

देखो अमर, मेहरा साहब ने हमारी तस्वीरें खींची हैं।....दिखाइए तो मेहरा साहब !'' फिर मुस्कराते हुए बोली, ''बहुत फोटोग्राफर देखे, पर मेहरा साहब को तो कमाल हासिल है इस कला में ?'' तब तक मेहरा साहब ने एक तस्वीर अमर के हाथ में थमा दी और सधे सधाये ढंग से उसकी खूबियां समझाने लगे।

अमला को लगा जैसे कुछे देर पहले तस्वीर खिंचवाते समय उसे यही खयाल आया था। खयाल ही नहीं आया था, उसके मन में इच्छा जागी थी कि अमर भी इन तस्वीरों को देखता, देखकर प्रसन्न होता, प्रसन्न होकर सराहता। उसने सोचा भी था कि यदि न आने की असमर्थता पर क्षमायाचना करता हुआ और खेद प्रकट करता हुआ पत्र आएगा तो वह ये तस्वीरें ही अमर के पास भेजेगी। उत्तर में अमर क्या-क्या लिखेगा, यह भी उसने सोचा था। सराहना मेहरा साहब ने भी बहुत की, पर उसमें उनकी अपनी प्रशंसा थी और अमला चाहती थी कि उसकी सराहना की जाए--उसके लावण्य की, उसके भोलेपन की....पर अमर ने बेहद उदासीनता से, एक के बाद एक, सारी तस्वीरें देख लीं और फिर एक तरफ सरकाते हुए कहा, ''बहुत अच्छी हैं।''

मेहरा साहब को कुछ निराशा हुई और अमला खिन्न हो गई।

''तुम पहले चाय-कॉफी लोगे या नहाओगे ?'' अमला ने पूछा, पर उसे खुद लगा कि उसका स्वर कुछ अधिक ही रूखा हो गया है।

''मैं नहा लेता हूं।'' और बिना किसी की अपेक्षा किए वह उठा। एक क्षण उसने सामने फैले अनन्त समुद्र को देखा, फिर मुड़कर कमरे की ओर चला गया। उसके उठते ही मेहरा भी उठ गए। अमला ने अच्छी तरह भांप लिया--न मेहरा साहब को अमर का आना अच्छा लगा है, न अमर को मेहरा साहब की उपस्थिति, और, उसे दोनों के बीच ही रहना है।

अमला उठी और रेलिंग के सहारे खड़ी होकर समुद्र को देखने लगी।

अमर आ गया, फिर भी वह खुश नहीं हो पा रही है। अमर के खिजलाए-से दो वाक्यों ने अमला की सारी खुशी हर ली। आते ही अमर ने जता दिया कि आकर उसने अमला पर बड़ा एहंसान किया है; और एहसान वह किसी का बर्दाश्त नहीं कर सकती।

सीढ़ियों पर ज़ोर-ज़ोर से गाते हुए दो बंगाली लड़के चढ़े। बाकी लोग शायद समुद्र पर ही रह गए। अमला के आने से दूसरे दिन ही यह दल आया था और अमला के बायीं तरफ के दोनों कमरों में अड्डा जमा रखा था। इनके ठहाके और इनके गीत सारे होटल में गूंजते थे। कई बार अमला का मन होता था कि इनमें शामिल होकर वह भी उन्मुक्त भाव से गाए--पर गाना तो दूर, उनके परिचय तक नहीं पा सकी थी।

एकाएक उसे याद आया कि अमर ने आते ही पूछा कि मुझे तार देकर क्यों बुलाया ? वह फिर पूछेगा तो क्या जवाब देगी ? कह सकेगी कि पुरी में अकेले उसे बड़ा सूना-सूना-सा लगता था....उसे एक साथी चाहिए था, जो उसके साथ घूमता, बातें करता ? हाथी-दांती मीनारों में वह बहुत दिनों तक रह ली, पर पाया कि वहां घुटन और तड़पन के सिवाय कुछ नहीं है। उसने बहुत सहा, सहते-सहते वह टूट गई है, बिखर गई है....अब कुछ समय के लिए वह बनना चाहती है। उन मीनारों से मुक्त होकर धरती पर आकर जीना चाहती है। जीवन को जीवन की तरह जीना चाहती है—और इसलिए उसे अमर की आवश्यकता थी—पर कह सकेगी वह यह सब अमर से ?

एक बड़ी-सी लहर किनारे से टकराई....लगा जैसे कोई सिर धुन-धुनकर रो पड़ा हो और चारों ओर एक गूंज छा गई हो !

तभी कफ के बटन लगाते हुए अमर आया। उसके गीले केश अस्त-व्यस्त हो रहे थे; फिर भी वह थोड़ी देर पहले की अपेक्षा अधिक प्रसन्न लग रहा था। उसने उस विंग की पूरी बाल्कनी पर नज़र दौड़ाई—सारी बाल्कनी में केवल अमला ही रेलिंग के सहारे खड़ी थी और लोग शायद समुद्र पर ही चले गए थे।

"आह, अब जाकर जान में जान आई। थर्ड क्लास में सफर करो तो तबीयत झक हो जाए, और आप हैं कि फरमान भेज दिया—पहली गाड़ी से चले आओ!" और अमर अमला की बगल में आकर खड़ा हो गया। अमला को लगा जैसे अभी अमर का हाथ उसके कन्धे पर आ टिकेगा, इसीलिए वह घूमी नहीं, बस एकटक समुद्र की ओर ही देखती रही !

सामने की भीड़ को लक्ष्य करके अमर ने कहा, "खासी चहल-पहल रहती है वहां तो।" अमला चुपचाप समुद्र की ओर निहार रही थी।

"हां तो अब पिलाओ, क्या पिलाती हो; कॉफी या चाय ?"

"ऐं ?" अमला जैसे चौंकी। फिर पूछा, "बोलो क्या मंगवाऊं ?"

"कॉफी।"

अमला ने एक बार सामने की ओर देखा। वातावरण की कालिमा पानी में भी घुलने लगी थी और किनारे की चहल-पहल के बावजूद एक अजीब-सी उदासी चारों ओर के वातावरण में छाने लगी थी। अमला को लगा, यह सर्द और उदास वातावरण प्रेरक नहीं है; शायद अमर पहले से बहुत अधिक बदल गया है, अधिक जड़ हो गया है, शायद वह कुछ अधिक की अपेक्षा कर रहा

है।

कॉफी की अन्तिम घूंट पीते हुए अमर ने पूछा, "अच्छा तो अब जान सकता हूं कि आपने क्यों बुलाया ?"

"बता दूंगी—पर पहले यह बताओ कि रंजना ने तुम्हें आने दिया ? तार देखकर उसने रोना-धोना नहीं मचाया ?"

"तार उसने देखा नहीं और मैंने बताया नहीं।" फिर कुछ उदास और विरक्त-से स्वर में बोला, "जान भी लेती तो कुछ नहीं करती। अब सारी बात कहने-सुनने से परे चली गई है।" और वह समुद्र के पार कुछ देखने की कोशिश करने लगा। अमर के मन की गहराइयों में कहीं कोई चुभन है, टीस है, इसका अनुमान अमला को हो गया।

"क्या बात है अमर ? अभी भी तुम्हारे और रंजना के बीच कोई अंडरस्टैंडिंग नहीं हो पाई ? तुम उससे यों छिपकर आ गए ? अब, जब उसे मालूम पड़ेगा, तो तुम्हारे सम्बन्ध और बिगड़ेंगे या नहीं ?"

एक क्षण को अमर ने बड़ी ही कातर नज़रों से अमला को देखा, फिर धीरे से बोला, "बेहतर होगा अमला, यदि तुम इस प्रसंग को यहीं समाप्त कर दो।" कहने के साथ ही उसकी आंखों की पुतलियों में तरलता उतर आई। वह कुर्सी से उठा और रेलिंग के सहारे जाकर खड़ा हो गया।

अमला ने एक बार पूरी बाल्कनी में नज़र डाली, फिर उठकर अमर की बगल में खड़ी हो गई। रेलिंग पर टिकी अमर की हवेली को अपने हाथ में लेकर बहुत ही स्नेहिल स्वर में बोली, "इसीलिए तो मैंने तुम्हें बुलाया था अमर !" और उसे खुद लगा जैसे उसका स्वर सध गया है और उसमें सहज स्वाभाविकता आ गई है, "बहुत दिन हो गए तुम्हारी कोई अच्छी चीज़ पढ़ने को नहीं मिली। बताया तो तुमने कुछ नहीं, पर मैंने अनुमान लगा लिया था कि उस वातावरण में तुम ज़रूर घुट रहे होगे, वहां तुमसे कुछ नहीं लिखा जाएगा।"

अपनी बात की प्रतिक्रिया जानने के लिए उसने अमर की ओर देखा। उसे लगा, अमर कुछ कह रहा है, पर समुद्र के गर्जन में वह उसका बुदबुदाना नहीं सुन पाई, शायद वह उससे कह भी नहीं रहा था, अपने से ही कह रहा था।

"मैंने एक अलग कमरा तुम्हारे लिए ले लिया था। चाहती हूं, कुछ समय यहां रहो और एक अच्छी चीज़ समाप्त करके जाओ।"

अमला की मुट्ठी में भिंचा अमर का हाथ सिहरकर ठण्डा हो गया, पर न कुछ बोला, न उसने अपनी दृष्टि ही घुमाई।

बंगाली लड़कों का पूरा दल दरी और तकिये लिए हुए बाल्कनी में आ गया तो अमला अमर को लेकर अपने कमरे में लौट आई। कमरे की रोशनी में पहली बार अमर के चेहरे को भरपूर नज़रों से देखा तो उसका रोम-रोम चीख उठा—पीला निस्तेज चेहरा और भावशून्य तरल आंखें। अमर के इस अव्यक्त, मौन संताप से अमला की कुछ देर पहले की खीझ और खिन्नता अपने-आप ही दूर हो गई।

उसके बालों में अंगुलियां उलझाते हुए बोली, "मुझसे वायदा करो अमर कि मेरे इस बुलाने को सार्थक करके ही लौटोगे !"

अपनी हथेलियों में मुंह को छिपाकर अमर फूट पड़ा, "मुझसे कुछ लिखवा लो अमला ! यदि कुछ दिन और नहीं लिख पाया तो मैं मर जाऊंगा ! सचमुच ही मर जाऊंगा ! लिखने के लिए बहुत कुछ मेरे दिमाग में घूमता रहता है, पर मैं लिख नहीं पाता। अजीब-अजीब से चेहरे, बड़े मनहूस-से चेहरे मेरी आंखों के सामने घूमते रहते हैं, और मैं कुछ नहीं लिख पाता। अब तो लगता है, जैसे मैं कभी भी नहीं लिख सकूंगा। दूसरों को मारकर जो पनपना चाहता है उसे पहले खुद मरना पड़ता है। और कोई मेरी बात पर विश्वास नहीं करेगा, पर तुम कर लो अमला, मैंने कभी किसी को मारना नहीं चाहा, किसी को मारा भी नहीं; फिर भी हत्या का अपराध मेरे सिर पर असह्य बोझ की तरह लदा रहता है और मैं खुद मृतक के समान किसी की लाश को लिए फिरता रहता हूं। मैं...."

अमला टोकती नहीं तो अमर शायद बोले ही चला जाता।

"मैं सब समझती हूं अमर, सब समझती हूं। पर अब तुम लिखोगे ! पीड़ा जब अपने चरम पर पहुंच जाती है, तभी सृजन होता है।"

अमर अमला के कमरे में बैठा हुआ मेहरा की खींची हुई तस्वीरें देख रहा था और पास बैठी अमला यों ही एक पत्रिका के पन्ने पलट रही थी, पर उसका सारा ध्यान अमर के चेहरे पर होने वाली प्रतिक्रियाओं पर था। एक तस्वीर को अमर कभी पास लाकर देखता, कभी दूर ले जाकर—फिर अमला के सामने रखता हुआ बोला, "इसमें तुम 'लाइट-हाउस' जैसी नज़र आ रही हो....दूसरों का पथ-प्रदर्शन करने वाला दीप-स्तम्भ !"

अमला मुस्कराई, "जानते हो, दूसरों का पथ-प्रदर्शित करने वाले दीप-स्तम्भ को स्वयं तिल-तिल करके जलना पड़ता है, वह स्वयं तो शायद जीवन-भर अंधेरे में ही रहता है।"

अमर केवल अमला के चेहरे को देखता रहा....उसकी कही बात का अर्थ समझने का प्रयत्न करता रहा, फिर धीरे से बोला, "बुरा न मानो तो एक बात कहूं ?"

अमला ने जिज्ञासु नेत्रों से अमर को देखा, जिनमें अनुमति के साथ जानने की आतुरता थी।

"आजकल तुमने अपना कवच उतार दिया ?"

"कवच ? मैं समझी नहीं !" सचमुच ही अमर की बात का तात्पर्य वह नहीं समझी थी ?

पांचों तस्वीरों को ताश के पत्ते की तरह मेज़ पर फैलाकर अमर ने कहा, "एक भी तस्वीर में तुम्हारी वह चिरपरिचित मुस्कान नहीं है ? क्या बात है, आजकल उस तरह से मुस्कराना छोड़ दिया ?"

बात ने अमला के मर्म पर चोट की। उसे याद आया—तस्वीरें देखते समय उसे भी यह बात याद आई थी, पर इस रूप में नहीं। 'कवच'....मुस्कराना छोड़ दिया ?'—ये बातें उसे बेध गईं। फिर भी अपने पर संयम रखकर बोली, ''अपने पर कवच डालकर कौन नहीं रहता अमर ?'' अमला के स्वर में ही उसका रोष प्रकट हो रहा था। अमर बीच में ही बोल उठा, ''लगता है, तुम मेरी बात का बुरा मान गईं। मेरा मतलब तो सिर्फ....''

''बुरा मैंने कतई नहीं माना। जितनी सचाई से तुमने कहा है, उतनी ही सचाई से मैं कह रही हूं। एक आदमी भी तुम बता सकते हो, जो अपने असली रूप में सबके सामने आने का साहस रखता हो ? तुम जैसे बाहर से दिखाई देते हो, क्या भीतर से भी वैसे ही हो ? ऐसा होता नहीं अमर ! आदमी चाहे एक बार साहस कर ले पर आसपास वाले उसके उस रूप को कभी बर्दाश्त नहीं कर सकेंगे !''

अमर चुप रह गया। उसकी आंखों में आंखें डालकर अमला ने पूछा, ''मैं जैसी हूं, जो कुछ सोचती हूं, जो कुछ चाहती हूं, वह सब प्रकट कर दूं तो शायद तुम मुझसे नफरत करने लगो ! कवच डालकर जीना कितना कष्टकर होता है, जानते हो ? जो जितने बड़े कवच डालकर रहता है, समझ लो कि वह उतना ही दुःखी है, रात-दिन वह घुटता है, मुक्ति के लिए छटपटाता है। दुनिया को भरमाने के लिए जो कवच ओढ़े जाते हैं, उसमें आदमी पहले स्वयं को भरमाता है और जब....''

''अमला !'' अमला का प्रवाह टूट गया, पर मन की घुटन, मन का दर्द चेहरे पर साकार हो गया।

''आओ, कुछ देर समुद्र पर टहल आएं।''

पुरी होटल से बहुत दूर निर्जन स्थान में रेत पर अमला और अमर दोनों बैठे हैं। सब कुछ बता देने के बाद मन हल्का हो जाता है, पर अमला को लग रहा था जैसे सब कुछ कह देने के बाद उसके मन का बोझ और बढ़ गया है। वे सारी बातें, जिन्हें भूलने के लिए वह पुरी आई थी, एकाएक ही ताज़ा होकर उसके मन को मथने लगीं। वह शून्य नज़रों से समुद्र को देखती रही। अमर की निगाहें बराबर उसी की ओर थीं। अमला जानती है—अमर लगातार उसे ही देखे जा रहा है....एक अजीब-सा उन्माद उस पर छाने लगा ! यों ही लहरों की ओर निहारते हुए वह बोली, ''देखते हो अमर ! दूर क्षितिज में कैसी बड़ी-बड़ी लहरें उठती हैं ! कैसी उच्छृंखलता रहती है उनके उठने में, और कैसा उन्माद रहता है उनकी गति में ! लगता है जैसे किसी से मिलने की दुर्दमनीय चाह लिए, बड़ी उमंग से हुलसती हुई, आगे की लहरों को धकेलती हुई चली आती हैं। अपनी सामर्थ्य का विश्वास उनकी गति को वेग देता है, तो मन की चाह गति को मरती। लगता है, कोई बाधा-बन्धन वे नहीं मानेंगी, दुनिया की कोई शक्ति

उन्हें अपना मनोवांछित पाने के लिए रोक नहीं सकेगी। पर फिर जाने क्या होता है कि बस एक सीमा से आगे वे बढ़ ही नहीं पातीं। वह आत्मविश्वास, वह दुर्दमनीय चाह—सब उस सीमा पर सिर पटक-पटककर रो पड़ते हैं। सीमा से आगे न बढ़ पा सकने की विवशता पर वे चीत्कार कर उठती हैं, सिर धुन-धुनकर रोती हैं, और उसी मजबूरी में बिखरकर चूर-चूर हो जाती हैं। उनकी सारी उमंगों पर, आकांक्षाओं पर झाग का सफेद, सर्द कफन पड़ जाता है। उनके दर्द को, उनकी विवशता को कोई समझ ही नहीं पाता ! लोग तो इसमें भी आनन्द उठाते हैं, इसमें भी सौंदर्य देखते हैं !'' फिर एकाएक अमर की ओर घूमकर पूछा, ''तुम्हीं बताओ अमर, ऐसा क्यों होता है ? क्या ऐसा होना चाहिए ? किनारे पर पहुंची पछाड़ खाती लहरों को देखकर क्या तुम्हें भी ऐसा ही नहीं लगता? इस अपार शक्ति के साथ ऐसी मजबूरी क्यों बांध दी गई है ?....बताओ अमर! एकांत में बैठकर जब इन लहरों को देखती हूं तो यही सब सोचती रहती हूं ....पर मुझे कोई उत्तर नहीं सूझता।''

अमर का सहारा लेकर अर्धचेतन-सी स्थिति में जब अमला अपने कमरे पर पहुंची तो ग्यारह बज चुके थे। बिना कपड़ा बदले वह ज्यों की त्यों पलंग पर जा पड़ी और अपने हाथ से ही पलंग के चारों ओर मसहरी खींच ली। नीले रेशमी धागों के बने असंख्य मकड़ी के जाले चारों ओर फैल गए। लहरें आतीं और हाहाकार करती हुई किनारे से टकराकर चूर-चूर हो जातीं और उनकी प्रतिध्वनि से सारा होटल गूंज उठता।

आज मेहरा चले गए और अमला फिर अकेली रह गई। पिछले आठ दिनों से उसने अपना सारा समय मेहरा के साथ ही काटा था—लड़की की बीमारी का तार पाकर मेहरा अत्यन्त चिन्तित हो उठा था और अमला समझ गई थी कि वह ठहरने का आग्रह भी करेगी तो मेहरा ठहरेगा नहीं और इसीलिए वह चुप रह गई। वह कोई बात कहे और सामने वाला उसे अस्वीकार कर दे, यह आज भी अमला के अहं को बर्दाश्त नहीं होता। उसे अमर की बात याद हो आई।

सूर्यास्त होने में कुछ देर बाकी थी—अमला अमर के कमरे के बन्द दरवाज़े को ठेलकर अन्दर से घुस गई, ''आओ अमर, समुद्र पर चलकर सूर्यास्त देखेंगे।'' अमर मेज़ पर झुककर लिखने में डूबा हुआ था। उसका हाथ जहां का जहां रुक गया। उसने कुछ ऐसे भाव से अमला की ओर देखा मानो वह अमला की बात समझ ही नहीं पाया हो !

''कोई इस तरह भूत बनकर लिखता है ? चलो, उठो।'' और उसने सामने पड़ी कापी बन्द करके एक ओर सरका दी।

''सूर्यास्त देखने मैं नहीं आऊंगा ! तुम चली जाओ।''

''क्यों ?''

''अस्त किसी का भी शुभ नहीं होता और जो अशुभ है उसे हम क्यों

देखें ? डूबते हुए लाल सूरज को देखकर मुझे लगता है जैसे कोई सूर्य की लहूलुहान लाश को समुद्र में फेंक रहा है। यह सब मुझसे नहीं देखा जाता। किसी के अस्त और अवसान में भी सौन्दर्य....'' फिर बड़े ही व्यथित स्वर में बोला, ''यों भी बड़ी कटु स्मृतियां जुड़ी हुई हैं सूर्यास्त के साथ, मैं जा नहीं सकूंगा !''

''देखती हूं, उपन्यास लिखने के दौरान में आदमी एकदम ही नॉर्मल नहीं रह जाता है।'' मुस्कराते हुए अमला ने कहा। फिर कुछ हठ करने के लहजे में बोली, ''आज तो चाहे कुछ भी हो जाए, तुम्हें चलना ही होगा ! हमारे अस्त में दूसरे लोग आनन्द उठाते हैं, तो हम भी दूसरों के अस्त में आनन्द क्यों न लें !'' वह सोच रही थी कि अमर अभी उठकर उसके साथ चल देगा; पर अमर अप्रत्याशित रूप से झल्ला उठा और खीझकर बोला, ''तुमने कहा था न कि तुमने मुझे कुछ लिखने के लिए बुलाया है, तो फिर लिखने क्यों नहीं देतीं ?—क्यों सवेरे से मेरी जान को लगी हो ? सच तो यह है कि तुमने मुझे अपने लिए बुलाया है। तुम चाहती हो कि मैं रात-दिन तुम्हारे पीछे घूमता रहूं। तुम्हारी हर छोटी-बड़ी इच्छा पूरी करूं....मैं....''

क्रोध से कांपते हुए अमला केवल इतना ही कह सकी, ''जब होश में आ जाओ, तभी मुझसे बात करना !'' और कमरे से निकलकर उसने ज़ोर से दरवाज़ा बन्द कर दिया। उस दिन वह अकेली ही समुद्र पर निकल पड़ी, पर अचानक ही जब उसे वहां कन्धे में कैमरा झुकाए मेहरा मिल गया, तो वह उसी के साथ हो ली। दोनों ने साथ पुरी का मन्दिर देखा था, मेहरा ने उसकी तस्वीरें खींची थीं और जब रात साढ़े दस बजे दोनों होटल लौटे थे, तो अमर को रेलिंग के सहारे खड़े सिगरेट पीते देख अमला को बड़ा सन्तोष मिला था।

''कल सवेरे की चाय आप मेरे ही साथ पी रहे हैं मेहरा साहब !'' उसने अमर को सुनाते हुए ज़ोर से कहा था।

और फिर तो चाय, खाना, घूमना—सब इस तरह साथ-साथ होने लगा जैसे दोनों साथ ही आए हों, साथ ही ठहरे हों।

मेहरा अमला के लिए उड़ीसा हैण्डलूम की नीले रंग की एक सुन्दर साड़ी लाया तो उसने उसी शाम को उसे पहना, लम्बे अर्से के बाद माथे पर बिन्दी लगाई। वह बाल्कनी में खड़ी मेहरा का ही इन्तज़ार कर रही थी कि कमरा खोलकर अमर निकला। अमला के वेश पर वह चौंका था, और उस चौंकने के जवाब में वह मुस्कराई थी....

मेहरा के साथ रिक्शा में बैठकर वह सारा शहर घूमने निकली। बड़ी लापरवाहयुक्त सतर्कता से मेहरा का हाथ उसकी पीठ से लिपटा पड़ा था। ऊंचे-नीचे रास्तों पर झटके लगते और मेहरा के हाथ का दबाव बढ़ जाता ....वह स्पर्श, वह दबाव....अमला सब समझती थी, फिर भी वह हंसती रहती, खिलखिलाती रहती....

मेहरा तस्वीरें खींचता तो कभी उसका पल्ला ठीक करने के बहाने उसके

सारे बदन में सिहरन की लहरें दौड़ा देता, कभी दोनों हथेलियों में उसका चेहरा भींच उसके गाल सुर्ख कर देता।

उस दिन समुद्र में दोनों साथ नहाए, हाथ पकड़कर दोनों दूर तक आगे बढ़ गए। लहर आती तो दोनों सिर झुकाकर नीचे हो जाते। लहरों के वेगमय प्रवाह में अमला बड़ी असमर्थ-सी मेहरा की बांहों में अपने को समर्पित कर देती और फिर जल के तरल आवरण के नीचे क्षणांश के लिए दो शरीर एक हो जाते।

उस रात वह सोई तो बार-बार उसे लगता जैसे समुद्र की विकराल लहरों में वह डूबी चली जा रही है....जैसे किसी बड़ी-सी लहर को देखकर उसने सिर नीचा कर लिया है, पर वह लहर है कि लौटती ही नहीं और उसका दम घुट रहा है। एकाएक उसकी आंखें खुल गई थीं; पर दम घुटने की भावना तब भी बनी हुई थी। उसने मसहरी हटा दी, सारी खिड़कियां खोल दीं। बाल्कनी वाली खिड़की खोलते ही हल्की चांदनी में फैला समुद्र दिखाई दिया। उसका मन हुआ, फिर से जल का तरल आवरण उस पर पड़ जाए....फिर से....बाकी रात अजीब कम्पन और पुलकन के बीच ही बीत गई।

आज सवेरे लड़की की बीमारी का तार पाकर एकाएक ही मेहरा चला गया और अमला फिर अकेली रह गई। सारा दिन कमरे में अकेले लेटे-लेटे अमला ने बिता दिया, पर सांझ होते ही समुद्र की लहरों का आमंत्रण उससे अनसुना न किया गया।

निकली तो देखा, अमर के कमरे का दरवाज़ा बन्द था। एक बार मन हुआ, दरवाज़ा खटखटाए....पर नहीं, आगे होकर वह उसके पास नहीं जाएगी। अकेले चलते हुए उसे बार-बार लगता जैसे अभी किसी बात पर 'हो-हो' करके हंसता हुआ मेहरा उसके साथ हो जाएगा। चलते-चलते वह थक गई तो रेत में बैठ गई; और जब बैठा रहना भी भारी लगने लगा तो लेट गई। वह भूल गई कि यों इस निर्जन तट पर अकेले लेटना उसके लिए अशोभनीय है। बन्द आंखों के सामने भी कितने स्पष्ट चित्र बन-बिगड़ रहे थे....स्मृतियों की लहरें एक के बाद एक आकर टकरा रही थीं....

"अमला !"

अमला ने चौंककर आंखों पर से बांहें हटाईं। देखा, सामने अमर खड़ा था। वह उठ बैठी।

"होटल से इतनी दूर आकर तुम यहां अकेले में यों पड़ी हो ? कुछ समय का भी ज्ञान है तुम्हें ?" अमला कुछ बोली नहीं, बस जड़वत् त्यों की त्यों बैठी अमर को देखती रही। अमर धीरे से उसके पास बैठ गया।

"अमला ! चलो उठो, लौट चलो।" स्नेह से उसके कन्धे पर हाथ रखकर अमर ने कहा।

"सामने इस समुद्र को देख रहे हो अमर ? खुले आसमान के नीचे बिखरी

इस जल-राशि को छोड़कर तुम्हें होटल का कमरा अधिक प्रिय है ? कैसे लेखक हो तुम ! मेरा तो मन करता है—जीवन-भर यहीं पड़ी रहूं, बस ऐसे ही समुद्र का मंथन देखती रहूं....'' और अमला ने अपने कन्धे पर रखे अमर के हाथ को खींचकर उसे अपने पास बिठा लिया, ''ये लहरें मुझे हाथ उठा-उठाकर बुला रही हैं। मैं आज जाऊंगी, ज़रूर जाऊंगी ! अब और अधिक अपने पर नियंत्रण नहीं रख सकूंगी।''

मंत्रमुग्ध-सी देखती हुई अमला के होंठ अनायास गुनगुना उठे, ''तीर पर कैसे रुकूं मैं, आज लहरों में निमन्त्रण....आज लहरों में निमन्त्रण....आज लहरों में निमन्त्रण....'' एक ही पंक्ति को उसने कई बार दुहराया।

फिर उठती हुई बोली, ''चलो अमर, तुम भी चलो ! उठो न ! तुम्हें बहुत तकलीफ है न, मन में बड़ी तपन और अशान्ति है न, तो आओ चलो....''

''अमला !'' भर्राए-से स्वर में अमर बोला। अमला के इस उन्माद से वह कुछ भयभीत-सा हो उठा।

''तुम डरते हो ? डरो नहीं, मैं तुम्हारे पास हूं....''

''अमला, बहुत बड़ी-बड़ी लहरें आ रही हैं, पीछे हटकर बैठो !....कोई लहर बहाकर साथ ले गई तो....''

हा-हा, करके अमला हंस पड़ी, ''कोई लहर मुझे बहाकर नहीं ले जाएगी अमर, बस केवल भिगोकर लौट जाएगी। जानते हो जब भी कोई लहर भिगोकर लौट जाती है तो खारे पानी के कारण बदन चिटचिटाता है, फिर भी मन करता है—और लहरें आएं, मुझे भिगोएं और भिगोएं....मैं बस भीगती ही रहूं।''

अमर ने अपनी पूरी ताकत से खींचकर अमला को पीछे घसीट लिया। अमला पेट के बल उलटी लेट गई—ऊपर से नीचे तक गीले वस्त्र, खुले गीले केश, दोनों कुहनियों को रेत में गड़ाकर हथेलियों में टिकी अमला की ठोड़ी, और पास अमर बैठा....

''कैसा भयंकर रूप है आज समुद्र का ! मुझे तो समुद्र का यही रूप अच्छा लगता है—अशान्त, उद्वेलित, आलोड़ित, भीषण गर्जन करता हुआ !'' अमला का स्वर कांपने लगा, लगता है आज लहरें किनारे के इस व्यवधान को नहीं मानेंगी....आज ये अपनी सीमा-मर्यादा को तोड़कर सब कुछ तहस-नहस कर देंगी—यदि ऐसा होगा तो कितना अच्छा होगा ! फिर तुम मुझे कहीं भी घसीटोगे पर बचा नहीं पाओगे ! किसी तरह नहीं बचा पाओगे !''

मोहग्रस्त-सी अमला कुछ न कुछ बोले चली जा रही थी। उसके कुछ शब्द अमर के कानों में पड़ते तो कुछ समुद्र की गर्जन में ही खो जाते। पर अमर के लिए अमला का यह रूप नया ही था—एकदम नया।

एकाएक चित लेटकर अमला ने अमर का हाथ अपने हाथ में लिया और बोली, ''समुद्र की इस चंचलता और अधीरता के बीच भी तुम शान्त कैसे रह सकते हो अमर ? निरुद्विग्न-निर्विकार !'' और उसने खींचकर अमर का हाथ

अपने वक्षस्थल पर दबा लिया। अमला अमर के हाथ को दबाती रही और फिर उसने महसूस किया कि अमर की जड़-निस्पन्द उंगलियों में जैसे चेतना आ गई है और वे स्वेच्छा से थिरकने लगी हैं। अमला ने आवेश में आकर अपनी दोनों बांहें अमर के गले में डाल दीं और अमर को अपने पर झुका लिया, फिर ज़रा-सा सिर उठाकर अमर के अधरों पर अपने अधर टिका दिए। अमर का सिर अमला की छाती पर टिक गया।

पागल बना देने वाली एक चाह अमला के मन में उठी—कोई लहर उन दोनों को ऐसे ही बहा ले जाए, उनको ढक दे, उन पर इस तरह छा जाए कि वे दोनों एक हो जाएं....एक, बिलकुल एक !

अमर ऊबा-सा, जड़-सा अमला की छाती पर लेटा था....जो कुछ आज हुआ, शायद वह उस सबके लिए तैयार नहीं था....वह इस सबकी कभी कल्पना भी नहीं कर सकता था।

दो क्षण भी न बीते होंगे कि अमला ने एक झटके से अमर को अपने से दूर कर दिया, "डरो नहीं अमर, मैं कुछ नहीं करूंगी। कहा था न कि जिस दिन आवरण उतारकर तुम्हारे सामने आऊंगी, उस दिन तुम भी मुझे सहन नहीं कर सकोगे...." और वह बदन से चिपके, गीले, अस्त-व्यस्त कपड़े, मिट्टी सने, गीले-छितराए केश संवारती हुई होटल की ओर चल पड़ी, उद्भ्रान्त-सी लड़खड़ाती हुई। विमूढ़-सा अमर उसके पीछे चला। एक बड़ी-सी लहर भीषण गर्जन करती हुई अमला के पैरों के पास ही बिखरकर चूर-चूर हो गई। एक क्षण को अमला ठिठकी, चारों ओर फैले हुए फेन को देखा और फिर चल दी। अमर ने बीच में उसे सहारा देना चाहा तो झिड़क दिया, "तुम्हारे सहारे की ज़रूरत नहीं है अमर ! अशक्त होकर भी आज अमला इतनी निर्बल नहीं कि उसे तुम्हारे सहारे की ज़रूरत हो।"

कभी सूखे में आकर पैरों से रेत उछालती और कभी नीचे आकर लहरों में पैर धोती वह आगे बढ़ती गई—बढ़ती गई। उसने एक बार मुड़कर देखा तक नहीं कि अमर पीछे-पीछे आ रहा है या जहां का तहां खड़ा रह गया है।

खट....खट ! अमर ने सुना, पर उसे लगा, वह उठ नहीं पाएगा। मोहग्रस्त, तन्द्रिल-सी अवस्था में लेटा अमर....दूर-दूर तक फैला, अन्धकार में डूबा समुद्र, गीली-गीली ठण्डी रेत और पास में लेटी, उन्मादी आंखों से निहारती अमला ? लहरें आतीं और भिगो जातीं।

खट....खट.... !

आवाज़ है कि बढ़ती ही जा रही है। पर अमर उठ नहीं पाता। उसे लग रहा है जैसे आवाज़ कहीं दूर से आ रही है, जैसे पड़ोस का बंगाली-दल तबला ठोंक रहा है और अभी रवीन्द्र-संगीत की कड़ियां लहरों पर तैरती हुई सारे होटल में गूंज जाएंगी। पर उसके कानों में रवीन्द्र-संगीत की जगह कभी बच्चन के

गीत की कुछ कड़ियां गूंज उठतीं, तो कभी किसी शेर की कोई पंक्ति—बहुत धीमे, बहुत अस्पष्ट।

भड़-भड़-भड़ ! ज़ोर-ज़ोर से कोई दरवाज़ा पीट रहा है।

हड़बड़ाकर अमर उठता है—दरवाज़ा खोलता है। सामने बैरा खड़ा है, होटल का मैनेजर खड़ा है।

''क्या बात है अमर साहब ! सवेरे से आपका दरवाज़ा बन्द है ? कितनी बार खटखटाया गया, कोई खोलता ही नहीं ! हम तो बहुत डर गए साहब ....होटल में कभी-कभी ऐसी वारदातें....'' घबड़ाया हुआ मैनेजर अंग्रेज़ी में बोले चला जा रहा है और अमर है कि बड़ी अपरिचित और हैरत-भरी निगाहों से देख रहा है—बैरे को, मैनेजर को, अपने चारों ओर। जैसे कुछ उस पर छाया हुआ है और जिसे चीरकर वह देखना चाहता है, पहचानना चाहता है। यह पुरी का होटल नहीं, कन्याकुमारी का होटल है। सामने टेबल पर कापी खुली रखी है। सवेरे तीन बजे तक उसने लिखा है....केवल लिखा नहीं, उन क्षणों को फिर से जिया है, उन्हीं अनुभूतियों से गुज़रा है....

उद्भ्रांत-सी लड़खड़ाती अमला को उसने जाते हुए देखा। उसका मन हुआ था, दौड़कर वह अमला को सहारा दे दे, पर चाहकर भी उससे उठा नहीं गया था। नीली मसहरी में लेटी अमला और रोती अन्ना, ''अमला बिटिया का क्या होगा अमर बाबू ? वे पागल हो गई हैं !....''

''आप नहा लीजिए साहब तो खाना ले आऊं। दो बज गया है !'' झुंझलाता हुआ बैरा बोला।

''दो बज गया ?'' अमर ने दोहराया।

बैरा चला गया तो अमर को लगा जैसे एकाएक ही वह अकेला हो आया है, बहुत अकेला। पिछले बीस दिनों से वह रंजना, अमला, मन्दा और टण्डन के साथ था। उसने एक बार फिर से अपनी छाती पर रंजना के आक्रोश-भरे मुक्के सहे हैं....नर्सिंग-होम से उतरते हुए उसके मायूस चेहरे को देखा है—देखा ही नहीं, उसी मायूसी में घिरे रहकर दो दिन बड़े ही मनहूस-से बिताए हैं। हर बात पर फटकार देने वाली मन्दा और हर बात पर उपदेश झाड़ने वाले टण्डन को सफाई दी है; हाथी-दांती मीनारों में बैठी, होंठों पर मुस्कान लपेट, भीतर ही भीतर कहीं सिसकती, बिसूरती अमला को देखा है....पर अब, इस समय ?....

कमरे का सूनापन और अधिक घना हो आया है, मन की उदासी और गहरी और बोझ और अधिक भारी और अधिक असह्य हो उठा।

सिगरेट सुलगाकर अमर खिड़की पर आ खड़ा हुआ।

दूर तक फैला हुआ समुद्र—धूप में झिलमिलाता जल और दूर से आ-आकर किनारे से टकराती लहरें !

दूर से आती एक लहर पर उसने अमला को देखा—हाथ में तार और आंखों में आंसू लिए अमला, "अमर पिताजी नहीं रहे ! यों तो वे बूढ़े हो गए थे पर फिर भी मुझे लगता है, वे अपनी मौत नहीं मरे। उन्हें मारा गया है, किसी ने उन्हें मार दिया !"....सिसकियां, हिचकियां....

फर्स्ट क्लास के कम्पार्टमेन्ट में खड़ी अमला, "इस बार तुम्हें बहुत तकलीफ दी अमर, अब कभी नहीं दूंगी। कौन जाने हमारी यह मुलाकात ही आखिरी मुलाकात हो, और यह विदा ही आखिरी विदा। मैं मर जाऊं तो मेरी कहानी लिखना...."

वह लहर किनारे पर आकर टकराई और बिखरकर चूर-चूर हो गई। जल के फैनीले उफान में अमला डूब गई।

"मेरी गोदी में सिर रखकर कितना-कितना रोई है, अमर ! पत्थर होता तो भी पिघल जाता। जानते हो, पिछले कई दिनों से वह रोना भूल ही गई थी, पर उस दिन...." और मन्दा ने आंखें पोंछ लीं।

"नहीं, यह तुम दोनों के पक्ष में अच्छा ही हुआ। साथ रहकर यों तिल-तिल घुलने का अर्थ ही क्या हुआ ? नौकरी भी उसे यहां से अच्छी मिली है। अब तुम लिखो, खूब लिखो !...." टण्डन के लहजे में सहानुभूति थी या व्यंग्य, अमर नहीं समझ पाया था। टण्डन के यहां से लौटकर रात में जब वह सोया तो बगल की खाली जगह उसके मन में, उसके जीवन में एक खालीपन का, खोखलेपन का बोध कर रही थी। तकिये में मुंह गड़ाकर अमर फूट पड़ा—'मैं निरपराध हूं रंजना, बिलकुल निरपराध ! पुरी में उस रात अमला के मनुहार-भरे, उन्माद-भरे आमंत्रण पर भी मैं जड़, निश्चेष्ट बैठा रहा, क्योंकि मुझे तुम्हारा ही खयाल था। वह सब करना, तुम्हारे साथ धोखा करना था, अन्याय करना था और मैं तुम्हें धोखा नहीं दे सकता था, तुम्हारे साथ अन्याय नहीं कर सकता था, क्योंकि मैंने तुम्हें प्यार किया था, आज भी करता हूं।"

और फिर अमर सारी रात ही तो रोया था....सुबक-सुबककर, फूट-फूटकर!

उन आंसुओं में अमर के सारे सपने बह गए थे, भविष्य की सारी योजनाएं बह गई थीं, उसकी सारी दुनिया और जीवन का रस बह गया था....

ट्रे में सजा हुआ खाना लेकर बैरा घुसा, "अरे आप नहाए नहीं, सा'ब ! मैं खाना...."

"खाना ले जाओ और थोड़ी देर बाद कॉफी लेकर आना" बिना पीछे मुड़कर देखे ही अमर ने आदेश दिया।

सिगरेट का आखिरी कश खींचकर उसने सिगरेट के टुकड़े को खिड़की पर रगड़ा, फिर उस बुझे हुए सिरे को देखता रहा....

पिछले पांच वर्षों से वह भी इस सिगरेट की तरह ही जला है—इस अवधि में बूंद-बूंद करके उसका व्यक्तित्व रिसा है और वह बुझता चला गया

है। अनचाही नौकरी ने उसे पिया और धुआं उड़ाकर छोड़ दिया है....और वह है कि आज भी उसी धुएं के बादलों में धुंधली आकृतियां देख रहा है.... बनते-बिगड़ते चित्र। वह चाहता है कि उन्हें फिर से पकड़ ले....उन्हीं में घुल-मिल जाए, पर वे हैं कि फिसल जाते हैं।

पैरों में चप्पल डालकर उसने दरवाज़ा बन्द किया और समुद्र के किनारे चलते-चलते दूर निकल गया। चारों ओर बिखरी धूप, झिलमिलाता पानी और सूना निर्जन समुद्रतट !

सिगरेट जलाकर उसने होंठों से लगाई और दोनों बांहों को अपने सीने पर लपेट लिया। हवा में उसके बाल, उसका कुर्ता उड़ रहे थे।

भूले-बिसरे गीत की बिखरी-बिखरी कड़ियां उसके कानों में टकराईं—"तीर पर कैसे रुकूं मैं आज लहरों में निमन्त्रण.... !" और अनायास ही उसके होंठ गुनगुना उठे :

"वक्ष पर युग बाहु बांधे,
मैं खड़ा सागर किनारे।
वेग से बहता प्रभंजन,
केश-पट मेरे उड़ाता...."

पहली बार अमर को एहसास हुआ—गलत अर्थों में अमला ने इन पंक्तियों का प्रयोग किया था, फिर भी कितना सार्थक कर दिया था !

हवा आई और अमर को रेत में नहलाती हुई निकल गई । उसने दोनों आंखों को मला। आंखें खोलीं तो जैसे समुद्र के इस छोर से उस छोर तक कुछ कौंध गया। लगा, जैसे अमला कहीं मुस्कराई है।

वेग से आती एक बड़ी-सी लहर चीत्कार करती हुई बिखर गई और चारों ओर फेन का पारदर्शी आवरण बिछ गया।

अमर को लगा, जैसे उसे कोई झकझोर-झकझोरकर बड़े ही कातर स्वर में पूछ रहा है, 'तुम्हीं बताओ अमर ! ऐसा क्यों होता है ? इस अपार शक्ति के साथ ऐसी मजबूरी क्यों ? लहरों के उन्माद और उमंगों की परिणति इन विवश, करुण चीत्कारों में....क्यों....क्यों....क्यों ?'

एक और लहर आई और बिखरकर चूर-चूर हो गई। अमर को उस फेनीले पारदर्शी कफन के नीचे होंठों पर निष्प्राण-सी मुस्कान लपेटे कभी अमला दिखाई देती तो कभी सिसकती मायूस रंजना।

उसका मन हुआ, वह भी उन्हीं लोगों के बीच जाकर लेट जाए और उस पर भी फेन का झीना तरल कफन पड़ जाए।

■■■

अपना-अपना वक्तव्य

राजेन्द्र यादव का वक्तव्य

"अरे !" मन्नू एकदम बोलती है, "वो पठान !"

"कहां ?" मैं अचानक बौखला उठता हूं—इधर-उधर देखने लगता हूं।

"वो क्या है सामने, किताबों की दुकान पर ?"

अब तक मैंने भी भीड़ के पार देख लिया है—दुकान में लगी किताबों पर निगाहें टिकी हैं और उन्हें देखते-देखते ही सिर इस प्रकार क्रमशः ऊंचा उठता चला जा रहा है जैसे छत पर जाने के लिए सीढ़ियां गिन रहे हों। मैं एकदम रुक जाता हूं। अब क्या हो ?" सहायता के लिए इधर-उधर देखता हूं, "आओ इस 'बाटा' की दुकान में घुस जाएं। अगर लौटेंगे तो दीख जाएंगे।"

"लेकिन ऐसी क्या मुसीबत है ? क्यों नहीं अपना चैप्टर लिखकर भेज देते ?" मन्नू को बहस करते देखकर मैं परेशानी से उसका हाथ खींचकर कहता हूं, "ओ हो, ये बहस का मौका नहीं है।"

"लेकिन मेरा नम्बर थोड़े ही है इस बार, जो मैं जाऊं ? आपका है, आप जाओ।" मन्नू को हमेशा खतरनाक अवसरों पर सत्य-कथन का महत्त्व पता चलता है। इतने में पठान की निगाह हमारी ओर उठ जाती है। वहीं से दोनों हाथ बढ़ाकर बोलता आता है, "आहा, मैं तो सोच ही रहा था कि कल ऑफिस जाते हुए....। इस बार अंक जल्दी निकाल देना है....।" और पकड़े जाने पर मैं 'हें-हें' करके अपनी मजबूरी की सफाई देता हूं।

शरद देवड़ा का नाम हम लोगों ने रख लिया है 'पठान'। मान लीजिए, मन्नू को चैप्टर लिखना है। समय बहुत निकल गया है। सुबह हर पल धड़का है कि किसी भी क्षण, पठान-इन-चीफ या उनके किसी सिपहसालार के दर्शन होंगे। दरवाज़े पर खट्-खट् होती है। मैं खोलने उठूं कि मन्नू दौड़कर आती है—"देवड़ा जी होंगे। मैं गुसलखाने में जाती हूं, आप कह देना कि कॉलेज चली गई।" "मैं सुन रहा हूं।" बाहर से दुष्ट आवाज़ आती है, और हम सब लोग हंस पड़ते हैं। मन्नू पठान को कॉफी पिलाती है, नाश्ता कराती है....लेकिन पठान है कि हर तीसरी सांस में...."हां, तो वो चैप्टर.... ?"

लेकिन देवड़ा पठान ही नहीं, सम्पादक भी हैं। एक बड़ी महीन चाल चलते

हैं, ''भई, कुछ कहो, हमें तो मन्नू जी के चैप्टर ज्यादा पसन्द आते हैं। हमारे सारे पाठकों को भी उन्हीं के अध्याय ज्यादा पसन्द हैं। तुम्हारे कुछ गरिष्ठ हैं....।'' इतना ही नहीं, वे जान-बूझकर उन्हीं पत्रों को छापते और रिडायरेक्ट करते हैं, जिनमें मन्नू के अध्यायों की प्रशंसा हो। मैं हंसकर टाल देता हूं, ''यार, ये तो तुम्हारी बहुत पुरानी कमज़ोरी है। तुम्हें मेरे सिवाय संसार का हर लेखक महान और प्रशंसनीय लगता है। मैं भी कहीं कलकत्ता से बाहर रहता होता और कुछ दिनों को यहां आता, तो....'' देवड़ा के जाते ही मन्नू खुश होकर कहती है ''देखा, मेरे चैप्टर अच्छे जा रहे हैं....''

''यह तो इसकी चाल है।'' मैं समझाता हूं, ''मेरे भीतर हीन भाव पैदा कर दो और तुम्हारी प्रशंसा करते रहो....उपन्यासांश समय पर मिलते रहेंगे....।''

''कुढ़ो, कुढ़ो !'' मन्नू चिढ़ाती है। फिर सहसा सुप्त होकर कहती है, ''लेकिन इस बार क्या होगा ? नौकर का अभी तक इन्तज़ाम नहीं हुआ है, आपसे इतना भी नहीं होता कि नौकर की तलाश कर दो। लीला बेचारी क्या-क्या करे....? वो घर का काम करे तो 'बेबी' ? नया-नया कॉलेज है। इन सबके बीच चैप्टर की बात उठती ही नहीं। मैं साफ कहती हूं, जब तक रसोई में 'सिंक' नहीं लगेगा मैं कुछ भी नहीं लिखूंगी।''

और मन्नू का उपदेशात्मक धाराप्रवाह भाषण शुरू हो जाता है, जिसका विषय होता है कि उसके भाइयों, जीजाओं की तुलना में मैं कितना 'अहदी' जीव हूं....उनमें से कोई होता तो क्या एक दिन भी बिना नौकर यों उसे परेशानी उठानी पड़ती ? रसोई में तीन-तीन सिंक लग जाते (उसके सबसे फुर्तीले भाई साहब पिछले बारह साल से एक ऐसे मकान में हैं जिसे बदलने की बात दिन में कम से कम दो बार सोच लेते हैं) तथा अन्य पतियों के मुकाबले मैं एकदम हीन और असफल हूं। फिर पठान का खयाल आता है तो बात बीच में तोड़कर कहती है, ''देवड़ा जी से कह दीजिए मेरे दिमाग में कुछ भी नहीं है लिखने को।'' मैं पूछता हूं, ''इस बार क्या सूचना जाएगी ?—कि लेखिका के घर नौकर नहीं था। रसोई में सिंक नहीं लगा था और कलकत्ता में मच्छर बहुत थे....''

कुछ इस तरह की आंख-मिचौली के बीच 'एक इंच मुस्कान' का एक-एक अध्याय लिखा गया है। आज सोचता हूं कि अमला-रंजना-अमर की खींचतान ने यह उपन्यास नहीं लिखाया, लिखाया है पाठकों और मित्रों के आत्मीय दबाव ने....पठान के डर और सम्पादकीय चालाकी ने। मन्नू कहती, ''इस बार आपके अमर की ऐसी रेड़ करूंगी कि सब लोग थू-थू करें....।'' मैं जवाब देता, ''ज्यादा, तीन-पांच करोगी तो तुम्हारी रंजना को ले जाकर ओखला में डुबा दूंगा.... !'' मन्नू अपनी ट्रम्प-चाल चलती, 'आप चाहे जितने शीर्षासन कर लो....आपके चैप्टर निहायत-निहायत बोर हैं.... !''

''तुम्हारे पाठकों को कुशवाहाकान्त पढ़ने की आदत है'' और मैं सुस्त हो जाता। यह सम्पादकीय चालाकी काम कर गई थी और मुझे हमेशा मन में एक

बोझ-सा महसूस होता रहता था कि मेरे चैप्टर उतने सरस नहीं जा रहे हैं जितने मन्नू के। मन्नू के लिखने में प्रवाह और निर्व्याज आत्मीयता है, और मेरी शैली बहुत सायास और बोझिल है....यह बात कुछ ऐसे कौशल से फिज़ा में भर दी गई कि जहां कोई कहता....आप लोगों का उपन्यास ज्ञानोदय में....कि मैं बीच में ही काटकर बोल पड़ता, 'जी हां और उसमें मन्नू जी के चैप्टर बड़े रोचक जा रहे हैं....!' धीरे-धीरे मैंने पाया कि उपन्यास को मेरे लिए चैलेंज-चुनौती का रूप दे दिया गया है। और कठिनाई यह थी कि यहां मेरी लेखकीय शक्ति दो भागों में बंट गई; इस चैलेंज को स्वीकार करूं या उस उपन्यास को सिर्फ एक कथा-प्रयोग—कौतुक—होने से बचाऊं। हस्बमामूल मन्नू मेरी खिलाफ पार्टी में थी। सहयोगी-लेखिका, प्रतियोगी-लेखिका हो गई थी।

इन सारी आन्तरिक कठिनाइयों के साथ यह सहयोगी-उपन्यास समय और शक्ति का इतना बड़ा बलिदान मांगेगा—अगर इस बात का कुछ भी अन्दाज़ हमें होता तो शायद इसे प्रारम्भ करने की हिम्मत भी हम लोगों की न पड़ती; फिर चाहे भाई लक्ष्मीचन्द्र जी कितनी ही सान पर क्यों न धरते ! निन्दक नियरे रखने की बात तो तुलसी या रहीम ने ज़रूर कही थी, लेकिन घर में प्रतियोगी और बाहर निन्दक खड़े करने का नुस्खा मुझे तो किसी वैद्य ने नहीं तजवीज़ा था, और न ही मानसिक स्वास्थ्य के लिए डेढ़ साल इस 'औपन्यासिक तनाव' में जीने की बात कहीं पढ़ी थी। श्री लक्ष्मीचन्द्र जैन निहायत सज्जन, शिष्ट और स्नेही व्यक्ति हैं और मेरे आदरणीय भाई का पद संभाले हैं; लेकिन उन्होंने मुझे इस प्रकार की कठिनाइयों में डाल दिया, इसका ज्ञान मुझे हुआ उपन्यास प्रारम्भ करने के सवा-साल बाद श्री जैनेन्द्र जी से बातचीत करते हुए। अपनी स्वाभाविक मुद्रा में आंखें बन्द करके एक बात के उत्तर में जैनेन्द्र जी ने एक सुन्दर-सी सूक्ति दी, 'गुड इज़ दि एनिमी ऑफ ग्रेट'। मेरे मन में अचानक कौंधा....गुड अर्थात् श्री लक्ष्मीचन्द्र जैन....

बात सन् 60 दिसम्बर के प्रारम्भ की है। श्री लक्ष्मीचन्द्र जी और श्रीमती कुन्था जी हमारे यहां चाय पीने आए थे। चर्चा 'ग्यारह सपनों का देश' के कथा प्रयोग पर होने लगी। 'प्रतीक' का 'बारह खम्बा' पांच-छः खम्बों से आगे बढ़ा था और 'ग्यारह सपनों का देश' जैसे-तैसे पूरा हो गया था....यह खुशी की बात ज़रूर थी, लेकिन प्रयोग बहुत संतोषजनक था, ऐसा कहना गलत होगा। कुछ लेखक कथा से आगे थे, कुछ चरित्रों से....और उपन्यास क्या था लावारिस भेड़ थी....जिसका जिधर मन हुआ हांक ले गया। उपन्यास के अध्यायों से ज्यादा रोचक, उपन्यास के लेख थे—जिसमें अपने-अपने ढंग से हरेक ने दूसरों को गालियां दी थीं—(सिर्फ एक लेखक ने 'अपने' पात्र की मृत्यु पर बाकायदा पंजाबी शैली में सियापा किया था और अभिशाप दिए थे।) तो इस पर हम सभी सहमत थे कि 'सब मिलाकर प्रयोग बेहद रोचक रहा और पाठकों-लेखकों को समान-रूप से आनन्द आया। लेकिन है बड़ा सिरदर्द।' लक्ष्मीचन्द्र जी बोले, ''एक-एक चैप्टर

जुटाने में निहायत परेशानी उठानी पड़ती है। ग्यारह सपनों के हर चैप्टर के लिए कितनी-कितनी मुसीबतों का सामना करना पड़ा है—यह हम ही जानते हैं। इसलिए इस प्रकार की कोई और चीज़ हाथ में लेते बड़ा डर लगता....।''

''वैसे क्या कोई ऐसी चीज़ शुरू करने का इरादा है ?'' प्रश्न के साथ ही अचानक एक सुझाव दिमाग में आया, लेकिन कोई चीज़ इसी तरह की शुरू करें तो इस बार अच्छा हो कि ''लेकिन अपनी थीम डिस्कस कर लें....।''

''परेशानी तो वही है। सब कुछ हो जाता लेकिन समय पर चैप्टर नहीं मिलता। हिम्मत नहीं पड़ती इसलिए।''

''मन्नू जी आप क्या लिख रही हैं ?'' इस बीच में कुन्था जी ने मुन्नू से सवाल कर दिया था। उन दिनों मन्नू की कहानी 'यही सच है' की बड़ी चर्चा थी। कुन्था जी उसकी तारीफ करने लगीं, तो मन्नू ने बताया कि वस्तुतः वह एक उपन्यास है—अब सुविधा होते ही उसे लिख डालना है। और जैसी कि मन्नू की आदत है, वह अपनी किसी रचना का प्लॉट बताने लगी। बोली, ''इस बार मेरी इच्छा है एक ऐसी चीज़ लिखी जाए जिसमें एक ही समय, एक ही स्थिति और एक ही परिस्थिति को विभिन्न पात्रों के एंगिल से लिया जाए। इन्होंने एक उपन्यास बताया था....''

मन्नू को अपनी ओर देखते हुए पाकर मैंने बताया, ''श्री अमृतलाल नागर ने मुझे विकी-बॉम का एक उपन्यास पढ़ने को दिया था—'मैन नेवर नो।' उसका शिल्प यही है। पहला परिच्छेद है—'हवाई जहाज़ छूटने से पांच मिनट पहले—'ही' (पुरुष)—यानी सारी कहानी पुरुष के कोण से। दूसरा परिच्छेद—हवाई जहाज़ छूटने से पांच मिनट पहले—'शी' (नारी)—यानी वही लोग, वही परिस्थिति और वही समय, नारी के कोण से। तीसरा परिच्छेद—'हस्बैण्ड' (पति) हवाई जहाज़ छूटने से पांच मिनट पहले।' सारी कहानी पति के कोण से। इस प्रकार एक ही समय-स्थिति को तीन उपस्थित पात्रों की ओर से कहा गया है और कहानी हर बार नई हो जाती है। बंगला में भी एक ऐसा ही प्रयोग हुआ है कि....''

ध्यान से सुनकर लक्ष्मीचन्द्र जी बोले, ''तब फिर एक काम क्यों न करें। अनेक कोणों से मन्नू जी ही सारा उपन्यास लिखें, उसकी बजाय नारी और पुरुष के कोण आप लोग, दोनों अलग से संभालें। बड़ा सुन्दर प्रयोग रहेगा।''

सुझाव सचमुच नया था। हम लोगों ने एक-दूसरे की ओर देखा। मैंने जरा-सा संशोधन किया—''तब फिर स्थिति और समय की न लेकर एक कथानक को लिया जाए.... !''

''इसे जनवरी से शुरू कर दें !'' इतनी देर बाद शायद लक्ष्मीचन्द्र जी ने अपने मन की बात कही, ''इसमें हमें भी यह सुविधा रहेगी कि आप दोनों यहीं के हैं, अध्याय लेने में परेशानी नहीं होगी।''

''इतनी जल्दी ?'' मैं बोला, और जल्दी-जल्दी दिमाग के खानों में टटोलने लगा कि कौन-सा कथानक ऐसा हो सकता है जो....

"अभी तो पन्द्रह-बीस दिन हैं। तब तक आप सोच ही डालेंगे।" लक्ष्मीचन्द्र जी ने अन्तिम निर्णय दे डाला।

वे लोग चले गए, लेकिन मेरे दिमाग में आतिशबाजी की चर्खियां घूमने लगीं। एक प्लॉट सोचता, फिर उसमें कोई असंगति दीखती तो दूसरा उठाता। एकाध कथानक आया भी, लेकिन उसे मैं स्वयं लिखना चाहता था। लेखकीय हिसाबीपने ने राय दी कि ऐसे अच्छे कथानकों को 'प्रयोग' के चक्कर में खराब मत करो। अचानक एक कथानक ऐसा दिमाग में आ गया कि मुझे लगा, सारा काम बन गया लेकिन कथानक मेरा नहीं, मन्नू का था। अगर कहीं मन्नू राजी हो जाए तो पन्द्रह दिन में शायद हम लोग सारा उपन्यास ही लिख डालेंगे। हां, यह सुझाव बातचीत में वहीं उभरा था या लक्ष्मीचन्द्र जी पहले से तय करके आए—यह मैं आज भी नहीं कह सकता।

विवाह से पहले की बात है। मैं कलकत्ता छोड़कर दिल्ली चला गया था, और मन्नू एक-एक पत्र में तीन-तीन कहानियों के प्लॉट बताया करती थी। जब तक दूसरा पत्र आता, तब तक वे लिखी जा चुकी होती थीं। एक बार पत्र आया कि 'मैं उपन्यास लिख रही हूं।' दस दिनों बाद : 'अलग डाक से उपन्यास भेज रही हूं। अपनी राय दीजिए—विस्तार से।' मैं दंग ! इतने समय में तो एक उपन्यास तक पढ़ नहीं पाता। खैर, उपन्यास पढ़कर मैंने अपनी राय ही (मन्नू को सिर्फ मेरी राय पर विश्वास नहीं था, इसलिए कई लोगों से और भी राय ली) लिखा : 'इसे खूब धैर्यपूर्वक दुबारा लिखो। अपने वर्तमान रूप में तो यह एक अच्छे उपन्यास का विस्तृत कथानक भर है।' उसकी सारी कथा और हर पात्र पर मैंने विस्तार से लिखते हुए शायद ऐसा भी कुछ लिखा कि 'इसका नायक तुमसे संभला नहीं है। अगर नायक वाले हिस्से, उसकी मानसिक स्थितियों का वर्णन मैं अपने कोण से करूं तो शायद तुम्हें बता सकूंगा कि कैसा होना चाहिए था—पत्र में एक-एक बात कैसे लिखूंगा.... ।' खैर दुबारा लिखने की ताकीद करके उपन्यास का नाम मैंने भेज दिया—'एक इंच मुस्कान'। मगर किसी चीज़ को दुहराने, संशोधन-परिवर्तन करने का धैर्य चूंकि मन्नू में नहीं है—इसलिए डेढ़ेक साल से उसकी पाण्डुलिपि पड़ी थी। मुझे उसी का खयाल आया इस क्षण।

मन्नू को कैसे मैंने उस उपन्यास के लिए तैयार किया—यह एक अलग कहानी है—उसे स्वयं उसी के मुंह से सुनिए। लेकिन यहां परेशानी यह आई कि मैंने सुझाव दिया था, उसमें उपन्यास के लगभग पचास पन्ने ही मैं लिखता—और अब यहां आधा उपन्यास ही मुझे लिखना था—साथ ही उस हिस्से को मैं अपने ढंग से लिखना चाहता था, और यह भी जानता था कि यह उपन्यास मन्नू के लिए उस 'रफ' कथानक से एकदम भिन्न होगा और अन्त में हुआ भी। बहरहाल हमने पात्रों और परिच्छेदों का बंटवारा कर डाला और लक्ष्मीचन्द्र को सूचना दे दी। मैं अपनी कमजोरी जानता था इसलिए अतिरिक्त उत्साह से मन्नू से बोला, "मैं तो अब इसी में जुट पड़ता हूं। तुम भी मदद दे दो—बस दो महीने में सारा

उपन्यास लिख डालते हैं। इसके बाद ये लोग साल-भर पत्रिका में निकालते रहेंगे—हम अपने और कामों में लग जाएंगे। इसके बाद कोई चिन्ता नहीं रहेगी!''

लेकिन चिन्ता थी कि पूरे डेढ़ साल एक-एक दिन सिर पर सवार रही। लिखना मेरे लिए शारीरिक और मानसिक यातना है। मैं हमेशा मन में यह विश्वास रखकर अपने से कहता हूं कि 'उहूं जब चाहूंगा एक दिन सुबह जमकर बैठूंगा और शाम तक चैप्टर खत्म कर डालूंगा !' लेकिन आज तक वह दिन कभी नहीं आया। सुबह सोचता, रात को बैठूंगा और रात को आलस्य में, ब्राह्ममुहूर्त में ताज़ा दिमाग से काम करने की ठानता। मूड बनाता और पात्रों की परिस्थितियों....वार्तालापों को सोचता—कहां से चैप्टर प्रारंभ होगा....कहां समाप्त होगा, उसमें क्या-क्या आएगा, यह सब मन में दोहराता और प्रायः ही सो जाता। महीने की पन्द्रह तारीख को हर हालत में चैप्टर दे ही देना है, यह तय था। दस-बारह दिन जब यों ही अपने से उठा-पटक करते बीत जाते तो जबर्दस्ती मेज़ पर बैठने की आदत डालता—सिगरेटें और कॉफी पीता जाता और मूड बनाने के नाम पर दूसरों की किताबें पढ़ता रहता। पहले दो-तीन पन्ने के बाद लिखना प्रायः आसान हो जाता, लेकिन सारे दिन की मानसिक तैयारी और चार-पांच घंटों के परिश्रम के बाद चार पृष्ठ से ज्यादा कभी नहीं लिख पाता। उसमें भी बीच-बीच में कभी बाल्कनी में झांकता, कभी पत्रिकाएं टटोलता, चिट्ठियां लिखता। ये पन्द्रह दिन मेरे किस यातना में कटते मैं ही जानता हूं—और जब सोलह-सतरह तक जैसे-तैसे चैप्टर पूरा हो जाता तो उन पात्रों, परिस्थितियों के साथ इतना जी चुका होता कि मन होता, इसी प्रवाह में अगला अध्याय भी लिख डालूं। मन्नू मुझे यों कसरत करते देखकर खुश होती और मज़ा लेती, ''इतना हठ योग साधना करके लिखो, और वह भी बोर !''

इसके बाद मैं मन्नू को तंग करना शुरू करता कि उसे तो लिखने में कठिनाई नहीं होती, जल्दी से लिख दे तो मैं अपने उसी मूड में अगला अध्याय भी लिख डालूं। लेकिन कुछ न कुछ अड़चन ऐसी आती रहती कि मेरे और देवड़ा के लगातार शोर मचाने के बावजूद वही पन्द्रह-सोलह तारीख हो जाती—और रो-धोकर चैप्टर पूरा होता। इस बीच मेरा मूड चला गया होता और अगले हिस्से के लिए मैं नये सिरे से शीर्षासन प्रारम्भ कर देता। इस प्रकार मैं देखता हूं कि यह सारा समय मानसिक रूप से मुझे कुछ यों बांधे रहा कि आधा समय मन्नू के चैप्टर की प्रतीक्षा और आधा अपने लिखने की तैयारी। हम लोग लाख सिर पटकते, लेकिन अध्याय पूरा होते न होते दूसरे अध्याय का समय सिर पर सवार हो ही जाता। नतीजे में, न मैं अपना कुछ और काम कर पाता था न मन्नू—सारा ध्यान बस इसी में लग गया था। झुंझलाहट भी होती कि डेढ़ साल में क्या ये सात-आठ चैप्टर ही अपना सारा लेखन होगा ? गुस्सा आता है कि बैठे-बिठाए हम लोगों को भी आखिर यह क्या सूझा ? लोग इस प्रयोग की तारीफ करते; एक-एक चैप्टर पर अलग-अलग राय मिलती—प्रोत्साहन और विचार-सामग्री

मिलती—पाठकों के पत्र—कुछ सीधे, कुछ ज्ञानोदय के द्वारा—मिलते—और मन में, बस एक ही बात आती—इन लोगों को क्या पता कि यह प्रयोग हमारे लिए कितना महंगा पड़ा है। एक साहब ने लिखा : "साहित्य के इतिहास में दो व्यक्तियों ने मिलकर उपन्यास लिखे हैं, एक के अधूरे उपन्यास को दूसरे ने—कभी महिला ने—पूरा किया है; पति और पत्नी कथा-लेखक हुए हैं—मगर एक ही उपन्यास के नारी पात्रों को नारी ने, पुरुष-पात्रों को पुरुष लेखक ने समानान्तर चलाया हो—ऐसा प्रयोग आज तक, शायद किसी भी साहित्य में नहीं हुआ....।" बहुत बड़े यश का प्रलोभन था, मगर एक लेखनजीवी व्यक्ति डेढ़ वर्ष में केवल सात चैप्टर लिखे, यह स्थिति किसी भी तरह गले नहीं उतर पाती थी। केवल यश के सन्तोष से तो ज़िन्दगी नहीं चलती....

हां, पाठकों को शायद एक सन्तोष जरूर हो कि यहां हम दोनों के लेखन के डेढ़ वर्ष का क्रमबद्ध विकास एक साथ देखने को मिल जाएगा। पता नहीं इस अवधि में हम लोगों ने कुछ सीखा भी या जहां से शुरू किया था अन्त तक वहीं रहे।

खैर, इन बाहरी और भीतरी संघर्षों के बीच उपन्यास हर मास बढ़ता रहा—बहुत अधिक पाठक मन्नू को, और काफी कम मुझे बढ़ावा देते रहे। पाठकों को चाहे जितना सफल और रोचक लगा हो—लेकिन रचना की आन्तरिक अन्विति में गहरी कमज़ोरी आ गई है—यह एहसास मुझे लगातार कचोटता रहा। शायद इस प्रकार के प्रयोग की कमज़ोरी थी और इसका कोई इलाज नहीं था। डेढ़ साल की अवधि में जाने कितने तरह के आन्तरिक और बाह्य प्रभावों ने उपन्यास में मोड़ और जोड़ दिए थे, फिर प्रत्येक स्वतन्त्र अध्याय को पाठकों की प्रत्यक्ष और परोक्ष प्रत्याशा ने मर्यादित कर दिया था। अनजाने और अवचेतन मन में उपन्यास के पात्र और कथ्य की स्वाभाविक मांग नहीं—बल्कि पाठकों की सम्मतियां और प्रतिक्रियाएं हर चैप्टर के शैली-शिल्प की निर्धारक हो जाती थीं। उसमें भी हर अध्याय टूट-टूटकर चलता। मेरे और मन्नू के हर दो अध्यायों के बीच जाने कितनी रायें आ चुकी होतीं, दूसरे का बिलकुल अलग कोण-शैली में लिखा एक अध्याय आ चुका होता—व्यक्तिगत आत्मीयता और खींचतान के अनेक अवान्तर क्षणों से हम लोग गुज़र चुके होते और लगभग दो महीने का समय बीच चुका होता। फिर मासिक पत्र की, पाठकों की अपनी सीमाएं थीं—उन्हें हर बार एक चीज़ ऐसी देनी थी, जिसका एक प्रारम्भ हो, एक अन्त हो और जिसमें एक क्लाइमैक्स आए। अगर एक साथ ही उपन्यास लिखकर दे दिया होता तो शायद ऐसी मानसिक मजबूरी न आती। अब तो शायद एक साथ पढ़ने वाले को यह दो साइज़ के कैमरों से खींचे गए चित्रों का अलबम अधिक, एक सूत्रबद्ध फिल्म कम लगे। दूसरे या तीसरे अध्याय पर ही मुझे एक और स्तर पर लगने लगा कि उपन्यास हम लोग नहीं लिख रहे—हमसे लिखाया जा रहा है, पाठकों की अप्रत्यक्ष प्रत्याशा हमसे लिखा रही है। आंखों और कानों

से एक-एक शब्द, मुद्रा को पीने वाले श्रोताओं और दर्शकों की विपुल उपस्थिति जिस प्रकार वक्ता और अभिनेता को अनजाने ही अपने साथ बहा ले जाती है—वही कुछ स्थिति हमारी थी। यहां भी बहकने और भटकने के अवसर मन्नू को ही ज्यादा थे, क्योंकि वह निस्संदेह मुझसे अधिक सरस और रोचक लिख रही थी। अन्त के दो-तीन अध्यायों में तो सचमुच मुझे ऐसा महसूस हुआ कि मन्नू के हर अध्याय के बाद की तालियों की गड़गड़ाहट मेरा दिल धसका देती है।

उपन्यास को भावनात्मक और वैचारिक अन्विति की दृष्टि से देखता हूं तो मुझे लगता है कि इन तालियों की गड़गड़ाहट ने मन्नू को भटका भी दिया। वक्ता अपने भाषणों में किसी चुटकले या मज़ाक पर पुरजोश तालियां पाता है तो खुद-ब-खुद (कभी-कभी विषय से हटकर भी) दूसरा चुटकुला सुनाने का प्रलोभन मन में आ जाता है। यह प्रलोभन बड़ा सूक्ष्म, लेकिन अचूक होता है। मेरे पास सिर्फ अमर था—जबकि मन्नू के पास रंजना और अमला दोनों थीं—और संयोग से दोनों दो विरोधी स्वभाव और परिवेश की थीं, अतः हर अध्याय में मन्नू एक सुखद विविधता और रोचक घटनाएं दे सकती थी। फिर उसकी आत्मीय शैली और निर्भीक अन्दाज़। दूसरी सुविधा मन्नू को अनायास ही यह मिल गई कि अमला और रंजना परिस्थितियों में अधिक और मनःस्थितियों में कम जीवित रहती थीं। तीसरी बात यह कि दोनों ही प्रताड़ित नारियां थीं—अमला को उच्च वर्ग की विडंबना ने मारा था और रंजना को एक 'सनकी' और प्रवंचना ने—अर्थात् पाठक दोनों को सहानुभूति दे रहा था। और अन्तिम बात यह कि तालियों के शोर में बहकर मन्नू ने एक 'डेफिनिट स्टैंड' ले लिया था और वह लेखक की तटस्थता से नहीं, बल्कि वकील की पक्षधरता से 'अपनी रंजना' की पैरवी करने लगी थी—डिफेण्डर हो गई थी।

मेरे और मन्नू के लेखन में यही मौलिक अन्तर भी है। वह कथा के पात्रों के साथ इतनी अधिक एकाकार हो जाती है कि उनका 'दुर्भाग्य' उसे अपना दुर्भाग्य लगता है। उपन्यास का अमर, रंजना का शत्रु नहीं, मन्नू का शत्रु हो गया था और वह कथा की समस्याओं और सम्भावनाओं के प्रति ईमानदार न रहकर 'अमर' की खबर लेने पर अधिक उतारू हो गई थी। जबकि मुझे अपने किसी भी पात्र से ऐसा कोई लगाव नहीं था। इसलिए मन्नू के अध्याय पढ़कर जब लोग कहते कि अब तो मन्नू जी ने ऐसी जगह चैप्टर छोड़ा है कि अमर को बचाना आपके लिए बहुतं कठिन हो जाएगा।' तब मैं उन सज्जन को यही समझाने की कोशिश करता कि 'मैं आखिर अमर को बचाऊं क्यों ?'—उसे मैं खलनायक नहीं बनाना चाहता, लेकिन यह उम्मीद भी पाठक से क्यों करूं कि वह अपनी सहानुभूति देगा ही। अगर यह सचमुच आज के संक्रान्तिकालीन बुद्धिजीवी की ट्रेजेडी और व्यक्तित्व का स्खलन है तो क्यों न उसकी सम्पूर्णता में चित्रित

हो.... ? अगर रंजना का केस—कथानक की तर्कपूर्ण संगति से नहीं, उसकी शहादत और पाठकों की सहानुभूति से ही मजबूत होता है, तो हो—मुझे जो बात कहनी है उसे मैं अपने पात्र के व्यक्तित्व के अनेक स्तरों और धरातलों पर तटस्थ होकर पाने की कोशिश करूंगा....ताकि अमर की पराजय एक व्यक्ति की नहीं ....एक पीढ़ी की पराजय होकर आए—चाहे फिर वह राह खो जाने की व्याकुलता में भटक गई पीढ़ी के नाम से ही क्यों न जानी जाए....।'

और यहीं उपन्यास का वह कोण या धरातल था जहां मन्नू मुझे अपनी जानकारी में असहयोग और अनजाने ही सहयोग दे रही थी। मेरे लिए उपन्यास एक प्रबुद्ध व्यक्ति के 'आत्मान्वेषण' की सफल या असफल प्रक्रिया थी, और मैं उसे हर बार परम्परागत 'त्रिकोणवादी' (जैसाकि एक पाठिका ने भर्त्सना की थी) उपन्यासों से अलग हटाने की कोशिश करता था। शायद भीतर कहीं यही आशंका थी कि प्रारम्भकर्ता का सुअवसर पाते ही मैंने उसे सिंहावलोकन का रूप दे दिया था, और कोशिश की थी कि इस अतीत-यात्रा में अमर अपने-आपको, और अपने व्यक्तित्व के निर्माण-तत्त्वों को तटस्थ संदर्भ और निष्पक्ष परिवेश में ही देखे—एक अलग व्यक्ति की निगाह से अमर-रंजना-अमला के सम्बन्धों और उनकी स्थिति के अर्थ को पाए....शायद यही कारण है कि मेरा हर अध्याय किसी न किसी रूप में अन्तरावलोकन का गवाक्ष या दो घटनाओं के बीच का अन्तराल बनकर आया है। अर्थात् क्रियाओं का नहीं प्रतिक्रियाओं का समाहार अधिक है। यहां क्रियाओं का भार स्वयं लेकर ही मन्नू ने मेरा काम बहुत सरल कर दिया।

वस्तुतः रंजना और अमला, अमर के निकट दो सम्पर्क नहीं, दो स्वतन्त्र मूल्य हैं और इन मूल्यों की संगति का निरूपण ही अमर का आभ्यान्तरिक (स्पिरिचुअल) द्वन्द्व है। उपलब्धि की 'महानता' और 'क्षुद्रता' से कलाकार की कला-यात्रा को न जांचकर, प्रयत्न की निष्ठा और अभिव्यक्ति की आकुलता को कसौटी बनाया जाए तो इन दोनों मूल्यों को शायद कुछ समझा जा सकेगा। निश्चय ही अमर खण्डित-व्यक्तित्व प्राणी है और उसका आन्तरिक व्यक्तित्व दो भागों में बंटा है....प्रेम, विवाह, सुख-सुविधा के परम्परागत संस्कार—कभी-कभी उन्हें प्राप्त करने की चाह, अर्थात्—एक ओर मानवीय नैतिकता-बोध, दूसरी ओर स्रष्टा व्यक्तित्व की उच्चतर मुक्ति कामना। एक के प्रति वह उपेक्षा नहीं धारण कर सकता, तो दूसरे की पुकार को भुलाना उसके वश के बाहर है। रंजना के साथ सब कुछ है—सहानुभूति, संस्कार, समाज और स्वयं अमर की नैतिक चेतना। अमला के पास कुछ भी नहीं है—सिवा एक प्रवंचक मुस्कान के। यही मुस्कान—मर्यादाबद्ध अभिव्यक्ति—ही अमला है, और मालूम नहीं यह मुस्कान है भी या नहीं। अमर के मन का भ्रम ही है। लेकिन जब होती है तो चेतना के अनजान आसमानी द्वार-सन्धि से झांकती ज्योतिरेखा बन उठती है और अमर के मन का सौन्दर्यानुसंधानी आदि यायावर जाग उठता है....जो न जाने कितनी

बार चांद को छू आने के प्रयत्न में नीचे आ गिरा है और एवरेस्ट पर पहुंचने से पहले न जाने किन-किन देशों में बर्फ की शिलाओं में दब मरा हैं। और न कहीं पहुंच सके वह, लेकिन इस संक्रांति की घुटन को अभिव्यक्ति देकर 'मुक्त' तो हो ही ले....

उपन्यास समाप्त हो गया और निश्चय ही अमर कहीं नहीं पहुंचा....अगर पहुंचा तो उस मंजिल तक जिसके आगे राह नहीं....कम से कम धरती नहीं है....है तो सागर है, और वहां मेरी गति नहीं है।

अमर को कुछ नहीं मिला....शायद यह यात्रा 'पाने' की यात्रा थी भी नहीं, 'खोने' की भी नहीं थी....केवल देखने, जीने और अपने को जानते चलने की दिशा में सिर्फ एक पड़ाव था....सिर्फ एक अभिव्यक्ति का सन्तोष और मुक्ति का सुख था।

अमर अगर असफल है तो रहा आए....मैं उसकी वकालत नहीं करूंगा। असफलता लौकिक अर्थों में शक्तिहीनता का या संकल्पहीनता का प्रमाण है और जो व्यक्ति क्रूरतापूर्वक निर्णय न लेकर वेदना-संवेदना के लिहाज में भटक जाता है, वह निश्चय ही संकल्पहीन है....उसे गोलियां खाने का पूरा अधिकार है कि क्यों नहीं वह अपनी सिद्धि और साधनों का क्रमबद्ध स्पष्ट ब्यौरा दे सकता। हीरो तो वही है न, जिसके सामने उसका 'प्राप्य' स्पष्ट हो, और वहां तक पहुंचने की सीढ़ियों की पूरी गिनती उसे ज़बानी याद हो। उस व्यक्ति को तो हीरो होने का हक ही नहीं है, जिसे न तो अपनी सिद्धि का ज्ञान हो न साधनों का....बस कहीं पहुंच जाने की, किसी बोझ से मुक्त हो जाने की अनाम तड़प ही जिसका बल-सम्बल हो !

मन्नू भण्डारी का वक्तव्य

और आखिरकार 'एक इंच मुस्कान' समाप्त हो गया। यों डेढ़ साल....अनेकानेक परेशानियों से भरे डेढ़ साल का अन्तराल कम नहीं होता, फिर भी आज लग रहा है जैसे कल की ही तो बात है—जैन साहब और कुन्था जी के साथ बातचीत हो रही है—बात कुशल-क्षेम, हंसी-मजाक से गुजरकर उपन्यास-कहानियों के कथानक—प्रयोगों पर आती है—'बारह खम्बा', 'ग्यारह सपनों का देश' और जैन साहब की ओर से प्रस्ताव आता है कि क्यों न हम दोनों मिलकर एक ऐसा सहयोगी-उपन्यास लिखें जिसके पात्रों की घटनाओं को अपने-अपने दृष्टिकोण से चित्रित करें; स्त्री-पात्रों को मैं संभालूं और पुरुष-पात्रों को राजेन्द्र। मैं यों ही हंस दी। उस हंसी में न स्वीकृति थी न इन्कारी। शायद मैंने उस बात को गम्भीरता से लिया ही नहीं। पर राजेन्द्र के दिमाग में चक्कर चल पड़ा। जैन साहब के जाते ही बोले, "मन्नू यह हो जाए ! बस हो ही जाए।"

"हो जाए !" मैंने उतनी ही लापरवाही से कह दिया। इस होने के साथ सोचने के लिए कितना कुछ जुड़ा था, इस बात पर मेरा ध्यान ही नहीं गया। खाने पर बैठे तो फिर वही बात, "सोच रहा हूं कथानक कौन-सा लिया जाए?"

"हां, कहानी पहले से ही तय होनी चाहिए। सारे उपन्यास की प्लैनिंग होनी चाहिए। यह नहीं कि कुछ तो अभी शुरू कर दिया और फिर कथानक के साथ मनमानी कर रहे हैं—जब जहां मर्ज़ी आया मोड़ दिया, घसीट दिया।"

अपने एक अधूरे उपन्यास का प्लॉट सुनाया पर साथ आशंका रख दी, "यह तुमसे चलेगा नहीं; फिर इसमें बंटवारे के लिए गुंजाइश भी नहीं है। तब ?" उस समय मुझे स्वप्न में भी ख्याल नहीं था कि राजेन्द्र की आंखें मेरे उपन्यास पर गड़ी हुई हैं।

और इधर-उधर की कथाएं आईं पर हर एक के साथ कुछ न कुछ अगर-मगर जुड़ा हुआ था—और तब अचानक ही राजेन्द्र ऐसे चहककर बोले, जैसे एकाएक ही उन्हें कोई अनोखा हल सूझ गया हो। पर इनका लेख पढ़कर तो लगा कि वह सब इनकी एक्टिंग थी।

"तुम्हारा 'एक इंच मुस्कान' ले लिया जाए ! बस मज़ा आ जाएगा....उसमें,

इस प्रयोग की पूरी-पूरी सम्भावनाएं हैं और इस बहाने वह पूरा भी हो जाएगा, वरना....''

''वाह रे वाह ! मैं अपना उपन्यास क्यों दूंगी ? वह मेरी अकेली की मेहनत है, उसे मैं अकेली ही पूरा करूंगी ?''

दूसरे दिन राजेन्द्र ने पूछा, ''आज शाम को तुम्हारा क्या प्रोग्राम है ?'' मुझे शाम को एक मीटिंग में जाना था तो बोले, ''सात बजे मुझे लेक्स पर मिलो।''

''आज ? सारे दिन के बाद तो थक जाते हैं।''

''तुम तो यार, बहुत ही बोर हो। मुझे तो याद ही नहीं आता कि शादी के बाद कभी हम दोनों लेक्स पर जाकर बैठे हों। आज तुम्हें आना ही होगा।''

कलकत्ता का दिसम्बर बड़ा सुहावना होता है। लेक्स पर पहुंची तो रात हो चुकी थी—क्लब की बत्तियां पानी में झिलमिला रही थीं और फिज़ा कुछ अतिरिक्त रूप से ही मादक हो चुकी थी।

''थकान लग रही हो तो कुछ पी लो।'' राजेन्द्र के स्वर में लाड़ उभरता जा रहा था।

''नहीं तो ! ऐसा भी क्या है !''—और हम किनारे-किनारे चल पड़े।

''हां तो ! मन्नू, उस उपन्यास की बात तय कर लें, तो जैन साहब को उत्तर देकर निश्चिन्त हों।''

रात का समय, लेक का किनारा और राजेन्द्र का साथ....मैं सचमुच उपन्यास की बात करने के ज़रा भी मूड में नहीं थी। पर लेखकों की बीवियों का शायद यह दुर्भाग्य ही है कि मादक से मादक समय में भी उन्हें कहानी, उपन्यास, पात्र और घटनाओं की ही बातें कहनी-सुननी पड़ती हैं। और मुझे जल्दी ही मालूम हो गया कि यों आग्रह-भरी मनुहार करके लेक्स पर बुलाना, यह लाड़-दुलार, सब स्वीकृति लेने का बहाना-मात्र है।

''मैंने कई दृष्टियों से सोचा'', पूरी गम्भीरता और बुज़ुर्गीयती अन्दाज़ से राजेन्द्र बोले, ''एक इंच मुस्कान वाला प्लॉट ही एक ऐसा प्लॉट है जिसे हम दोनों लिख सकते हैं....बहुत ही अच्छी तरह से लिख सकते हैं।''

''हूं।''

''यों भी तुम उसमें अमर के चरित्र को बिलकुल नहीं संभाल सकी हो। मैंने तो तुम्हें पहले भी लिखा था कि अमर का चरित्र निभा नहीं है।''

''रिवाइज़ करेंगे तब संभाल लेंगे।'' मुझे सचमुच ही खीझ छूट रही थी।

''रिवाइज़ तुमसे हो लिया ! डेढ़ साल तो हो गया....और दस वर्ष तक कुछ नहीं होने का।''

''कोई बात नहीं, ग्यारहवें साल ही सही।''

''तुमसे नहीं होगा, तुममें न उतना धैर्य है न उतनी लगन।''

मैं चुप।

''ज़रा सोचो, मेरी पन्द्रह साल की ख्याति और तुम्हारी चार साल की ! मेरे

साथ लिखोगी तो हल्ले हो जायेंगे, दिग्-दिगन्तरों में धूम मच जाएगी।''

पर जब दिग्-दिगन्तरों के ये हल्ले भी कुछ प्रभाव डालते नज़र नहीं आए, तो राजेन्द्र का धैर्य भी जैसे जवाब देने लगा। बात सुझाव के तौर पर आई थी, फिर आग्रह में बदली और अब आक्रोश-भरी ज़िद का रूप धारण कर चुकी थी।

''तुम साफ-साफ बताओ, अपना कथानक दोगी या नहीं ?''

''नहीं।'' उतनी ही ढिठाई से मैंने भी जवाब दिया।

कुछ देर दोनों चुप चलते रहे। हवा की ठंडक बढ़ने लगी थी। एकाएक बिना किसी प्रसंग-भूमिका के राजेन्द्र बुरी तरह झल्लाकर बोले, ''तुम इतनी बेकार की बीवी हो कि क्या बताऊं ? आधी सर्दी बीत गई, तुमसे इतना नहीं होता कि एक स्वेटर ही बुन देतीं।''

इस बार मैं खिलखिलाकर हंस पड़ी।

''और भी कुछ दोष ढूंढ़ने हों ढूंढ़ लो....अभी मौका है।'' आज भी राजेन्द्र की उस दिन वाली खीझ और बौखलाहट की बात याद करती हूं तो हंसी छूटती है। सीधे ही पूछा, ''अभी उपन्यास के लिए अपना प्लॉट दे दूं तो एकदम ही अच्छी बीवी बन जाऊंगी न ?''

''खाक बन जाओगी तुम अच्छी ! तुम किसी चीज़ को गम्भीरता से लेना जानती ही नहीं हो। बड़ी सरलता से ख्याति मिल गई है, इसलिए दिमाग आसमान पर चढ़े हुए हैं। पर इस मुगालते में रहीं तो साल के साल में ही चुक जाओगी।''

कोई और मौका होता तो मैं भभक पड़ती। पढ़ाती हूं इसलिए सिर्फ उपदेश देने की आदत है—सुनने की कतई नहीं। पर उस दिन मुझे उनकी खीझ में भी आनन्द आ रहा था—मैं चाह रही थी वे और कुढ़ें—और सचमुच उस दिन कुढ़ते-भुनभुनाते ही घर आए।

दूसरे दिन मैंने अपने-आप ही कह दिया, ''चलो, ले लो मेरा कथानक—बस!'' वे प्रसन्न भी हुए, आश्वस्त भी। तुरन्त ही जैन साहब से टेलीफोन पर बात हुई और तय हो गया कि जनवरी से ज्ञानोदय में हमारा सहयोगी उपन्यास जाएगा।

पाण्डुलिपि निकली—कथा का ताना-बुना नये सिरे से बुना गया. लम्बी-चौड़ी बहसें हुईं और राजेन्द्र अपना पहला अध्याय लिखने में जुट गए।

पहला अध्याय प्रकाशित होकर आया और देखा तो माथा ठनका। प्रकाशित होने से पहले ये अपनी लिखी चीज़ किसी को नहीं दिखाते—मुझे भी नहीं। आरम्भ उन्होंने किया था; और क्योंकि ये अमर का भार लिए हुए थे, सो इन्होंने कथा का सूत्रपात ही कुछ ऐसे रूप में किया कि वह अमर की कहानी बन गई। मेरी कहानी मूलतः अमला की कहानी थी और उसमें न रंजना अमर को छोड़कर जाती है, न अमला मरती है। आठों पहर सबको भरमाने वाली मुस्कान होंठों पर लपेटे रहने वाली अमला वास्तव में कितनी खोखली, रिक्त और शून्य थी, यही उस कहानी की आधार-शिला थी....पर अब तो कहानी का सारा एंगिल बदल गया था। पहले अध्याय में ही राजेन्द्र ने जिस कुशलता से सारे उपन्यास

के संकेत और सूत्र बिखेर दिए थे, उसमें यह स्पष्ट हो गया था कि यह कथा अमर के जीवन की ट्रेजेडी की कथा होगी, और कुछ नहीं। मेरे लिए यह सचमुच ही नया सिरदर्द था। सारी चीज़ को फिर से सोचो, घटनाओं, चरित्रों और स्थितियों की कल्पना नये सिरे से करो....और मैं सोच रही थी—इतनी ही मेहनत करनी थी तो अपने उपन्यास पर करती। धैर्य के अभाव और परिश्रम से बचने के लिए ही तो अपने लिखे-लिखाए उपन्यास को प्रयोग की खरल में डाल दिया था। और यह तो आज भी महसूस करती हूं कि जितना परिश्रम इस पर किया—चाहे मजबूरी में ही किया हो—उतने ही परिश्रम में तो अपना निजी उपन्यास भी पूरा कर लेती और इसमें भी सन्देह नहीं कि वह इस प्रयोगवादी उपन्यास से अधिक अच्छा होता और उसके सारे श्रेय की एकमात्र अधिकारिणी मैं होती....अकेली मैं ! (राजेन्द्र की तरह अब मैं भी काफी स्वार्थी हो गई हूं।) खैर !

हां, तो उपन्यास शुरू हुआ। इसमें सन्देह नहीं कि पहला अध्याय मुझे स्वयं बहुत-बहुत पसन्द आया और अनजाने की एक चाह उठी कि दूसरा अध्याय कुछ ऐसा लिखूं कि इनके अध्याय से इक्कीस ही हो, उन्नीस नहीं। प्रतिद्वन्द्विता की जो भावना उस दिन जागी, सो निरन्तर बढ़ती ही गई और पाठकों और मित्रों ने इस भावना पर और सान चढ़ाई और सचमुच ही इसमें सहयोगी कम और प्रतिद्वन्द्वी अधिक हो गए। सोचती हूं, आज तो यह स्वीकार करने में भी मुझे संकोच नहीं करना चाहिए कि जहां इस भावना ने मुझे प्रेरित और प्रोत्साहित किया, वहीं कभी-कभी अनजाने ही कथा के साथ अन्याय भी करवाया।

दूसरा अध्याय (मेरा पहला) अच्छा ही नहीं, आशा से अधिक अच्छा लिखा गया। अमला जिस रूप में उतरी उसने मुझे सन्तोष और प्रसन्नता से ही नहीं, अतिरिक्त उत्साह और प्रेरणा से भी भर दिया। तीसरा अध्याय राजेन्द्र का, दो अध्यायों की अपेक्षा कुछ कमज़ोर उतरा—और उसने जहां एक ओर मुझे विजय की भावना से उल्लसित कर दिया, वहीं दूसरी ओर चौथे अध्याय के प्रति कुछ शिथिल भी बना दिया। आज सोचती हूं तो लगता है कि सम्भवतः राजेन्द्र से होड़ लेने की भावना ही लिखने के दौरान में मेरी सबसे बड़ी प्रेरक-शक्ति रही है जिसे पत्रों, सम्मतियों और मित्रों की प्रशंसा ने और अधिक बढ़ावा दिया। कुन्था जी जब-जब मिलतीं कुछ ऐसे गद्गद् भाव से प्रशंसा करतीं कि कुछ अनोखा लिख डालने का दुगुना उत्साह लेकर मैं घर लौटती।

पर आज जब उपन्यास पूरा हो गया—प्रशंसा का यह दौर समाप्त हो गया या कहूं कि उसकी प्रभावोत्पादकता समाप्त हो गई तो एक चीज़ अवश्य महसूस होती है कि यदि अपनी योजना के अनुसार हमने इसे दो महीनों ही में समाप्त करके 'ज्ञानोदय' के हवाले कर दिया होता, तो इसका रूप कुछ भिन्न ज़रूर होता।

आधी मंजिल पर पहुंचकर जीवन में—विशेषकर मेरे जीवन में तो एक ऐसा

व्यवधान आया कि इस दिशा में सोचने-समझने की सारी शक्ति ही जैसे लुप्त हो गई। बच्ची का आगमन....बहुत सोचा था और चाहा था कि यह सब घटने के पहले ही जैसे भी होगा, सारा उपन्यास पूरा कर ही लेंगे, पर वह सब सम्भव नहीं हो सका। नर्सिंग होम से लौटकर कलकत्ता से कुछ दूर अपने भाई के यहां रहकर मैं अपनी अमला और रंजना को बिलकुल भूल ही गई। आधी पिछली रात को कभी याद भी आती तो किसी भूली-बिसरी पुरानी स्मृति के रूप में। मुझे याद ही नहीं रहा कि कैलाश से सम्बन्ध-विच्छेद करके अमला कलकत्ता की किसी आलीशान विशाल अट्टालिका में बैठी बिसूर रही है, तो रंजना अमर को अपना बनाने की ज़िद पकड़े कहीं सिसक रही है। मिलने-जुलने वालों का क्रम....बातचीत और सोच-विचार के सारे विषय ही कुछ इस प्रकार बदल गए थे कि इस अधूरी शृंखला में नई कड़ी जोड़ना कुछ असम्भव-सा प्रतीत होने लगा था। मजबूरी में एक बार 'ज्ञानोदय' वालों ने बड़े ही सुन्दर ढंग से बधाई के साथ बच्ची के आगमन की सूचना छाप दी। सोचती हूं, इस अवसर पर बधाई का धन्यवाद भी दे ही दूं। पर इससे कुछ समय के लिए राहत अवश्य मिल गई,....देवड़ा जी के तकाजे और मेरी बदली मनःस्थिति लाख कोशिश करती पर टूटे सूत्र कुछ ऐसे बिखरे-बिखरे लगते कि पकड़ाई में नहीं आते। एक बार आखिर हिम्मत करके बैठ ही गई पर आंखों ने जवाब दे दिया। लम्बे अर्से के बाद पहली बार कलम उठाई थी। लिखने बैठी तो अक्षर कांप-कांप जाते—यह नई समस्या थी। आभारी हूं अपनी छात्रा कुमारी वीणा सगल की जिसने अपने दो दिन बिगाड़कर मेरा डिक्टेशन किया और अध्याय पूरा किया। आगे चलकर भी उसने एक बार और ऐसी मदद की थी।

टूटा सिलसिला तो जुड़ गया, लेकिन इसमें सन्देह नहीं कि नौकर, परिवार और बच्ची की परेशानियों के बीच, बचे हुए अध्याय लिखे नहीं, एक तरह से घसीटे गए हैं। घर-गृहस्थी का बोझ संभालकर लिखना कितना कष्टसाध्य होता है, इसकी वास्तविक अनुभूति मुझे इस बार ही हुई। मन और ध्यान को बंटाने वाले कितने छोटे-बड़े प्रसंग रहते थे....फिर राजेन्द्र जैसा पति, जो पारिवारिक ज़िम्मेदारियों के सामने 'बाबा मौज करेगा' का नारा लगाकर हाथ झटकता हुआ चल दे।

यह बिगड़ा मूड फिर से तब बना, जबकि पत्रों वाला अध्याय सृजन के सन्तोष से भर गया।

अभी तक केवल कहानियां ही लिखी थीं....और वह भी एक या अधिक से अधिक दो बैठक में ही समाप्त कर देती थी, सो अपने पात्रों का साहचर्य अल्पावधि का ही हुआ करता था। इस बार एक नई ही अनुभूति हुई और बड़ी तीव्रता से हुई। परेशानियां और अवान्तर प्रसंग चाहे जितने रहे हों, उस सबके बावजूद यह सच है कि लिखने के दौरान मैं हमेशा अमला और रंजना के बीच ही रही हूं। यदि कहूं कि वे मुझ पर हावी रही हैं तो भी गलत नहीं होगा। मेरी

सहानुभूति, स्नेह और ममता के इतने बड़े भाग पर उन दोनों ने अधिकार कर लिया कि रंजना के प्रति अमर का व्यवहार मुझे बेहद कष्ट देता और उसके लिए मैं अकारण ही राजेन्द्र से लड़ पड़ती। अपना अध्याय समाप्त करके प्रेस में भेजने से पहले मैं राजेन्द्र को सुना रही थी....सुनाते-सुनाते ही मुझे रोना आ गया और फिर दो दिन तक मैंने राजेन्द्र से ठीक तरह बात भी नहीं की—मन होता, रंजना का सारा बदला मैं किसी तरह निकाल दूं। रंजना ने दो अध्यायों में मुझे सचमुच बहुत रुलाया, अमला जब-जब आती, मन एक गहरे अवसाद, एक अजीब-सी खिन्नता, उदासी और विरक्ति से भर उठता। यह मैं आज भी नहीं जानती कि पात्रों के साथ अपने को यों एकाकार कर देने की वृत्ति लेखन में साधक है या बाधक—वह बनाती है या बिगाड़ती है; पर इस एकात्मता को इस बार मैंने अनुभव किया और बड़ी गहराई से किया।

यहां एक बात और साफ कर दूं....नहीं जानती क्यों, पर कइयों के मन में यह भ्रम उत्पन्न हो गया है कि यह कथा हमारी अपनी कथा है—लोग मुझे रंजना समझते थे और राजेन्द्र को अमर। आश्चर्य तो तब होता था कि कलकत्ते में रहकर और हम लोगों को जानकर भी वे इस तरह का सन्देह करते थे। राजेन्द्र भी लेखक हैं और अमर भी....रंजना भी पढ़ाती है और मैं भी, बस इसके अतिरिक्त मैं नहीं सोचती कि कोई भी साम्य हम लोगों में है। राजेन्द्र अमर जैसे प्रवंचक, स्खलित और निष्ठाशून्य नहीं, और मैं रंजना जैसी सीधी और समर्पिता नहीं। अमला की तलाश में तो अभी भी तीरन्दाजियां हो रही हैं।

एक और भी अनुभव हुआ और वह उतना ही नया था। पात्र जब अपना रूप और व्यक्तित्व पा लेते हैं तो किस प्रकार स्वतन्त्र हो जाते हैं—लेखक की पहुंच और नियंत्रण के परे, और इस बात का एहसास अमला ने अधिक करवाया। सच पूछें तो उपन्यास में जो अमला आई, वह मेरी कल्पना की अमला से न चाहते हुए भी भिन्न हो उठी है। विशिष्ट वर्ग में पली, बुद्धिवादिनी, अहंवादिनी अमला जब सबको ही झुठलाती, अस्वीकारती और ठुकराती चली गई तो भला मेरे बस में क्यों आती ? आश्चर्य मुझे स्वयं होता और मेरा अपना अहं मानने को तैयार नहीं था कि मैं जैसा चाहूंगी या कल्पना करूंगी, उससे भिन्न अमला कुछ बनेगी—पर जब अध्याय समाप्त होता, मैं पढ़ती तो अपने आप ही पराजय का एहसास होता....लगता, अमला को मेरी लेखनी ने नहीं चलाया है, वरन् मेरी लेखनी को अमला ने चलाया है। राजेन्द्र का कहना था, यही तो सफल लेखन है, पर सफलता का यह सन्तोष मेरे पराजित मन को सहला न पाता।

और सन्तोष-असन्तोष की राहों में गुज़रते-गुज़रते मंजिल की आखिरी सीढ़ी भी आ गई। आरम्भ से ही मैंने यह सोच लिया था कि अपने अन्तिम चैप्टर पर इतनी मेहनत करूंगी, कुछ ऐसे सधाव के साथ लिखूंगी, कि बीच की बहुत-सी त्रुटियां ढंक जाएं....सारा उपन्यास अन्त में जाकर एक सार्थक प्रयोग सिद्ध

हो। पर तभी पिताजी के कैन्सर होने की सूचना आई और मानसिक कसावट में शिथिलता आ गई। रोज ही तार और ट्रंक के बीच प्रोग्राम बनते, कब जाना, कहां जाना, आपरेशन होगा या नहीं सारा ध्यान इन्हीं बातों पर केन्द्रित हो गया। बम्बई से सूचना आई कि आपरेशन स्थगित हो गया और तय हुआ कि ससुराल की एक शादी से छुट्टी पाकर जल्दी से जल्दी इन्दौर, पिताजी के पास पहुंचना है। कोशिश बहुत की कि कलकत्ता छोड़ने से पहले ही अध्याय पूरा कर दूं, पर हुआ वही जैसा कि हर बार होता था।

और अन्तिम अध्याय की शुरूआत शादी की धूमधाम और ढोलक के गीतों के बीच हुई। जिस वातावरण में मैं रह रही थी और जैसा वातावरण प्रस्तुत करना था....उसमें इतना वैषम्य था कि यही नहीं समझ पा रही थी कि तारतम्य कैसे बिठाऊं। फिर भी लिख रही थी—पर शादी की धूम जब अपने चरम पर पहुंच गई तो लिखना सम्भव नहीं रहा, अधूरा अध्याय इन्दौर आया। शादी के घर से बीमारी का घर....बीमारी भी असाध्य। सारे दिन आने-जाने वालों का तांता, और पिताजी को देखने के लिए आए हुए पारिवारिक सदस्यों से भरा-पूरा घर। इसी के बीच अन्तिम चैप्टर समाप्त हुआ, क्योंकि तकाजे आने लगे थे। लिखकर पढ़ा तो आरम्भिक हिस्सा मुझे इतना फ्लैट लगा कि रोना आ गया। बहुत सोचा कि जैसे भी हो, एक बार हिम्मत करके फिर से लिख डालूं, पर वही धैर्य की कमी परिश्रम से घबराने की वृत्ति—प्रतिकूल परिस्थिति—हारकर वैसे ही भेज दिया। यों सोचती अभी भी हूं कि पुस्तक रूप में जब छपने दूंगी तब अन्तिम अध्याय में अवश्य ही कुछ संशोधन करूंगी....पर जानती हूं, होगा कुछ नहीं।[1]

उस रात सोई तो सचमुच ही बड़ा हल्का-हल्का-सा लग रहा था। एक बोझ जो उतर गया था, एक उत्तरदायित्व था जो पूरा हो गया था। पर दूसरे दिन से ही हल्केपन की यह भावना एकाकीपन की भावना में बदलने लगी। लगा जैसे इतने दिनों तक अमला और रंजना मेरे साथ थीं जो एकाएक ही मुझे छोड़कर चली गई हैं और मैं बहुत-बहुत अकेली हो गई हूं। सबके बीच रहकर भी बड़ा सूना-सूना लगता, अकेलेपन का बोध सालता। धीरे-धीरे यह भावना भी जाती रही।

अब उपन्यास सामने है और बहुत ही तटस्थ भाव से अपनी ही रचना पर विवेचन-विश्लेषण करने की स्थिति में हूं। सोचा भी था इस लेख में अपने पात्रों की परिकल्पना, उसके विकास और स्थितियों के निर्वाह का लेखा-जोखा ही दूंगी, दूसरे शब्दों में आदि से अन्त तक अपने लिखे को जस्टिफाई करूंगी; पर लगा, यह काम मेरा नहीं है। मुझे जो कहना था उपन्यास में कह दिया....अब तो पाठकों और आलोचकों के कहने-सुनने की बारी है।

कोई और उंगली उठाए, उससे पहले मैं स्वयं ही स्वीकार कर लूं, यह शीर्षक मुझे इस उपन्यास के लिए सार्थक नहीं लगता। राजेन्द्र अभी भी इसे शीर्षक

---

1. शायद लेखिका की आशा के अनुसार हुआ भी कुछ नहीं है—प्रकाशक

मानते हैं, मैंने भी अन्त में जाते-जाते इस ओर कुछ प्रयत्न किया अवश्य है, फिर ईमानदारी की बात कहूं तो मन सन्तुष्ट नहीं।

जहां तक सारे कथानक की अन्विति, गठन और प्रवाह का प्रश्न है, वहां भी शिथिलता का दोष स्वीकार करने में मुझे संकोच नहीं। हां, इतना अवश्य कहूंगी इसमें दोष हमारा नहीं—ऐसे प्रयोग में इससे अधिक की आशा रखना ही व्यर्थ है। हर अध्याय एक उपन्यास की क्रमबद्ध कड़ी कम, और स्वतंत्र कहानी का आरम्भ अधिक लगता है....कारण है, हम लोगों की नितान्त भिन्न शैली और भिन्न दृष्टिकोण। और इसीलिए राजेन्द्र ने लिखा है : ''अब तो शायद एक साथ पढ़ने वाले को यह दो साइज़ के कैमरों से खींचे गए चित्रों का अल्बम अधिक, एक सूत्रबद्ध फिल्म कम लगे।''

■■■